全唐詩

第十一册

卷七〇三 —— 卷七九五

中 華 书 局

全唐诗第十一册目次

卷七〇三

翁承赞

卷七○四

黄　滔

卷七〇五

黄　滔

卷七〇六

黄　滔

卷七〇八

徐夤

卷七〇九

徐　夤

卷七一〇

徐 夤

卷七一一

徐　夤

卷七一二

钱 珝

卷七一三

喻坦之

卷七一四

崔道融

卷七一六

卷七一八

苏 拯

卷七二〇

裴　说

卷七二一

李 洞

卷七二二

李　洞

卷七二三

李 洞

卷七二四

唐　求

卷七二六

卷七二七

胡令能

卷七三〇

李九龄

卷七三一

胡　宿

杜　常

滕　白

卷七三四

罗绍威

卷七四〇

孙　鲂

沈　彬

卷七四四

伍　乔

卷七四五

陈 陶

卷七四六

陈　陶

卷七四七

李　中

卷七四八

李 中

卷七四九

李 中

卷七五〇

李　中

卷七五三

徐　铉

卷七五四

徐　铉

卷七五五

徐　铉

卷七五六

徐　铉

卷七五九

成彦雄

卷七六三

杨　夔

卷七六五

王　周

卷七六六

刘　兼

卷七六七

孙元晏

卷七七〇

卷七七二

卷七七八

卷七八七

无名氏

卷七八八

李　白

杜　甫

颜真卿

卷七八九

皇甫曾

卷七九五

句

全唐诗卷七〇三

翁承赞

翁承赞,字文尧(一作饶),闽人。乾宁二年,登进士第,又擢宏词科,任京兆府参军。天祐元年,以右拾遗受诏册王审知为王。梁开平四年,复为闽王册礼副使,寻擢谏议大夫、福建盐铁副使,就加左散骑常侍、御史大夫。留相闽卒。诗一卷。

晨 兴

晨起竹轩外,逍遥清兴多。早凉生户牖,孤月照关河。旅食甘藜藿,归心忆薜萝。一尊如有地,放意且狂歌。

题莒潭安闽院

桃宗营祀舍,幽异胜珠林。名士穿云访,飞禽傍竹吟。窗含孤岫影,牧卧断霞阴。景福滋闽壤,芳名亘古今。

华下雾后晓眺

结茅幽寂近禅林,雾景烟光著柳阴。千嶂华山云外秀,万重乡思望中深。老嫌白发还偷镊,贫对春风亦强吟。花畔水边人不会,腾腾闲步一披襟。

喜弟承检登科

两篇佳句敌琼瑰,怜我三清道路开。荆璞献多还得售,桂堂恩在敢轻回。花繁不怕寻香客,榜到应倾贺喜杯。知尔苦心功业就,早携长策出山来。

蒙闽王改赐乡里

乡名文秀里光贤,别向钧台造化权。阀阅便因今日贵,德音兼与后人传。自从受赐身无力,向未酬恩骨肯镌。归阙路遥心更切,不嫌扶病倚旌旐。

访建阳马驿僧亚齐

萧萧风雨建阳溪,溪畔维舟访亚齐。一轴新诗剑潭北,十年旧识华山西。吟魂惜向江村老,空性元知世路迷。应笑乘轺青琐客,此时无暇听猿啼。

题 景 祥 院

一溪拖碧绕崔嵬,瓶钵偏宜向此隈。农罢树阴黄犊卧,斋时山下白衣来。松多往日门人种,路是前朝释子开。三卷贝多金粟语,可能心炼得成灰。

寄舍弟承裕员外

江花岸草晚萋萋,公子王孙思合迷。无主园林饶采伐,忘情鸥鸟恣一作自高低。长江月上鱼翻鬣,荒圃人稀獭印蹄。何事斜阳再回首,休愁离别岘一作雁山西。

文明殿受册封闽王

龙墀班听漏声长，竹帛昭勋扑御香。鸣佩洞庭辞帝主，登车故里册
闽王。一千年改江山瑞，十万军蒙雨露光。吟寄短篇追往事，留文
功业不寻常。

御命归乡蒙赐锦衣

九重宣旨下丹墀，面对天颜赐锦衣。中使擎来三殿晓，宝箱开处五
云飞。德音耳聆君恩重，金印腰悬己力微。更待临轩陈鼓吹，星轺
便指故乡归。

奉使封闽王归京洛

泥缄紫诰御恩光，信马嘶风出洛阳。此去愿言归梓里，预凭魂梦展
维桑。客程回首瞻文陛，驿路乘轺忆故乡。指日还家堪自重，恩荣
昼锦贺封王。

奉使封王次宜春驿

微宦淹留鬓已斑，此心长忆旧林泉。不因列土封千乘，争得衔恩拜
二天。云断自宜乡树出，月高犹伴客心悬。夜来梦到南台上，遍看
江山胜往年。

甲子岁衔命到家至榕城册封
次日闽王降旌旗于新丰市堤饯别

登庸楼上方停乐，新市堤边又举杯。正是离情伤远别，忽闻台旨许
重来。此时暂与交亲好，今日还将简册回。争得长房犹在世，缩教
地近钓鱼台。

寄示儿孙

力学烧丹二十年,辛勤方得遇真仙。便随羽客归三岛,旋听霓裳适
九天。得路自能酬造化,立身何必恋林泉。予家药鼎分明在,好把
仙方次第传。

天祐元年以右拾遗使册闽王而作

蓬莱宫阙晓光匀,红案异麻降紫宸。鸾奏八音谐律吕,凤衔五色显
丝纶。萧何相印钧衡重,韩信斋坛雨露新。得侍丹墀官异宠,此身
何幸沐恩频。

汉上登舟忆闽

汉皋亭畔起西风,半挂征帆立向东。久客自怜归路近,算程不怕酒
觞空。参差雁阵天初碧,零落渔家蓼欲红。一片归心随去棹,愿言
指日拜文翁。

对雨述怀示弟承检

淋淋霎霎结秋霖,欲使秦城叹陆沈。晓势遮回朝客马,夜声滴破旅
人心。青苔重叠封颜巷,白发萧疏引越吟。不有惠连同此景,江南
归思几般深。

题壶山

井邑斜连北,蓬瀛直倚东。秋高岩溜白,日上海波红。

题故居

一为鹅子二连花,三望青湖四石斜。惟有岭湖居第五,山前却是宰

臣家。

题　槐

雨中妆点望中黄，勾引蝉声送夕阳。忆昔当年随计吏，马蹄终日为君忙。

擢　进　士

霓旌引上大罗天，别领新衔意自怜。蝴蝶流莺莫先去，满城春色属群仙。

擢探花使三首

洪崖差遣探花来，检点芳丛饮数杯。深紫浓香三百朵，明朝为我一时开。

九重烟暖折槐芽，自是升平好物华。今日始知春气味，长安虚过四年花。

探花时节日偏长，恬淡春风称意忙。每到黄昏醉归去，绯衣惹得牡丹香。

书斋谩兴二首

池塘四五尺深水，篱落两三般样花。过客不须频问姓，读书声里是吾家。

官事归来衣雪埋，儿童灯火小茅斋。人家不必论贫富，惟有读书声最佳。

辞闽王归朝寄倪先辈

时人莫讶再还乡，简册分明剑佩光。驷马高车太常乐，登庸门下忆贤良。

晓　望

清霜散漫似轻岚,玉阙参差万象涵。独上秦台最高处,旧山依约在
东南。

万寿寺牡丹

烂熳香风引贵游,高僧移步亦迟留。可怜殿角长松色,不得王孙一
举头。

松

倚涧临溪自屈蟠,雪花销尽藓花干。幽枝好折为谈柄,入手方知有
岁寒。

柳

斜拂中桥远映楼,翠光骀荡晓烟收。洛阳才子多情思,横把金鞭约
马头。

高出营门远出墙,朱阑门闭绿成行。将军宴罢东风急,闲衬旌旗簇
画堂。

彭泽先生酒满船,五株栽向九江边。长条细叶无穷尽,管领春风不
计年。

炀帝东游意绪多,宫娃眉翠两相和。一声水调春风暮,千里交阴锁
汴河。

缠绕春情卒未休,秦娥萧史两相求。玉句阑内朱帘卷,瑟瑟丝笼十
二楼。

隋 堤 柳

春半烟深汴水东,黄金丝软不胜风。轻笼行殿迷天子,抛掷长安似梦中。

句

烟萝况逼神仙窟,丹灶还应许独寻。 赠黄璞　见《福州志》

全唐诗卷七〇四

黄 滔

　　黄滔,字文江,莆田人。昭宗乾宁二年,擢进士第。光化中,除四门博士,寻迁监察御史里行,充威武军节度推官。王审知据有全闽,而终其身为节将者,滔规正有力焉。集十五卷,今编诗三卷。

送僧归北岩寺

北岩泉石清,本自高僧住。新松五十年,藤萝成古树。题诗昔佳士,滔表丈从叔有名于当时,兼四门薛博士俱曾题诗。清风二林喻。上智失扣关,多被浮名误。莲肩压月涧,空美黄金布。江翻岛屿沉,木落楼台露。伊余东还际,每起烟霞慕。旋为俭府招,未得穷野步。西轩白云阁,师辞洞庭寓。越城今送归,心到焚香处。

寓 言

流年五十前,朝朝倚少年。流年五十后,日日侵皓首。非通非介人,谁论四十九。贤哉蘧伯玉,清风独不朽。

长 安 书 事

终不离青山,谁道云无心。却是白云士,有时出中林。昨日擎紫

泥,明日要黄金。炎夏群木死,北海惊波深。伏蒲无一言,草疏贺
德音。

贾　客

大舟有深利,沧海无浅波。利深波也深,君意竟如何。鲸鲵齿上
路,何如少经过。

寄友人

君爱桃李花,桃李花易飘。妾怜松柏色,松柏色难凋。当年识君
初,指期非一朝。今辰见君意,日暮何萧条。入门有势利,孰能无
嚣嚣。

落　花

落花辞高树,最是愁人处。一一旋成泥,日暮有风雨。不如沙上
蓬,根断随长风。飘然与道俱,无情任西东。

寄徐正字夤

八月月如冰,登楼见姑射。美人隔千里,相思无羽驾。红兰裛露
衰,谁以一作似流光讶。何当诗一句,同吟祝玄化。

秋夕贫居

听歌桂席阑,下马槐烟里。豪门腐粱肉,穷巷思糠秕。孤灯照独
吟,半壁秋花死。迟明亦如晦,鸡唱徒为尔。

书怀寄友人

此生如孤灯,素心挑易尽。不及如顽石,非与磨砻近。常思扬子

云,五藏曾离身。寂寞一生中,千载空清芬。

闺　怨

妾家五岭南,君戍三城北。雁来虽有书,衡阳越不得。别久情易
料,岂在窥翰墨。塞上无烟花,宁思妾颜色。

喜翁文尧员外病起

卫玠羊车悬,长卿驷马姿。天嫌太端正,神乃减风仪。饮冰俾消
渴,断谷皆清羸。越僧夸艾炷,秦女隔花枝。自能论苦器语见泗州和
尚碑,不假求良医。惊杀漳滨鬼,错与刘生随。昨日已如一作成虎,
今朝谒荀池。扬鞭入王门,四面人熙熙。青桂任霜霰,尺璧无瑕
疵。回尘却惆怅,归阙难迟迟。

寄郑县李侍御

古县新烟火,东西入客诗。静长如假一作如长暇日,贫更甚闲时。僧
借松萝住,人将雨雪期。三年一官罢,岳石看成碑。

上 李 补 阙

十洲非暂别,龙尾肯慵登。谏草封山药,朝衣施衲僧。月留江客
待,句历钓船征。终恐林栖去,餐霞叶上升。

送李山人往湘中

汉渚往湘川,乘流入远天。新秋无岸水,明月有琴船。露坐应通
晓,萍居恐隔年。岳峰千万仞,知上啸猿巅。

书崔少府居 一作赠李补阙

鲁史蜀琴旁，陶然举一觞。夕阳明岛屿，秋水浅池塘。世乱怜官替，家贫值岁荒。前峰亦曾宿，知有辟寒方。

敷水卢校书

九霄无诏下，何事近清尘。宅带松萝僻，日唯猿鸟亲。吟高仙掌月，期有洞庭人。莫问烟霞句，悬知见岳神。

寄汉上友人

襄汉多清景，东游已不能。兼葭照流水，风雨扑孤灯。献赋闻新雁，思山见去僧。知君北来日，惆怅亦难胜。

贻林铎

终被春闱屈，低回至白头。寄家僧许岳，钓浦雨移洲。战士曾怜善，豪门不信愁。王孙草还绿，何处拟羁游。

书怀

退耕逢歉岁，逐贡愧行朝。道在愁虽浅，吟劳鬓欲凋。破村虹入井，孤馆客投魈。谁怕秋风起，听蝉度渭桥。

送陈明府归衡阳

雏鹤兼留下，单车出柳烟。三年两殊考，一日数离筵。久别湖波绿，相思岳月圆。翠萝曾隐处，定恐却求仙。

秋辞江南

灞陵桥上路，难负一年期。积雨鸿来夜，重江客去时。劳生多故疾，渐老少新知。惆怅都堂内，无门雪滞遗。

入关旅次言怀

寸心唯自切，上国与谁期。月晦时风雨，秋深日别离。便休终未肯，已苦不能疑。独愧商山路，千年四皓祠。

贻李山人

野步爱江滨，江僧得见频。新文无古集，往事有清尘。松竹寒时雨，池塘胜处春。定应云雨内，陶谢是前身。

寄边上从事

斜日下孤城，长吟出点兵。羽书和客卷，边思杂诗情。朔雪定鸿翼，西风严角声。吟馀多独坐，沙月对楼生。

题东林寺元祐上人院

庐阜东林寺，良游耻未曾。半生随计吏，一日对禅僧。泉远携茶看，峰高结伴登。迷津出门是，子细问三乘。

送陈樵下第东归

青山烹茗石，沧海寄家船。虽得重吟历，终难任意眠。砧疏连寺柳，风爽彻城泉。送目红蕉外，来期已杳然。

寄陈磻隐居

道经前辈许，名拔后时喧。虚左中兴榜，无先北海尊。新文汉氏史，别墅谢公村。须到三征处，堂堂谒帝阍。

寄 林 宽

相知四十年，故国与长安。俱喜今辰在，休论往岁难。海鸣秋日黑，山直夏风寒。终始前儒道，升沉尽一般。

退 居

老归江上村，孤寂欲何言。世乱时人物，家贫后子孙。青山寒带雨，古木夜啼猿。惆怅西川举，戎装度剑门。

送友人边游

衔杯国门外，分手见残阳。何日还南越，今朝往北荒。砂城经雨坏，虏骑入秋狂。亲一作新咏关山月，归吟鬓的霜。

下 第 出 京

还失礼官求，花时出雍州。一生为远客，几处未曾游。故疾江南雨，单衣蓟北秋。茫茫数年事，今日泪俱流。

游 东 林 寺

平生爱山水，下马虎溪时。已到终嫌晚，重游预作期。寺寒三伏雨，松偃数朝枝。翻译如曾见，白莲开旧池。

赠怀光上人

谢城还拥入，师以接人劳。过午休斋惯，离经吐论高。顶寒拳素发，珠锐走红绦。终忆泉山寺，听猿看海涛。

忆庐山旧游

前年入庐岳，数宿在灵溪。残烛松堂掩，孤峰月狖啼。平生为客老，胜境失云栖。纵有重游日，烟霞会恐迷。

别　友　人

莫恨东墙下，频伤命不通。苦心如有感，他日自推公。雨夜扁舟发，花时别酒空。越山烟翠在，终愧卧云翁。

陈侍御新居

幕客开新第，词人遍有诗。山怜九仙近，石买太湖奇。树势想高日，地形夸得时。自然成避俗，休与白云期。

寄从兄璞

纵征终不起，相与避烟尘。待到中兴日，同看上国春。新诗说人尽，旧宅落花频。移觅深山住，啼猿作四邻。

寄李校书游简寂观

古观云溪上，孤怀永夜中。梧桐四更雨，山水一庭风。诗得如何句，仙游最胜宫。却愁逢羽客，相与入烟空。

寄友人山居

断峤沧江上，相思恨阻寻。高斋秋不掩，几夜月当吟。落石有泉滴，盈庭无树阴。茫茫名利内，何以拂尘襟。

上一作寄刑部卢员外

谁识在官意，开门树色间。寻幽频宿寺，乞假拟归山。半白侵吟鬓，微红见药颜。不知琴月夜一作今夜月，几客得同闲。

送友人游边

虏酒不能浓，纵倾愁亦重。关河初落日，霜雪下穷冬。野烧枯蓬旋，沙风匹马冲。蓟门无易过一作虽汉土，千里断人踪一作游子莫从容。

和友人酬寄

新发烟霞咏，高人得以传。吟销松际雨，冷咽石间泉。大国兵戈日，故乡饥馑年。相逢江海上，宁免一潸然。

下　第

昨夜孤灯下，阑干泣数行。辞家从早岁，落第在初场。青草湖田改，单车客路忙。何人立功业，新命到封王。

过　商　山

燕雁一来后，人人尽到关。如何冲腊雪，独自过商山。羸马高坡下，哀猿绝壁间。此心无处说，鬓向少年斑。

旅　怀

萧飒闻风叶，惊时不自堪。宦名中夜切，人事长年谙。古画僧留
与，新知客遇谈。乡心随去雁，一一到江南。

冬暮山舍喜标上人见访

寂寞三冬杪，深居业尽抛。径松开雪后，砌竹忽僧敲。茗汲冰销
溜，炉烧鹊去巢。共谈慵僻意，微日下林梢。

关中言怀

三秦五岭意，不得不依然。迹寓枯槐曲，业芜芳草川。花当落第
眼，雨暗出城天。层阁浮云外，何人动管弦。

题友人山居

到君栖迹所，竹径与衡门。亦在乾坤内，独无尘俗喧。新泉浮石
藓，崩壁露松根。更说寻僧处，孤峰上啸猿。

寄敷水卢校书

谏省垂清论，仙曹岂久临。虽专良史业，未畏直臣心。路入丹霄
近，家藏华岳深。还如韩吏部，谁不望知音。

赠明州霍员外

惠化如施雨，邻州亦可依。正衙无吏近，高会觉人稀。海日旗边
出，沙禽角外归。四明多隐客，闲约到岩扉。

题友人山斋

疏竹漏斜晖,庭间阴复遗。句成苔石茗,吟弄雪窗棋。沙草泉经涩,林斋客集迟。西风虚见逼,未拟问京师。

书　事

望岁心空切,耕夫尽把弓。千家数人在,一税十年空。没阵风沙黑,烧城水陆红。飞章奏西蜀,明诏与殊功。

题山居逸人

十亩馀芦苇,新秋看雪霜。世人谁到此,尘念自应忘。斜日风收钓,深秋雨信梁。不知双阙下,何以谓轩裳。

题郑山人居

履迹遍莓苔,幽枝间药栽。枯杉擎雪朵,破牖触风开。泉自孤峰落,人从诸洞来。终期宿清夜,斟茗说天台。

秋 晚 山 居

爽气遍搜空,难堪倚望中。孤烟愁落日,高木病西风。山寂樵声出,露凉蝉思穷。此时尘外事,幽默几人同。

游　山

洞门穿瀑布,尘世岂能通。曾有游山客,来逢采药翁。异花寻复失,幽径蹑还穷。拟作经宵计,风雷立满空。

题王侍御宅内亭子

俗间尘外境，郭内宅中亭。或有人家创，还无莲幕馨。石曾湖岸
见，琴误岳楼听。来客频频说，终须作画屏。

题道成上人院

花宫城郭内，师住亦清凉。何必天台寺，幽禅瀑布房。簟舒湘竹
滑，茗煮蜀芽香。更看道高处，君侯题翠梁。

贫　居　冬　杪

数塞未求通，吾非学养蒙。穷居岁杪雨，孤坐夜深风。年长惭昭
代，才微辱至公。还愁把春酒，双泪污杯中。

贻张蠙 一本题下有同年二字

梦思非一日，携手却凄凉。诗见江南雹，游经塞北霜。驱车先五
漏，把菊后重阳。惆怅天边桂，谁教岁岁香。

晚　春　关　中

忍历通庄出，东风舞酒旗。百花无看处，三月到残时。游塞闻兵
起，还吴值岁饥。定唯荒寺里，坐与噪蝉期。

河　梁

五原人走马，昨夜到京师。绣户新夫妇，河梁生别离。陇花开不
艳，羌笛静犹悲。惆怅良哉辅，锵锵立凤池。

送翁拾遗

还家俄一作还赴阙，别思肯凄凄。山坐轺车看，诗持一作将谏笔题。
天开中国大，地设四维低。拜舞吾君后，青云更有梯。

逢友人

彼此若飘蓬，二年何所从。帝都秋未入，江馆夜相逢。瘴岭行冲
夏，边沙住隔冬。旅愁论未尽，古寺扣晨钟。

寄湘中郑明府

县与白云连，沧洲况县前。岳僧同夜坐，江月看秋圆。琴拂莎庭
石，茶担乳洞泉。莫耽云水兴，疲俗待君痊。

寄少常卢同年

官拜少常休，青缂换鹿裘。狂歌离乐府，醉梦到瀛洲。古器岩耕
得，神方客谜留。清溪莫沉钓，王者或畋游。

伤翁外甥

江头去时路，归客几纷纷。独在异乡殁，若为慈母闻。青春成大
夜，新雨坏孤坟。应作芝兰出，泉台月桂分。

东山之游未遂渐逼行期作
四十字奉寄翁文尧员外

轺车难久驻，须到别离时。北阙定归去，东山空作期。绿苔劳扫
径，丹凤欲衔词。杨柳开帆岸，今朝泪已垂。

全唐诗卷七〇五

黄　滔

送林宽下第东归

为君惆怅惜离京，年少无人有屈名。积雪未开移发日，鸣蝉初急说来程。楚天去路过飞雁，灞岸归尘触锁城。又得新诗几章别，烟村竹径海涛声。

商山赠隐者

谁不相逢话息机，九重城里自依依。蓬莱水浅有人说，商洛山高无客归。数只珍禽寒月在，千株古木热时稀。西窗昨夜鸣蛩尽，知梦芝翁起扣扉。

送二友游湘中

千里楚江新雨晴，同征肯恨迹如萍。孤舟泊处联诗句，八月中旬宿洞庭。为客早悲烟草绿，移家晚失岳峰青。今来无计相从去，归日汀洲乞画屏。

塞　下

匹马萧萧去不前，平芜千里见穷边。关山色死秋深一作深秋日，鼓角声沉霜重天。荒骨或衔残铁露,惊风时掠暮沙旋。陇头冤气无归处,化作阴云飞杳然。

下第东归留辞刑部郑郎中诚

去违知己住违亲,欲发羸蹄进退频。万里家山归养志,数年门馆受恩身。莺声历历秦城晓,柳色依依灞水春。明日蓝田关外路,连天风雨一行人。

寄怀南北故人

秋风昨夜落芙蕖,一片离心到外区。南海浪高书堕水,北州城破客降胡。玉窗挑凤佳人老,绮陌啼莺碧树枯。岭上青岚陇头月,时通魂梦出来无。

关中言怀

事事朝朝委一尊,自知无复解趋奔。试期交后犹为客,公道开时敢说冤。穷巷住来经积雨,故山归去见荒村。举头尽到断肠处,何必秋风江上猿。

闺　怨

寸心杳与马蹄随,如蜕形容在锦帷。江上月明船发后,花间日暮信回时。五陵夜作酬恩计,四塞秋为破虏期。待到乘韬入门处,泪珠流尽玉颜衰。

旅　怀

未吃金丹看十洲,乃将身世作仇雠。羁游数地值兵乱,宿在孤城闻雨秋。东越云山却思隐,西秦霜霰苦频留。他人折尽月中桂,惆怅当年江上鸥。

别 友 人

已喜相逢又怨嗟,十年飘泊在京华。大朝多事还停举,故国经荒未
有家。鸟带夕阳投远树,人冲腊雪往边沙。梦魂空系潇湘岸,烟水
茫茫芦苇花。

寄罗浮山道者二首

天际双山压海渍,天漫绝顶海漫根。时闻雷雨惊樵客,长有龙蛇护
洞门。泉石暮含朱槿昼,烟霞冬闭木绵温。林间学道如容我,今便
辞他宠辱喧。

有人曾见洞中仙,才到一作见人间便越年。金鼎药成龙入海,玉函
书发鹤归天。楼开石脉千寻直,山拆鳌鳞一半膻。谁到月明朝礼
处,翠岩深锁荔枝烟。

喜侯舍人蜀中新命三首

八都词客漫喧然,谁解飞扬诰誓间。五色彩毫裁凤诏,九重天子豁
龙颜。巴山月在趋朝去,锦水烟生入阁还。谋及中兴多少事,莫愁
明月不收关。

却搜文学起吾唐,暂失都城亦未妨。锦里幸为丹凤阙,幕宾征出紫
微郎。来时走马随中使,到日援毫定外方。若以掌言看谏猎,相如
从此病一作并辉光。

贾谊才承宣室召,左思唯预秘书流。赋家达者无过此,翰苑今朝是
独游。立被御炉烟气逼,吟经栈阁雨声秋。内人未识江淹笔,竟问
当时不早求。

经安州感故郑郎中二首

云梦江头见故城，人间四十载垂名。马蹄践处东风急，鸡舌销时北
阙惊。岳客出来寻古剑，野猿相聚叫孤茔。腾身飞上凤凰阁，惆怅
终乖吾党情。

锦帐先生作牧州，干戈缺后见荒丘。兼无姓贾儿童在，空有还珠烟
水流。江句行人吟刻石，月肠是处象登楼。旅魂频此归来否，千载
云山属一游。

出京别崔学士

一从门馆遍投文，旋忝恩知骤出群。不道鹤鸡殊羽翼，许依龙虎借
风云。命奇未便乘东律，言重终期雪北军。欲逐飘蓬向歧路，数宵
垂泪恋清芬。

雁

楚岸花晴塞柳衰，年年南北去来期。江城日暮见飞处，旅馆月明闻
过时。万里风霜休更恨，满川烟草且须疑。洞庭云水潇湘雨，好把
寒更一一知。

寄越从事林嵩侍御

子虚词赋动君王，谁不期君入对扬。莫恋兔园留看雪，已乘骢马合
凌霜。路归天上行方别，道在人间久便香。应念都城旧吟客，十年
踪迹委沧浪。

长 安 书 事

一年年课数千言，口祝心祠掣出门。孤进难时谁肯荐。主司通处

不须论。频秋入自边城雪,昨日听来岭树猿。若有水田过十亩,早
应归去狄江村。

旅怀寄友人

重叠愁肠只自知,苦于吞蘖乱于丝。一船风雨分襟处,千里烟波回
首时。故国田园经战后,穷荒日月逼秋期。鸣蝉似会悠扬意,陌上
声声怨柳衰。

寄蒋先辈 在苏州

夫差宫苑悉苍苔,携客朝游夜未回。冢上题诗苏小见许殿切,江头
酹酒伍员来。秋风急处烟花落,明月中时水寺开。千载三吴有高
迹,虎丘山翠益崔嵬。

旅　怀

雪貌潜凋雪发生,故园魂断弟兼兄。十年除夜在孤馆,万里一身求
大名。空有新诗高华岳,已无丹恳出秦城。侯门莫问曾游处,槐柳
影中肝胆倾。

放　榜　日

吾唐取士最堪夸,仙榜标名出曙霞。白马嘶风三十辔,朱门秉烛一
千家。郄诜联臂升天路,宣圣飞章奏日华其年当日奏试。岁岁人人
来不得,曲江烟水杏园花。

二月二日宴中贻同年封先辈渭

帝尧城里日衔杯,每倚嵇康到玉颓。桂苑五更听榜后,蓬山二月看
花开。垂名入甲成龙去,列姓如丁作鹤来。同戴大恩何处报,永言

交道契陈雷。

新 野 道 中

野堂如雪草如茵,光武城边一水滨。越客归遥春有雨,杜鹃啼苦夜
无人。东堂岁去衔杯懒,南浦期来落泪频。莫道还家不惆怅,苏秦
羁旅长卿贫。

酬 俞 钧

乡书一朵荐延恩,二纪三朝泣省门。虽忝立名经圣鉴,敢期兴咏叠
嘉言。莫论蟾月无梯接,大底龙津有浪翻。今日朝廷推草泽,伫君
承诏出云根。

寄同年崔学士

半因同醉杏花园,尘忝鸿炉与铸颜。已脱素衣酬素发,敢持青桂爱
青山。虽知珠树悬天上,终赖银河接世间。毕使海涯能拔宅,三秦
二十四畿寰。

御 试 二 首

　　昭宗乾宁二年,崔凝考定进士张贻宪等二十五人,复命所司覆试。
内出四题,乃《曲直不相入》赋、《良弓献问》赋、《询于刍荛》诗、《品物咸
熙》诗。赵观文、程晏、崔赏、崔仁宝等四人,并卢瞻、韦说、封渭、韦希
震、张蟾、黄滔、卢鼎、王贞白、沈崧、陈晓、李龟祯等十一人,并与及第。
其张贻宪、孙溥、李光序、李枢、李途等五人,且令落下,许后再举。其崔
砺、苏楷、杜承昭、郑稼等四人,不令再举。内一人卢赓称疾不至,宣令
异入。又云华阴省亲,其父渥进状乞落下,故就试止二十四人也。
已表隋珠各自携,更从琼殿立丹梯。九华灯作三条烛,万乘君悬四

首题。灵凤敢期翻雪羽,洞箫应或讽金闺。明朝莫惜场场醉,青桂
新香有紫泥。

六曹三省列簪裾,丹诏宣来试士初。不是玉皇疑羽客,要教金榜带
天书。词臣假寐题黄绢,宫女敲铜奏子虚。御目四篇酬九百,敢从
灯下略踟蹰。

寄 陈 侍 御

千年二相未全夸,故刘相、赵相曾从事闽中。犹阙闽城贺降麻。何必锦
衣须太守,别无莲幕胜王家。醴泉涌处休论水,黄菊开时独是花。
九级燕金满尊酒,却愁随诏谒承华。

酬徐正字夤

已免蹉跎负岁华,敢辞霜鬓雪呈花。名从两榜考升第,官自三台追
起家。匹马有期归辇毂,故山无计恋桑麻。莫言蓬阁从容久,披处
终知金在砂。

辞相府 时蒙堂帖追赴阙

从汉至唐分五州,谁为将相作诸侯。闽江似镜正堪恋,秦客如蓬难
久留。匹马忍辞藩屏去,小才宁副庙堂求。今朝拜别幡幢下,双泪
如珠滴不休。

寄罗郎中隐

休向中兴雪至冤,钱塘江上看涛翻。三征不起时贤议,九转终成道
者言。绿酒千杯肠已烂,新诗数首骨犹存。瑶蟾若使知人事,仙桂
应遭蠹却根。

江行遇王侍御

数年分散秦吴隔,暂泊官船浦柳中。新草军书名更重,久辞山径业应空。渡头潮落将行客,天际风高未宿鸿。此日相逢魂合断,赖君身事渐飞冲。

客舍秋晚夜怀故山

寥寥深巷客中居,况值穷秋百事疏。孤枕忆山千里外,破窗闻雨五更初。经年荒草侵幽径,几树西风锁弊庐。长系寸心归未得,起挑残烛独踌躇。

绛州郑尚书

旌旗日日展东风,云稼连山雪刃空。剖竹已知垂凤食,摘珠何必到龙宫。谏垣虚位期飞步,翰苑含毫待纪公。谁谓唐城诸父老,今时得见蜀文翁。

喜陈先辈及第 峤

今年春已到京华,天与吾曹雪怨嗟。甲乙中时公道复,朝廷看处主司夸。飞离海浪从烧尾,咽却金丹定易牙。不是驾前偏落羽,锦城争得杏园花。

延福里居和林宽何绍馀酬寄

长说愁吟逆旅中,一庭深雪一窗风。眼前道路无心觅,象外烟霞有句通。几度相留侵鼓散,频闻会宿著僧同。高情未以干时废,属和因知兴不穷。

赠宿松杨明府

溪上家家礼乐新,始知为政异常伦。若非似水清无底,争得如冰凛
拂人。月狱声和琴调咽,烟村景接柳条春。宦游兼得逍遥趣,休忆
三吴旧钓津。

送　僧

才年七岁便从师,犹说辞家学佛迟。新劚松萝还不住,爱寻云水拟
何之。孤溪雪满维舟夜,叠嶂猿啼过寺时。鸟道泷湫悉行后,岂将
翻译负心期。

赠 郑 明 府

庭罗衙吏眼看山,真恐风流是谪仙。垂柳五株春娅姹,鸣琴一弄水
潺湲。援毫断狱登殊考,驻乐题诗得出联。莫起陶潜折腰叹,才高
位下始称贤。

江州夜宴献陈员外

多少欢娱簇眼前,浔阳江上夜开筵。数枝红蜡啼香泪,两面青娥拆
瑞莲。清管彻时斟玉醑,碧筹回处掷金船。因知往岁楼中月,占得
风流是偶然。

湘中赠张逸人

羽衣零落帽欹斜,不自孤峰即海沙。曾为蜀山成寓迹,又因湘水拟
营家。鸣琴坐见燕鸿没,曳履吟忘野径赊。更爱扁舟宿寒夜,独听
风雨过芦花。

寓　题

纷纷墨敕除官日,处处红旗打贼时。竿底得璜犹未用,梦中吞鸟拟何为。损生莫若攀丹桂,免俗无过咏紫芝。两岸芦花一江水,依前且把钓鱼丝。

题陈山人居

犹自莓苔马迹重,石嵌泉冷懒移峰。空垂凤食檐前竹,漫拔龙形涧底松。隔岸青山秋见寺,半床明月夜闻钟。谁能惆怅磻溪事,今古悠悠不再逢。

宿李少府园林

一壶浊酒百家诗,住此园林守选期。深院月凉留客夜一作夜客,古杉风细似泉时。尝频异茗尘心净,议罢名山竹影移。明日绿苔浑扫后,石庭吟坐复容谁。

送人明经及第东归

十问九通离义床,今时登第信非常。亦从南院看新榜,旋束春关归故乡。水到吴门方见海,树侵闽岭渐无霜。知君已塞平生愿,日与交亲醉几场。

断　酒

未老先为百病仍,醉杯无计接宾朋。免遭拽盏郎君谴,还被簪花录事憎。丝管合时思索马,池塘晴后独留僧。何因浇得离肠烂,南浦东门恨不胜。

南海幕和段先辈送韦侍御赴阙

树色川光入暮秋，使车西发不胜愁。璧连标格惊分散，雪课篇章互
唱酬。魏阙别当飞羽翼，燕台独且占风流。满园歌管凉宵月，此后
相思几上楼。

寄南海黄尚书

五羊城下驻行车，此事如今八载馀。燕颔已知飞食肉，龙门犹自退
为鱼。红楼入夜笙歌合，白社惊秋草木疏。西望清光寄消息，万重
烟水一封书。

送人往苏州觐其兄

阖闾城外越江头，两地烟涛一叶舟。到日荆枝应便茂，别时珠泪不
须流。迎欢酒醒山当枕，咏古诗成月在楼。明日尊前若相问，为言
今访赤松游。

游 东 林 寺

长生犹自重无生，言让仙祠佛寺成。碑折谁忘康乐制，山灵表得远
公名。松形入汉藤萝短，僧语离经耳目清。莫怪迟迟不归去，童年
已梦绕林行。

赠旌德吕明府

渥洼步数太阿姿，争遣王侯不奉知。花作城池入官处，锦随刀尺少
年时。两衙断狱兼留客，三考论功合树碑。须信隔帘看刺史，锦章
朱绶已葳蕤。

贺清源仆射新命

虽言嵩岳秀崔嵬，少降连枝命世才。南史两荣唯百揆，东闽双拜有
三台。《南史》：袁宪兄弟同为仆射，当时荣之。殊未若今清源与府城，并拜仆射，兼带
台席之尊。二天在顶家家咏，丹凤衔书岁岁来。虚说古贤龙虎盛，谁
攀荆树上金台。

浙幕李端公泛建溪

越城吴国结良姻，交发芙蓉幕内宾。自顾幽沈槐省迹，得陪清显谏
垣臣。分题晓并兰舟远，对坐宵听月狖频。更爱延平津上过，一双
神剑是龙鳞。

贻宋评事

河阳城里谢城中，入曳长裾出佩铜。燕国金台无别客，陶家柳下有
清风。数踪篆隶书新得，一灶屯蒙火细红。时说三吴欲归处，绿波
洲渚紫蒲丛。

催妆

北府迎尘南郡来，莫将芳意更迟回。虽言天上光阴别，且被人间更
漏催。烟树迥垂连蒂杏，彩童交捧合欢杯。吹箫不是神仙曲，争引
秦娥下凤台。

寓题

每忆家山即涕零，定须归老旧云扃。银河水到人间浊，丹桂枝垂月
里馨。霜雪不飞无翠竹，鲸鲵犹在有青萍。三千九万平生事，却恨
南华说北溟。

伤蒋校书德山

谁到双溪溪岸傍,与招魂魄上苍苍。世间无树胜青桂,陇上有花唯
白杨。秦苑火然新赋在,越城山秀故居荒。如何万古雕龙手,独是
相如识汉皇。

寄杨赞图学士 学士与元昆俱以龙脑登选

东堂第一领春风,时怪关西小骥慵。华表柱头还有鹤,华歆名下别
无龙。君恩凤阁含毫数,诗景珠宫列肆供。今日江南驻舟处,莫言
归计为云峰。

酬 杨 学 士

神仙簿上愧非夫,诏作疑丹两入炉。诗里几曾吟芍药,花中方得见
菖蒲。阳春唱后应无曲,明月圆来别是珠。莫下蓬山不回首,东风
犹待重抟扶。

寄同年李侍郎龟正

石门南面泪浪浪,自此东西失帝乡。昆璞要疑方卓绝,大鹏须息始
开张。已归天上趋双阙,忽喜人间捧八行。莫道秋霜不滋物,菊花
还借后时黄。

钟 陵 故 人

滕王阁下昔相逢,此地今难访所从。唯爱金笼贮鹦鹉,谁论铁柱锁
蛟龙。荆榛翠是钱神染,河岳期须国士钟,一箸鲈鱼千古美,后人
终少继前踪。

故　山

支颐默省旧林泉,石径茅堂到目前。衰碧鸣蛩莎有露,浓阴歇鹿竹无烟。水从井底通沧海,山在窗中倚远天。何事苍髯不归去,燕昭台上一年年。

塞　上

塞门关外日光微,角怨单于雁驻飞。冲水路从冰解断,逾城人到月明归。燕山腊雪销金甲,秦苑秋风脆锦衣。欲吊昭君倍惆怅,汉家甥舅竟相违。

乌石村 即林希刘故居

往日江村今物华,一回登览一悲嗟。故人殁后城头月,新鸟啼来垄上花。卖剑钱销知绝俗,闻蝉诗苦即思家。谢公古郡青山在,三尺孤坟扑海沙。

寄同年卢员外

听尽莺声出雍州,秦吴烟月十经秋。龙门在地从人上,郎省连天须鹤游。休恋一台惟一作推妙绝,已经三字入精求。当年甲乙皆华显,应念槐宫今雪头。

寄同年封舍人渭 时得来书

唐城接轸赴秦川,忆合欢离骤十年。龙颔摘珠同泳海,凤衔辉翰别升天。八行真迹虽收拾,四户高扃奈隔悬。能使丘门终始雪,莫教华发独潸然。

遇罗员外衮

灞陵桥外驻征辕,此一分飞十六年。丱角戴时垂素发,鸡香含处隔青天。绮园难贮林栖意,班马须持笔削权。可忘自初相识地,秋风明月客郦延。

送翁员外承赞

谁言吾党命多奇,荣美如君历数稀。衣锦还乡翻是客,回车谒帝却为归。凤旋北阙虚丹穴,星复南宫逼紫微。已分十旬无急诏,天涯相送只沾衣。

奉和翁文尧十九员外中谢日蒙恩赐金紫之什

面蒙君赐自龙墀,谁是还乡一袭衣。三品易悬鳞鬣赫,八丝展起彩章飞。复为胜事垂千古,题作新诗启七微。严助买臣精魄在,定应羞著廷略反昔年归。

翁文尧员外捧金紫还乡之命雅发篇章将原交情远为嘉贶洎燕鸿陆犬楚水荆山又吐琼瑶逮之幽鄙虽涌泉思触逸兴皆虚而强韵押难非才颇愧辄兹酬和以质奖私

抟将盛事更无馀,还向桥边看旧书。东越独推生竹箭,北溟喜足贮鲲鱼。两回谁解归华表,午夜兼能荐子虚。滔前年蒙文尧员外以长笺荐于时相。须把头冠弹尽日,怜君不与故人疏。

奉和翁文尧员外经过七林书堂见寄之什

朱旗引入昔茆堂，半日从容尽日忙。驷马宝车行锡礼，金章紫绶带
天香。山从南国添烟翠，龙起东溟认夜光。定恐故园留不住，竹风
松韵漫凄锵。

奉酬翁文尧员外驻南台见寄之什

人指南台山与川，大惊喜气异当年。花迎金册非时拆，月对琼杯此
夜圆。我爱藏冰从夏结，君怜修竹到冬鲜。殷勤更抱鸣琴抚，为忆
秦儿识断弦。

翁文尧员外拥册礼之归一路有诗名
昼锦集先将寄示因书五十六字

六寞只佩诸侯印，争比从天拥册归。一轴郢人歌处雪，两重朱氏著
来衣。闽山秀已钟君尽，洛水波应溅我稀。明日陪尘迎驷马，定淮
斋沐看光辉。

奉和翁文尧员外文秀光贤昼锦之什

乡名里号一朝新，乃觉台恩重万钧。建水闽山无故事，长卿严助是
前身。清泉引入旁添润，嘉树移来别带春。莫凭栏干剩留驻，内庭
虚位待才臣。文秀亭

虽言闽越系生贤，谁是还家宠自天。山简槐兼诸郡命，郑玄惭秉六
经权。鸟行去没孤烟树，渔唱还从碧岛川。休说迟回未能去，夜来
新梦禁中泉。光贤阁

君王面赐紫还乡，金紫中推是甲裳。华构便将垂美号，故山重更发
清光。水澄此日兰宫镜，树忆当年柏署霜。珍重朱栏兼翠拱，来来

皆自读书堂。昼锦堂

奉酬翁文尧员外神泉之游见寄嘉什

含鸡假豸喜同游,野外嘶风并紫骝。松竹迥寻青障寺,姓名题向白
云楼。泉源出石清消暑,僧语离经妙破愁。争奈爱山尤恋阙,古来
能有几人休。

辄吟七言四韵攀寄翁文尧拾遗

唐设高科表用文,吾曹谁作谏垣臣。甄山秀气旷千古,凤阙华恩钟
二人。起草便论天上事,如君不是世间身。龙头龙尾前年梦,今日
须怜应若神。 滔卯年冬在宛陵,梦文尧作状头及第。又申四月十二夜在清源,梦
到殿前,东道自西厉声唱:"翁某拜右省拾遗。"

全唐诗卷七〇六

黄 滔

塞 上

掘地破重城,烧山搜伏兵。金徽互鸣咽,玉笛自凄清。使发西都
耸,尘空北岳横。长河涉有路,旷野宿无程。沙雨黄莺啭,辕门青
草生。马归秦苑牧,人在虏云耕。落日牛羊聚,秋风鼓角鸣。如何
汉天子,青冢杳含情。

寄献梓橦山侯侍御 时常拾遗谏诤

汉宫行庙略,簪笏落民间。直道三湘水,高情四皓山。赐衣僧脱
去,奏表主批还。地得松萝坞,泉通雨雪湾。东门添故事,南省缺
新班。有新命不起。片石秋从露,幽窗夜不关。梦馀蟾隐映,吟次鸟
绵蛮。可惜相如作,当时事悉闲。

壬癸岁书情

故园招隐客,应便笑无成。谒帝逢移国,投文值用兵。孤松怜鹤
在,疏柳恶蝉鸣。匹马迷归处,青云失曩情。江头寒夜宿,垄上歎
年耕。冠盖新人物,渔樵旧弟兄。易生唯白发,难立是浮名。惆怅
灞桥路,秋风谁入行。

河南府试秋夕闻新雁

湘南飞去日，蓟北乍惊秋。叫出陇云夜，闻为客子愁。一声初触梦，半白已侵头。旅馆移欹枕，江城起倚楼。馀灯依古壁，片月下沧洲。寂听良宵彻，踌躇感岁流。

省试奉诏涨曲江池 以春字为韵。时乾符二年。

地脉寒来浅，恩波住后新。引将诸派水，别贮大都春。幽咽疏通处，清泠迸入辰。渐平连杏岸，旋阔映楼津。沙没迷行径，洲宽恣跃鳞。愿当舟楫便，一附济川人。

题宣一僧正院

五级凌虚塔，三生落发师。都僧须有托，孤峤遂无期。井邑焚香待，君侯减俸资。山衣随叠破，莱骨逐年羸。茶取寒泉试，松于远涧移。吾曹来顶手，不合不题诗。

和吴学士对春雪献韦令公次韵

春雪下盈空，翻疑腊未穷。连天宁认月，堕地屡兼风。忽误边沙上，应平火岭中。林间妨走兽，云际落飞鸿。梁苑还吟客，齐都省创宫。掩扉皆墐北，移律愧居东。书幌飘全湿，茶铛入旋融。奔川半留滞，叠树互玲珑。出户行瑶砌，开园见粉丛。高才兴咏处，真宰答殊功。

省试一一吹竽 乾符二年

齐竽今历试，真伪不难知。欲使声声别，须令个个吹。后先无错杂，能否立参差。次第教单进，宫商乃异宜。凡音皆窜迹，至艺始呈奇。以此论文学,终凭一一窥。

明月照高楼

月满长空朗,楼侵碧落横。波文流藻井,桂魄拂雕楹。深鉴罗纨薄,寒搜户牖清。冰铺梁燕嗫,霜覆瓦松倾。卓午收全影,斜悬转半明。佳人当此夕,多少别离情。

广州试越台怀古

南越千年事,兴怀一旦来。歌钟非旧俗,烟月有层台。北望人何在,东流水不回。吹窗风杂瘴,沾槛雨经梅。壮气曾难揖,空名信可哀。不堪登览处,花落与花开。

襄州试白云归帝乡

杳杳复霏霏,应缘有所依。不言天路远,终望帝乡归。高岳和霜过,遥关带月飞。渐怜双阙近,宁恨众山违。阵触银河乱,光连粉署微。旅人随计日,自笑比麻衣。

省试内出白鹿宣示百官 乾宁二年

上瑞何曾乏,毛群表色难。推于五灵少,宣示百寮观。形夺场驹洁,光交月兔寒。已驯瑶草别,孤立雪花团。戴豸惭端士,抽毫跃史官。贵臣歌咏日,皆作白麟看。

出 关 言 怀

又乞书题出,关西谒列侯。寄家僧许岳,钓浦雨移洲。卖马登长陆,沾衣逐胜游。菜肠终日馁,霜鬓度年秋。诗苦无人爱,言公是世仇。却怜庭际草,中有号忘忧。

壶公山 古老相传:古仙姓陈名壶公,于此山成道,因而名焉。

八面峰峦秀,孤高可偶然。数人游顶上,沧海见东边。不信无灵
洞,相传有古仙。橘如珠一作朱夏在,池象月垂穿。山头有池而圆,兼橘
树朱实夏在。仿佛尝闻乐,岧峣半插天。山寒彻三伏,松偃出千年。
樵牧时迷所,仓箱岁叠川。严祠风雨管,怪木薜萝缠。青草方中
药,苍苔石里钱。琼津流乳窦,春色驻芝田。乌兔中时近,龙蛇蛰
处膻。嘉名光列土,秀气产群贤。瀑锁瑶台路,溪升钓浦船。鳌头
擎恐没,地轴压应旋。蠲疾寒甘露,藏珍起瑞烟。画工飞梦寐,诗
客寄林泉。掘地多云母,缘霜欠木绵。井通鳅吐脉,僧隔虎栖禅。
山间有井,通海盈缩之候。贞元中,有僧号法通,咸通中,有僧号弘播,于其绝顶独禅,
昏行至降虎。而法通曾下山,遇两虎争一牛,乃叱而隔之,分令各啖之。危磴千寻
拔,奇花四季鲜。鹤归悬圃少,凤下碧梧偏。桃易炎凉熟,茶推醉
醒煎。村家蒙枣栗,俗骨爽猿蝉。谷语升乔鸟,陂开共蒂莲。落枫
丹叶舞,新蕨紫芽拳。翠竹雕羌笛,悬藤煮蜀笺。白云长掩映,流
水别潺湲。作赋前儒阙,冲虚南国先。省郎求牧看,野老葺斋眠。
潘郎中《存实》诗云:"双旌牧清源,吟看壶公翠。"又欧阳秬先辈《自刺史苏君书求泉山
之为画屏》云:"壶公之高,洛阳之深,梦魂所思。"寺立兴衰创,碑须一二镌。
清吟思却隐,簪绂奈萦牵。

和王舍人崔补阙题天王寺

郭内青山寺,难论此崛奇。白云生院落,流水下城池。石像雷霆
启,江沙鼎鼐期。岳僧来坐夏,秦客会题诗。冈转泉根滑,门升藓
级危。紫微今日句,黄绢昔年碑。歇鹤松低阁,鸣蛩径出篱。粉垣
千堵束,金塔九层支。啼鸟笙簧韵,开花锦绣姿。清斋奔井邑,玄
发剃熊罴。极浦征帆小,平芜落日迟。风篁清却暑,烟草绿无时。
信士三公作,灵踪四绝推。良游如不宿,明月拟何之。

投翰长赵侍郎

禹门西面逐飘蓬，忽喜仙都得入踪。贾氏许频趋季虎，荀家因敢谒
头龙。手扶日月重轮起，数是乾坤正气钟。五色笔驱神出没，八花
砖接帝从容。诗酬御制风骚古，论似人情鼎鬺浓。岂有地能先凤
掖，别无山更胜鳌峰。攀鸿日浅魂飞越，为鲤年深势唵喁。泽国雨
荒三径草，秦关雪折一枝筇。吹成暖景犹葭律，引上纤萝在岳松。
愿向明朝荐幽滞，免教号泣触登庸。

鄘畤李相公

秦城择日发征辕，斋戒来投节制尊。分虎名高初命相，攀龙迹下愧
登门。夜听讴咏销尘梦，晓拜旌幢战旅魂。华舍未开宁有碍，彩毫
虽乏敢无言。生兼文武为人杰，出应乾坤静帝阍。计吐六奇谁敢
敌，学穷三略不须论。功高马卸黄金甲，台迥宾欢白玉樽。九穗嘉
禾垂绮陌，四时甘雨带雕轩。推恩每觉东溟浅，吹律能令北陆暄。
青草连沙无血溅，黄榆锁塞有莺翻。笙歌合沓春风郭，鸡犬连延碧
岫村。游子不缘贪献赋，永依棠树托蓬根。

成名后呈同年

业诗攻赋荐乡书，二纪如鸿历九衢。待得至公搜草泽，如从平陆到
蓬壶。虽惭锦鲤成穿额，忝获骊龙不寐珠。蒙楚数疑休下泣，师刘
大喝已为卢。人间灰管供红杏，天上烟花应白榆。一字连镳巡甲
族，千般唱罚赏皇都。名推颜柳题金塔，饮自燕秦索玉姝。退愧单
寒终预此，敢将恩岳怠斯须。

投刑部裴郎中

两榜驱牵别海涔，佗门不合觅知音。瞻恩虽隔云雷赐，向主终知犬
马心。礼闱后人窥作镜，庙堂前席待为霖。已齐日月悬千古，肯误
风尘使陆沉。拜首敢将诚吐血，蜕形唯待诺如金。愁闻南院看期
到，恐被东墙旧恨侵。缊化衣空难抵雪，黑销头尽不胜簪。数行泪
里依投志，直比沧溟未是深。

辇下寓题

对酒何曾醉，寻僧未觉闲。无人不惆怅，终日见南山。

寄题崔校书郊舍

一片寒塘水，寻常立鹭鸶。主人贫爱客，沽酒往吟诗。

秋　思

碧嶂猿啼夜，新秋雨霁天。谁人爱明月，露坐洞庭船。

芳　草

泽国多芳草，年年长自春。应从屈平后，更苦不归人。

辇下书事

北阙新王业，东城入羽书。秋风满林起，谁道有鲈鱼。

入关言怀

背将踪迹向京师，出在先春入后时。落日灞桥飞雪里，已闻南院有
看期。

过 长 江

曾搜景象恐通神，地下还应有主人。若把长江比湘浦，离骚不合自灵均。

题灵峰僧院

系马松间不忍归，数巡香茗一枰棋。拟登绝顶留人宿，犹待沧溟月满时。

司 马 长 卿

一自梁园失意回，无人知有揽天才。汉宫不锁陈皇后，谁肯量金买赋来。

归 思

蓟北风烟空汉月，湘南云水半蛮边。寒为旅雁暖还去，秦越离家可十年。

东林寺贯休上人篆隶题诗

师名自越彻秦中，秦越难寻师所从。墨迹两般诗一首，香炉峰下似相逢。

寓江州李使君

使君曾被蝉声苦，每见词文即为愁。况是楚江鸿到后，可堪西望发孤舟。

游 南 寓 题

江山节被雪霜遗,毒草过秋未拟衰。天不当时命邹衍,亦将寒律入
南吹。

和同年赵先辈观文

玉兔轮中方是树,金鳌顶上别无山。虽然回首见烟水,事主酬恩难
便闲。

出京别同年

一枝仙桂已攀援,归去烟涛浦口村。虽恨别离还有意,槐花黄日出
青门。

木芙蓉三首

黄鸟啼烟二月朝,若教开即牡丹饶。天嫌青帝恩光盛,留与秋风雪
寂寥。
却假青腰女剪成,绿罗囊绽彩霞呈。谁怜不及黄花菊,只遇陶潜便
得名。
须到露寒方有态,为经霜裛稍无香。移根若在秦宫里,多少佳人泣
晓妆。

九 日

阳数重时阴数残,露浓风硬欲成寒。莫言黄菊花开晚,独占樽前一
日欢。

夏 州 道 中

陇雁南飞河水流，秦城千里忍回头。征行浑与求名背，九月中旬往夏州。

经慈州感谢郎中

金声乃是古诗流，况有池塘春草俦。莫遣宣城独垂号，云山彼此谢公游。

寓 题

吴中烟水越中山，莫把渔樵谩自宽。归泛扁舟可容易，五湖高士是抛官。

寄 宋 明 府

北阙秋期南国身，重关烟月五溪云。风蝉已有数声急，赖在陶家柳下闻。

灵 均

莫问灵均昔日游，江篱春尽岸枫秋。至今此事何人雪，月照楚山湘水流。

马 嵬

锦江晴碧剑锋奇，合有千年降圣时。天意从来知幸蜀，不关胎祸自蛾眉。

和陈先辈陪陆舍人春日游曲江

刘超游召郊诿陪，为忆池亭旧赏来。红杏花旁见山色，诗成因触鼓
声回。

花

莫道颜色如渥丹，莫道馨香过菡兰。东风吹绽还吹落，明日谁为今
日看。

卷　帘

绿鬟侍女手纤纤，新捧嫦娥出素蟾。卫玠官高难久立，莫辞双卷水
精帘。

启　帐

得人憎定绣芙蓉，爱锁嫦娥出月踪。侍女莫嫌抬素手，拨开珠翠待
相逢。

去　扇

城上风生蜡炬寒，锦帷开处露翔鸾。已知秦女升仙态，休把圆轻隔
牡丹。

别　后

梦里相逢无后期，烟中解珮杳何之。亏蟾便是陈宫镜，莫吐清光照
别离。

严 陵 钓 台

终向烟霞作野夫，一竿竹不换簪裾。直钩犹逐熊罴起，独是先生真钓鱼。

马 嵬 二 首

铁马嘶风一渡河，泪珠零便作惊波。鸣泉亦感上皇意，流下陇头呜咽多。

龙脑移香凤辇留，可能千古永悠悠。夜台若使香魂在，应作烟花出陇头。

闰 八 月

无人不爱今年闰，月看中秋两度圆。唯恐雨师风伯意，至时还夺上楼天。

奉和翁文尧戏寄

掘兰宫里数名郎，好是乘轺出帝乡。两度还家还未有，别论光彩向冠裳。

奉和文尧对庭前千叶石榴

一朵千英绽晓枝，彩霞堪与别为期。移根若在芙蓉苑，岂向当年有醒时。

翁文尧以美疹暂滞令公大王益得异礼观今日宠待之盛辄成一章

滋赋诚文侯李盛，终求一袭锦衣难。如何两度还州里，兼借乡人更剩观。林、郑在举场日,时曰:"滋赋诚文,中外相奖。"

赠 友 人

超达陶子性,留琴不设弦。觅句朝忘食,倾杯夜废眠。爱月影为
伴,吟风声自连。听此莺飞谷,心怀迷远川。

全唐诗卷七〇七

殷文圭 宋时避讳,改殷为汤。

　　殷文圭,池州人。居九华,苦学,所用墨池,底为之穴。唐末,词场请托公行,文圭与游恭独步场屋。乾宁中及第,为裴枢宣谕判官。后事杨行密,终左千牛卫将军。诗一卷。

八月十五夜

万里无云镜九州,最团圆夜是中秋。满衣冰彩拂不落,遍地水光凝欲流。华岳影寒清露掌,海门风急白潮头。因君照我丹心事,减得愁人一夕愁。

省试夜投献座主

辟开公道选时英,神镜高悬鉴百灵。混沌分来融间气,欃枪灭处炫文星。烛然兰省三条白,山束龙门万仞青。圣教中兴周礼在,不劳干羽舞明庭。

观贺皇太子册命

嗣册储皇帝命行,万方臣妾跃欢声。鸾旟再立星辰正,雉扇双开日月明。自有汉元争翊戴,不劳商皓定欹倾。春宫保傅皆周召,致主何忧不太平。

行朝早春侍师门宴西溪席上作

西溪水色净于苔，画鹢横风绛帐开。弦管旋飘蓬岛去，公卿皆是蕊
宫来。金鳞掷浪钱翻荇，玉爵粘香雪泛梅。三榜生徒逾七十，岂期
龙坂纳非才。

贺同年第三人刘先辈咸辟命

甲门才子鼎科人，拂地蓝衫榜下新。脱俗文章笑鹦鹉，凌云头角压
麒麟。金壶藉草溪亭晚，玉勒穿花野寺春。多愧受恩同阙里，不嫌
师僻与颜贫。

寄广南刘仆射

战国从今却尚文，品流才子作将军。画船清宴蛮溪雨，粉阁闲吟瘴
峤云。暴客卸戈归惠政，史官调笔待儒勋。汉仪一化南人后，牧马
无因更夜闻。

题吴中陆龟蒙山斋

万卷图书千户贵，十洲烟景四时和。花心露洗猩猩血，水面风披瑟
瑟罗。庄叟静眠清梦永，客儿芳意小诗多。天麟不触人间网，拟把
公卿换得么。

经李翰林墓

诗中日月酒中仙，平地雄飞上九天。身谪蓬莱金籍外，宝装方丈玉
堂前。虎靴醉索将军脱，鸿笔悲无令子传。十字遗碑三尺墓，只应
吟客吊秋烟。

鹦 鹉

丹嘴如簧翠羽轻,随人呼物旋知名。金笼夜黯山西梦,玉枕晓憎帘外声。才子爱奇吟不足,美人怜尔绣初成。应缘是我邯郸客,相顾咬咬别有情。

边 将 别

地角天涯倍苦辛,十年铅椠未酬身。朱门泣别同鲛客,紫塞旅游随雁臣。汉将出师冲晓雪,胡儿奔马扑征尘。行行独止干戈域,毳帐望谁为主人。

江 南 秋 日

水国由来称道情,野人经此顿神清。一篷秋雨睡初起,半砚冷云吟未成。青笠渔儿筒钓没,蒨衣菱女画桡轻。冰绡写上江南景,寄与金銮马长卿。

题友人庭竹

丛篁萧瑟拂清阴,贵地栽成碧玉林。尽待花开添凤食,可怜风击状龙吟。钿竿离立霜文静,锦箨飘零粉节深。何事子猷偏寄赏,此君心似古一作主人心。

览陆龟蒙旧集

先生文价沸三吴,白雪千编酒一壶。吟去星辰笔下动,醉来嵩华眼中无。峭如谢桧虬蟠活,清似缑山凤路孤。身后独遗封禅草,何人寻得佐鸿图。

玉仙道中

莼鲈方美别吴江,笔阵诗魔两未降。山势北蟠龙偃蹇,泉声东漱玉
琤琜。古陂狐兔穿蛮冢,破寺荆榛拥佛幢。信马冷吟迷路处,隔溪
烟雨吠村厖。

赵侍郎看红白牡丹因寄杨状头赞图

迟开都为让群芳,贵地栽成对玉堂。红艳袅烟疑欲语,素华映月只
闻香。剪裁偏得东风意,淡薄似—作如矜西子妆。雅称花中为首
冠,年年长占断春光。

题胡州太学丘光庭博士幽居

舜轨尧文混九垓,明堂宏构集良材。江边云卧如龙稳,天外泥书遣
鹤来。五夜药苗滋沆瀣,四时花影荫莓苔。草玄门似山中静,不是
公卿到不开。

初秋留别越中幕客

魂梦飘零落叶洲,北辕南柁几时休。月中青桂渐看老,星畔白榆还
报秋。鹤禁有知须强进,稽峰无事莫相留。吴花越柳饶君醉,直待
功成始举头。

送道者朝见后归山

暂随蒲帛谒金銮,萧洒风仪傲汉官。天马难将朱索绊,海鳌宁觉碧
涛宽。松坛月作尊前伴,竹箧书为教外欢。神鼎已乾龙虎伏,一条
真气出云端。

赠战将

绿沉枪利雪峰尖,犀甲军装称紫髯。威慑万人长凛凛,礼延群客每谦谦。阵前战马黄金勒,架上兵书白玉签。不为已为儒弟子,好依门下学韬钤。

九华贺雨吟

陶公焦思念生灵,变旱为丰合杳冥。雷劈老松疑虎怒,雨冲阴洞觉龙腥。万畦香稻蓬葱绿,九朵奇峰扑亚青。吟贺西成饶旅兴,散丝飞洒满长亭。

赠池州张太守

神珠无颣玉无瑕,七叶簪貂汉相家。阵面奔星破犀象,笔头飞电跃龙蛇。绛帏夜坐穷三史,红旆春行到九华。只怕池人留不住,别迁征镇拥高牙。

中秋自宛陵寄池阳太守

出山三见月如眉,蝶梦终宵绕戟枝。旅客思归鸿去日,贤侯行化子来时。郡楼遐想刘琨啸,相阁方窥谢傅棋。按部况闻秋稼熟,马前迎拜羡并儿。

次韵九华杜先辈重阳寄投宛陵丞相

日下飞声彻不毛,酒醒时得广离骚。先生鬓为吟诗白,上相心因治国劳。千乘信回鱼檄重,九华秋迥凤巢高。强酬小谢重阳句,沙恨无金尽日淘。

寄贺杜荀鹤及第

一战平畴五字劳，昼归乡去锦为袍。大鹏出海翎犹湿，骏马辞天气正豪。九子旧山增秀绝，二南新格变风骚。由来稽古符公道，平地丹梯甲乙高。

春草碧色

细草含愁碧，芊绵南浦滨。萋萋如恨别，苒苒共伤春。疏雨烟华润，斜阳细彩匀。花粘繁斗锦，人藉软胜茵。浅映宫池水，轻遮辇路尘。杜回如可结，誓作报恩身。

和友人送衡尚书赴池阳副车

淮王上将例分忧，玉帐参承半列侯。次第选材如创厦，别离排宴向藏舟。鲲鹏变化知难测，龙蠖升沉各有由。蹩躠行牵金镂重，婵娟立唱翠娥愁。筑头勋业谐三阵，满腹诗书究九流。金海珠韬乘月读，肉芝牙茗拨云收。赤鳞旆卷鸥汀晚，青雀船横雁阵秋。十字细波澄镜面，九华残雪露峰头。醉沉北海千尊酒，吟上南荆百尺楼。况是昭明食鱼郡，不妨闲掷钓璜钩。

贻李南平

　　　　文圭为内翰时，草司空李德诚麻，润笔久不至，为诗督之。

紫殿西头月欲斜，曾草临淮上相麻。润笔已曾经奏谢，更飞章句问张华。

句

龙舒太守人中杰，风韵堂中心似月。《方舆胜览》

众口声光夸汉将,筑头勋业佐淮王。　贺池阳太守正命　《唐诗纪事》

全唐诗卷七〇八

徐 夤

徐夤,字昭梦,莆田人。登乾宁进士第,授秘书省正字。依王审知,礼待简略,遂拂衣去,归隐延寿溪。著有《探龙》、《钓矶》二集,编诗四卷。

钓 台

金门谁奉诏,碧岸独垂钩。旧友只樵叟,新交惟野鸥。嘉名悬日月,深谷化陵丘。便可招巢父,长川好饮牛。

旅 次 寓 题

胡为名利役,来往老关河。白发随梳少,青山入梦多。途穷怜抱疾,世乱耻登科。却起渔舟念,春风钓绿波。

赠 严 司 直

承家居阙下,避世出关东。有酒刘伶醉,无儿伯道穷。新诗吟阁赏,旧业钓台空。雨雪还相访,心怀与我同。

赠东方道士

葫芦窗畔挂,是物在其间。雪色老人鬓,桃花童子颜。祭星秋卜日,采药晓登山。旧放长生鹿,时衔瑞草还。

题 僧 壁

香厨流瀑布,独院锁孤峰。绀发青螺长,文茵紫豹重。卵枯皆化燕,蜜老却成蜂。明月留人宿,秋声夜著松。

和人经隋唐间战处

孤军前度战,一败一成功。卷斾早归国,卧尸犹臂弓。草间腥半在,沙上血残红。伤魄何为者,五湖垂钓翁。

追和常建叹王昭君

红颜如朔雪,日烁忽成空。泪尽黄云雨,尘消白草风。君心争不悔,恨思竟何穷。愿化南飞燕,年年入汉宫。

赠 董 先 生

寿岁过于百,时闲到上京。餐松双鬓嫩,绝粒四支轻。雨雪思中岳,云霞梦赤城。来年期寿箓,何处待先生。

河 流

洪流盘砥柱,淮济不同波。莫讶清时少,都缘曲处多。远能通玉塞,高复接银河。大禹成门崄,为龙始得过。

题 南 寺

久别猿啼寺,流年劫逝波。旧僧归塔尽,古瓦长松多。壁藓昏题记,窗萤散薜萝。平生英壮节,何故旋消磨。

北 山 秋 晚

十载衣裘尽,临寒隐薜萝。心闲缘事少,身老爱山多。玉露催收
菊,金风促剪禾。燕秦正戎马,林下好婆娑。

昔 游

昔游红杏苑,今隐刺桐村。岁计悬僧债,科名负国恩。不书胝渐
稳,频镊鬓无根。惟有经邦事,年年志尚存。

酒 胡 子

红筵丝竹合,用尔作欢娱。直指宁偏党,无私绝觊觎。当歌谁搦
袖,应节渐轻躯。恰与真相似,毡裘满颔须。

吊 崔 补 阙

近来吾道少,恸哭博陵君。直节岩前竹,孤魂岭上云。缙绅传确
论,丞相取遗文。废却中兴策,何由免用军。

吊赤水李先生

三年悲过隙,一室类销冰。妻病入仙观,子穷随岳僧。荒丘寒有
雨,古屋夜无灯。往日清猷著,金门几欲征。

香 鸭

不假陶熔妙,谁教羽翼全。五金池畔质,百和口中烟。嘴钝鱼难
啄,心空火自燃。御炉如有阙,须进圣君前。

鸡

名参十二属,花入羽毛深。守信催朝日,能鸣送晓阴。峨冠装瑞
璧,利爪削黄金。徒有稻粱感,何由报德音。

白 鸽

举翼凌空碧,依人到大邦。粉翎栖画阁,雪影拂琼窗。振鹭堪为
侣,鸣鸠好作双。狎鸥归未得,睹尔忆晴江。

龟

行止竟何从,深溪与古峰。青荷巢瑞质,绿水返灵踪。钻骨神明
应,酬恩感激重。仙翁求一卦,何日脱龙钟。

银结条冠子

日下征良匠,宫中赠阿娇。瑞莲开二孕一作朵,琼缕织千条。蝉翼
轻轻结,花纹细细挑。舞时红袖举,纤影透龙绡。

蜀 葵

剑门南面树,移向会仙亭。锦水饶花艳,岷山带叶青。文君惭婉
娩,神女让娉婷。烂熳红兼紫,飘香入绣扃。

华 清 宫

十二琼楼锁翠微,暮霞遗却六铢衣。桐枯丹穴凤何去,天在鼎湖龙
不归。帘影罢添新翡翠,露华犹湿旧珠玑。君王魂断骊山路,且向
蓬瀛伴贵妃。

再幸华清宫

肠断将军改葬归，锦囊香在忆当时。年来却恨相思树，春至不生连
理枝。雪女冢头瑶草合，贵妃池里玉莲衰。霓裳旧曲飞霜殿，梦破
魂惊绝后期。

喜雨上主人尚书

天皇攘袂敕神龙，雨我公田兆岁丰。几日淋漓侵暮角，数宵滂沛彻
晨钟。细如春雾笼平野，猛似秋风击古松。门下十年耕稼者，坐来
偏忆翠微峰。

回文诗二首

飞书一幅锦文回，恨写深情寄雁来。机上月残香阁掩，树梢烟澹绿
窗开。霏霏雨罢歌终曲，漠漠云深酒满杯。归日几人行问卜，徽音
想望倚高台。

轻帆数点千峰碧，水接云山四望遥。晴日海霞红霭霭，晓天江树绿
迢迢。清波石眼泉当槛，小径松门寺对桥。明月钓舟渔浦远，倾山
雪浪暗随潮。

不 把 渔 竿

不把渔竿不灌园，策筇吟绕绿芜村。得争野老眠云乐，倍感闽王与
善恩。鸟趁竹风穿静户，鱼吹烟浪喷晴轩。何人买我安贫趣，百万
黄金未可论。

古 往 今 来

古往今来恨莫穷，不如沉醉卧春风。雀儿无角长穿屋，鹦鹉能言却

入笼。柳惠岂嫌居下位,朱云直去指三公。闲思郭令长安宅,草没
匡墙旧事空。

十 里 烟 笼

十里烟笼一径分,故人迢递久离群。白云明月皆由我,碧水青山忽
赠君。浮世宦名浑似梦,半生勤苦谩为文。北邙坡上青松下,尽是
销金佩玉坟。

偶 书

巧者多为拙者资,良筹第一在乘时。市门逐利终身饱,谷口躬耕尽
日饥。琼玖礐来燕石贵,蓬蒿芳处楚兰衰。高皇冷笑重瞳客,盖世
拔山何所为。

润 屋

润屋丰家莫妄求,眼看多是与身雠。百禽罗得皆黄口,四皓山居始
白头。玉烁火光争肯变,草芳崎岸不曾秋。朱门粉署何由到,空寄
新诗谢列侯。

退 居

鹤性松心合在山,五侯门馆怯趋攀。三年卧病不能免,一日受恩方
得还。明月送人沿驿路,白云随马入柴关。笑他范蠡贪婪甚,相罢
金多始退闲。

闭 门

闭却闲门卧小窗一作竹房,更何人与疗膏肓。一生有酒唯知醉,四
大无根可预量。骨冷欲针先觉痛,肉顽频灸不成疮。漳滨伏枕文

园渴,盗跖纵横似虎狼。

开　窗

闭户开窗寝又兴,三更时节也如冰。长闲便是忘机者,不出真如过
夏僧。环堵岂惭蜗作舍,布衣宁假鹤为翎。蔷薇花尽薰风起,绿叶
空随满架藤。

灯　花

点蜡烧银却胜栽,九华红艳吐玫瑰。独含冬夜寒光拆,不傍春风暖
处开。难见只因能送喜,莫挑唯恐堕成灰。贪膏附热多相误,为报
飞蛾罢拂来。

东归出城留别知己

韦一作常蒙屈指许非才,三载长安共酒杯。欲别未攀杨柳赠,相留
拟待牡丹开。寒随御水波光散,暖逐衡阳雁影来。他日因书问衰
飒,东溪须访子陵台。

咏　怀

愁花变出白髭须,半世辛勤一事无。道在或期君梦想,贫来争奈鬼
揶揄。马卿自愧长婴疾,颜子谁怜不是愚。借取秦宫台上镜,为时
开照汉妖狐。

郊村独游

岁闰堪怜历候迟,出门惟与野云期。惊鱼掷上绿荷芰,栖鸟啄馀红
荔枝。末路可能长薄命,修途应合有良时。市头相者休相戏,蹙膝
先生半自知。

经故一作过翰林杨左丞池亭

八角红亭荫绿池，一朝青草盖遗基。蔷薇藤老开花浅，翡翠巢空落
羽奇。春榜几深门下客，乐章多取集中诗。平生德义人间诵，身后
何劳更立碑。

经故一作过广平员外旧宅

门巷萧条引涕洟，遗孤三岁著麻衣。绿杨树老垂丝短，翠竹林荒著
笋稀。结社僧因秋朔吊，买书船近葬时归。平生欲献匡君策，抱病
犹言未息机。

潘丞相旧宅

绿树垂枝荫四邻，春风还似旧时春。年年燕是雕梁主，处处花随落
月尘。七贵竟为长逝客，五侯寻作不归人。秋槐影薄蝉声尽，休谓
龙门待化鳞。

门外闲田数亩长有泉源因筑直堤分为两沼

左右澄漪小槛前，直堤高筑古平川。十分春水双檐影，一片秋空两
月悬。前岸好山摇细浪，夹门嘉树合晴烟。坐来暗起江湖思，速问
溪翁买钓船。

北　园

北园千叶旋空枝，兰蕙还将众草衰。笼鸟上天犹有待，病龙兴雨岂
无期。身闲不厌频来客，年老偏怜最小儿。生事罢求名与利，一窗
书策是年支。

溪上要一只白簟扇盖头垂钓去年就节推侍御请之蒙惠一柄紫花纹者虽则鳞华具甚（一作在）纰薄不及清源所出因就南郡陈常侍请之遂成拙句

难求珍簟过炎天，远就金貂乞月圆。直在引风欹角枕，且图遮日上渔船。但令织取无花簟，不用挑为饮露蝉。莫道如今时较晚，也应留得到明年。

招　隐

齿发那能敌岁华，早知休去避尘沙。鬼神只阚高明里，倚伏不干栖隐家。陶景岂全轻组绶，留侯非独爱烟霞。赠君吉语堪铭座，看取朝开暮落花。

忆山中友人

忆得当年接善邻，苦将闲事强夫君。斗开碧沼分明月，各领青山占白云。近日药方多缮写，旧来诗草半烧焚。金门几欲言西上，惆怅关河正用军。

溪　隐

将名将利已无缘，深隐清溪拟学仙。绝却腥膻胜服药，断除杯酒合延年。蜗牛壳漏（一作满）宁同舍，榆荚花开不是钱。鸾鹤久从笼槛闭，春风却放纸为鸢。

酒　醒

酒醒欲得适闲情，骑马那胜策杖行。天暖天寒三月暮，溪南溪北两
村一作川名。沙澄浅水鱼知钓，花落平田鹤见耕。望断长安故交
远，来书未说九河清。

梦　断

梦断纱窗半夜雷，别君花落又花开。渔阳路远书难寄，衡岳山高月
不来。玄燕有情穿绣户，灵龟无应祝金杯。人生若得长相对，萤火
生烟草化灰。

人　事

人事飘如一炷烟，且须求佛与求仙。丰年甲子春无雨，良夜庚申夏
足眠。颜氏岂嫌瓢里饮，孟光非取镜中妍。平生生计何为者，三径
苍苔十亩田。

休　说

休说人间有陆沉，一樽闲待月明斟。时来不怕沧溟阔，道大却忧潢
潦深。白首钓鱼应是分，青云干禄已无心。梓桐赋罢相如隐，谁为
君前永夜吟。

嘉　运

嘉运良时两阻修，钓竿蓑笠乐林丘。家无寸帛浑闲事，身似浮云且
自由。庭际鸟啼花旋落，潭心月在水空流。晨炊一箸红银粒，忆著
长安索米秋。

绿 鬓

绿鬓先生自出林，孟光同乐野云深。躬耕为食古人操，非织不衣贤
者心。眼众岂能分瑞璧，舌多须信烁良金。君看黄阁南迁客，一过
泷州绝好音。

骄 侈

骄侈陟危俭素牢，镜中形影岂能逃。石家恃富身还灭，颜子非贫道
不遭。蝙蝠亦能知日月，鸾凤那肯啄腥臊。古今人事惟堪醉，好脱
霜裘换绿醪。

龙 蛰 二 首

龙蛰蛇蟠却待伸，和光何惜且同尘。伍员岂是吹箫者，冀缺非同执
耒人。神剑触星当变化，良金成器在陶钧。穰侯休忌关东客，张禄
先生竟相秦。

休说雄才间代生，到头难与运相争。时通有诏征枚乘，世乱无人荐
祢衡。逐日莫矜驽马步，司晨谁要牝鸡鸣。中林且作烟霞侣，尘满
关河未可行。

逐 臭 苍 蝇

逐臭苍蝇岂有为，清蝉吟露最高奇。多藏苟得何名富，饱食嗟来未
胜饥。穷寂不妨延寿考，贪狂总待算毫厘。首阳山翠千年在，好莫
冰壶吊伯夷。

牡丹花二首

看遍花无胜此花，剪云披雪蘸丹砂。开当青律二三月，破却长安千

万家。天纵秾华刭鄙吝,春教妖艳毒一作妒豪奢。不随寒令同时放,倍种双松与辟邪。

万万花中第一流,浅霞轻染嫩银瓯。能狂绮陌千金子,也惑朱门万户侯。朝日照开携酒看,暮风吹落绕栏收。诗书满架尘埃扑,尽日无人略举头。

尚书座上赋牡丹花得轻字韵

一本无韵字其花自越中移植

流苏凝作瑞华精,仙阁开时丽日晴。霜月冷销银烛焰,宝瓯圆印彩云英。娇含嫩脸春妆薄,红蘸香绡艳色轻。早晚有人天上去,寄他将赠董双成。

依韵和尚书再赠牡丹花

烂银基地薄红妆,羞杀千花百卉芳。紫陌昔曾游寺看,朱门今在绕栏望。龙分夜雨资娇态,天与春风发好香。多著黄金何处买,轻桡挑过镜湖光。

郡庭一作伯惜牡丹

肠断东风落牡丹,为祥为瑞久留难。青春不驻堪垂泪,红艳已空犹倚栏。积藓下销香蕊尽,晴阳高照露华干。明年万叶千枝长,倍发芳菲借客看。

追和白舍人咏白牡丹

蓓蕾抽开素练囊,琼葩薰出白龙香。裁分楚女朝云片,剪破姮娥夜月光。雪句岂须征柳絮,粉腮应恨帖梅妆。槛边几笑东篱菊,冷折金风待降霜。

忆 牡 丹

绿树多和雪霰栽,长安一别十年来。王侯买得价偏重,桃李落残花
始开。宋玉邻边腮正嫩,文君机上锦初裁。沧洲春暮空肠断,画一
作尽看犹将劝酒杯。

惜 牡 丹

今日狂风揭锦筵,预愁吹落夕阳天。闲看红艳只须醉,谩惜黄金岂
是贤。南国好偷夸粉黛,汉宫宜摘赠神仙。良时虽作莺花主,白马
王孙恰少年。

览柳浑汀洲采白蘋之什因成一章

采尽汀蘋恨别离,鸳鸯鸂鶒总双飞。月明南浦梦初断,花落洞庭人
未归。天远有书随驿使,夜长无烛照寒机。年来泣泪知多少,重叠
成痕在绣衣。

司直巡官无诸移到玫瑰花

芳菲移自越王台,最似蔷薇好并栽。秾艳尽怜胜彩绘,嘉名谁赠作
玫瑰。春藏锦绣风吹拆,天染琼瑶日照开。为报朱衣早邀客,莫教
零落委苍苔。

梅 花

琼瑶初绽岭头葩,蕊粉新妆姹女家。举世更谁怜洁白,痴心皆尽爱
繁华。玄冥借与三冬景,谢氏输他六出花。结实和羹知有日,肯随
羌笛落天涯。

荔 枝 二 首

朱弹星丸粲日光,绿琼枝散小香囊。龙绡壳绽红纹粟,鱼目珠涵白
膜浆。梅熟已过南岭雨,橘酸空待洞庭霜。蛮山蹋晓和烟摘,拜捧
金盘奉越王。

日日熏风卷瘴烟,南园珍果荔枝先。灵鸦啄破琼津滴,宝器盛来蚌
腹圆。锦里只闻销醉客,蕊宫惟合赠神仙。何人刺出〔猩猩〕(腥腥)
血,深染罗纹遍壳鲜。

菊 花

桓景登高事可寻,黄花开处绿畦深。消灾辟恶君须采,冷露寒霜我
自禁。篱物一作槿早荣还早谢,涧松同德复同心。陶公岂是居贫
者,剩有东篱万朵金。

画 松

涧底阴森验笔精,笔闲开展觉神清。曾当月照还无影,若许风吹合
有声。枝偃只应玄鹤识,根深且与茯苓生。天台道士频来见,说似
株株倚赤城。

草 木

草木无情亦可嗟,重开明镜照无涯。菊英空折罗含宅,榆荚不生原
宪家。天命岂凭医药石,世途还要辟虫沙。仙翁乞取金盘露,洗却
苍苍两鬓华。

松

涧底青松不染尘,未逢良匠竟谁分。龙盘劲节岩前见,鹤唳翠梢天

上闻。大厦可营谁择木,女萝相附欲凌云。皇王自有增封日,修竹
徒劳号此君。

竹

翠染琅玕粉渐开,东南移得会稽栽。游丝挂处渔竿去,绿水夹时龙
影来。风触有声含六律,露沾如洗绝浮埃。王猷旧宅无人到,抱却
清阴盖绿苔。

尚书打球小骢步骤最奇因有所一本无有所二字赠

善价千金未可论,燕王新寄小龙孙。逐将白日驰青汉,衔得流星入
画门。步骤最能随手转,性灵多恐会人言。桃花雪点多虽贵,全假
当场一顾恩。

尚书惠蜡面茶

武夷春暖月初圆,采摘新芽献地仙。飞鹊印成香蜡片,啼猿溪走木
兰船。金槽和碾沉香末,冰碗轻涵翠缕烟。分赠恩深知最异,晚铛
宜煮北山泉。

劝　酒

休向尊前诉羽觥,百壶清酌与君倾。身同绿树年年老,事比红尘日
日生。六国英雄徒反覆,九原松柏甚分明。醉乡路与乾坤隔,岂信
人间有利名。

断　酒

因论沉湎觉前非,便碎金罍与羽卮。采茗早驰三蜀使,看花甘负五
侯期。窗间近火刘伶传,坐右新铭管仲辞。此事十年前已说,匡庐

山下老僧知。

忆 旧 山

涧竹岩云有旧期, 二年频长鬓边丝。游鱼不爱金杯水, 栖鸟敢求琼树枝。陶景恋深松桧影, 留侯抛却帝王师。龙争虎攫皆闲事, 数叠山光在梦思。

全唐诗卷七○九

徐 夤

西 华

五千仞有馀神秀，一一排云上沆瀜。叠嶂出关分二陕，残冈过水作中条。巨灵庙破生春草，毛女峰高入绛〔霄〕(宵)。拜祝金天乞阴德，为民求主降神尧。

岚 似 屏 风

岚似屏风草似茵，草边时睑锦花鳞。山中宰相陶弘景，谷口耕夫郑子真。宦达到头思野逸，才多未必笑清贫。君看东洛平泉宅，只有年年百卉春。

忆 潼 关

洞壑双扉入到初，似从深阱睹高墟。天开白日临军国，山夹黄河护帝居。隋炀远游宜不反，奉春长策竟何如。须知皇汉能扃镭，延得年过四百馀。

忆 潼 关 早 行

行客起看仙掌月，落星斜照浊河泥。故山远处高飞雁，去马鸣时先早鸡。关柳不知谁氏种,岳碑犹见圣君题。刍荛十轴僮三尺,岂谓青云便有梯。

鸿　门 旧本作失题

耨月耕烟水国春,薄徒应笑作农人。皇王尚法三推礼,白社宁忘四体勤。雨洒蓑衣芳草暗,鸟啼云树小村贫。犹胜堕力求飧者,五斗低腰走世尘。

忆 长 安 行

旧历关中忆废兴,僭奢须戒俭须凭。火光只是烧秦冢,贼眼何曾视灞陵。钟鼓煎催人自急,侯王更换恨难胜。不如坐钓清溪月,心共寒潭一片澄。

忆长安上省年

忽忆关中逐计车,历坊骑马信空虚。三秋病起见新雁,八月夜长思旧居。宗伯帐前曾献赋,相君门下再投书。如今说著犹堪泣,两宿都堂过岁除。

长 安 述 怀

黄河冰合尚来游,知命知时肯躁求。词赋有名堪自负,春风落第不曾羞。风尘色里凋双鬓,〔鼙〕(击)鼓声中历几州。十载公卿早言屈,何须课夏更冥搜。

长安即事三首

抛掷清溪旧钓钩,长安寒暑再环周。便随莺羽三春化,只说蝉声一度愁。扫雪自怜窗纸照,上天宁愧海槎流。明时则一作只待金门诏,肯羡班超万户侯。

无酒穷愁结自舒,饮河求满不求馀。身登霄汉平时第,家得干戈定后书。富贵敢期苏季子,清贫方见马相如。明时用即匡君去,不用何妨却钓鱼。

拖紫腰金不要论,便堪归隐白云村。更无名籍强金榜,岂有花枝胜杏园。绮席促时皆国器,羽觞飞处尽王孙。高眠亦是前贤事,争报春闱莫大恩。

东京次新安道中

贼去兵来岁月长,野蒿空满坏墙匡。旋从古辙成深谷,几见金舆过上阳。洛水送年催代谢,嵩山擎日拂穹苍。殊时异世为儒者,不见文皇与武皇。

山阴故事

坦腹夫君不可逢,千年犹在播英风。红鹅化鹤青天远,彩笔成龙绿水空。爱竹只应怜直节,书裙多是为奇童。吹笙缑岭登山后,东注清流岂有穷。

温陵即事

早年师友教为文,卖却鱼舟网典坟。国有安危期日谏,家无担石暂从军。非才岂合攀丹桂,多病犹堪伴白云。争得千钟季孙粟,沧洲归与故人分。

温陵残腊书怀寄崔尚书

济川无楫拟何为,三杰还从汉祖推。心学庭槐空发火,鬓同门柳即垂丝。中兴未遇先怀策,除夜相催也课〔诗〕(书)。江上年年接君子,一杯春酒一枰棋。

义通里寓居即事

家住寒梅翠岭东,长安时节咏途穷。牡丹窠小春馀雨,杨柳丝疏夏
足风。愁鬓已还年纪白,衰容宁藉酒杯红。长卿甚有凌云作,谁与
清吟绕帝宫。

上 阳 宫 词

点点苔钱上玉墀,日斜空望六龙西。妆台尘暗青鸾掩,宫树月明黄
鸟啼。庭草可怜分雨露,君恩深恨隔云泥。银蟾借与金波路,得入
重轮伴羿妻。

西 寨 寓 居

闲读南华对酒杯,醉携筇竹画苍苔。豪门有利人争去,陌巷无权客
不来。解报可能医病雀,重燃谁肯照寒灰。严陵万古清风在,好棹
东溪咏钓台。
功智争驰淡薄空,犹怀忠信拟何从。鸥鹭啄腐疑雏凤,神鬼欺贫笑
伯龙。烈日不融双鬓雪,病身全仰竹枝筇。崇侯入辅严陵退,堪忆
啼猿万仞峰。

题福州天王阁

绝境宜栖独角仙,金张到此亦忘还。三门里面千层阁,万井中心一
朵山。江拗碧湾盘洞府,石排青壁护禅关。有时海上看明月,碾出
冰轮叠浪间。

忆荐福寺南院

忆昔长安落第春,佛宫南院独游频。灯前不动惟金像,壁上曾题尽古人。鹧鸪声中双阙雨,牡丹花际六街尘。啼猿溪上将归去,合问升平诣秉钧。

塔院小屋四壁皆是卿相题名因成四韵

雁塔搀空映九衢,每看华宇每踟蹰。题名尽是台衡迹,满壁堪为宰辅图。鸾凤岂巢荆棘树,虬龙多蛰帝王都。谁知远客思归梦,夜夜无船自过湖。

题名琉璃院 今改名景祥院。诗与翁承赞景祥院相同。

一条溪绕翠岩隈,行脚僧言胜五台。一本作一条溪碧绕崔嵬,卸俗偏宜向此隈。农罢树阴黄犊卧,斋时山下白衣来。松因往日门人种,路是前生长老一作朝释子开。三卷贝多金粟语,可能长诵免轮回。

寺中偶题

听话金仙眉一作白相毫,每来皆得解尘劳。鹤栖云路看方贵,僧倚松门见始高。名利罢烧心内火,雪霜偏垢鬓边毛。银蟾未出金乌在,更上层楼眺海涛。

山寺一作中寓居

高卧东林最上方,水声山翠剔愁肠。白云送雨笼僧阁,黄叶随风入客堂。终去四明成大道,暂从双鬓许秋霜。披缁学佛应无分,鹤氅谈空亦不妨。

寄僧寓题

佛顶抄经忆惠休，众人皆谓我悠悠。浮生真个醉中梦，闲事莫添身外愁。百岁付于花暗落，四时随却水奔流。安眠静笑思何报，日夜焚修祝郡侯。

游灵隐天竺二寺

丹井冷泉虚易到，两山真界实难名。石和云雾莲华气，月过楼台桂子清。腾踏回桥巡像设，罗穿曲洞出龙城。更怜童子呼猿去，飒飒萧萧下树行。

醉题邑宰南塘屋壁

万古清淮照远天，黄河浊浪不相关。县留东道三千客，宅锁南塘一片山。草色净经秋雨绿，烧痕寒入晓窗斑。闽王美锦求贤制，未许陶公解印还。

题泗洲塔

十年前事已悠哉，旋被钟声早暮催。明月似师生又没，白云如客去还来。烟笼瑞阁僧经静，风打虚窗佛幌开。惟有南边山色在，重重依旧上高台。

东归题屋壁

尘埃归去五湖东，还是衡门一亩宫。旧业旋从征赋失，故人多逐乱离空。因悲尽室如悬磬，却拟携家学转蓬。见说武王天上梦，无情曾与傅岩通。

寓　题

酒壶棋局似闲人,竹笏蓝衫老此身。托客买书重得卷,爱山移宅近
为邻。鸣蛩阁上风吹病,落叶庭中月照贫。见说天池波浪阔,也应
涓滴溅穷鳞。

偶　题

闲补亡书见废兴,偶然前古也填膺。秦宫犹自拜张禄,楚幕不知留
范增。大道岂全关历数,雄图强半属贤能。燕台财力知多少,谁筑
黄金到九层。

寓题述怀

大道真风早晚还,妖讹成俗污乾坤。宣尼既没苏张起,凤鸟不来鸡
雀喧。刍少可能供骥子,草多谁复访兰荪。尧廷忘却征元凯,天阙
重关十二门。

将入城灵口道中作

路上长安惟咫尺,灞陵西望接秦源。依稀日下分天阙,隐映云边是
国门。锦袖臂鹰河北客,青桑鸣雉渭南村。高风九万程途近,与报
沧洲欲化鲲。

新　屋

耳顺何为土木勤,叔孙墙屋有前闻。纵然一世如红叶,犹得十年吟
白云。性逸且图称野客,才难非敢傲明君。清甜数尺沙泉井,平与
邻家昼夜分。

新葺茆堂

剪竹诛茆就水滨,静中还得保天真。只闻神鬼害盈满,不见古今争贱贫。树影便为廊庑屋,草香权当绮罗茵。阶前一片泓澄水,借与汀禽活紫鳞。

耨水耕山息故林,壮图嘉话负前心。素丝鬓上分愁色,络纬床头和苦吟。笔研不才当付火,方书多诳罢烧金。同年二十八君子,游楚游秦断好音。

茆亭

鸳瓦虹梁计已疏,织茅编竹称贫居。剪平恰似山僧笠,扫静真同道者庐。秋晚卷帘看过雁,月明凭槛数跳鱼。重门公子应相笑,四壁风霜老读书。

客厅

移却松筠致客堂,净泥环堵贮荷香。衡茅只要免风雨,藻棁不须高栋梁。丰芑仲尼明演易,作歌五子恨雕墙。燕台汉阁王侯事,青史千年播耿光。

咏写真

写得衰容似十全,闲开僧舍静时悬。瘦于南国从军日,老却东堂射策年。潭底看身宁有异,镜中引影更无偏。借将前辈真仪比,未愧金銮李谪仙。

放榜日

喧喧车马欲朝天,人探东堂榜已悬。万里便随金鸑鷟,三台仍借玉连钱。南海相公此时在京,蒙借鞍马人仆。花浮酒影彤霞烂,日照衫光瑞色鲜。十二街前楼阁上,卷帘谁不看神仙。

曲江宴日呈诸同年

鸑鷟惊与凤凰同,忽向中兴遇至公。金榜连名升碧落,紫花封敕出琼宫。天知惜日迟迟暮,春为催花旋旋红。好是慈恩题了望,白云飞尽塔连空。

渤海宾贡高元固先辈闽中相访云本国人写得夤斩蛇剑御沟水人生几何赋家_{一本无家字}皆以金书列为屏障因而有赠

折桂何年下月中,闽山来问我雕虫。肯销金翠书屏上,谁把刍荛过日东。郯子昔时遭孔圣,鬷余往代讽秦宫。嗟嗟大国金门士,几个人能振素风。

偶　吟

千卷长书万首诗,朝蒸藜藿暮烹葵。清时名立难皆我,晚岁途穷亦问谁。碧岸钓归惟独笑,青山耕遍亦何为。寻常抖擞怀中策,可便降他两鬓丝。

赠表弟黄校书辂 _{一作较}

昔居临溪,今居近市,入市五里。

产破身穷为学儒,我家诸表爱诗书。严陵虽说临溪隐,晏子还闻近市居。佳句丽偷红菡萏,吟窗冷落白蟾蜍。闲来共话无生理,今古悠悠事总虚。

辇下赠屯田何员外

封章频得帝咨嗟,报国唯将直破邪。身到西山书几达,官登南省鬓初华。厨非寒食还无火,菊待重阳拟泛茶。内翰好才兼好古,秋来应数到君家。员外与杨老丞翰林同年恩仪最。

赠 月 君

山妻字月君,伏见《文选》中顾彦先亦有赠妇,因抒此咏。

出水莲花比性灵,三生尘梦一时醒。神传尊胜陀罗咒,佛授金刚般若经。懿德好书添女诫,素容堪画上银屏。鸣梭轧轧纤纤手,窗户流光织女星。

赠垂光同年

丹桂攀来十七春,如今始见茜袍新。须知红杏园中客,终作金銮殿里臣。逸少家风惟笔札,玄成世业是陶钧。他时黄阁朝元处,莫忘同年射策人。

赠杨著 一作著作

藻丽荧煌冠士林,白华荣养有曾参。十年去里荆门改,八岁能诗相座吟。李广不侯身渐老,子山操赋恨何深。钓鱼台上频相访,共说长安泪满襟。

赠黄校书先辈璞闲居

驭一作取得骊龙第四珠,退依僧寺卜贫居。青山入眼不干禄,白发满头犹著书。东涧野香添碧沼,南园夜雨长秋蔬。月明扫石吟诗坐,讳却全无儋石储。

尚书荣拜恩命黉疾中辄课恶诗二首以申攀赞

明公家凿凤凰池，弱冠封侯四海推。富贵有期天授早，关河多难敕
来迟。昴星人杰当王佐，黄石仙翁识帝师。昨日诏书犹漏缺，未言
商也最能诗。

东郊迎入紫泥封，此日天仙下九重。三五月明临阆泽，百千人众看
王恭。旗傍绿树遥分影，马蹋浮云不见踪。借问乘轺何处客，相庭
雄幕卷芙蓉。

府主仆射王抟生日 昭宗光化三年己未八月献

熊羆先兆庆垂休，天地氤氲瑞气浮。李树影笼周柱史，昴星光照汉
鄷侯。数钟龟鹤千年算，律正乾坤八月秋。勋业定应归鼎鼐，生灵
岂独化东瓯。

献内翰杨侍郎

窗开青琐见瑶台，冷拂星辰逼上台。丹凤诏成中使取，白龙香近圣
君来。欲言温署三缄口，闲赋宫词八斗才。莫拟吟云避荣贵，庙堂
玉铉待盐梅。

送 刘 常 侍

怀君何计更留连，忍送文星上碧天。杜预注通三十卷，汉皇枝绍几
千年。言端信义如明月，笔下篇章似涌泉。他日有书随雁足，东溪
无令访渔船。

送卢拾遗归华山

紫殿谏多防佞口，清秋假满别明君。惟忧急诏归青琐，不得经时卧

白云。千载茯苓携鹤剐,一峰仙掌与僧分。门前旧客期相荐,犹望飞书及主文。

春末送陈先辈之清源

贫中惟是长年华,每羡君行自叹嗟。归日捧持明月宝,去时期刻刺桐花。春风避酒多游寺,晓骑听鸡早入衙。千乘侯王若相问,飞书与报白云家。

上卢三拾遗以言见黜

骨鲠如君道尚存,近来人事不须论。疾危必厌神明药,心惑多嫌正直言。冷眼静看真好笑,倾怀与说却为冤。因思周庙当时诫,金口三缄示后昆。

送王校书往清源

南国贤侯待德风,长途仍借九花骢。清歌早贯骊龙〔颔〕(额),丹桂曾攀玉兔宫。杨柳堤边梅雨熟,鹧鸪声里麦田空。吟诗台上如相问,与说蟠溪直钓翁。

岳州端午日送人游郴连

五月巴陵值积阴,送君千里客于郴。北风吹雨黄梅落,西日过湖青草深。竞渡岸傍人挂锦,采芳城上女遗簪。九嶷云阔苍梧暗,与说重华旧德音。

贺清源太保王延〔彬〕(郴)

蕊珠宫里谪神仙一作神仙谪,八载温陵万户闲。心地阔于云梦泽,官资高却太行山。姜牙兆寄熊罴内,陶侃文成掌握间。应笑清溪旧门吏,年年扶病掩柴关。

武荣江畔荫祥云一作祥云荫,宠拜天人庆郡人。五色鹤绫花上敕,九霄龙尾道边臣。英雄达处谁言命,富贵来时自逼身。更待春风飞吉语,紫泥分付与陶钧。

病中春日即事寄主人尚书二首

身比秋荷觉渐枯,致君经国堕前图。层冰照日犹能暖,病骨逢春却未苏。镜里白须捋又长,枝头黄鸟静还呼。庚楼恩化通神圣,何计能教掷得卢。

风拍衰肌久未蠲,破窗频见月团圆。更无旧日同一作陈人问,只有多情太守怜。腊内送将三折股,岁阴分与五铢钱。玄穹若假年龄在,愿捧铜盘为国贤。

寄华山司空侍郎一作表圣二首

金阙争权竞献功,独逃征诏卧三峰。鸡群未必容于鹤,蛛网何缘捕得龙。清论尽应书国史,静筹皆可息边烽。风霜落满千林木,不近青青涧底松。

非云非鹤不从容,谁敢轻量傲世踪。紫殿几征王佐业,青山未拆诏书封。闲吟每待秋空月,早起长先野寺钟。前古负材多为国,满怀经济欲何从。

寄卢端公同年仁炯时迁都洛阳新立幼主

上阳宫阙翠华归,百辟伤心序汉仪。昆岳有炎琼玉碎,洛川无竹凤凰饥。须簪白笔匡明主,莫许黄觚一作瓜博少师。惆怅宸居远于日,长吁空摘鬓边丝。

寄天台陈希畋

阴山冰冻尝迎夏，蛰户云雷只待春。吕望岂嫌垂钓老，西施不恨浣纱贫。坐为羽猎车中相，飞作君王掌上身。拍手相思惟大笑，我曹宁比等闲人。

寄两浙罗书记

进即湮沉退却升，钱塘风月过金陵。鸿才入贡无人换，白首从军有诏征。博簿集成时辈骂，谗书编就薄徒憎。怜君道在名长在，不到慈恩最上层。

邑宰相访翼日有寄

渊明深念郄诜贫，踏破莓苔看甑尘。碧沼共攀红菡萏，金鞍不卸紫麒麟。残阳妒害催归客，薄酒甘尝罚主人。夜半梦醒追复想，欲长攀接有何因。

白酒两瓶送崔侍御

雪化霜融好泼醅，满壶冰冻向春开。求从白石洞中得，携向百花岩畔来。几夕露珠寒贝齿，一泓银水冷琼杯。湖边送与崔夫子，谁一作惟见嵇山尽日颓。

依韵酬常循州

早年花县拜潘郎，寻忝飞鸣出桂堂。日走登一作青天长似箭，人同红树岂一作几经霜。帆分南浦知离别，驾在东州一作川更可伤。公论一麾将塞诏，且随征令过潇湘。

谢主人惠绿酒白鱼

早起雀声送喜频,白鱼芳酒寄来珍。馨香乍揭春风瓮,拨刺初辞夜雨津。樽阔最宜澄桂液,网疏殊未损霜鳞。不曾垂钓兼亲酝,堪愧金台醉饱身。

全唐诗卷七一〇

徐 夤

蜀

虽倚关张敌万夫,岂胜恩信作良图。能均汉祚三分业,不负荆州六尺孤。绿水有鱼贤已得,青桑如盖瑞先符。君王幸是中山后,建国如何号蜀都。

魏

伐罪书勋令不常,争教为帝与为王。十年小怨诛桓邵,一檄深雠怨孔璋。在井蛰龙如屈伏,食槽骄马忽腾骧。奸雄事过分明见,英识空怀许子将。

吴

一主参差六十年,父兄犹庆授孙权。不迎曹操真长策,终谢张昭见硕贤。建业龙盘虽可贵,武昌鱼味亦何偏。秦嬴谩作东游计,紫气黄旗岂偶然。

两 晋

三世深谋启帝基,可怜孀妇与孤儿。罪归成济皇天恨,戈犯明君万古悲。巴蜀削平轻似纸,勾吴吞却美如饴。谁知高鼻能知数,竟向中原簸战旗。

宋二首

天爵休将儋石论,一身恭俭万邦尊。赌将金带惊寰海,留得耕衣诫子孙。缔构不应饶汉祖,奸雄何足数王敦。草中求活非吾事,岂啻横身向庙门。

百万人甘一掷输,玄穹惟与道相符。岂知紫殿新天子,只是丹徒旧啬夫。五色龙章身早见,六终鸿业数难逾。三年未得分明梦,却为兰陵起霸图。

陈

三惑昏昏中紫宸,万机抛却醉临春。书中不礼隋文帝,井底常携张贵嫔。玉树歌声移入哭,金陵天子化为臣。兵戈半渡前江水,狎客犹闻争酒巡。

读史

亚父凄凉别楚营,天留三杰翼龙争。高才无主不能用,直道有时方始平。喜愠子文何颖悟,卷藏蘧瑗甚分明。须知饮啄縻天命,休问黄河早晚清。

汉宫新宠

位在嫔妃最上头,笑他长信女悲秋。日中月满可能久,花落色衰殊未忧。公主镜中争翠羽,君王袖底夺金钩。妾家兄弟知多少,恰要同时拜列侯。

开 元 即 事

曲江真宰国中讹,寻奏渔阳忽荷戈。堂上有兵天不用,幄中无策印
空多。杨国忠时兼诸使馆三十二印。一本作课印。尘惊骑透潼关锁,云护龙
游渭水波。未必蛾眉能破国,千秋休恨马嵬坡。

李 翰 林

谪下三清列八仙,获调羹鼎侍龙颜。吟开锁闼窥天近,醉卧金銮待
诏闲。旧隐不归刘备国,旅魂长寄谢公山。遗编往简应飞去,散入
祥云瑞日间。

闻长安庚子岁事

羽檄交驰触冕旒,函关飞入铁兜鍪。皇王去国未为恨,寰海失君方
是忧。五色大云凝蜀郡,几般妖气扑神州。唐尧纵禅乾坤位,不是
重华莫谩求。

公 子 行

十五辕门学控弦,六街骑马去如烟。金多倍著牡丹价,发白未知章
甫贤。有耳不闻经国事,拜官方买谢恩笺。相如谩说凌云赋,四壁
何曾有一钱。

依韵赠严司直

曾转双蓬到玉京,宣尼恩奏乐卿名。歌残白石扣牛角,赋换黄金爱
马卿。沧海二隅身渐老,太行千叠路难行。夫君才大官何小,堪恨
人间事不平。

伤前翰林杨左丞 一本有赞图二字

飞上鳌头侍玉皇，三台遗耀换馀光。人间搦管穷苍颉，地上修文待
卜商。真魄肯随金石化，真风留伴蕙兰香。皇天未启升平运，不使
伊皋相禹汤。

日 月 无 情

日月无情也有情，朝升夕没照均平。虽催前代英雄死，还促后来贤
圣生。三尺灵乌金借耀，一轮飞镜水饶清。凭谁筑断东溟路，龙影
蝉光免运行。

新 月

云际〔婵娟〕(娟婵)出又藏，美人肠断拜金方。姮娥一只眉先扫，织
女三分镜未光。珠箔寄钩悬杳霭，白龙遗爪印穹苍。更期十五圆
明夜，与破阴霾照八荒。

和尚书咏烟

无根无蒂结还融，曾触岚光彻底空。不散几知离毕雨，欲飞须待落
花风。玲珑薄展蛟绡片，幂历轻含凤竹丛。琼什捧来思旧隐，扑窗
穿户晓溟濛。

宫 莺

领得春光在帝家，早从深谷出烟霞。闲栖仙禁日边柳，饥啄御园天
上花。 睍睆只宜陪阁凤，间关多是问宫娃。可怜鹦鹉矜言语，长
闭雕笼岁月赊。

鬓　发

鬓添华发数茎新,罗雀门前绝故人。减食为缘疏五味,不眠非是守庚申。深园竹绿齐抽笋,古木蛇青自脱鳞。天地有炉长铸物,浊泥遗块待陶钧。

春　入　鲤　湖

到来峭壁白云齐,载酒春游渡九溪。铁嶂有楼霾欲堕,石门无锁路还迷。湖头鲤去轰雷在,树杪猿啼落日低。回首浮生真幻梦,何如斯地傍幽栖。

双　鹭

双鹭雕笼昨夜开,月明飞出立庭隈。但教绿水池塘在,自有碧天鸿雁来。清韵叫霜归岛树,素翎遗雪落渔台。何人为我追寻得,重劝溪翁酒一杯。

鹧　鸪

绣仆梅兼羽翼全,楚鸡非瑞莫争先。啼归明月落边树,飞入百花深处烟。避烧几曾遗远岫,引雏时见饮晴川。荔枝初熟无人际,啄破红苞坠野田。

鹰

害物伤生性岂驯,且宜笼罩待知人。惟擒燕雀啖腥血,却笑鸾皇啄翠筠。狡兔穴多非尔识,鸣鸠胆短罚君身。豪门不读诗书者,走马平原放玩频。

蝴 蝶 二 首

缥缈青虫脱壳微,不堪烟重雨霏霏。一枝秾艳留教住,几处春风借
与飞。防患每忧鸡雀口,怜香偏绕绮罗衣。无情岂解关魂梦,莫信
庄周说是非。

拂绿穿红丽日长,一生心事住春光。最嫌神女来行雨,爱伴西施去
采香。风定只应攒蕊粉,夜寒长是宿花房。鸣蝉性分殊迂阔,空解
三秋噪夕阳。

郡侯坐上观琉璃瓶中游鱼

宝器一泓银汉水,锦鳞才动即先知。似涵明月波宁隔,欲上轻冰律
未移。薄雾罩来分咫尺,碧绡笼处较毫厘。文翁未得沉香饵,拟置
金盘召左慈。

剪 刀

宝持多用绣为囊,双日^{一作目}交加两鬓霜。金匣掠平花翡翠,绿窗
裁破锦鸳鸯。初栽连理枝犹短,误绾同心带不长。欲制缊袍先把
看,质非纨绮愧铦铓。

纸 被

文采鸳鸯罢合欢,细柔轻缀好鱼笺。一床明月盖归梦,数尺白云笼
冷眠。披对劲风温胜酒,拥听寒雨暖于绵。赤眉豪客见皆笑,却问
儒生直几钱。

纸 帐

几笑文园四壁空,避寒深入剡藤中。误悬谢守澄江练,自宿嫦娥白

兔宫。几叠玉山开洞壑,半岩春雾结房栊。针罗截锦饶君侈,争及蒙茸暖避风。

贡馀秘色茶盏

捩翠融青瑞色新,陶成先得贡吾君。功剜明月染春水,轻旋薄冰盛绿云。古镜破苔当席上,嫩荷涵露别江濆。中山竹叶醅初发,多病那堪中十分。

笋　鞭

笋竹岩边剔翠苔,锦江波冷洗琼瑰。累累节转苍龙骨,寸寸珠联巨蚌胎。须向广场驱驵骏,莫从闲处挞驽骀。宁同晋帝环营日,抛赚中途后骑来。

咏　帘

素节轻盈珠影匀,何人巧思间成文。闲垂别殿风应度,半掩行宫麝欲薰。绣户远笼寒焰重,玉楼高挂曙光分。无情几恨黄昏月,才到如钩便堕云。

咏　灯

分影由来恨不同,绿窗孤馆两何穷。荧煌短焰长疑暗,零落残花旋委空。几处隔帘愁夜雨,谁家当户怯秋风。莫言明灭无多事,曾比人生一世中。

咏　扇

为发凉飙满玉堂,每亲襟袖便难忘。霜浓雪暗知何在,道契时来忽自扬。曾伴一樽临小槛,几遮残日过回廊。汉宫如有秋风起,谁信班姬泪数行。

咏 笔 二 首

秦代将军欲建功,截龙搜兔助英雄。用多谁念毛皆拔,抛却更嫌心
不中。史氏只应归道直,江淹何独偶灵通。班超握管不成事,投掷
翻从万里戎。

君子三归擅一名,秋毫虽细握非轻。军书羽檄教谁录,帝命王言待
我成。势健岂饶氵水阵,锋铦还学历山耕。毛干时有何人润,尽把
烧焚恨始平。

咏 钱

多蓄多藏岂足论,有谁还议济王孙。能于祸处翻为福,解向雠家买
得恩。几怪邓通难免饿,须知夷甫不曾言。朝争暮竞归何处,尽入
权门与幸门。

尚书筵中咏红手帕

鹤绫三尺晓霞浓,送与东家二八容。罗带绣裙轻好系,藕丝红缕细
初缝。别来拭泪遮桃脸,行去包香坠粉胸。无事把将缠皓腕,为君
池上折芙蓉。

尚书新造花笺

浓染红桃二月花,只宜神笔纵龙蛇。浅澄秋水看云母,碎擘轻苔间
粉霞。写赋好追陈后宠,题诗堪送窦滔家。使君即入金銮殿,夜直
无非草白麻。

钓　车

荻湾渔客巧妆成，硾铸银星一点轻。抛过碧江潏〔鹈〕(㴩)岸，轧残金井辘轳声。轴磨骍角冰光滑，轮卷春丝水面平。把向严滩寻辙迹，渔台基在辗难倾。

柳

漠漠金条引线微，年年先〔一作光〕翠报春归。解笼飞鸇延芳景，不逐乱花飘夕晖。啼鸟噪蝉堪怅望，舞烟摇水自因依。五株名显陶家后，见说辞荣种者稀。

愁

夜长偏觉漏声迟，往往随歌惨翠眉。黄叶落催砧杵日，子规啼破梦魂时。明妃去泣千行泪，蔡琰归梳两鬓丝。四皓入山招不得，无家归客最堪欺。

草

废苑荒阶伴绿苔，恩疏长信恨难开。姑苏麋鹿食〔一作应思食〕，楚泽王孙来〔一作已不来〕。色嫩似将蓝汁染，叶齐如把剪刀裁。燕昭没后多卿士，千载流芳郭隗台。

萤

月坠西楼夜影空，透帘穿幕达房栊。流光堪在珠玑列，为火不生榆柳中。一一照通黄卷字，轻轻化出绿芜丛。欲知应候何时节，六月初迎大暑风。

水

火性何如水性柔,西来东出几时休。莫言通海能通汉,虽解浮舟也
覆舟。湘浦暮沉尧女怨,汾河秋泛汉皇愁。洪波激湍归何处,二月
桃花满眼流。

苔

印留麋鹿野禽踪,岩壁渔矶几处逢。金谷晓凝花影重,章华春映柳
阴浓。石桥羽客遗前迹,陈阁才人没旧容。归去扫除阶砌下,藓痕
残绿一重重。

晓

水尽铜龙滴渐微,景阳钟动梦魂飞。潼关鸡唱促归骑,金殿烛残求
御衣。窗下寒机犹自织,梁间栖燕欲双飞。羲和晴笔扶桑辔,借与
寰瀛看早晖。

别

酒尽歌终问后期,泛萍浮梗不胜悲。东门匹马夜归处,南浦片帆飞
去时。赋罢江淹吟更苦,诗成苏武思何迟。可怜范陆分襟后,空折
梅花寄所思。

夜

日坠虞渊烛影开,沉沉烟雾压浮埃。剡川雪满子猷去,汉殿月生王
母来。檐挂蛛丝应渐织,风吹萤火不成灰。愁人莫道何时旦,自有
钟鸣漏滴催。

雨

引电随龙密又轻,酒杯闲噢得嘉名。千山草木如云暗,陆地波澜接海平。洒竹几添春睡重,滴檐偏遣夜愁生。阴妖冷孽成何怪,敢蔽高天日月明。

萍

为实随流瑞色新,泛风紫草护游鳞。密行碧水澄涵月,涩滞轻桡去采蘋。比物何名腰下剑,无根堪并镜中身。平湖春渚知何限,拨破闲投独茧纶。

恨

事与时违不自由,如烧如刺寸心头。乌江项籍忍归去,雁塞李陵长系留。燕国飞霜将破夏,汉宫纨扇岂禁秋。须知入骨难销处,莫比人间取次愁。

鸿

行如兄弟影连空,春去秋来燕不同。紫塞别当秋露白,碧山飞入暮霞红。宣王德美周诗内,苏武书传汉苑中。况解衔芦避弓箭,一声归唳楚天风。

鹤

阆苑瑶台岁月长,一归华表好增伤。新声乍警初零露,折羽闲飞几片霜。要伴神仙归碧落,岂随龟雁住方一作往西塘。三山顶上无人处,琼树堪巢不死乡。

鹊

神化难源瑞即开，雕陵毛羽出尘埃。香闺报喜行人至，碧汉填河织
女回。明月解随乌绕树，青铜宁愧雀为台。琼枝翠叶庭前植，从待
翩翩去又来。

霜

应节谁穷造化端，菊黄豺祭问应难。红窗透出鸳衾冷，白草飞时雁
塞寒。露结芝兰琼屑厚，日干葵藿粉痕残。世间无比催摇落，松竹
何人肯更看。

风

城上寒来思莫穷，土囊萍末两难同。飘成远浪江湖际，吹起暮尘京
洛中。飞雪萧条残腊节，落花狼藉古行宫。春能和煦秋摇落，生杀
还同造化功。

帆

岂劳孤棹送行舟，轻过天涯势未休。断岸晓看残月挂，远湾寒背夕
阳收。川平直可追飞箭，风健还能溯急流。幸遇济川恩不浅，北溟
东海更何愁。

梦

月落灯前闭北堂，神魂交入杳冥乡。文通毫管醒来异，武帝蘅芜觉
后香。傅说已征贤可辅，周公不见恨何长。生松十八年方应，通塞
人间岂合忙。

东

紫气天元出故关,大明先照九垓间。鳌山海上秦娥去,鲈脍江边齐
掾还。青帝郊坰平似砥,主人阶级峻如山。蟠桃树在烟涛水,解冻
风高未得攀。

西

密云郊外已回秋,日下崦嵫景懒收。秦帝城高坚似铁,李斯书上曲
如钩。宁惟东岳凌天秀,更有长庚瞰曙流。见说山傍偏出将,犬戎
降尽复何愁。

南

罩罩嘉鱼忆此方,送君前浦恨难量。火山远照苍梧郡,铜柱高标碧
海乡。陆贾几时来越岛,三闾何日濯沧浪。钟仪冠带归心阻,蝴蝶
飞园万草芳。

北 第五句缺三字

雪满湖天日影微,李君降虏失良时。穷溟驾浪鹍鹏化,极海寄书鸿
雁迟。□□□来犹未启,残兵奔去杳难追。可怜燕谷花〔开〕(间)
晚,邹律如何为一吹。

云

漠漠沉沉向夕晖,苍梧巫峡两相依。天心白日休空蔽,海上故山应
自归。似盖好临千乘载,如罗堪剪六铢衣。为霖须救苍生旱,莫向
西郊作雨稀。

燕

从待衔泥溅客衣,百禽灵性比他稀。何嫌何恨秋须去,无约无期春
自归。雕鹗不容应不怪,栋梁相庇愿相依。吴王宫女娇相袭,合整
双毛预奋飞。

蝉

寒鸣宁与众虫同,翼鬓绥冠岂道穷。壳蜕已从今日化,声愁何似去
年中。朝催篱菊花开露,暮促庭槐叶坠风。从此最能惊赋客,计居
何处转飞蓬。

露

鹤鸣先警雁来天,洗竹沾花处处鲜。散彩几当蝉饮际,凝光宜对蚌
胎前。朝垂苑草烟犹重,夜滴宫槐月正圆。怵惕与霜同降日,蘋蘩
思荐独凄然。

霞

天际何人濯锦归,偏宜残照与晨晖。流为洞府千年酒,化作灵山几
袭衣。野烧焰连殊赫奕,愁云阴隔乍依稀。劳生愿学长生术,餐尽
红桃上汉飞。

蒲

濯秀盘根在碧流,紫茵含露向晴抽。编为细履随君步,织作轻帆送
客愁。疏叶稍为投饵钓,密丛还碍采莲舟。鸳鸯鸂鶒多情甚,日日
双双绕傍游。

泉

非凿非疏出洞门,源深流崄合还分。高成瀑布漱逋客,清入御沟朝
圣君。迸滴几山穿破石,迅飞层峤喷开云。旧斋一带连松竹,明月
窗前枕上闻。

烟

燎野焚林见所从,惹空横水展形容。能滋甘雨随车润,不并行云逐
梦踪。晴鸟回笼嘉树薄,春亭娇幕好花浓。有时片片风吹去,海碧
山清过几重。

闲

不管人间是与非,白云流水自相依。一瓢挂树傲时代,五柳种门吟
落晖。江上翠蛾遗佩去,岸边红袖采莲归。客星辞得汉光武,却坐
东江旧藓矶。

忙

双竞龙舟疾似风,一星球子两明一作朋同。平吴破蜀三除里,灭楚
图秦百战中。春近杜鹃啼不断,寒催归雁去何穷。兵还失路旌旗
乱,惊起红尘似转蓬。

泪

发事牵情不自由,偶然惆怅即难收。已闻抱玉沾衣湿,见说迷途满
目流。滴尽绮筵红烛暗,坠残妆阁晓花羞。世间何处偏留得,万点
分明湘水头。

月

碧落谁分造化权,结霜凝雪作婵娟。寒蝉_{一作蟾}若不开三穴,狡兔
何从上九天。莫见团圆明处远,须看湾曲鉴时偏。郤诜树老尧蓂
换,惆怅今年似去年。

全唐诗卷七一一

徐 夤

依御史一本无御史二字温飞卿华清宫二十二韵

地灵蒸水暖，天气待宸游。岳拱莲花秀，峰高玉蕊秋。朝元雕翠
阁，乞巧绣琼楼。碧海供骊岭，黄金络马头。五王更入帐，七贵迭
封侯。夕雨鸣鸳瓦，朝阳晔柘裘。伊皋争负鼎，舜禹让垂旒。堕珥
闲应拾，遗钗醉不收。飞烟笼剑戟，残月照旌旒。履朔求衣早，临
阳解佩羞。宫词裁锦段，御笔落银钩。帝里新丰县，长安旧雍州。
雪衣传贝叶，蝉鬓插山榴。对景瞻瑶兔，升天驾彩虹。丹书陈北
虏，玄甲擐犀牛。圣诰多屯否，生灵少怨尤。穿胸当有辅，帷幄岂
无筹。凤态伤红艳，鸾舆缓紫骝。树名端正在，人欲梦魂休。谶语
山旁鬼，尘销陇畔丘。重来芳草恨，往事落花愁。五十年鸿业，东
凭渭水流。

尚书命题瓦砚

远向端溪得，皆因郢匠成。凿山青霭断，琢石紫花轻。散墨松香
起，濡毫藻句清。入台知价重，著匣恐尘生。守黑还全器，临池早
著名。春闱携就处，军幕载将行。不独雄文阵，兼能助笔耕。莫嫌
涓滴润，深染古今情。洗处无瑕玷，添时识满盈。兰亭如见用，敲

戛有金声。

东风解冻省试

暖气飘蘋末,冻痕销水中。扇冰初觉泮,吹海旋成空。入律三春
照,朝宗万里通。岸分天影阔,色照日光融。波起轻摇绿,鳞游乍
跃红。殷勤排弱羽,飞翥趁和风。

和仆射二十四丈牡丹八韵

帝王城里看,无故亦无新。忍摘都缘借,移栽未有因。光阴嫌太
促,开落一何频。羞杀登墙女,饶将解佩人。蕊堪灵凤啄,香许白
龙亲。素练笼霞晓,红妆带脸春。莫辞终夕醉,易老少年身。买取
归天上,宁教逐世尘。

钓　丝　竹

薿薿拂清流,堪维舴艋舟。野虫悬作饵,溪月曲为钩。雨润摇阶
长,风吹绕指柔。若将诸树比,还使绿杨羞。蚕妇非尧女,渔人是
子猷。湖边旧栽处,长映读书楼。

尚书会仙亭咏蔷薇夤坐中联
四韵晚归补缉所联因成一篇

结绿根株翡翠茎,句芒中夜刺猩猩。景阳妆赴严钟出,楚峡神教暮
雨晴。踯躅岂能同日语,玫瑰方可一时呈。风吹嫩带香苞展,露洒
啼思泪点轻。阿母蕊宫期索去,昭君榆塞阙赍行。丛高恐碍含泥
燕,架隐宜栖报曙莺。斗日只忧烧密叶,映阶疑欲让双旌。含烟散
缬佳人惜,落地遗钿少妓争。丹渥不因输绣段,钱圆谁把买花声。
海棠若要分流品,秋菊春兰两恰平。

和尚书咏泉山瀑布十二韵

名齐火浣溢山椒,谁把惊虹挂一条。天外倚来秋水刃,海心飞上白
龙绡。民田凿断云根引,僧圃穿通竹影浇。喷石似烟轻漠漠,溅崖
如雨冷潇潇。水中蚕绪缠苍壁,日里虹精挂绛霄。寒漱绿阴仙桂
老,碎流红艳野桃夭。千寻练写长年在,六出花开夏日消。急恐划
分青嶂骨,久应 褵裂翠微腰。濯缨便可讥渔父,洗耳还宜傲帝尧。
林际猿猱偏得饭,岸边乌鹊拟为桥。赤城未到诗先寄,庐阜曾游梦
已遥。数夜积霖声更远,郡楼欹枕听良宵。

自 咏 十 韵

只合沧洲钓与耕,忽依萤烛愧功成。未游宦路叩卑宦,才到名场得
大名。梁苑二年陪众客,温陵十载佐双旌。钱财尽是侯王惠,骨肉
偕承里巷荣。拙赋偏闻镌印卖,恶诗亲见画图呈。使宅行夤回文八体
诗图两面,庚午秋使楼赴宴亲见,每一翻读八韵也。多栽桃李期春色,阔凿
池塘许月明。寒益轻裯饶美寝,出乘车马免徒行。粗支菽粟防饥
歉,薄有杯盘备送迎。僧俗共邻栖隐乐,妻孥同爱水云清。如今便
死还甘分,莫更嫌他白发生。

镜中览怀 —本无怀字 一作览镜书怀

晨起梳头忽自悲,镜中亲见数茎丝。从今休说龙泉剑,世上恩雠报
已迟。

楚 国 史

六国商於恨最多,良弓休绾剑休磨。君王不剪如簧舌,再得张仪欲
奈何。

张　仪

荆楚南来又北归，分明舌在不应违。怀王本是无心者，笼得苍蝇却
放飞。

蔷　薇

朝露洒时如濯锦，晚风飘处似遗钿。重门剩著黄金锁，莫被飞琼摘
上天。

大 夫 松

五树旌封许岁寒，挽柯攀叶也无端。争如涧底凌霜节，不受秦皇乱
世一作号此官。

杏　园

杏苑箫声好醉乡，春风嘉宴更无双。凭谁为谲穆天子，莫把瑶池并
曲江。

蕉　叶

绿绮新裁织女机，摆风摇日影离披。只应青帝行春罢，闲倚东墙卓
翠旗。

路 旁 草

楚甸秦原万里平，谁教根向路傍生。轻蹄绣毂长相蹋，合是荣时不
得荣。

读汉纪

布衣空手取中原,劲卒雄师不足论。楚国八千秦百万,豁开胸臆一时吞。

李夫人二首

不望金舆到锦帷,人间乐极即须悲。若言要识愁中貌,也似君恩日日衰。

招得香魂爵少翁,九华灯烛晓还空。汉王一作皇不及吴王乐,且与西施死处同。

明　妃

不用牵心恨画工,帝家无策及边戎。香魂若得升明月,夜夜还应照汉宫。

马　嵬

二一作三百年来事远闻,从龙谁一作唯解尽如云。张均兄弟皆何在,却是杨妃死报君。

依韵赠南安方处士五首

七贵五侯生肯退,利尘名网死当抛。黔娄寂寞严陵卧,借问何人与结交。

休把嬴蹄蹋霜雪,书成何处献君王。嵩山好与浮丘约,三十六峰云外乡。

百万僧中一作众不为僧,比君知道仅谁能。无家寄泊南安县,六月门前也似冰。

两鬓当春却似秋，僻居夸近野僧楼。落花明月皆临水，明月不流花
自流。

晋楚忙忙起战尘，龚黄门外有高人。一畦云薤三株竹，席上先生未
是贫。

依韵答黄校书

慈恩雁塔参差榜，杏苑莺花次第游。白日有愁犹可散，青山高卧况
无愁。

伤进士谢庭皓

大顺中以词赋著名，与夤不相上下，时号锦绣帷。

献书犹未达明君，何事先游岱岳云。惟有春风护冤魄，与生青草盖孤坟。

闻司空侍郎讣音

园绮生虽逢汉室，巢由死不谒尧阶。八征不起夫君殁去何人葬，合取夷齐
隐处埋。

偶　题　二　首

买骨须求骐骥骨，爱毛宜采凤凰毛。驽骀燕雀堪何用，仍向人前价
例一作数高。

赋就长安振大名，斩蛇功与乐天争。归来延寿溪头坐，终日无人问
一声。

猿

宿有乔林饮有溪，生来踪迹远尘泥。不知心更愁何事，每向深山夜
夜啼。

追和贾浪仙古镜

谁开黄帝桥山冢,明月飞光出九泉。狼藉薛痕磨不尽,黑云残点污秋天。

蝴 蝶 三 首

不并难飞茧里蛾,有花芳处定一作即经过。天风相送轻飘去,却笑〔蜘蛛〕(蛛蜘)谩织罗。

苒苒双双拂画栏,佳人偷一作欲眼再三看。莫欺翼短飞长近,试就花间扑一作捉已一作也难。

栩栩无因系得他,野园荒径一何多。不闻丝竹谁教舞,应仗一作伏流莺为唱歌。

新 刺 袜

素手春溪罢浣纱,巧裁明月半弯斜。齐宫合赠东昏宠,好步黄金菡萏花。

寄华山司空侍郎

山掌林中第一人,鹤书时或问眠云。莫言疏野全无事,明月清风肯放君。

初 夏 戏 题

长养薰风拂晓吹,渐开荷芰落蔷薇。青虫也学庄周梦,化作南园蛱蝶飞。

全唐诗卷七一二

钱 珝

钱珝,字瑞文,吏部尚书徽之子。善文词。宰相王溥荐知制诰,进中书舍人,后贬抚州司马。有《舟中录》二十卷,今编诗一卷。

客 舍 寓 怀

洒洒滩声晚霁时,客亭风袖半披垂。野云行止谁相待,明月襟怀只自知。无伴偶吟溪上路,有花偷笑腊前枝。牵情景物潜惆怅,忽似伤春远别离。

送 王 郎 中

惜别远相送,却成惆怅多。独归回首处,争那暮山何。

江行无题一百首

《统签》云:旧作钱起诗。今考诗繫迁谪涂中杂咏,起无谪宦事,而珝自中书谪抚州。其《舟中集》序云:"秋八月,从襄阳浮江而行。"诗中岘山、沔、武昌、匡庐、鄱湖、浔阳诸地,经途所历,一一吻合。而秋半九日,尤为左验,其为珝诗无疑。蔡宽夫《诗话》:"江行百首,钱蒙仲得之他本,因以传世,元非起集之旧。"宋人语更可据。今与起集并存。

倾酒向涟漪，乘流欲去时。寸心同尺璧，投此报冯夷。

江曲全萦楚，云飞半自秦。岘山回首望，如别故乡一作关人。往年累
登岘亭。

浦烟含一作函夜色一作寒夜永，冷日转秋旻。自有沈碑在一作石，清光
不照人。

楚岸云空合，楚城人不来。只今谁善舞，莫恨废章一作发阳台。

行背青山郭，吟当白露秋。风流无屈宋，空咏古荆州。

晚来渔父喜，网一作罾重欲收迟。恐有长江使，金钱愿赎龟。

去指龙沙路，徒悬象阙一作魏心。夜凉无远梦，不为偶闻砧。

雾云疏有叶，雨浪细无花一作声。稳放扁舟去，江天自有涯一作程。

好日当一作长秋半，层波动旅肠。已行千里外，谁与共秋光。

润色非东里，官曹更一作史建章。宦游难自定，来唤棹船郎。

夜江清未晓，徒惜月光一作先沉。不是因行乐，堪伤老大心。

翳日多乔木，维舟取束薪。静听江叟语，尽一作俱是厌兵人。

箭漏日初短，汀烟草未一作木衰。雨馀一作微虽更绿，不是采蘋时。

山雨一作水夜来涨，喜鱼一作雨跳满江。岸沙平欲尽，垂蓼入船窗。

渚边新雁下，舟上独凄凉。俱是南来客，怜君缀一行。

云密连江暗，风斜著物鸣。一杯真战将，笑尔作愁兵。

柳拂斜开一作阳路，篱边数户村。可能还有意，不掩向江门。

不识相如一作桓公渴，徒吟子美诗。江清惟独看，心外更一作有谁知。

牵路沿一作缘江狭，沙崩岸不平。尽知行处险，谁肯载时轻。

憔悴异灵均，非谗作逐臣。如逢渔父问，未是独醒人。

水含秋夜静，云带夕阳高。诗癖非吾病，何妨吮短豪。

带一作登舟维一作非古岸，还似阻西陵。箕伯无多怒，回头讵不能。

秋云久无雨，江燕社犹飞。却笑舟中客，今年未得归。

帆翅初张处，云鹏怒翼同。莫愁千里路，自有到来风。

佳节虽逢菊，浮生正似—作是萍。故山何处望，荒岸小长亭。

月下江流静，村荒人语稀。鹭鸳虽有伴，仍—作乃共影双飞。

斗转月未落，舟行夜已深。有村知不远，风便数声砧。

棹惊沙鸟迅，飞溅夕阳波。不顾鱼多处，应防一目罗。

行到楚江岸，苍茫人正迷。只如秦塞远，格磔鹧鸪啼。

渐觉江天远，难逢故国书。可能无往事，空食鼎中鱼。

岸草连荒色，村声乐稔年。晚晴贪—作初获稻，闲却彩菱—作莲船。

滩浅多—作争游鹭，江清易见鱼。怪来吟未足，秋物欠红蕖。

蛩响依沙草，萤飞透水烟。夜凉谁咏史，空泊运租船。

睡稳叶舟轻，风微浪不惊。人居—作任君芦苇岸，终夜动秋声。

自念—作守平生意，曾期一郡符。可—作当知因谪宦，斑鬓入江湖。

水天凉夜月，不是少—作惜清光。好景—作物随人物—作秘，秦淮忆建康。

古来多思客，摇落恨江潭。今日秋风至，萧疏过—作独沔南。

映竹疑村好，穿芦觉渚幽。渐安无旷土，姜芋当农收。

烟渚复烟渚，画屏休—作还画屏。引愁天末去，数点暮山青。

秋风动客心，寂寂不成吟。飞上危樯立，莺啼报好音—作啼鸟不知音。

见底高秋水，开怀万里天。旅吟还有伴，沙柳数枝蝉。

九日自佳节，扁舟无一杯。曹园旧樽酒，戏马忆高台。

兵火有馀烬，贫村才数家。无人争晓渡，残月下寒沙。

渚禽菱芡足，不向稻粱争。静宿凉湾月，应无失侣声。

轻云未扑—作护霜，树杪橘初黄。行—作信是知名物，过风过水香。

土旷深耕少，江平远钓多。平生皆弃本，金革竟如何。

海月非常物，等闲不可寻。披沙应有地，浅处定无金。

风晚冷飕飕，芦花已白头。旧来红叶寺，堪忆玉京秋。

渺渺望天涯，清涟浸赤霞。难逢星汉使，乌鹊日乘槎。

风好来无阵,云开一作闲去有踪。钓歌无远近,应喜罢艨艟。

吴疆连楚甸,楚俗异吴乡。谩把樽中物,无人啄蟹黄一作匡。

岸绿野烟远,江红斜照微。撑开小渔艇,应到月明归。

雨馀江始涨,漾漾见流薪。曾叹河一作沟中木,斯言忆古人。

垂露一作坠露晚犹浓一作露坠日犹红,清一作秋风一作花不易逢。涉江虽已晚,高树搴一作攀芙蓉。

乘一作叶舟维夏口,烟野独行时。不见头陀寺,空怀幼妇碑。

晚泊武昌岸,津亭疏柳风。数株曾手植,好事忆陶公。

舟航依浦定,星斗满江寒。若比一作此阴霾日,何妨一作方夜未阑。

近戍离金落,孤岑望火门。惟将知命意,潇洒向乾坤。

丛菊生堤上,此花长后时。有人还采掇,何必在一作及春期。

景夕一作夕景残霞落,秋寒细雨晴。短缲何用濯,舟在月中行。

堤一作垠坏漏一作满江水,地坳成野塘。晚荷人不折,留取一作此作秋香。

左一作失宦终何路,摅怀亦自宽。襞笺嘲白鹭,无意喻枭鸾。

楼空人不归,云白去时衣。黄鹤无心下,长应笑令威。

白帝朝惊浪,阳台暮映云。等闲生险易,世路只如君。

橹一作芦慢生轻浪,帆虚带白云。客船虽狭小,容得瘦一作庾将军。

晋冠军将军柳遐免官,桓温怪其瘦,答云:"不能不恨于破甑。"

静看秋江水,风微浪渐平。人间驰竞处,尘土自波成。

风借一作劲帆方疾,风回棹却迟。较量人世事,不校一毫厘。

咫尺愁风雨,匡庐不可登。只疑云一作香雾窟,犹有六朝僧。

江草何多思,冬青尚满洲。谁能惊鹏鸟,作赋为沙鸥。

幸有烟波兴,宁辞笔砚劳。缘情无怨刺,却似反离骚。

沙上独行时,高吟一作吟情到楚词。难将垂岸蓼,盈一作应把当江蓠。

秋寒鹰隼健,逐雀下云空。知是江湖客一作阔,无心击塞鸿。

幽怀念烟水，长恨隔龙沙。今日滕王阁，分明见落霞。

江流何渺渺，怀古独依依。渔父非贤者，芦中但有矶。

风雨正甘寝，云霓忽晓晴。放歌虽一作须自遣，一岁又峥嵘。

幽思正迟迟，沙边濯弄时。自怜非博物，犹未识凫葵。

曾有烟波客，能歌西塞山。落花惟待月，一钓紫菱湾。

千顷水纹细，一拳岚影孤。君山寒树绿，曾过洞庭湖。

光阔重湖水，低斜远雁行。未曾无兴咏，多谢沈东阳。

晚菊绕江垒，忽如开古屏。莫言时节过，白日有馀馨。

日落长亭晚，山门步障青。可怜无酒分，处处一作更祝有旗亭一作星。

远岸无行树，经霜有伴一作半红。停船搜一作披好句，题叶赠江枫。

身世比行舟，无风亦暂休。敢言终破浪，惟愿稳乘流。

数亩苍苔石，烟濛鹤卵洲。定因词客遇一作过，名字始风流。

兴闲停桂楫，路好过松门。不负佳山水，还开酒一樽。

短楫休敲桂，孤根自驻萍。自怜非剑气，空向斗牛星。

高浪如银屋，江风一发时。笔端降太白，才大语终奇。

细竹渔家路，晴阳看结罾。喜来邀客坐，分与折腰菱。

平湖五百里，江水想通波。不奈扁舟去，其如决计何。

数逢一作峰云断处，去岸映高山。身到章江日，应犹一作犹应未得闲。

一湾斜照水，三版顺风船。未敢相邀钓，劳生只自怜。

江雨正霏微，江村晚渡稀。何曾妨钓艇，更待得鱼归。

新野旧楼名，浔阳胜赏情。照人长一色，江月共凄清。

愿饮西江水，那吟北渚愁。莫教留滞迹，远比蔡昭侯。

湖口分江水，东流独有情。常一作当时好风物，谁伴谢一作为伴宣城。

浔阳江畔菊，应似古来秋。为问幽栖客，吟时得酒不。

高峰有佳号，千尺倚寒风一作松。若使炉烟在，犹应为上公。

万木已清霜，江边村事忙。故溪黄稻熟，一夜梦一作瓮中香。

楚水苦萦回,征帆落又开。可缘非直路,却有好风来。

远谪岁时〔晏〕(宴),暮江风雨寒。仍愁系舟处,惊梦近长滩。

春 恨 三 首

负罪将军在北朝,秦淮芳草绿迢迢。高台爱妾魂销尽,始得丘迟为一招。

久戍临洮报未归,箧香销尽别时衣。身轻愿比兰阶蝶一作叶,万里还寻塞草飞。

永巷频闻小苑游,旧恩如泪亦难收。君前愿报新颜色,团扇须防白露秋。

蜀 国 偶 题

忽忆明皇西幸时,暗伤潜恨竟谁知。佩兰应语宫臣道,莫向金盘进荔枝。

未 展 芭 蕉

冷烛无烟绿蜡干,芳心犹卷怯春寒。一缄书札藏何事,会被东风暗拆看。

同程九早入中书 一作钱起诗

汉家贤相重英奇,蟠木何材也见知。不意云霄能自致,空惊鹓鹭忽相随。腊雪初明柏子殿,春光欲上万年枝。独惭皇鉴明如日,未厌春一作萤光向玉墀。

全唐诗卷七一三

喻坦之

　　喻坦之,与许棠、张乔、郑谷、张蟪等同时,号十哲。诗一卷。

陈情献中丞

孤拙竟何营,徒希折桂名。始终谁肯荐,得失自难明。贡乏雄文献,归无瘠土耕。沧江长发梦,紫陌久惭行。意纵求知切,才惟惧鉴精。五言非琢玉,十载看迁莺。取进心甘钝,伤嗟骨每惊。尘襟痕积泪,客鬓白新茎。顾盼身堪教,吹嘘羽觉生。依门情转切,荷德力须倾。奖善犹怜贡,垂恩必不轻。从兹便提挈,云路自生荣。

长 安 雪 后

碧落云收尽,天涯雪霁时。草开当井地,树折带巢枝。野渡滋寒麦,高泉涨禁池。遥分丹阙出,迥对上林宜。宿片攀檐取,凝花就砌窥。气凌禽翅束,冻入马蹄危。北想连沙漠,南思极海涯。冷光兼素彩,向暮朔风吹。

送友人游东川

食尽须分散,将行几愿留。春兼三月闰,人拟半年游。风俗同吴地,山川拥梓州。思君登栈道,猿啸始应愁。

题樟亭驿楼

危槛倚山城,风帆槛外行。日生沧海赤,潮落浙江清。秋晚遥峰出,沙干细草平。西陵烟树色,长见伍员情。

大梁送友人东游

自古东西路,舟车此地分。河声梁苑夜,草色楚田曛。雁已多南去,蝉犹在此闻。圣朝无谏猎,何计谒明君。

送友人游蜀

为儒早得名,为客不忧程。春尽离丹阙,花繁到锦城。雪消巴水涨,日上剑关明。预想回来树,秋蝉已数声。

留别友人书斋

相见不相睽,一留日已西。轩凉庭木大,巷僻鸟巢低。背俗修琴谱,思家话药畦。卜邻期太华,同上上方梯。

题耿处士林亭

身向闲中老,生涯本豁然。草堂山水下,渔艇鸟花边。窥井猿兼鹿,啼林鸟杂蝉。何时人事了,依此亦高眠。

商於逢友人

行役何时了,年年骨肉分。春风来汉棹,雪路入商云。水险溪难定,林寒鸟异群。相逢聊坐石,啼狖语中闻。

灞上逢故人

花落杏园枝,驱车问路岐。人情谁可会,身事自堪疑。岳雨狂雷
送,溪槎涨水吹。家山如此景,几处不相随。

发　浙　江

岛屿遍含烟,烟中济大川。山城犹转漏,沙浦已摇船。海曙霞浮
日,江遥水合天。此时空阔思,翻想涉穷边。

晚　泊　盱　眙

广苇夹深流,萧萧到海秋。宿船横月浦,惊鸟绕霜洲。云湿淮南
树,笳清泗水楼。徒悬乡国思,羁迹尚东游。

归　江　南

归日值江春,看花过楚津。草晴虫网遍,沙晓浪痕新。莲叶初浮
水,鸥雏已狎人。渔心惭未遂,空厌路岐尘。

代　北　言　怀

困马榆关北,那堪落景催。路行沙不绝,风与雪兼来。草得春犹
白,鸿侵夏始回。行人莫远入,戍角有馀哀。

春　游　曲　江

误入杏花尘,晴江一看春。菰蒲虽似越,骨肉且非秦。曲岸藏翘
鹭,垂杨拂跃鳞。徒怜汀草色,未是醉眠人。

和范秘书宿省中作

清省宜寒夜,仙才称独吟。钟来宫转漏,月过阁移阴。鹤避灯前尽,芸高幄外深。想知因此兴,暂动忆山心。

寄华阴姚少府

泰华当公署,为官兴可知。砚和青霭冻,帘对白云垂。峻掌光浮日,危莲影入池。料于三考内,应惜德音移。

晚泊富春寄友人

江钟寒夕微,江鸟望巢飞。木落山城出,潮生海棹归。独吟霜岛月,谁寄雪天衣。此别三千里,关西信更稀。

全唐诗卷七一四

崔道融

崔道融,荆州人。以征辟为永嘉令,累官右补阙。避地入闽。《申唐诗》三卷,《东浮集》九卷,今编诗一卷。

梅 花

数萼初含雪,孤标画本难。香中别有韵,清极不知寒。横笛和愁听,斜枝倚病看。朔风如解意,容易莫摧残。

铜雀妓二首

严妆垂玉箸,妙舞对清风。无复君王顾,春来起渐慵。

歌咽新翻曲,香销旧赐衣。陵园春一作风雨暗,不见六龙归。

春闺二首

寒食月明雨,落花香满泥。佳人持锦字,无雁寄辽西。

欲剪宜春字,春寒入剪刀。辽阳在何处,莫望寄征袍。

访僧不遇

寻僧已寂寞,林下锁山房。松竹虽无语,牵衣借晚凉。

田　上

雨足高田白，披蓑半夜耕。人牛力俱尽，东方殊未明。

月　夕

月上随人意，人闲月更清。朱楼高百尺，不见到天明。

槿　花

槿花不见夕，一日一回新。东风吹桃李，须到明年春。

西　施　滩

宰嚭亡吴国，西施陷恶名。浣纱春水急，似有不平声。

江　上　逢　故　人

故里琴樽侣，相逢近腊梅。江村买一醉，破泪却成咍。

牧　竖

牧竖持蓑笠，逢人气傲然。卧牛吹短笛，耕却傍溪田。

过　农　家

欲羡农家子，秋新看刈禾。苏秦无负郭，六印又如何。

江　夕

江心秋月白，起柁信潮行。蛟龙化为人，半夜吹笛声。

春　墅

蛙声近过社,农事忽已忙。邻妇饷田归,不见百花芳。

江　村

日暮片帆落,江村如有情。独对沙上月,满船人睡声。

拟乐府子夜四时歌四首

吴子爱桃李,月色不到地。明朝欲看花,六宫人不睡。
凉轩待月生,暗里萤飞出。低回不称意,蛙鸣乱清瑟。
月色明如昼,虫声入户多。狂夫自不归,满地无天河。
银缸照残梦,零泪沾粉臆。洞房犹自寒,何况关山北。

寄人二首

花上断续雨,江头来去风。相思春欲尽,未遣酒尊空。
澹澹长江水,悠悠远客情。落花相与恨,到地一无声。

江　鸥

白鸟波上栖,见人懒飞起。为有求鱼心,不是恋江水。

春　晚

三月寒食时,日色浓于酒。落尽墙头花,莺声隔原柳。

汉　宫　词

独诏胡衣出,天花落殿堂。他人不敢妒,垂泪向君王。

旅　行

少壮经勤苦,衰年始浪游。谁怜不龟手,他处却封侯。

班　婕　妤

宠极辞同辇,恩深弃后宫。自题秋扇后,不敢怨春风。

元 日 有 题

十载元正酒,相欢意转深。自量麋鹿分,只合在山林。

古　树

古树春风入,阳和力太迟。莫言生意尽,更引万年枝。

春 题 二 首

青春未得意,见花却如雠。路逢白面郎,醉插花满头。
满眼桃李花,愁人如不见。别有惜花人,东风莫吹散。

长 安 春

长安牡丹开,绣毂辗晴雷。若使花长在,人应看不回。

病 起 二 首

病起春已晚,曳筇伤绿苔。强攀庭树枝,唤作花未开。
病起绕庭除,春泥粘屐齿。如从万里来,骨肉满面喜。

峡　路

清猿啼不住,白水下来新。八月莫为客,夜长愁杀人。

长 门 怨

长门春欲尽,明月照花枝。买得相如赋,君恩不可移。

月 夕 有 怀

圆光照一海,远客在孤舟。相忆无期见,中宵独上楼。

夜 泊 九 江

夜泊江门外,欢声月里一作下楼。明朝归去路,犹隔洞庭秋。

寒 食 夜

满地梨花白,风吹碎月明。大家寒食夜,独贮望乡情。

归 燕

海燕频来去,西人独滞留。天边又相送,肠断故园秋。

长 安 春

珠箔映高柳,美人红袖垂。忽闻半天语,不见上楼时。

銮 驾 东 回

两川花捧御衣香,万岁山呼辇路长。天子还从马嵬过,别无惆怅似明皇。

钓 鱼

闲钓江鱼不钓名,瓦瓯斟酒暮山青。醉头倒向芦花里,却笑无端犯客星。

西　施

苎萝山下如花女,占得姑苏台上春。一笑不能忘敌国,五湖何处有功臣。

马　嵬

万乘凄凉蜀路归,眼前朱翠与心违。重华不是风流主,湘水犹传泣二妃。

羯　鼓

华清宫里打撩声,供奉丝簧束手听。寂寞銮舆斜谷里,是谁翻得雨淋铃。

寄 李 左 司 一本下有五季在台四字

柏台兰省共清风,鸣玉朝联夜被同。肯信人间有兄弟,一生长在别离中。

梅

溪上寒梅初满枝,夜来霜月透芳菲。清光寂寞思无尽,应待琴尊与解围。

天台陈逸人

绝粒空山秋复春,欲看沧海化成尘。近抛三井更深去,不怕虎狼唯怕人。

雪窦禅师

雪窦峰前一派悬，雪窦五月无炎天。客尘半日洗欲尽，师到白头林下禅。

溪上遇雨二首

回塘雨脚如缫丝，野禽不起沉鱼飞。耕蓑钓笠取未暇，秋田有望从淋漓。

坐看黑云衔猛雨，喷洒前山此独晴。忽惊云雨在头上，却是山前晚照明。

长门怨

长门花泣一枝春，争奈君恩别处新。错把黄金买词赋，相如自是薄情人。

秋夕

自怜三十未西游，傍水寻山过却秋。一夜雨声多少事，不思量一作也尽到心头。

过隆中

玄德苍黄起卧龙，鼎分天下一言中。可怜蜀国关张后，不见商量徐庶功。

关下

百二山河壮帝畿，关门何事更开迟。应从漏却田文后，每度闻鸡不免疑。

寒食客中有怀

江上闻莺禁火时，百花开尽柳依依。故园兄弟别来久，应到清明犹望归。

溪　夜

积雪消来溪水宽，满楼明月碎琅玕。渔人抛得钓筒尽，却放轻舟下急滩。

山居卧疾广利大师见访

桐谷孙枝已上弦，野人犹卧白云边。九天飞锡应相诮，三到行朝二十年。

村　墅

正月二月村墅闲，馀粮未乏人心宽。南邻雨中揭屋笑，酒熟数家来相看。

悲李拾遗二首

故友从来匪石心，谏多难得主恩深。行朝半夜烟尘起，晓殿吁嗟一镜沉。

天涯时有北来尘，因话它人及故人。也是先皇能罪己，殿前频得触龙鳞。

题李将军传

猿臂将军去似飞，弯弓百步虏无遗。汉文自与封侯得，何必伤嗟不遇时。

酒　醒

酒醒拨剔残灰火，多少凄凉在此中。炉畔自斟还自醉，打窗深夜雪
兼风。

郊居友人相访

柴门深掩古城秋，背郭缘溪一径幽。不有小园新竹色，君来那肯暂
淹留。

镜湖雪霁贻方干

天外晓岚和雪望，月中归棹带冰行。相逢半醉吟诗苦，应抵寒猿裛
树声。

秋　霁

雨霁长空荡涤清，远山初出未知名。夜来江上如钩月，时有惊鱼掷
浪声。

谢朱常侍寄贶蜀茶剡纸二首

瑟瑟香尘瑟瑟泉，惊风骤雨起炉烟。一瓯解却山中醉，便觉身轻欲
上天。

百幅轻明雪未融，薛家凡纸漫深红。不应点染闲言语，留记将军盖
世功。

读杜紫微集

紫微才调复知兵，长觉风雷笔下生。还有枉抛心力处，多于五柳赋
闲情。

寓　题

海上乘查便合仙,若无仙骨未如船。人间亦有支机石,虚被声名到洞天。

寓　吟　集

陶集篇篇皆有酒,崔诗句句不无杯。醉来已共身安约,让却诗人作酒魁。

溪 居 即 事

篱外谁家不系船,春风吹入钓鱼湾。小童疑是有村客,急向柴门去却关。

鸡

买得晨鸡共鸡语,常时不用等闲鸣。深山月黑风雨夜,欲近晓天啼一声。

献浙东柳大夫

属城甘雨几经春,圣主全分付越人。俗眼不知青琐贵,江头争看碧油新。

杨 柳 枝 词

雾撚烟搓一索春,年年长似染来新。应须唤作风流线,系得东西南北人。

楚 怀 王

宫花一朵掌中开,缓急翻为敌国媒。六里江山天下笑,张仪容易去
还来。

对早梅寄友人二首

忆得前年君寄诗,海边三见早梅词。与君犹是海边客,又见早梅花
发时。

忆得去年有遗恨,花前未醉到无花。清芳一夜月通白,先脱寒衣送
酒家。

句

万里一点白,长空鸟不飞。　边庭雪　见《诗格》

如今却羡相如富,犹有人间四壁居。　见杨万里《诗话》

全唐诗卷七一五

卢延让

卢延让,字子善,范阳人。光化九年进士第,朗陵雷满辟从事。满败,归王建,授水部员外郎,累迁给事中,终刑部侍郎。诗一卷,今存十首。

苦 吟

莫话诗中事,诗中难更无。吟安一个字,撚断数茎须。险觅天应闷,狂搜海亦枯。不同文赋易,为著者之乎。

雪

瑞雪落纷华,随风一向斜。地平铺作月,天迥撒成花。客满烧烟舍,牛牵卖炭车。吾皇忧挟纩,犹自问君家。

松 寺

山寺取凉当夏夜,共僧蹲坐石阶前。两三条电欲为雨,七八个星犹在天。衣汗稍停床上扇,茶香时拨涧中泉。通宵听论莲华义,不藉松窗一觉眠。

赠　僧

浮世浮华一断空,偶抛烦恼到莲宫。高僧解语牙无水,老鹤能飞骨有风。野色吟馀生竹外,山阴坐久入池中。禅师莫问求名苦,滋味过于食蓼虫。

逢友人赴阙

正当天下待雍熙,丹诏征来早为迟。倚马才高犹爱艺,问牛心在肯容私。吏开黄阁排班处,民拥青门看入时。却笑郡人留不得,感恩唯拟立生祠。

哭李郓端公

军门半掩槐花宅,每过犹闻哭临声。北固暴亡兼在路,东都权葬未归茔。渐穷老仆慵看马,著惨佳人暗理筝。诗侣酒徒消散尽,一场春梦越王城。

谢杨尚书惠樱桃

满合虚红怕动摇,尚书知重赐樱桃。揉蓝尚带新鲜叶,泼血犹残旧折条。万颗真珠轻触破,一团甘露软含消。春来老病尤珍荷,并食中肠似火烧。

寒食日戏赠李侍御

十二街如市,红尘咽不开。洒蹄骢马汗,没处看花来。

樊川寒食二首

寒食权豪尽出行,一川如画雨初晴。谁家络络游春盛,担入花间轧轧声。

鞍马和花总是尘,歌声处处有佳人。五陵年少粗于事,栲栳量金买
断春。

句

只讹些子缘,应耗没多光。　八月十六夜

臂鹰健卒悬毡帽,骑马佳人卷画衫。　送周太保赴浙西

每过私第邀看鹤,长著公裳送上驴。　寄友

名纸毛生五门下,家僮骨立六街中。　旅舍言怀

云间闹铎骡驼至,雪里残骸虎拽来。　蜀路

树上咨诹批颊鸟,窗间壁驳叩头虫。　冬夜

莫欺零落残牙齿,曾吃红绫饼馅来。

渡水蹇驴双耳直,避风羸仆一肩高。　雪

高据襄阳播盛名,问人人道是诗星。　吊孟浩然　以上并见《海录碎事》

凉雨打低残菡萏,急风吹散小蜻蜓。　见《锦绣万花谷》

裴　皞

　　裴皞,字司东,河东人。光化中进士第,历事梁、唐、晋,
官至尚书左仆射。诗一首。

示门生马侍郎胤孙

宦途最重是文衡,天与愚夫著盛名。三主礼闱年八十,门生门下见
门生。

王希羽 一作王羽

王希羽，池州人。天复元年登进士第，授秘书省正字。后与杨赞、康骈客于田頵。诗一卷，今存一首。

赠杜荀鹤

金榜晓悬生世日，玉书潜记上升时。九华山色高千尺，未必高于第八枝。

柯　崇 一作宗

柯崇，闽人。天复元年进士第，授太子校书。诗二首。

宫怨二首

尘满金炉不炷香，黄昏独自立重廊。笙歌何处承恩宠，一一随风入上阳。

长门槐柳半萧疏，玉辇沉思恨有馀。红泪渐消倾国态，黄金谁为达相如。

刘　象

刘象，京兆人。天复元年登第。诗十首。

早春池亭独游三首

春意送残腊，春晴融小洲。蒲茸才簇岸，柳颊已遮楼。便有杯觞兴，可据羁旅愁。凫鹥亦相狎，尽日戏清流。

清流环绿筱，清景媚虹桥。莺刷初迁羽，莎拳拟拆苗。细沙擢暖岸，淑景动和飙。倍忆同袍侣，相欢倒一瓢。

一瓢欢自足，一日兴偏多。幽意人先赏，疏丛蝶未过。知音新句苦，窥沼醉颜酡。万虑从相拟，今朝欲奈何。

鹭 鸶

洁白孤高生不同，顶丝清软冷摇风。窥鱼翘立荷香里，慕侣低翻柳影中。几日下巢辞紫阁，多时凝目向晴空。摩霄志在潜修羽，会接鸾凰别苇丛。

春 夜 二 首

几处兵戈阻路岐，忆山心切与山违。时难何处披怀抱，日日日斜空醉归。

一别杜陵归未期，只凭魂梦接亲知。近来欲睡兼难睡，夜夜夜深闻子规。

晓登迎春阁

未栉凭栏眺锦城，烟笼万井二江明。香风满阁花盈户一作满树，树树树梢啼晓莺。

咏 仙 掌

万古亭亭倚碧霄，不成擎亦不成招。何如掬取天一作莲池水，洒向人间救旱苗。

郪中感旧

顷年曾住此中来,今日重游事可哀。忆得几家欢宴处,家家家业尽
成灰。

白　髭

到处逢人求至药,几回染了又成丝。素丝易染髭难染,墨翟当时合
泣髭。

沈　颜

> 沈颜,字可铸,吴郡人。天复初登进士第,授校书郎。入
> 吴,仕至翰林学士、知制诰。《陵阳集》五卷,今存诗二首。

题县令范传真化洽亭

前有浅山,屹然如屏。后有卑岭,缭然如城。跨池左右,足以建亭。
斯亭何名,化洽而成。

书怀寄友人

江湖劳遍寻,只自长愁襟。到处慵开口,何人可话心。登楼得句
远,望月抒情深。却忆山斋后,猿声相伴吟。

杨凝式

> 杨凝式,字景度,宰相涉之子。昭宗朝登进士第,历事唐、

晋、汉、周,官至太子太保。诗三首。

题　壁

院似禅心静,花如觉性圆。自然知了义,争肯学神仙。

赠　张　全　义

洛阳风景实堪哀,昔日曾为瓦子堆。不是我公重葺理,至今犹是一
堆灰。

题怀素酒狂帖后

十年挥素学临池,始识王公学卫非。草圣未须因酒发,笔端应解化
龙飞。

句

押引蝗虫到洛京,合消郡守远相迎。　归洛寄尹张从恩,时蝗适至。
到此今经三纪春。　洛阳　并见《纪闻》

李　琪

　　李琪,字台秀,敦煌人。昭宗时举进士,累官殿中侍御史。
入梁,为翰林学士。末帝时,拜门下平章事。唐明宗朝,位至
太子少傅。集十卷,今存诗二首。

奉试诏用拓拔思恭为京北
收复都统　一作闻诏作

飞骑经巴栈,鸿恩及夏台。将从天上去,人自日边来。此处金门

远,何时玉辇回。早平关右贼,莫待诏书催。

题广爱寺楞伽山

善高天外远,方丈海中遥。自有山神护,应无劫火烧。坏文侵古壁,飞剑出寒霄。何似苍苍色,严妆十七朝。

句

哀痛不下诏,登封谁上书。 僖宗幸蜀咏

刘崇龟

　　刘崇龟,滑州人。擢进士第。大顺中,终清海军节度、岭南东道观察使。诗一首。

寄　桂　帅

碧幢仁施合洪钧,桂树林前倍得春。莫恋此时好风景,磻溪不是钓渔人。

刘崇鲁

　　刘崇鲁,字郊文,崇龟弟也。擢进士第。景福中,官水部郎中、知制诰。坐崔昭纬党,贬崖州司户。诗一首。

席　上　吟

南行忽见李深之,手舞如虿令不疑。任有风流兼蕴藉,天生不似郑都知。

孙　定

孙定,字志元,涪州大戎之族子。景福中应举无成。诗一
首。

寄孙储　一作下第醉中寄储

行行血泪洒尘襟,事逐东流渭水深。秋跨蹇驴风尚紧,静投孤店日
初沉。一枝犹挂东堂梦,千里空驰北巷心。明月悲歌又前去,满城
烟树噪春禽。

许　昼

许昼,睢阳人。天复四年及第。诗二首。

江　南　行

江南萧洒地,本自与君宜。固节还同我,虚心欲待谁。涧泉傍借
响,山木共含滋。粉腻虫难篆,丛疏鸟易窥。尽应逢野渡,中忽见
村祠。叶扫秋空静,根横古堑危。影迷寒霭里,声出夜风时。客棹
深深过,人家远远移。游边曾结念,到此数题诗。莫恨成龙晚,成
龙会有期。

中　秋　月

应是蟾宫别有情,每逢秋半倍澄清。清光不向此中见,白发争教何

处生。闲地占将真可惜,幽窗分得始为明。殷勤好长来年桂,莫遣
平人道不平。

薛　准

　　薛准,员外郎,天复中卒。诗一首。

临　终　诗

旧国深恩不易酬,又离继母出他州。谁知天怒无因息,积愧终身乞
速休。

裴　谐

　　裴谐,说之昆季也。天祐三年登第,终桂岭摄令。诗一
首。

观修处士画桃花图歌

一从天宝王维死,于今始遇修夫子。能向鲛绡四幅中,丹青暗与春
争工。勾芒若见应羞杀,晕绿匀红渐分别。堪怜彩笔似东风,一朵
一枝随手发。燕支乍湿如含露,引得娇莺痴不去。多少游蜂尽日
飞,看遍花心求入处。工夫妙丽实奇绝,似对韶光好时节。偏宜留
著待深冬,铺向楼前殗霜雪。

句

风回山火断,朝落岸冰高。湘江吟

名终埋不得，骨任朽何妨。 经杜甫坟　　见《诗话总龟》

全唐诗卷七一六

曹 松

曹松,字梦征,舒州人。学贾岛为诗,久困名场。至天复初,杜德祥主文,放松及王希羽、刘象、柯崇、郑希颜等及第,年皆七十馀,时号五老榜。授秘书省正字。集三卷,今编诗二卷。

长 安 春 日

浩浩看花晨,六街扬远尘。尘中一丈日,谁是晏眠人。御柳舞一作垂着水,野莺啼破春。徒云多失意,一作还楚计,又作还楚客。犹自惜离秦。

慈恩寺贻楚霄上人

在秦生楚思,波浪接禅关。塔碍高林鸟,窗开一作藏白日山。树阴移草上,岸色透庭一作林间。入一作楼内谈经彻,空携讲疏还。

崇义里言怀

马蹄京洛岐,复此少闲时。老积沧洲梦,秋乖白阁期。平生五字句,一夕满头丝。把向侯门去,侯门未可知。

僧 院 松

此木韵弥全，秋霄学瑟弦。空知百馀尺，未定几多年。古甲磨云拆，孤根捉一作把地坚。何当抛一作拖一干，作盖道场前。

贻 世

富者非义取，朴风争肯还。红尘不待晓，白首有谁闲。浅度四溟水，平看诸国山。只消年作劫，俱到总无间。

南 游

直到一作道南箕下，方谙涨海头。君恩过铜柱，戎节限交州。犀占花阴卧，波冲瘴色流。远夷非一作君不乐，自是北人愁。

送胡一作王中丞使日东

辞天理玉簪，指日使鸡林。犹有中华恋，方同积浪深。张帆度鲸口，衔命见臣心。渥泽迟宣后，归期抵万金。

哭陈陶处士

园里先生冢，鸟啼春更伤。空馀八封树，尚对一茅堂。白日埋杜甫，皇天无末阳。如何稽古力，报答甚茫茫。

言 怀

冥心坐似痴，寝食亦如遗。为觅出人句，只求当路知。岂能穷到老，未信达无时。此道须天付，三光幸不私。

月

寥寥天地内_{一作外},夜魄爽何轻。频见此轮满,即应华发生。不圆争得破,才正又须倾。人事还如此_{一作相似},因知_{一作何}倚伏情。

答匡山僧赠榔栗杖

栗杖出匡顶,百中无一枝。虽因野僧得,犹畏岳神知。画月冷光在,指云秋片移。宜留引蹇步,他日访峨嵋。

商山夜闻泉

泻月声不断,坐来心益闲。无人知落处,万木冷空山。远忆云容外,幽疑石缝间。那辞通曙听,明日_{一作月}度蓝关。

书　怀

默默守吾道,望荣来替愁。吟诗应有罪,当路却如雠。陆海傥难溺,九霄争便休。敢言名誉出,天未白吾头。

道　中 _{第四句缺二字}

出门嗟世路,何日朴风归。是处太行险,□□应解飞。主人厚薄礼,客子新故衣。所以浇浮态,多令行者违。

夏　云

势能成岳刃,顷刻长崔嵬。暝鸟飞不到,野风吹得开。一天分万态,立地看忘回。欲结暑宵雨,先闻江上雷。

塞上行

上将拥黄须，安西逐指呼。离乡俱少壮，到碛减肌肤。风雪夜防塞，腥膻朝系胡。为君一作军乐战死，谁喜作征夫。

晨　起

晓色教不睡，卷帘清气中。林残数枝月，发冷一梳风。并鸟含一作闻钟语，攲荷隔雾空。莫疑一作徒营白日，道路本无穷。

感　世

触目尽如幻，幻中能几时。愁来舍行乐，事去莫吞悲。白发不由己，黄金留待谁。耕烟得铭志，翻为古人思。

观 华 夷 图

落笔胜缩地，展图当晏宁。中华属贵分，远裔占何星。分寸辨诸岳，斗升观四溟。长疑未到处，一一似曾经。

山中寒夜呈进士许棠

山寒一作中草堂暖，寂夜有良朋。读易分高烛，煎茶取折冰。庭垂河半角，窗露月微棱。俱入论一作诗心地，争无俗者憎。

滕王阁春日晚眺

凌春帝子阁，偶眺日移西。浪势平花坞，帆阴上柳堤。凝岚藏宿翼，叠鼓碎归蹄。只此长吟咏，因高思不迷。

钟 陵 野 步

冈扉聊自启,信步出波边。野火风吹阔,春冰鹤啄穿。渚樯齐驿
树,山鸟入公田。未创孤云势,空思白阁年。

哭 胡 处 士

故人江阁在,重到事悠悠。无尔向潭上,为吾倾瓮头。空馀赤枫
叶,堕落钓鱼舟。疑是冲虚去,不为天地囚。

青龙寺赠云颢法师

紫檀衣且香,春殿日尤长。此地开新讲,何山锁旧房。僧名喧北
阙,师一作祖印续南方。莫惜青莲喻,秦人听未忘。

荐福寺赠应制白公 一作栖白大师

才子一作著紫檀衣,明君宠顾时。讲升高座懒,书答重臣迟。瓶势
倾圆顶,刀声落碎髭。还闻穿内去,随驾进新诗。

观山寺僧穿井

云僧凿山井,寒碧在中庭。况是分岩眼,同来下石瓶。旁痕终变
藓,圆影即澄星。异夜天龙蛰,应闻说叶经。

送德光 一作辉 禅师 重礼石霜长者

天涯缘事了,又造石霜微。不以千峰险,唯将独影归。有为嫌假
佛,无境是真机。到后流沙锡,何时更有飞。

赠南陵李主簿

外邑官同隐,宁劳短吏一作使趋。看云情自足,爱酒逸应无。簟席弹一作遗棋子,衣裳惹印朱。仍闻陂水近,亦拟掉菰蒲。

慈恩寺东楼

寺楼凉出竹,非与曲江赊。野火一作水流穿苑,秦山叠入巴。风梢一作容离众叶,岸角积虚沙。此地钟声近,令人思未一作海涯。

古 冢

代远已难问,累累次古城。民田侵不尽,客路踏还平。作穴蛇分蛰,依冈鹿绕行。唯应风雨夕,鬼火出林明。

访 山 友

一径通高屋,重云翳两原。山寒初宿顶,泉落未知根。急雨洗荒壁,惊风开静门。听君吟废夜,苦却建一作见溪猿。

林下书怀寄建州李频员外

一从诸事懒,海上迹宜沉。吾道不当路,鄙人甘入林。云垂方觅鹤,月湿始收琴。水石南州好,谁陪刻骨吟。

猿

曾宿三巴路,今来不愿听。云根啼片白,峰顶掷尖青。护果憎禽啄,栖霜觑叶零。唯应卧岚客,怜尔傍岩扃。

秋日送方干游上元

天高淮泗白，料子趋修程。汲水疑山动，扬帆觉岸行。云离一作迷京口树，雁一作岸入石头城。后夜分遥念，诸峰霜露一作月雾，又作雾露。生。

哭李频员外 时在建川

出麾临建水，下世在公堂。苦集休开箧，清资罢转郎。瘴中无子莫，岭外一妻孀。定一作恐是浮香一作吟骨，东归就故乡。

山中言事

岚霭润窗棂，吟诗得冷症。教餐有效药，多愧独行僧。云湿煎茶火，冰封汲井绳。片扉深著掩，经国自无能。

送左协律京西从事

辟书来几日，遂喜一作逐意就嘉招。犹向风沙浅，非于一作干甸服遥。时平无探骑，秋静见盘雕。若遣关中使，烦君问寂寥。

望九华寄池阳太守

造华峰峰异，宜教岳德谦。灵踪载籍古，怪刃刺云尖。盘礴陵阳壮，孤标建邺瞻。霁馀堪洗目，青出谢家檐。

上广州支使王拾遗

明时应不谏，天幕称仙才。聘入关中去，人从帝侧来。诗窗盛岛屿，檄盾照风雷。几度陪旄节，营巡海色回。

题僧松禅 一作题僧院松

空山涧畔枯松树,禅老堂头甲乙身一作老对禅堂鳞甲身。传是昔朝僧
种著,下头应有茯苓神。

赠华阴李明府

佩墨县兼清,约关西近城。三峰岂不重,厚地戴犹轻。雪筱欹难
直,风泉喷易横。须知高枕外,长是劝民耕。

送人庭鹤 第三句缺一字

度岁休笼闭,身轻好羽仪。白云□是伴,沧海得因谁。唤起遗残
食,盘馀在迴枝。条风频雨去,只恐更相随。

信州闻通寺题僧砌下泉

细声从峤足一作落,幽淡浸香墀。此境未开日,何人初见时。耗痕
延黑藓,净罅吐微澌。应有乔梢鹤,下来当饮之。

山　中

此地似商岭,云霞空往还。衰条难定鸟,缺月易依山。野色耕不
尽,溪容钓自闲。分因多卧退,百计少相关。

寄崇圣寺僧 一作关山寄诗赠清越

不醉长安一作秦中酒,冥心只似师。望山吟过日,伴鹤立多时。沟
远流声细,林寒绿色迟。庵西萝月夕,重约语一作得话空期。

金陵道中寄

忍苦待知音,无时省废吟。始为分路客,莫问向隅心。峤翠藏幽瀑,枝风下晓禽。忆君秋欲尽,马上秣陵砧。

都门送许棠东归 一作送进士张乔

旧客东归远,长安诗少朋。去愁分碛雁,行计逐乡僧。华岳无时雪,黄一作伊河漫处冰。知辞国门路,片席认西一作巴陵。

送进士喻坦之游太原

北鄙征难尽,诗愁满去程。废巢侵烧一作晓色,荒一作孤冢入锄声。逗野河流浊,离云碛日一作月明。并州戎一作戍垒地一作暮,角动引风生。

九江暮春书事

杨柳城一作春初锁,轮蹄息去踪一作归愁不记重。春流无旧岸,夜色失诸峰。影动渔边火,声迟话一作语后钟。明朝回去雁,谁向北郊逢。

再到洪州望西山 松常栖此山

洪州向西顾,不忍暂忘君。记得瀑泉落,省同幽鸟闻。一回经雨雹,长有剩风云。未定却栖息,前头江海分。

与胡汾坐月期贯休上人不至

扫庭秋漏滴,接话贵忘眠。静夜人相语,低枝鸟暗迁。星围南极定,月照断河连。后会花宫子,应开石上禅。

赠 胡 处 士

年光离岳色，带疾卧南原。白日与无事，俗人嗔闭门。樵鱼临片一
作岸水，野鹿入荒园。莫问荣华事，清霜点发根。

铅 山 写 怀

天涯兵火后，风景畏临门。骨肉到时节，团圆因梦魂。池塘营水
眼，岭峤结花根。耳纵听歌吹，中心不可论。

书翠岩寺壁

何年话尊宿，瞻礼此堂中。入郭非无路，归林自学空。溅瓶云峤
水，逆一作迸磬雪川风。时说南庐事，知师用意同。

江西题东湖 第二句缺二字，第四句缺一字。

凿出江湖思，凉多□□间。无风触微浪，半日□秋山。客袖沙光
满，船窗荻影闲。时人见黄绶，应笑狎鸥还。

题湖南岳麓寺

海云山上寺，每到每开襟。万木长不住，细泉听更深。蜩沾高雨
断，鸟遇夕岚沉。此地良宵月，秋怀隔楚砧。

赠衡山糜明府

为县潇湘水，门前树配苔。晚吟公籍少，春醉积林开。涤砚松香
起，擎茶岳影来。任官当此境，更莫梦天台。

塞 上

边寒来所一作处阔，今日复明朝。河凌去声坚通马，胡一作朝云缺见雕。砂中程独泣，乡外隐谁招。回首若一作苦经岁，灵州生一作在柳条。

送邵安石及第一作先辈归连州觐省

及第兼归觐，宜忘涉驿劳。青云重一作具庆少，白日一飞高。转楚闻啼狖，临湘见叠涛。海一作连阳沉饮罢一作遍，何地佐旌旄。

边上送友人归宁

乡路穿京过一作口，宁心去少同。日斜寻阔碛，春尽逐归鸿。独树河声外，凝笳塞色中。怜君到此处，却背老莱风。

除 夜

残腊即又尽一作旧历不足卷，东风应渐一作还坐闻。一宵犹几许一作刻，两岁欲平分。燎暗一作腊尽倾时斗，春通绽处芬一作云。明朝遥捧一作把酒，先合祝尧一作吾君。

题 甘 露 寺

香一作禅门接巨垒一作壑，画角间清钟。北固一何峭，西僧多此一作未逢。天垂无际海，云白久晴峰。旦暮然灯外，涛头振蛰龙。

贻 住 山 僧

罢讲巡岩坞，无穷得野情。腊高犹伴鹿，夏满不归城。云朵缘崖发，峰阴截水清。自然双洗耳，唯任白毫生。

题 鹤 鸣 泉

仙鹤曾鸣处,泉兼半井苔。直峰抛影入,片月泻光来。潋滟侵颜冷,深沉慰眼开。何因值舟一作丹顶,满汲石瓶回。

吊贾岛二首

先生不折桂,谪去抱何冤。已葬离燕骨,难招入剑魂。旅坟低郤草,稚子哭胜猿。冥寞如搜句,宜邀贺监论。

青旆低寒水,清笳出晓风。鸟为伤贾傅,马立葬滕公。松柏青山上,城池白日中。一朝今古隔,惟有月明同。此首本集不载,见《唐诗类苑》。

忆江西一作南并悼亡友

前心奈兵阻,悔作豫章分。芳草未归日,故人多是坟。帆行出岫雨,马践过江云。此地一樽酒,当时皆以文。

全唐诗卷七一七

曹　松

九江送方干归镜湖

一樯悬五两,此日动归风。客路抛溢口,家林入镜中。谭馀云出嵴,咏苦月欹空。更若看鸡鹍—作游支岛,何人夜坐同。

庐山访贾匡

西城疾病日,此地少寻君。古迹春犹在,遥泉夜尽闻。片时三处雨,九叠几重云。到者皆忘寐,神精与俗分。

顾少府池上 —作顾少府池亭莘

池上分行种,公庭觉少尘。根离潮水岸,韵爽判曹人。正午回鱼影,方昏息鹭身。无时不动咏,沧岛思方频。

喜友人归上元别业

一樯千里外,隐者兴宜孤。落日长边海,秋风满故都。掩关苔色老,盘径叶声枯。匡岳来时过,迟回绝顶无。

曲江暮春雪霁

霁动江池色，春残一去游。菰风生马足，槐雪滴人头。北阙尘未起，南山青欲流。如何多别地，却得醉汀洲。

立　春　日

春饮一作日一杯酒，便吟春日诗。木梢寒未觉，地脉暖先知。鸟啭星沉后，山分雪薄时。赏心无处说，怅望曲江池。一作宁无剪花手，赠与最芳枝。

宿溪僧院

少年云溪里，禅心夜更闲。煎茶留静者，靠月坐苍山。露白钟寻定，萤多户未关。嵩阳大一作有石室，何日译经还。

石头怀古

日月出又没，台城空白云。虽宽百姓土，渐缺六朝坟。禾黍是亡国，山河归圣君。松声骤雨足，几寺晚钟闻。

浙右赠陆处士

静节灌园馀，得非成隐居。长当庚子日，独拜五经书。白浪吹亡国，秋霜洗大虚。门前是京口，身外不营储。

哭胡处士

丘中久不起，将谓诏书来。及见凌云说，方知掩夜台。白衣归北路，玄造亦遗才。世上亡君后，诗声更大哉。

赠馀干袁明府

一雨西城色一作城邑，陶家心自清。山衔中郭分，云卷下湖程。公
署闻流木，人烟入废城。难忘楚尽处，新有越吟生。

赠雷乡张明府

任官征战后，度日寄闲身。封卷还高客，飞书问野人。废田教种
谷，生路遣寻薪。若起柴桑兴，无先漉酒巾。

岳 阳 晚 泊

轻帆下阔流，便泊此沙洲。湖影撼山朵，日阳烧野愁。白波争起
倒，青屿或沉浮。是际船中望，东南仍仍一作万里秋。

览春榜喜孙鄠成名

门外报春榜，喜一作羡君天子知。旧愁浑似雪，见日总消时。塔下
牡丹气，江头杨柳丝。风光若有分，无处不相宜。

己亥岁二首 僖宗广明元年

泽国江山入战图，生民何计乐樵苏一作渔。凭君莫话封侯事，一将
功成万骨枯。

传闻一作波间一战百神愁，两岸强兵过未休。谁道沧江总无事，近
来长共血争流。

乱后入洪州西山

寂寂阴溪水漱苔，尘中将得苦吟来。东峰道士如相问，县令一作尉
而今不姓梅。

送僧入庐山

若到江州二林寺,遍游应未出云霞。庐山瀑布三千仞,画破青霄始
落斜。

送僧入蜀过夏

师言结夏入巴峰,云水回头几万一作凡几重。五月峨眉须近火,木
皮领重一作岭里只如冬。

江西逢僧省文

闽地高僧楚地逢,僧游蛮锡挂垂松。白云逸性都无定,才出双峰爱
五峰。

高僧不负雪峰期,却伴青霞入翠微。百一作七叶岩前霜欲降,九枝
松上鹤初归。风生碧涧鱼龙跃,威一作锡振金楼燕雀飞。想得白莲
花上月,满山犹带旧光辉。

水 精 念 珠

等量红缕贯晶荧,尽道匀圆别未胜。凿断玉潭盈尺水,琢成金地两
条冰。轮时只恐星侵佛,挂处常疑露滴僧。几度夜深寻不著,瑠
〔璃〕(琉)为殿月为灯。

南 海 旅 次

忆归休上越王台,归思临高不易裁。为客正当一作逢无雁处,故园
谁道有书来。城头早角吹霜尽,郭里残潮荡一作带月回。心似百花
开未得,年年争发一作向被春催。

春　草

不独满池塘,梦中佳句香。春风有馀力,引上古城墙。

金　谷　园

当年歌舞时,不说草离离。今日歌舞尽,满园秋露垂。

夏　日　东　斋

三庚到秋伏,偶来松槛立。热少清风多,开门放山入。

南　朝

三篱一作离离盖驰道,风烈一无取。时见牧牛童,嗔牛吃禾黍。

言　怀

出山不得意,谒帝值戈铤。岂料为文日,翻成用武年。

寒食日题杜鹃花

一朵又一朵,并开寒食时。谁家不禁火,总在此花枝。

钟陵寒食日郊外闲游

可怜时节足风情,杏子粥香如冷饧。无奈春风输旧火,遍教人唤作山樱。

中　秋　对　月

无云世界秋三五,共看蟾盘上海涯。直到天头天尽处,不曾私照一人家。

陪湖南李中丞宴隐溪 璋

竹林啼鸟不知休一作秋，罗列飞桥水乱流。触一作飘散柳丝回玉勒，约开莲叶上兰舟。酒边旧侣真何逊，云一作歌里新声是莫愁。若值主人嫌昼短，应陪秉烛夜深游。

别湖上主人

门系钓舟云满岸，借君幽致坐移旬。湖村夜叫白芦雁，菱市晓喧深浦人。远水日边重作雪，寒林烧后别生春。不辞更住醒还醉，太一东峰归梦频。

赠广宣大师

忆昔同游紫阁云，别来三十二回春。白头相见双林下，犹是清朝未退人。

钟陵寒食日与同年裴颜
李先辈郑校书郊外闲游

寒节钟陵香骑随，同年相命楚江湄。云间影过秋千女，地上声喧蹴踘儿。何处寄烟归草色，谁家送火在花枝。银瓶冷酒皆倾尽，半卧垂杨自不知。

江外除夜

千门庭燎照楼台，总为年光急急催。半夜腊因风卷去，五更春被角吹来。宁无好鸟思花发，应有游鱼待冻开。不是多岐渐平稳，谁能呼酒祝昭回。

七　夕

牛女相期七夕秋,相逢俱喜鹊横流。彤一作寒云缥缈回金辂,明月
婵娟挂玉钩。燕一作翠羽几曾添别恨,花容终不更含羞。更残便是
分襟处,晓箭东来一作南射翠楼。

罗浮山下书逸人壁

海上亭台山下烟,买时幽邃不争钱。莫言白日催华发,自有丹砂驻
少年。渔钓未归深竹里,琴壶犹恋落花边。可中更践无人境,知是
罗浮第几天。

天 台 瀑 布

万仞得名云瀑布,远看如织挂天台。休疑宝尺难量度,直恐金刀易
剪裁。喷向林梢成夏雪,倾来石上作春雷。欲知便是银河水,堕落
人间合却回。

桂　江

未识佳人寻桂水,水云先解傍壶觞。笋林次第添斑竹,雏鸟参差护
锦囊。南中有锦囊鸟。乳洞此时连越井,石楼何日到仙乡。如飞似堕
皆青壁,画手不强元化强。

南　海

倾腾界汉沃诸蛮,立望何如一作如何画此看。无地不同方觉远,共
天无别始知宽。文虬隔雾朝含碧,老蚌凌波夜吐丹。万状千形皆
得意,长鲸独自转身难。

洞 庭 湖

东西南北各连空，波上唯留小朵峰。长与岳阳翻鼓角，不离云梦转
鱼龙。吸回日月过千顷，铺尽星河剩一重。直到劫馀还作陆，是时
应有羽人逢。

霍 山 在龙川县

七千七百七十丈，丈丈藤萝势入天。未必展来空似翅，不妨开去也
成莲。一作西土文殊曾印迹，大中皇帝旧参禅。月将河汉分岩转，僧与龙蛇
共窟眠。直是画工须阁笔，况无名画可流传。

巫 峡

巫山苍翠峡一作夹通津，下有仙宫楚女真。不逐彩云归碧落，却为
暮雨扑行人。年年旧事音容在，日日谁家梦想频。应是荆山留不
住，至今犹得睹芳尘。

送陈樵校书归泉州

巨塔列名题，诗心亦罕齐。除官京下阙，乞假海门西。别席侵残
漏，归程避战鼙。关遥秦雁断，家近瘴云低。候马春风馆，迎船晓
月溪。帝京须早入，莫被刺桐迷。

赠镜湖处士方干二首

包含教化剩搜罗，句出东瓯奈峭何。世路不妨平处少，才人唯是屈
声多。云来岛上便幽石，月到湖心忌白波。后辈难为措机杼，先生
织字得龙梭。
只拟应星眠越绝，唯将丽什当高勋。磨砻清浊人难会，织络虚无帝

亦闻。鸟道未知山足雨,渔家已没镜中云。他时莫为三征起,门外
沙鸥解笑君。

拜访陆处士

万卷书边人半白,再来惟恐降玄纁。性灵比鹤争多少,气力登山较
几分。吟鬓渐无前度漆,寝衣犹有昨宵云。将知谷口耕烟者,低视
齐梁楚赵君。

岭 南 道 中

百花成实未成归,未必归心与志违。但有壶觞资逸咏,尽交风景入
清机。半川阴雾藏高木,一道晴霓杂落晖。游子马前芳草合,鹧鸪
啼歇又南飞。

春日自吴门之阳羡道中书事

胜异恣游应未遍,路岐犹去几时还。浪花湖阔虹霓断,柳线村深鸟
雀闲。千室绮罗浮画楫,两州丝竹会茶山。眼前便是神仙事,何必
须言洞府间。

将入关行次湘阴

背顾秦城在何处,图书作伴过湘东。神鸦乱噪黄陵近,候雁斜沉梦
泽空。打桨天连晴水白,烧田云隔夜山红。也知渐老岩栖稳,争奈
文闱有至公。

题昭州山寺常寂上人水阁

常寂常居常寂里,年年月月是空空。阶前未放岩根断,屋下长教海
眼通。本为入来寻佛窟,不期行处踏龙宫。他时忆著堪图画,一朵

云山二水中。

广州贻匡绪法师

口宣微密不思议,不是除贪即诫痴。只待外方缘了日,争看内殿诏来时。周回海树侵阶疾,迢递江潮应井迟。必竟懒过高坐寺,未能全让法云师。

赠　道　人

住山因以福为庭,便向山中隐姓名。阆苑驾将雕羽去,洞天赢得绿毛生。日边肠胃餐霞火,月里肌肤饮露英。顾我从来断浮浊,拟驱鸡犬上三清。

送乞雨禅师临遇南游

活得枯樵耕者知,巡方又欲向天涯。珠穿闽国菩提子,杖把灵峰榔栗枝。春藓任封降虎石,夜雷从傍养龙池。生缘在地南浮去,自此孤云不可期。

南海陪郑司空游荔园

荔枝时节出旌斿,南国名园尽兴游。乱结罗纹照襟袖,别含琼露爽咽喉。叶中新火欺寒食,树上丹砂胜锦州。他日为霖不将去,也须图画取风流。

李郎中林亭

只向砌边流野水,樽前上下看鱼儿。笋蹊已长过人竹,藤径从添拂面丝。若许白猿垂近户,即无红果压低枝。大才必拟逍遥去,更遣何人佐盛时。

夜　饮

良宵公子宴兰堂，浓麝薰人兽吐香。云带金龙衔画烛，星罗银凤泻琼浆。满屏珠树开春景，一曲歌声绕翠梁。席上未知帘幕晓，青娥低语指东方。

驸马宅宴罢

粉墙残月照宫祠，宴阕银瓶一半欹。学语莺儿飞未稳，放身斜坠绿杨枝。

吊建州李员外

铭旌归故里，猿鸟亦凄然。已葬桐江月，空回建水船。客传为郡日，僧说读书年。恐有吟魂在，深山古木边。

吊李翰林

李白虽然成异物，逸名犹与万方传。昔朝曾侍玄宗侧，大夜应归贺监边。山木易高迷故垄，国风长在见遗篇。投金渚畔春杨柳，自此何人系酒船。

山　中

要路豪家非往还，岩门先有不曾关。众心惟恐地无剩，吾意亦忧天惜闲。白练曳泉窗下石，绛罗垂果枕前山。樵夫岂解营生业，贵欲自安麋鹿间。

山寺引泉

劈碎琅玕意有馀，细泉高引入香厨。山僧未肯言根本，莫是银〔一作秋河漏泄无。

友人池上咏芦 第五句缺一字

秋声谁种得,萧瑟在池栏。叶涩栖蝉稳,丛疏宿鹭难。敛烟宜下
□,飒吹省先寒。此物生苍岛,令人忆钓竿。

商 山

垂白商於原下住,儿孙共死一身忙。木弓未得长离手,犹与官家射
麝香。

荆 南 道 中

十月荒郊雪气催,依稀愁色认阳台。游秦分系三条烛,出楚心殊一
寸灰。高柳莫遮寒月落,空桑不放夜风回。如何住在猿声里,却被
蝉吟引下来。

武德殿朝退望九衢春色

玉殿朝初退,天街一看春。南山初过雨,北阙净无尘。夹道夭桃
满,连沟御柳新。苏舒同舜泽,煦妪并尧仁。佳气浮轩盖,和风袭
缙绅。自兹怜万物,同入发生辰。

吊 北 邙

山下望山上,夕阳看一作明又曛。无人医白发,少地著新坟。岁代
殊相远,贤愚旋不分。东归聊一吊,乱木倚寒云。

及第敕下宴中献座主杜侍郎

得召丘墙泪却频,若无公道也无因。门前送敕朱衣吏,席上衔杯碧

落人。半夜笙歌教泥—作洗月，平明桃杏放烧春。南山虽有归溪
路，争那酬恩未杀身。

梢　云

殊质资灵贶，陵空发瑞云。梢梢含树影—作彩，郁郁动霞文。不比
因风起，全非触石分。叶光闲泛滟，枝彩静氛氲。隐见心无宰，裴
回庆自君。翻飞如可托，长愿在横汾。

白　角　簟

角簟工夫已到头，夏来全占满床秋。若言保惜归华屋，只合封题寄
列侯。学卷晓冰长怕绽，解铺寒水不教流。蒲桃锦是潇湘底，曾得
王孙价倍酬。

碧　角　簟

细皮重叠织霜纹，滑腻铺床胜锦茵。八尺碧天无点翳，一方青玉绝
纤尘。蝇行只恐烟粘足，客卧浑疑水浸身。五月不教炎气入，满堂
秋色冷龙鳞。

滕王阁春日晚望

凌春帝子阁，偶眺日移西。浪势平花坞，帆阴上柳堤。

句

追游若遇三清乐，行从应妨一日春。　李肇《国史补》云：曲江大会，先牒教坊
请奏，上御紫云楼观焉。时或拟作乐，则为之移日，故曹松诗云云。

石脉水流泉滴沙，鬼灯然点松柏花。《吟窗杂录》

鹿眠荒圃寒芜白，鸦噪残阳败叶飞。《锦绣万花谷》

华岳影寒清露掌，海门风急白潮头。《升庵外集》

全唐诗卷七一八

苏　拯

苏拯，光化中人。诗一卷。

颂　鲁 并序

昔谓孔宣父绝粮于陈蔡，历国七十二，不遇其一君，咸云命不通也。愚谓圣人删诗定礼，出没行藏，承天之意，非由命焉。不然，《论语》不曰："天之未丧斯文也，匡人其如予何？"又曰："下学而上达，知我者其天乎！"以斯明矣。因得为颂鲁章，凡十四句。

天推鲁仲尼，周游布典坟。游遍七十国，不令遇一君。一国如一遇，单车不转轮。良由至化力，为国不为身。礼乐行未足，遭回厄于陈。礼乐今有馀，袞旒当圣人。伤哉绝粮议，千载误云云。

医　人

古人医在心，心正药自真。今人医在手，手滥药不神。我愿天地炉，多衔扁鹊身。遍行君臣药，先从冻馁均。自然六合内，少闻贫病人。

西　施

吴王从骄佚，天产西施出。岂徒伐一人，所希救群物。良由上天意,恶盈戒奢侈。不独破吴国,不独生越水。在周名褒姒,在纣名妲己。变化本多涂,生杀亦如此。君王政不修,立地生西子。

金 谷 园

积金累作山,山高小于址。栽花比绿珠,花落还相似。徒有敌国富,不能买东市。徒有绝世容,不能楼上死。只此上高楼,何如在平地。

巫 山

昔时亦云雨,今时亦云雨。自是荒淫多,梦得巫山女。从来圣明君,可听妖魅语。只今峰上云,徒自生容与。

贾 客

长帆挂短舟,所愿疾如箭。得丧一惊飘,生死无良贱。不谓天不祐,自是人苟患。尝言海利深,利深不如浅。

狡 兔 行

秋来无骨肥,鹰犬遍原野。草中三穴无处藏,何况平田无穴者。

长 城

嬴氏设防胡,悉沙筑冤垒。蒙公取勋名,岂算生民死。运畚力不禁,碎身砂碛里。黔黎欲半空,长城春未已。皇天潜鼓怒,力化一女子。遂使万雉崩,不尽数行泪。自古进身者,本非陷物致。当时文德修,不到三世地。

织 妇 女

伊余尽少女,一种饰蟓首。徒能事机杼,与之作歌舞。歌舞片时间,黄金翻袖取。只看舞者乐,岂念织者苦。感此尝忆古人言,一妇不织天下寒。

古 塞 下

百战已休兵,寒云愁未歇。血染长城沙,马踏征人骨。早得用蛾眉,免陷边戍卒。始知髦头星,不在弯弓没。

水 旱 祷

祷祈勿告天,酒浆勿浇地。阴阳和也无妖气,阴阳愆期乃人致。病生心腹不自医,古屋澄潭何－作有神祟。

邹 律

邹律暖燕谷,青史徒编录。人心不变迁,空吹闲草木。世患有三惑,尔律莫能抑。边苦有长征,尔律莫能息。斯术未济时,斯律亦何益。争如至公一开口,吹起贤良霸邦国。

蜘 蛛 谕

春蚕吐出丝,济世功不绝。蜘蛛吐出丝,飞虫成聚血。蚕丝何专利,尔丝何专孽。映日张网罗,遮天亦何别。傥居要地门,害物可堪说。网成虽福己,网败还祸尔。小人与君子,利害一如此。

猎 犬 行

猎犬未成行,狐兔无奈何。猎犬今盈群,狐兔依旧多。自尔初跳跃,人言多挐躩。常指天外狼,立可口中嚼。骨长毛衣重,烧残烟草薄。狡兔何曾擒,时把家鸡捉。食尽者饭翻,增养者恶壮。可嗟猎犬壮复壮,不堪兔绝良弓丧。

断火谣

谁谓之推贤,于世何功果。绝尔晋侯交,禁我唐虞火。国闭檀榆烟,大礼成隳堕。暗室枯槁饭,冷面相看坐。阳升既非佑,阴伏若为佐。焉冻群生腹,将止天下祸。但究冤滥刑,天一作又道无不可。鄙哉前朝翊赞臣,讦谟之规何琐琐。

思 妇 吟

秋风雁又归,边信一何早。揽衣出门望,落叶满长道。一从秉箕帚,十载孤怀抱。可堪日日醉宠荣,不说思君令人老。

雉 兔 者

所猎一何酷,终年耗林麓。飞走如未空,贪残岂知足。尝闻猎书史,可以鉴荣辱。尝闻猎贤良,可以霸邦国。如何纵网罗,空成肥骨肉。和济俱不闻,曷所禳颠覆。谁能为扣天地炉,铸此伤生其可乎!

药 草

天子恤疲瘵,坤灵奉其职。年年济世功,贵贱相兼植。因产众草中,所希采者识。一枝当若神,千金亦何直。生草不生药,无以彰士德。生药不生草,无以彰奇特。国忠在臣贤,民患凭药力。灵草犹如此,贤人岂多得。

凡草诚

野草凡不凡,亦应生和出。锄夫耘药栏,根不留其一。良田本芜
秽,著地成弃物。人生行不修,何门可容膝。不唯不尔容,得无凡
草嫉。贤愚偃仰间,鉴之宜日日。

明禁忌

阴阳家有书,卜筑多禁忌。土中若有神,穴处何无祟。我识先贤
意,本诚骄侈地。恣欲创楼台,率情染朱翠。四面兴土功,四时妨
农事。可以没凶灾,四隅通一二。一年省修营,万民停困踬。动若
契于理,福匪神之遗。动若越于常,祸乃身之致。神在虚无间,土
中非神位。

伤彩饰

朝见亦光彩,暮见亦光彩。一旦风雨飘,十分无一在。尔形才似
削,尔貌不如昨。本为是凡姿,谁教染丹臛。虚饰片时间,天意以
为恶。物假犹如此,人假争堪作。

世　迷

乌兔日夜行,与人运枯荣。为善不常缺,为恶不常盈。天道无阿
党,人心自覆倾。所以多迁变,宁合天地情。我愿造化手,莫放狐
兔走。恣海产珍奇,纵地生花柳。美者一齐美,丑者一齐丑。民心
归大朴,战争亦何有。

鸥　枭

为害未为害,其如污物类。斯言之一玷,流传极天地。良木不得

栖,清波不得戏。曾戏水堪疑,曾栖树终弃。天不歼尔族,与夫恶
相济。地若默尔声,与夫妖为讳。一时怀害心,千古不能替。伤哉
丑行人,兹禽亦为譬。

山 中 道 者

筇杖六尺许,坐石流泉所。举头看古松,似对仙鹤语。是时天气
清,四迥无尘侣。顾我笑相迎,知有丹砂异。

渔 人

垂竿朝与暮,披蓑卧横楫。不问清平时,自一作日乐沧波业。长畏
不得闲,几度避游畋。当笑钓台上,逃名名却传。

闻 猿

秋风飒飒猿声起,客恨猿哀一相似。漫向孤危惊客心,何曾解入笙
歌耳。

经 马 嵬 坡

一从杀贵妃,春来花无意。此地纵千年,土香犹破鼻。宠既出常
理,辱岂同常死。一等异于众,倾覆皆如此。

经 鹤 台

筑台非谓贤,独聚乘轩鹤。六马不能驭,九皋欲何托。一旦敌兵
来,万民同陨濩。如何警露禽,不似衔环雀。一物欲误时,众类皆
成恶。至今台基上,飞鸟不至泊。

寄　远

游子虽惜别，一去何时见。飞鸟犹恋巢，万里亦何远。妾愿化为霜，日日下河梁。若能侵鬓色，先染薄情郎。

全唐诗卷七一九

路德延

　　路德延,冠氏人。光化初擢第,天祐中授拾遗。河中节度使朱友谦辟掌书记。诗三首。

芭　蕉 数岁时作,传于都下。

一种灵苗异,天然体性虚。叶如斜界纸,心似倒抽书。

感 旧 诗

初骑竹马咏芭蕉,尝忝名卿诵满朝。五字便容趋绛帐,一枝寻许折丹霄。岂知流落萍蓬远,不觉推迁岁月遥。国境未安身未立,至今颜巷守箪瓢。

小 儿 诗

情态任天然,桃红两颊鲜。乍行人共看,初语客多怜。臂膊肥如瓠,肌肤软胜绵。长头才覆额,分角渐垂肩。散诞无尘虑,逍遥占地仙。排衙朱阁—作榻上,喝道画堂前。合调歌杨柳,齐声踏采莲。走堤行细雨,奔巷趁轻烟。嫩竹乘为马,新蒲折—作掉作鞭。莺雏金镞系,猫—作猧子彩丝牵。拥鹤归晴岛,驱鹅入暖泉。杨花争弄雪,榆叶共收钱。锡镜当胸挂,银珠对耳悬。头依苍鹘裹,袖学柘枝揎。酒鯆丹砂暖，茶催小玉煎。频邀筹箸挣一作插，时乞绣针穿。
宝篋挐红豆，妆奁拾翠钿。戏袍披按褥，劣一作尖帽戴靴毡。展画
趋三圣，开屏笑七贤。贮怀青杏小，垂额绿荷圆。惊滴沾罗泪，娇
流污锦涎。倦书饶娅姹，憎药巧迁延。弄帐鸾绡映，藏衾凤绮缠。
指敲迎使鼓，筋拨赛神弦。帘拂鱼钩动，筝推雁柱偏。棋图添路
画，笛管欠声镌。恼客初酣睡，惊僧半入禅。寻蛛穷屋瓦，探雀遍
楼椽。抛果忙开口，藏钩乱出拳。夜分围榾柮，朝聚打秋千。折竹
装泥燕，添丝放纸鸢。互夸轮水碓，相教放风旋。旗小裁红绢，书
幽截碧笺。远铺张鹘网，低控射蝇弦。诂一作吉语时时道，谣歌处
处传。匿窗眉乍曲，遮路臂相连。斗草当春径，争球出晚田。柳傍
慵独坐，花底困横眠。等鹊前篱畔，听蚿伏砌边。傍枝粘舞蝶，限
树捉鸣蝉。平岛夸趫上，层崖逞捷缘。嫩苔车迹小，深雪履痕全。
竞指云生岫，齐呼月上天。蚁窠寻径剧，蜂穴绕阶填。樵唱回深
岭，牛歌下远川。垒柴为屋木，和土作盘筵。险砌高台石，危跳峻
塔砖。忽升邻舍树，偷上后池船。项橐称师日，甘罗作相年。明时
方任一作在德，劝尔减狂颠。

句

不是上台知姓字，五花宾馆敢从容。　上成汭，见《南部新书》。荆南旧有五
花馆，待宾上地，故云。

李　旭

　　李旭，天祐元年进士登第。诗一首。

及第后呈朝中知己

凌晨晓鼓奏嘉音,雷拥龙迎出陆沈。金榜高悬当玉阙,锦衣即著到家林。真珠每被尘泥陷,病鹤多遭蝼蚁侵。今日始知天有意,还教雪得一生心。

崔 庸

崔庸,吴郡人。天祐二年登进士第。诗一首。

题 惠 严 寺

苏州昆山惠严寺殿基,或曰鬼工。有僧繇画龙,每风雨如腾跃状。僧繇画锁,以钉固之。

人莫嫌山小,僧还爱寺灵。殿高神气力,龙活客丹青。

胡 骈

胡骈,唐末进士。诗一首。

经费拾遗旧隐

林下茅斋已半倾,九华幽径少人行。不将冠剑为荣事,只向烟萝寄此生。松竹渐荒池上色,琴书徒立世间名。白杨风起秋山暮,时复哀猿啼一声。

周　祚

周祚,唐末进士。诗一首。

失　题

莫道春花独照人,秋花未必怯青春。四时风雨没时节,共保松筠根底尘。

卢　频

卢频,唐末人。诗四首。

蛱　蝶　行

东园宫草绿,上下飞相逐。君恩不禁春,昨夜花中宿。

东　西　行

种荷玉盆里,不及沟中水。养雉黄金笼,见草心先喜。

失　题

春泪烂罗绮,泣声抽恨多。莫滴芙蓉池,愁伤连蒂荷。一朵花叶飞,一枝花光彩。美人惜花心,但愿春长在。

刘　畋

刘畋,唐末人。诗一首。

晚泊汉江渡

末秋云木轻,莲折晚香清。雨下侵苔色,云凉出浪声。叠帆依岸
尽,微照夹堤明。渡吏已头白,遥知客姓名。

句

残阳来霁岫,独兴起沧洲。　雨后　张为《主客图》

全唐诗卷七二〇

裴 说

裴说,天祐三年登进士第,官终礼部员外郎。诗一卷。

游 洞 庭 湖

楚云团翠八百里,澧兰吹香堕春水。白头渔子摇苍烟,鸂鶒眠沙晓惊起。沙头龙叟夜叹忧,铁笛未响春风羞。露寒紫蘰结新愁,城角泣断关河秋。谪仙欲识雷斧手,划却古今愁共丑。鲸游碧落杳无踪,作诗三叹君知否。瀛州一棹何时还,满江宫锦看湖山。

怀素台歌 一作题怀素台

我呼古人名,鬼神侧耳听:杜甫李白与怀素,文星酒星草书星。永州东郭有奇怪,笔冢墨池遗迹在。笔冢低低高如一作似山,墨池浅浅深如海。我来恨不已,争得青天化为一张纸,高声唤起怀素书,搦管研朱点湘水。欲归家,重叹嗟。眼前有三个字:枯树槎。乌梢蛇,墨老鸦。

闻砧 一作寄边衣

深闺乍冷鉴开一作开香奁,玉箸微微湿红颊。一阵霜风杀柳条,浓烟半夜成黄叶。垂垂一作重重白练明如雪,独下闲阶转凄切。只知抱杵捣秋砧,不觉高楼已无月。时闻寒雁声相唤,纱窗只有灯相伴。几展齐纨又懒裁,离肠恐逐金刀断。细想仪形执牙尺,回刀剪破澄江色。愁捻银针信手缝,惆怅无人试宽窄。时时举袖匀红泪,红笺谩有千行字。书中不尽心中事,一片殷勤寄边使。

春早寄华下同人

正是花时节,思君寝复兴。市沽终不醉,春梦亦无凭。岳面悬青雨,河心走浊冰。东门一条路,离恨镇相仍。

赠衡山令

君吟十二载一作三十载,辛苦必能官。造化犹难隐,生灵岂易谩。猿跳高岳静,鱼摆大江宽。与我为同道,相留夜话阑。

南中县令

寂寥虽下邑,良宰有清威。苦节长如病,为官岂肯肥。山多村地狭,水浅客舟稀。上国搜贤急,陶公早晚归。

寄曹松 一作洛中作

莫怪苦吟迟,诗成鬓亦丝。鬓丝犹可染,诗病却难医。山暝云横处,星沉一作稠月侧时。冥搜不可得,一句至公知。

赠宾贡

惟君怀至业,万里信悠悠。路向东〔溟〕(暝)出,枝来北阙求。家无一夜梦,帆挂隔年秋。鬓发争禁得,孤舟往复愁。

汉 南 邮 亭

高阁水风清,开门日送迎。帆张独鸟起,乐奏大鱼惊。骤雨拖山
过,微风拂面生。闲吟虽得句,留此谢多情。

棋

十九条平路,言平又嶮巇。人心无算处,国手有输时。势迥流星
远,声干下雹迟。临轩才一局,寒日又西垂。

夏 日 即 事

僻居门巷静,竟日坐阶墀。鹊喜虽传—作还逢信,蛩吟不见诗。笋
抽通旧竹,梅落—作坠立闲枝。此际无尘挠,僧来称所宜。

送 人 宰 邑

官小任还重,命官难偶然。皇恩轻一邑,赤子病三年。瘦马稀餐
粟,羸童不识钱。如君清苦节,到处有人传。

春暖送人下第

相送短亭前,知君愚复贤。事多凭夜梦,老为待明年。春树添山
脊,晴云学晓烟。雄文有公道,此别莫潸然。

湖外送何崇入阁

因诗相识久,忽此告临途。便是有船发,也须容市沽。精吟五个
字,稳泛两重湖。长短逢公道,清名振帝都。

送进士苏瞻乱后出家

因乱事空王,孤心亦不伤。梵僧为骨肉,柏寺作家乡。眼闭千行泪,头梳一把霜。诗书不得力,谁与问苍苍。

秋日送河北从事

北风沙漠地,吾子远从军。官路虽非远,诗名要且闻。蝉悲欲落日,雕下拟阴云。此去难相恋,前山掺袂分。

喜友人再面

一别几寒暄,迢迢隔塞垣。相思长有事,及见却无言。静坐将茶试,闲书把叶翻。依依又留宿,圆月上东轩。

对　雪

大片向空舞,出门肌骨寒。路岐平即易,沟壑满应难。兔穴归时失,禽枝宿处干。豪家宁肯厌,五月画图看。

冬 日 后 作

寂寞掩荆扉,昏昏坐欲痴。事无前定处,愁有并来时。日影才添线,鬓根已半丝。明庭正公道,应许苦心诗。

冬 日 作

粝食拥败絮,苦吟吟过冬。稍寒人却健,太饱事多慵。树老生烟薄,墙阴贮雪重。安能只如此,公道会相容。

中 秋 月

一岁几盈亏，当轩一作盈重此期。幸无偏照处，刚有不明时。色静一作净云归早，光寒鹤睡迟。相看一作望吟吟未足，皎皎下疏篱。

塞 上 曲

极目望空阔，马羸程又赊。月生方见树，风定始无沙。楚水辞鱼窟，燕山到雁家。如斯名利役，争不老天涯。

终 南 山

九衢南面色，苍翠绝纤尘。寸步有闲处，百年无到人。禁林寒对望，太华净相邻。谁与群峰并，祥云瑞露一作霭频。

访 道 士

高冈微雨后，木脱草堂新。惟有疏慵者，来看淡薄人。竹牙生碍路，松子落敲巾。粗得玄中趣，当期宿话频。

道 林 寺

独立凭危阑，高低落照间。寺分一派水，僧锁半房山。对面浮世隔，垂帘到老闲。烟云与尘土，寸步不相关。

般 若 寺

南岳古般若，自来天下知。翠笼无价寺，光射有名诗。一水涌兽迹，五峰排凤仪。高僧引闲一作闲引步，昼出夕阳归一作时。

兜 率 寺

一片无尘地,高连梦泽南。僧居跨鸟道,佛影照鱼潭。朽栿云斜映,平芜日半涵。行行不得住,回首望烟岚。

鹿 门 寺

鹿门山上寺,突兀尽无尘。到此修行者,应非取次人。鸟过惊石磬,日出碍金身。何计生烦恼,虚空是四邻。

题岳州僧舍

喜到重湖北,孤州一作舟横晚烟。鹭衔鱼入寺,鸦接饭随船。松桧君山迥,菰蒲梦泽连。与师吟论处,秋水浸遥天。

过 洞 庭 湖

浪高风力大,挂席亦言迟。及到堪忧处,争如未济时。鱼龙侵莫测,雷雨动须疑。此际情无赖,何门寄所思。

旅 行 闻 寇

动一作寸步忧一作边多事,将行问四邻。深山不畏虎,当路却防人。豪富田园废,疲赢屋舍新。自惭为旅客,无计避烟尘。后四句一作无事助明代,何门销此身。空惭两行泪,飘洒向红尘。

旅 中 作

妄动远抛山,其如馁与寒。投人言去易,开口说贫难。泽国云千片,湘江竹一竿。时明未忍别,犹待计穷看。

旅 次 衡 阳

欲往几经年，今来意豁然。江风长借客，岳雨不因天。戏鹭飞轻雪，惊鸿叫乱烟。晚秋红藕里，十宿寄渔船。

不 出 院 僧

四远参寻遍，修行却不行。耳边无俗语，门外是前生。塔见移来影，钟闻过去声。一斋唯默坐，应笑我营营。

湖外寄处宾上人

怪得意相亲，高携一轴新。能搜大雅句，不似小乘人。岳麓擎枯桧，潇湘吐白蘋。他年遇同道，为我话风尘。

寄 贯 休

忆昔与吾师，山中静—作精论时。总无方是法，难得始为诗。冻犬眠干叶，饥禽啄病梨。他年白莲—作云社，犹许重相期。

寄 僧 尚 颜

曾居五老峰，所得共谁同。才大天全与，吟精楚欲空。客来庭减日，鸟过竹生风。早晚摇轻拂—作金锡，重归瀑布中。

哭处默上人

凄凉缞幕下，香吐一灯分。斗老输寒桧，留闲与白云。挈盂曾几度，传衲不教焚。泣罢重回首，暮山钟半闻。

庐 山 瀑 布

静景凭高望，光分翠嶂开。嵚飞千尺雪，寒扑一声雷。过去云冲断，旁来烧隔回。何当住峰下，终岁绝尘埃。

华 山 上 方

独上上方上，立高聊称心。气冲云易黑，影落县多阴。有云一作雪草不死，无风松自吟。会当求大药，他日复追寻。

咏 鹦 鹉

常贵西山鸟，衔恩在玉堂。语传明主意，衣一作翅拂美人香。缓步寻珠网，高飞上画梁。长安频道乐，何日从君王。

鹭 鸶

秋江清浅时，鱼过亦频窥。却为分明极，翻成一作令所得迟。浴偎红日色，栖压碧芦枝。会共鹓同侣，翱翔应可期。

牡 丹

数朵欲倾城一作色堪惊，安同桃李荣。未尝贫处见，不似地中生。此物疑无价，当春独有名。游蜂与蝴蝶，来往自多情。

见 王 贞 白

共贺登科后，明宣入紫宸。又看重试榜，还见苦吟人。此得名浑别，归来话亦新。分明一枝桂，堪动楚江滨。

经杜工部坟

骚人久不出,安得国风清。拟掘孤坟破,重教大雅生。皇天高莫
问,白酒恨难平。悒怏寒江上,谁人知此情。

寄僧知乾

貌高清入骨,帝里旧临坛。出语经相似,行心佛证安。

乱中偷路入故乡

愁看贼火起诸烽,偷得馀程怅望中。一国半为亡国烬,数城俱作古
城空。

蔷　薇

一架长条万朵春,嫩红深绿小窠匀。只应根下千年土,曾葬西川织
锦人。

春日山中竹

数竿苍翠拟龙形,峭拔须教此地生。无限野花开不得,半山寒色与
春争。

柳

高拂危楼低拂尘,灞桥攀折一何频。思量却是无情树,不解迎人只
送人。

岳阳兵火后题僧舍

十年兵火真多事,再到禅扉却破颜。唯有两般烧不得,洞庭湖水老

僧闲。

句

读书贫里乐,搜句静中忙。 《苕溪渔隐》

苦吟僧入定,得句将成功。 以下《诗话》

是事精皆易,唯诗会却难。 赠贯休

因携一家住,赢得半年吟。 石首县

吟馀潮入浦,坐久烧移山。 湘江

三年清似水,六月冷如冰。 赠县令

一通红锦重,三事紫罗轻。 以下《绣石书堂》

瘦肌寒带粟,病眼馁生花。

避乱一生多。

雪留寒竹寺舍冷,风撼早梅城郭香。 《锦绣万花谷》

画球轻蹴壶中地,彩索高飞掌上身。 清明 《事文类聚》

全唐诗卷七二一

李 洞

李洞,字才江,京兆人,诸王孙也。慕贾岛为诗,铸其像,事之如神。时人但诮其僻涩,而不能贵其奇峭,唯吴融称之。昭宗时不第,游蜀卒。诗三卷。

赠 唐 山 人

垂须长似发,七十色如黳。醉眼青天小,吟情太华低。千年松绕屋,半夜雨连溪。一作房烘离海日,舟陷落潮泥。邛蜀路无限,往来琴独一作自携。

送云卿上人游安南 一作送僧游南海

春往海南边,秋闻半夜一作路蝉。鲸吞一作吹,又作喷。洗钵水,犀触点灯船。岛屿分诸国,星河共一天。长安一作空却回日,松偃旧房前。

郑补阙山居

高节谏垣客,白云居静坊。马饥餐落叶,鹤病晒残阳。野雾昏朝烛,溪笺惹御香。相招倚蒲壁,论句夜何长。

送曹郎中一本有罢官二字南归时南中用军

桂水净和天，南归似谪仙。系绦轻象笏，买布接蛮船。海气蒸鼟軟
一作湿，江风激一作擘箭偏。罢郎吟乱里，帝远岂知贤。

锦江陪兵部郑侍郎话诗
著棋一作和兵部永崇侍郎句筵茶席

落叶溅吟身，会棋云外一作风雪人。海枯搜一作谈不尽，天定著长新。
月上分题遍，钟残布子匀。一作穿阙茅山敌，临江谢客邻。忘餐一作机二绝
境一作高客，取一作绝意铸陶钧。

中　秋　月

四十五秋宵，月分千里毫。冷一作阴沉中岳短，光溢太行高。不寐
清一作醒人眼，移栖湿鹤毛。露华台上别，吟一作愁望十年劳。

送沈光赴福幕一作送福州从事

泉齐岭一作岭前齐鸟飞，雨熟荔枝肥。南斗看应近，北人来恐稀。潮
浮廉使宴，珠照岛僧归。幕下逢一作闻迁拜，何官着茜衣。

鄂一作鄢郊山舍题赵处士林亭

圭峰秋后叠一作叠，又作夜，乱叶落寒墟。四五百竿竹，二三千卷书。
云深猿拾一作盗栗，雨霁蚁缘一作沾蔬。只隔门前水，如同万里馀。
圭峰在终南山。

赋得送贾岛谪长江

敲驴吟雪月，谪出国西门。行傍长江影，愁深汨水魂。笻携过竹

寺,琴典在花村。饥拾一作食山松子,谁知贾傅孙。

河 阳 道 中

冲风仍蹑冻,提箬手频呵。得事应须早,愁人不在多。雪田平入
塞,烟郭曲随河。翻忆江涛里,船中睡盖蓑。

送知己赴濮州

中路行僧谒,邮亭话海涛。剑摇林狄落,旗闪岳禽高。苔长空州
狱,花开梦省曹。濮阳流政化,一半布一作有风骚。

送 行 脚 僧

瓶枕绕腰垂,出门何所之。毳衣沾雨重,棕笠看山欹。夜观入枯
树,野眠逢断碑。邻房母泪下,相课别离词。

龙州送人赴举

献策赴招携,行宫积翠西。挈囊秋卷重,转栈晚峰齐。踏月趋金阙
一作候朝见,拂云看御一作省题。飞鸣岂一作肯回顾,独鹤困江泥。

送安抚从兄一作口夷偶中丞

奉诏向军前,朱袍映雪鲜。河桥吹角冻,岳月卷旗圆。僧救焚经
火,人修著钓船。六州安抚后,万户解衣眠。

送 远 上 人

海岳一作岛两无边,去来都偶然。齿因吟后冷,心向静中圆。虫网
花间一作宫井,鸿鸣一作嘶雨后天。叶书归旧寺,应附载钟船。

宿凤翔天柱寺穷易玄上人房

天柱暮相逢,吟思天柱峰。墨研青露月,茶吸白云钟。卧语身黏藓,行禅顶拂松。探玄为一决一作诀,明日去临邛。

下第送张霞归觐江南

此道背于时,携归一轴诗。树沉孤鸟远,风逆蹇驴迟。草入吟房坏,潮冲钓石移。恐伤欢觐意,半路摘愁髭。

送人之天台

行李一枝藤,云边晓扣冰。丹经如不谬,白发亦何一作若为能。浅井仙人境,明珠海客灯。乃知真隐者,笑就汉廷征。

维摩畅林居 一作题维摩畅上人房

诸方游几腊,五夏五峰销。越讲迎骑象,蕃斋忏射雕。冷筇和一作书雪倚,朽栎带一作桥话云烧。从此西林老,暓然三万朝。

送张乔下第归宣州

诗道世难通,归宁楚浪中。早程残岳月,夜泊隔淮钟。一镜随双鬓,全家老半峰。无成来往过,折尽谢亭松。

送卢一作唐郎中赴金州

云明天一作添岭高,刺郡辍仙曹。危栈窥猿顶一作鸿背,公庭扫鹤毛。出军青壁螼,话道白眉毫。远集歌谣客,州前泊几艘。

江 干 即 事

病卧四更后,愁闻报早衙。隔关沉水鸟,侵郭噪园鸦。吏瘦餐溪柏,身羸凭海槎。满朝吟五字,应不老烟霞。

寄贺郑常侍

山亦怀恩地,高禽尽下飞。吏穿霞片望,僧扫月楼归。省拜堙烟近,林居玉漏微。曾令驻锡话,聊用慰攀依。

登　楼

川上值楼开,寒山四面来。竹吹人语远,峰碍鸟飞回。生死别离陌,朝昏云雨堆。谁知独立意,溅泪落莓苔。

赠 禅 友

散花留内殿,宫女梦谈禅。树杪开楼锁,云中认岳莲。溪声过长耳,筇节出羸肩。飞句相招宿,多逢有月天。

早春友人访别南归

南归来取别,穷巷坐青苔。一盏薄醨酒,数枝零落梅。潮生楚驿闭一作泽阔,星在越楼开。明日望君处,前临风月台。

题 云 际 寺

开门风雪顶,上彻困飞禽。猿戏青冥里,人行紫阁一作翠阴。腊泉冰下出,夜磬月中寻。尽欲居岩一作官室,如何不住心。

山寺老僧

云际众僧里,独攒眉似愁。护茶高夏腊,爱火老春秋。海浪南曾病,河冰北苦游。归来诸弟子,白遍后生头。

同僧宿道者院

携文过一作三水宿,拂席四廊尘。坠果敲楼瓦,高萤映鹤身。点灯吹叶火,谈佛悟山人。尽有栖霞志,好谋三教邻。

古　柏

手植知何代,年齐偃盖松。结根生别树,吹子落邻峰。古干经龙嗅,高烟过雁冲。可佳繁叶尽,声不碍秋钟。

赠王凤二山人

山兄望鹤信,山弟听乌占。养药同开鼎,休棋各枕弇。相逢九江底,共到五峰尖。愿许为三友,羞将白发拾。

避地冬夜与二三禅侣吟集茅斋

四海通禅客,搜吟会草亭一作叶拥肩。撚髭孤烛白,闭目众山青。松一作壁挂敲冰杖,垆温注月瓶。独愁悬一本缺旧旆,笋冷立残星。

赠道微禅师

铜瓶涩泻水,出碛蹋莲层。猛虎降低鼠,盘雕望小蝇。通禅五天日,照祖几朝灯。短发归林白,何妨剃未能。

吊草堂禅师

杖屦疑师在,房关四壁蛩。贮瓶经腊水,响塔隔山钟。乳鸽沿苔井
一作樵客收林果,斋猿散雪峰。如何不见性,倚遍寺前松一作月下哭双
松。

宿长安苏雍主簿厅

县对数峰云,官清主簿贫。听更池上鹤,伴值岳阳人。井锁煎茶
水,厅关捣药尘。往来多屣步,同舍即诸邻。

秋宿润州刘处士江亭

北梦风吹断,江边处士亭。吟生万井月,见尽一天星。浪静鱼冲锁
一作石,窗一作空高鹤听经。东西渺一作杳无际一作畔,世界半沧溟。

秋日曲江书事

门摇枯苇影,落日共鸥归。园近鹿来熟,江寒人到稀。片云穿塔一
作窦过,枯叶入城飞。翻怕宾鸿至,无才动礼闱。

秋宿经一作荆上人房

江房无叶落,松影带山高。满寺中秋月,孤窗入夜涛。旧真悬石
壁,衰发落铜刀。卧听晓耕者,与师知苦劳。

冬日题觉公牛头兰若

天寒高木静,一磬隔川闻。鼎水看山汲,台香扫雪焚。鹤归惟一作
遥认刹,僧步不离云。石室开禅后,轮珠谢圣君。

送皇甫校书自蜀下峡归觐襄阳

蜀道波不竭，巢乌出浪痕。松阴盖巫峡，雨色彻荆门。宿寺青山一作灯，一作峰。尽，归林彩服翻。苦吟怀冻馁，为吊浩然魂。

题西明寺攻文僧林复上人房

谁寄湘南一作江信，阴窗砚起津。烧痕碑入集，海角寺留真。楼憩长空鸟，钟惊半阙人。御沟圆月会，似在草堂身一作贫。

寄翠微无可上人 一作无学禅师

远近众心归，居然一作山，又作禅居。占翠微。展经猿识字，听法虎知非。泉注城池梦，霞生侍卫衣。玄机不可学一作觉，何似总无机。

喜鸾公自蜀归

禁院对一作闭生台，寻师到绿槐。寺高猿看讲，钟动鸟知斋。扫石月盈帚，滤泉花满筛。归来逢圣节，吟步上尧阶。

题新安国寺

佛亦遇艰难，重兴叠废坛。偃松枝旧折，画竹粉新干。开讲宫娃听，抛生禁鸟餐。钟声入帝梦，天竺化长安。

蕃寇侵逼南归道中

云州一作阳三万骑，南走一作赴疾飞鹰。回碛星低雁，孤城月伴僧。敲关通汉节，倾府守河冰。无处论边事，归溪夜结罾。

送东宫贾正字之蜀

南朝献一作驮晋史,东蜀一作蜀地瞰巴楼。长栈怀宫树一作馆,疏峰露剑州。半空飞雪化,一道白云流。若次江边邑,宗诗为遍搜。

吊侯圭常侍

我重君能赋,君褒我解诗。三堂一拜遇,四海两心知。影挂僧挑烛,名传鹤拂碑。涪江吊孤冢,片月下一作落峨嵋。

颜上人房 一作题西明自觉上人房

御沟临岸行,远岫见云生。松下度三伏,磬中销五更。雨淋经阁白,日闪剃刀明。海畔终须去,烧灯老国清。

全唐诗卷七二二

李 洞

题薛少府庄

何须凿井饮,门占古溪居。寂寞苔床卧,寒虚玉柄书。有期登白阁,又得赏红蕖。清浅蒲根水,时看鹭啄鱼。

寄太白隐者

开辟已来雪,为山长欠春。高遮辞—作云凝藏碛雁,寒嚗入川人。栈阁交—作连冰柱,耕樵隔日轮。此中栖息者,不识两京尘。

秋宿青龙禅阁

前山不可望,暮色渐沉规。日转须弥北,蟾来渤海西。风铃乱僧语,霜桦欠猿啼。阁外千家月—作梦,分明见里迷。

登圭峰旧隐寄荐福栖白上人

返照塔轮边,残霖滴几悬。夜寒吟病甚,秋健讲声圆。粟穗干灯焰,苔根浊水泉。—作内殿思行后,岩房约在前。西峰埋薜石,秋月即师禅。

将之蜀别友人

嘉陵雨色青-作清,澹别酌参苓。到蜀高诸岳,窥天合四溟。书来应隔雪,梦觉已无星。若遇多吟友,何妨勘竺经。

吊膳曹从叔郎中

华省支残俸,寒蔬办祭稀。安坟对白阁,买石折朱衣。蜀客弹琴哭,江鸥入宅飞。帆吹佳句远,不独遍王畿。

乱后龙州送郑郎中兼寄郑侍御

待车登叠-作杳嶂,经乱集鸰原。省坏兰终洁-作飘叶,台寒-作空柏有根。县清江入峡,楼静雪连村。莫隐匡山社,机云受晋-作晋受恩。

段秀才溪居送从弟游泾陇

抱疾寒溪卧,因循草木青。相留开夏蜜-作闻夏蜜,辞去见秋萤。朔雪痕-作寒侵雍,边烽焰-作夜照泾。烟沉陇山色,西望涕交零。

题刘相公光德里新构茅亭

野色迷亭晓,龙墀待押班。带涎移海木,兼雪写湖山。月白吟床冷,河清直印闲。唐封三万里,人偃翠微间。

江峡寇乱寄怀吟僧

半锡探寒流,别师猿鹤洲。二三更后雨,四十字边-作论秋。立塞吟霞石,敲矗看雪楼。扶亲何处隐,惊梦入嵩丘。

贺昭国从叔员外转本曹郎中

苔砌塔阴浓,朝回尚叫蛩。粟征山县欠,官转水曹重。灯照楼中雨,书求海上峰。诗家无骤显,一一古人踪。

赠宋校书

曾伴元戎猎,寒来梦北军。闲身不计日,病鹤一作鹿放归〔云〕(林)。石上铺棋势,船中赌酒分。长言买天姥,高卧谢人群。

越公上人洛中归寄南孟家兄弟

洛下因归去,关西忆二龙。笠漫河岸雪,衣着虢城钟。睡鸭浮寒水,樵人出远峰。何当化闾俗,护取草堂松。

龙州送裴秀才

违拜旆旗前,松阴路半千。楼冲高雪会,驿闭乱云眠。榜挂临江省,名题赴宅筵。人求新蜀赋,应贵浣花笺。

题慈恩友人房

贾生耽此寺,胜事入诗多。鹤宿星千树,僧归烧一坡。塔棱垂雪水,江色映茶锅。长久堪栖息,休言忆镜波。

寄窦禅山薛秀才

窦岭吟招隐,新诗满集贤。白衫春絮暖,红纸夏云鲜。琴缠江丝细,棋分海石圆。因知醉公子,虚写世人传。

西蜀与崔先生话东洛旧游

王屋峭难名，三刀梦四更。日升当地缺，星尽未天明。度雪云林湿，穿松角韵清。崔家开锦浪，忆着水窗声。

上昭国水部从叔郎中

极南极北游，东泛复西流。行匝中华地，魂销四海秋。题诗在琼府，附舶出青州。不遇一公子，弹琴吊古丘。

题玉芝赵尊师院

晓起磬房前，真经诵百篇。漱流星入齿，照镜石差肩。静闭街西观，存思海上仙。闲听说五岳，穷遍一根莲。

送卢少府之任巩洛

从知东甸尉，铨注似恩除。带土移嵩术，和泉送尹鱼。印床寒鹭宿，壁记醉僧书。堂下诸昆在，无妨候起居。

送人归觐河中

青门冢前别，道路武关西。有寺云连石，无僧叶满溪。河长随鸟尽，山远与人齐。觐省波涛县，寒窗响曙鸡。

锦城秋寄怀弘播上人

极顶云兼冻，孤城露洗初。共辞嵩少雪，久绝贝多书。远照雁行细，寒条狖挂虚。分泉煎月色，忆就茗林居。

圭峰溪居寄怀韦曲曹秀才

南北飞山雪，万片寄相思。东西曲流水，千声泻别离。巴猿学导引，陇鸟解吟诗。翻羡家林赏，世人那得知。

送舍弟之山南

南山入谷游，去彻山南州。下马云未尽，听猿星正稠。印茶泉绕石，封国角吹楼。远宦有何兴，贫兄无计留。

题南鉴公山房

竹房开处峭，迥挂半山灯。石磬敲来穴，不知何代僧。讲归双袖雪，禅起一盂冰。唯说黄桑屐，当时着秣陵。

送　知　己

郡清官舍冷，枕席溅山泉。药气来人外，灯光到鹤边。梦秦书印斗，思越画渔船。掷笏南归去，波涛路几千。

送人赴职湘潭 第六句缺二字

南征虽赴辟，其奈负高科。水合湘潭住，山分越国多。梅花雪共下，文□□相和。白发陪官宴，红旗影里歌。

过　野　叟　居

野人居止处，竹色与山光。留客羞蔬饭，洒泉开草堂。雨馀松子落，风过术苗香。尽日无炎暑，眠君青石床。

吊郑宾客

朝行丧名节，岳色惨天风。待漏秋吟断，焚香夜直空。骨寒依垄草
一作兔，一作树，家尽逐边鸿。一吊知音后，归来碎峄桐。

送从叔书记山阴隐居

山顶绝茅居，云泉绕枕虚。烧移僧影瘦，风展鹭行疏。卷箔清江
月，敲松紫阁书。由来簪组贵，不信教猿锄。

避暑庄严禅院

定里无烦热，吟中达性情。入林逢客话，上塔接僧行。八水皆知
味，诸翁尽得名。常论冰井近，莫便厌浮生。

寄清演

忽闻清演病，可料苦吟身。不见近诗久，徒言华发新。别来山已
破，住处月为邻。几绕庭前树，于今四十春。

迁村居二首

移居入村宇，树阙见城隍。云水虽堪画，恩私不可忘。猿涎滴鹤
氅，麈尾拂僧床。弃逐随樵牧，何由报稻粱。
歌乐听常稀，茅亭静掩扉。槎一作昼来垂钓次，月落问安归。远客
传烧研，幽禽看衲衣。眼前无俗事，松雨蜀山辉。

出山睹春榜

未老鬓毛焦，心归向石桥。指霞辞二纪，吟雪遇三朝。连席频登
相，分廊尚祝尧。回眸旧行侣，免使负嵩樵。

贾　岛　墓

一第人皆得，先生岂不销。位卑终蜀士，诗绝占唐朝。旅葬新坟
小，魂归故国遥。我来因奠酒，立石用为标。

观水墨障子

若非神助笔，砚水恐藏龙。研尽一寸墨，扫成千仞峰。壁根堆乱
石，床鳞插枯松。岳麓穿因鼠，湘江绽为蛩。挂衣岚气湿，梦枕浪
头春。只为少颜色，时人著一作看意慵。

对　棋

小槛明高雪，幽人斗智棋。日斜抛作劫，月午蹙一作变成迟。倚杖
湘僧算，翘松野鹤窥。侧楸敲醒睡，片石夹吟诗。雨点奁中渍，灯
花局上吹。秋涛寒竹寺，此兴谢公知。

题竹溪禅院

溪边一作连山一色，水拥竹千竿。鸟触翠微湿，人居酷暑寒。风摇
瓶影碎，沙陷履痕端。爽极青一作清崖树，平流绿峡滩。闲来披衲
数，涨后卷经看。三境通禅寂，嚣尘染著难。

投献吏部张侍郎十韵

苔染马蹄青，何曾似在城。不于僧院宿，多傍御沟行。隐岫侵巴
叠，租田带渭平。肩囊寻省寺，袖轴遍公卿。梦入连涛郡，书来积
雪营。泪随边雁堕，魂逐一作共夜蝉惊。发愤巡江塔，无眠数县更。
玄都一病客，兴善几回莺。贡艺披沙细，酬恩戴岳轻。心期公子
念，滴酒在雕楹。

终南山二十韵

关内平田窄，东西截杳冥。雨侵诸县黑，云破九门青。暂看犹无暇，长栖信有灵。古苔秋渍斗，积雾夜昏萤。怒恐撞天漏，深疑隐地形。盘根连北岳，转影落南溟。穷穴何山出，遮蛮上国宁。残阳高照蜀，败叶远浮泾。劚竹烟岚冻，偷湫雨雹腥。闲房僧灌顶，浴涧鹤遗翎。梯滑危缘索，云深静唱经。放泉惊鹿睡，闻磬得人醒。踏著神仙宅，敲开洞府扃。棋残秦士局，字缺晋公铭。一谷势当午一作开子，孤峰耸起丁。远平丹凤阙，冷射五侯厅。万丈冰声折，千寻树影停一作亭。望中仙岛动，行处月轮馨。叠石移临砌，研胶泼上屏。明时献君寿，不假老人星。

秋日同觉公上人眺慈恩塔六韵

九级耸莲宫，晴登袖拂虹。房廊窥井底，世界出笼中。照牖三山火，吹铃八极风。细闻槎客语，遥辨海鱼冲。禁静声连北，江寒影在东。谒师开秘锁，尘日闭虚空。

感知上刑部郑侍郎

寄掩白云司，蜀都高卧时。邻僧照一作点寒竹一作烛，宿鸟动秋池。帝诵嘉莲表，人吟宝剑诗。石渠流月断，画角截江吹。闲出黄金勒，前飞白鹭鹚。公心外国说，重望两朝一作川推。静藓斜圭影，孤窗响锡枝。兴幽松雪见，心苦砚冰知。缘杖虫声切，过门马足迟。漏残终卷读，日下大名垂。平碛容雕上，仙山许狖窥。数联金口出，死免愧丘为。

叙事寄荐福栖白 一作听白公话旧

险倚石屏风,秋涛梦越中。前朝吟会散,故国讲流终。北地闻巴狄,南山见碛鸿。楼高惊雨阔,木落觉城空。兔满期姚监,蝉稀别楚公一作望塞翁。净瓶光照客,挂杖朽生虫。平地塔千尺,半空灯一笼。祝尧谈几句,旋泻海涛东。栖白有《宣宗寿昌节》诗。

送龙州田使君旧诗家

御札轸西陲,龙州出牧时。度关云作雪,挂栈水成澌。剑淬号猿岸,弓悬宿鹤枝。江灯混星斗,山木乱枪旗。锁库休秤药,开楼又见诗。无心陪宴集,吟苦忆京师。

和一作送知己赴任华州

东门罢相郡,此拜动京华。落日开宵印,初灯见早麻。鹤身红旆拂,仙掌白云遮。塞色侵三县,河声聒两衙。松根醒客酒,莲座一作叶隐僧家。一道帆飞直,中筵岳影斜。书名一作铭寻雪石,澄鼎露金沙。锁合眠关吏,杯寒啄庙鸦。分台话嵩洛,赛雨恋一作拜烟霞。树谷期招隐,吟诗煮柏茶。

题 咸 阳 楼

晚亚一作至古城门,凭高黯客魂。塞侵秦旧国,河浸汉荒村。客一作官路飓书烬,人家带水痕。猎频虚冢穴,耕苦露松根。墙外峰黏汉,冰中日晃原。断碑移作砌,广第灌成园。北马疑眠碛,南人忆钓溢。桥闲野鹿过,街静禁鸦翻。滩鼓城隍动,云冲太白昏。标衣多吕裔,荷锸或刘孙。吊问难知主,登攀强滴樽。不能扶壮势,冠剑惜乾坤。

赠兴善彻公上人

师资怀剑外，徒步管街东。九里山横烧，三条木落风。古池曾看鹤，新塔未吟虫。夜久龙髯冷，年多麈尾空。心宗本无碍，问学岂难同。

龙 池 春 草

龙池清禁里，芳草傍池春。旋长方遮岸，全生不染尘。和风轻动色，湛露静流津。浅得承天步，深疑绕御轮。鱼寻倒影没，花带湿光新。肯学长河畔，绵绵思远人。

秋宿梓州牛头寺

月去檐三尺，川云入寺楼。灵山顿离众，列宿不多稠。篆字焚初缺，翻经诵若流。窗闲二江冷，帘卷半空秋。诏散松梢别，棋终竹节收。静增双阙念，高并五翁游。鹤梦生红日，云闲锁梓州。望空工部眼，搔乱广文头。石室僧调马，银河客问牛。晓楼归下界，大地一浮沤。

送韦太尉自坤维除广陵

全蜀拜扬州，征一作徂东辍武侯。直来万里月，旁到五峰秋。幢冷遮高雪，旗一作旌闲卓乱流。谢朝明主喜，登省旧寮愁。隔海城通舶，连河市响楼。千官倚元老，虚梦法云游。

全唐诗卷七二三

李　洞

赠曹郎中崇贤所居 一作上崇贤曹郎中

闲坊宅枕穿宫水，听水分衾盖蜀缯一作尽蜀僧。药杵声中捣残梦，茶铛影里煮孤灯。刑曹树荫千年井，华岳楼开万仞冰。诗句变风官渐紧，夜涛春断海边藤。

赠昭应沈少府

行宫接县判云泉，袍色虽青骨且仙。鄠杜忆过梨栗墅，潇湘曾棹雪霜天。华山僧别留茶鼎，渭水人来锁钓船。东送西迎终几考，新诗觅得两三联。

上司空员外

禅心高卧似疏慵，诗客经过不厌重。藤杖几携量碛雪，玉鞭曾把数嵩峰。夜眠古巷一作卷当城月，秋直清曹入省钟。禹凿故山归未得，河声暗一作聒老两三松。

叙旧游寄栖白

老着重袍坐石房，竺经休讲白眉长。省冲鼋没投江岛，曾看鱼飞倚

海檐。晓炙冻盂原日气,夜挑莲碗禁灯光。吟诗五岭寻无可,倏忽
如今四十霜。

哭栖白供奉

闻说孤窗坐化时,白莎萝雨滴空池。吟诗堂里秋关影,礼佛灯前夜
照碑。贺雪已成金殿梦,看涛终负石桥—作楼期。逢山对月还惆
怅,争得无言似祖师。

赠入内供奉僧

内殿谈经惬帝怀,沃州归隐计全乖。数条雀尾来南海,一道蝉声噪
御街。石枕纹含山里叶,铜瓶口塞井中柴。因逢夏日西明讲,不觉
宫人拔凤钗。

感恩书事寄上集义司徒相公

积雪峰西遇奖称,半家寒骨起沟塍。镇时贤相回人镜,报德慈亲点
佛灯。授钺已闻诸国静,坐筹重见大河澄。功居第一图烟阁,依旧
终南满杜陵。

赠永崇李将军充襄阳制置使

拜官门外发辉光,宿卫阴符注几行。行处近天龙尾滑,猎时陪帝马
鬃香。九城王气生旗队,万里寒风入箭疮。从此浩然声价歇,武中
还有李襄阳。

寄淮海惠泽上人

海涛痕满旧征衣,长忆初程宿翠微。竹里桥鸣知马过,塔中灯露见
鸿飞。眉毫—作毛别后应盈尺,岩木居来定几围。他日愿师容一

榻,煎茶扫地学忘机。

春日隐居官舍感怀

风吹烧烬杂汀沙,还似青溪旧寄家。入户竹生床下叶,隔窗莲谢镜中花。苔房靠客论三学,雪岭巢禽看两衙。销得人间无限事,江亭月白诵南华。

春日即事寄一二知己

浴马池西一带泉,开门景物似樊川。朱衣映水人归县,白羽遗泥鹤上天。索米夜烧风折木,无车一作驴,一作舆。春养雪藏鞭。缙绅处士知章句,忍使孤窗枕泪眠。

废寺闲居寄怀一二罢举一本无此二字知己一作省归郎

病居废庙冷吟烟,无力争飞类病蝉。槐省老郎蒙主弃,月陂一作波孤客望谁怜。税房兼得调猿石,租地仍分浴鹤泉。处世堪惊又堪愧,一坡山色不论钱。

题尼大德院

云鬟早岁断金刀,戒律曾持五百条。台上灯红莲叶密,眉间毫白黛痕销。绣成佛国银为地,画出王城雪覆桥。清净高楼松桧寺,世雄翻愧自低腰。

怀张乔张霞

西风吹雨叶还飘,忆我同袍隔海涛。江塔眺山青入佛,边城履雪白连雕。身离世界归天竺,影挂虚空度石桥。应念无成独流转,懒磨铜片鬓毛焦。

赠 徐 山 人

徐生何代降坤维,曾伴园公采紫芝。瓦砾变黄忧世换,髭须放白怕
人疑。山房古竹粗于树,海岛灵童寿等龟。知叹有唐三百载,光阴
未抵一先棋。

寄 南 岳 僧

新秋日后晒书天,白日当松影却圆。五字句求方寸佛,一条街擘两
行蝉。不曾著事于机内,长合教山在眼前。花落俦公房外石,调猿
弄虎叹无缘。

华　山

碧山长冻地长秋,日夕泉源聒华州。万户烟侵关令宅,四时云在使
君楼。风驱雷电临河震,鹤引神仙出月游。峰顶高眠灵药熟,自无
霜雪上人头。

和曹监春晴见寄

竺庙邻钟震晓鸦,春阴盖石似仙家。兰台架列排书目,顾渚香浮瀹
茗花。胶溜石松粘鹤氅,泉离冰井熨僧牙。功成名著扁舟去,愁睹
前题罩碧纱。

赠三惠大师

枫猿峤角别多时,二教兼修内学师。药树影中频缀偈,莲峰朵下几
窥棋。游归笋长齐童子,病起巢成露鹤儿。诏落五天开夏讲,两街
人竞礼长眉。

送醉画王处士

几年乘兴住南吴，狂醉兰舟夜落湖。别后鹤毛描转细，近来牛角饮还粗。同餐夏果山何处，共钓秋涛石在无。关下相逢怪予老，篇章役思绕寰区。

闻　杜　鹃

万古潇湘波上云，化为流血杜鹃身。长疑啄破青山色，只恐啼穿白日—作月轮。花落玄宗回—作归蜀道，雨收—作飞工部宿江津。声—作一声犹得到—作恐聒君耳，不见千秋—作家—作愁甑尘。

赋得送轩辕先生归罗浮山

旧山归隐浪摇青，绿鬓山童一帙经。诗—作符帖布帆猿鸟看，药煎金鼎鬼神听。洞深头上聆仙语—作觉船过，船—作楼静鼻中闻海腥。此处先生应不住，吾君南望漫劳形。

送　包　处　士

秋—作愁思枕月卧潇湘，寄宿慈恩竹—作寺里房。性急却—作还于棋上慢，身闲未免药中忙。休抛手网惊龙睡，曾挂头巾拂鸟行。闻说石门君旧隐，寒峰溅瀑坏书堂。

赠庞炼师 女人

家住涪江汉语娇，一声歌戛玉楼箫。睡融春日柔金缕，妆发秋霞战翠翘。两脸酒醺红杏妒，半胸酥嫩白云饶。若能携手随仙令，皎皎银河渡鹊桥。

送友罢举赴边职

出剡篇章入洛文，无人细读叹俱焚。莫辞秉笏随红旆，便好携家住
白云。过水象浮蛮境见，隔江—作关猿叫汉州闻。高谈阔略陈从
事，盟誓边庭壮我军。

病　猿

瘦缠金锁惹朱楼，一别巫山树几秋。寒想蜀门清露滴，暖怀湘岸白
云流。罢抛檐果沉僧井，休拗崖冰溅客舟。啼过三声应有泪—作
恨，画堂深不彻王侯。

蹇　驴

蹇驴秋毙瘗荒田，忍把敲吟旧竹鞭。三尺焦桐—作桐轻背残月，一
条藜杖卓—作藤瘦斫寒烟。通吴白浪宽围国，倚蜀青山峭入天。如
画海门支肘望—作看，阿谁家—作教卖钓鱼船。

宿叶公棋阁

带风棋阁竹相敲，局莹无尘拂树梢。日到长天征未断，钟来岳顶劫
须抛。挑灯雪客栖寒店，供茗溪僧爇废巢。因悟修身试贪教，不须
焚火向三茅。

送郤先辈归觐华阴

桂枝博得凤栖枝，欢觐家僮舞翠微。僧向瀑泉声里贺，鸟穿仙掌指
间飞。休停砚笔吟荒庙，永别灯笼赴锁闱。骚雅近来颓丧甚，送君
傍觉有光辉。

赠可上人

寺门和鹤倚香杉,月吐秋光到思嚵。将法传来穿泱漭,把诗吟去入嵌岩。模糊书卷烟岚滴,狼藉衣裳瀑布缄。不断清风牙底嚼,无因内殿得名衔。

东川高仆射

油幢影里拜清风,十里貔貅一片雄。三印锁开霜满地,四门关定月当空。泉浮山叶人家过,诏惹炉香鸟道通。新起画楼携客上,弦歌筵内海榴红。

宿成都松溪院

松持节操溪澄性,一炷烟岚压寺隅。翡翠鸟飞人不见,琉璃瓶贮水疑无。夜闻子落真山雨,晓汲波圆入画图。尘拥蜀城抽锁后,此中犹梦在江湖。

吊曹监

宅上愁云吹不散,桂林诗骨葬云根。满楼山色供邻里,一洞松声付子孙。甘露施衣封泪点,秘书取集印苔痕。吟魂醉魄归何处,御水呜呜夜绕门。

赠长安毕郎中

高门寒沼水连云,鹭识朱衣傍主人。地肺半边晴带雪,天街一面静无尘。朝回座客酬琴价,衙退留僧写鹤真。从此几迁为计相,蓬莱三刻奏东巡。

寄东蜀幕中友

官亭池碧海榴殷，遥想清才倚画栏。柳絮涨天笼地暖，角声经雨透云寒。晓侵台座香烟湿，夜草军书蜡炬干。为话门人吟太苦，风摧兰秀一枝残。

曲江渔父

儿孙闲弄雪霜髯，浪颭南山影入檐。卧稳篷舟龟作枕，病来茅舍网为帘。值春游子怜莼滑，通蜀行人说鲙甜。数尺寒丝一竿竹，岂知浮世有猜嫌。

和刘驾博士赠庄严律禅师

人言紫绶有光辉，不二心观似草衣。尘劫自营还自坏，禅门无住亦无归。松根穴蚁通山远，塔顶巢禽见海微。每话南游偏起念，五峰波上入船扉。

智新上人话旧

蟋蟀灯前话旧游，师经几夏我经秋。金陵市合月光里，甘露门开峰朵头。晴眺远帆飞入海，夜禅阴火吐当楼。相看未得东归去，满壁寒涛泻白鸥。

和淮南太尉留题凤州王氏别业

清秋看长鹭雏成，说向湘僧亦动情。节屋折将松上影，印龛移锁月中声。野人陪赏增诗价，太尉因居著谷名。闲想此中遗胜事，宿斋吟绕凤池行。

乙酉岁自蜀随计趁试不及

客卧涪江蘸月厅,知音唤起进趋生。寒梅折后方离蜀,腊月圆前未
到京。风卷坏亭赢仆病,雪糊危栈蹇驴行。文昌一试应关分,岂校
褒斜两日程。

龙州韦郎中先梦六赤后因打叶子以诗上

红蜡香烟扑画楹,梅花落尽庾楼清。光辉圆魄衔山冷,彩镂方牙着
腕轻。宝帖牵来狮子镇,金盆引出凤凰倾。微黄喜兆庄周梦,六赤
重新掷印成。

和寿中丞伤猿

遗挂朱栏锁半寻,清声难买恨黄金。悬崖接果今(一作身)何在,浅井
窥星影已沉。归宅叶铺曾睡石,入朝灯照旧啼林。小山罢绕随湘
客,高树休升对岳禽。天竺省怜伤倍切,亲知宽(一作知觉)和思难任。
相门恩重无由报,竟托仙郎日夜吟。

上灵州令狐相公 (一作赠高仆射自安西赴阙,一作赠功臣。)

征蛮(一作南破虏)汉功臣,提剑归来万里身。笑(一作闲)倚凌烟金柱看,
形容憔悴(一作消瘦,又作惆怅。)老于真。

寓　言

三千宫女露蛾眉,笑煮黄金日月迟。麟凤隔云攀不及,空山惆怅夕
阳时。

客 亭 对 月

游子离魂陇上花,风飘浪卷绕天涯。一年十二度圆月,十一回圆不
在家。

宿鄠郊赠罗处士

川静星高栎_{一作栗}已枯,南山落石水声粗。白云钓客窗中宿,卧数
嵩峰听五湖。

有 寄 _{一作赠}

爱酒耽棋田处士,弹琴咏史贾先生。御沟临岸有云石,不见鹤来何
处行。

送三藏归西天国

十万里程多少碛,沙中_{一作碛头}弹舌授降龙。_{奘公弹舌念梵语《心经》,以授}
_{流沙之龙。}五天到日应头白,月落长安半夜钟。

金 陵 怀 古

古来无此战争功,日日戈船卷海风。一遇_{一作度}灵鳌开睡眼,六朝
灰尽九江空。

长 安 县 厅

主人寂寞客屯邅,愁绝_{一作列}终南满案_{一作眼}前。乞取中庭藤五尺_一
_{作丈},为君高劚扣_{一作望}青天。

题晰上人贾岛诗卷

贾生诗卷惠休装,百叶莲花万里香。供得半年吟不足,长须字字顶司仓。

送僧清演归山

毛褐斜肩背负经,晓思吟入窦山青。峰前野水横官道,踏着秋天三四星。

赠　僧

不羡王公与贵人,唯将云鹤自相亲。闲来石上观流水,欲洗禅衣未有尘。

题学公院池莲

竹引山泉玉瓷池,栽莲莫一作却,一作休。怪藕生丝。如何不似麻衣客,坐对秋风待一枝。

山居喜友人见访

入云晴劚茯苓还,日暮逢迎木石间。看待诗人无别物,半潭秋水一作烧一房山。

秋宿长安韦主簿厅

水木清凉夜直厅,愁人楼上唱寒更。坐劳同步帘前月,鼠动床头印锁声。

冬忆友人

吟上山前数竹枝,叶翻似雪落霏霏。枕前明月谁动影,睡里惊来不
觉归。

怀圭峰影林泉

吾家旧物贾生传,入内遥分锡杖泉。鹤去帝移宫女散,更堪呜咽过
楼前。

赠青龙印禅师

雨涩秋刀剃雪时,庵前曾礼草堂师。居人昨日相过说,鹤已生孙竹
满池。

戏赠侯常侍

葛洪卷与江淹赋,名动天边傲石居。两蜀词人多载后,同君讳却马
相如。

绣岭宫词

春日迟迟春草绿—作春草萋萋春水绿,野棠开尽飘香玉。绣岭宫前鹤
发翁,犹唱开元太平曲。

中秋月 —作廖凝诗

九十日秋色,今秋已半分。孤光吞列宿,四面绝微云。众木排疏
影,寒流叠细纹。遥遥望丹桂,心绪更纷纷。

宿书僧一作记院

夜水笔前澄,时推外学能。书成百个字,庭转几遭灯。寄墨大坛
吏,分笺蜀国僧。为题江寺塔,牌挂入云层。

雪

迢迢来极塞,连阙谓一作渭风吹。禅客呵金锡,征人擘冻旗。细填
虫穴满,重压鹤巢欹。有影晴飘野,无声夜落池。正繁秦甸暖,渐
厚楚宫饥。冻挹分泉涩,光凝二阁痴。踏遗兰署迹,听起石门思。
用表丰年瑞,无令扫玉墀。

述怀二十韵献覃怀相公

帝梦求良弼,生申属圣明。青云县器业,白日贯忠贞一作精。霭霭
随春动,忻忻共物荣。静宜浮竞息,坐觉好风生。万国闻应跃,千
门望尽倾。瑞含杨柳色,气变管弦声。百辟寻知度,三阶正有程。
鲁儒规蕴藉,周诰美和平。碧水遗幽抱,朱丝寄远情。风流秦印
绶,仪表汉公卿。忠说期登用,回邪自震惊。云开长剑倚,路绝一
峰横。九野方无事,沧溟本不争。国将身共计,心与众为城。早晚
中条下,红尘一顾清。南潭容伴鹤,西笑忽迁莺。折树恩难报,怀
仁命甚轻。二年犹困辱,百口望经营。未在英侯选,空劳短羽征。
知音初一作祈相国,从此免长鸣。

岁暮自广江至新兴往复中题峡山寺

薄暮缘西峡,停桡一访僧。鹭巢行卧柳,猿饮倒垂藤。水曲岩千
叠,云深树百层。山风寒殿磬,溪雨夜船灯。滩涨危槎没,泉冲怪
石崩。中台一襟泪,岁杪别良朋。

冬日送凉州刺史

宠饯西门外,双旌出汉陵。未辞金殿日,已梦雪山灯。地远终峰
尽,天寒朔气凝。新年行已到,旧典听难胜。吏扫盘雕影,人遮散
马乘。移军驼驮角,下塞掾河冰。猎近昆仑兽,吟招碛石僧。重输
右藏实,方见左车能。兵聚边风急,城宽夜月澄。连营烟火岭,望
诏几回登。

过贾浪仙旧地

鹤外唐来有谪星,长江东注冷沧溟。境搜松雪仙人岛,吟歇林泉主
簿厅。片月已能临榜黑,遥天何益抱坟青。年年谁不登高第,未胜
骑驴入画屏。

句

公道此时如不得,昭陵恸哭一生休。《北梦琐言》云:洞三榜,裴贽第二榜。
策夜,帘前献诗云云。寻卒蜀中。贽无子,人谓屈洞所致。

全唐诗卷七二四

唐 求 一作球

唐求,居蜀之味江山,至性纯悫。王建帅蜀,召为参谋,不就。放旷疏逸,邦人谓之唐隐居。为诗撚稿为圆,纳之大瓢。后卧病,投瓢于江,曰:"斯文苟不沉没,得者方知吾苦心尔。"至新渠,有识者曰:"唐山人瓢也。"接得之,十才二三。今编诗一卷。

酬友生早秋

彤云将欲罢,蝉柳响如秋。雾散九霄近,日程三伏愁。残阳宿雨霁,高浪碎沙沤。祛足馀旬后,分襟任自由。

晓 发

旅馆候天曙,整车趋远程。几处晓钟断,半桥残月明。沙上一作际鸟犹在一作睡,渡头人未一作已行。去去古时道,马嘶三两声。

客 行

上山下山去,千里万里愁。树色野桥暝,雨声孤馆秋。南北眼前道,东西江畔舟。世人重金玉,无金徒远游。

题郑处士隐居

不信最清旷,及来愁已空。数点石泉雨,一溪霜叶风。业在有山
处,道成无事中。酌尽一尊酒,病—作老夫—作翁颜亦红。

古　寺

路傍古时寺,寥落藏金容。破塔有寒草,坏楼无晓钟。乱纸失经
偈,断碑分篆踪。日暮月光吐,绕门千树松。

赠　著　上　人

掩门江上住,尽日更无为。古木坐禅处,残星鸣磬时。水浇冰滴
滴,珠数落累累。自有闲行伴,青藤杖一枝。

马　嵬　感　事

冷气生深殿,狼星渡远关。九城鼙鼓内,千骑道途间。凤髻随秋
草,鸾舆入暮山。恨多留不得,悲泪满龙颜。

赠行如上人

不知名利苦,念佛老岷峨。衲补云千片,香烧印—作焚篆一窠。恋
山人事少,怜客道心多。日日斋钟后,高悬滤水罗。

送友人归邛州

鹤鸣山下去,满箧荷瑶琨。放马荒田草,看碑古寺门。渐寒沙上雨
—作鹭,欲暝—作暖水边村。莫忘分襟处,梅花扑酒尊。

和舒上人山居即事

败叶填溪路，残阳过野亭。仍弹一滴水，更读两张经。暝鸟烟中
见，寒钟竹里听。不多山下去，人世尽膻腥。

发邛州寄友人

茫茫驱一马，自叹又何之。出郭见山处，待船逢雨时。晓鸡鸣野
店，寒叶堕秋枝。寂寞前程去，闲吟欲共谁。

舟行夜泊夔州

维舟镜面中，迥对白盐峰。夜静沙堤月，天寒水寺钟。故园何日
到，旧友几时逢。欲作还家梦，青山一万重。

山东兰若遇静公夜归

松门一径微，苔滑往来稀。半夜闻钟后，浑身带雪归。问寒僧接
杖，辨语犬衔衣。又是安禅去，呼童闭竹扉。

边　将

三千护塞儿，独自滞边陲。老向二毛见，秋从一叶知。地寒乡思
苦，天暮角声悲。却被交亲笑，封侯未有期。

秋寄□江舒公 缺一字

故人何处望，秋色满江濆。入水溪虫乱，过桥山路分。鹤归松上
月，僧入竹间云。莫惜中宵磬，从教梦里闻。

题杨山人隐居

深山道者家，门户带烟霞。绿缀沿岩草，红飘落水花。半庭栽小树，一径扫平沙。往往溪边坐，持竿到日斜。

夜上隐居寺

寻师拟学空，空住虎溪东。千里照山月，一枝惊鹤风。年如流去水，山似转来蓬。尽日都无事，安禅石窟中。

友人见访不值因寄

门户寒江近，篱墙野树深。晚风摇竹影，斜日转山阴。砌觉披秋草，床惊倒古琴。更闻邻舍说，一只鹤来寻。

涂次偶作

岁月客中销，崎岖力自招。问人寻野寺，牵马渡危桥。为雨疑天晚，因山觉路遥。前程何处是，一望又迢迢。

送友人江行之庐山肄业

蜀国初开棹，庐峰拟拾萤。兽皮裁褥暖，莲叶制衣馨。楚水秋来碧，巫山雨后青。莫教衔凤诏，三度到中庭。

山居偶作

趋名逐利身，终日走风尘。还到水边宅，却为山下人。僧教开竹户，客许戴纱巾。且喜琴书在，苏生未厌贫。

赠 道 者

披霞戴鹿胎，岁月不能催。饭把琪花煮，衣将藕叶裁。鹤从归日养，松是小时栽。往往樵人见，溪边洗药来。

邛州水亭夜宴送顾非熊之官

寂寞邛城夜，寒塘对庾楼。蜀关蝉已噪，秦树叶应秋。道路连天远，笙歌到晓愁。不堪分袂后，残月正如钩。

题青城山范贤观

数里缘山不厌难，为寻真诀问黄冠。苔铺翠点仙桥滑，松织香梢古道寒。昼傍绿畦薅嫩玉，夜开红灶撚新丹。钟声已断泉声在，风动茅一作瑶花月满坛。

送僧讲罢归山

休将如意辩真空，吹尽天花任晓风。共看玉蟾三皎洁，独悬金锡一玲珑。岩间松桂秋烟白，江上楼台晚日红。依旧曹溪念经处，野泉声在草堂东。

题友人寓居

寓居无不在天涯，莫恨秦关道路赊。缭绕城边山是蜀，弯环门外水名巴。黄头卷席宾初散，白鼻嘶风日欲斜。何处一声金磬发，古松南畔有僧家。

伤张玖秀才

铜梁剑阁几区区，十上探珠不见珠。卞玉影沉沙草暗，骅骝声断陇

城孤。入关词客秋怀友,出户孀妻晓望夫。吴水楚山千万里,旅魂
归到故乡无。

题李少府别业

寻得仙家不姓梅,马嘶人语出尘埃。竹和庭上春烟动,花带溪头晓
露开。绕岸白云终日在,傍松黄鹤有时来。何年亦作围棋伴,一到
松间醉一回。

赠　楚　公

曾闻半偈雪山中,贝叶翻时理尽通。般若恒添持戒力,落叉谁算念
经功。云间晓月应难染,海上虚舟自信风。长说满庭花色好,一枝
红是一枝空。

赠　王　山　人

红藤一柱脚常轻,日日缘溪入谷行。山下有家身未老,灶前无火药
初成。经秋少见闲人说,带雨多闻野鹤鸣。知到蓬莱难再访,问何
方法得长生。

庭　竹

月笼翠叶秋承露,风亚繁梢暝扫烟。知道雪霜终不变,永留寒色在
庭前。

题常乐寺

桂冷香闻一作松香十里间,殿台浑不似人寰。日斜回首江头望,一
片晴一作闲云落后山。

题一作送刘炼师归山

风急云轻鹤背寒,洞天谁道却归难。千山万水瀛洲路,何处烟飞是
醮坛。

酬舒公见寄

无客不言云外见,为文长遣世间知。一声松径寒吟后,正是前山雪
下时。

巫 山 下 作

细腰宫尽旧城摧,神女归山更不来。唯有楚江斜日里,至今犹自绕
阳台。

句

恰似有龙深处卧,被人惊起黑云生。临池洗砚 见《纪事》

全唐诗卷七二五

于邺

于邺,唐末进士。诗一卷。

书 怀

长安多路岐,西去欲何依。浮世只如此,旧山长忆归。自离京国
久,应已故人稀。好与孤云住,孤云无是非。

书 情

负郭有田在,年年长废耕。欲磨秋镜净,恐见白头生。未作一旬
别,已过千里程。不知书与剑,十载两无成。

涂 中 作 一作出门

西一作东南千里程一作行,处处有车声。若使地无利,始应人不营。
天涯犹马到,石迹尚一作亦尘生。如此未曾息,蜀山终冀平。

春过函谷关

几度作游一作行客,客行长苦辛。愁看函谷路,老尽布衣人。岁远
关犹固,时移草亦春。何当名利息,遣此绝征轮。

褒中即事

风吹残雨歇，云去有烟霞。南浦足游女一作士，绿蘋应发花。远钟
当一作常半夜，明月入一作落千家。不作故乡梦，始知京洛赊。

岁暮还家

东西流不驻，白日与车轮。残雪半成水，微风应欲春。几经他国
岁，已减故乡人。回首长安道，十年空一作长苦辛。

还 家

为客忆归舍一作来，归来还寂寥。壮时看欲过，白首固一作故非遥。
独酌几回醉，此愁终一作终年恨不销。犹残鸡与犬，驱一作同去住山
椒。

题华山麻处士所居 一本无所居二字

贵贱各扰扰，皆逢朝市间。到此马无迹，始知君独闲。冰破听敷
水，雪晴一作消，一作时。看华山。西风寂寥地，唯我坐忘还。

天南怀一作忆故人

独行千里尘，轧轧转征轮。一别已多日，总看成老人。洞庭雪不
下，故国草应春。三月烟波暖，南风生绿蘋。

路 傍 草

春至始青青，香车碾已平。不知山下处，来向一作绕路傍生。每岁
有人在，何时无马行。应随一作和尘与土，吹满洛阳城。

秋夕闻雁

星汉欲沉尽,谁家砧未休。忽闻凉雁至,如报杜陵秋。千树又一作有黄叶,几人新白头。洞庭今夜客,一半却登一作回舟。

洛中有怀

潺潺伊洛河,寂寞少恩波。銮驾久不一作不东幸,洛阳春草多。

送魏山韦处士 一作送田处士西游

阴阴亭一作田际间,相顾惨离颜。一片云飞去,嵯峨空魏山。

白樱桃

王母阶前种几株,水晶帘内看如无。只应汉武金盘上,泻得珊珊白露珠。

白樱树

记得花开雪满枝,和蜂和蝶带花移。如一作只今花落游蜂去,空作主人惆怅诗。

下第不胜其忿题路左佛庙

雀儿未逐飔风高,下视鹰鹯意气豪。自谓能生千里足,黄昏依旧委蓬蒿。

感怀 一作感情。以下一本俱作于武陵诗。

东风吹草色,空使客蹉跎。不设太平险,更应游子多。几伤一作觞行处泪一作酒,一曲醉中歌。尽向青门外,东随渭水波。

游 中 梁 山

僻地好泉石，何人曾陆沉。不知青嶂外，更有白云深。因此见乔木，几回思旧林。殷勤猿与一作与猿鸟，唯我独何心。

寻　山

到此绝车轮，萋萋草树春。青山如有利，白石亦成尘。水阔应无路，松深不见人。如知巢与许，千载迹犹新。

宿 江 口

南渡人来绝，喧喧雁满沙。自生江上月，长有客思家。半夜下霜岸，北风吹荻花。自惊归梦断，不得到天涯。

秋夜达萧关

扰扰浮一作游梁路，人忙月自闲。去年为塞客，今夜宿萧关。辞国几经岁，望乡空见山。不知江叶下，又作布衣还。

斜 谷 道

乱峰连叠嶂，千里绿峨峨。蜀国路如此，游人车亦过。远烟当驿敛，骤雨逐风多。独忆紫芝叟，临风歌旧歌。

过百牢关贻舟中者

蜀国少平地，方思京洛间。远为千里客，来度百牢关。帆影清江水，铃声碧草山。不因一作贪名与利，尔我一作我尔各应闲。

客 中 览 镜

何当开此镜,即见发如丝。白日急于水,少年能几时。每逢芳草
处,长返故园迟。所以多为客,蹉跎欲怨谁。

长 安 逢 隐 者

征车千里至,碾遍六街尘。向此有营地,忽逢无事人。昔时颜未
改,浮世路多新。且脱衣沽酒,终南山欲春。

与僧话—作语旧

草堂前有山,一见一相宽。处世贵僧静,青松因岁寒。他山逢旧
侣,尽日话长安。所以闲行迹,千回绕药栏。

赠 王 道 士

日日市朝路,何时无苦辛。不随丹灶客,终作白头人。浮世度千
载,桃源方一春。归来华表上,应笑北邙尘。

匣 中 琴

世人无正心,虫网匣中琴。何以经时废,非为娱耳音。独令高韵
在,谁感隙尘深。应是南风曲,声声不合今。

友 人 亭 松

俯仰不能去,如逢旧友同。曾因春雪散,见在华山中。何处有明
月,访君听远风。相将归未得,各占石岩东。

过 洛 阳 城

古来利与名，俱在洛阳城。九陌鼓初起，万车轮已行。周秦时几变，伊洛水犹清。二月中桥路，鸟啼春草生。

客 中 月 —作望月

离家凡几宵，一望一寥寥。新魄又将满，故乡应渐遥。独临彭蠡水，远忆洛阳桥。更有乘舟客，凄然亦驻桡。

王将军宅夜听歌

朱槛满—作铺明月，美人歌落梅。忽惊尘起处，疑有凤飞来。一曲听初彻，几年愁暂开。东南正云雨，不得见阳台。

长信—作春宫

莫问—作访古宫名，古宫空有—作古城。惟—作只应东去水，不改旧时声。

高 楼

远天明月出，照此谁家楼。上有罗衣裳—作色，凉风吹不休—作秋。

全唐诗卷七二六

陆贞洞

陆贞洞,吴郡进士。诗一首。

和三乡诗 会昌时,有女子题诗三乡驿,和者十人。

惆怅残花怨暮春,孤鸾舞镜倍伤神。清词好个干人事,疑是文姬第二身。

刘 谷

刘谷,与李郢同时。诗一首。

和 三 乡 诗

兰蕙芬香见玉姿,路傍花笑景迟迟。苎萝山下无穷意,并在三乡惜别时。

王 祝

王祝,字不耀。给事中、常州刺史。诗一首。

和 三 乡 诗

女几山前岚气低,佳人留恨此中题。不知云雨归何处,空使王孙见
即迷。

王　涤

王涤,字用霖,琅琊人。景福中擢第,累官中书舍人,后终
于闽。诗一首。

和 三 乡 诗

浣纱游女出关东,旧迹新词一梦中。槐陌柳亭何限事,年年回首向
春风。

韦　冰

韦冰,唐末邺令。诗一首。

和 三 乡 诗

来时欢笑去时哀,家国迢迢向越台。待写百年幽思尽,故宫流水莫
相催。

李昌邺

李昌邺,唐末人。诗一首。

和 三 乡 诗

红粉萧娘手自题,分明幽怨发云闺。不应更学文君去,泣向残花归剡溪。

王　硕

王硕,唐末人。诗一首。

和 三 乡 诗

无姓无名越水滨,芳词空怨路傍人。莫教才子偏惆怅,宋玉东家是旧邻。

李　缟

李缟,唐末人。诗一首。

和 三 乡 诗

会稽王谢两风流,王子沉沦谢女愁。归思若随文字在,路傍空为感千秋。

张　绮

张绮,唐末人。诗一首。

和 三 乡 诗

洛川依旧好风光,莲帐无因见女郎。云雨散来音信断,此生遗恨寄
三乡。

高　衢

高衢,唐末人。诗一首。

和 三 乡 诗

南北千山与万山,轩车谁不思乡关。独留芳翰悲前迹,陌上恐伤桃
李颜。

贾　驰

贾驰,与曹邺同时。诗二首。

复睹三乡题处留赠

壁古字未灭,声长响不绝。蕙质本如云,松心应耐雪。耿耿离幽一
作崖谷,悠悠望瓯越。杞妇哭夫时,城崩无此说。

秋 入 关

河上微风来,关头树初湿。今朝关城吏,又见孤客入。上国谁与
期,西来徒自急。

赵光远

赵光远,华州刺史鹭之子,不第而没。光化中,韦庄奏赠官。诗三首。

咏　手　二　首

妆成皓腕洗凝脂,背接红巾掬水时。薄雾袖中拈玉斝,斜阳屏上撚青丝。唤人急拍临前槛,摘杏高揎近曲池。好是琵琶弦畔见,细圆无节玉参差。

撚玉搓琼软复圆,绿窗谁见上琴弦。慢笼彩笔闲书字,斜指瑶阶笑打钱。炉面试香添麝炷,舌头轻点贴金钿。象床珍簟宫棋处,拈定文楸占角边。

题妓莱儿壁 一作题北里妓人壁

鱼钥兽环斜掩门,萋萋芳草忆王孙。醉凭青琐窥韩寿,闲掷金梭恼谢鲲。不夜珠光连玉匣,辟寒钗影落瑶尊。欲知肠断相思处,役尽江淹别后魂。

郑良士 一作士良

郑良士,字君梦,闽人。昭宗时献诗五百篇,授补阙。《白岩集》十卷,今存三首。

题兴化高田院桥亭

到此溪亭上,浮生始觉非。野僧还惜别,游客亦忘归。月满千岩静,风清一磬微。何时脱尘役,杖履愿相依。

游 九 鲤 湖

仄径倾崖不可通,湖岚林霭共溟蒙。九溪瀑影飞花外,万树春声细雨中。覆石云闲丹灶冷,采芝人去洞门空。我来不乞邯郸梦,取醉聊乘郑国风。

寄富洋院禅者

画破青山路一条,走鞭飞盖去何遥。碍天岩树春先冷,锁院溪云昼不销。雪上茗芽因客煮,海南沉屑为斋烧。谁能学得空门士,冷却心灰守寂寥

萧　项

　　萧项,萧田人,官侍郎。昭宗末年,尝同翁承赞为册礼使使闽。诗一首。

赠翁承赞漆林书堂诗

轺车故国世应稀,昔日书堂二纪归。手植松筠同茂盛,身荣金紫倍光辉。入门邻里喧迎接,列坐儿童见等威。却对芸窗勤苦处,举头全是锦为衣。

全唐诗卷七二七

胡令能

胡令能,莆田隐者,少为负局锼钉之业。梦人剖其腹,以一卷书内之,遂能吟咏,远近号为胡钉铰。诗四首。

喜韩少府见访

忽闻梅福来相访,笑著荷衣出草堂。儿童不惯见车马,走入芦花深处藏。

观郑州崔郎中诸妓绣样 一本题作咏绣障

日暮堂前花蕊娇,争拈小笔上床描。绣成安向春园里,引得黄莺下柳条。

小 儿 垂 钓

蓬头稚子学垂纶,侧坐莓苔草映身。路人借问遥招手,怕得鱼惊不应人。

王 昭 君

胡风似剑锼人骨,汉月如钩钓胃肠。魂梦不知身在路,夜来犹自到昭阳。

严　郾

严郾,唐末人。诗二卷,今存二首。

望 夫 石

何代提戈去不还,独留形影白云间。肌肤销尽雪霜色,罗绮点成苔藓斑。江燕不能传远信,野花空解妒愁颜。近来岂少征人妇,笑采蘼芜上北山。

赋 百 舌 鸟

此禽轻巧少同伦,我听长疑舌满身。星未没河先报晓,柳犹黏雪便迎春。频嫌海燕巢难定,却讶林莺语不真。莫倚春风便多事,玉楼还有晏眠人。

蒋　肱

蒋肱,唐末尝客荆南成汭幕。诗一首。

永州陪郑太守登舟夜宴席上各赋诗

江头朱绂间青衿,岂是仙舟不可寻。谁敢强登徐稚榻,自怜还学谢安吟。月凝兰棹轻风起,妓劝金罍尽醉斟。剪尽蜡红人未觉,归时城郭晓烟深。

张　迥

张迥,唐末人。少年苦吟,梦五色云自天而下,取吞之,遂精雅道。诗一首。

寄　远

锦字凭谁达,闲庭草又枯。夜长灯影灭,天远雁声孤。蝉鬓凋将尽,虬髯白也无。几回愁不语,因看朔方图。迥尝携此谒齐已,点头吟讽,为改"虬髯黑在无",迥遂拜作一字师。

张友正

张友正,唐末人。诗一卷,今存二首。

春 草 凝 露

苍苍芳草色,含露对青春。已赖阳和长,仍惭润泽频。日临残未滴,风度欲成津。蕙叶垂偏重,兰丛洗转新。将行愁裛径,欲采畏濡身。独爱池塘畔,清华远袭人。

锦带佩吴钩

带剑谁家子,春朝紫陌游。结边霞聚锦,悬处月随钩。彩缕回文出,雄芒练影浮。叶依花里艳,霜向锷中秋。的砾宜骢马,斓斒映绮裘。应须待报国,一刜月支头。

伍唐珪

伍唐珪，袁州宜春人。诗三首。

山中卧病寄卢郎中

十年耕钓水云间，住僻家贫少往还。一径绿苔凝晓露，满头白发对
青山。野僧采药来医病，樵客携觞为解颜。空恋旧时恩奖地，无因
匍匐出柴关。

寒食日献郡守

入门堪笑复堪怜，三径苔荒一钓船。惭愧四邻教断火，不知厨里久
无烟。

上苏使君

江西昔日推韩注，袁水今朝数赵祥。纵使文翁能待客，终栽桃李不
成行。

孙棨

孙棨，字文威，自号无为。历官御史、翰林学士、中书舍
人。诗六首。

赠妓人王福娘

彩翠仙衣红玉肤，轻盈年在破瓜初。霞杯醉劝刘郎赌，云髻慵邀阿

母梳。不怕寒侵缘带宝，每忧风举倩持裾。谩图西子晨一作为妆
样,西子元来未得如。

题妓王福娘墙

移壁回窗费几朝,指镮偷解博红一作兰椒。无端斗草输邻女,更被
拈将玉步摇。

寒绣衣裳饷阿娇,新团香兽不禁烧。东邻起样裙腰阔,剩蹙黄金线
一作一几一作两条。以下二首题一作题北里妓人壁。

试共卿卿语笑初一作粗,画堂连遣侍儿呼。寒肌不耐金如意,白獭
为膏郎有无。

戏 李 文 远

引君来访洞中仙,新月如眉拂户前。领取嫦娥攀取桂,便从陵谷一
时迁。

题刘泰娘舍

　　泰娘,北曲内小家,中门前一樗树。年齿甚妙,粗有容色,以居非其
　　所,人不知之。余过其舍,题诗云云。同游闻之,诘朝,诣之者结驷于门
　　矣。

寻常凡木最轻樗,今日寻樗桂不如。汉高新破咸阳后,英俊奔波遂
吃虚。

颜　荛

　　颜荛,登进士第。昭宗时为中书舍人。诗一首。

戏张道人不饮酒

言自云山访我来，每闻奇秘觉叨陪。吾师不饮人间酒，应待流霞即举杯。

句

爽籁尽成鸣凤曲，游人多是弄珠仙。　见《方舆胜览》

张　为

张为，唐末江南诗人。诗一卷，今存三首。

秋　醉　歌

金风飒已—作飒飒起，还是招渔翁。携酒天姥岑，自弹峄阳桐。脱却登山履，赤脚翘青筇。泉声扫残暑，猿臂攀长松。翠微泛樽绿，苔藓分烟红。造化处术内，相对数壶空。醉眠岭上草，不觉夜露浓。一梦到天晓，始觉一醉中。皎然梦中路，直到瀛洲东。初平把我臂，相与骑白龙。三留对上帝，玉楼十二重。上帝赐我酒，送我敲金钟。宝阁香敛苒，琪树寒玲珑。动叶如笙篁，音律相怡融。珍重此一醉，百骸出天地。长如此梦魂，永谢名与利。

谢别毛仙翁

大中戊寅岁，为薄游长沙，获女奴于岳麓下，惑之。岁馀成赢疾。偶遇仙翁，知其为妖所祟，以药一粒授为焚之，气郁烈闻百步，魅妾一号而毙，乃木偶人也。又吞以丹砂如黍者三，疾遂瘳。为作诗别之。

赢形感神药，削骨生丰肌。兰炷飘灵烟，妖怪立诛夷。重睹日月光,何报父母慈。黄河浊衮衮,别泪流澌澌。黄河清有时,别泪无收期。

渔阳将军

霜髭拥颔对穷秋,著白貂裘独上楼。向北望星提剑立,一生长为国家忧。

句

到处即闭户,逢君方展眉。《纪事》云为此句最有诗称。

马　冉

马冉,唐末万州刺史。诗一首。

岑　公　岩

南溪有仙涧,咫尺非人间。泠泠松风下,日暮空苍山。

周　镛

周镛,唐末诸暨县人。诗一首。

诸暨五泄山

路入苍烟九过溪,九穿岩曲到招提。天分五溜寒倾北,地秀诸峰翠插西。凿径破崖来木杪,驾泉鸣竹落榱题。当年老默无消息,犹有词堂一杖藜。

刘　赞 一作瓒

刘赞,唐末人。诗一首。(按唐末刘赞有三:一魏州人,举进士,为罗绍威判官,仕唐明宗中书舍人;一桂阳人,宰相瞻之子,擢进士,仕梁,充崇政殿学士;一仕闽王曦,为御史中丞。三人皆与罗隐同时,未知孰是。)

赠罗隐

人皆言子屈,独我谓君非。明主既难谒,青山何不归。年虚侵雪鬓,尘枉污麻衣。自古逃名者,至今名岂微。

句

絮花飞起雪漫漫,长得宫娥带笑看。 柳枝词　见《吟窗杂录》

任　翻

任翻 一作蕃,唐末人。诗集一卷,今存诗十八首。

洛阳道

憧憧洛阳道,尘下生春草。行者岂无家,无人在家老。鸡鸣前结束,争去恐不早。百年路傍尽,白日车中晓。求富江海狭,取贵山岳小。二端立在途,奔走无由了。

春　晴

楚国多春雨,柴门喜晚晴。幽人临水坐,好鸟隔花鸣。野色临空阔,江流接海平。门前到溪路,今夜月分明。

秋 晚 郊 居

远声霜后树,秋色水边村。野径无来客,寒风自动门。海山藏日影,江月落潮痕。惆怅高飞晚,年年别故园。

秋 晚 途 次

秋色满行路,此时心不闲。孤贫游上国,少壮有衰颜。众鸟已归树,旅人犹过山。萧条远林外,风急水潺潺。

葛 仙 井

古井碧沉沉,分明见百寻。味甘传邑内,脉冷应山心。圆入月轮净,直涵峰影深。自从仙去后,汲引到如今。

桐 柏 观

飘飘云外者一作客,暂宿聚仙堂。半夜人无语,中宵月送凉。鹤归高树静,萤过小池光。不得多时住,门开是事忙。

冬 暮 野 寺

江东寒近腊,野寺水天昏。无酒可销夜,随僧早闭门。照墙灯影短,著瓦雪声繁。飘泊仍千里,清吟欲断魂。

赠 济 禅 师

碧峰秋寺内,禅客已无情。半顶发根白,一生心地清。竹房侵月静,石径到门平。山下尘嚣路,终年誓不行。

经堕泪碑

羊公传化地，千古事空存。碑已无文字，人犹敬子孙。岘山长闭恨，汉水自流恩。数处烟岚色，分明是泪痕。

长安冬夜书事

忧来长不寐，往事重思量。清渭几年客，故衣今夜霜。春风谁识面，水国但牵肠。十二门车马，昏明各自忙。

越江渔父

借问钓鱼者，持竿多少年。眼明汀岛畔，头白子孙前。棹入花时浪，灯留雨夜船。越江深见底，谁识此心坚。

哭友人

逢著南州史，江边哭问君。送终时有雪，归葬处无云。官库惟留剑，邻僧共结坟。儿孙未成立，谁与集遗文。

送李衡

羁栖亲故少，远别惜清才。天畔出相送，路长知未回。欲销今日恨，强把异乡杯。君去南堂后，应无客到来。

宫怨

泪干红落脸，心尽白垂头。自此方知怨，从来岂信愁。

惜花

无语与花别，细看枝上红。明年又相见，还恐是愁中。

宿巾子山禅寺

绝顶新秋生夜凉,鹤翻松露滴衣裳。前峰月映半江水,僧在翠微开竹房。

再游巾子山寺

灵江江上帻峰寺,三十年来两度登。野鹤尚巢松树遍,竹房不见旧时僧。

三游巾子山寺感述

清秋绝顶竹房开,松鹤何年去不回。惟有前峰明月在,夜深犹过半江来。

荆　浩

　　荆浩,字浩然,沁水人。隐太行洪谷,自号洪谷子。工丹青,尤长山水,为唐末之冠。诗一首。

画山水图答大愚

恣意纵横扫,峰峦次第成。笔尖寒树瘦,墨淡野云轻。岩石喷泉窄,山根到水平。禅房时一展,兼称苦空情。

张　直

　　张直,濮州人,号逍遥先生。青州主帅范尝聘之。诗二首。

宿顾城二首 顾城在范县东

绿草展青裀，槭影连春树。茅屋八九家，农器六七具。主人有好怀，搴衣留我住。春酒新泼醅，香美连糟滤。一醉卧花阴，明朝送君去。

醉卧夜将半，土底闻鸡啼。惊骇问主人，为我剖荒迷。武汤东伐韦，固君含悲凄。神夺悔悟魄，幻化为石鸡。形骸仅盈寸，呻喔若啁蚬。吾村耕耘叟，多获于锄犁。

陈　光

陈光，唐末人。诗一卷，今存一首。

题 桃 源 僧

桃源有僧舍，跬步异人天。花乱似无主，鹤鸣疑有仙。轩廊明野色，松桧湿春烟。定拟辞尘境，依师过晚年。

全唐诗卷七二八

周昙

周昙,唐末守国子直讲。《咏史诗》八卷,今编为二卷。

吟 叙

历代兴亡亿万心,圣人观古贵知今。古今成败无多事,月殿花台幸一吟。

闲 吟

考撼妍媸用破心,剪裁千古献当今。闲吟不是闲吟事,事有闲思闲要吟。

唐虞门

唐 尧

祅氛不起瑞烟轻,端拱垂衣日月明。传事四方无外役,茅茨深处土阶平。

虞 舜

进善惩奸立帝功,功成揖让益温恭。满朝卿士多元凯,为黜兜苗与四凶。

舜　妃

苍梧一望隔重云,帝子悲寻不记春。何事泪痕偏在竹,贞姿应念节
高人。

再　吟

潇湘何代泣幽魂,骨化重泉志尚存。若道地中休下泪,不应新竹有
啼痕。

三　代　门

夏　禹

尧违天孽赖询谟,顿免洪波浸碧虚。海内生灵微伯禹,尽应随浪化
为鱼。

再　吟

万古龙门一旦开,无成甘死作黄能。司空定有匡尧术,九载之前何
处来。

太　康

师保何人为琢磨,安知父祖苦辛多。酒酣禽色方为乐,讵肯闲听五
子歌。

后　稷

人惟邦本本由农,旷古谁高后稷功。百谷且繁三曜在,牲牢郊祀信
无穷。

文　王

昭然明德报天休,禴祭惟馨胜杀牛。二老五侯何所诈,不归商受
尽归周。

武　王

文王寝膳武王随,内竖言安色始怡。七载岂堪囚羑里,一夫为报亦

何疑。

太　公

昌猎关西纣猎东,纣怜崇虎弃非熊。危邦自谓多麟凤,肯把王纲取钓翁。

再　吟

东邻不事事西邻,御物卑和物自亲。天下言知天下者,兆人无主属贤人。

又　吟

千妖万态逞妍姿,破国亡家更是谁。匡政必能除苟媚,去邪当断勿狐疑。

子 牙 妻

陵柏无心竹变秋,不能同戚拟同休。岁寒焉在空垂涕,覆水如何欲再收。

周　公

文武传芳百代基,几多贤哲守成规。仍闻吐握延儒素,犹恐民疵未尽知。

夷　齐

让国由衷义亦乖,不知天命匹夫才。将除暴虐诚能阻,何异崎岖助纣来。

管　蔡

伊商胡越尚同图,管蔡如何有异谟。不念祖宗危社稷,强于仁圣遣行诛。

成　王

成王有过伯禽笞,圣惠能新日自奇。王道既成何所感,越裳呈瑞凤来仪。

幽　王

狼烟篝火为边尘，烽候那宜悦妇人。厚德未闻闻厚色，不亡家国幸亡身。

平　王

犬戎西集杀—作犯灭幽王，邦土何由不便亡。宜臼东来年更远，川流难—作虽绝信源长。

春秋战国门

祭　足

吴鲁燕韩岂别宗，曾无外御但相攻。当时周郑谁为相，交质将何服远戎。

再　吟

周室衰微不共匡，干戈终日互争强。诸侯若解尊天子，列国何因次第亡。

隐　公

今古难堤是小人，苟希荣宠任相亲。陈谋不信怀忧惧，反间须防却害身。

庄　公

齐甲强临力有馀，鲁庄为战念区区。鱼丽三鼓微曹刿，肉食安能暇远谟。

哀　公

贤为邻用国忧危，庙算无非委艳奇。两叶翠娥春乍展，一毛须去不难吹。

再　吟

好龙天为降真龙，及见真龙瘁厥躬。接下不勤徒好士，叶公何异鲁哀公。

平　公

鸿鹄轻腾万里高,何殊朝野得贤豪。能知翼戴穹苍力,不是蒙茸腹背毛。

文　公

灭虢吞虞未息兵,柔秦败楚霸威成。文公徒欲三强服,分晋元来是六卿。

景　公

觉病当宜早问师,病深难疗恨难追。晋侯徒有秦医缓,疾在膏肓救已迟。

卫　灵　公

子鱼无隐欲源清,死不忘忠感卫灵。伯玉既亲知德润,残桃休吃悟兰馨。

陈　灵　公

谁与陈君嫁祸来,孔宁行父夏姬媒。灵公徒认微舒面,至死何曾识祸胎。

陈　蔡　君

楚聘宣尼欲道光,是时陈蔡畏邻强。庸谋但解遮贤路,不解迎贤谋自昌。

楚　惠　王

芹中遇蛭强为吞,不欲缘微有害人。何事免成心腹疾,皇天惟德是相亲。

楚　怀　王

不听陈轸信张仪,六里商於果见欺。既舍黔中西换得,又令生去益堪悲。

再 吟

不得商於又失齐,楚怀方寸一何迷。明知秦是虎狼国,更忍车轮独
向西。

韩 惠 王

韩惠开渠止暴秦,营田万顷饱秦人。何殊般肉供羸兽,兽壮安知不
害身。

顷 襄 王

秦陷荆王死不还,只缘偏听子兰言。顷襄还信子兰语,忍使江鱼葬
屈原。

武 公

猛兽来兵只为文,岂宜凉德拟图尊。君看豹彩蒙麛质,人取无难必
不存。

华 元

未知军法忌偏颇,徒解于思腹漫皤。昔日羊斟曾不预,今朝为政事
如何。

臧 孙

诸孟憎吾似犬狺,贤臧哭孟倍伤情。季孙爱我如甘疾,疾足亡身药
故宁。

公 叔

吴起南奔魏国荒,必听公叔失贤良。无谋纵欲离安邑,可免河沟一
作他时徙大梁。

庄 辛

庄辛正谏谓妖词,兵及鄢陵始悔思。见兔必能知顾犬,亡羊补栈未
为迟。

孙　膑

曾嫌胜己害贤人,钻火明知速自焚。断足尔能行不足,逢君谁肯不
酬君。

灵〔辄〕(辙)

失水枯鳞得再生,翳桑无地谢深情。朱轮未染酬恩血,公子何由见
赤诚。

郭　开

秦袭邯郸岁月深,何人沾一作解赠郭开金。廉颇还国李牧在,安得
赵王为尔擒。

乐　羊

杯羹忍啜得非忠,巧佞胡为惑主聪。盈箧谤书能寝默,中山不是乐
羊功。

虞　卿

割地求和国必危,安知坚守绝来思。年年来伐年年割,割尽邯郸何
所之。

豫　让

门客家臣义莫俦,漆身吞炭不能休。中行智伯思何异,国士终期国
士酬。

毛　遂

不识囊中颖脱锥,功成方信有英奇。平原门下三千客,得力何曾是
素知。

再　吟

定获英奇不在多,然须设网遍山河。禽虽一目罗中得,岂可空张一
目罗。

田　文

下客常才不足珍,谁为狗盗脱强秦。秦关若待鸡鸣出,笑杀临淄土
偶人。

再　吟

门下三千各自矜,频弹剑客独无能。田文不厌无能客,三窟全身果
有凭。

冯　谖

兔窟穿成主再兴,辈流狐伏敢骄矜。冯谖不是无能者,要试君心欲
展能。

章　子

在家能子必能臣,齐将功成以孝闻。改葬义无欺死父,临戎安肯背
生君。

卞　和

磷磷谁为惑温温,至宝凡姿甚易分。自是时人多贵耳,目无明鉴使
俱焚。

季　札

吹毛霜刃过千金,生许徐君死挂林。宝剑徒称无价宝,行心更贵不
欺心。

孙　武

理国无难似理兵,兵家法令贵遵行。行刑不避君王宠,一笑随刀八
阵成。

夫　差

信听谗言疾不除,忠臣须杀竟何如。会稽既雪夫差死,泉下胡颜见
子胥。

少孺

宝贵亲仁与善邻,邻兵何要互相臻。螳螂定是遭黄雀,黄雀须防挟
弹人。

苏厉

百步穿杨箭不移,养由堪教听弘规。身隆业著未知退,勿遣功名一
旦隳。

鬻拳

鬻拳强谏惧威刑,退省怀惭不顾生。双刖忍行留痛恨,惟君适足见
忠诚。

荆轲

反刃相酬是匹夫,安知突骑驾群胡。有心为报怀权略,可在於期与
地图。

再吟

几尺如霜利不群,恩仇未报反亡身。诚哉利器全由用,可惜吹毛不
得人。

陈轸

丹青徒有逞喧哗,有足由来不是蛇。杀将破军为柱国,君今官极更
何加。

田饶

厨抛败肉士怀饥,仓烂馀粮客未炊。临难欲行求死士,将何恩信致
扶危。

鲍叔

忠臣祝寿吐嘉词,鲍叔临轩酒一卮。安不忘危臣所愿,愿思危困必
无危。

晏　婴

正人徒以刃相危，贪利忘忠死不为。麋鹿命悬当有处，驱车何必用奔驰。

再　吟

下泽逢蛇盖是常，还如山上见豺狼。国中有怪非蛇兽，不用贤能是不祥。

又　吟

马毙厩人欲就刑，百年临尽一言生。赖逢贤相能匡救，仍免吾君播恶声。

叔　向

重禄存家不敢言，小臣忧祸亦如然。明开谏诤能无罪，只此宜为理国先。

师　旷

老能劝学照馀生，似夜随灯到处明。往行前言如不见，暗中无烛若为行。

智　伯

三国连兵敌就擒，晋阳城下碧波深。风涛撼处看沉赵，舟楫不从翻自沉。

再　吟

攻城来下惜先分，一旦家邦属四邻。徒逞威强称智伯，不知权变是愚人。

襄　子

君子常闻不迫危，城崩何用急重围。叛亡能退修文德，果见中牟以义归。

杨　回

三逐乡闾五去君，莫知何地可容身。杨回不是逢英鉴，白首无成一
旅人。

颜　回

陋巷箪瓢困有年，是时端木饫腥膻。宣尼行教何形迹，不肯分甘救
_{一作徒行葬}子渊。

子　贡

救鲁亡吴事可伤，谁令利口说田常。吴亡必定由端木，鲁亦宜其运
不长。

再　吟

一言能使定安危，安己危人是所宜。仁义不思垂教化，背恩亡德岂
儒为。

郑　相

郑相清贤慎有馀，好鱼鱼至竟何如。退鱼留得终身禄，禄在何忧不
得鱼。

子　产

为政何门是化源，宽仁高下保安全。如嫌水德人多狎，拯溺宜将猛
济宽。

管　仲

美酒浓馨客要沽，门深谁敢强提壶。苟非贤主询贤士，肯信沽人畏
子狗。

再　吟

社鼠穿墙巧庇身，何由攻灌若为熏。能知窟穴依形势，不听谗邪是
圣君。

范 蠡

西子能令转嫁吴，会稽知尔啄姑苏。迹高尘外功成处，一叶翩翩在
五湖。

屈 原

满朝皆醉不容醒，众浊如何拟独清。江上流人真浪死，谁知浸润误
深诚。

黄 歇

春申随质若王图，为主轻生大丈夫。女子异心安足听，功成何更用
阴谟。

王 后

连环要解解非难，忽碎瑶阶一旦间。两国相持兵不解，会应俱碎似
连环。

樊 姬

侧影频移未退朝，喜逢贤相日从高。当时不有樊姬问，令尹何由进
叔敖。

齐 桓 公

三往何劳万乘君，五来方见一微臣。微臣傲爵能轻主，霸主如何敢
傲人。

中 山 君

敌临烹子一何庸，激怒来军速自攻。结怨岂思围不解，愚谋多以杀
为雄。

赵 简 子

简子雄心蓄霸机，贤愚聊欲试诸儿。假言藏宝非真宝，不是生知焉
得知。

再　吟

谔谔能昌唯唯亡，亦由匡正得贤良。一从忠说无周舍，吾过何人为
短长。

赵　宣　子

门人曾不有提弥，连嗾呀呀孰敢支。临难若教无苟免，乱朝争那以
燊为。

韩　昭　侯

去年秦伐我宜阳，今岁天灾旱且荒。对此不思人力困，楼门何可更
高张。

魏　文　侯

冒雨如何固出畋，虑乖群约失乾乾。文侯不是贪禽者，示信将为教
化先。

郤　成　子

陈乐无欢璧在隅，宰臣怀智有微谟。苟非成子当明哲，谁是仁人可
托孤。

秦　武　阳

卝岁徒闻有壮名，及令为副误荆卿。是时环柱能相副，谁谓燕囚事
不成。

田　子　方

太子无嫌礼乐亏，愿听贫富与安危。贱贫骄物贫终在，富贵骄人贵
必隳。

淳　于　髡

穰穰何祷手何赍，一呷村浆与只鸡。以少求多诚可笑，还如轻币欲
全齐。

再　吟

戏问将何对所耽,滑稽无骨是常谭。昔时王者皆通四,近见君王只好三。

再　吟

曲突徙薪不谓贤,焦头烂额飨盘筵。时人多是轻先见,不独田家国亦然。

田　子　奇

少年为吏虑非循,一骑奔追委使臣。使者不追何所对,车中缘见白头人。

百　里　奚

船骥由来是股肱,在虞虞灭在秦兴。裁量何异刀将尺,只繋用之能不能。

孙　叔　敖

童稚逢蛇叹不祥,虑悲来者为埋藏。是知阳报由阴施,天爵昭然契日彰。

鲁　仲　连

昔进烧牛发战机,夜奔惊火走燕师。今来跃马怀骄惰,十万如无一撮时。

宋　子　罕

子怜温润欲归仁,吾贵坚廉是宝身。自有不贪身内宝,玉人徒献外来珍。

宫　之　奇

虞虢相依自保安,谋臣吞度不为难。贪怜璧马迷香饵,肯信之奇谕齿寒。

王　孙　满

九牧金熔物像成，辟昏去乱祚休明。兴亡在德不在鼎，楚子何劳问重轻。

颜　叔　子

夜雨邻娃告屋倾，一宵从寄念悲惊。诚知独处从烧烛，君子行心要自明。

张　孟　谭

强兵四合国将危，赖有谋臣为发挥。城内蒿铜诚自有，无谋谁解见玄机。

公　子　无　忌

按剑临笼震咄呼，鹞甘枭戮伏鸠辜。能怜钝拙诛豪俊，悯弱摧强真丈夫。

再　吟

赵解重围魏再昌，信陵贤德日馨芳。昏蒙愚主听谗说，公子云亡国亦亡。

侯　嬴　朱　亥

屠肆监门一贱微，信陵交结国人非。当时不是二君计，匹马那能解赵围。

再　吟

走敌存亡义有馀，全由雄勇与英谟。但如公子能交结，朱亥侯嬴何代无。

全唐诗卷七二九

周昙

秦门

胡亥

鹿马何难辨是非，宁劳卜筮问安危。权臣为乱多如此，亡国时君不自知。

再吟

盗贼纵横主恶闻，遂为流矢犯君轩。怪言何不早言者，若使早言还不存。

赵高

赵高胡亥速天诛，率土兴兵怨毒痛。丰沛见机群小吏，功成儿戏亦何殊。

陈涉

秦法烦苛霸业隳，一夫攘臂万夫随。王侯无种英雄志，燕雀喧喧安得知。

项籍

九垓垂定弃谋臣，一阵无功便杀身。壮士诚知轻性命，不思辜负八千人。

范　增

智士宁为暗主谟,范公曾不读兵书。平生心力为谁尽,一事无成空背疽。

前　汉　门

高　祖

爱子从烹报主时,安知强啜不含悲。太公悬命临刀几,忍取杯羹欲为谁。

再　吟

北伐匈奴事可悲,当时将相是其谁。君臣束手平城里,三十万兵能忍饥。

周苛纪信

为主坚能不顾身,赴汤蹈火见忠臣。后来邦国论心义,谁是君王出热人。

酂　侯

共怪酂侯第一功,咸称得地合先封。韩生不是萧君荐,猎犬何人为指踪。

曲逆侯

社肉分平未足奇,须观大用展无私。一朝如得宰天下,必使还如宰社时。

薛　公

黥布称兵孰敢当,薛公三计为斟量。上中良策知非用,南取长沙是死乡。

条　侯

上将风戈赏罚明,矛铤严闭亚夫营。人君却禀将军令,按辔垂鞭为缓行。

平　津　侯

儒素逢时得自媒，忽从徒步列公台。北辰如不延吾辈，东阁何由逐
汝开。

博　陆　侯

栋梁徒自保坚贞，毁穴难防雀鼠争。不是主人知诈伪，如何柱石免
欹倾。

夏　贺　良

汉代中微亦再昌，忠臣忧国冀修禳。赤精符谶诚非妄，枉杀无辜夏
贺良。

王　莽

权归诸吕牝鸡鸣，殷鉴昭然讵可轻。新室不因崇外戚，水中安敢寄
生营。

再　吟

重赋严刑作祸胎，岂知由此乱离媒。家传揖让亦难济，况是身从倾
篡来。

又　吟

铜马朱眉满四方，总缘居摄乱天常。因君多少布衣士，不是公卿即
帝王。

毛　延　寿

不拔金钗赂汉臣，徒嗟玉艳委胡尘。能知货贿移妍丑，岂独丹青画
美人。

刘　圣　公

不纳良谋刘缜言，胡为衔璧向崇宣。伤哉乱帝途穷处，何必当时潜
福先。

樊崇徐宣

庸中佼佼铁铮铮，百万长驱入帝京。首事纵隳三善在，归仁何虑不全生。

僭号公孙述

剑蜀金汤孰敢争，子阳才业匪雄英。方知在德不在险，危栈何曾阻汉兵。

后 汉 门

光　武

成败非儒孰可量，儒生何指指萧王。萧王得众能宽裕，吴汉归来帝业昌。

明　帝

朝臣咸佞孰知非，张佚公忠语独奇。博士一言除太傅，谥为明帝信其宜。

桓　帝

能嫌跋扈斩梁王，宁便荣枯信段张。襄楷忠言谁佞惑，忍教奸祸起萧墙。

灵　帝

榜悬金价鬻官荣，千万为公五百卿。公瑾孔明穷退者，安知高卧遇雄英。

废　帝

乱兵如猬走王师，社稷颠危孰为持。夜逐萤光寻道路，汉家天子步归时。

献　帝

只为曹侯数贵人，普天黔首尽黄巾。汉灵早听侍中谏，安得献生称不辰。

再 吟

咸怨刑科有党偏,耕夫无不事戎斾。是时老幼饥号处,一斛黄禾五百千。

子 密

子密封侯岂所宜,能高德义必无为。当时若缚还彭氏,率土何忧不自归。

羊 续

鱼悬洁白振清风,禄散亲宾岁自穷。单席寒厅惭使者,葛衣何以至三公。

杨 震

为国推贤匪惠私,十金为报遽相危。无言暗室何人见,咫尺斯须已四知。

赵 孝

绿林清旦正朝饥,岂计行人瘦与肥。为感在原哀叫切,鹡鸰休报听双飞。

马 后

粗衣闲寂阅群书,荐达嫔妃广帝居。再实伤根嫌贵宠,惠慈劳悴育皇储。

魏 博 妻

萝挂青松是所依,松凋萝更改何枝。操刀必割腕可断,磐石徒坚心不移。

曹 娥

心摧目断哭江濆,窥浪无踪日又昏。不入重泉寻水底,此生安得见沉魂。

周　都　妻

绿水双鸳一已沉，皇天更欲配何禽。不将血涕随霜刃，谁见朱殷未死心。

鲍　宣　妻

君恶奢华意不欢，一言从俭亦何难。但能和乐同琴瑟，未必恩情在绮纨。

吕　母

狱无良吏雪无由，处处戈铤自执仇。吕母衔冤穷老妇，亦能为帅复私雠。

三　国　门

蜀　先　主

豫州军败信途穷，徐庶推能荐卧龙。不是卑词三访谒，谁令玄德主巴邛。

再　吟

一家区宇忽三分，龌龊车书曷足论。定有伊姜为佐辅，忍教鸿雁各乾坤。

后　主

万峰如剑载前来，危阁横空信险哉。对此玄休长叹息，方知刘禅是庸才。

吴　后　主

吴宫季主恣骄奢，移尽江南百媚花。一旦狂风江上起，花随风散落谁家。

王　表

王表闻声莫见身，吴中敬事甚君亲。是知邦国将亡灭，不听人臣听鬼神。

鲁　肃

轻财重义见英奇,圣主贤臣是所依。公瑾窘饥求子敬,一言才起数船归。

晋　门

晋　武　帝

汉贪金帛豁公卿,财赡嬴军冀国宁。晋武豁官私室富,是知犹不及桓灵。

再　吟

君人为理在安民,论道求贤德自新。经国远图无所问,何曾言指一何神。

惠　帝

蛙鸣堪笑问官私,更劝饥人食肉糜。蒙昧万机犹妇女,寇戎安得不纷披。

贾　后

贾后甘为废戮人,齐王还杀赵王伦。一从天下无真主,瓜割中原四百春。

怀　帝

蕃汉戈矛遍九垓,两京簪绂走黄埃。刘聪大会平阳日,遣帝行觞事可哀。

愍　帝

耕牛吃尽大田荒,二两黄金籴斗粮。御粥又闻无麴屑,不降胡虏奈饥肠。

郭　钦

谁疑忠谏郭钦言,不逐戎夷出塞垣。晋室既无明圣主,果为胡虏乱中原。

王　夷　甫

六合谁为辅弼臣，八风昏处尽胡尘。是知济弱扶倾术，不属高谈虚论人。

王　茂　弘

韩魏荆扬日岂堪，胡风看欲过江南。中原一片生灵血，谁秉王纲色不惭。

吴　隐　之

闻说贪泉近郁林，隐之今日得深斟。徒言滴水能穿石，其那坚贞匪石心。

再　吟

贪泉何处是泉源，只在灵台一点间。必也心源元自有，此泉何必在江山。

六　朝　门

前　赵　刘　聪

戎羯谁令识善言，刑将不舍遽能原。垂成却罢凤仪殿，仍改逍遥纳谏园。

前　凉　张　轨

官从主簿至专征，谁遣凉王破赵名。益信用贤由拔擢，穰苴不是将家生。

后　魏　武　帝

太武南征似卷蓬，徐阳兖蔡杀皆空。从来吊伐宁如此，千里无烟血草红。

三　废　帝

明庄节闵并罹殃，命在朱高二悖王。已叹一年三易换，更嗟殴辱下东廊。

苻 坚

百万南征几马归,叛亡如猬亦何悲。宾擒敌国诸戎主,更遣权兵过在谁。

再 吟

空知勇锐不知兵,困兽孤军未可轻。安有长驱百馀万,身驰几旅欲先征。

又 吟

水影星光怪异多,不思修德事干戈。无谋拒谏仍轻敌,国破身擒将奈何。

宋 武 帝

栖栖老楚未遭时,债主一作悲愤凭陵似迫危。人杰既为王谧识,刁逵诛斩独何悲。

二 废 帝

肆意荒狂杀不辜,方嗟废帝又苍梧。自言威震为英武,肯虑湘东与玉夫。

齐废帝东昏侯

定策谁扶捕鼠儿,不忧萧衍畏潘妃。长围既合刀临项,犹惜金钱对落晖。

梁 武 帝

梁武年高厌六龙,繁华声色尽归空。不求贤德追尧舜,翻作忧囚一病翁。

再 吟

兴亡何故遽环回,汤纣身为事可哀。莫是自长嫌胜己,蔽贤犹执匹夫才。

简 文 帝

救兵方至强抽军,与贼开城是简文。曲项琵琶催酒处,不图为乐向谁云。

元 帝

木栅江城困魏军,王褒横议遏谋臣。宾降未免俱为戮,一死安能谢益仁。

谢 举

叛奴逃数岂堪留,忠节曾无肯到头。朱异早能同远见,青衫宁假帝登楼。

朱 异

徒览儒书不学兵,彦和虚得不廉名。四郊多垒犹相罪,国破将何谢太清。

傅 昭

为政残苛兽亦饥,除饥机在养疲羸。人能善政兽何暴,焉用劳人以槛为。

宣 帝

宣帝骄奢恣所为,后宫升降略无时。乘危自有妻公在,安许鸾凰是尉迟。

李 集

忠谏能坚信正臣,三沉三屈竟何云。每沉良久方能语,及语还呼桀纣君。

隋 门

隋 文 帝

孤儿寡妇忍同欺,辅政刚教篡夺为。矫诏必能疏昉译,直臣诚合重颜仪。

独　孤　后

腹生奚强有亲疏,怜者为贤弃者愚。储贰不遭谗构死,隋亡宁便在
江都。

炀　帝

拒谏劳兵作祸基,穷奢极武向戎夷。兆人疲弊不堪命,天下嗷嗷新
主资。

贺　若　弼

破敌将军意气豪,请除倾国斩妖娆。红绡忍染娇春雪,瞪目看行切
玉刀。

全唐诗卷七三〇

李九龄

李九龄,洛阳人,唐末进士。入宋,登乾德二年进士第三人。诗一卷。

上清辞五首

入海浮生汗漫秋,紫皇高宴五云楼。霓裳曲罢天风起,吹散仙香满十洲。

楼锁彤霞地绝尘,碧桃花发九天春。东皇近日慵游宴,闲煞瑶池五色麟。

上清仙路有丹梯,影响行人到即迷。不会无端个渔父,阿谁教入武陵溪。

本来方朔是真仙,偶别丹台未得还。何事玉皇消息晚,忍教憔悴向人间。

新拜天官上玉都,紫皇亲授五灵符。群仙个个来相问,人世风光似此无。

读 三 国 志

有国由来在得贤,莫言兴废是循环。武侯星落周瑜死,平蜀降吴似等闲。

山舍南溪小桃花

一树繁英夺眼红，开时先合占东风。可怜地僻无人赏，抛掷深山乱木中。

春 行 遇 雨

夹路轻风撼柳条，雨侵春态动无憀。采香陌上谁家女，湿损钗头翡翠翘。

登 楼 寄 远

满城春色花如雪，极目烟光月似钩。总是动人乡思处，更堪容易上高楼。

望 思 台

汉武年高慢帝图，任人曾不问贤愚。直饶四老依前出，消得江充宠佞无。

山 舍 偶 题

门掩松萝一径深，偶携藜杖出前林。谁知尽日看山坐，万古兴亡总在心。

荆 溪 夜 泊

点点渔灯照浪清，水烟疏碧月胧明。小滩惊起鸳鸯处，一双采莲船过声。

旅 舍 卧 病

家隔西秦无远信,身随东洛度流年。病来旅馆谁相问,牢落闲庭一树蝉。

登昭福寺楼

旅怀秋兴正无涯,独倚危楼四望赊。谷变陵迁何处问,满川空有旧烟霞。

代 边 将

雪冻阴河半夜风,战回狂虏血漂红。据鞍遥指长安路,须刻麟台第一功。

夜与张舒话别

愁听南楼角又吹,晓鸡啼后更分离。如何销得凄凉思,更劝灯前酒一卮。

寒 梅 词

霜梅先拆岭头枝,万卉千花冻不知。留得和羹滋味在,任他风雪苦相欺。

题 灵 泉 寺

入谷先生一阵香,异花奇木簇禅堂。可怜门外高低路,万毂千蹄日日忙。

宿张正字别业

茅屋萧寥烟暗后,松窗寂历月明初。此时谁念孤吟客,唯有黄公一帙书。

鹤

天上瑶池覆五云,玉麟金凤好为群。不须更饮人间水,直是清流也汗君。

过 相 思 谷

悠悠信马春山曲,芳草和烟铺嫩绿。正被离愁著莫人,那堪更过相思谷。

写 庄 子

圣泽安排当散地,贤侯优贷借新居。闲中亦有闲生计,写得南华一部书。

山中寄友人

乱云堆里结茅庐,已共红尘迹渐疏。莫问野人生计事,窗前流水枕前书。

全唐诗卷七三一

胡　宿 以下四人，或云宋人，诸本并附唐末，今仍旧。

胡宿，唐末人。诗十九首。

津　亭

津亭欲阕戒棠舟，五两风来不暂留。西北浮云连魏阙，东南初日满秦楼。层城渺渺人伤别，芳草萋萋客倦游。平乐旧欢收不得，更凭飞梦到瀛洲。

古　别

长道何年祖较休，风帆不断岳阳楼。佳人挟瑟漳河晓，壮士悲歌易水秋。九帐〔青〕（清）油徒自负一作贵，百壶芳醑岂消忧。至今长乐坡前水，不啻秦人怨陇头。

塞　上

汉家神箭定天山，烟火相望万里间。契一作颉利请盟金匕酒，将军归卧玉门关。云沉老上妖氛断，雪照回中探骑闲。五饵已行王道胜，绝无刁斗至阗颜。

寄昭潭王中立

高弦一弄武陵深,六幕天空万里心。吴苑歌骊成久别,楚峰回雁好
归音。十千美酒花期隔,三百枯棋弈思沉。莫上孤城频送目,浮云
西北是家林。

雪

屏翳驱云结夜阴,素花飘坠恶氛沉。色欺曹国麻衣浅,寒入荆王翠
被深。天上明河银作水,海中仙树玉为林。日高独拥鹔鹴裘卧,谁乞
长安取酒金。

冲 虚 观

五粒青松护翠苔,石门岑寂断纤埃。水浮花片知仙路,风递鸾声认
啸台。桐井晓寒千乳敛,茗园春嫩一旗开。驰烟未勒山亭字,可是
英灵许再来。

淮南发运赵邢州被诏归阙

天台封诏紫泥馨,马首前瞻北斗城。人在函关先望气,帝于京兆最
知名。一区东第趋晨近,数刻西厢接昼荣。正是两宫裁化日,百金
双璧拜虞卿。

天 街 晓 望

长乐才闻一叩钟,百官初谒未央宫。金波穆穆沙堤月,玉树玎玎上
苑风。香重椒兰横结雾,气寒龙虎远浮空。嗟余索米无人问,行避
霜台御史骢。

淮　南　王

贪铸金钱盗写符，何曾七国戒前车。长生不待炉中药，鸿宝谁收箧
里书。碧井床空天影在，小山人去桂丛疏。云中鸡犬无消息，麦秀
渐渐遍故墟。

赵宗道归辇下

沿牒相逢楚水湄，竹林文酒此攀跻。半毡未暖还伤别，一臂初交又
解携。江浦呕哑风送橹，河桥勃窣柳垂堤。明年四月秦关到，洗眼
扬州看马〔蹄〕(啼)。

忆荐福寺牡丹

十日春风隔翠岑，只应繁朵自成阴。樽前可要人颒玉，树底遥知地
侧金。花界三千春渺渺，铜槃十二夜沉沉。雕柈分參何由得，空作
西州拥鼻吟。

次韵和朱况雨中之什

苍野迷云黯不归，远风吹雨入岩扉。石床润极琴丝缓，水阁寒多酒
力微。夕梦将成还滴滴，春心欲断正一作更霏霏。忧花惜月长如
此，争得东阳病骨肥。

感　旧

千里青云未致身，马蹄空踏几年尘。曾迷玉洞花光老，欲过金城柳
眼新。粉壁已沉题凤字，酒垆犹记姓黄人。坞中横笛偏多感，一涕
阑干白角巾。

城　南

昨夜轻阴结夕霏，城南十里有香泥。初闻山鸟惊新啼，遥见林花识旧蹊。荡桨远从芳草渡，垫巾还傍绿杨堤。罗敷正苦桑蚕事，惆怅南来五马蹄。

早　夏

井辖投多思不禁，密垂珠箔昼沉沉。睡惊燕语频移枕，病起蛛丝半在琴。雨径乱花埋宿艳，月轩修竹转凉阴。一春酒费知多少，探尽囊中换赋金。

侯　家

洞户春迟一作深漏箭长，短辕初返雒阳傍。彩云按曲青岑醴，沉水薰衣白璧堂。前槛兰苕依玉树，后园桐叶护银床。宴残红烛长庚烂，还促朝珂谒未央。

函 谷 关

天开函谷壮关中，万古惊尘向此空。望气竟能知老子，弃繻何不识终童。谩持白马先生论，未抵鸣鸡下客功。符命已归如掌地，一丸曾误隗王东。

残　花

雨压残红一夜凋，晓来帘外正飘摇。数枝翠叶空相对，万片香魂不可招。长乐梦回春寂寂，武陵人去水迢迢。愁将玉笛传遗恨，苦被芳风透绮寮。

次韵徐爽见寄

五两青丝帝渥深,平时可敢叹英沈。侏儒自是长三尺,澼纩都来直数金。寂寞死灰人丧偶,婆娑生意树交阴。年来想见琼枝色,久梦蘧蘧到竹林。

杜 常

杜常,唐末人。诗一首。

华 清 宫

行尽江南数十程,晓星残月入华清。朝元阁上西风急,都入长杨作雨声。

滕 白

滕白,官郎中,历台省。有《工部集》一卷,今存诗二首。

题文川村居

种茶岩接红霞坞,灌稻泉生白石根。皤腹老翁眉似雪,海棠花下戏儿孙。

燕

短羽新来别海阳,真珠高卷语雕梁。佳人未必全听尔,正把金针绣凤凰。

王　嵒

王嵒，蜀人，曾避地荆南。有集一卷，今存诗六首。

题严君观

寒云古木罩星台，凡骨仙踪信可哀。二十年前曾此到，一千年内未归来。

山中有所思

零零夜雨渍愁根，触物伤离好断魂。莫怪杜鹃飞去尽，紫微花里有啼猿。

燕

一巢功绩破春光，絮落花残两翅狂。月树风枝不栖去，强来言语泥雕梁。

贫　女

难把菱花照素颜，试临春水插花看。木兰船上游春子，笑把荆钗下远滩。

杪春寄友人

何处相逢万事忙，卓家楼上百淘香。明朝渐近山僧寺，更为残花醉一场。

回 旧 山

庚家楼上谢家池,处处风烟少旧知。明日落花谁共醉,野溪猿鸟恨归迟。

全唐诗卷七三二

高力士

高力士,明皇时宦官。被宠,封齐国公。后为李辅国所
构,配流黔中。诗一首。

感巫州荠菜

力士谪黔中,道至巫州,地多荠而人不食,因感之,作诗寄意。
两京作斤一作芹卖,五溪无人采。夷夏虽有殊,气味都不改一作固常
在。

句

烟熏眼落膜,瘴染面朱虞。　流巫州时作

王越宾

王越宾,明皇时中官。诗一首。

使至嵩山 《神异录》:明皇尝梦游嵩岳,遣越宾祀之。

碧坞烟霞昼未开,游人到处尽裴回。凭谁借问岩前叟,曾托吾皇一

梦来。

王良会

王良会,宪宗时内侍,为四川监军使。诗一首。

和武相公中秋夜西蜀锦楼望月得清字

德星摇此夜,珥耳满重城。杳霭烟氛色,飘飖砧杵声。令行秋气爽,乐感素风轻。共赏千年圣,长歌四海清。

南诏骠信

骠信,南诏酋也。诗一首。

星回节游避风台与清平官赋

南诏以十二月十六日为星回节。《唐书》:南诏官曰清平者,犹(南)唐之宰相。

避风善阐台南诏别曰善阐府,极目见藤越邻国之名。悲哉古与今,依然烟与月。自我居震旦谓天子为震旦,翊卫类夔契。伊昔颈皇运,艰难仰忠烈。不觉岁云暮,感极星回节。元昶谓朕曰元,谓卿曰昶。同一心,子孙堪贻厥。

赵叔达

赵叔达,南诏清平官。诗一首。

星回节避风台骠信命赋

法驾避星回，波罗毗勇猜。波罗，虎也。毗勇，野马也。骠信昔年幸此，曾射野马并虎也。河润冰难合，地暖梅先开。下令俚柔洽，俚柔，百姓也。献賝弄栋国名来。愿将不才质，千载侍游台。

杨奇鲲

　　杨奇鲲，南诏宰相，有词藻。僖宗幸蜀时，来朝行在。诗一首。

途　中　诗 首缺二句

□□□□□□□，□□□□□□□。风里浪花吹更白，雨中山色洗还青。海鸥聚处窗前见，林狖啼时枕上听。此际自然无限趣，王程不敢暂留停。

布　燮

　　布燮，长和国使人。南诏郑氏篡蒙氏，改国号曰大长和。布燮，官名，其宰相也。诗二首。

听妓洞云歌

嵇叔夜，鼓琴饮酒无闲暇。若使当时闻此歌，抛掷广陵都不藉。刘伯伦，虚生浪死过青春。一饮一硕犹自醉，无人为尔卜深尘。

思 乡 作

泸北行人绝,云南信未还。庭前花不扫,门外柳谁攀。坐久销银烛,愁多减玉颜。悬心秋夜月,万里照关山。

朝　衡　《品汇》作胡衡

朝衡,字巨卿,日本人。开元初,日本王圣武遣其臣粟田副仲满来朝,请从诸儒授经。仲满慕华,不肯去,易姓名曰朝衡,历左补阙,久之归国。上元中,擢散骑常侍。诗一首。

衔命还国作

衔命将辞国,非才忝侍臣。天中恋明主,海外忆慈亲。伏奏违金阙,骓骖去玉津。蓬莱乡路远,若木故园林。西望怀恩日,东归感义辰。平生一宝剑,留赠结交人。

长　屋

长屋,日本相国也。诗一首。

绣袈裟衣缘

明皇时,长屋尝造千袈裟,绣偈于衣缘,来施中华。真公因泛海至彼国传法焉。
山川异域,风月同天。寄诸佛子,共结来缘。

王巨仁

王巨仁,新罗国隐士。诗一首。

愤 怨 诗

《朝鲜史略》云:新罗女主曼与魏弘通,弘死,复引年少美丈夫私之,授以要职。由是佞幸肆志,纪纲坏弛。时有人讥谤时政,榜于路。主疑隐者王巨仁所为,命下狱,将诛之。巨仁愤怨作诗,书狱壁。是夕忽震雷雨雹,主惧,释之。唐僖宗文德初年事也。

于公恸哭三年旱,邹衍含愁五月霜。今我幽愁还似古,皇天无语但苍苍。

李赞华

李赞华,辽太祖长子,名倍,小字突欲。聪敏好学,尝市书万卷,藏医巫间绝顶之望海堂。能诗画,兼精技术。奔唐,明宗赐姓名,后为废帝所害。诗一首。

立木海上刻诗

《辽史》:突欲初为太子,以淳钦后爱德光,不得已让位。国于东平,不得志。明宗招之,立木刻诗云云,遂携高美人并载书籍浮海至。

小山压大山,大山全无力一作气。羞见故乡一作本邦人,从此投外国一作化外。

成辅端

　　成辅端,贞元中优人。德宗以其诽谤国政,决杀之。言者以为托诙谐讽谏,不可加罪,帝悔焉。诗一首。

戏　语

　　《唐书》:京兆尹司农卿李实,务聚敛进奉,不恤灾歉。人穷无告,乃彻屋瓦木,卖麦苗,以供赋敛。辅端因戏作语,为秦民艰苦之状。如此者数十篇。实怒之,言于帝,故坐杀。

秦地城池二百年,何期如此贱田园。一顷麦苗硕伍米,三间堂屋二千钱。

张　隐

　　张隐,龙纪初伶人。诗一首。

万寿寺歌词

　　《摭言》云:宰相张濬,尝与朝士万寿寺阅牡丹。抵暮饮不息,伶人皆御前供奉第一部,恃宠肆狂,无所畏惮。中有张隐者,忽跃出,扬声引词云云。唱讫遂去,阖席愕然,相盼失色而散。

位乖燮理致伤残,四面墙匡不忍看。正是花时堪下泪,相公何必更追欢。

朱　元

　　朱元,即戟门门子。诗一首。

迎孙刺史

《郡阁雅谈》云:孙愿家自贞元已后,三代为池阳刺史。有戟门门子朱元迎道左,献诗曰:

昔日郎君今刺史,朱元依旧守朱门。今朝竹马诸童子,尽是当时竹马孙。

陈　璠

陈璠,沛中走卒。与徐帅时溥结好,表为宿州太守。后以贪污斩之。诗一首。

临刑诗 璠不知书,时以为鬼代作。

积玉堆金官又崇,祸来倏忽变成空。五年荣贵今何在,不异南柯一梦中。

捧剑仆

捧剑,咸阳郭氏之仆。虽在奴隶,尝以望水眺云为事。遭鞭箠,终不改。后窜去。诗三首。

诗

主人怪其作诗,怒之。儒士闻而竞观,以为协律之词,其主稍容焉。

青鸟衔葡萄,飞上金井栏。美人恐惊去,不敢卷帘看。

题 牡 丹

一种芳菲出后庭,却输桃李得佳名。谁能为向天人说,从此移根近太清。

将 审 留 诗

珍重郭四郎,临行不得别。晓漏动离心,轻车冒残雪。欲出主人门,零涕暗呜咽。万里隔关山,一心思汉月。

全唐诗卷七三三

李 密

李密,京兆长安人。隋末,以父宽荫为左亲侍。宇文述劝令学,因谢病读书。尝乘一黄牛,被以蒲鞯,挂《汉书》一帙于角上,一手捉靷,一手翻卷。越公杨素见而异之,语其子玄感,倾心结纳。及玄感举兵,迎密为谋主。兵败亡命。集众据洛口,自号魏公,移檄州郡。后为王世充所败,归唐,拜光禄卿,封邢国公。行至桃林,惧诛,将叛,史万宝遣副将盛彦师追斩之。诗一首。

淮阳感怀

本传云:初密与杨玄感同反。玄感败,密被获,用计得脱。诣淮阳,变姓名为刘智远,聚徒教授,郁郁不得志。为五言诗,诗成,泣下数行。人怪之,告捕,乃亡去。

金风荡初节,玉露凋晚林。此夕穷涂士,郁陶伤寸心。野平葭苇合,村荒藜藿深。眺听良多感,徙倚独沾襟。沾襟何所为,怅然怀古意。秦俗犹未平,汉道将何冀。樊哙市井徒,萧何刀笔吏。一朝时运会,千古传名谥。寄言世上雄,虚生真可愧。

孔德绍

孔德绍，会稽人，有清才。事窦建德，初为景城丞，后为内史侍郎，典书檄。建德败，太宗诛之。诗十二首。

南隐游泉山

名山狎招隐，俗外远相求。还如倒景望，忽似阆风游。临崖俯大壑，披雾仰飞流。岁积松方偃，年深椿欲秋。野花开石镜，云叶掩山楼。何须问方士，此处即瀛洲。

行经太华

纷吾世网暇，灵岳展幽寻。寥廓风尘远，杳冥川谷深。山昏五里雾，日落二华阴。疏峰起莲叶，危塞隐桃林。何必东都外，此处可抽簪。

夜宿荒村

绵绵夕漏深，客恨转伤心。抚弦无人听，对酒时独斟。故乡万里绝，穷愁百虑侵。秋草思边马，绕枝惊夜禽。风度谷馀响，月斜山半阴。劳歌欲叙意，终是白头吟。

王泽岭遭洪水

地籁风声急，天津云色愁。悠然万顷满，俄尔百川浮。还似金堤溢，翻如碧海流。惊涛遥起鹭，回岸不分牛。徒知怀赵景，终是倦阳侯。木梗诚无托，芦灰岂暇求。思得乘槎便，萧然河汉游。

登白马山护明寺

名岳标形胜，危峰远郁纡。成象建环极，大壮阐规模。层台耸灵鹫，高殿迩阳乌。暂同游阆苑，还类入仙都。三休开碧岭，万户洞金铺。摄心罄前礼，访道挹中虚一作儒。遥瞻尽地轴，长望极天隅。白云起梁栋，丹霞映栱栌。露花疑濯锦，泉月似沉珠。今日桃源客，相雇失归涂。

送舍利宿定普岩

仁祠表虚旷，祇园展肃恭。栖息翠微岭，登顿白云峰。映流看夜月，临峰听晓钟。涧芳十步草，崖阴百丈松。萧然遥路绝，无复市朝踪。

观太常奏新乐

大君膺宝历，出豫表功成。钧天金石响，洞庭弦管清。八音动繁会，九变叶希声。和云留睿赏，熏风悦圣情。盛烈光韶濩，易俗迈咸英。窈吹良无取，率舞抃群生。

赋得涉江采芙蓉

莲舟泛锦碛，极目眺江干。沿流渡楫易，逆浪取花难。有雾疑川广，无风见水宽。朝来采摘倦，讵得久盘桓。

赋得华亭鹤

华亭失侣鹤，乘轩宠遂终。三山凌苦雾，千里激悲风。心危白露下，声断彩弦中。何言斯物变，翻覆似辽东。

送蔡君知入蜀二首

金陵已去国,铜梁忽背飞。失路远相送,他乡何日归。
灵关九折险,蜀道二星遥。乘槎若有便,希泛广陵潮。

落叶 —作孔绍安诗

早秋惊叶落,飘零似客心。翻飞未肯下,犹言惜故林。

句

谁分菱花影,还看蓬鬓秋。　照镜见白发　《诗式》

郑　颋

　　郑颋,荣阳人。为王世充御史大夫,太宗围城时,乞为浮
屠,世充恶而杀之。诗一首。

临　刑　诗

幻生还幻灭,大幻莫过身。安心自有处,求人无有人。

刘　斌

　　刘斌,南阳人。有词藻,尝与虞世南、孔德绍、刘孝孙等结
文会。事窦建德,为中书舍人。又事刘黑闼。及败,没突厥
中。诗四首。

和谒孔子庙 一作李百药诗

性与虽天纵,主世乃无由。何言泰山毁,空惊逝水流。及门思往
烈,入室想前修。寂寞荒阶暮,摧残古木秋。遗风暖如此,聊以慰
蒸求。

和许给事伤牛尚书

名臣不世出,百工之所求。况乃非常器,遭逢兴运秋。符彩照千
里,铨衡综九流。经纶资百物,樽俎寄皇猷。韶濩倾复理,典礼紊
还修。虽贞栋梁任,兼好艺文游。伫闻和鼎实,行当奉介丘。高衢
翻税驾,阅水遽迁舟。传呼更何日,曳履闻无由。归魂貌修路,征
棹舣邗沟。林薄长风惨,江上寒云愁。夜台终不曙,遗芳徒自留。

送刘散员同赋陈思王诗得好鸟鸣高枝

春林已自好,时鸟复和鸣。枝交难奋翼,谷静易流声。间关才得
性,〔矰〕(缯)缴遽相惊。安知背飞远,拂雾独晨征。

咏　山

灵山峙千仞,蔽日且嵯峨。紫盖云阴远,香炉烟气多。石梁高鸟
路,瀑水近天河。欲知闻道里,别自有仙歌。

刘　辟

　　刘辟,字太初。擢进士第,佐韦皋西川幕,后代为节度使。
以叛诛。诗二首。

登楼望月二首

圆月当新霁,高楼见最明。素波流粉壁,丹桂拂飞甍。下瞰千门静,旁观万象生。梧桐窗下影,乌鹊槛前声。啸逸刘琨兴,吟资庚亮情。游人莫登眺,迢递故乡程。

皎洁三秋月,巍峨百丈楼。下分征客路,上有美人愁。帐卷芙蓉带,帘褰玳瑁钩。倚窗情渺渺,凭槛思悠悠。未得金波转,俄成玉箸流。不堪三五夕,夫婿在边州。

黄　巢

　　黄巢,冤句人。举进士不第。广明作乱,破京都,后灭于泰山狼虎谷。诗三首。

题 菊 花

　　《贵耳集》:巢五岁时,侍其翁与父为菊花诗。翁未就,巢信口曰:"堪与百花为总首,自然天赐赭黄衣。"父怪,欲击之。翁曰:"可令再赋。"巢应声云云。

飒飒西风满院栽,蕊寒香冷蝶难来。他年我若为青帝,报与桃花一处开。

不第后赋菊

待到秋来九月八,我花开后百花杀。冲天香阵透长安,满城尽带黄金甲。

自 题 像

陶毂《五代乱离纪》云：巢败后为僧，依张全义于洛阳。曾绘像题
诗，人见像，识其为巢云。

记得当年草上飞，铁衣著尽著僧衣。天津桥上无人识，独倚栏干看
落晖。

全唐诗卷七三四

罗绍威

罗绍威,字端己,魏州贵乡人,弘信之子。唐末,官魏博节度使,封邺王。入梁,累拜太师兼中书令。集五卷,今存诗二首。

柳

妆点青春更有谁,青春常许占先知。亚夫营畔风轻处,元亮门前日暖时。花密宛如飘六出,叶繁何惜借双眉。交情别绪论多少,好向仁人赠一枝。

白菊　一作罗隐诗

虽被风霜竞欲催,皎然颜色不低摧。已疑素手能妆出,又似金钱未染来。香散自宜飘渌酒,叶交仍得荫苍苔。寻思闭户中宵见,应认寒窗雪一堆。

句

楼前澹澹云头日,帘外萧萧雨脚风。

罗衮

罗衮,字子制,临邛人。大顺中,历左拾遗、起居郎。仕梁为礼部员外郎。集二卷,今存诗三首。

清明登奉先城楼

年来年去只艰危,春半尧山草尚衰。四海清平耆旧见,五陵寒食小臣悲。烟销井邑隈楼槛,雪满川原泥酒卮。拭尽贾生无限泪,一行归雁远参差。

清明赤水寺居

榆火轻烟处处新,旋从闲望到诸邻。浮生浮世只多事,野水野花娱病身。浊酒不禁云外景,碧峰犹冷寺前春。蓑衣毳衲诚吾党,自结村园一社贫。

赠罗隐

平日时风好涕流,谗书虽盛一名休。寰区叹屈瞻天问,夷貊闻诗过海求。向夕便思青琐拜,近年寻伴赤松游。何当世祖从人望,早以公台命卓侯。隐开平中召拜夕郎,不就。

王镕

王镕,成德节度使庭凑之五世孙,中和中袭位。梁受禅,封赵王。后为大将张文礼所灭。诗二首。

哭赵州和尚二首

师离潊水动王侯,心印光潜麈尾收。碧落雾霾松岭月,沧溟浪覆济
人舟。一灯乍灭波旬喜,双眼重昏道侣愁。纵是了然云外客,每瞻
瓶几泪还流。

佛日西倾祖印隳,珠沉丹沼月沉辉。影敷丈室炉烟惨,风起禅堂松
韵微。只履乍来留化迹,五天何处又逢归。解空弟子绝悲喜,犹自
潸然对雪帏。

邓洵 一作恂 美

> 邓洵美,连州人,或曰郴郡人。晋天福中登第,后还乡。
> 上笺周行逢,署馆驿巡官。已而行逢疑之,贬为易俗场官,使
> 盗杀之。诗一首。

答同年李昉见赠次韵

词场几度让长鞭,又向清朝贺九迁。品秩虽然殊此日,岁寒终不改
当年。驰名早已超三院,侍直仍忻步八砖。今日相逢翻自愧,闲吟
对酒倍潸然。

李　京

> 李京,梁贞明六年登第。诗一首。

除夜长安作 一作李景诗

长安朔风起,穷巷掩双扉。新岁明朝是,故乡何路归。鬓丝饶镜

色，隙雪夺灯辉。却羡秦州雁，逢春尽北飞。

许 鼎

许鼎，梁贞明六年登第。诗二首。

登 岭 望

淼淼三江水，悠悠五岭关。雁飞犹不度，人去若为还。

崿 岭 四 望

汉家仙仗在咸阳，洛水东流出建章。野老至今犹望幸，离宫秋树独
苍苍。

王易简

王易简，梁乾化中及第，累官左拾遗。谢职归，再召为郎，
迁谏垣台阁。三十年归华山，十年而终。诗一首。

官左拾遗归隐作 一作辞官归隐留诗一绝

泪没朝班愧不才，谁能低折向尘埃。青山得去且归去，官职有来还
自来。

朱 褒

朱褒，永嘉人。善属诗文。值寇乱，据州，以同姓结援梁

太祖。奏授温州刺史,充静海军使。诗一首。

悼杨氏妓琴弦

魂归寥廓魄归泉,只住人间十五年。昨日施僧裙带上,断肠犹系琵
琶弦。

黄 损

黄损,字益之,连州人。梁龙德二年登进士第。仕南汉刘
龑,累官尚书仆射。有《桂香集》,今存诗四首。

公 子 行

春草绿绵绵,骄骖骤暖烟。微风飘乐韵,半日醉花边。打鹊抛金
盏,招人举玉鞭。田翁与蚕妇,平地看神仙。

读 史

逐鹿走红尘,炎炎火德新。家肥生孝子,国霸有馀臣。帝道云龙
合,民心草木春。须知烟阁上,一半老儒真。

出 山 吟

来书初出白云扃,乍蹑秋风马走轻。远近留连分岳色,别离呜咽乱
泉声。休将巢许争喧杂,自共伊皋论太平。昨夜细看云色里,进贤
星座甚分明。

书 壁

苏轼云:虔州布衣赖仙芝言:损未老退归。一日忽遁去,莫知所在,

子孙画像事之。凡三十三年乃归,书壁上云云,投笔而去。

一别人间岁月多,归来人事已销磨。惟有门前鉴池水,春风不改旧
时波。与贺知章《还乡》诗多同。

句

机关才运动,胜败便相随。 以下并见《吟窗杂录》

忽遇南迁客,若为西入心。

往来三岛近,活计一囊空。

三通明主诏,一片白云心。

扫地待明月,踏花迎野僧。

水谙彭泽阔,山忆武陵深。

金镫冷光风宛转,锦袍红润雨霏微。

高齐日月方为道,动合乾坤始是心。

傍水野禽通体白,钉盘山果半边红。 见《零陵总记》

而今世上多离别,莫向相思树下啼。 鹧鸪 见《古今诗话》。

张 衮

张衮,仕梁。诗六首。

梁郊祀乐章

庆 肃

笾豆簠簋,黍稷非馨。懿兹彝器,厥德惟明。金石匏革,以和以平。
由此无疆,期乎永宁。

庆 熙

哲后躬享,旨酒斯陈。王恭无斁,严祀惟寅。皇祖以配,大孝以振。

宜锡景福,永休下民。

庆　隆

恭祀上帝,于国之阳。爵醴是荷,鸿基永昌。

庆　融

道和气兮袭氤氲,宣皇规兮彰圣神。服遐裔兮敷质文,格苗扈兮息烟尘。

庆　休

大业来四夷。仁风和万国。白日体无私,皇天辅有德。七旬罪已服,六月师方克。伟哉帝道隆,终始常作则。

庆　和

烟燎升,礼容彻。诚感达,人神悦。灵贶彰,圣情结。玉座寂,金炉歇。

赵光逢

　　赵光逢,京兆奉天人。乾符五年登进士第,释褐凤翔推官,入为监察御史。乾宁三年,从驾幸华州,拜御史中丞,改礼部侍郎。后仕梁,至宰辅,封齐国公。诗八首。

梁郊祀乐章

庆　和

就阳位,升圜丘。佩双玉,御大裘。膺天命,拥神休。万灵感,百禄遒。

秉黄钺,建朱旗。震八表,清二仪。帝业显,王道夷。受景命,启皇基。

开九门,怀百神。通肸蚃,接氤氲。明粢荐,广乐陈。奠嘉璧,燎芳薪。

膺宝图,执左契。德应天,圣飨帝。荐表衷,荷灵惠。寿万年,祚百世。

惟德动天,有感必通。秉兹一德,禋于六宗。钦奉宝命,恭肃礼容。来顾来享,永穆皇风。

天惟佑德,辟乃奉天。交感斯在,昭事罔愆。岁功已就,王道无偏。于焉报本,是用告虔。

庆 顺

圣皇戾止,天步舒迟。乾乾睿相,穆穆皇仪。进退必肃,陟降是祗。六变克协,万灵协随。

庆 平

天命降鉴,帝德惟馨。享祀不忒,礼容孔明。奠璧布币,荐纯献精。神祐以答,敷锡永宁。

全唐诗卷七三五

和　凝

和凝,字成绩,郓州须昌人。举进士。唐天成中,历翰林学士。知贡举,所取皆一时之秀。晋天福五年,拜中书侍郎同平章事。入汉,拜太子太傅,封鲁国公。终于周。凝为文章,以多为富。有集百馀卷,今编诗一卷。

宫词百首 第九十首第一句缺一字

紫燎光销大驾归,御楼初见赭黄衣。千声鼓定将宣赦,竿上金鸡翅欲飞。

北阙晴分五凤楼,嵩山秀色护神州。洛河自契千年运,更拟波中出九畴。

中兴殿上晓光融,一炷天香舞瑞风。百辟虔心齐稽首,卷帘遥见御衣红。

日和风暖御楼时,万姓齐瞻八彩眉。瑞气祥烟笼细仗,阁门宣赦四方知。

凤吹鸾歌晓日明,丰年观稼出神京。封人争献南山寿,五色云中御辇平。

圣主临轩待晓时,穿花宫漏正迟迟。鸡人一唱乾坤晓,百辟分班俨羽仪。

朦胧西月照池亭，初夜椒房掩画屏。宫女相呼有何事，上楼同看老人星。

红泥椒殿缀珠珰，帐蹙金龙窣地长。红兽慢然天色暖，风炉时复爇沉香。

九重楼殿簇丹青，高柳含烟覆井亭。宫内不知今日几，自来阶下数尧蓂。

寝殿香浓玉漏严，云随凉月下西南。帐前宫女低声道，主上还应梦傅岩。

绕殿钩阑压玉阶，内人轻语凭葱苔。皆言明主垂衣理，不假朱云傍槛来。

颒预冰面莹池心，风刮瑶阶腊雪深。怪得宫中无兽炭，步摇钗是辟寒金。

兰殿春融自舣笙，玉颜风透象纱明。金簧如语莺声滑，可使云和独得名。

兰烛时将凤髓添，寒星遥映夜光帘。龙楼露著鸳鸯瓦，谁近螭头掷玉签。

玉甃莲池春水平，小鱼双并锦鳞行。内中知是黄河样，九曲今年彻底清。

真珠帘外静无尘，耿耿凉天景象新。金殿夜深银烛晃，宫嫔来奏月重轮。

鱼犀月掌夜通头，自著盘鸾锦臂韝。多把沉檀配龙麝，宫中掌浸十香油。

香云双飐玉蝉轻，侍从君王苑里行。嘉瑞忽逢连理木，一时跪拜贺文明。

金鸾双立紫檀槽，暖殿无风韵自高。含笑试弹红蕊调，君王宣赐酪樱桃。

斑簟如霞可殿铺，更开新进瑞莲图。谁人筑损珊瑚架，子细看时认
沥苏。

金盆初晓洗纤纤，银鸭香焦特地添。出户忽看春雪下，六宫齐卷水
晶帘。

暖金盘里点酥山，拟望君王子细看。更向眉中分晓黛，岩边染出碧
琅玕。

云母屏前绣柱衣，龙床闲卷谏书帷。黄金槛外螭头活，日照红兰露
未晞。

楼西残月尚胧明，中禁鸡人报晓声。清旦司天台进状，夜来晴霁泰
阶平。

纤簳摩轩响佩环，银台门外集鸳鸾。三钟五鼓祥烟敛，日照仙人捧
露盘。

司膳厨中也禁烟，春宫相对画秋千。清明节日颁新火，蜡炬星飞下
九天。

宫木交芳色尽深，和风轻舞早莺吟。侍臣不异东方朔，应喜仙桃满
禁林。

贡橘香匀礴礌容，星光初满小金笼。近臣押赐诸王宅，拜了方开
敕字封。

献寿朝元欲偃戈，航深梯险竞骈罗。若论万国来朝日，比并涂山更
较多。

艳阳风景簇神州，杏蕊桃心照凤楼。遥望青青河畔草，几多归马与
休牛。

銮舆观稼晚方归，日月旗中见御衣。万姓焚香惟顶礼，瑞云随伞入
宫闱。

宫庭皆应紫微垣，壮丽宸居显至尊。赤子颙颙瞻父母，已将仁德比
乾坤。

三农皆已辟田畴，又见金门出土牛。块雨条风符圣化，嘉禾看却报
新秋。

进食门前水陆陈，大官斋洁贡时新。明君宵旰分甘处，便索金盘赐
重臣。

层台金碧惹红霞，仙掌亭亭对月华。昨夜盘中甘露满，婕妤争去奏
官家。

水殿垂帘冷色凝，一床珍簟展春冰。才人侍立持团扇，金缕双龙贴
碧藤。

香鸭烟轻蒸水沉，云鬟闲坠凤犀簪。珠帘半卷开花雨，又见芭蕉展
半心。

莺锦蝉罗撒麝脐，狻猊轻喷瑞烟迷。红酥点得香山小，卷上珠帘日
未西。

锦褥花明满殿铺，宫娥分坐学樗蒲。欲教官马冲关过，咒愿纤纤早
掷卢。

小楼花簇钿山低，金雉双来蹴鞠齐。夸向傍人能彩戏，朝来赢得鹭
鹚犀。

红綮白马嫩龙飞，天厩供来入紫微。遥见玉阶嘶不已，应缘认得赭
黄衣。

班定千牛立受宣，佩刀揩笏凤墀前。一声不坐祥云合，鸳鹭依行拜
两边。

三殿香浓晓色来，祥鸾威凤待门开。锵金佩玉趋丹陛，总是和羹作
砺才。

两番供奉打球时，鸾凤分厢锦绣衣。虎骤龙腾宫殿响，骅骝争趁一
星飞。

凤池冰泮岸莎匀，柳眼花心雪里新。都是九重和暖地，东风先报禁
园春。

紫气氤氲满帝都,映楼明月锁金铺。银泥殿里嫌红烛,教近龙床著火珠。

地衣初展瑞霞融,绣帽金铃舞舜风。吹竹弹丝珠殿响,坠仙双降五云中。

锦策匀铺寒玉齐,星锤高运日通犀。铿金曲罢春冰碎,跪拜君王粉面低。

珠帘静卷水亭凉,玉蕊风飘小槛香。几处按歌齐入破,双双雏燕出宫墙。

宫娥解禊艳阳时,鹦舸兰桡满凤池。春水如蓝垂柳醉,和风无力袅金丝。

白玉阶前菊蕊香,金杯仙酝赏重阳。层台云集梨园乐,献寿声声祝万康。

天籁吟风社燕归,渚莲香老碧苔肥。夜来霜坠梧桐叶,诸殿平明进御衣。

炉爇香檀兽炭痴,真珠帘外雪花飞。六宫进酒尧眉寿,舞凤盘龙满御衣。

云行风静早秋天,竞绕盆池蹋采莲。罨画披袍从宰地,更寻宫柳看鸣蝉。

阑珊星斗缀珠光,七夕宫嫔乞巧忙。总上穿针楼上去,竞看银汉洒琼浆。

宝瑟凄锵夜漏馀,玉阶闲坐对蟾蜍。秋光寂历银河转,已见宫花露滴疏。

春风金袅万年枝,簇白团红烂熳时。宫女竞思游御苑,大家齐奏圣人知。

乾文初见泰阶平,日月常遵阁道行。昨夜仰观垂象正,拱辰星宿转分明。

锵锵济济赴延英，渐近重瞳目转明。君圣臣贤鱼水契，鸿基须贺永清平。

天厩骖骓集嫩龙，雪光相照晓嘶风。昂头步步金鞍稳，掌扇花前御路中。

金吾细仗俨威仪，圣旨凝旒对远夷。晓日曈昽瞻玉案，丁冬环珮满彤墀。

正旦垂旒御八方，蛮夷无不奉梯航。群臣舞蹈称觞处，雷动山呼万岁长。

圣主躬耕在籍田，公卿环卫待丰年。五风十雨馀粮在，金殿惟闻奏舜弦。

圣日垂科委所司，英才咸喜遇明时。春官进榜莺离谷，月殿香残桂魄枝。

天街香满瑞云生，红伞凝空景日明。先遣五坊排猎骑，为民除害出神京。

内宴初开锦绣攒，教坊齐奏万年欢。箫韶响亮春云合，日照尧阶舞瑞鸾。

视草词臣直玉堂，对来新赐锦袍香。班资最在云霄上，长是先迎日月光。

玉殿朦胧散晓光，金龙高喷九天香。摵鞭声定初开扇，百辟齐呼万岁长。

五色卿云覆九重，香烟高舞御炉中。含元殿里行仁德，四海车书已混同。

欲封丹诏紫泥香，朱篆龙文御印光。汗涣丝纶出丹禁，便从天上凤衔将。

越溪姝丽入深宫，俭素皆持马后风。尽道君王修圣德，不劳辞辇与当熊。

早梅初向雪中明，风惹奇香粉蕊轻。谁道落花堪齼面，竞来枝上采
繁英。

暖殿奇香馥绮罗，窗间初学绣金鹅。才经冬至阳生后，今日工夫一
线多。

金井澄泉玉液香，琉璃深殿自清凉。温汤头进瓜初熟，后至宫嫔未
得尝。

绣阀雕薨列锦闱，珍奇惟待凤凰栖。杏梁烜赫晴霞展，时见空虚坠
燕泥。

龙凤金鞍软玉鞭，雪花光照锦连乾。驾头直指西郊去，晓日寒生讲
武天。

戛云楼上定风盘，雀跃猿跳总不难。要对君王逞轻捷，御楼时拟上
鸡竿。

停稳春衫窣地长，通天犀带缀金章。近臣衔命离丹禁，高捧恩波洒
万方。

垂黎玉押春帘卷，不夜珠楼晓鉴开。袍裤宫人走迎驾，东风吹送御
香来。

金吾勘契自通官，楼上初闻唱刻闲。金殿香高初唤仗，数行鹭鹭各
趋班。

螺髻凝香晓黛浓，水精鹨鹑飑轻风。金钗斜戴宜春胜，万岁千秋绕
鬓红。

缕金团扇对纤绤，正是深宫捧日时。要对君王说幽意，低头佯念婕
好诗。

结金冠子学梳蝉，碾玉蜻蜓缀鬓偏。寝殿垂帘悄无事，试香闲立御
炉前。

金马词臣夜受宣，授毫交直八花砖。白麻草了初呈进，称旨丝纶下
九天。

平明光政便门开，已见忠臣早入来。自是枢机符造化，大罗天上曜
三台。

红罗窗里绣偏慵，鞛袖闲隈碧玉笼。兰殿春晴鹦鹉睡，结条钗殿落
花风。

晓光初入右银台，鸳鹭分班启沃来。如水如鱼何际会，尽言金鼎得
盐梅。

立名金马近尧阶，尽是家传八斗才。麻尾尚犹龙字湿，便从天上凤
衔来。

狻猊镇角舞筵张，鸾凤花分十六行。轻动玉纤歌遍慢，时时偷眼看
君王。

边藩□宴贺休征，细仗初排舜日明。坐定两军呈百戏，乐臣低折贺
升平。

碧罗冠子簇香莲，结胜双衔利市钱。花下贪忙寻百草，不知遗却蹙
金蝉。

兰省初除傅粉郎，静端霜简入鸳行。明庭转制浑无事，朝下空馀鸡
舌香。

采访宁遗草泽人，诏搜无不降蒲轮。集贤殿里开炉冶，待把黄金铸
重臣。

红玉纤纤捧暖笙，绛唇呼吸引春莺。霓裳曲罢君王笑，宜近前来与
改名。

绣额朱门插艾人，羞将角黍近香唇。平明朝下夸宣赐，五色香丝系
臂新。

芙蓉冠子水精簪，闲对君王理玉琴。鹭颈莺唇胜仙子，步虚声细象
窗深。

金马门开侍从归，御香犹惹赐来衣。晓光满院金鱼冷，红药花擎宿
露飞。

便殿朝回卸玉簪，竞来芳槛摘花心。风和难捉花中蝶，却向窗间弄绣针。

君王朝下未梳头，长晕残眉侍鉴楼。扼臂交光红玉软，起来重拟理筌篌。

九重天上实难知，空遣微臣役梦思。葵藿一心期捧日，强搜狂斐拟宫词。

渔　父　歌

白芷汀寒立鹭鸶，蘋风轻剪浪花时。烟幂幂，日迟迟，香引芙蓉惹钓丝。

杨　柳　枝

软碧摇烟似送人，映花时把翠眉颦。青青自是风流主，慢飐金丝待洛神。

瑟瑟罗裙金缕腰，黛眉隈破未重描。醉来咬损新花子，拽住仙郎尽放娇。

鹊桥初就咽银河，今夜仙郎自姓和。不是昔 一作当 年攀桂树，岂能月里索姮娥。

解红歌 唐有儿童解红之舞

百戏罢，五音清，解红一曲新教成。两个瑶池小仙子，此时夺却柘枝名。

题鹰猎兔画

虽是丹青物，沉吟亦可伤。君夸鹰眼疾，我悯兔心忙。岂动骚人兴，惟增猎客狂。鲛绡百馀尺，争及制衣裳。

醴 泉 院

万山岚霭簇洋城,数处禅斋尽有名。古柏八株堆翠色,灵泉一派逗寒声。暂游颇爱闲滋味,久住翻嫌俗性情。珍重支公每相勉,我于儒行也修行。

兴 势 观

山名兴势镇梁洋,俨有真风福此方。瘦柏握盘笼殿紫,灵泉澄洁浸花香。暂游颇爱闲人少,久住翻嫌白日忙。只向五千文字内,愿成金骨住仙乡。

洋 川

华夷图上见洋川,知在青山绿水边。官闲最好游僧舍,江近应须买钓船。

句

先生自舞琴。 三乐达节

波上人如潘玉儿,掌中花似赵飞燕。 采莲曲 以上并见《乐书》

全唐诗卷七三六

王仁裕

王仁裕,字德辇,天水人。初为秦州判官,入蜀,为中书舍人、翰林学士。历唐、晋、汉,终户部尚书,罢为太子少保。周显德初卒。仁裕晓音律,喜为诗。尝集平生所作诗为《西江集》,今编为一卷。

从蜀后主幸秦川上梓潼山

彩仗拂寒烟,鸣驺在半天。黄云生马足,白日下松巅。盛德安疲俗,仁风扇极边。前程问成纪,此去尚三千。

和蜀后主题剑门

孟阳曾有语,刊在白云棱。李杜常挨托,孙刘亦恃凭。庸才安可守,上德始堪矜。暗指长天路,浓峦蔽几层。

荆南席上咏胡琴妓二首

一作奉使荆南高从诲筵上听弹胡琴。

红妆齐抱紫檀槽,一抹朱弦四十条。湘水凌波惭鼓瑟,秦楼明月罢吹箫。寒敲白玉声偏婉,暖逼黄莺语自娇。丹禁旧臣来侧耳,骨清神爽似闻韶。《十国春秋·高从诲世家》注载首二句,云是从诲作。

玉纤挑落折冰声，散入秋空韵转清。二五指中句塞雁，十三弦上啭春莺。谱从陶室偷将妙，曲向秦楼写得成。无限细腰宫里女，就中偏惬楚王情。

题麦积山天堂

《玉堂闲话》云：麦积山者，北跨清渭，南渐两当，冈峦崛起，一石高万寻。其青云之半，梯空架险，有散花楼；由西阁悬梯而上，有万菩萨堂，并就石凿成。自此室之上，有一龛，谓之天堂，空中倚一独梯，至此万中无一人敢登者。仁裕独登之，仍题诗于天堂西壁。前唐末辛未年也。

蹑尽悬空万仞梯，等闲身共白云齐。檐前下视群山小，堂上平分落日低。绝顶路危人少到，古岩松健鹤频栖。天边为要留名姓，拂石殷勤身自题。

题斗山观

《玉堂闲话》云：兴元斗山观，自平川耸起一山，四面悬绝，其上方于斗底，故号之。有唐公昉饮李八百仙酒全家拔宅之迹，仁裕辛巳岁为节度判官，尝以片板题诗于观。癸未年入蜀，因谒严真观，见斗山诗牌在焉，不知所来。旧说云，斗山一洞与严真观井相通也。

霞衣欲举醉陶陶，公昉家饮八百洗疮酒，醉而上升。不觉全家住绛霄。拔宅只知鸡犬在，上天谁信路岐遥。三清辽廓抛尘梦，八景云烟事早朝。为有故林苍柏健，露华凉叶锁金飙。

题孤云绝顶淮阴祠

《玉堂闲话》云：兴元之南，有大竹路，通巴州。深谿峭岩，扪萝一上，三日达山顶，复登岭，其绝顶谓之孤云两角。彼中谚云：孤云两角，去天一握。淮阴侯祠在焉。昔汉祖不用，韩信遁归西楚，萧相国追之，及于兹山,故立庙貌。仁裕尝佐褒梁帅王思同南伐巴人,往返登陟,留题于祠。

一握寒天古木深,路人犹说汉淮阴。孤云不掩兴亡策,两角曾悬去
住心。不是冕旒轻布素,岂劳丞相远追寻。当时若放还西楚,尺寸
中华未可侵。

和韩昭从驾过白卫岭

龙斾飘飖指极边,到时犹更二三千。登高晓蹋巉岩石,冒冷朝冲断
续烟。自学汉皇开土宇,不同周穆好神仙。秦民莫遣无恩及,大散
关东别有天。

贺王溥入相

《石林诗话》云:仁裕知贡举,取王溥为状元,溥时年二十六。后六
年,溥拜相,时仁裕犹致仕无恙,贺以诗。

一战文场拔赵旗,便调金鼎佐无为。白麻骤降恩何极,黄发初闻喜
可知。跋敕案前人到少,筑沙堤上马归—作蹄迟。立班始得遥相
见,亲洽争如未贵时。

与诸门生春日会饮繁台赋

柳阴如雾絮成堆,又引门生饮古台。淑景即随风雨去,芳樽宜命管
弦开。谩夸列鼎鸣钟贵,宁免朝乌夜兔催。烂醉也须诗一首,不能
空放马头回。

示 诸 门 生

二百一十四门生,春风初长羽毛成。掷金换得天边桂,凿壁偷将榜
上名。何幸不才逢圣世,偶将疏网罩群英。衰翁渐老儿孙小,异日
知谁略有情。

过平戎谷吊胡翙

翙有文学,佐荆湖藩幕。善草军书,蔑视副军,构之主帅,尽室坑平
戎谷。仁裕过而吊之。

立马荒郊满目愁,伊人何罪死林丘。风号古木悲长在,雨湿寒莎泪
暗流。莫道文章为众嫉,只应轻薄是身雠。不缘魂寄孤山下,此地
堪名鹦鹉洲。

奉诏赋剑州途中鸷兽

蜀后主幸秦川,至剑州西,鸷兽于路左丛林间跃出,搏一人去。至行
宫顾问臣僚,皆陈恐惧。命仁裕及李浩弼等赋之。后主览之大笑曰:"二
臣之诗各有旨。"

剑牙钉舌血毛腥,窥算劳心岂暂停。不与大朝除患难,惟馀当路食
生灵。从将户口资馋口,未委三丁税几丁。今日帝王亲出狩,白
云岩下好藏形。

放　猿

仁裕从事汉中,有献猿儿者,怜其黠慧,育之,名曰野宾。经年壮大,
跳掷颇为患,系红绡于颈,题诗送之。

放尔丁宁复故林,旧来行处好追寻一作旧时侣伴好相寻。月明巫峡堪
怜静,路隔巴山莫厌深。一作耐寒不惮霜中宿,隐迹从教雾里深。栖宿一作
旧去免劳青嶂梦,跻攀应惬白云心。三秋果熟松梢健,任抱高枝彻
晓吟。

遇放猿再作

仁裕罢职入蜀,行次汉江堨幡冢庙前,见一巨猿舍群而前,于道畔古

木间垂身下顾,红绡宛在,以野宾呼之,声声应。立马移时,不觉恻然,遂
继之一篇云。

嶓冢祠前汉水滨,饮猿连臂下嶙峋。渐来子细窥行客,认得依稀是
野宾。月宿纵劳羁绁梦,松餐非复稻粱身。数声肠断和云叫,识是
前时旧主人。

句

铁锁寨门扃白日,大张旗帜插青天。 大散关

全唐诗卷七三七

冯 道

冯道,字可道,景城人。初为刘守光参军,后历唐、晋、汉、周,事四姓十君,并在政府。自号长乐老,卒谥文懿,追封瀛王。诗集十卷,今存五首。

天 道

穷达皆由命,何劳发叹声。但知行好事,莫要问前程。冬去冰须泮,春来草自生。请君观此理,天道甚分明。

偶 作

莫为危时便怆神,前程往往有期因。须知海岳归明主,未必乾坤陷吉人。道德几时曾去世,舟车何处不通津。但教方寸无诸恶,狼虎丛中也立身。

北使还京作 诗凡五章今仅存其一

去年今日奉皇华,只为朝廷不为家。殿上一杯天子泣,门前双节国人嗟。龙荒冬往时时雪,兔苑春归处处花。上下一行如骨肉,几人身死掩风沙。

赠　窦　十

燕山窦十郎,教子有义方。灵椿一株老,丹桂五枝芳。

放鱼书所钥户

> 《诗史》云:道性仁厚,家有一池,每得鱼放池中。其子监丞每窃钓
> 之,道闻之不悦,于是高其墙垣,钥其门户,作诗书其门。

高却垣墙钥却门,监丞从此罢垂纶。池中鱼鳖应相贺,从此方知有
主人。

句

朝披四袄专藏手,夜覆三衾怕露头。　房中大寒,赐道锦袄、貂袄、羊狐貂衾
各一。每入谒,悉服四袄衣,宿馆中,并覆三衾,故云。

牛头偏得赐,象笏更容持。　房以道有重名,欲留之,命与其国相同列,所赐皆
等。房赐臣下以牙笏,及腊月赐牛头,皆殊礼也,道皆得之,以诗谢。　以上见《丛苑》

已落地花方遣扫,未经霜草莫教锄。　吟治圃　见《事文类聚》

视草北来唐学士,拥旄西去汉将军。　同光中承旨卢质节制河中赠　见《续
翰林志》

卢文纪

卢文纪,字子持。举进士,事梁为集贤殿学士。唐明宗
时,为御史中丞,迁工部尚书,贬石州司马。久之,为太常卿。
奉使于蜀,过凤翔,废帝时为节度使,见文纪奇之。后入立,拜
为中书侍郎同中书门下平章事。周时进司空。诗一首。

后唐宗庙乐舞辞

仁君御宇，寰海谧清。运符武德，道协文明。九成式叙，百度惟成。
金门积庆，玉叶传荣。

崔居俭

崔居俭，唐末进士。仕后唐，累官户部尚书。诗一首。

后唐宗庙乐舞辞

艰难王业，返正皇唐。先天再造，却日重光。汉绍世祖，夏资少康。
功成德茂，率祀无疆。

李　涛

李涛，字信臣。避地湖南，事马殷。后唐天成中举进士。
历事晋、汉，至宰辅。入周，封莒国公，后归宋。诗一首。

春社从李昉乞酒

《石林诗话》云：俗称社日饮酒治聋，昉时为翰林学士，有月给内库
酒，故涛从乞之。社公，涛小字。与朝士言，多以自名。

社公今日没心情，为乞治聋酒一瓶。恼乱玉堂将欲遍，依稀巡到第
三厅。

句

溪声长在耳，山色不离门。《诗人玉屑》

扫地树留影,拂床琴有声。

一言痼主宁复听,三谏不从归去来。　谏晋主不从作　见《吟窗杂录》

卢士衡

卢士衡,后唐天成二年进士。集一卷,今存诗七首。

灵溪老松歌

灵溪古观坛西角,千尺鳞皴栋梁朴。横出一枝戛楼阁,直上一枝扫寥廓。白石苍苔拥根脚,月明风撼寒光落。有时风雨晦暝,摆撼若黑龙之腾跃。合生于象外峰峦,枉滞乎人间山岳。安得巨灵受请托,拔向青桂白榆边安著。

游灵溪观

云藏宝殿风尘外,粉壁松轩入看初。话久仙童颜色老,病来玄鹤羽毛疏。樵翁接引寻红术,道士留连说紫书。不为壮心降未得,便堪从此玩清虚。

寄天台道友

相思遥指玉霄峰,怅望江山阻万重。会隔晓窗闻法鼓,几同寒榻听疏钟。别来知子长餐柏,吟处将谁对倚松。且住人间行圣教,莫思天路便登龙。

花　落

迎风啸未已,和雨落縠縠。千枝与万枝,不如一竿竹。

钟 陵 铁 柱

千年埋没竟何为,变化宜将万物齐。安得风胡借方便,铸成神剑斩鲸鲵。

僧 房 听 雨

古寺松轩雨声别,寒窗听久诗魔发。记得年前在赤城,石楼梦觉三更雪。

题 牡 丹

万叶红绡剪尽春,丹青任写不如真。风光九十无多日,难惜尊前折赠人。

熊 皦

熊皦,后唐清泰二年登进士第,延州刘景岩辟为从事。入晋拜补阙,贬商州上津令。《屠龙集》五卷,今存诗二首。

祖 龙 词

平吞六国更何求,童女童男问十洲。沧海不回应怅望,始知徐福解风流。

谪 居 海 上

家临泾水隔秦川,来往关河路八千。堪恨此身何处老,始皇桥畔又经年。

熊　皎

熊皎，自称九华山人。《南金集》二卷，今存诗四首。

冬日原居酬光上人见访

吾道丧已久，吾师何此来。门无尘事闭，卷有国风开。野迥霜先白，庭荒叶自堆。寒暄吟罢后，犹喜话天台。

早　梅

江南近腊时，已亚雪中枝。一夜欲开尽，百花犹未知。人情皆共惜，天意欲教迟。莫讶无浓艳，芳筵正好吹。

怀三茅道友

尘事何年解客嘲，十年容易到三茅。长思碧洞云窗下，曾借黄庭雪夜抄。丹桂有心凭至论，五峰无信问深交。杏坛仙侣应相笑，只为浮名未肯抛。

赠胥尊师

绿发童颜羽服轻，天台王屋几经行。云程去速因风起，酒债还迟待药成。房闭十洲烟浪阔，箓开三洞鬼神惊。他年华表重归日，却恐桑田已变更。

句

山前犹见月，陌上未逢人。　早行　以下见《雅言杂载》
果熟秋先落，禽寒夜未栖。《山居》

深逢野草皆为药,静见樵人恐是仙。

厌听啼鸟梦醒后,慵扫落花春尽时。

废土有人耕不畏,古厅无讼醉何妨。 见《事文类聚》

赵延寿

　　赵延寿,本姓刘,恒山人。仕后唐,尚主,为枢密使。清泰末,官至大丞相,封魏王。诗一首。

塞 上

黄沙风卷半空抛,云动阴山雪满郊。探水人回移帐就,射雕箭落著弓抄。鸟逢霜果饥还啄,马渡冰河渴自跑。占得高原肥草地,夜深生火折林梢。

高 辇

　　高辇,后唐秦王从荣府咨议参军。诗一首。

棋

野客围棋坐,支颐向暮秋。不言如守默,设计似平雠。决胜虽关勇,防危亦合忧。看他终一局,白却少年头。

句

飘飘送下遥天雪,飒飒吹干旅舍烟。 冬风 见《吟窗杂录》

韩昭裔

韩昭裔,后唐清泰时宰相。诗一首。

与 李 专 美

昭裔登庸汝未登,凤池鸡树冷如冰。何如且作宣徽使,免被人呼粥饭僧。时清泰帝以宰相李愚等无所事,目曰:"此粥饭僧尔。"

张仁溥

张仁溥,后唐大宁县丞。诗一首。

题 龙 窝 洞

折花携酒看龙窝,镂玉长旌俊彦过。他日各为云外客,碧纱笼却又如何。

李　瀚

李瀚,后唐天成中擢进士第,仕晋为翰林学士。《丁年集》若干卷,今存诗一首。

留题座主和凝旧阁

座主登庸归凤阙,门生批诏立鳌头。玉堂旧阁多珍玩,可作西斋润笔不。

杨昭俭

杨昭俭,石晋时人,官尚书。诗一首。

题 家 园

池莲憔悴无颜色,园竹低垂减翠阴。园竹池莲莫惆怅,相看恰似主人心。

刘 坦

刘坦,进士第一人及第。周恭帝时,李重进镇淮南,辟为掌书记。诗一首。

书从事厅屏上

《南部新书》:坦好酒,在维扬幕,李帅尝令酒库,但书记有客,无多少供之。寻为酒吏颇客,须索甚艰,因书厅屏云云。

金殿试回新折桂,将军留辟向江城。思量一醉犹难得,辜负扬州管记名。

韦 遵

韦遵,后周起居郎。诗一首。

题施璘画竹图

枯箨危根缴石头,千竿交映近清流。堪珍仲宝璘字穷幽笔,留得荆湘一片秋。

全唐诗卷七三八

宋齐丘

宋齐丘,字子嵩,世为庐陵人。父诚,为洪州副使,遂家焉。吴时,累官右仆射、平章事。李昇代吴,以齐丘为丞相、同平章事,寻出为镇南军节度。李璟嗣位,召为中书令。显德末,放归,缢死。集六卷,今存诗三首。

陪游凤凰台献诗

嵯峨压洪泉,崒峃撑碧落。宜哉秦始皇,不驱亦不凿。上有布政台,八顾背城郭。山蹙龙虎健,水黑螭蜃作。白虹欲吞人,赤骥相煿㸆。画栋泥金碧,石路盘垙埆。倒挂哭月猿,危立思天鹤。凿池养蛟龙,栽桐栖鹭鸶。梁间燕教雏,石罅蛇悬壳。养花如养贤,去草如去恶。日晚严城鼓,风来萧寺铎。扫地驱尘埃,剪蒿除鸟雀。金桃带叶摘,绿李和衣嚼。贞竹无盛衰,媚柳先摇落一作松竹无时衰,蒲柳先愁落。尘飞景阳井,草合临春阁。芙蓉如佳人,回首似调谑。当轩有直道,无人肯驻脚。夜半鼠窸窣,天阴鬼敲啄。松孤不易立,石丑难安著。自怜啄木鸟,去蠹终不错。晚风吹梧桐,树头鸣嗼嗼。峨峨江令石,青苔何淡薄。不话兴亡事,举首思眇邈。吁哉未到此,褊劣同尺蠖。笼鹤羡凫毛,猛虎爱蜗角。一日贤太守,时李昇为升州刺史。与我观橐籥。往往独自语,天帝相唯诺。风云

偶不来,寰宇销一略。我欲烹长鲸,四海为鼎镬。我欲取大鹏,天
地为矰缴。安得生羽翰,雄飞上寥廓。

赠仰山慧度禅师

初闻如自解,及见胜初闻。两鬓堆残雪,一身披断云。道应齐古
佛,高不揖吾君。稽首清凉月,萧然万象分。

陪华林园试小妓羯鼓

切断牙床镂紫金,最宜平稳玉槽深。因逢淑景开佳宴,为出花奴奏
雅音。掌底轻璁孤鹊噪,枝头干快乱蝉吟。开元天子曾如此,今日
将军好用心。时李璟为诸卫将军。

句

大似贤臣扶社稷,遇明则见暗还藏。影诗　见《吟窗杂录》

冯延巳

　　冯延巳,一名延嗣,字正中,广陵人。李璟为元帅时,辟掌
书记。璟立,拜翰林学士,进中书侍郎同平章事。《阳春集》一
卷,今存诗一首。

早　朝

铜壶滴漏初昼,高阁鸡鸣半空。催启五门金锁,犹垂三殿帘栊。阶
前御柳摇绿,仗下宫花散红。鸳瓦数行晓日,鸾旗百尺春风。侍臣
踏舞重拜,圣寿南山永同。

句

青楼阿监应相笑,书记登坛又却回。

韩熙载

　　韩熙载,字叔言,北海人。后唐同光中,登进士第。李昪建国,用为秘书郎。璟嗣位,拜虞部员外郎、史馆修撰、知制诰。后主时,终中书侍郎。集五卷,今存诗五首。

感怀诗二章 奉使中原署馆壁

仆本江北人,今作江南客。再去江北游,举目无相识。金风吹我寒,秋月为谁白。不如归去来,江南有人忆。

未到故乡时,将为故乡好。及至亲得归,争如身不到。目前相识无一人,出入空伤我怀抱。风雨萧萧旅馆秋,归来窗下和衣倒。梦中忽到江南路,寻得花边旧居处。桃脸蛾眉笑出门,争向前头拥将去。

溧水无相寺赠僧

无相景幽远,山屏四面开。凭师领鹤去,待我挂冠来。药为依时采,松宜绕舍栽。林泉自多兴,不是效刘雷。

书歌妓泥金带

风柳摇摇无定枝,阳台云雨梦中归。他年蓬岛音尘断,留取尊前旧舞衣。

送徐铉流舒州

时铉弟锴亦贬乌江尉,亲友临江相送。

昔年凄断此江湄,风满征帆泪满衣。今日重怜鹡鸰羽,不堪波上又
分飞。

句

几人平地上,看我半天中。　登楼　见《吟窗杂录》

李徵古

李徵古,袁州宜春人。南唐升元末举进士第,官枢密副
使。坐宋齐丘党赐死。诗一首。

登　祝　融　峰

欲上祝融峰,先登古石桥。凿开嶬崄处,取路到丹霄。

潘　佑

潘佑,幽州人。南唐时累官虞部员外郎、内史舍人。《荣
阳集》十卷,今存诗四首。

七　岁　吟

马令《南唐书》曰:佑母方娠,梦古衣冠人告曰:“我颜延之也,与夫
人为子。”及生,七岁始能语,曰:“儿误伤白龙,为上帝所罚也。”因吟诗
云云,后果以三十六岁死。

朝游沧海东,暮归何太速。只因骑折白龙腰,谪向人间三十六。

送许处士坚往茅山

天坛云似雪,玉洞水如琴。白云与流水,千载清人心。君携布囊去,路长风满林。一入华阳洞,千秋那可寻。

送人往宣城

江畔送行人,千山生暮氛。谢安团扇上,为画敬亭云。

失　题

谁家旧宅春无主,深院帘垂杏花雨。香飞绿琐人未归,巢燕承尘默无语。

句

劝君此醉直须欢,明朝又是花狼藉。　见《野客丛谈》

李　昉

李昉,南唐时人。诗一首。

寄孟宾于

初携书剑别湘潭,金榜标名第十三。昔日声名喧洛下,近来诗价满江南。长为邑令情终屈,纵处曹郎志未甘。莫学冯唐便休去,明君晚事未为惭。

马致恭

马致恭,南唐时人。诗一首。

送 孟 宾 于

曾闻洛下缀神仙,火树南栖几十年。白首自忻丹桂在,诗名已得四
方传。行随秋渚将归雁,吟傍梅花欲雪天。今日还家莫惆怅,不同
初上渡头船。

张义方

张义方,南唐时历官侍御史、勤政殿学士。诗一首。

奉和圣制元日大雪登楼

恰当岁日纷纷落,天宝瑶花助物华。自古最先标瑞牒,有谁轻拟比
杨花。密飘粉署光同冷,静压青松势欲斜。岂但小臣添兴咏,狂歌
醉舞一家家。

全唐诗卷七三九

李建勋

　　李建勋，字致尧，陇西人。少好学，能属文，尤工诗。南唐主李昇镇金陵，用为副使。预禅代之策，拜中书侍郎同平章事。升元五年，放还私第。嗣主璟召拜司空，寻以司徒致仕，赐号钟山公。集二十卷，今编诗一卷。

中酒寄刘行军

甚矣频频醉，神昏体亦虚。肺伤徒问药，发落不盈梳。恋寝嫌明室，修生愧道书。西峰老僧语，相劝合何如。

白　雁

东溪一白雁，毛羽何皎洁。薄暮浴清波，斜阳共明灭。差池失群久，幽独依人切。旅食赖菰蒲，单栖怯霜雪。边风昨夜起，顾影空哀咽。不及墙上乌，相将绕双阙。

早 春 寄 怀

家山归未得，又是看春过。老觉光阴速，闲悲世路多。风和吹岸柳，雪尽见庭莎。欲向东溪醉，狂眠一放歌。

春日东山正—作草堂作

身闲赢得出，天气渐暄和。蜀马登山稳，南朝古寺多。早花微弄
色，新酒欲生波。从此唯行乐，闲愁奈我何。

春日小园晨看兼招同舍

最有杏花繁，枝枝若手抟。须知一春促，莫厌百回看。鸟唼风潜
息，蜂迟露未干。可容排饮否，兼折赠头冠。

惜花寄孙员外 一本缺孙字

朝始一枝开，暮复一枝落。只恐雨淋漓，又见春萧索。侵晨结驷携
酒徒，寻芳踏尽长安衢。思量少壮不自乐，他日白头空叹吁。

春 日 病 中

才得归闲去，还教病卧频。无由全胜意，终是负青春。绿柳渐拂
地，黄莺如唤人。方为医者劝，断酒已经旬。

殴　妓

自为专房甚，匆匆有所伤。当时心已悔，彻夜手犹香。恨枕堆云
髻，啼襟揾月黄。起来犹忍恶，剪破绣鸳鸯。

踏 青 樽 前

期君速行乐，不要旋还家。永日虽无雨，东风自落花。诗毫粘酒
淡，歌袖向人斜。薄暮忘归路，垂杨噪乱鸦。

正 月 晦 日

莫倦寻春去，都无百日游。更堪正月过，已是一分休。泉暖声才出，云寒势未收。晚来重作雪，翻为杏花愁。

惜 花

白发今如此，红芳莫更催。预愁多日谢，翻怕十分开。点滴无时雨，荒凉满地苔。闲阶一杯酒，惟待故人来。

金谷园落花 一本缺谷字

愁见清明后，纷纷盖地红。惜看难过日，自落不因风。蝶散馀香在，莺啼半树空。堪悲一尊酒，从此似西东。

柳花寄宋明府 一作寄人

每爱江城里，青春向尽时。一回新雨歇，是处好风吹。破石黏虫网，高楼扑酒旗。遥知陶令宅，五树正离披。

送 人

相见未逾月，堪悲远别离。非君谁顾我，万里又南之。雨逼清明日，花阴杜宇时。愁看挂帆处，鸥鸟共迟迟。

闲 游

携酒复携觞，朝朝一似忙。马谙频到路，僧借旧眠床。道胜他图薄，身闲白日长。扁舟动归思，高处见沧浪。

柏梁隔句韵诗 第三句缺一字

不喜长亭柳,枝枝拟送君。惟怜北窗□,树树解留人。圆缺都如月,东西只似云。愁看离席散,归盖动行尘。

赠赵学士

常钦赵夫子,远作五侯宾。见面到今日,操心如古人。醉同华席少,吟访野僧频。寂寂长河畔,荒斋与庙邻。

春　阴

老雨不肯休,东风势还作。未放草蒙茸,已遣花萧索。浮生何苦劳,触事妨行乐。寄语达生人,须知酒胜药。

春日金谷园 一本缺谷字

火急召亲宾,欢游莫厌频。日长徒似岁,花过即非春。晚雨来何定,东风自不匀。须知三个月,不是负芳晨。

夏日酬祥松二公见访

多谢空门客,时时出草堂。从容非有约,淡薄不相忘。池映春篁老,檐垂夏果香。西峰正清霁,自与拂吟床。

怀赠操禅师

尝忆曹溪子,龛居面碧嵩。杉松新夏后,雨雹夜禅中。道匪因经悟,心能向物空。秋来得音信,又在剡山东。

闲居秋思呈祥松二公

秋光虽即好，客思转悠哉。去国身将老，流年雁又来。叶红堆晚径，菊冷藉空罍。不得师相访，难将道自开。

赋得冬日青溪草堂四十字

莫道无幽致，常来到日西。地虽当北阙，天与设东溪。疏苇寒多折，惊凫去不齐。坐中皆作者，长爱觅分题。

溪　斋

水木绕吾庐，搴帘晚槛虚。衰条寒露鹊，幽果落惊鱼。爱酒贫还甚，趋时老更疏。乖慵自有素，不是忽簪裾。

留题爱敬寺

野性竟未改，何以居朝廷。空为百官首，但爱千峰青。南风新雨后，与客携觞行。斜阳惜归去，万壑啼鸟声。

小　园

小园吾所好，栽植忘劳形。晚果经秋赤，寒蔬近社青。竹萝荒引蔓，土井浅生萍。更欲从人劝，凭高置草亭。

宿山房

石窗灯欲尽，松槛月还明。就枕浑无睡，披衣却出行。岩高泉乱滴，林动鸟时惊。倏忽山钟曙，喧喧仆马声。

金陵所居青溪草堂闲兴

窗外皆连水,杉松欲作林。自怜趋竞地,独有爱闲心。素壁题看遍,危冠醉不簪。江僧暮相访,帘卷见秋岑。

阙下偶书寄孙员外

长安驱驰地,贵贱共悠悠。白日谁相促,劳生自不休。凤翔双阙晓,蝉噪六街秋。独有南宫客,时来话钓舟。

寄魏郎中

碌碌但随群,蒿兰任不分。未尝矜有道,求遇向吾君。逸驾秋寻寺,长歌醉望云。高斋纸屏古,尘暗北山文。

病中书怀寄王二十六

落叶满山州,闲眠病未瘳。窗阴连竹枕,药气染茶瓯。路匪人遮去,官须自^{一本缺}觅休。焉宜更羸老,扶杖作公侯。

采　菊

簇簇竟相鲜,一枝开几番。味甘资麹糵,香好胜兰荪。古道风摇远,荒篱露压繁。盈筐时采得,服饵近知门。

送王郎中之官吉水

南望庐陵郡,山连五岭长。吾君怜远俗,从事辍名郎。移户多无土,春蚕不满筐。惟应劳赞画,溪峒况强梁。

孤　雁

欲食不敢食,合栖犹未栖。闻风亦惊过,避缴恨飞低。水阔缘湘困,云寒过碛迷。悲鸣感人意,不一本缺见夜乌啼。

赠送致仕郎中

鹤立瘦棱棱,髭长白似银。衣冠皆古制,气貌异常人。听雪添诗思,看山滞酒巡。西峰重归路,唯许野僧亲。

宿友人山居寄司徒相公

雨雪正霏霏,令人不忆归。地炉僧坐暖,山梂火声肥。隔纸烘茶蕊,移铛剥芋衣。知君在霄汉,此兴得还稀。

郢客相寻夜,荒庭雪洒篱一作蒿。虚堂看向曙,吟坐共忘劳。溪冻声全减,灯寒焰不高。他人莫相笑,未易会吾曹。

感故府二首

戚戚复戚戚,期怀安可释。百年金石心,中路生死隔。新坟应草合,旧地空苔色。白日灯荧荧,凝尘满几席。

悒悒复悒悒,思君安可及。永日在阶前,披衣随风立。高楼暮角断,远树寒鸦集。惆怅几行书,遗踪墨犹湿。

田　家　三　首　一首第七句缺一字

毕岁知无事,兵销复旧丁。竹门桑径狭,春日稻畦青。犬吠隈篱落,鸡飞上碓桯。归田起□思,蛙叫草冥冥。

不识城中路,熙熙乐一作自,一本缺。有年。木桮擎社酒,瓦鼓送神钱。霜落牛归屋,禾收雀满田。遥陂过秋水,闲阁钓鱼船。

长爱田家事,时时欲一过。垣篱皆树槿,厅院亦堆禾。病果因风落,寒蔬向日多。遥闻数声笛,牛晚下前坡。

新　竹

袅袅薰风软,娟娟湛露光。参差仙子仗,迤逦羽林枪。迥去侵花地,斜来破薛墙。箨干犹抱翠,粉腻若涂装。径曲茎难数,阴疏叶未长。懒嫌吟客倚,甘畏夏虫伤。映水如争立,当轩自著行。北亭尊酒兴,还为此君狂。

归 燕 词

羽翼势虽微,云霄亦可期。飞翻自有路,鸿鹄莫相嗤。待侣临书幌,寻泥傍藻池。冲人穿柳径,捕蝶绕花枝。广厦来应遍,深宫去不疑。雕梁声上下,烟浦影参差。旧地人潜换,新巢雀谩窥。双双暮归处,疏雨满江湄。

题魏坛二首

不遇至真传道要,曾看真诰亦何为。旧碑经乱沉荒涧,灵篆因耕出故基。蛙黾自喧浇（一作临,一本缺。）药井,牛羊闲过放生池。萧条夕景空坛畔,朽桧枝斜绿蔓垂。

一寻遗迹到仙乡,云鹤沉沉思渺茫。丹井岁深生草木,芝田春废卧牛羊。雨淋残画摧荒壁,鼠引饥蛇落坏梁。薄暮欲归仍伫立,菖蒲风起水泱泱。

东 楼 看 雪

一上高楼醉复醒,日西江雪更冥冥。化风吹火全无气,平望惟松少（一作别,一作劣。）露青。腊内不妨南地少,夜长应得小窗听。因思旧隐匡庐日,闲看杉桧掩石肩。

落　花

惜花无计又花残,独绕芳丛不忍看。暖艳动随莺翅落,冷香愁杂燕
泥干。绿珠倚槛魂初散,巫峡归云梦又阑。忍把一尊重命乐,送春
招客亦何欢。

春　雪

南国春寒朔气回,霏霏还阻百花开。全移暖律何方去,似误新莺昨
日来。平野旋销难蔽草,远林高缀却遮梅。不知金勒谁家子,只待
晴明赏帝台。

重戏和春雪寄沈员外

谁道江南要雪难,半春犹得倚楼看。却遮迟日偷莺暖,密洒西风借
鹤寒。散漫不容梨艳去,轻明应笑玉华干。和来琼什虽无敌,且是
侬家比兴残。

春日尊前示从事

州中案牍鱼鳞密,界上军书竹节稠。眼底好花浑似雪,瓮头春酒漫
如油。东君不为留迟日,清镜唯知促白头。最觉此春无气味,不如
庭草解忘忧。

尊　前

官为将相复何求,世路多端早合休。渐老更知春可惜,正欢唯怕客
难留。雨催草色还依旧,晴放花枝始自由。莫厌百壶相劝倒,免教
无事结闲愁。

蔷 薇 二 首

万蕊争开照槛光,诗家何物可相方。锦江风撼云霞碎,仙子衣飘黼
黻香。裛露早英浓压架,背人狂蔓暗穿墙。彩笺蛮榼旬休日,欲召
亲宾看一场。

拂檐拖地对前墀,蝶影蜂声烂熳时。万倍馨香胜玉蕊,一生颜色笑
西施。忘归醉客临高架,恃宠佳人索好枝。将并舞腰谁得及,惹衣
伤手尽从伊。

残 牡 丹

肠断题诗如执别,芳茵愁更绕阑铺。风飘金蕊看全落,露滴檀英又
暂苏。失意婕妤妆渐薄,背身妃子病难扶。回看池馆春休也,又是
迢迢看画图。

春 雨 二 首

春霖未免妨游赏,唯到诗家自有情。花径不通新草合,兰舟初动曲
池平。净缘高树莓苔色,饥集一作啅虚廊燕雀声。闲忆昔年为客
处,闷留山馆阻行行。

萧萧春雨密还疏,景象三时固不如,寒入远林莺翅重,暖抽新麦土
膏虚。细蒙台榭微兼日,潜涨涟漪欲动鱼。唯称乖慵多睡者,掩门
中酒览闲书。

醉中惜花更书与诸从事

公退寻芳已是迟,莫因他事更来稀。未经旬日唯忧落,算有开时不
合归。歌槛宴馀风袅袅,闲园吟散雨霏霏。高楼鼓绝重门闭,长为
抛回恨解衣。

和判官喜雨

去祷山川尚未还,云雷寻作远声寒。人情便似秋登悦,天色休劳夜起看。高槛气浓藏柳一本缺郭,小庭流拥没花坛。须知太守重墙内,心极农夫望处欢。

离阙下日感恩

二年尘冒处中台,喜得南归退不才。即路敢期皇子送,出关犹有御书来。未知天地恩何报,翻对江山思莫开。斜日苇汀凝立处,远波微飐翠如苔。

细雨遥怀故人

江云未散东风暖,溟蒙正在高楼见。细柳缘堤少过人,平芜隔水时飞燕。我有近诗谁与和,忆君狂醉愁难破。昨夜南窗不得眠,闲阶点滴回灯坐。

春　水

万派争流雨过时,晚来春静更透迤。轻鸥散绕夫差国,远树微分夏禹祠。青岸渐平濡柳带,旧溪应暖负莼丝。风鬟倚楫谁家子,愁看鸳鸯望所之。

蝶

粉蝶翩翩若有期,南园长是到春归。闲依柳带参差起,困傍桃花独自飞。潜被燕惊还散乱,偶因人逐入帘帏。晚来欲雨东风急,回看池塘影渐稀。

中春写怀寄沈彬员外

省从骑竹学讴吟,便殢光阴役此心。寓目不能闲一日,闭门长胜得
千金。窗悬夜雨残灯在,庭掩春风落絮深。唯有故人同此兴,近来
何事懒相寻。

钟山寺避暑勉二三子

楼台虽少景何深,满地青苔胜布金。松影晚留僧共坐,水声闲与客
同寻。清凉会拟归莲社,沉湎终须弃竹林。长爱寄吟经案上,石窗
秋霁向千岑。

道 林 寺

虽向钟峰数寺连,就中奇胜出其间。不教幽树妨闲地,别著高窗向
远山。莲沼水从双涧入,客堂僧自九华还。无因得结香灯社,空向
王门玷玉班。

和致仕沈郎中

欲谋休退尚因循,且向东溪种白蘋。谬应星辰居四辅,终期冠褐作
闲人。城中隔日趋朝懒,楚外千峰入梦频。残照晚庭沉醉醒,静吟
斜倚老松身。

醉中咏梅花

十月清霜尚未寒,雪英重叠已如抟。还悲独咏东园里,老作南州刺
史看。北客见皆惊节气,郡僚痴—作拟欲望杯盘。交亲罕至长安
远,一醉如泥岂自欢。

闲 出 书 怀

闲游何用问东西,寓兴皆非有所期。断酒只携僧共去,看山从听马行迟。溪田雨涨禾生耳,原野莺啼黍_{一本缺}熟时。应有交亲长笑我,独轻人事鬓将衰。

寺居陆处士相访感怀却寄二三友人

湘寺闲居亦半年,就中昨夜好潸然。人归远岫疏钟后,雪打高杉古屋前。投足正逢他国乱,冥心未解祖师禅。炉烟向冷孤灯下,唯有寒吟到曙天。

春 雪

随风竟日势漫漫,特地繁于故岁看。幽榭冻黏花屋重,短檐斜湿燕巢寒。闲听不寐诗魂爽,净吃无厌酒肺干。莫道便为桑麦药,亦胜焦涸到春残。

惜 花

淡淡西园日又垂,一尊何忍负芳枝。莫言风雨长相促,直是晴明得几时。心破只愁莺践落,眼穿唯怕客来迟。年年使我成狂叟,肠断红笺几首诗。

梅花寄所亲

一气才新物未知,每惭青律与先吹。雪霜迷素犹嫌早,桃杏虽红且后时。云鬓自黏飘处粉,玉鞭谁指出墙枝。老夫多病无风味,只向尊前咏旧诗。

登 升 元 阁

登高始觉太虚宽,白雪须知唱和难。云渡琐窗金榜湿,月移珠箔水
精寒。九天星象帘前见,六代城池直下观。唯有上层人未到,金乌
飞过拂阑干。

雪 有 作

霏霏奕奕满寒空,况是难逢值腊中。未白已堪张宴会,渐繁偏好去
帘栊。庭莎易集看盈地,池柳难装旋逐风。长爱清华入诗句,预愁
迟日放消融。

宫 词

自远凝旒守上阳,舞衣顿减旧朝香。帘垂粉阁春将尽,门掩梨花日
渐长。草色深浓封辇路,水声低咽转宫墙。君王一去不回驾,皓齿
青蛾空断肠。

晚春送牡丹

携觞邀客绕朱阑,肠断残春送牡丹。风雨数来留不得,离披将谢忍
重看。氤氲兰麝香初减,零落云霞色渐干。借问少年能几许,不许
推酒厌杯盘。

岁暮晚泊望庐山不见因怀岳僧呈察判

贪程只为看庐阜,及到停舟恨颇浓。云暗半空藏万仞,雪迷双瀑在
中峰。林端莫辨曾游路,鸟际微闻向暮钟。长愧昔年招我入,共寻
香社见芙蓉。

重台莲

斜倚秋风绝比伦,千英和露染难匀。自为祥瑞生南国,谁把丹青寄北人。明月几宵同绿水,牡丹无路出红尘。怜伊不算多时立,赢得馨香暗上身。

迎神

撼蛮鼍,吟塞笛,女巫结束分行立。空中再拜神且来,满奠椒浆齐献揖。阴风窣窣吹纸钱,妖巫瞑目传神言。与君降福为丰年,莫教赛祀亏常筵。

春词

日高闲步下堂阶,细草春莎没绣鞋。折得玫瑰花一朵,凭君簪向凤凰钗。

独夜作

佳人一去无消息,梦觉香残愁复入。空庭悄悄月如霜,独倚阑干伴花立。

竹

琼节高吹宿凤枝,风流交我立忘归。最怜瑟瑟斜阳下,花影相和满客衣。

清明日

他皆携酒寻芳去,我独关门好静眠。唯有杨花似相觅,因风时复到床前。

宫　词

宫门长闭舞衣闲,略识君王鬓便斑。却羡落花春不管,御沟流得到
人间。

送喻炼师归茅山

休粮知几载,脸色似桃红。半醉离城去,单衣行雪中。水声茅洞
晓,云影石房空。莫学秦时客,音书便不通。

和元宗元日大雪登楼

纷纷忽降当元会,著物轻明似月华。狂洒玉墀初散絮,密黏宫树未
妨花。迥封双阙千寻峭,冷压南山万仞斜。宁意传来中使出,御题
先赐老僧家。

游栖霞寺

养花天气近平分,瘦马来敲白下门。晓色未开山意远,春容犹淡月
华昏。琅琊冷落存遗迹,篱舍稀疏带旧村。此地几经人聚散,只今
王谢独名存。

答汤悦

司空犹不作,那敢作司徒。幸有山翁号,如何不见呼。

金　山

不嗟白发曾游此,不叹征帆无了期。尽日凭阑谁会我,只悲不见韩
垂诗。

送李冠 冠善吹中管

匀如春涧长流水,怨似秋枝欲断蝉。可惜人间容易听,清声不到御楼前。

游宋兴寺东岩

几年不到东岩下,旧住僧亡屋亦无。寒日萧条何物在,朽松经烧石池枯。

批周宗书后

建勋镇临川,九江帅周宗初莅任,以书借器用仅注,因批其后。

偶罢阿衡来典郡,固无闲物可应官。凭君为报群胥道,莫作循州刺史看。牛僧孺谪循州长史。

题信果观壁

春来涨水流而活,晓色西山势似行。玉洞主人经劫在,携竿步步就长生。

送八分书与友人继以诗

耙跙为诗耙跙书,不封将去寄仙都。仙翁拍手应相笑,得似秦朝次仲无。

句

桃花流水须长信,不学刘郎去又来。见《南唐近事》

粟多未必全为计,师老须防有伏兵。寄冯延鲁使闽

遍寻云壑重题石,欲下山门更倚松。留别钟山 见《吟窗杂录》

全唐诗卷七四〇

孟宾于

孟宾于,字国仪,连州人。天福九年登第,还乡为马氏从事。后归南唐,为涂阳令。坐系,赦归,后主起为水部员外,致仕。初居吉州玉笥山,自号群玉峰叟。有《金鳌集》二卷,今存诗八首。

蟠 溪 怀 古

良哉吕尚父,深隐始归周。钓石千年在,春风一水流。松根盘藓石,花影卧沙鸥。谁更怀韬术,追思古渡头。

怀连上旧居

闲思连上景难齐,树绕仙乡路绕溪。明月夜舟渔父唱,春风平野鹧鸪啼。城边寄信归云外,花下倾杯到日西。更忆海阳垂钓侣,昔年相遇草萋萋。

公 子 行

锦衣红夺彩霞明,侵晓春游向野庭。不识农夫辛苦力,骄骢蹋烂麦青青。

湘 江 亭

独宿大中年里寺,樊笼得出事无心。寒山梦觉一声磬,霜叶满林秋正深。

题 梅 仙 馆

仙界路遥云缥缈,古坛风冷叶萧骚。后来岂合言淹滞,一尉升腾道最高。

题颜氏亭宇

《南唐书》:颜诩居木川,雅词翰。所居依泉石,筑亭榭,开轩四敞,碧藓丛绕,翠微环列,萧爽之趣,杜绝尘嚣。名士宾于辈各为诗以述其幽隐。

园林萧洒闻来久,欲访因循二十秋。今日开襟吟不尽,碧山重叠水长流。

晚　眺

倚杖残秋里,吟中四顾频。西风天际雁,落日渡头人。草色衰平野,山阴敛暮尘。却寻苔径去,明月照村邻。

献 主 司

那堪雨后更闻蝉,溪隔重湖路七千。忆昔故园杨柳岸,全家送上渡头船。　主司得诗,自谓得宾于之晚。后宾于致仕,归连上,过庐陵,吉守赠诗,有"今日还家莫惆怅,不同初上渡头船",用此。

句

远树连沙静,闲舟入浦迟。　夏日曲江

帘垂群吏散,苔长讼庭闲。　赠徐明府,并《诗中旨格》

去年曾折处,今日又垂条。　柳　以下《吟窗杂录》

早知落处随疏雨,悔得开时顺暖风。　落花

千家帘幕春空在,几处楼台月自明。　落花

腊雪化为流水去,春风吹出好山来。　雪霁

昔日声尘喧洛下,近年诗句满江南。　寄李昉

匝地人家凭槛见,远山秋色卷帘看。　永州法华寺高轩　《诗话总龟》

蟾宫空手下,泽国更谁来。

水国二亲应探榜,龙门三月又伤春。

仙鸟却回空说梦,清朝未达自嫌身。

失意从他桃李春,嵩阳经过歇行尘。云僧不见城中事,问是今年第几人。

因逢日者教重应,忍被云僧劝却归。　宾于应举,卜于华山神。一年乞一玖,凡六掷而得吉兆。后果验,每年下第有诗。《郡阁雅谈》

廖匡图

　　廖匡图,字赞禹,虔州人。湖南马氏辟幕下,为天策府学士,与刘昭禹、李宏皋、徐仲雅、蔡昆、韦鼎、释虚中、齐己,俱以文藻知名。诗四首。

九日陪董内召登高

祝融峰下逢嘉节,相对那能不怆神。烟里共寻幽涧菊,樽前俱是异乡人。遥山带日应连越,孤雁来时想别秦。自古登高尽惆怅,茱萸休笑泪盈巾。

赠泉陵上人

暂把枯藤倚碧根，禅堂初创楚江渍。直疑松小难留鹤，未信山低住
得云。草接寺桥牛笛近，日衔村树鸟行分。每来共忆曾游处，万壑
泉声绝顶闻。

和人赠沈彬

冥鸿迹在烟霞上，燕雀休夸大厦巢。名利最为浮世重，古今能有几
人抛。逼真但使心无著，混俗何妨手强抄。深喜卜居连岳色，水边
竹下得论交。

松

曾于西晋封中散，又向东吴作大夫。浓翠自知千古在，清声谁道四
时无。枝柯偃后龙蛇老，根脚盘来爪距粗。直待素秋摇落日，始将
凡木斗荣枯。

句

正悲世上事无限，细看水中尘更多。　永州江干感兴

廖　凝

　　廖凝，字熙绩，图之弟。初归湖南，隐衡岳。后与马希
〔萼〕(鄂)同迁金陵，授水部员外郎，出为建昌令，终江州团练
副使。善吟讽，与李建勋为诗友，相善。江左学诗者，多造其
门。集七卷，今存诗三首。

中 秋 月

九十日秋色,今宵已半分。孤光含列宿,四面绝纤云。众木排疏
影,寒流叠细纹。遥遥望丹桂,心绪正纷纷。

闻 蝉

一声初应候,万木已西风。偏感异乡客,先于离塞鸿。日斜金谷
静,雨过石城空。此处不堪听,萧条千古同。

彭 泽 解 印

五斗徒劳谩折腰,三年两鬓为谁焦。今朝官满重归去,还挈来时旧
酒瓢。

句

满汀沤不散,一局黑全输。　十岁咏棋　《郡阁雅谈》云:作者见之曰:"必垂名
于后。"

猎回千帐雪,探密大河冰。　以下并《吟窗杂录》

落尽最高树,始知松柏青。　落叶

饭僧春岭蕨,醒酒雪潭鱼。　赠史虚白

风清竹阁留僧宿,雨湿莎庭放吏衙。　宰彭泽作

红踯躅繁金殿暖,碧芙蓉笑水宫秋。　《锦绣万花谷》

韦 鼎

　　韦鼎,湖南人,与廖匡图俱知名。诗一卷,今存一首。

赠廖凝 时凝居南岳

君与白云邻,生涯久忍贫。姓名高雅道,寰海许何人。岳气秋来早,亭寒果落新。几回吟石畔,孤鹤自相亲。

左 偃

左偃,南唐人。不仕,居金陵,能诗。有《钟山集》一卷,今存诗十首。

寄庐山白上人

潦倒门前客,闲眠岁又残。连天数峰雪,终日与谁看。万丈高松古,千寻落水寒。仍闻有新作,懒寄入长安。

寄韩侍郎

谋身谋隐两无成,拙计深惭负耦耕。渐老可堪怀故国,多愁翻觉厌浮生。言诗幸遇明公许,守朴甘遭俗者轻。今日况闻搜草泽,独悲憔悴卧升平。

汉 宫 词

寒烛照清夜,笙歌隔薜墙。一从飞燕入,便不见君王。

送 君 去

关河月未晓,行子心已急。佳人无一言,独背残灯泣。

秋晚野望

倚筇聊一望,何处是秦川。草色初晴路,鸿声欲暮天。

郊原晚望怀李秘书

归鸟入平野,寒云在远村。徒令睇望久,不复见王孙。

言怀别同志

渐老将谁托,劳生每自惭。何当重携手,风雨满江南。

江上晚泊

寒云淡淡天无际,片帆落处沙鸥起。水阔风高日复斜,扁舟独宿芦花里。

寄鉴上人

一从携手阻戈铤,屈指如今已十年。长记二林同宿夜,竹斋听雨共忘眠。

送　人

一茎两茎华发生,千枝万枝梨花白。春色江南独未归,今朝又送还乡客。

句

胡笳闻欲死,汉月望还生。　昭君怨

日华离碧海,云影散青霄。　早日

全唐诗卷七四一

陈贶

陈贶,南闽人。隐庐山三十年,元宗聘至,献《景阳台怀古》诗,元宗称善,授以官,固辞,赐粟帛遣还。诗一首。

景阳台怀古

景阳六朝地,运极自依依。一会皆同是,到头谁论非。酒浓沉远虑,花好失前机。见此尤宜戒,正当家国肥。

刘 洞

刘洞,庐陵人。学诗于陈贶,隐居庐山。后主召见,献诗百篇。有集行世,存诗一首。

石 城 怀 古

石城古岸头,一望思悠悠。几许六朝事,不禁江水流。

句

千里长江皆渡马,十年养士得何人。

翻忆潘郎章奏内,惝惝日暮好沾巾。《江南野录》:金陵受围,洞为七言诗,
榜路旁云云。"家〔国〕(园)惝惝,如日将暮",潘佑谏表中语也。
百骸同草木,万象入心灵。 夜坐 《吟窗杂录》

江 为

江为,宋州人,避乱家建阳。游庐山,师陈贶为诗。集一
卷,今存诗八首。

旅 怀

迢迢江汉路,秋色又堪惊。半夜闻鸿雁,多年别弟兄。高风云影
断,微雨菊花明。欲寄东归信,裴回无限情。

江 行

越信隔年稀,孤舟几梦归。月寒花露重,江晚水烟微。峰直帆相
望,沙空鸟自飞。何时洞庭上,春雨满蓑衣。

登 润 州 城

天末江城晚,登临客望迷。春潮平岛屿,残雨隔虹霓。鸟与孤帆
远,烟和独树低。乡山何处是,目断广陵西。

岳 阳 楼

倚楼高望极,展转念前途。晚叶红残楚,秋江碧入吴。云中来雁
急,天末去帆孤。明月谁同我,悠悠上帝都。

送 客

明月孤舟远,吟髭镊更华。天形围泽国,秋色露人家。水馆萤交影,霜洲橘委花。何当寻旧隐,泉石好生涯。

临 刑 诗

《五代史补》:为在福州,有故人欲投江南,为与草表。事发,并诛,临刑词色不挠,赋此诗。

街鼓侵人急,西倾日欲斜。黄泉无旅店,今夜宿谁家。

塞 下 曲

万里黄云冻不飞,碛烟烽火夜深微。胡儿移帐寒笳绝,雪路时闻探马归。

隋 堤 柳

锦缆龙舟万里来,醉乡繁盛忽尘埃。空馀两岸千株柳,雨叶风花作恨媒。

句

吟登萧寺旃檀阁,醉倚王家玳瑁筵。 题白鹿寺

远远朝宗出白云,方圆随处性长存。 水 见《吟窗杂录》

高 越

高越,字仲远,幽州人。仕吴,授秘书郎,累迁中书舍人,终勤政殿学士、户部侍郎。诗一首。

咏 鹰

越归南唐，初投鄂帅张宣。久不见知，以鹰诗诮之。

雪爪星眸世所稀，摩天专待振毛衣。虞人莫谩张罗网，未肯平原浅草飞。一作晴空不碍摩天翮，未肯平原浅草飞。

全唐诗卷七四二

张　泌 一作佖

　　张泌，字子澄，淮南人。仕南唐为句容县尉，累官至内史舍人。诗一卷。

惜　花

蝶散莺啼尚数枝，日斜风定更离披。看多记得伤心事，金谷楼前委地时。

寄　人

别梦依依到谢家，小廊回合曲阑斜。多情只有春庭月，犹为离人照落花。

酷怜风月为多情，还到春时别恨生。倚柱寻思倍惆怅，一场春梦不分明。

边　上

戍楼吹角起征鸿，猎猎寒旌背晚风。千里暮烟愁不尽，一川秋草恨无穷。山河惨澹关城闭，人物萧条市井空。只此旅魂招未得，更堪回首夕阳中。

长安道中早行

客离孤馆一灯残,牢落星河欲曙天。鸡唱未沉函谷月,雁声新度灞陵烟。浮生已悟庄周蝶,壮志仍输祖逖鞭。何事悠悠策羸马,此中辛苦过流年。

洞 庭 阻 风

空江浩荡景萧然,尽日孤蒲泊钓船。青草浪高三月渡,绿杨花扑一溪烟。情多莫举伤春目,愁极兼无买酒钱。犹有渔人数家住,不成村落夕阳边。

春日旅泊桂州

暖一作晓风芳草竟芊绵,多病多愁负少年。弱柳未胜寒食雨,好花争奈夕阳天。溪边物色堪一作宜图画,林畔莺声似管弦。独有离人开泪眼,强凭杯酒亦潸然。

晚次一作歇湘源县

烟郭遥闻向晚鸡,水平舟静浪声齐。高林带雨杨梅熟,曲岸笼云谢豹啼。二女庙荒汀一作宫树老,九疑山碧楚天低。湘南自古多离怨,莫动哀吟易惨凄。

惆 怅 吟

秋风丹叶动荒城,惨澹云遮日半明。昼梦却因惆怅得,晚愁多为别离生。江淹彩笔空留恨,壮叟玄谭未及情。千古怨魂销不得,一江寒浪若为平。

秋晚过洞庭

征帆初一作高挂酒初酣，暮景离情两不堪。千里晚霞云梦北，一洲霜橘洞庭南。溪风送雨过秋寺，洞石惊龙落夜潭。莫把羁魂吊湘魄，九疑愁绝锁烟岚。

题华严寺木塔

六街晴色动秋光，雨霁凭高只易伤。一曲晚烟浮渭水，半桥斜日照咸阳。休将世路悲尘事，莫指云山认故乡。回首汉宫楼阁暮，数声钟鼓自微茫。

经 旧 游

暂到高唐晓又还，丁香结梦水潺潺。不知云雨归何处，历历空留十二山。

碧 户

碧户扃鱼锁，兰窗掩镜台。落花疑怅望，归燕自裴回。咏絮知难敌，伤春不易裁。恨从芳草起，愁为晚风来。衣惹湘云薄，眉分楚岫开。香浓眠旧枕，梦好醉春杯。小障明金凤，幽屏点翠苔。宝筝横塞雁，怨笛落江梅。卓氏仍多酒，相如正富才。莫教琴上意，翻作鹤声哀。

芍 药

香清粉澹怨残春，蝶翅蜂须恋蕊尘。闲倚晚风生怅望，静留迟日学因循。休将薜荔为青琐，好与玫瑰作近邻。零落若教随暮雨，又应愁杀别离人。

春 晚 谣

雨微微,烟霏霏,小庭半拆红蔷薇。钿筝斜倚画屏曲,零落几行金雁飞。萧关梦断无寻处,万叠春波起南浦。凌乱杨花扑绣帘,晚窗时有流莺语。

所 思

空塘水碧春雨微,东风散漫杨柳飞。依依南浦梦犹在,脉脉高唐云不归。江头日暮多芳草,极目伤心烟悄悄。隔江红杏一枝明,似玉佳人俯清沼。休向春台更回望,销魂自古因惆怅。银河碧海共无情,两处悠悠起风浪。

春 夕 言 怀

风透疏帘月满庭,倚栏无事倍伤情。烟垂柳带纤腰软,露滴花房怨脸明。愁逐野云销不尽,情随春浪去难平。幽窗谩结相思梦,欲化西园蝶未成。

春 江 雨

雨溟溟,风泠泠,老松瘦竹临烟汀。空江冷落野云重,村一作云中鬼火一作孤月微如星。夜惊溪上渔人起,滴沥篷声满愁耳。子规叫断独未眠,罨岸春涛打船尾。

送容州中丞赴镇

交趾同星坐,龙泉佩斗文。烧香翠羽帐,看舞郁金裙。鹢首冲泷浪,犀渠拂岭云。莫教铜柱北,只说马将军。

赠韩道士

日暮秋风吹野花,上清归客意无涯。桃源寂寂烟霞闭,天路悠悠星汉斜。还似世人生白发,定知仙骨变黄芽。东城南陌频相见,应是壶中别有家。

全唐诗卷七四三

孙鲂

孙鲂,字伯鱼,南昌人。从郑谷为诗,颇得郑体。事吴为宗正郎,与沈彬、李建勋友善。集三卷,今存诗七首。

甘露寺

寒暄皆有景,孤绝画难形。地拱千寻崄,天垂四面青。昼灯笼雁塔,夜磬彻渔汀。最爱僧房好,波光满户庭。

题金山寺

万古波心寺,金山名目新。天多剩得月,地少不生尘。过槛妨僧定,惊涛溅佛身。谁言张处士,题后更无人。前四句一作山载江心寺,鱼龙是四邻。楼台悬倒影,钟磬隔嚣尘。末二句一作谁言题咏处,流响更无人。

杨柳枝词五首

灵和风暖太昌春,舞线摇丝向昔人。何似晓来江雨后,一行如画隔遥津。

彭泽初栽五树时,只应闲看一枝垂。不知天意风流处,要与佳人学画眉。

暖傍离亭静拂桥,入流穿槛绿阴摇。不知落日谁相送,魂断千条与万条。

春来绿树遍天涯,未见垂杨未可夸。晴日万株烟一阵,闲坊兼是莫愁家。

十首当年有旧词,唱青歌翠几无遗。未曾得向行人道,不谓离情莫折伊。

句

游子未归去,野花愁破心。 春日途中 《吟窗杂录》

划多灰渐冷,坐久席成痕。《江南野录》

结宇孤峰上,安禅巨浪间。

分开朝海浪,留住过江云。 以上并《金山寺》

划多灰杂苍虬迹,坐久烟消宝鸭香。 夜坐

沈 彬

沈彬,字子文,高安人。唐末应进士,不第。浪迹湖湘,尝与僧虚中、齐己为诗友。事吴为秘书郎,以吏部郎中致仕。年八十馀,李璟以旧恩召见,赐粟帛,官其子。诗十九首。

入 塞 二 首

欲为皇王服远戎,万人金甲鼓鼙中。阵云黯塞三边黑,兵血愁天一片红。半夜翻营旗搅月,深秋防戍剑磨风。谤书未及明君燕,卧骨将军已殁功。

苦战沙门卧箭痕一作年少辞乡事冠军,戍楼闲上望星文。生希国泽分偏将一作生希沙漠擒骄虏,死夺河源答圣君。鸢鹯败兵眠白一作血草,马惊边一作冤鬼哭阴一作愁云。功多地远无人纪,汉阁笙歌日又曛。

塞 下 三 首

塞叶声悲秋欲霜,寒山数点下牛羊。映霞旅雁随疏雨,向碛行人带
夕阳。边骑不来沙路失,国恩深后海城荒。胡儿向化新成长,犹自
千回问汉王。

贵主和亲杀气沉,燕山闲猎鼓鼙音。旗分雪草偷边马,箭入寒云落
塞禽。陇月尽牵乡思动,战衣谁寄泪痕深。金钗谩作封侯别,劈破
佳人万里心。

月冷榆关过雁行,将军寒笛老思乡。贰师骨恨千夫壮,李广魂飞一
剑长。戍角就沙催落日,阴云分碛护飞霜。谁知汉武轻中国,闲夺
天山草木荒。

秋 日

秋含砧杵捣斜阳,笛引西风颢气凉。薜荔惹烟笼蟋蟀,芰荷翻雨泼
鸳鸯。当年酒贱何妨醉,今日时难不易狂。肠断旧游从一别,潘安
惆怅满头霜。

金陵杂题二首

王气生秦四百年,晋元东渡浪花船。正惭海内皆涂地,来保江南一
片天。古树著行临远岸,暮山相亚出微烟。千征万战英雄尽,落日
牛羊食野田。

暮潮声落草光沉,贾客来帆宿岸阴。一笛月明何处酒,满城秋色几
家砧。时清曾恶桓温盛,山翠长牵谢傅心。今日到来何物在,碧烟
和雨锁寒林。

麻 姑 山

绀殿松萝太古山,仙人曾此话桑田。闲倾云液十分日,已过浮生一万年。花洞路中逢鹤信,水帘岩底见龙眠。我来游礼酬心愿,欲共怡神契自然。

题苏仙山

郴州城东有山,为苏耽修真之所,名苏仙山。

眼穿林罅见郴州,井里交连侧局楸。味道不来闲处坐,劳生更欲几时休。苏仙宅古烟霞老,义帝坟荒草木愁。千古是非无处问,夕阳西去水东流。

洪州解至长安初举纳省卷梦仙谣 缺二十八字

□□□□□□□,□□□□□□□。玉殿大开从客入,金桃烂熟没人偷。凤惊宝扇频翻翅,龙惧 一作误金鞭 不一作忽转头。□□□□□□□,□□□□□□□。

忆仙谣 第二举

白榆风飒九天秋,王母朝回宴玉楼。日月渐长双凤睡,桑田欲变六鳌愁。云翻箫管相随去,星触旌幢各自流。诗酒近来狂不得,骑龙却忆上清游。

纳省卷赠为首刘象 第三举

曾应大中天子举,四朝风月鬓萧疏。不随世祖重携剑,却为文皇再读书。十载战尘销旧业,满城春雨坏贫居。一枝何事于君借,仙桂年年幸有馀。文皇谓太宗,世祖谓昭宗,以光武中兴比之也。

赠 王 定 保

定保光化中及第,吴子华侍郎以子妻之。子华即世,定保南游湖湘,无北归意。吴女假缁服,自长安来谒,白于马殷,令引见于佛寺,吴隔帘诮之。

仙桂曾攀第一枝,薄游湘水阻佳期。皋桥已失齐眉愿,萧寺行逢落发师。废苑露寒兰寂寞,丹山云断凤参差。闻公已有平生约,谢绝女萝依兔丝。

结 客 少 年 场 行

重义轻生一剑知,白虹贯日报雠归。片心惆怅清平世,酒市无人问布衣。

阳 朔 碧 莲 峰

陶潜彭泽五株柳,潘岳河阳一县花。两处争如阳朔好一作县,碧莲峰里住人家。

再 过 金 陵

玉树歌终王气收,雁行高送石城秋。江山不管兴亡事,一任斜阳伴客愁。

都 门 送 别

岸柳萧疏野荻秋,都门行客莫回头。一条瀍水清如剑,不为离人割断愁。

吊 边 人

杀声沉后野风悲,汉月高时望不归。白骨已枯沙上草,家人犹自寄寒衣。

句

尺素隐清辉，一毫分险阻。 题画山水图

金翅动身摩日月，银河转浪洗乾坤。 献马殷颂德 《五代史补》

须知手笔安排定，不怕山河整顿难。 献李昇山水图诗

九衢冠盖暗争路，四海干戈多异心。 纪事

地隈一水巡城转，天约群山附郭来。 题法华寺 《零陵总记》

数家鱼网疏云外，一岸残阳细雨中。 湘江行

松欹晚影离坛草，钟撼秋声入殿风。 潘天锡同题古观 《郡阁雅谈》

压低吴楚遥涵水，约破云霞独倚天。 望庐山 《野客丛谈》

半身落日离秦树，一路平芜入楚烟。 以下《锦绣万花谷》

清占月中三峡水，丽偷云外十洲春。

幽鸟唤人穿竹去，野猿寻果出云来。

全唐诗卷七四四

伍 乔

伍乔,庐江人。南唐时举进士第一,仕至考功员外郎。诗一卷。

僻居谢何明府见访

公退琴堂动逸怀,闲披烟霭访微才。马嘶穷巷蛙声息,辙到衡门草色开。风引柳花当坐起,日将林影入庭来。满斋尘土一床藓,多谢从容水饭回。

冬日道中 一作冬日送人

去去天涯无定期,瘦童羸马共依依。暮烟江口客来绝,寒叶岭头一作前人住一作往稀。带雪野风吹旅思,入云山火照行衣。钓台吟阁沧洲在,应为初心未得归。

僻居酬友人

僻居虽一作惟爱近林泉,幽径闲居一作园碧一作任藓连。向竹掩扉随鹤息,就溪安石学僧禅。古琴带月音声亮一作正,山果经霜气味全,多谢故交怜朴野,隔云时复寄佳篇。

游西山龙泉禅寺 一作院

叠嶂层峰坐可观，枕门流水更潺湲一作出云端。晓钟声彻洞溪远，夏木影笼轩槛寒。幽径乍寻衣屡润，古堂频宿梦魂安。因嗟城郭营营事，不得长游一作游兹空鬓残。

宿瀂山

一入仙山万虑宽，夜深宁厌倚虚栏。鹤和云影宿高木，人带月光登古坛。芝术露浓溪坞白，薜萝风起殿廊寒。更陪羽客论真理，不觉初钟叩晓残。

游西禅

远岫当轩列翠光，高僧一衲万缘忘。碧松影里地长润，白藕花中水亦香。云自雨前生净石，鹤于钟后宿长一作尘廊。游人恋此吟终日，盛暑楼台早有凉。

寄史处士

长羡闲居一水湄，吟情高古有谁知。石楼待月横琴久，渔浦经风下钓迟。僻坞一作幽圃落花多掩径，旧山残烧几侵篱。松门别后无消息，早晚重应蹑屐随一作重为清话期。

僻居秋思寄友人 一作故友

门巷秋归更寂寥，雨馀闲砌委兰苗。梦回月夜虫吟壁，病起茅斋药满瓢。泽国旧游关远思，竹林前会负佳招。身名未立犹辛苦，何许流年晚鬓凋一作焦。

寄落星史虚白处士

白云峰下古溪头，曾与提壶烂熳游。登阁共看彭蠡水，围炉相忆杜陵秋。棋玄不厌通高品一作通宵算，句妙多容隔岁酬。别后相思时一望，暮山空碧水空流。

九江旅夜寄山中故人

弱柳风高远漏沉，坐来难便息愁吟。江城雪尽寒犹在，客舍灯孤夜正深。尘土积年粘旅服，关山无处寄归心。此时遥羡闲眠侣，静掩云扉卧一作向一林。

闻杜牧赴阙

旧隐匡庐一草堂，今闻携策谒吾皇。峡云难卷从龙势，古剑终腾出土光。开翅定期归碧落，濯缨宁肯问沧浪。他时得意交知仰，莫忘裁诗寄钓乡。

题西林寺水阁

竹翠苔花绕槛浓，此亭幽致讵曾逢。水分林下清泠派，山峙云间峭峻峰。怪石夜光寒射烛，老杉秋韵冷和钟。不知来往留题客，谁约重寻莲社踪。

林居喜崔三博远至

几日区区在远程，晚烟林径喜相迎。姿容虽有尘中色，巾屦犹多岳上清。野石静排为坐榻，溪茶深煮当飞觥。留连话与方经宿，又欲携书别我行。

观 华 夷 图

别手应难及此精，须知攒簇自心灵。始于毫末分诸国，渐见图中列
四溟。关路欲伸通楚势，蜀山俄耸入秦青。笔端尽现寰区事，堪把
长悬在户庭。

庐山书堂送祝秀才还乡

束书辞我下重巅，相送同临楚岸边。归思几随千里水，离情空寄一
枝蝉。园林到日酒初熟，庭户开时月正圆。莫使蹉跎恋疏野，男儿
酬志在当年。

暮冬送何秀才毗陵

匹马嘶风去思长，素琴孤剑称戎装。路涂多是过残岁，杯酒无辞到
醉乡。云傍水村凝冷片，雪连山驿积寒光。毗陵城下饶嘉景，回日
新诗应满堂。

龙潭张道者

碧洞幽岩独息心，时人何路得相寻。养生不说凭诸药，适意惟闻在
一琴。石径扫稀山藓合，竹轩开晚野云深。他年功就期飞去，应笑
吾徒多苦吟。

晚秋同何秀才溪上

闲步秋光思杳然，荷蒉因共过林烟。期收野药寻幽路，欲采溪菱上
小船。云吐晚阴藏雾岫，柳含馀霭咽残蝉。倒尊尽日忘归处，山磬
数声敲暝天。

送江少府授延陵后寄

五老云中勤学者,遇时能不困风尘。束书西上谒明主,捧檄南归慰老亲。别馆友朋留醉久,去程烟月入吟新。莫因官小慵之任,自古鸾栖有异人。

观山水障子

功绩精妍世少伦,图时应倍用心神。不知草木承何异,但见江山长带春。云势似离岩底石,浪花如动岸边蘋。更疑独泛渔舟者,便是其中旧隐人。

寄张学士洎

不知何处好消忧,公退携壶即上楼。职事久参侯伯幕,梦魂长绕帝王州。黄山向晚盈轩翠,黟水含春绕槛流。遥想玉堂多暇日,花时谁伴出城游。

句

积霭沉诸壑,微阳在半峰。　省试霁后望钟山

全唐诗卷七四五

陈 陶

陈陶,字嵩伯,岭南(一云鄱阳,一云剑浦。)人。大中时,游学长安。南唐升元中,隐洪州西山,后不知所终。诗十卷,今编为二卷。

塞 下 曲

边头能走马,猿臂李将军。射虎群胡伏,开弓绝塞闻。海山谙向背,攻守别风云。只为坑降罪,轻车未转勋。

望湖关下战,杂虏丧全师。鸟啄豺狼将,沙埋日月旗。牛羊奔赤狄,部落散燕耆。都护凌晨一作临城出,铭功瘗死尸。

胡 无 人 行

十万羽林儿,临洮破郅支。杀添胡地骨,降足汉营旗。塞阔牛羊散,兵休帐幕移。空流陇头水,呜咽向人悲。

悲 哉 行

中岳仇先生,遗余饵松方。服之一千日,肢体生异香。步履如风旋,天涯不赍粮。仍云一作闻为地仙,不得朝虚皇。狡兔有三穴,人生又何常。悲哉二廉士,饿死于首阳。

涂山怀古

落拓书剑晚，清秋鹰正笼。涂山间来上，敬爱如登龙。览古觉神
王，翛然天地空。东南更^{一作竟}何有，一醉先王风。惟昔放勋世，阴
晦彻^{一作胤}成洪。皇图化鱼鳖，天道漂无踪。帝乃命舟楫，掇芳儒
素中。高陈九州力，百道驱归东。旧物复光明，洪炉再挻熔。经门
不私子，足知^{一作示}天下公。亮曰那并生，唐虞禅华虫。兹山朝万
国，一赋寰海同。十载有区宇，秋毫皆^{一作亦}帝功。垂衣不骄德，子
桀如何聋。握发闻礼贤，茸茅见卑宫。凡夫色难事，神圣安能恭。
道隐^{一作德}三千年，遗芳播笙镛。当时执圭处，佳气仍童童。海屿
俨清庙，天人盛祗供。玄恩及花木，丹谶名崆峒。异代草泽臣，何
由树勋庸。尧阶未曾识，谁信平生忠。恨不当际会，预为执鞭僮。
劳歌下山去，怀德心无穷。

游 子 吟

栖乌喜林曙，惊蓬伤岁阑。关河三尺雪，何处是天山。朔风无重
衣，仆马饥且寒。惨戚别妻子，迟回出门难。男儿值休明，岂是长
泥蟠。何者为木偶，何人侍金銮。郁郁守贫贱，悠悠亦无端。进不
图功名，退不处岩峦。穷通在何日，光景如跳丸。富贵苦不早，令
人摧心肝。誓期春之阳，一振摩霄翰。

怀仙吟二首

丹陵五牙^{一作霞}客，昨日罗浮归。赤斧寻不得，烟霞空满衣。试于
华阳问，果遇三茅知。采药向十洲，同行牧羊儿。十洲隔八海，浩
渺不可期。空留双白鹤，巢在长松枝。
云溪古流水，春晚桃花香。忆与我师别，片帆归沧浪。沧浪在何

许,相思泪如雨。黄鹤不复来,云深离别处。石渠泉泠泠,三见菖蒲生。日夜劳梦魂,随波注东溟。空怀别时惠,长读消魔经。

海 昌 望 月

何处无今夕,岂期在海头。贾客不爱月,婵娟闲一作避,一作入。沧洲。浩然伤岁华,独望湖边楼。烟岛青历历,蓝田白悠悠。谁无破镜期,縻我信虚舟。谁无桂枝念,縻我方摧辀。始见弯环春,又逢团圆秋。莫厌绫扇夕,百年多银钩。金盘谁雕镂,玉窟难冥搜。重轮运时节,三五不自由。疑抛云上锅一作碢,欲搂天边球。嫦居应寒冷,捣药青冥愁。兔子树下蹲,虾蟆池中游。如何名金波,不共水东流。天花辟膻腥,野云无边陬。蚌蛤乘大运,含珠相对酬。夜鹊思南乡,露华清东瓯。百宝安可觎,老龙锁深湫。究究如情人,盗者即一作如仇雠。海涯上皎洁,九门更清幽。亭亭劝金尊,夜久喘吴牛。夷俗皆轻掷,北山思今一作遨游。雁声故乡来,客泪堕南洲。平生烟霞志,读书觅封侯。四海尚白身,岂无故乡羞。壈坎何足叹,壮如水中虬。猎猎谷底兰,摇摇波上鸥。中途丧资斧,两地生繁忧。一杯太阴君,鷾鸸岂无求。明日将片叶,三山东南浮。

蒲门戍观海作

廓落溟涨晓,蒲门郁苍苍。登楼礼东君,旭日生扶桑。毫厘见蓬瀛,含一作吞吐金银光。草木露未晞,蜃楼气若藏。欲游蟠桃国,虑涉魑魅乡。徐市惑秦朝,何人在岩廊。惜哉千童子,葬骨于眇茫。恭闻槎客言,东池接天潢。即此聘牛女,曰祈长寿方。灵津水清一作深浅,余亦慕修航。

番禺道中作

博罗程远近,海塞愁先入。瘴雨出虹蝀,蛮江渡山急。常闻岛夷俗,犀象满城邑。雁至草犹春,潮回檣半湿。丹丘凤凰隐,水庙蛟龙集。何处树能言,几乡珠是泣。千年赵佗国,霸气委原隰。醒醒笑终军,长缨祸先及。

赠江西周大夫 一作赠周太史

否极生大贤,九元降灵气。独立正始风,蔚然中兴瑞。渊伦照三古,磊落涵泾渭。真貌月悬秋,雄词雷出地。具瞻先皇宠,欲践东华贵。咫尺时不来,千秋鼎湖泪。因分三辅职,进领南平位。报政黄霸惭,提兵吕蒙醉。岁星临斗牛,水国嘉祥至。不独苍生苏,仍兼六驺喜一作师冶。恭闻庙堂略,欲断匈奴臂。划释自宸衷,平戎在连帅。时康簪笏冗,世梗忠良议。丘壑非无人,松香有私志。三朝倚天剑,十万浮云骑。可使河曲清,群公信儿戏。沧溟用谦德,百谷走童稚。御众付深人,参筹须伟器。他年蓬荜贱,愿附鹓鸾翅。

旅次铜山途中先寄温州韩使君

乱山沧海曲,中有横阳道。束马过铜梁,苔华坐堪老。鸠鸣高崖裂,熊斗深树倒。绝壑无坤维,重林失苍昊。跻攀寡俦侣,扶接念舆皂。俯仰栗嵌空,无因掇灵草。梯一作睇穷闻戍鼓,魂续赖丘祷。敞豁天地归,萦纡村落好。悠悠思蒋径,扰扰愧商皓。驰想永嘉侯,应伤此怀抱。

种　兰

种兰幽谷底,四远闻馨香。春风长养深,枝叶趁人长。智水润其
根,仁锄护其芳。蒿藜不生地,恶鸟弓已藏。椒桂夹四隅,茅茨居
中央。左邻桃花坞,右接莲子塘。一月薰手足,两月薰衣裳。三月
薰肌骨,四月薰心肠。幽人饥如何,采兰充馔粮。幽人渴如何,酝
兰为酒浆。地无青苗租,白日如散王—作羲皇。不尝仙人药,端坐
红霞房。日夕望美人,佩花正煌煌。美人久不来,佩花徒生光。刈
获及葳蕤,无令见雪霜。清芬信神鬼,一叶岂可忘。举头愧青天,
鼓腹咏时康。下有贤公卿,上有圣明王。无阶答风雨,愿献兰一
筐。

草　木　言

何生我苍苍,何育我黄黄。草木无知识,幸君同三光。始自受姓
名,葳蕤立衣—作表裳。山河既分丽,齐首乳青阳。甘辛各有荣,好
丑不相防。常忧刀斧劫,窃慕仁寿乡。愿天雨无暴,愿地风无狂。
雨足因衰惫,风多因夭伤。在山不为桂,徒辱君高冈。在水不为
莲,徒占君深塘。勿轻培塿阜,或有奇栋梁。勿轻蒙胧泽,或有奇
馨香。涓毫可粗差,朝菌寿为长。拥肿若无取,大椿命为伤。婆娑
不材生,苒苒向秋荒。幸遭薰风日,有得皆簸扬。所愧雨露恩,愿
效幽微芳。希君频采择,勿使枯雪霜。

题僧院紫竹

喜游蛟井寺,复见炎州竹。杳霭万丈间,啸风清独速。江南正霜
霰,吐秀弄颢颉。似瑞惊坚贞,如魔试金粟。笋非孝子泣,文异湘
灵哭。金碧谁与邻,萧森自成族。新闻赤帝种,子落毛人谷。远祖

赐鹓鹏，遗芳遍南陆。对烟苏麻丑，夹涧筼筜伏。美誉动丹青，瑰姿艳秦蜀。因缘鹿苑识，想像蛇丘劚。几叶别黄茅，何年依白足。龙树蛰一花，砌瑶扫云屋。色静曼仙花，名高给孤独。青葱太子树，洒落观音目。法雨每沾濡，玉毫时照烛。离居鸾节变，住冷金颜缩。岂念葛陂荣，幸无祖父辱。光摇水精串，影送莲花轴。江鹭日相寻，野鹦时寄宿。幽香入茶灶，静翠直棋局。肯羡垣上蒿，自多篱下菊。从来道生一，况伴龟藏六。栖托讵星回，檀栾已云矗。霞杯传缥叶，羽管吹紫玉。久绝_{一作无}钓竿歌，聊裁竹枝曲。愧生黄金地，千秋为师绿。

早 发 始 兴

云里山已曙，舟中火初爇。绿浦待行桡，玄猿催落月。沿流信多美，况复秋风发。挂席借前期，晨鸡莫嘲哳。

寄元孚道人

梵宇_{一作楚寺}章句客，佩兰三十年。长乘碧云马，时策_{一作借}翰林鞭。曩事五岳游，金衣曳祥烟。高攀桐君手，左倚鸳鹭肩。哭玉秋雨中，摘星春风前。横辀截洪偃，凭几见广宣。尔来寤华胥，石壁孤云眠。龙降始得_{一作听偈}，龟老方巢莲。内殿无文僧，驺虞谁能牵。因之问楚水，吊屈几潺湲。

和西江_{一作江南}李助副使
早登开元寺阁 _{第十五句缺一字}

虚豁登宝阁，三休极层构。独立天地间，烟云满襟袖。鳌荒初落日，剑野呈绮绣。秋槛祝融微，阴轩九江凑。拂檐皇姑舍，错落白榆秀。倚砌天竺祠，蛟龙蟠古甃。脩然观六合，一指齐宇宙。书剑忽若□,青云日方昼。南朝空苍莽,楚泽稀耕耨。万事溺颓波,一航安可浮。徒云寄麟泣,六五终难就。资斧念馀生,湖光隐圭窦。早闻群黄鹤,飘举此江岫。陵谷空霭然,人樵已雏鷇。燕宫务冠客,凭览发清奏。珠玉难嗣音,扰一作枞辕愧孤陋。

将归钟陵留赠南海李尚书

楚国有田舍,炎州长梦归。怀恩似秋燕,屡绕玉堂飞。越酒岂不甘,海鱼宁无肥。山裘醉歌舞,事与初心违。晔晔文昌公,英灵世间稀。长江浩无际,龙蠵皆归依。贱子感一言,草茅发光辉。从来鸡凫质,得假凤凰威。常欲讨玄珠,青云报巍巍。龙门竟多故,双泪别斿一作旌旐。

宿岛径夷山舍

百里遵岛径,蓬征信遭回。暝依渔樵宿,似过一作遇黄金台。缺啮心未理,寥寥夜猿哀。山深石床冷,海近腥气来。主人意不浅,屡献流霞杯。对月抚长剑,愁襟纷莫开。九衢平如水,胡为涉崔嵬。一饭未遑饱,鹏图信悠哉。山涛谑细君,吾岂厌蓬莱。明发又驱马,客思一裴回。

避 世 翁

海上一蓑笠,终年垂钓丝。沧洲有深意,冠盖何由知。直钩不营鱼,蜗室无妻儿。渴饮寒泉水,饥餐紫芝一作灵芝。鹤发披两肩,高怀如澄陂。尝闻仙老言,云是古鸥夷。石窦闳雷雨,金潭养蛟螭。乘槎上玉津,骑鹿游峨嵋。以人为语默,与世为雄雌。兹焉乃磻溪,豹变应须时。自古隐沦客,无非王者师。

冬 夜 吟

黑夜天寒愁散玉，东皇海上张仙烛。侯家歌舞按梨园，石氏宾寮醉
金谷。鲁家襜褕暗披水，雪花灯下甘垂翅。散帙高编折桂枝，披纱
密鬈青云地。霜白溪松转斜盖，铜龙唤曙咽声细。八埏蝼蚁厌寒
栖，早晚青旗引春帝。展转城乌啼紫天一作烟，曈曚千骑衙楼前。

西川座上听金五云唱歌

蜀王殿上华筵开，五云歌从天上来。满堂罗绮悄无语，喉音止一作
只驻云裴回。管弦金石还依转，不随歌出灵和殿。白云飘飖一作飘
席上闻，贯珠历历声中见。旧样钗篦浅淡衣，元和梳洗青黛眉。低
丛小鬟腻鬖髾，徒果切。小貌。剪发为髾。碧牙镂掌山参差。曲终暂起
更衣过，还向南行座头坐。低眉欲语谢贵侯，檀脸双双泪穿破。自
言本是宫中嫔，武皇改号承恩新。中丞御史不足比，中丞、御史，皆当
时宫中歌者。水殿一声愁杀人。武皇铸鼎登真箓，嫔御蒙恩免幽辱。
茂陵弓剑不得亲，嫁与卑官到西蜀。卑官到官年未周，堂衡禄罢东
西游。蜀江水急驻不得，复此萍蓬二十秋。今朝得侍王侯宴，不觉
途中妾身贱。愿持卮酒更唱歌，歌是伊州第三遍。唱著右丞征戍
词，更闻闺一作明月添相思。如今声韵尚如在，何况宫中年少时。
五云处处可怜许，明朝道向褒中去。须臾宴罢各东西，雨散云飞莫
知处。

飞 龙 引

有熊之君好神仙，餐霞炼石三千年。一旦黄龙下九天，骑龙枏枏升
紫烟。万姓攀髯髯堕地，啼呼弓剑飘寒水。紫鸾八九堕玉笙，金镜
空留照魑魅。羽幢褵褷银汉秋，六宫望断芙蓉愁。应龙下挥中园

笑,泓泓水绕青苔洲。瑞风飒遝一作还天光浅,瑶阙峨峨横露苑。
沆瀣楼头紫凤歌,三株树下青牛饭。鸿胧九阙相玉皇,钧天乐引金
华郎。散花童子鹤衣短,投壶姹女蛾眉长。彤庭侍宴瑶池席,老兔
春高桂宫白。蓬莱下国赐分圭,阿母金桃容小摘。仙流万缄虫篆
春,三十六洞交风云。千年小兆一蝉蜕,丹台职亚扶桑君。金乌试
浴青门水,下界蜉蝣几回死。

谪仙词

牧龙丈人病高一作歌秋,群童击节星汉愁。瑶台凤辇不胜恨,太古
一声龙白头。玉气兰光久摧折,上清鸡犬音书绝。螵旌失手远于
天,三岛空云对秋月。人间磊磊浮沤客,鸳鹭蜻蜓飞自隔。不应冠
盖逐黄埃,长梦真君旧恩泽。

步虚引 一作仙人词

小隐山人十洲客,莓苔为衣双耳白。青编为我忽降书一作隐身,暮
雨虹霓一作霞一千尺。赤城门闭一作开六丁直,晓日已烧一作红东海
色。朝天半夜闻玉鸡,星斗离离碍龙翼。一本后四句另作一首。

独 摇 手

汉宫新燕矜蛾眉,春台艳妆莲一枝。迎春侍宴瑶华池,游龙七盘娇
欲飞。冶袖莺鸾拂朝曦,摩烟袅雪金碧遗。愁鸿连翩蚕曳丝,飒遝
明珠掌中移。仙人龙凤云雨吹,朝哀暮愁引哑一作喔咿。鸳鸯翡翠
承宴私,南山一笑君无辞。仙蛾泣月清露垂,六宫烧烛愁风欹。

空 城 雀

古城濛濛花覆水,昔日住人今住鬼。野雀荒台遗子孙,千年饮啄枯

桑根。不随海燕柏梁去,应无玉环衔报恩。近村红栗一作粟香压
枝,嗷嗷黄口诉朝饥。生来未见凤凰语,欲飞常怕蜘蛛丝。断肠四
隅天四绝,清泉绿蒿无恐疑。

鸡 鸣 曲

鸡声春晓上林中,一声惊落虾蟆宫。二声唤破枕边梦,三声行人烟
海红。平旦愲将百雏语,蓬松锦绣当阳处。愧君饮食长相呼,为君
昼鸣下高树。

小 笛 弄 一作小弄笛

一尺玲珑握中翠,仙娥月浦呼龙子。五夜流珠一作球粲一作渠梦卿一
作乡,九青鸾倚洪崖醉。丹穴饥儿笑风雨,娲皇碧玉星星语。蛇蝎
愁闻骨髓寒,江山恨老眠秋雾。绮席鸳鸯冷朱翠,星流露泫谁驱
使。江南一曲罢伶伦,芙蓉水殿春风起。

将 进 酒

金尊莫倚青春健,龌龊浮生如走电。琴瑟盘倾从世珠,黄泥局泻流
年箭。麻姑爪秃瞳子昏,东皇肉角生鱼鳞。灵鳌柱骨半枯朽,骊龙
德悔愁耕人。周孔蓍龟久沦没,黄蒿谁认贤愚骨。兔苑词才去不
还,兰亭水石空明月。姮一作巫娥弄箫香雨一作天女收,江滨进瑟鱼
龙愁。灵芝九折楚莲醉,飘风一叹梁庭秋一作尘愁。醽亚一作凸蛮觥
奉君寿,玉山三献春红透。银鸭金鹅言待谁,隋家岳渎皇家有。珊
瑚座上凌香云,凤臁龙炙猩猩唇。芝兰此日不倾倒,南山白石皆贤
人。文康调笑麒麟起,一曲飞龙寿天地。

钱塘对酒曲

风天雁悲西陵愁,使君红旗弄涛头。东海神鱼骑未得,江天大笑闲
悠悠。嵯峨吴山莫夸碧,河阳经年一宵白。南州彩凤为君生,古狱
愁蛇待恩泽。三清羽童来何迟,十二玉楼胡蝶飞。炎荒翡翠九门
去,辽东白鹤无归期—作家归。鸱夷公子休悲悄,六鳌如镜天始老—
作晓。尊前事去月团圆,琥珀无情忆苏小。

巫 山 高

玉峰青云—作翠耸十二枝,金母和云赐瑶姬。花宫磊砢楚宫外—作
列,列仙—作仙客八面星斗垂。秀色无双怨三峡,春风几梦襄王猎。
青鸾不在懒吹箫,斑竹题诗寄江妾。飘飖丝散巴子天,苔裳玉笄红
霞幡—作鲜。归时白帝掩青琐,琼枝草草遗—作迷湘烟。

赠 别 离

碧玉飞天星坠地,玉剑分风交合水。杨柳听歌莫向隅,鸡鸣一石留
髡醉。蹄轮送客沟水东,月娥挥手奄嵸峰。蛮天列嶂俨相待,风官
扫道迎游龙。天姥剪霞铺晓空,漾漾大帝开明宫。文鲸掉尾四海
通,分明瀑布收灵桐。山妖水魅骑旋风,魇梦啮魂黄瘴中。借君朗
鉴入崆峒,灵光草照闲花红。

关 山 月

昔年嫖姚护羌月,今照嫖姚双鬓雪。青冢曾无尺寸归,锦书—作襄
多—作曾寄穷荒骨。百战金疮体沙碛,乡心一片悬秋碧。汉城—作
帝应期—作啼破镜时,胡尘万里婵娟隔。度碛冲云朔风起,边箫欲
晚生珲珥。陇上横吹霜色刀—作色如刀,何年断得匈奴臂。

殿前生桂树

仙娥玉宫秋夜明,桂枝拂槛参差琼。香风下天漏丁丁,牛渚翠梁横
浅清,羽帐不眠恨吹笙。栖乌一作鸟暗惊仙子落,步月鬓云堕金雀。
蕙楼凉簟翠波空,银缕香寒凤凰薄。东海即为郎斟酌,绮疏长悬七
星杓。

古　镜　篇

紫皇玉镜蟾蜍字,堕地千年光不死。发匣身沉古井寒,悬台日照愁
成水。海户山窗几梳绾,菱花开落何人见。野老曾耕太白星,神狐
夜哭秋天片。下国青铜旋磨灭,回鸾万影成枯骨。会待搏风雨沉
寥,长恐莓苔蚀明月。

自　归　山

海岳南归远,天门北望深。暂为青琐客,难换一作不替白云心。富
贵老闲事,猿猱思旧林。清平无乐志一作道,尊酒有一作自瑶琴。

渡一作济浙江

适越一轻艘,凌兢截鹭涛。曙光金海近,晴雪玉峰高。静寇思投
笔,伤时欲钓鳌。壮心殊未展,登涉漫劳劳。

清源途中旅思

古木闽州道,驱羸落照间。投村一作林碍野水,问店隔荒山。身事
几时了,蓬飘何日闲。看花滞南国,乡月十湾环。

南海送韦七使君赴象州任

一鹗韦公子，新恩颁郡符。岛夷通荔浦，龙节过苍梧。地理金城近，天涯玉树孤。圣朝朱绂贵，从此展雄图。

送沈次鲁南游 一作卢塅石送沈次鲁

高一作南台赠君别，满握轩辕风。落日一挥手，金鹅云一作烟雨空。鳌洲石梁外，剑浦罗浮东。兹兴不可接，修修烟际鸿。

南海石门戍怀古

汉家征百越，落地丧貔貅。大野朱旗没，长江赤血流。鬼神寻覆族，宫庙变荒丘。唯有朝台月，千年照戍楼。

赋得池塘生春草

谢公遗咏处，池水夹通津。古往人何在，年来草自春。色宜波际绿，香异雨中新。今日青青意，空悲行路人。

题居上人法华新院

浮名深般若，方寺设莲华。钟呗成僧国，湖山称法家。一尘多宝塔，千佛大牛车。能诱泥犁客，超然识聚沙。

送 秦 炼 师

紫府静沉沉，松轩思别吟一作到琴。水流宁有意，云泛本无心。锦洞桃花远，青山竹叶深。不因时卖药，何路更相寻。

哭宝月三藏大禅师

五峰习圣罢,乾竺化身归。帝子传真印,门人哭宝衣。一囊穷海
没,三藏故园稀。无复天花落,悲风满铁围。

滷城赠别

楚岸青枫树,长随送远心。九江春水阔,三峡暮云深。气调桓伊
笛,才华蔡琰琴。迢迢嫁湘汉,谁不重黄金。

赠别

海国一尺绮,冰壶万缕丝。以君西攀桂,赠此金莲枝。高鸟思茂
林,穷鱼乐洿池。平生握中宝,无使岁寒移。

全唐诗卷七四六

陈　陶

赠温州韩使君

康乐风流五百年,永嘉铃阁又登贤。严城鼓动鱼惊海,华屋尊开月下天。内使笔锋光案牍,鄢陵诗句满山川。今来谁似韩家贵,越绝麾幢雁影连。

闲居寄太学卢景博士

无路青冥夺锦袍,耻随黄雀住蓬蒿。碧云梦后山风起,珠树诗成海月高。久滞鼎书求羽翼,未忘龙阙致波涛。闲来长得留侯癖,罗列楂梨校六韬。一作磻溪老叟无人用,闲列查梨校六韬。

赠漳州张怡一作贻使君

旧德徐方天下闻,当年熊轼继清芬。井田异政光蛮竹,符节深恩隔瘴云。已见嘉祥生北户,尝嫌夷貃蠹南薰。几时征拜征西越,学著缦胡从使君。

赠容南韦中丞

普宁都护军威重,九驿梯航压要津。十二铜鱼尊画戟,三千犀甲拥

朱轮。风云已静西山寇,闾井全移上国春。不独来苏发歌咏,天涯
半是泣珠人。

投赠福建路罗中丞

越艳新谣不厌听,楼船高卧静南溟。未闻建水窥龙剑,应喜家山接
女星。三捷楷模光典策,一生封爵笑丹青。皇恩几日西归去,玉树
扶疏正满庭。

赠江南李偕副使

世禄三朝压凤池,杜陵公子汉庭知。雷封始贺堂溪剑,花府寻邀玉
树枝。几日坐谈诛叛逆,列城归美见歌诗。从军莫厌千场醉,即是
金銮宠命时。

贺容府韦中丞大府贤兄新除黔南经略

蓬瀛簪笏旧联行,紫极差池降宠章。列国山河分雁字—作序,一门
金玉尽龙骧。耿家符节朝中美,袁氏芝兰阃外香。烽戍悠悠限巴
越,伫听歌咏两甘棠。

和容南韦中丞题瑞亭
白燕白鼠六眸龟嘉莲

伏波恩信动南夷,交趾喧传四瑞诗。燕鼠孕灵褒上德,龟莲增耀答
无私。回翔雪侣窥檐处,照映红巢出水时。尽写流传—作风流在轩
槛,嘉祥从此百年—作城知。

题豫章西山香城寺

十一作大地严宫礼竺皇,栴檀楼阁半天香。祇园树老梵声小,雪岭

花香一作开灯影长。霄汉落泉供月界,蓬壶灵鸟侍云房。何年七七金一作空人降,金锡珠坛满上方。

送江西周尚书赴滑台

楚谣襦袴整三千,喉舌新恩下九天。天一本此字缺角雄都分节钺,蛟龙旧国罢楼船。昆河已在兵钤内,棠树空留鹤岭前。多病无因酬一顾,鄢陵千骑去翩翩。

闽中送任畹端公还京

燕台下榻玉为人,月桂曾输次第春。几日酬恩坐炎瘴,九秋高驾拂星辰。汉庭凤进鹓行喜,隋国珠还水府贫。多少嘉谟奏风俗,斗牛孤剑在平津。

豫章江楼望西山有怀

水护星坛列太虚,烟霓十八一作烟霞明灭上仙一作真居。时人未识辽东鹤,吾祖曾传宝鼎书。终日章江催白鬓,何年丹灶见红蕖。桃花谷口春深浅,欲访先生赤鲤鱼。

经徐稚墓

郏鄏妖兴炎汉衰,先生南国卧明夷。凤凰屡降玄缥礼,琼石终藏烈火诗。禁掖衣冠加宋鹊,湖山耕钓没尧时一作师。千年垄树何人哭,寂寞苍苔内史碑。

钟陵道中作

原隰经霜蕙草黄,塞鸿消息怨流芳。秋山落照见麇鹿,南国异花开雪霜。烟火近通槃瓠俗,水云深入武陵乡。曾逢喆缺话东海,长忆萧家青玉床。

旅 泊 涂 江

烟雨南江一叶微,松潭渔父夜相依。断沙雁起金精出,孤岭猿愁木客归。楚国柑橙劳梦想,丹陵霞鹤间音徽。无因得似沧溟叟,始忆离巢已倦飞。

上 建 溪

嵝峒一派泻苍烟,长揖丹丘逐水仙。云树杳冥通上界,峰峦回合下闽川。侵星愁过蛟龙国,采碧时逢婺女船。已判猿催鬓先白,几重滩濑在秋天。

冬日暮一作冬夜旅泊庐陵

螺亭倚棹哭飘蓬,白浪欺船自向东。楚国蕙兰增怅望,番禺筐篚旅一作屡虚空。江城雪落千家梦,汀渚冰生一夕风。弃置侯鲭任羁束,不劳龟瓦问穷通。

登宝历寺阁

金碧高层世界空,凭蜺一作阑长啸八蛮风。横轩水壮蛟龙府,倚栋星开牛斗宫。三楚故墟残景北,六朝荒苑断山东。不堪怀古劳悲笑,安得鹏抟颢气中。

寄兵部任畹郎中

常思剑浦越一作别清尘,豆蔻花红十二春。昆玉已成廊庙器,涧松犹是薜萝身。虽同橘柚依南土,终愧一作仰魁罡近北辰。好向昌一作明时荐遗逸,莫教千古吊灵均。

赠江南从事张侍郎 一作御

平南门馆凤凰毛，二十华轩立最高。几处谈天致云雨，早时文海得鲸鳌。姻联紫府萧窗贵，职称青钱绣服豪。江徼无虞才不展，衔杯终日咏离骚。

剑　池

秦帝南巡厌火精，苍黄埋剑故丰城。霸图缭戾金龙蛰，坤道扶摇紫气生。星斗卧来闲窟穴，雌雄飞去变澄泓。永怀惆怅中宵作，不见春雷发匣声。

洛城见贺自真飞升 一作登仙

子晋鸾飞古洛川，金桃再熟贺郎仙。三清乐奏嵩丘下，五色云屯御苑前。朱顶舞低一作翻迎绛节，青鬒歌对驻香軿。谁能白昼相悲泣，太极光阴亿万年。

谪仙吟赠赵道士

汗漫东游黄鹤雏，缙云仙子住清都。三元麟凤推高座，六甲风雷阅小壶。日月暗资灵寿药，山河拟作一作常直，又作直拟。化生符。若为失意居蓬岛，鳌足尘飞桑树枯。

夜别温商梓州

凤凰城里花时别，玄武江边月下逢。客舍莫辞先买酒，相门曾忝旧登龙。迎风骚屑千家竹，隔水悠扬午夜钟。明日又行西蜀去，不堪天际远山重。

题赠高闲上人

檐卜花间客，轩辕席上珍。笔江秋菡萏，僧国瑞麒麟。内殿初招
隐，曹溪得后尘。龙蛇惊粉署，花雨对金轮。白马方依汉，朱星又
入秦。剧谈凌凿齿，清论倒波旬。拂石先天古，降龙旧国春。珠还
合浦老，龙去玉州贫。鸳鹭输黄绢，场坛绕白蘋。鼎湖闲入梦，金
阁静通神。海气成方丈，山泉落净巾。狝猴深爱月，鸥鸟不猜人。
拂岳萧萧竹，垂空澹澹津。汉珠难觅对，荆璞本来真。伊傅多联
壁，刘雷竞买邻。江边有国宝，时为副星辰。

哭王赞府

白水流今古，青山送死生。驱驰三楚掾，倏忽一空名。金玉埋皋
壤，芝兰哭弟兄。龙头孤后进，鹏翅失前程。愁变风云色，悲连鼓
角声。落星辞圣代，寒梦闭佳城。伊昔来江邑，从容副国英。德逾
栖棘美，公亚饮冰清。大厦亡孤直，群儒忆老成。白驹悲里巷，梁
木恸簪缨。陇遂添新草，珠还满旧籝。苍苍难可问，原上晚烟横。

圣帝击壤歌四十声

百六承尧绪，艰难土—作上运昌。太虚横彗孛，中野斗豺狼。帝曰
更吾嗣，时哉忆圣唐。英星—作皇垂将校，神岳诞忠良。炼石医元
气，屠鳌正昊苍。扫原铺一德，驱祲立三光。大道重苏息，真风再
发扬。芟夷逾旧迹，神圣掩前王。郊酒酣寥廓，鸿恩受渺茫。地图
龟负出，天诰凤衔将。杂贡来山峤，群夷入雁行。紫泥搜海岱，鸿
笔富岩廊。鹰象敷宸极，寰瀛作瑞坊。泥丸封八表，金镜照中央。
构殿基—作辉麟趾，开藩表凤翔。銮舆亲稼穑，朱幌务蚕桑。戎羯
输天马，灵仙侍玉房。宫仪水冕—作精甲，门卫绿沉枪。陶铸超三

古，车书混万方。时巡望虞舜，蒐狩法殷汤。化合讴谣满，年丰鬼蜮藏。政源归牧马，公法付神羊。宝鼎无灵应，金瓯肯破伤。封山昭茂绩，祠一作神执答嘉祥。在昔宫闱僭，仍罹羿浞映。牝鸡何谠访，猘犬漫劭勤。苗祷三灵怒，桓偷九族亡。鲸鲵寻挂网，魑魅旋投荒。松柏霜逾一作还翠，芝兰露更香。圣谟流祚远，仙系发源长。岛屿征徭薄，漪澜泛稻凉一作粳稻香。凫鱼餍餐唼，荷薜足衣裳。窞寐华胥国，嬉游太素乡。鹰鹯飞接翼，忠孝住连墙。有叟能调鼎，无媒隐钓璜。乾坤资识量，江海入文章。野鹤思蓬阙，山麇忆庙堂。泥沙空淬砺，星斗屡低昂。历草何因见，衢尊岂暂忘。终随嘉橘赋，霄汉谒羲皇。

续古二十九首

大尧登宝位，麟凤焕宸居。海曲沾恩泽，还生比目鱼。

生值揖逊历，长歌东南春。钓鳌年三十，未见天子巡。

轩辕承化日，群凤戏池台。大朴衰丧后，仲尼生不来。

大道归孟门，萧兰日争长。想得巢居时，碧江应无浪。

矻矻蓬舍下，慕君麒麟阁。笑杀王子乔，寥天乘白鹤。

杳杳巫峡云，悠悠汉江水。愁杀几少年，春风相忆地。

吴洲采芳客，桂棹木兰船。日晚欲有寄，裴回春风前。

仙家风景晏，浮世年华速。邂逅汉武时，蟠桃海东熟。

南国珊瑚树，好裁天马鞭。鱼龙不解语，海曲空婵娟。

周穆恣游幸，横天驱八龙。宁知泰山下，日日望登封。

秦国饶罗网，中原绝麟凤。万乘巡海回，鲍鱼空相送。

秦家无庙略，遮虏续长城。万姓陇头死，中原荆棘生。

秦作东海桥，中州一作原鬼辛苦。纵得跨蓬莱，群仙亦飞去。

隋炀弃中国，龙舟巡海涯。春风广陵苑，不见秦宫花。

范子相句践,灭吴成大勋。虽然五湖去,终愧磻溪云。
麟风识翔蛰,圣贤明卷舒。哀哉嵇叔夜,智不及鹪鹠。
战地三尺骨,将军一身贵。自古若吊冤,落花少于泪。
楚国千里旱,土龙日已多。九谷竟枯死,好云闲嵯峨。
汉家三殿色,恩泽若飘风。今日黄金屋,明朝长信宫。
南园杏花发,北渚梅花落。吴女妒西施,容华日消铄。
山鸡理毛羽,自言胜乌鸢。一朝逢鹥鷔,羞死南海边。
秦家卷衣贵,本是倡家子。金殿一承恩,貂蝉满乡里。
魏宫薛家女,秀色倾三殿。武帝鼎湖归,一身似秋扇。
婵娟越机里,织得双栖凤。慰此殊世花,金梭忽停弄。
学古三十载,犹依白云居。每览班超传,令人慵读书。
雄剑久濩落,夜吟秋风起。不是懒为龙,此非延平水。
朝为杨柳色,暮作芙蓉好。春风若有情,江山相逐老。
景龙临太极,五凤当庭舞。谁信壁间梭,升天作云雨。
曾梦诸侯笑,康囚议脱枷。千根池底藕,一朵火中花。

永 嘉 赠 别

芳草温阳客,归心浙水西。临风青桂楫,几日白蘋溪。

有所思 一作长相思

欲唱玄云曲,知音复谁是。采掇情未来,临池画春水。

吴 苑 思

今人地藏古人骨,古人花为今人发。江南何处葬西施,谢豹空闻采
香月。

古　意

麻姑井边一株杏,花开不如古时红。西邻蔡家十岁女,年年二月卖
一作嗔东风。

朝元引四首

帝烛荧煌下九天,蓬莱宫晓玉炉烟。无央一作穷鸾凤随金母,来贺
熏风一万年。

正一作玉殿云开露冕旒,下方珠翠压鳌头。天鸡唱罢南山晓一作曙,
春色光辉一先归十二楼。

万宇灵祥拥帝居,东华元老荐屠苏。龙池遥望非烟拜,五色曈昽在
玉壶。

宝祚河宫一向清,龟鱼天篆益分明。近臣谁献登封草,五岳齐呼万
岁声。

宿 天 竺 寺

一宵何期此灵境,五粒松香金地冷。西僧示我高隐心,月在中峰葛
洪井。

赋得古莲塘

阖闾宫娃能采莲,明珠作佩龙为船。三千巧笑不复见,江头废苑花
年年。

双 桂 咏

青冥结根易倾倒,沃洲山中双树好。琉璃宫殿无斧声,石上萧萧伴
僧老。

夏日怀天台 一作夏日有怀

竹斋睡馀柘浆清,麟凤诱我劳此生。勿忆天台掩书坐,涧云起尽红峥嵘。

临 风 叹

芙蓉楼中饮君酒,骊驹结言春杨柳。豫章花落不见归,一望东风堪白首。

春 日 行

鹍鸪初鸣洲渚满,龙蛇洗鳞春水暖。病多欲问山寺僧,湖上人传石桥断。

春 归 去

九十春光在何处,古人今人留不住。年年白眼向黔娄,唯放蛴螬飞上树。

蜀 葵 咏

绿衣宛一作去地红倡倡,熏风似舞诸女郎。南邻荡子妇无赖,锦机春夜成文章。

南 昌 道 中

古道夤缘蔓黄葛,桓伊冢西春水阔。村翁莫倚横浦罾,一半鱼虾属鹈獭。

子 规 思

春山杜鹃来几日,夜啼—作啼过南家复北家。野人听此坐惆怅,恐畏踏落东园花。

吴兴秋思二首

不是苕溪厌看月,天涯有程云树凉。何意汀洲剩风雨,白蘋今日似潇湘。

日夕鲲鱼梦南国,苕阳水高迷渡头。故山秋风忆归去—作秋风忆归故山去,白云又被王孙留。

闽 川 梦 归

千里潺湲建溪路,梦魂一夕西归去。龙舑欲上巴兽滩,越王金鸡报天曙。

竹 十 一 首

不厌东溪绿—作碧玉君,天坛双凤有时闻。一峰晓似朝仙处,青节森森倚绛云。

万枝朝露学潇湘,杳霭孤亭白石凉。谁道乖龙不得—作行雨,春雷入地马鞭狂。

啸入新篁一里行,万竿如瓮锁龙泓。惊巢翡翠无寻处,闲倚云根刻姓名。

青岚帚亚思吾祖,绿润偏多忆蔡邕。长听南园风雨夜,恐生鳞甲尽为龙。

进玉闲抽上钓矶,翠苗番次脱霞衣。山童泥乞青骢马,骑过春—作青泉擎手飞。

须—作独题内史琅玕坞，几醉山阳瑟瑟村。剩养万茎将扫俗，莫教
凡鸟闹云门。

一溪云母间灵花，似到封侯逸士家。谁识雌雄九成律，子乔丹井在
深涯。

燕燕雏时紫米香，野溪羞色过东墙。诸儿莫拗成蹊笋，从结高笼养
凤凰。

一节呼龙万里秋，数茎垂海六鳌愁。更须瀑布峰前种，云里阑干过
子猷。

丘壑谁堪话—作语碧鲜，静寻春谱认婵娟。会当小杀青瑶简，图写
龟鱼把上天。

玄圃千春闭玉丛，湛阳一祖碧云空。不须骚屑愁江岛，今日南枝在
国风。

钟　陵　秋　夜

洪崖岭上秋月明，野客枕底章江清。蓬壶宫阙不可梦，一一入楼归
雁声。

江上逢故人

十年蓬转金陵道，长哭—作笑青云身不早。故乡逢尽白头人—作故里
相逢尽白头，清江颜色何曾老。

水调词十首

黠房迢迢未肯和，五陵年少重横戈。谁家不结空闺恨，玉箸阑干妾
最多。

羽管慵调怨别离，西园新月伴愁眉。容华不分随年去，独有妆楼明
镜知。

忆饯良人玉塞行,梨花三见换啼莺。边场岂得胜闺阁,莫逞雕弓过一生。

惆怅江南早雁飞,年年辛苦寄寒衣。征人岂不思乡国,只是皇恩一作家未放归。

水阁莲开燕引雏,朝朝攀折望金吾。闻道碛西春不到,花时还忆故园无。

自从清野戍辽东,舞袖香销罗幌空。几度长安发梅柳,节旄零落不成功。

长夜孤眠倦锦衾,秦楼霜月苦边心。征衣一倍装绵厚,犹虑交河雪冻深。

瀚海长征古别离,华山归马是何时。仍闻万乘尊犹屈,装束千娇嫁郅支。

沙塞依稀落日边,寒宵魂梦怯山川。离居渐觉笙歌懒,君逐嫖姚已十年。

万里轮台音信稀,传闻移帐护金微。会须麟阁留踪迹,不斩天骄莫议归。

送谢山人归江夏

黄鹤春风二一作三千里,山人佳期碧江水。携琴一醉杨柳堤,日暮龙沙白云起。

闲居杂兴五首

虞韶九奏音犹在,只是巴童自弃遗。闲卧清秋忆师旷,好风摇动古松枝。

一顾成周力有馀,白云闲钓五溪鱼。中原莫道无麟凤,自是皇家结网疏。

长爱一作寿真人王子乔，五松山月伴吹箫。从他浮世悲生死，独驾苍鳞一作龙入九霄。

越里娃童锦作襦，艳歌声压鄿中姝。无人说向张京兆，一曲江南十斛珠。

云堆西望贼连营，分阃何当举义兵。莫道羔裘无壮节，古来成事尽书生。

泉州刺桐花咏兼呈赵使君

仿佛三株植世间，风光满地赤城闲。无因秉烛看奇树，长伴刘公醉玉山。

海曲春深满郡霞，越人多种刺桐花。可怜虎竹西楼色，锦帐三千阿母家。

石氏金园无此艳，南都旧赋乏灵材。只因赤帝宫中树，丹凤新衔出世来。

猗猗小艳夹通衢，晴日熏风笑越姝。只是红芳移不得，刺桐屏障满中都。

不胜攀折怅年华，红树南看见海涯。故国春风归去尽，何人堪寄一枝花。

赤帝常一作尝闻海上游，三千幢盖拥炎州。今来树似离宫色，红翠斜攲一作攲斜十二楼。

投赠福建桂常侍二首

后来台席更何人，都护朝天拜近臣。长笑当时汉卿士，等闲恩泽画麒麟。

匦地歌钟镇海隅，城池鞅掌旧名都。不知珠履三千外，更许侯嬴寄食无。

陇西行四首

汉主东封报太平，无人金阙议边兵。纵饶夺得林胡塞，碛地桑麻种不生。

誓扫匈奴不顾身，五千貂锦丧胡尘。可怜无定河边骨，犹是春闺梦里人。

陇戍三看塞草青，楼烦新替护羌兵。同来死者伤离别，一夜孤魂哭旧营。

黠虏生擒未有涯，黑山营阵识龙蛇。自从贵主和亲后，一半胡风似汉家。

答 莲 花 妓

近来诗思清于水一作月，老去一作大风一作心情薄似云。已向升天得门户，锦衾深愧卓文君。

镜道中吹箫

金栏一本作槛白的善一作苦篸篸，双凤夜伴江南栖。十洲人听玉楼晓，空向千山桃杏枝。

赠 野 老

何年种芝白云里，人传先生老莱子。消磨世上名利心，澹若岩间一流水。

酬元亨一作孚上人

一衲净居云梦合，秋来诗思祝融高。何因知我津涯阔，远寄东溟六巨鳌。

题徐稚湖亭

伏龙山横洲渚地，人如白蘋自生死。洪崖成道二千年，唯有徐君播青史。

鄱阳秋夕

忆昔鄱阳旅游日，曾听南家争捣衣。今夜重开旧砧杵，当时还见雁南飞。

飞龙引

长洲茂苑朝夕池，映日含风结细漪。坐当伏槛红莲披，雕轩洞户青蘋吹。轻幌芳烟郁金馥，绮檐花簟桃李枝。苕苕翡翠但相逐，桂树鸳鸯恒并宿。

句

蝉声将月短，草色与秋长。

比屋歌黄竹，何人撼白榆。　以上见张为《主客图》

好看如镜夜，莫笑似弓时。　新月　见《吟窗杂录》

江湖水清浅，不足掉鲸尾。

饮水狼子瘦，思日鹧鸪寒。

一鼎雄雌金液火，十年寒暑鹿麋裘。

寄语东流任斑鬓，向隅终守铁梭飞。　以上见《北梦琐言》

乾坤见了文章懒，龙虎成来印绶疏。

近来世上无徐庶，谁向桑麻识卧龙。　见《钓矶立谈》

全唐诗卷七四七

李　中

李中,字有中,陇西人。仕南唐为淦阳宰。《碧云集》三卷,今编诗四卷。

春　日　作

和气来无象,物情还暗新。乾坤一夕雨,草木万方春。染—作澡水烟光媚,催花鸟语频。高台旷望处,歌咏属诗人。

寒江暮泊寄左偓

维舟芦荻岸,离恨若为宽。烟火人家远,汀洲暮雨寒。天涯孤梦去,篷底一灯残。不是凭骚雅,相思写亦难。

喜春雨有寄

青春终日雨,公子莫思晴。任阻西园会,且观南亩耕。最怜滋垄麦,不恨湿林莺。父老应相贺,丰年兆已成。

魏　夫　人　坛

仙坛遗迹在,苔合落花明。绛节何年返,白云终日生。旋新芳草色,依旧偃松声。欲问希夷事,音尘隔上清。

访洞神宫邵道者不遇

闲来仙观问希夷,云满一作隔星坛水满池。羽客不知何处去,洞前
花落立多时。

寄赠致仕沈彬郎中

鹤氅换朝服,逍遥云水乡。有时乘一叶,载酒入三湘。尘梦年来
息,诗魔老亦一作更狂。莼羹与鲈脍,秋兴最宜一作应长。

赠　别

行杯酌罢歌声歇,不觉前汀月又生。自是离人魂易断,落花芳草本
无情。

送刘恭游庐山兼寄令上人

松桂烟霞蔽梵宫,诗流闲去访支公。石堂磬断相逢夜,五老月生溪
影空。

宿庐山白云峰重道者院

绝顶松堂喜暂游,一宵玄论接浮丘。云开碧落星河近,月出沧溟世
界秋。尘里年光何急急,梦中强弱自悠悠。他时书剑酬恩了,愿逐
鸾车看十洲。

海上从事秋日书怀

悠悠旅宦役尘埃,旧业那堪信未回。千里梦随残月断,一声蝉送早
秋来。壶倾浊酒终难醉,匣锁青萍久不开。唯有搜吟遣怀抱,凉风
时复上高台。

访蔡文庆处士留题

幽人栖息处，一到涤尘心。藓色花阴阔，棋声竹径深。篱根眠野鹿，池面戏江禽。多谢相留宿，开樽拂素琴。

寄庐岳鉴上人

岳寺栖瓶锡，常人亲亦难。病披青衲重，晚剃白髭寒。烘壁茶烟暗，填沟木叶干。昔年皆礼谒，频到碧云端。

书 小 斋 壁

其谁肯见寻，冷淡少知音。尘土侵闲榻，烟波隔故林。竹风醒晚醉，窗月伴秋吟。道在唯求己，明时岂陆沉。

怀 王 道 者

闲思王道者，逸格世难群。何处眠青嶂，从来爱白云。酒沽应独醉，药熟许谁分。正作趋名计，如何得见君。

桃 花

只应红杏是知音，灼灼偏宜间竹阴。几树半开金谷晓，一溪齐绽武陵深。艳舒百叶时皆重，子熟千年事莫寻。谁步宋墙明月下，好香和影上衣襟。

思旧游有感

长忆衔杯处，酕醄尚未阑。江南正烟雨，楼上恰春寒。好树藏莺密，平芜彻野宽。如今无处觅，音信隔波澜。

依韵和智谦上人送李相公赴昭武军

暂别庙堂上,雄藩去豁情。秋风生雁渚,晚雾湿龙旌。吟里过侯服,梦中归帝城。下车军庶乐,千里月华清。

姑苏怀古

阖闾兴霸日,繁盛复风流。歌舞一场梦,烟波千古愁。樵人归野径,渔笛起〔扁〕(偏)舟。触目牵伤感,将行又驻留。
苏台踪迹在,旷望向江滨。往事谁堪问,连空草自春。花疑西子脸,涛想伍胥神。吟尽情难尽,斜阳照路尘。

赠史虚白

致主嘉谋尚未伸,慨然深志与谁论。唤回古意琴开匣,陶出真情酒满樽。明月过溪吟钓艇,落花堆席睡僧轩。九重梦卜时终在,莫向深云独闭门。

赠删亮处士

著得新书义更幽,负琴何处不遨游。玄宫寄宿月华冷,羽客伴吟松韵秋。满户烟霞思紫阁—作殿,一帆风雨忆沧洲。吾君侧席求贤切,未可悬瓢枕碧流。

春夕偶作

早是春愁触目生,那堪春夕酒初醒。贯珠声罢人归去,半落桃花月在庭。

子　规

暮春滴血一声声,花落年年不忍听。带月莫啼江畔树,酒醒游子在离亭。

书王秀才壁

茅舍何寥落,门庭长绿芜。贫来卖书剑,病起忆江湖。对枕暮山碧,伴吟凉月孤。前贤多晚达,莫叹有霜须。

春日途中作

干禄趋名者,迢迢别故林。春风短亭路,芳草异乡心。雨过江山出,莺啼村落深。未知将雅道,何处谢知音。

依韵和蠡泽王去微秀才见寄

咫尺风骚客,难谐面继酬。相思对烟雨,一雁下汀洲。花影谁家坞,笛声何处楼。支筇朗吟罢,搔首独迟留。

送孙孔二秀才游庐山

庐山多胜景,偏称二君游。松径苍苔合,花阴碧涧流。倾壶同坐石,搜句共登楼。莫学天台客,逢山即驻留。

春日野望怀故人

野外登临望,苍苍烟景昏。暖风医病草,甘雨洗荒村。云散天边野 一作影,潮回岛上痕。故人不可见,倚杖役吟魂。

游玄真观

闲吟一作闲游古观,静虑相神仙。上景非难度,阴功不易全。醮坛松作盖,丹井藓成钱。浩浩红尘里,谁来叩自然。

剑　客

恩酬期必报,岂是辄轻生。神剑冲霄去,谁为一作为谁平平不平。

鹤

警露精神异,冲天羽翼新。千年一归日,谁识令威身。

送致仕沈彬郎中游茅山

挂却朝冠披鹤氅,羽人相伴恣遨游。忽因风月思茅岭,便挈琴樽上叶舟。野寺宿时魂梦冷,海门吟处水云秋。华阳洞府年光永,莫向仙乡拟驻留。

题庐山东寺远大师影堂

远公遗迹在东林,往事名存动苦吟。杉桧已依灵塔老,烟霞空锁影堂深。入帘轻吹催香印,落石幽泉杂磬音。十八贤人消息断,莲池千载月沉沉。

庭　苇

品格清于竹,诗家景最幽。从栽向池沼,长似在汀洲。玩好招溪叟,栖堪待野鸥。影疏当夕照,花乱正深秋。韵细堪清耳,根牢好系舟。故溪高岸上,冷淡有谁游。

寄左偃

每病风骚路,荒凉人莫游。惟君还似我,成癖未能休。舍寐缘孤月,忘形为九秋。垂名如不朽,那恨雪生头。

宿山店书怀寄东林令图上人

一宿山前店,旅情安可穷。猿声乡梦后,月影竹窗中。南楚征途阔,东吴旧业空。虎溪莲社客,应笑此飘蓬。

途中闻子规

春残杜宇愁,越客思悠悠。雨歇孤村里一作暮,花飞远水头。微风声渐咽,高树血应流。因此频回首,家山隔几州。

春日书怀

千峰雪尽鸟声春,日永一作永日孤吟野水滨。霄汉路岐升未得,花时空拂满衣尘。

所思代人

巫峡云深湘水遥,更无消息梦空劳。梦回深夜不成寐,起立闲庭花月高。

春晚过明氏闲居

寥寥陌巷独扃门,自乐清虚不厌贫。数局棋中消永日,一樽酒里送残春。雨催绿薜铺三径,风送飞花入四邻。羡尔朗吟无外事,沧洲何必去垂纶。

赠重安寂道者

寒松肌骨鹤心情,混俗陶陶隐姓名。白发只闻悲短景,红尘谁解信
长生。壶中日月存心近,岛外烟霞入梦清。每许相亲应计分,琴馀
常见话蓬瀛。

江边吟

风暖汀洲吟兴生,远山如画雨新晴。残阳影里水东注,芳草烟中人
独行。闪闪酒帘招醉客,深深绿树隐啼莺。盘桓渔舍忘归去,云静
高空月又明。

献张义方常侍

雄飞看是逼岩廊,逸思常闻不暂忘。公署静眠思水石,古屏闲展看
潇湘。老来酒病虽然减,秋杪诗魔更是狂。乘兴有时招羽客,横琴
移月启茅堂。

赠永真_{一作贞}杜翱少府

蓝袍竹简佐琴堂,县僻人稀觉日长。爱静不嫌官况冷,苦吟从听鬓
毛苍。闲寻野寺听秋水,寄睡僧窗到夕阳。骞翥会应霄汉去,渔竿
休更恋沧浪。

献中书韩舍人

丹墀朝退后,静院即冥搜。尽日卷帘坐,前峰当槛秋。烹茶留野
客,展画看沧洲。见说东林夜,寻常秉烛游。

献 徐 舍 人

清名喧四海,何止并南金。奥学群英伏,多才万乘钦。秩参金殿
峻,步历紫微深。顾问承中旨,丝纶演帝心。褒雄饶义路,贾马避
词林。下直无他事,开门对远岑。轩窗来晚吹,池沼歇秋霖。藓点
生棋石,茶烟过竹阴。希夷元已达,躁竞岂能侵。羽客闲陪饮,诗
人伴静吟。自惭为滞物,多幸辱虚襟。此日重遭遇,心期出陆沉。

新 秋 有 感

门巷凉秋至,高梧一叶惊。渐添衾簟爽,顿觉梦魂清。暗促莲开
艳,乍催蝉发声。雨降炎气减,竹引冷烟生。戍客添归思,行人怯
远程。未逢征雁下,渐听夜砧鸣。张翰思鲈兴,班姬咏扇情。音尘
两难问,蛩砌月空明。

秋 雨

竟日散如丝,吟看半掩扉。秋声在梧叶,润气逼书帏。曲涧泉承
去,危檐燕带归。寒蛩悲旅壁,乱藓滑渔矶。爽欲除幽簟,凉须换
熟衣。疏篷谁梦断,荒径独游稀。偏称江湖景,不妨鸥鹭飞。最怜
为瑞处,南亩稻苗肥。

寄庐山白大师

长忆寻师处,东林寓泊时。一秋同看月,无夜不论诗。泉美茶香
异,堂深磬韵迟。鹿驯眠藓径,猿苦叫霜枝。别后音尘隔,年来鬓
发衰。趋名方汲汲,未果再游期。

访龙光智谦上人

忽起寻师兴，穿云不觉劳。相留看山雪，尽日论风骚。竹影摇禅榻，茶烟上毳袍。梦魂曾去否，旧国阻波涛。

送　仙　客

危言危行是男儿，倚伏相牵岂足悲。莫向汀洲时独立，悠悠斜日照江蓠。

祀风师迎神曲　第六句缺一字

太皞御气，勾芒肇功。苍龙青旗，爰候祥风。律以和应，□以感通。鼎俎修夤，时惟礼崇。

柳　二　首

春来无树不青青，似共东风别有情。闲忆旧居溢水畔，数枝烟雨属啼莺。

最爱青青水国中，莫愁门外间花红。纤纤无力胜春色，撼起啼莺恨晚风。

送庐阜僧归山阳

山阳旧社终经梦，容易言归不可留。瓶贮瀑泉离五老，锡摇江雨上孤舟。鱼行细浪分沙嘴，雁逆高风下苇洲。遥想枚皋宅边寺，不知凉月共谁游。

投　所　知

孤琴尘翳剑慵磨，自顾泥蟠欲奈何。千里交亲消息断，一庭风雨梦

魂多。题桥未展相如志，叩角谁怜宁戚歌。唯赖明公怜道在，敢携
蓑笠钓烟波。

寄左偓

萧条陋巷绿苔侵，何事君心似我心。贫户懒开元爱静，病身才起便
思吟。闲留好鸟庭柯密，暗养鸣蛩砌草深。况是清朝重文物，无愁
当路少知音。

游北山洞神宫

闷见尘中光景促，仙乡来礼紫阳君。人居淡寂应难老，道在虚无不
可闻。松桧稳栖三岛鹤，楼台闲锁九霄云。羡师向此朝星斗，一炷
清香午夜焚。

思简寂观旧游寄重道者

闲忆当年游物外，羽人曾许驻仙乡。溪头烘药烟霞暖，花下围棋日
月长。偷摘蟠桃思曼倩，化成蝴蝶学蒙庄。俗缘未断归浮世，空望
林泉意欲狂。

云

悠悠离洞壑，冉冉上天津。捧日终为异，从龙自有因。高行四海
雨，暖拂万山春。静与霞相近，闲将鹤最亲。帝乡归莫问，楚殿梦
曾频。白向封中起，碧从诗里新。冷容横钓浦，轻缕绊蟾轮。不滞
浓还淡，无心卷复伸。非烟聊拟议，干吕一作千里在逡巡。会作五
般色，为祥覆紫宸。

徐司徒池亭

亭榭跨池塘,泓澄入座凉。扶疏皆竹柏,冷淡似潇湘。萍嫩铺波
面,苔深锁岸傍。朝回游不厌,僧到赏难忘。最称收残雨,偏宜带
夕阳。吟堪期谢朓,醉好命嵇康。奢侈心难及,清虚趣最长。月明
垂钓兴,何必忆沧浪。

赋得江边草

岸春芳草合,几处思缠绵。向暮江蓠雨,初晴杜若烟。静宜幽鹭
立,远称碧波连。送别王孙处,萋萋南浦边。

江行夜泊

扁舟倦行役,寂寂宿江干。半夜风雷过,一天星斗寒。潮平沙嘴
没,霜苦雁声残。渔父何疏逸,扣舷歌未阑。

访山叟留题

策杖寻幽客,相携入竹扃。野云生晚砌,病鹤立秋庭。茶美睡心
爽,琴清尘虑醒。轮蹄应少到,门巷草青青。

江行晚泊寄湓城知友

孤舟相忆久,何处倍关情。野渡帆初落,秋风蝉一声。江浮残照
阔,云散乱山横。渐去湓城远,那堪新月生。

秋夕书怀

功名未立诚非晚,骨肉分飞又入秋。枕上不堪残梦断,壁蛩窗月夜
悠悠。

感 兴

渔休渭水兴周日，龙起南阳相蜀时。不遇文王与先主，经天才业拟何为。

舟中望九华山

排空苍翠异，辍棹看崔嵬。一面雨初歇，九峰云正开。当时思水石，便欲上楼台。隐去心难遂，吟馀首懒回。僧休传紫阁，屏歇写天台。中有忘机者，逍遥不可陪。

渔 父

烟冷暮江滨，高歌散诞身。移舟过蓼岸，待月正丝纶。亦与樵翁约，同游酒市春。白头云水上，不识独醒人。

赠上都紫极宫刘日新先生

道德吾君重，含贞本去华。因知炼神骨，何必在烟霞。棋散庭花落，诗成海月斜。瀛洲旧仙侣，应许寄丹砂。

勉 同 志

读书与磨剑，旦夕但忘疲。傥若功名立，那愁变化迟。尘从侵砚席，苔任满庭墀。明代搜扬切，升沈莫问龟。

寄刘钧秀才

掩户当春昼，知君志在诗。闲花半落处，幽客未来时。野鸟穿莎一作沙径，江云过竹篱。会须明月夜，与子水边期。

离亭前思有寄

酒醒江亭客,缠绵恨别离。笙歌筵散后,风月夜长时。耿耿看灯暗,悠悠结梦迟。若无骚雅分,何计达相思。

赠上都先业大师

懒向人前著紫衣,虚堂闲倚一条藜。虽承雨露居龙阙,终忆烟霞梦虎溪。睡起晓窗风渐渐,病来深院草萋萋。有时乘兴寻师去,煮茗同吟到日西。

思九江旧居三首

结茅曾在碧江隈,多病贫身养拙来。雨歇汀洲垂钓去,月当门巷访僧回。静临窗下开琴匣,闷向床头泼酒醅。游宦等闲千里隔,空馀魂梦到渔台。

门前烟水似潇湘,放旷优游兴味长。虚阁静眠听远浪,扁舟闲上泛残阳。鹤翘碧藓庭除冷,竹引清风枕簟凉。犬吠疏篱明月上,邻翁携酒到茅堂。

无机终日狎沙鸥,得意高吟景且幽。槛底江流偏称月,檐前山朵最宜秋。遥村处处吹横笛,曲岸家家系小舟。别后再游心未遂,设屏惟画白蘋洲。

赠东林白大师

虎溪久驻灵踪,禅外诗魔尚浓。卷宿吟销永日,移床坐对千峰。苍苔冷锁幽径,微风闲坐古松。自说年来老病,出门渐觉疏慵。

春　晓

残烛犹存月尚明,几家帏幌梦魂惊。星河渐没行人动,历历林梢百舌声。

听郑羽人弹琴

仙乡景已清,仙子启琴声。秋月空山寂,淳风一夜生。莎间虫罢响,松顶鹤初惊。因感浮华世,谁怜太古情。

秋夕书事寄友人

信断关河远,相思秋夜深。砌蛩声咽咽,檐月影沉沉。未遂青云志,那堪素发侵。吟馀成不寐,彻曙四邻砧。

秋　日　途　中

竹林已萧索,客思正如雠。旧业吴江外,新蝉楚驿头。遥天疏雨过,列岫乱云收。今夕谁家宿,孤吟月色秋。

秋夜吟寄左偓

与君诗兴素来狂,况入清秋夜景长。溪阁共谁看好月,莎阶应独听寒螀。卷中新句诚堪喜,身外浮名不足忙。会约垂名继前哲,任他玄发尽如霜。

竹

森森移得自山庄,植向空庭野兴长。便有好风来枕簟,更无闲梦到潇湘。荫来砌薜经疏雨,引下溪禽带夕阳。闲约羽人同赏处,安排棋局就清凉。

怀庐岳旧游寄刘钧因感鉴上人

昔年庐岳闲游日，乘兴因寻物外僧。寄宿爱听松叶雨，论诗惟对竹
窗灯。各拘片禄寻分别，高谢浮名竟未能。一念支公安可见，影堂
何处暮云凝。

依韵酬智谦上人见寄

性拙才非逸，同心友亦稀。风昏秋病眼，霜湿夜吟衣。莺谷期犹
负，兰陔养不违。吾师惠佳句，胜得楚金归。

落　花

年年三月暮，无计惜残红。酷恨西园雨，生憎南陌风。片随流水
远，色逐断霞空。怅望丛林下，悠悠饮兴穷。

题　柳

折向离亭畔，春光满手生。群花岂无艳，柔质自多情。夹岸笼溪
月，兼风撼野莺。隋堤三月暮，飞絮想纵横。

赠谦明上人

虽寄上都眠竹寺，逸情终忆白云端。闲登钟阜林泉晚，梦去沃洲风
雨寒。新试茶经煎有兴，旧婴诗病舍终难。常闻秋夕多无寐，月在
高台独凭栏。

书蔡隐士壁

病后霜髭出，衡门寂寞中。蠹侵书帙损，尘覆酒樽空。池暗菰蒲
雨，径香兰蕙风。幽闲已得趣，不见卜穷通。

赠钟尊师游茅山

笻杖担琴背俗尘，路寻茅岭有谁群。仙翁物外应相遇，灵药壶中必许分。香入肌肤花洞酒，冷侵魂梦石床云。伊予亦有朝修志，异日遨游愿见君。

访徐长史留题水阁

君家池阁静，一到且淹留。坐听兼葭雨，如看岛屿秋。杯盘深有兴，吟笑迥忘忧。更爱幽奇处，双双下野鸥。

夕　阳

影未沉山水面红，遥天雨过促征鸿。魂销举子不回首，闲照槐花驿路中。

鸂　鶒

流品是鸳鸯，翻飞云水乡。风高离极浦，烟暝下方塘。比鹭行藏别，穿荷羽翼香。双双浴轻浪，谁见在潇湘。

所　思

离思春来切，谁能慰寂寥。花飞寒食过，云重楚山遥。耿耿梦徒往，悠悠鬓易凋。那堪对明月，独立水边桥。

全唐诗卷七四八

李　中

春闺辞二首

卷帘迟日暖，睡起思沉沉。辽海音尘远，春风旅馆深。疏篁留鸟语，曲砌转花阴。寄语长征客，流年不易禁。

不得辽阳信，春心何以安。鸟啼窗树晓，梦断碧烟残。绿鉴开还懒，红颜驻且难。相思谁可诉，时取旧书看。

腊中作

冬至虽云远，浑疑朔漠中。劲风吹大野，密雪翳高空。泉冻如顽石，人藏类蛰虫。豪家应不觉，兽炭满炉红。

海城秋日书怀寄朐山孙明府

槐柳蝉声起渡头，海城孤客思悠悠。青云展志知何日，皓月牵吟又入秋。鉴里渐生潘岳鬓，风前犹著卜商裘。鸣琴良宰挥毫士，应笑蹉跎身未酬。

题柴司徒亭假山

叠石峨峨象翠微，远山魂梦便应稀。从教薜长添峰色，好引泉来作瀑飞。萤影夜攒疑烧起,茶烟朝出认云归。知君创得兹幽致,公退吟看到落晖。

都下寒食夜作

香尘未歇暝烟收,城满笙歌事胜游。自是离人睡长早,千家帘卷月当楼。

客中春思

又听黄鸟绵蛮,目断家乡未还。春水引将客梦,悠悠绕遍关山。

所　思

门掩残花寂寂,帘垂斜月悠悠。纵有一庭萱草,何曾与我忘忧。

江馆秋思因成自勉

江边候馆幽,汀鸟暝烟收。客思虽悲月,诗魔又爱秋。声名都是幻,穷达未能忧。散逸怜渔父,波中漾小舟。

赠朐山杨宰

讼闲征赋毕,吏散卷帘时。听雨入秋竹,留僧覆旧棋。得诗书落叶,煮茗汲寒池。化俗功成后,烟霄会有期。

庐　山

控压浔阳景,崔嵬古及今。势雄超地表,翠盛接天心。溢浦春烟列 一作到,星湾晚景沉。图经宜细览,题咏卒难任。靖节门遥对,庾公楼俯临。参差含积雪,隐映见归禽。峭拔推双剑,清虚数二林。白莲池宛在,翠辇事难寻。天近星河冷,龙归洞穴深。谷春攒锦绣,石润叠琼琳。玄鹤传仙拜,青猿伴客吟。泉通九江远,云出几州阴。冬有灵汤溢,夏无炎暑侵。他年如遂隐,五老是知音。

送孙霁书记赴寿阳〔辟〕(壁)命

辟命羡君赴,其如怆别情。酒阑汀树晚,帆展野风生。淮静寒烟敛,村遥夜火明。醉沉胸岭梦,吟达寿春城。旧友摇鞭接,元戎扫榻迎。雪晴莲幕启,云散桂山横。王粲从军画,陈琳草檄名。知君提健笔,重振此嘉声。

听蝉寄朐山孙明府

忽听新蝉发,客情其奈何。西风起槐柳,故国阻烟波。垄笛悲犹少,巴猿恨未多。不知陶靖节,还动此心么。

秋江夜泊寄刘钧正字

闲忆诗人思倍劳,维舟清夜泥风骚。鱼龙不动澄江远,云雾皆收皎月高。潮满钓舟迷浦屿,霜繁野树叫猿猱。此时吟苦君知否,双鬓从他有二毛。

赠朐山孙明府

县庭无事似山斋,满砌青青旋长苔。闲抚素琴曹吏散,自烹新茗海僧来。买将病鹤劳心养,移得闲花用意栽。几度访君留我醉,瓮香皆值酒新开。

赠海上书记张济员外

鹏霄休叹志难伸,贫病虽萦道且存。阮瑀不能专笔砚,嵇康唯要乐琴尊。春风满院空敧枕,芳草侵阶独闭门。剑有尘埃书有蠹,昔年心事共谁论。

对 竹

懒穿幽径冲鸣鸟，忍踏清阴损翠苔。不似闭门欹枕听，秋声如雨入
轩来。

送朐山孙明府赴寿阳幕府辟命

堪羡元戎虚右席，便承纶绖起－作赴金台。菊丛憔悴陶潜去，莲幕
光辉阮瑀来。好向尊罍陈妙画，定应书檄播雄才。预愁别后相思
处，月入闲窗远梦回。

经 废 宅

一梦奢华去不还，断墙花发岂堪看。玉纤素绠知何处，金井梧枯碧
甃寒。

溪 边 吟

鸂鶒双飞下碧流，蓼花蘋穗正含秋。茜裙二八采莲去，笑冲微雨上
兰舟。

得故人消息

多难分离久，相思每泪垂。梦归残月晓，信到落花时。未必乖良
会，何当有后期。那堪楼上望，烟水接天涯。

芳 草

二月正绵绵，离情被尔牵。四郊初过雨，万里正铺烟。眷恋残花
惹，留连醉客眠。飘香是杜若，最忆楚江边。

江 南 春

千家事胜游,景物可忘忧。水国楼台晚,春郊烟雨收。鹧鸪啼竹树,杜若媚汀洲。永巷歌声远,王孙会莫愁。

悼 亡

巷深芳草细,门静绿杨低。室迩人何处,花残月又西。武陵期已负,巫峡梦终迷。独立销魂久,双双好鸟啼。

春晏寄从弟德润

相思禁烟近,楼上动吟魂。水国春寒在,人家暮雨昏。朱桥通竹树,香径匝兰荪。安得吾宗会,高歌醉一尊。

赠致仕沈彬郎中

自言婚嫁毕,尘事不关心。老去诗魔在,春来酒病深。山翁期采药,海月伴鸣琴。多谢维舟处,相留接静吟。

忆 溪 居

竹轩临水静无尘,别后凫鹥入梦频。杜若孤蒲烟雨歇,一溪春色属何人。

登下蔡县楼

长涯烟水又含秋,吏散时时独上楼。信断兰台乡国远,依稀王粲在荆州。

下蔡春偶作

旅馆飘飘类断蓬，悠悠心绪有谁同。一宵风雨花飞后，万里乡关梦自通。多难不堪容鬓改，沃愁惟怕酒杯空。采兰扇枕何时遂，洗虑焚香叩上穹。

再游洞神宫怀邵羽人有感

重向烟萝省旧游，因寻遗迹想浮丘。峰—作松头鹤去三清远，坛畔月明千古秋。泉落小池清复咽，云从高峤起还收。自惭未得冲虚术，白发无情渐满头。

秋 雨 二 首

飘洒当穷巷，苔深落叶铺。送寒来客馆，滴梦在庭梧。逼砌蛩声断，侵窗竹影孤。遥思渔叟兴，蓑笠在江湖。

竟日声萧飒，兼风不暂阑。竹窗秋睡美，荻浦夜渔寒。地僻苔生易，林疏鸟宿难。谁知苦吟者，坐听一灯残。

经古观有感

古观寥寥枕碧溪，偶思前事立残晖。漆园化蝶名空在，柱史犹龙去不归。丹井泉枯苔锁合，醮坛松折鹤来稀。回头因叹浮生事，梦里光阴疾若飞。

吉水春暮访蔡文庆处士留题

无事无忧鬓任苍，浊醪闲酌送韶光。溟濛雨过池塘暖，狼藉花飞砚席香。好古未尝疏典册，悬图时要看潇湘。恋君清话难留处，归路迢迢又夕阳。

烈祖孝高挽歌二首

谁解叩乾关,音容去不还。位方尊北极,寿忽殒南山。凤辇应难
问,龙髯不可攀。千秋遗恨处,云物锁桥山。

仙驭归何处,苍苍问且难。华夷喧道德,陵垄葬衣冠。御水穿城
咽,宫花泣露寒。九疑消息断,空望白云端。

赠海上观音院文依上人

烟霞海边寺,高卧出门慵。白日少来客,清风生古松。虚窗从燕
入,坏屐任苔封。几度陪师话,相留到暮钟。

秋夕病中作

卧病当秋夕,悠悠枕上情。不堪抛月色,无计避虫声。煎药惟忧
涩,停灯又怕明。晓临清鉴里,应有白髭生。

寄黄鹗秀才

长忆狂游日,惜春心恰同。预愁花片落,不遣酒壶空。草软眠难
舍,莺娇听莫穷。如今千里隔,搔首对秋风。

春日书怀寄朐山孙明府

一作边城客,闲门两度春。莺花深院雨,书剑满床尘。紫阁期终
负,青云道未伸。犹怜陶靖节,诗酒每相亲。

柴司徒宅牡丹

暮春栏槛有佳期,公子开颜乍拆时。翠幄密笼莺未识,好香难掩蝶
先知。愿陪妓女争调乐,欲赏宾朋预课诗。只恐却随云雨去,隔年

还是动相思。

赠 王 道 者

混俗从教鬓似银,世人无分得相亲。槎流海上波涛阔,酒满壶中天
地春。功就不看丹灶火,性闲时拂玉琴尘。仙家变化谁能测,只恐
洪崖是此身。

春闺辞二首

尘昏菱鉴懒修容,双脸桃花落尽红。玉塞梦归残烛在,晓莺窗外啭
梧桐。

边无音信暗消魂,茜袖香裙积泪痕。海燕归来门半掩,悠悠花落又
黄昏。

暮春怀故人

池馆寂寥三月尽,落花重叠盖莓苔。惜春眷恋不忍扫,感物心情无
计开。梦断美人沈信息,目穿长路倚楼台。琅玕绣段安可得,流水
浮云共不回。

秋日登润州城楼

虚楼一望极封疆,积雨晴来野景长。水接海门铺远色,稻连京口发
秋香。鸣蝉历历空相续,归鸟翩翩自著行。吟罢倚栏深有思,清风
留我到斜阳。

晚春客次偶吟

暂驻征轮野店间,悠悠时节又春残。落花风急宿醒解,芳草雨昏春
梦寒。惭逐利名头易白,欲眠云水志犹难。却怜村寺僧相引,闲上

虚楼共倚栏。

对雨寄胸山林番明府

竟日如丝不暂停,莎阶闲听滴秋声。斜飘虚阁琴书润,冷逼幽窗梦寐清。开户只添搜句味,看山还阻上楼情。遥知公退琴堂静,坐对萧骚饮兴生。

落　花

残红引动诗魔,怀古牵情奈何。半落铜台月晓,乱飘金谷风多。悠悠旋逐流水,片片轻黏短莎。谁见长门深锁,黄昏细雨相和。

燕

豪家五色泥香,衔得营巢太忙。喧觉佳人昼梦,双双犹在雕梁。

莺

羽毛特异诸禽,出谷堪听好音。薄暮欲栖何处,雨昏杨柳深深。

宿 山 中 寺

寄宿深山寺,惟逢老病僧。风吹几世树,云暗暮秋灯。瞑目忘尘虑,谈空入上乘。明晨返名路,何计恋南能。

海上载笔依韵酬左偃见寄

都城分别后,海峤梦魂迷。吟兴疏烟月,边情起鼓鼙。戍旗风飐小,营柳雾笼低。草檄无馀刃,难将阮瑀齐。

春晚招鲁从事

衮衮利名役,常嗟聚会稀。有心游好景,无术驻残晖。南陌草争茂,西园花乱飞。期君举杯酒,不醉莫言归。

和易秀才春日见寄

每恨多流落,吾徒不易亲。相逢千里客,共醉百花春。小槛山当面,闲阶柳拂尘。何时卜西上,明月桂枝新。

送黄—作王秀才

雨馀飞絮乱,相别思难任。酒罢河桥晚,帆开烟水深。蟾宫须展志,渔艇莫牵心。歧路从兹远,双鱼信勿沉。

庭　竹

偶自山僧院,移归傍砌栽。好风终日起,幽鸟有时来。筛月牵诗兴,笼烟伴酒杯。南窗睡轻起,萧飒雨声回。

送戴秀才

已是殊乡客,送君重惨然。河桥乍分首,槐柳正鸣蝉。短棹离幽浦,孤帆触远烟。清朝重文物,变化莫迁延。

病中—作起作

闲斋病初起,心绪复悠悠。开箧群书蠹,听蝉满树秋。诗魔还渐动,药债未能酬。为忆前山色,扶持上小楼。

离　家

送别人归春日斜，独鞭羸马指天涯。月生江上乡心动，投宿匆—作
狼忙近酒家。

村　行

极目青青垄麦齐，野塘波阔下凫鹥。阳乌景暖林桑密，独立闲听戴
胜啼。

献乔侍郎

位望谁能并，当年志已伸。人间传凤藻，天上演龙纶。贾马才无
敌，褒雄誉益臻。除奸深系念，致主迥忘身。谏疏纵横上，危言果
敢陈。忠贞虽贯世，消长岂由人。慷慨辞朝阙，迢遥涉路尘。千山
明夕照，孤棹渡长津。杜宇声方切，江蓠色正新。卷舒唯合道，喜
愠不劳神。禅客陪清论，渔翁作近邻。静吟穷野景，狂醉养天真。
格论思名士，舆情渴直臣。九霄恩复降，比户意皆忻。却入鸳鸾
序，终身—作承顾问频。漏残丹禁晓，日暖玉墀春。鉴物心如水，忧
时鬓若银。惟期康庶事，永要叙彝伦。贵贱知无间，孤寒必许亲。
几多沉滞者，拭目望陶钧。

献中书张舍人

仙桂从攀后，人间播大名。飞腾谐素志，霄汉是前程。持宪威声
振，司言品秩清。帘开春酒醒，月上草麻成。丹陛凌晨对，青云逐
步生。照人裴玉莹，鉴物宪陂明。下直无他事，闲游恣逸情。林僧
开户接，溪叟扫苔迎。煮茗山房冷，垂纶野艇轻。神清宜放旷，诗
苦益纵横。徐刃时皆仰，嘉谋众伫行。四方观启沃，毕—作必竟念

孤平。

海上和郎戬员外赴倅职

宋玉逢秋何起悲，新恩委寄好开眉。班升鸳鹭频经岁，任佐龚黄必暂时。乍对烟霞吟海峤，应思蘋蓼梦江湄。一朝凤诏重征入，鹏化那教尺鷃知。

又送赴关

心似白云归帝乡，暂停良画别龚黄。烟波乍晓浮兰棹，魂梦先飞近御香。一路伴吟汀草绿，几程清思水风凉。想应敷对忠言后，不放乡云离太阳。

书郭判官幽斋壁

不妨公退尚清虚，创得幽斋兴有馀。要引好风清户牖，旋栽新竹满庭除。倾壶待客花开后，煮茗留僧月上初。更有野情堪爱处，石床苔藓似匡庐。

石棋局献时宰

得从岳叟诚堪重，却献皋夔事更宜。公退启枰书院静，日斜收子竹阴移。适情岂待樵柯烂，罢局还应屐齿隳。预想幽窗风雨夜，一灯闲照覆图时。

海城秋夕寄怀舍弟

鸟栖庭树夜悠悠，枕上谁知泪暗流。千里梦魂迷旧业，一城砧杵捣残秋。窗间寂寂灯犹在，帘外萧萧雨未休。早晚莱衣同著去，免悲流落在边州。

和夏侯秀才春日见寄

绵蛮黄鸟不堪听,触目离愁怕酒醒。云散碧山当晚槛,雨催青藓匝春庭。寻芳懒向桃花坞,垂钓空思杜若汀。昼梦不成吟有兴,挥毫书在枕边屏。

送夏侯秀才

江村摇落暮蝉鸣,执手临岐动别情。古岸相看残照在,片帆难驻好风生。牵吟一路逢山色,醒睡长汀对月明。况是清朝至公在,预知乔木定迁莺。

江南重会友人感旧二首

江南重会面,聊话十年心。共立黄花畔,空惊素发侵。斜阳浮远水,归鸟下疏林。牵动诗魔处,凉风村落砧。

长江落照天,物景似当年。忆昔携村酒,相将上钓船。狂歌红蓼岸,惊起白鸥眠。今日趋名急,临风一黯然。

己未岁冬捧宣头离下蔡

诏下如春煦,巢南志不违。空将感恩泪,滴尽_{一作尽滴}冒寒衣。覆载元容善,形骸果得归。无心惭季路,负米觐亲闱。

哭舍弟二首

鸿雁离群后,成行忆日存。谁知归故里,只得奠吟魂。虫蠹书盈箧,人稀草拥门。从兹长恸后,独自奉晨昏。

浮生多夭枉,惟尔最堪悲。同气未归日,慈亲临老时。旧诗传海峤,_{舍弟有诗云:"梦断海山远,夜长风雨多。"传至海上。}新冢枕江湄。遗稚呜鸣处,黄昏绕缥帷。

书情寄诗友

默默谁知我,裴回野水边。诗情长若旧,吾事更无先。芳草人稀
地,残阳雁过天。静思吟友外,此意复谁怜。

读　蜀　志

鼎分天地日,先主力元微。鱼水从相得,山河遂有归。任贤无间
忌,报国尽神机。草昧争雄者,君臣似此稀。

献　张　拾　遗

官资清贵近丹墀,性格孤高世所稀。金殿日开亲凤扆,古屏时展看
渔矶。酒醒虚阁秋帘卷,吟对疏篁夕鸟归。献替频陈忠誉播,鹏霄
万里展雄飞。

献中书汤舍人

庆云呈瑞为明时,演畅丝纶在紫微。銮殿对时亲舜日,鲤庭过处著
莱衣。闲寻竹寺听啼鸟,吟倚江楼恋落晖。隔座银屏看是设,一门
清贵古今稀。

海上太守新创东亭

使君心智杳难同,选胜开亭景莫穷。高敞轩窗迎海月,预栽花木待
春风。静披典籍堪师古,醉拥笙歌不碍公。满径苔纹疏雨后,入檐
山色夕阳中。偏宜下榻延徐孺,最称登门礼孔融。事简岂妨频赏
玩,况当为政有馀功。

宫 词 二 首

门锁帘垂月影斜，翠华咫尺隔天涯。香铺—作销罗幌不成梦，背壁
银缸落尽花。

金波寒透水精帘，烧尽沈檀手自添。风递笙歌门已掩，翠华何处夜
厌厌。

采 莲 女

晚凉含笑上兰舟，波底红妆影欲浮。陌上少年休植足，荷香深处不
回头。

钟 陵 春 思

沉沉楼影月当午，冉冉风香花正开。芳草迢迢满南陌，王孙何处不
归来。

赠 夏 秀 才

轩车紫陌竞寻春，独掩衡门病起身。步月怕伤三径藓，取琴因拂一
床尘。明时傥有丹枝分，青鉴从他素发新。况是青云知己在，原思
生计莫忧贫。

夏日书依上人壁

门外尘飞暑气浓，院中萧索似山中。最怜煮茗相留处，疏竹当轩一
榻风。

下蔡春暮旅怀

柳过春霖絮乱飞，旅中怀抱独〔凄凄〕(栖栖)。月生淮上云初散，家

在江南梦去迷。发白每惭清鉴启,心孤长怯子规啼。拜恩一作章为
养慈亲急,愿向明朝捧紫泥。

捧宣头许归侍养

泥书捧处圣恩新,许觐庭闱养二亲。蝼蚁至微宁足数,未知何处答
穹旻。

途中作 逢旧识,闻老亲所患,不至加甚。

烟波涉历指家林,欲到家林惧却深。得信慈亲痾瘵减,当时宽勉采
兰心。

都下再会友人

谁言多难后,重会喜淹留。欲话关河梦,先惊鬓发秋。浮云空冉
冉,远水自悠悠。多谢开青眼,携壶共上楼。

全唐诗卷七四九

李 中

登毗陵青山楼

高楼闲上对晴空,豁目开襟半日中。千里吴山清不断,一边辽海浸
无穷。人生歌笑开花雾一作露,世界兴亡落叶风。吟罢倚栏何限
意,回头城郭暮烟笼。

晋陵罢任寓居依韵和陈锐秀才见寄

掩门三径莓苔绿,车马谁来陋巷间。卧弃琴书公干病,笑迎风月步
兵闲。当秋每谢蛩清耳,渐老多惭酒借颜。济物未能伸一术,敢于
明代爱青山。

春 苔

春霖催得锁烟浓,竹院莎斋径小通。谁爱落花风味处,莫愁门巷衬
残红。

夏 云

如峰形状在西郊,未见从龙上沉寥。多谢好风吹起后,化为甘雨济
田苗。

书夏秀才幽居壁

永巷苔深户半开,床头书剑积尘埃。最怜小槛疏篁晚,幽鸟双双何
处来。

红　花

红花颜色掩千花,任是猩猩血未加。染出轻罗莫相贵,古人崇俭诚
奢华。

安福县秋吟寄陈锐秘书

县庭事简得馀功,诗兴秋来不可穷。卧听寒蛩莎砌月,行冲落叶水
村风。愁髭渐去人前白,醉面犹怜鉴里红。苦恨交亲多契阔,未知
良会几时同。

新喻县酬王仲华少府见贻

事简开樽有逸情,共忻官舍月华清。每惭花欠河阳景,长愧琴无单
父声。未泰黎元惭旷职,纵行谦直是虚名。与君尽力行公道,敢向
昌朝俟陟明。

暮春有感寄宋维员外

杜宇声中老病心,此心无计驻光阴。西园雨过好花尽,南陌人稀芳
草深。喧梦却嫌莺语老,伴吟惟怕月轮沉。明年才候东风至,结驷
期君预去寻。

题吉水县厅前新栽小松

劚开幽涧藓苔斑,移得孤根植砌前。影小未遮官舍月,翠浓犹带旧

山烟。群花解笑香宁久,众木虽高节不坚。输我婆娑栏槛内,晚风萧飒学幽泉。

赠—作贻念法华经绶上人

五更初起扫松堂,瞑目先焚一炷香。念彻莲经谁得见,千峰岩外晓苍苍。

秋 日 途 中

信步腾腾野岩边,离家都为利名牵。疏林一路斜阳里,飒飒西风满耳蝉。

宿韦校书幽居

溪上高眠与鹤闲,开樽留我待柴关。园林月白秋霖歇,一夜泉声似故山。

依韵和友人秋夕见寄

夕风庭叶落,谁见此时情。不作关河梦,空闻砧杵声。会须求至理,何必叹无成。好约高僧宿,同看海月生。

吉水作尉酬高援秀才见赠

佐邑惭无术,敢言贫与清。风骚谁是主,烟月自关情。卷箔当山色,开窗就竹声。怜君惠嘉句,资我欲垂名。

送智雄上人

忽起游方念,飘然不可留。未知携一锡,乘兴向何州。古岸春云散,遥天晚雨收。想应重会面,风月又清秋。

览友人卷

新诗开卷处,造化竭精英。雪霁楚山碧,月高湘水清。初吟尘虑
息,再味古风生。自此寰区内,喧腾二雅名。

送人南游

浪迹天涯去,南荒必动情。草青虞帝庙,云暗夜郎城。越鸟惊乡
梦,蛮风解宿酲。早思归故里,华发等闲生。

晋陵县夏日作

事简公庭静,开帘暑气中。依经煎绿茗,入竹就清风。至论招禅
客,忘机忆钓翁。晚凉安枕簟,海月出墙东。

邮亭早起

邮舍残灯在,村林鸡唱频。星河吟里晓,川陆望中春。旧友青云
贵,殊乡素发新。悠悠念行计,难更驻征轮。

客中寒食

旅次经寒食,思乡泪湿巾。音书天外断,桃李雨中春。欲饮都无
绪,唯吟似有因。输他郊郭外,多少踏青人。

旅馆秋夕

寥寥山馆里,独坐酒初醒。旧业多年别,秋霖一夜听。砌蛩声渐
息,窗烛影犹停。早晚无他事,休如泛水萍。

宿青溪米处士幽居

寄宿溪光里,夜凉高士家。养风窗外竹,叫月水中蛙。静虑同搜句,清神旋煮茶。唯忧晓鸡唱,尘里事如麻。

维舟秋浦逢故人张矩同泊

卸帆清夜碧江滨,冉冉凉风动白蘋。波上正吟新霁月,岸头恰见故乡人。共惊别后霜侵鬓,互说年来疾逼身。且饮一壶销百恨,会须遭遇识通津。

代　别

明日鸣鞭天一涯,悠悠此夕怯分离。红楼有恨金波转,翠黛无言玉箸垂。浮蚁不能迷远意,回纹从此寄相思。花时定是慵开鉴,独向春风忍扫眉。

悼怀王丧妃

花绽花开事可惊,暂来浮世返蓬瀛。楚宫梦断云空在,洛浦神归月自明。香解返魂成浪语,胶能续断是虚名。音容寂寞春牢落,谁会楼中独立情。

酒　醒

睡觉花阴芳草软,不知明月出墙东。杯盘狼藉人何处,聚散空惊似梦中。

送　虞　道　士

烟霞聚散通三岛,星斗分明在一壶。笑说馀杭沽酒去,蔡家重要会麻姑。

怀旧夜吟寄赵杞

长笛声中海月飞,桃花零落满庭墀。魂销事去无寻处,酒醒孤吟不寐时。萱草岂能忘积恨,尺书谁与达相思。悠悠方寸何因解,明日江楼望渺渺。

宿临江驿

候馆寥寥辍棹过,酒醒无奈旅愁何。雨昏郊郭行人少,苇暗汀洲宿雁多。干禄已悲凋发鬓,结茅终愧负烟萝。篇章早晚逢知己,苦志忘形自有魔。

途中柳

翠色晴来近,长亭路去遥。无人折烟缕,落日拂溪桥。

隔墙花

颜色尤难近,馨香不易通。朱门金锁隔,空使怨春风。

广陵寒食夜

广陵寒食夜,豪贵足佳期。紫陌人归后,红楼月上时。绮罗香未歇,丝竹韵犹迟。明日踏青兴,输他轻薄儿。

寄庐山庄隐士

烟萝拥竹关,物外自求安。逼枕溪声近,当檐岳色寒。药苗应自采,琴调对谁弹。待了浮名后,依君共挂冠。

吉水寄阎侍御 时公调官瀑川

何处怀君切,令人欲白头。偶寻花外寺,独立水边楼。不得论休戚,何因校献酬。吟馀兴难尽,风笛起渔舟。

送张惟贞少府之江阴

相送烟汀畔,酒阑登小舟。离京梅雨歇,到邑早蝉秋。俗必期康济,诗谁互唱酬。晚凉诸吏散,海月入—作上虚楼。

钟陵禁烟寄从弟

落絮飞花日又西,踏青无侣草萋萋。交亲书断竟不到,忍听黄昏杜宇啼。

夜 泊 江 渚

水乡明月上晴空,汀岛香生杜若风。不是当年独醒客,且沽村酒待渔翁。

吉水县依韵酬华松秀才见寄

官况萧条在水村,吏归无事好论文。枕欹独听残春雨,梦去空寻五老云。竹径每怜和薛步,禽声偏爱隔花闻。诗情冷淡知音少,独喜江皋得见君。

贻庐山清溪观王尊师

霞帔星冠复杖藜,积年修炼住灵溪。松轩睡觉冷云起,石磴坐来春日西。采药每寻岩径远,弹琴常到月轮低。鼎中龙虎功成后,海上三山去不迷。

王　昭　君

蛾眉翻自累,万里陷穷边。滴泪胡风起,宽心汉月圆。飞尘长翳日,白草自连天。谁贡和亲策,千秋污简编。

送姚端先辈归宁

知君归觐省,称意涉通津。解缆汀洲晓,张帆烟水春。牵吟芳草远,贳酒乱花新。拜庆庭闱处,蟾枝香满身。

江村晚秋作

高秋水村路,隔岸见人家。好是经霜叶,红于带露花。临罾鱼易得,就店酒难赊。吟兴胡能尽,风清日又斜。

蛩

月冷莎庭夜已深,百虫声外有清音。诗情正苦无眠处,愧尔阶前相伴吟。

感 秋 书 事

宦途憔悴雪生头,家计相牵未得休。红蓼白蘋消息断,旧溪烟月负渔舟。

访庐山归章禅伯

沈沈石室疏钟后,寂寂莎池片月明。多少学徒求妙法,要于言下悟无生。

庐山栖隐洞谭先生院留题

坛畔归云冷湿襟，拂苔移石坐花阴。偶然醒得庄周梦，始觉玄门兴
味深。

江行值暴风雨

风狂雨暗舟人惧，自委神明志不邪。投得苇湾波浪息，岸头烟火近
人家。

杪秋夕吟怀寄宋维先辈

江岛穷秋木叶稀，月高何处捣寒衣。苦嗟不见登龙客，此夜悠悠一
梦飞。

七　夕

星河耿耿正新秋，丝竹千家列彩楼。可惜穿针方有兴，纤纤初月苦
难留。

吉水作尉时酬阁侍御见寄

谬佐驱鸡任，常思赋鹏人_{时阁公谪官吉州}。未谐林下约，空感病来身。
锁径青苔老，铺阶红叶新。相思不可见，犹喜得书频。

清溪逢张惟贞秀才

洞隐红霞外，房开碧嶂根。昔年同炼句，几夜共听猿。考古书千
卷，忘忧酒一樽。如今归建业，雅道喜重论。

送阎侍御归阙

羡君乘紫诏，归路指通津。鼓棹烟波暖，还京雨露新。趋朝丹禁晓，耸辔九衢春。自愧湮沉者，随轩未有因。

甲子岁罢吉水县过钟陵时暮春维舟江渚谒柴太尉席上作

公侯延驻暂踟蹰，况值风光三月初。乱落杯盘花片小，静笼池阁柳阴疏。舟维南浦程虽阻，饮预西园兴有馀。却笑田家门下客，当时容易叹车鱼。

海上春夕旅怀寄左偓 此诗与《下蔡春暮旅怀》略同

柳过清明絮乱飞，感时怀旧思凄凄。月生楼阁云初散，家在汀洲梦去迷。发白每惭清鉴启，酒醒长怯子规啼。北山高卧风骚客，安得同吟复杖藜。

江次维舟登古寺

辍棹因过古梵宫，荒凉门径锁苔茸。绿阴满地前朝树，清韵含风后殿钟。童子纵慵眠坏榻，老僧耽话指诸峰。吟馀却返来时路，回首盘桓尚驻筇。

春日招宋维先辈

瓮中竹叶今朝熟，鉴里桃花昨日一作夜开。为报广寒攀桂客，莫辞相访共衔杯。

吹笛儿

陇头休听月明中,妙竹嘉音际会逢。见尔樽前吹一曲,令人重忆许云封。云封,开元善笛者。

所思

解珮当时在洛滨,悠悠疑是梦中身。自从物外无消息,花谢莺啼近十春。

吉水县酬夏侯秀才见寄

启鉴悠悠两鬓苍,病来心绪易凄凉。知音不到吟还懒,锁印开帘又夕阳。

和友人喜雪

腊雪频频降,成堆不可除。伴吟花莫并,销瘴药何如。谢女诗成处,袁安睡起初。深迷樵子径,冷逼旅人居。惹砌催樽俎,飘窗入簿书。最宜楼上望,散乱满空虚。

感事呈所知

竞爱松筠翠,皆怜桃李芳。如求济世广,桑柘愿商量。

送汪涛

知君别家后,不免泪沾襟。芳草千里路,夕阳孤客心。花飞当野渡,猿叫在烟岑。霄汉知音在,何须恨陆沉。

言志寄刘钧秀才

童稚亲儒墨，时平喜道存。酬身指书剑，赋命委乾坤。秋爽鼓琴兴，月清搜句魂。与君同此志，终待至公论。

访澄上人

寻师来静境，神骨觉清凉。一饷逢秋雨，相留坐竹堂。石渠堆败叶，莎砌咽寒螿。话到南能旨，怡然万虑忘。

经古寺

殿宇半隳摧，门临野水开。云凝何代树，草蔽此时台。绕塔堆黄叶，沿阶积绿苔。踟蹰日将暮，栖鸟入巢来。

送王道士游东海

巨浸常牵梦，云游岂觉劳。遥空收晚雨，虚阁看秋涛。必若思三岛，应须钓六鳌。如通十洲去，谁信碧天高。

贻青阳宰

征赋常登限，名山管最多。吏闲民讼少，时得访烟萝。

哭故主人陈太师

十年孤迹寄侯门，入室升堂忝厚恩。游遍春郊随茜旆，饮残秋月待金尊。车鱼郑重知难报，吐握周旋不可论。长恸裴回逝川上，白杨萧飒又黄昏。

秋江夜泊寄刘钧

万里江山敛暮烟,旅情当此独悠然。沙汀月冷帆初卸,苇岸风多人未眠。已听渔翁歌别浦,更堪边雁过遥天。与君共俟酬身了,结侣波中寄钓船。

全唐诗卷七五〇

李 中

和浔阳宰感旧绝句五首

追感古今情不已,竹轩闲取史书看。欲亲往哲无因见,空树临风襟袖寒。

浔阳物景真难及,练泻澄江最好看。曾上虚楼吟倚槛,五峰擎雪照人寒。

园林春媚千花发,烂熳如将画障看。惟爱松筠多冷淡,青青偏称雪霜寒。

知君百里鸣琴处,公退千山尽日看。政化有同风偃草,更将馀力拯孤寒。

昔岁寻芳忻得侣,江堤物景尽情看。就中吟恋垂杨下,撼起啼莺晚吹寒。

哭 柴 郎 中

昔岁遭逢在海城,曾容孤迹奉双旌。酒边不厌笙歌盛,花下只愁风雨生。棋接山亭松影晚,吟陪月槛露华清。音尘自此无因问,泪洒川波夕照明。

访 章 禅 老

比寻禅客叩禅机,澄却心如月在池。松下偶然醒一梦,却成无语问
吾师。

泊 秋 浦

苇岸风高宿雁惊,维舟特地起乡情。渔儿隔水吹横笛,半夜空江月
正明。

闲 居 言 怀

未达难随众,从他俗所憎。闲听九秋雨,远忆四明僧。病后倦吟
啸,贫来疏友朋。寂寥元合道,未必是无能。

舟 次 彭 泽

飘泛经彭泽,扁舟思莫穷。无人秋浪晚,一岸蓼花风。乡里梦渐
远,交亲书未通。今宵见圆月,难坐冷光中。

宿 钟 山 知 觉 院

宿投林下寺,中夜觉神清。磬罢僧初定,山空月又生。笼灯吐冷
艳,岩树起寒声。待晓红尘里,依前冒远程。

游 茅 山 二 首

绿藓深迎步,红霞烂满衣。洞天应不远,鸾鹤向人飞。
茅许仙踪在,烟霞一境清。夷希一作希夷何许叩,松径月空明。

鹤

九皋羽翼下晴空，万里心难驻玉笼。清露滴时翘藓径，白云开处唳
松风。归当华表千年后，怨在瑶琴别操中。好共灵龟作俦侣，十洲
三岛逐仙翁。

暮春吟怀寄姚端先辈

无奈诗魔旦夕生，更堪芳草满长汀。故人还爽花前约，新月又生江
上亭。庄梦断时灯欲烬，蜀魂啼处酒初醒。何时得见登龙客，隔却
千山万仞青。

送圆—作图上人归庐山

莲宫旧隐尘埃外，策杖临风拂袖还。踏雪独寻青嶂下，听猿重入白
云间。萧骚红树当门老，斑驳苍苔锁径闲。预想松轩夜禅处，虎溪
圆月照空山。

送相里秀才之匡山国子监

气秀情闲杳莫群，庐山游去志求文。已能探虎穷骚雅，又欲囊萤就
典坟。目豁乍窥千里浪，梦寒初宿五峰云。业成早赴春闱约，要使
嘉名海内闻。

渔　父　二　首

偶向芦花深处行，溪光山色晚来晴。渔家开户相迎接，稚子争窥犬
吠声。

雪鬓衰髯白布袍，笑携赪鲤换村醪。殷勤留我宿溪上，钓艇归来明
月高。

旅 次 闻 砧

砧杵谁家夜捣衣,金风渐渐露微微。月中独坐不成寐,旧业经年未
得归。

寄 杨 先 生

仙翁别后无信,应共烟霞卜邻。莫把壶中秘诀,轻传尘里游人。浮
生日月自急,上境莺花正春。安得一招琴酒,与君共泛天津。

对酒招陈昭用

花开叶落堪悲,似水年光暗移。身世都如梦役,是非空使神疲。良
图有分终在,所欲无劳妄一作远思。幸有一壶清酒,且来闲语希夷。

旅 夜 闻 笛

长笛起谁家,秋凉夜漏赊。一声来枕上,孤客在天涯。木末风微
动,窗前月渐斜。暗牵诗思苦,不独落梅花。

送绍明上人之毗陵

忽起毗陵念,飘然不可留。听蝉离古寺,携锡上扁舟。月出沙汀
冷,风高苇岸秋。回期端的否,千里路悠悠。

再到山阳寻故人不遇二首

维舟登野岸,因访故人居。乱后知何处,荆榛匝弊庐。
欲问当年事,耕人都不知。空馀堤上柳,依旧自垂丝。

寄庐山简寂观重道者

忆昔采芝庐岳顶，清宫常接绛霄人。玉书闲展石楼晓，瑶瑟醉弹琪树春。惟恨仙桃迟结实，不忧沧海易成尘。似醒一梦归凡世，空向彤霞寄梦频。

思溢渚旧居

昔岁曾居溢水头，草堂吟啸兴何幽。迎僧常踏竹间藓，爱月独登溪上楼。寒翠入檐岚岫晓，冷声萦枕野泉秋。从拘宦路无由到，昨夜分明梦去游。

思胊阳春游感旧寄柴司徒五首

王孙昔日甚相亲，共赏西园正媚春。醉卧如茵芳草上，觉来花月影笼身。

烟铺芳草正绵绵，藉草传杯似列仙。暂辍笙歌且联句，含毫花下破香笺。

南陌风和舞蝶狂，惜春公子恋斜阳。高歌饮罢将回辔，衣上花兼百草香。

春郊饮散暮烟收，却引丝簧上翠楼。红袖歌长金斝乱，银蟾飞出海东头。

昔年常接五陵狂，洪一作共饮花间数十场。别后或惊如梦觉，音尘难问水茫茫。

泉

潺潺青嶂底，来处一何长。漱石苔痕滑，侵松鹤梦凉。泛花穿竹坞，泻月下莲塘。想得归何处，天涯助渺茫。

题徐五教池亭

多一作名士池塘好,尘中景恐无。年来养鸥鹭,梦不去江湖。泉脉
通深涧,风声起短芦。惊鱼跳一作藏藻荇,戏蝶上菰蒲。泛泛容渔
艇,闲闲载酒壶。涨痕山雨过,翠积岸苔铺。花影沉波底,烟光入
座隅。晓香怜杜若,夜浸爱〔蟾〕(蝉)蜍。步逸心难厌,看吟兴不辜。
凭君命奇笔,为我写成图。

遥赋义兴潜泉

见说灵泉好,潺湲兴莫穷。谁当秋霁后,独听月明中。溅石苔花
润,随流木叶红。何当化霖雨,济物显殊功。

和毗陵尉一作纠曹昭用见寄

决狱多馀暇,冥搜万象空。卷帘疏雨后,锁印夕阳中。还往多名
士,编题尚古风。宦途知此味,能有几人同。

梅　花

群木方憎雪,开花长在先。流莺与舞蝶,不见许因缘。

舟次吉水逢蔡文庆秀才

别后音尘断,相逢又共吟。雪霜今日鬓,烟月旧时心。舣棹夕阳
在,听鸿秋色深。一尊开口笑,不必话升沉。

新喻县偶寄彭仁正字

经年离象魏,孤宦在南荒。酒醒公斋冷,雨多归梦长。志难酬国
泽,术欠致民康。吾子应相笑,区区道未光。

和彭正字喜雪见寄

千门忻应瑞,偏称上楼看。密洒虚窗晓,狂飘大野寒。园深宜竹树一作柏,帘卷洽杯盘。已作丰年兆,黎民意尽安。

海上和柴军使清明书事

清明时节好烟光,英杰高吟兴味长。捧日即应还禁卫,当春何惜醉胸阳。千山过雨难藏翠,百卉临风不藉香。却是旅人凄屑甚,夜来魂梦到家乡。

壬申岁承命之任淦阳再过庐山国学感旧寄刘钧明府

三十年前共苦辛,囊萤曾寄此烟岑。读书灯暗嫌云重,搜句石平怜藓深。各历宦途悲聚散,几看时一作流辈或浮沉。再来物景还依旧,风冷松高猿狖吟。

留题胡参卿秀才幽居

竹荫庭除藓色浓,道心安逸寂寥中。扣门时有栖禅客,洒一作漉酒多招采药翁。江近好听菱芡雨,径香偏爱蕙兰风。我惭名宦犹拘束,脱屣心情未得同。

放鹭鹚

池塘多谢久淹留,长得霜翎放自由。好去兼葭深处宿,月明应认旧江秋。

柳　絮

年年二一作三月暮,散乱杂飞花。雨过微风起,狂飘千万家。

早　春

一种和风至,千花未放妍。草心并柳眼,长是被恩先。

春　云

阴去为膏泽,晴来媚晓空。无心亦无滞,舒卷在东风。

送姚端秀才游毗陵

毗陵嘉景太湖边,才子经游称少年。风弄青帘沽酒市,月明红袖采莲船。若耶罨画应相似,若耶,溪名,在毗陵。越岫吴峰尽接连。此去高吟须早返,广寒丹桂莫迁延。

和朐阳载笔鲁裕见寄

燕台多事每开颜,相许论交淡薄间。饮兴共怜芳草岸,吟情同爱夕阳山。露浓小径蛩声咽,月冷空庭竹影闲。何事此时攀忆甚,与君俱是别乡关。

叙 吟 二 首

往哲搜罗妙入神,隋珠和璧未为珍。而今所得惭难继,谬向平生著苦辛。

成僻成魔二雅中,每逢知己是亨通。言之无罪终难厌,欲把风骚继古风。

贻毗陵正勤禅院奉长老

随缘驻瓶锡,心已悟无生。默坐烟霞散,闲观水月明。竹深风倍冷,堂迥磬偏清。愿作传灯者,忘言学净名。

冬日—作中书怀寄惟真大师

自别吾师后,风骚道甚孤。雪霜侵鬓发,音信隔江湖。扰扰悲时世,悠悠役梦途。向公期尽节,多病怕倾壶。贱迹虽惭滞,幽情忍使辜。诗成天外句,棋覆夜中图。落壁灯花碎,飘窗雪片粗。煮茶烧栗兴,早晚复围炉。

献中书潘舍人

运叶半千数,天钟许国臣。鹏霄开羽翼,凤阙演丝纶。顾问当清夜,从容向紫宸。立言成雅诰,正意叙彝伦。朴素偕前哲,馨香越搢绅。褒辞光万代,优旨重千钧。公退谁堪接,清闲道是邻。世间身属幻,物外意通津。吊往兼春梦,文高赋复新。舍人有《吊往文》、《春梦赋》行于世也。琴弹三峡水,屏画十洲春。庭冷铺苔色,池寒浸月轮。竹风来枕簟,药气上衣巾。茶谱传溪叟,棋经受羽人。清虚虽得趣,献替不妨陈。杞梓呈才后,神仙入侍频。孤寒皆有赖,中外亦同忻。有士曾多难,无门得望尘。忙忙罹险阻,往往耗精神。寻果巢枝愿,终全负米身。〔遭〕(连)逢敦孝治,蹇塞值通津。最庆清朝禄,还沾白发亲。甘柔心既遂,虚薄报何因。远宦联绵历,卑栖夙夜勤。良时空爱惜,末路每悲辛。骨立驹犹病,颜凋女尚贫。而今谐—作偕顾遇,尺蠖愿求伸。

全唐诗卷七五一

徐　铉

　　徐铉，字鼎臣，广陵人。十岁能属文，与韩熙载齐名，江东谓之韩徐。仕吴为秘书郎。仕南唐，历中书舍人、翰林学士、吏部尚书。归宋，为散骑常侍，坐贬卒。铉文思敏速，凡所撰述，往往执笔立就。精小学，篆隶尤工。集三十卷，今编诗六卷。

早春左省寓直

旭景鸾台上，微云象阙间。时清政事少，日永直官闲。远籁飞箫管，零冰响珮环。终军年二十，默坐叩玄关。

寒食宿陈公塘上

垂杨界官道，茅屋倚高坡。月下春塘水，风中牧竖歌。折花闲立久，对酒远情多。今夜孤亭梦，悠扬奈尔何。

将去广陵别史员外南斋

家声曾与金张辈，官署今居何宋间。起得高斋临静曲，种成奇树学他山。鸳鸯终日同醒醉，萝薜常时共往还。贱子今朝独南去，不堪回首望清闲。

将过江题白沙馆

少长在维扬,依然认故乡。金陵佳丽地,不道少风光。稍望吴台远,行登楚塞长。殷勤语江岭,归梦莫相妨。

登甘露寺北望

京口潮来曲岸平,海门风起浪花生。人行沙上见日影,舟过江中闻橹声。芳草远迷扬子渡,宿烟深映广陵城。游人乡思应如橘,相望须含两地情。

山 路 花

不共垂杨映绮寮,倚山临路自娇饶。游人过去知香远,谷鸟飞来见影摇。半隔烟岚遥隐隐,可堪风雨暮萧萧。城中春色还如此,几处笙歌按舞腰。

京口江际弄水

退公求静独临川,扬子江南二月天。百尺翠屏甘露阁,数帆晴日海门船。波澄濑石寒如玉,草接汀蘋绿似烟。安得乘槎更东去,十洲风外弄潺湲。

早春旬假独直寄江舍人

省署皆归沐,西垣公事稀。咏诗前砌立,听漏向申归。远思风醒酒,馀寒雨湿衣。春光已堪探,芝盖共谁飞。

从驾东幸呈诸公

吴公台下旧京城,曾掩衡门过十春。别后不知新景象,信来空问故

交亲。宦游京口无高兴,习隐钟山限俗尘。今日喜为华表鹤,况陪
鹓鹭免迷津。

重游木兰亭

缭绕长堤带碧浔,昔年游此尚青衿。兰桡破浪城阴直,玉勒穿花苑
树深。宦路尘埃成久别,仙家风景有谁寻。那知年长多情后,重凭
栏干一独吟。

赋 得 彩 燕

缕彩成飞燕,迎和启蛰时。翠翘生玉指,绣羽拂文楣。讵费衔泥
力,无劳剪爪期。化工今在此,翻怪社来迟。

送魏舍人仲甫为蕲州判官

从事蕲春兴自长,蕲人应识紫薇郎。山资足后抛名路,莼菜秋来忆
故乡。以道卷舒犹自适,临戎谈笑固无妨。如闻郡阁吹横笛,时望
青溪忆野王。

题殷舍人宅木芙蓉

怜君庭下木芙蓉,袅袅纤枝淡淡红。晓吐芳心零宿露,晚摇娇影媚
清风。似含情态愁秋雨,暗减馨香借菊丛。默饮数杯应未称,不知
歌管与谁同。

送史馆高员外使岭南

东观时闲暇,还修喻蜀书。双旌驰县道,百越从轺车。桂蠹晨餐
罢,贪泉访古初一作馀。春江多好景,莫使醉吟疏。

春日紫岩山期客不至

郊外春华好，人家带碧溪。浅莎藏鸭戏，轻霭隔鸡啼。掩映红桃谷，夤缘翠柳堤。王孙竟不至，芳草自萋萋。

宿蒋帝庙明日游山南诸寺

便返城闉尚未甘，更从山北到山南。花枝似雪春虽半，桂魄如眉日始三。松盖遮门寒黯黯，柳丝妨路翠毵毵。登临莫怪偏留恋，游宦多年事事谙。

赋得有所思

所思何在杳难寻，路远山长水复深。衰草满庭空伫立，清风吹袂更长吟。忘情好醉一作酹青田酒，寄恨宜调绿绮琴。落日鲜云偏聚散，可能知我独伤心。

赠王贞素先生

先生尝已佩真形，绀发朱颜骨气清。道秘未传鸿宝术，院深时听步虚声。辽东几度悲城郭，吴市终应变姓名。三十六天皆有籍，他年何处问归程。

春　夜　月

幽人春望本多情，况是花繁月正明。竟夕无言亦无寐，绕阶芳草影随行。

爱敬寺有老僧尝游长安言秦雍间
事历历可听因赠此诗兼示同行客

白首栖禅者，尝谈灞浐游。能令过江客，偏起失乡愁。室倚桃花
崦，门临杜若洲。城中无此景，将子剩淹留。

游蒋山题辛夷花寄
陈奉礼　本约陈同游，不至。

今岁游山已恨迟，山中仍喜见辛夷。簪缨且免全为累，桃李犹堪别
作期。晴后日高偏照灼，晚来风急渐离披。山郎不作同行伴，折得
何由寄所思。

和殷舍人萧员外春雪

万里春阴乍履端，广庭风起玉尘干。梅花岭上连天白，蕙草阶前特
地寒。晴去便为经岁别，兴来何惜彻宵看。此时鸳侣皆闲暇，赠答
诗成禁漏残。

寄蕲州高郎中

贾傅栖迟楚泽东，兰皋三度换秋风。纷纷世事来无尽，黯黯离魂去
不通，直道未能胜社鼠，孤飞徒自叹冥鸿。知君多少思乡恨，并在
山城一笛中。

寄和州韩舍人

急景骎骎度，遥怀处处生。风头乍寒暖，天色半阴晴。久别魂空
断，终年道不行。殷勤云上雁，为过历阳城。

从兄龙武将军没于边戍过旧营宅作

前年都尉没边城,帐下何人领旧兵。徼外瘴烟沉鼓角,山前秋日照铭旌。笙歌却返乌衣巷,部曲皆还细柳营。今日园林过寒食,马蹄犹拟入门行。

景阳台怀古

后主忘家不悔,江南异代长春。今日景阳台上,闲人何用伤神。

春　分　日

仲春初四日,春色正中分。绿野徘徊月,晴天断续云。燕飞犹个个,花落已纷纷。思妇高楼晚,歌声不可闻。

寄驾部郎中 瞻

贱子乖慵性,频为省直牵。交亲每相见,多在相门前。君独疏名路,为郎过十年。炎风久成别,南望思悠然。

和王庶子寄题兄长建州廉使新亭

谢守高斋结构新,一方风景万家情。群贤讵减山阴会,远俗初闻正始声。水槛片云长不去,讼庭纤草转应生。阿连诗句偏多思,遥想池塘昼梦成。

谢文靖墓下作 时闽岭用师,契丹陷梁宋。

越徼稽天讨,周京乱虏尘。苍生何可奈,江表更无人。岂惮寻荒垄,犹思认后身。春风白杨里,独步泪沾巾。

全唐诗卷七五二

徐　铉

观人读春秋

日觉儒风薄,谁将霸道羞。乱臣无所惧,何用读春秋。

秋日雨中与萧赞善访殷舍人于翰林座中作

野出西垣步步迟,秋光如水雨如丝。铜龙楼下逢闲客,红药阶前访旧知。乱点乍滋承露处,碎声因想滴蓬时。银台钥入须归去,不惜馀欢尽酒卮。

送和州张员外为江都令

经年相望隔重湖,一旦相逢在上都。塞诏官班聊慰否,埋轮意气尚存无。由来圣代怜才子,始觉清风激懦夫。若向西冈寻胜赏,旧题名处为踟蹰。

和明道人宿山寺

闻道经行处,山前与水阳。磬声深小院,灯影迥高房。落宿依楼角,归云拥殿廊。羡师闲未得,早起逐班行。

晚 归

暑服道情出,烟街薄暮还。风清飘短袂,马健弄连环。水静闻归
橹,霞明见远山。过从本无事,从此涉旬间。

月真歌 月真,广陵妓女,翰林殷舍人所录。携之垂访,筵上赠此。

扬州胜地多丽人,其间丽者名月真。月真初年十四五,能弹琵琶善
歌舞。风前弱柳一枝春,花里娇莺百般语。扬州帝京多名贤,其间
贤者殷德川。德川初秉纶闱笔,职近名高常罕出。花前月下或游
从,一见月真如旧识。闲庭深院资贤宅,宅门严峻无凡客。垂帘偶
坐唯月真,调弄琵琶郎为拍。殷郎一旦过江去,镜中懒作孤鸾舞。
朝云暮雨镇相随,石头城下还相遇。二月三月江南春,满城濛濛起
香尘。隔墙试听歌一曲,乃是资贤宅里人。绿窗绣幌天将晓,残烛
依依香袅袅。离肠却恨苦多情,软障薰笼空悄悄。殷郎去冬入翰
林,九霄官署转深沉。人间想望不可见,唯向月真存旧心。我惭阘
茸何为者,长感馀光每相假。陋巷萧条正掩扉,相携访我衡茅下。
我本山人愚且贞,歌筵歌席常无情。自从一见月真后,至今赢得颠
狂名。殷郎月真听我语,少壮光阴能几许。良辰美景数追随,莫教
长说相思苦。

走笔送义兴令赵宣辅

闻君孤棹泛荆谿,陇首云随别恨飞。杜牧旧居凭买取,他年藜杖愿
同归。

天阙山绝句

散诞爱山客,凄凉怀古心。寒风天阙晚,尽日倚轩吟。

除　夜

寒灯耿耿漏迟迟,送故迎新了不欺。往事并随残历日,春风宁识旧
容仪。预惭岁酒难先饮,更对乡傩羡小儿。吟罢明朝赠知己,便须
题作去年诗。

寄　钟　谟

看看潘鬓二毛生,昨日林梢又转莺。欲对春风忘世虑,敢言尊酒召
时英。假中西阁应无事,筵上南威幸有情。不得车公终不乐,已教
红袖出门迎。

正初答钟郎中见招

高斋迟景雪初晴,风拂乔枝待早莺。南省郎官名籍籍,东邻妓女字
英英。流年倏忽成陈事,春物依稀有旧情。新岁相思自过访,不烦
虚左远相迎。

闻雁寄故人

久作他乡客,深惭薄宦非。不知云上雁,何得每年归。夜静声弥
怨,天空影更微。往年离别泪,今夕重沾衣。

江舍人宅筵上有妓唱
和州韩舍人歌辞因以寄

良宵丝竹偶成欢,中有佳人俯翠鬟。白雪飘飖传乐府,阮郎憔悴在
人间。清风朗月长相忆,佩蕙纫兰早晚还。深夜酒空筵欲散,向隅
惆怅鬓堪斑。

寒 食 日 作

厨冷烟初禁，门闲日更斜。东风不好事，吹落满庭花。过社纷纷
燕，新晴淡淡霞。京都盛游观，谁访子云家。

贺殷游二舍人入翰林江给事拜中丞

清晨待漏独徘徊，霄汉悬心不易裁。阁老深严归翰苑，夕郎威望拜
霜台。青绫对覆蓬壶晚，赤棒前驱道路开。犹有西垣厅记在，莫忘
同草紫泥来。

欧阳太监雨中视决堤因
堕水明日见于省中因戏之

闻道张晨盖，徘徊石首东。瀋川非伯禹，落水异三公。衣湿仍愁
雨，冠欹更怯风。今朝复相见，疑是葛仙翁。

送吴郎中为宣州推官知泾县

征房亭边月，鸡鸣伴客行。可怜何水部，今事谢宣城。风物聊供
赏，班资莫系情。同心不同载，留滞为浮名。

寄舒州杜员外

信到得君书，知君已下车。粉闱情在否，莲幕兴何如。人望征贤
入，余思从子居。瀋山真隐地，凭为卜茅庐。

九月十一日寄陈郎中

我多吏事君多病，寂绝过从又几旬。前日龙山烟景好，风前落帽是
何人。

和司门郎中陈彦

衡门寂寂逢迎少,不见仙郎向五旬。莫问龙山前日事,菊花开却为闲人。

赋得捣衣

江上多离别,居人夜捣衣。拂砧知露滴,促杵恐霜飞。漏转声频断,愁多力自微。裁缝依梦见,腰带定应非。

九月三十夜雨寄故人

独听空阶雨,方知秋事悲。寂寥旬假日,萧飒夜长时。别念纷纷起,寒更故故迟。情人如不醉,定是两相思。

寄抚州钟郎中 时王师败绩于闽中,谟在建州。

去载分襟后,寻闻在建安。封疆正多事,尊俎若为欢。都护空遗镞,明君欲舞干。绕朝时不用,非是杀身难。

送欧阳太监游庐山

家家门外庐山路,唯有夫君乞假游。案牍乍抛公署晚,林泉已近暑天秋。海潮尽处逢陶石,江月圆时上庾楼。此去萧然好长往,人间何事不悠悠。

立秋后一日与朱舍人同直

一宿秋风未觉凉,数声宫漏日犹长。林泉无计消残暑,虚向华池费稻粱。

赋得霍将军辞第

汉将承恩久，图勋肯顾私。匈奴犹未灭，安用以家为。郢匠虽闻诏，衡门竟不移。宁烦张老颂，无待晏婴辞。甲乙人徒费，亲邻我自持。悠悠千载下，长作帅臣师。

和元帅书记萧郎中观习水师

元帅楼船出治兵，落星山外火旗明。千帆日助江陵势，万里风驰下濑声。杀气晓严波上鹢，凯歌遥骇海边鲸。仲宣一作从军咏，回顾儒衣自不平。

秋日卢龙村舍

置却人间事，闲从野老游。树声村店晚，草色古城秋。独鸟飞天外，闲云度陇头。姓名君莫问，山木与虚舟。

和萧郎中小雪日作

征西府里日西斜，独试新炉自煮茶。篱菊尽来低覆水，塞鸿飞去远连霞。寂寥小雪闲中过，斑驳轻霜鬓上加。算得流年无奈处，莫将诗句祝苍华。

中书相公溪亭闲宴依韵 李建勋

雨霁秋光晚，亭虚野兴回。沙鸥掠岸去，溪水上阶来。客傲风欹帻，筵香菊在杯。东山长许醉，何事忆天台。

寄饶州王郎中效李白体

珍重王光嗣，交情尚在不。芜城连宅住，楚塞并车游。别后官三改,年来岁六周。银钩无一字,何以缓离愁。

寄歙州吕判官

任公郡占好山川,溪水萦回路屈盘。南国自来推胜境,故人此地作
郎官。风光适意须留恋,禄秩资贫且喜欢。莫忆班行重回首,是非
多处是长安。

宣威苗将军贬官后重经故宅

蒋山南望近西坊,亭馆依然锁院墙。天子未尝过细柳,将军寻已戍
敦煌史万岁尝谪戍敦煌。欹倾怪石山无色,零落圆荷水不香。为将为
儒皆寂寞,门前愁杀马中郎。

附池州薛郎中书因寄歙州张员外

新安从事旧台郎,直气多才不可忘。一旦江山驰别梦,几年簪绂共
周行。岐分出处何方是,情共穷通此义长。因附邻州寄消息,接舆
今日信为狂。

寄江都路员外

吾兄失意在东都,闻说襟怀任所如。已纵乖慵为傲吏,有何关键制
豪胥。县斋晓闭多移病,南亩秋荒忆遂初。知道故人相忆否,嵇康
不得懒修书。

张员外好茅山风景求为句容令作此送

句曲山前县,依依数舍程。还同适勾漏,非是厌承明。柳谷供诗
景,华阳契道情。金门容傲吏,官满且还城。

送应之道人归江西

曾骑竹马傍洪厓,二十馀年变物华。客梦等闲过驿阁,归帆遥羡指
龙沙。名垂小篆矜垂露,诗作吴吟对绮霞。岁暮定知回未得,信来
凭为寄梅花。

送元帅书记高郎中出为婺源建威军使

寒风萧瑟楚江南,记室戎装挂锦帆。倚马未曾妨笑傲,斩牲先要厉
威严。危言昔日尝无隐,壮节今来信不凡。惟有杯盘思上国,酒醲
甜淡菜蔬甘。

游方山宿李道士房

从来未面李先生,借我西窗卧月明。二十三家同愿识,素骡何日暂
还城。

题 画 石 山

彼美巉岩石,谁施黼藻功。回岩明照地,绝壁烂临空。锦段鲜须
濯,罗屏展易穷。不因秋藓绿,非假晚霞红。羽客藏书洞,樵人取
箭风。灵踪理难问,仙路去何通。返驾归尘里,留情向此中。回瞻
画图畔,遥羡面山翁。

临 石 步 港

埼岸堕萦带,微风起细涟。绿阴三月后,倒影乱峰前。吹浪游鳞
小,黏苔碎石圆。会将腰下组,换取钓鱼船。

病 题 二 首

性灵慵懒百无能,唯被朝参遣夙兴。圣主优容恩未答,丹经疏阔病
相陵。脾伤对客偏愁酒,眼暗看书每愧灯。进与时乖不知退,可怜
身计谩腾腾。

人间多事本难论,况是人间懒慢人。不解养生何怪病,已能知命敢
辞贫。向空咄咄烦书字,举世滔滔莫问津。金马门前君识否,东方
曼倩是前身。

寄江州萧给事

夕郎忧国不忧身,今向天涯作逐臣。魂梦暗驰龙阙曙,啸吟闲绕虎
谿春。朝车载酒过山寺,谏纸题诗寄野人。惆怅懦夫何足道,自离
群后已同尘。

和江州江中丞见寄

贾傅南迁久,江关道路遥。北来空见雁,西去不如潮。鼠穴依城
社,鸿飞在泬寥。高低各有处,不拟更相招。

和钟郎中送朱先辈还京垂寄

分司洗马无人问,辞客殷勤辍棹歌。苍藓满庭行径小,高梧临槛雨
声多。春愁尽付千杯酒,乡思遥闻一曲歌。且共胜游消永日,西冈
风物近如何。

送郝郎中为浙西判官

大藩从事本优贤,幕府仍当北固前。花绕楼台山倚郭,寺临江海水
连天。恐君到即忘归日,忆我游曾历二年。若许他时作闲伴,殷勤

为买钓鱼船。

翰林游舍人清明日入院中途见
过余明日亦入西省上直因寄游君

榆柳开新焰,梨花发故枝。辒辌隘城市,圭组坐曹司。独对芝泥检,遥怜白马儿。禁林还视草,气味两相知。

陪王庶子游后湖涵虚阁 东宫园

悬圃清虚乍过秋,看山寻水上兹楼。轻鸥的的飞难没,红叶纷纷晚更稠。风卷微云分远岫,浪摇晴日照中洲。跻攀况有承华客,如在南皮奉胜游。

柳枝辞十二首

把酒凭君唱柳枝,也从丝管递相随。逢春只合朝朝醉,记取秋风落叶时。

南园日暮起春风,吹散杨花雪满空。不惜杨花飞也得,愁君老尽脸边红。

陌上朱门柳映花,帘钩半卷绿阴斜。凭郎暂驻青骢马,此是钱塘小小家。

夹岸朱栏柳映楼,绿波平幔带花流。歌声不出长条密,忽地风回见彩舟。

老大逢春总恨春,绿杨阴里最愁人。旧游一别无因见,嫩叶如眉处处新。

濛濛堤畔柳含烟,疑是阳和二月天。醉里不知时节改,漫随儿女打秋千。

水阁春来乍减寒,晓妆初罢倚栏干。长条乱拂春波动,不许佳人照影看。

柳岸烟昏醉里归，不知深处有芳菲。重来已见花飘尽，唯有黄莺啭
树飞。

此去仙源不是遥，垂杨深处有朱桥。共君同过朱桥去，索一作密映
垂杨听洞箫。

暂别扬州十度春，不知光景属何人。一帆归客千条柳，肠断东风扬
子津。

仙乐春来按舞腰，清声偏似傍娇饶。应缘莺舌多情赖，长向双成说
翠条。

凤笙临槛不能吹，舞袖当筵亦自疑。唯有美人多意绪，解依芳态画
双眉。

贬官泰州出城作

浮名浮利信悠悠，四海干戈痛主忧。三谏不从为逐客，一身无累似
虚舟。满朝权贵皆曾忤，绕郭林泉已遍游。惟有恋恩终一作心不
改，半程犹自望城楼。

过　江

别路知何极，离肠有所思。登舻望城远，摇橹过江迟。断岸烟中
失，长天水际垂。此心非橘柚，不为两乡移。

经东都太子桥

纶闱放逐知何道，桂苑风流且暂归。莫问升迁桥上客，身谋疏拙旧
心违。

全唐诗卷七五三

徐　铉

赠维扬故人

东京少长认维桑，书剑谁教入帝乡。一事无成空放逐，故人相见重凄凉。楼台寂寞官河晚，人物稀疏驿路长。莫怪临风惆怅久，十年春色忆维扬。

泰州道中却寄东京故人

风紧雨凄凄，川回岸渐低。吴州林外近，隋苑雾中迷。聚散纷如此，悲欢岂易齐。料君残酒醒，还听子规啼。

得浙西郝判官书未及报闻燕王移镇京口因寄此诗问方判官田书记消息

秋风海上久离居，曾得刘公一纸书。淡水心情长若此，银钩踪迹更无如。尝忧座侧飞鸮鸟，未暇江中觅鲤鱼。今日京吴建朱邸，问君谁共曳长裾。

赠陶使君求梨

昨宵宴罢醉如泥，惟忆张公大谷梨。白玉花繁曾缀处，黄金色嫩乍成时。冷侵肺腑醒偏早,香惹衣襟歇倍迟。今旦中山方酒渴,唯应此物最相宜。

陈觉放还至泰州以诗见寄作此答之

朱云曾为汉家忧,不怕交亲作世仇。壮气未平空咄咄,狂言无验信悠悠。今朝我作伤弓鸟,却羡君为不系舟。劳寄新诗平宿憾,此生心气贯清秋。

王三十七自京垂访作此送之

失乡迁客在天涯,门掩苔垣向水斜。只就鳞鸿求远信,敢言车马访贫家。烟生柳岸将垂缕,雪压梅园半是花。惆怅明朝尊酒散,梦魂相送到京华。

陶使君挽歌二首

太守今何在,行春去不归。筵空收管吹,郊迥俨骖骓。营外星才落,园中露已稀。伤心梁上燕,犹解向人飞。

始忆花前宴,笙歌醉夕阳。那堪城外送,哀挽逐归艎。铃阁朝犹闭,风亭日已荒。唯馀迁客泪,沾洒后池傍。

雪　中　作

赋分多情客,经年去国心。疏钟寒郭晚,密雪水亭深。影迥鸿投渚,声愁雀噪林。他乡一尊酒,独坐不成斟。

赋得风光草际浮

宿露依芳草,春郊古陌旁。风轻不尽偃,日早未晞阳。耿耿依平远,离离入望长。映空无定彩,飘径有馀光。贴若荷珠乱,纷如燎火飔。诗人多感物,凝思绕池塘。

寒食成判官垂访因赠

常年寒食在京华,今岁清明在海涯。远巷蹋歌深夜月,隔墙吹管数枝花。鸳鸯得路音尘阔,鸿雁分飞道里赊。不是多情成二十,断无人解访贫家。

送客至城西望图山因寄浙西府中

牧叟邹生笑语同,莫嗟江上听秋风。君看逐客思乡处,犹在图山更向东。

送写真成处士入京

传神踪迹本来高,泽畔形容愧彩毫。京邑功臣多伫望,凌烟阁上莫辞劳。

九 日 雨 中

茱萸房重雨霏微,去国逢秋此恨稀。目极暂登台上望,心遥长向梦中归。荃蘼路远愁霜早,兄弟乡遥羡雁飞。唯有多情一枝菊,满杯颜色自依依。

寄外甥苗武仲

放逐今来涨海边,亲情多在凤台前。且将聚散为闲事,须信华枯是偶然。蝉噪疏林村倚郭,鸟飞残照水连天。此中唯欠韩康伯,共对秋风咏数篇。

寄从兄宪兼示二弟

别路吴将楚,离忧弟与兄。断云惊晚吹,秋色满孤城。信远鸿初下,乡遥月共明。一枝栖未稳,回首望三京。

附书与钟郎中因寄京妓越宾

暮春桥下手封书,暮春,海陵桥名。寄向江南问越姑。不道诸郎少欢笑,经年相别忆侬无。

代 钟 答

一幅轻绡寄海滨,越姑长感昔时恩。欲知别后情多少,点点凭君看泪痕。

亚元舍人不替深知猥贻佳作三篇清绝
不敢轻酬因为长歌聊以为报未竟复得
子乔校书示问故兼寄陈君庶资一笑耳

海陵城里春正月,海畔朝阳照残雪。城中有客独登楼,遥望天边白银阙。天帝以黄金、白银为宫阙。白银阙下何英英,雕鞍绣毂趋承明。闾门晓辟旌旗影,玉墀风细佩环声。此处追飞皆俊彦,当年何事容疵贱。怀铅昼坐紫微宫,焚香夜直明光殿。王言简静官司闲,朋好殷勤多往还。新亭风景如东洛,邛岭林泉似北山。光阴暗度杯盂里,职业未妨谈笑间。有时邀宾复携妓,造门不问都非是。酣歌叫笑惊四邻,赋笔纵横动千字。任他银箭转更筹,不怕金吾司夜吏。可怜诸贵贤且才,时情物望两无猜。伊余独禀狂狷性,褊量多言仍薄命。吞舟可漏岂无恩,负乘自贻非不幸。一朝削迹为迁客,旦暮青云千里隔。离鸿别雁各分飞，折柳攀花两无色。卢龙渡口问迷津，瓜步山前送暮春。去年三月三十日，瓜步阻风。白沙江上曾行路，青林花落何纷纷。汉皇昔幸回中道升元中銮驾东游之路，极目牛羊卧芳草。旧宅重游尽隙荒，故人相见多衰老。禅智寺，山光桥，风瑟瑟兮雨萧萧。行杯已醒残梦断，征途未极离魂消。海陵郡中陶太守，相逢本是随行旧。乍申拜起已开眉，却问辛勤还执手。精庐水榭最清幽，一税征车聊驻留。闭门思过谢来客，知恩省分宽离忧。郡斋胜境有后池，山亭菌阁互参差。有时虚左来相召，举白飞觞任所为。多才太守能挝鼓，醉送金船间歌舞。酒酣耳热眼生花，暂似京华欢会处。归来旅馆还端居，清风朗月夜窗虚。骎骎流景岁云暮，天涯望断故人书。春来凭槛方叹息，仰头忽见南来翼。足系红笺堕我前，引颈长鸣如有言。开缄试读相思字，乃是多情乔亚元。短韵三篇皆丽绝，小梅寄意情偏切。亚元诗云："借问小梅应得信，春风新自海边来。"此篇尤佳。金兰投分一何坚，银钩写袖终难灭。醉后狂言何足奇，感君知己不相遗。长卿曾作美人赋，玄成今有责躬诗。铉去春醉中赠醉妓长歌，酷为乔君所赏。来篇所引，故以谢之。报章欲托还京信，笔拙纸穷情未尽。珍重芸香陈子乔，亦解贻书远相问。宁须买药疗羁愁，只恨无书消鄙吝。子乔问药物所要，又问置新书，故有此句。游处当时靡不同，欢娱今日两成空。天子尚应怜贾谊，时人未要嘲扬雄。曲终笔阁缄封已，翩翩驿骑行尘起。寄向中朝谢故人，为说相思意如此。

送蒯司录归京 亮

早年闻有蒯先生，二十馀年道不行。抵掌曾论天下事，折腰犹悟俗人情。老还上国欢娱少，贫聚一作裹归资一作装结束轻。迁客临流倍惆怅，冷风黄叶满山城。

闻查建州陷贼寄钟郎中 谟即查从事也

闻道将军轻壮图,螺江城下委犀渠。旌旗零落沉荒服,簪履萧条返
故居。皓首应全苏武节,故人谁得李陵书。自怜放逐无长策,空使
卢谌泪满裾。

还过东都留守周公筵上赠座客

贾生三载在长沙,故友相思道路赊。已分终年甘寂寞,岂知今日返
京华。麟符上相恩偏厚,隋苑留欢日欲斜。明旦江头倍惆怅,远山
芳草映残霞。

送杨郎中唐员外奉使湖南

江边微雨柳条新,握节含香二使臣。两绶对悬云梦日,方舟齐泛洞
庭春。今朝草木逢新律,昨日山川满战尘。同是多情怀古客,不妨
为赋吊灵均。

表弟包颖见寄 此子侍亲在饶州,累年卧疾。

常思帝里奉交亲,别后光阴屈指频。兰佩却归纶阁下,荆枝犹寄楚
江滨。十程山水劳幽梦,满院烟花醉别人。料得此生强健在,会须
重赏昔年春。

寄萧给事 萧江西致仕

危言危行古时人,归向西山卧白云。买宅尚寻徐处士,餐霞终访许
真君。容颜别后应如故,诗咏年来更不闻。今日城中春又至,落梅
愁绪共纷纷。

赋石奉送钟德林少尹员外 并序

岁辛亥冬十月,天子命吾友德林为东府亚尹。大弟谕德萧君洎诸客饯于石头城,云日苍茫,园林摇落,尊酒将竭,征帆欲飞。处者眷眷而不能回,行者迟迟而不忍去。烟生景夕,风静江平。君子曰:公足以灭私,子当促棹。诗所以言志,我当分题。故以风、月、松、竹、山、石寄情于赠别云尔。

我爱他山石,中含绝代珍。烟披寒落落,沙浅静磷磷。翠色辞文陛,清声出泗滨。扁舟载归去,知是泛槎人。

全唐诗卷七五四

徐 铉

赠泰州掾令狐克己 文公曾孙

念子才多命且奇，乱中抛掷少年时。深藏七泽衣如雪，却见中朝鬓似丝。旧德在人终远大，扁舟为吏莫推辞。孤芳自爱凌霜处，咏取文公白菊诗。

送荻栽与秀才朱观

羡子清吟处，茅斋面碧流。解憎莲艳俗，唯欠荻花幽。鹭立低枝晚，风惊折叶秋。赠君须种取，不必树忘忧。

使浙西先寄献燕王侍中

京江风静喜乘流，极目遥瞻万岁楼。喜气茏葱甘露晚，水烟波淡海门秋。五年不见鸾台长，明日将陪兔苑游。欲问平台门下吏，相君还许吐茵不。

常州驿中喜雨

飒飒旱天雨，凉风一夕回。远寻南亩去，细入驿亭来。蓑唱牛初牧，渔歌棹正开。盈庭顿无事，归思酌金罍。

驿中七夕

七夕雨初霁,行人正忆家。江天望河汉,水馆折莲花。独坐凉何
甚,微吟月易斜。今年不乞巧,钝拙转堪嗟。

赠浙西顾推官

盛府宾寮八十馀,闭门高卧兴无如。梁王苑里相逢早,润浦城中得
信疏。狼藉杯盘重会面,风流才调一如初。愿君百岁犹强健,他日
相寻隐士庐。

赠浙西妓亚仙 筵上作

翠黛颦如怨,朱颜醉更春。占将南国貌,恼杀别家人。粉汗沾巡
盏,花钿逐舞茵。明朝绮窗下,离恨两殷勤。

回至瓜洲献侍中

紫微垣里旧宾从,来向吴门谒府公。奉使谬持严助节,登门初识鲁
王宫。笙歌隐隐违离后,烟水茫茫怅望中。日暮瓜洲江北岸,两行
清泪滴西风。

邵伯埭下寄高邮陈郎中

故人相别动经年,候馆相逢倍惨然。顾我饮冰难辍棹,感君扶病为
开筵。河湾水浅翘秋鹭,柳岸风微噪暮蝉。欲识酒醒魂断处,谢公
祠畔客亭前。

谪居舒州累得韩高二舍人书作此寄之

三峰烟霭碧临溪,中有骚人理钓丝。会友少于分袂日,谪居多却在

朝时。丹心历历吾终信,俗虑悠悠尔不知。珍重韩君与高子,殷勤书札寄相思。舒人以灊、皖、天柱为三峰。

和张先辈见寄二首

去国离群掷岁华,病容憔悴愧丹砂。溪连舍下衣长润,山带城边日易斜。几处垂钩依野岸,有时披褐到邻家。故人书札频相慰,谁道西京道路赊。

清时沦放在山州,邛竹纱巾处处游。野日苍茫悲鹏舍,水风阴湿弊貂裘。鸡鸣候旦宁辞晦,松节凌霜几换秋。两首新诗千里道,感君情分独知丘。

印秀才至舒州见寻别后寄诗依韵和

羁游白社身虽屈,高步辞场道不卑。投分共为知我者,相寻多愧谪居时。离怀耿耿年来梦,厚意勤勤别后诗。今日溪边正相忆,雪晴山秀柳丝垂。

行 园 树

松节凌霜久,蓬根逐吹频。群生各有性,桃李但争春。

题 雷 公 井

掩霭愚公谷,萧寥羽客家。俗人知处所,应为有桃花。

送 彭 秀 才

贾生去国已三年,短褐闲行皖水边。尽日野云生舍下,有时京信到门前。无人与和投湘赋,愧子来浮访戴船。满袖新诗好回去,莫随骚客醉林泉。

移饶州别周使君

正怜东道感贤侯，何幸南冠脱楚囚。皖伯台前收别宴，乔公亭下舣行舟。四年去国身将老，百郡征兵主尚忧。更向鄱阳湖上去，青衫憔悴泪交流。

避难东归依韵和黄秀才见寄

戚戚逢人问所之，东流相送向京畿。自甘逐客纫兰佩，不料平民著战衣。树带荒村春冷落，江澄雾色雾霏微。时危道丧无才术，空手徘徊不忍归。

酬郭先辈

太原郭夫子，行高文炳蔚。弱龄负世誉，一举游月窟。仙籍第三人，时人故称屈。昔余吏西省，倾盖名籍籍。及我窜群舒，向风心郁郁。归来暮江上，云雾一披拂。雷雨不下施，犹作池中物。念君介然气，感时思奋发。示我数篇文，与古争驰突。彩褥粲英华，理深刮肌骨。古诗尤精奥，史论皆宏拔。举此措诸民，何忧民不活。吁嗟吾道薄，与世长迂阔。顾我徒有心，数奇身正绌。论兵属少年，经国须儒术。夫子无自轻，苍生正愁疾。

和集贤钟郎中

石渠册府神仙署，当用明朝第一人。腰下别悬新印绶，座中皆是故交亲。龙池树色供清景，浴殿香风接近邻。从此翻飞应更远，遍寻三十六天春。

送 刘 山 阳

旧族知名士,朱衣宰楚城。所嗟吾道薄,岂是主恩轻。战鼓何时息,儒冠独自行。此心多感激,相送若为情。

题伏龟山北隅

兹山信岑寂,阴崖积苍翠。水石何必多,宛有千岩意。孰知近人境,旦暮含佳气。池影摇轻风,林光澹新霁。支颐藉芳草,自足忘世事。未得归去来,聊为宴居地。

送黄梅江明府

江前为江夏令,有善政。今更宰小邑,赋诗留别,作此和之。

封疆多难正经纶,台阁如何不用君。江上又劳为小邑,箧中徒自有雄文。书生胆气人谁信,远俗歌谣主不闻。一首新诗无限意,再三吟味向秋云。

咏梅子真送郭先辈

忠臣本爱君,仁人本爱民。宁知贵与贱,岂计名与身。梅生为一尉,献疏来君门。君门深万里,金虎重千钧。向永且不用刘向、谷永,况复论子真。拂衣遂长往,高节邈无邻。至今仙籍中,谓之梅真人。郭生负逸气,百代继遗尘。进退生自知,得丧吾不陈。斯民苟有幸,期子一朝伸。

和萧郎中午日见寄

细雨轻风采药时,褰帘隐几更何为。岂知泽畔纫兰客,来赴城中角黍期。多罪静思如剉蘖,赦书才听似含饴。谢公制胜常闲暇,愿接西州敌手棋。

送黄秀才姑孰辟命

世乱离情苦，家贫色养难。水云孤棹去，风雨暮春寒。幕府才方急，骚人泪未干。何时王道泰，万里看鹏抟。

送王四十五归东都

海内兵方起，离筵泪易垂。怜君负米去，惜此落花时。想忆看来信，相宽指后期。殷勤手中柳，此是向南枝。

和太常萧少卿近郊马上偶吟

田园经雨绿分畦，飞盖闲行九里堤。拂袖清风尘不起，满川芳草路如迷。林开始觉晴天迥，潮上初惊浦岸齐。怪得仙郎诗句好，断霞残照远山西。

又　和

抱瓮何人灌药畦，金衔为尔驻平堤。村桥野店景无限，绿水晴天思欲迷。横笛乍随轻吹断，归帆疑与远山齐。凤城回望真堪画，万户千门蒋峤西。

抛球乐辞二首

歌舞送飞球，金觥碧玉筹。管弦桃李月，帘幕凤凰楼。一笑千场醉，浮生任白头。
灼灼传花枝，纷纷度画旗。不知红烛下，照见彩球飞。借势因期克，巫山暮雨归。

离歌辞五首

莫折红芳树,但知尽意看。狂风幸无意,那忍折教残。

朝日城南路,旌旗照绿芜。使君何处去,桑下觅罗敷。

事与年俱往,情将分共深。莫惊容鬓改,只是旧时心。

暂别劳相送,佳期愿莫违。朱颜不须老,留取待郎归。

拂匣收珠佩,回灯拭薄妆。莫嫌春夜短,匹似楚襄王。

梦 游 三 首

魂梦悠扬不奈何,夜来还在故人家。香濛蜡烛时时暗,户映屏风故
故斜。檀的慢调银字管,云鬟低缀折枝花。天明又作人间别,洞口
春深道路赊。

绣幌银屏杳霭间,若非魂梦到应难。窗前人静偏宜夜,户内春浓不
识寒。蘸甲递觞纤似玉,含词忍笑腻于檀。锦书若要知名字,满县
花开不姓潘。

南国佳人字玉儿,芙蓉双脸远山眉。仙郎有约长相忆,阿母何一作
无猜不得知。梦里行云还倏忽,暗中携手乍疑迟。因思别后闲窗
下,织得回文几首诗。

和萧少卿见庆新居

湘浦怀沙已不疑,京城赐第岂前期。鼓声到晚知坊远,山色来多与
静宜。簪屦一作履尚应怜故物,稻粱空自愧华池。新诗问我偏饶
思,还念鹪鹩得一枝。

又 和

惊蓬偶驻知多幸,断雁重联惬素期。当户小山如旧识,上墙幽薛最

相宜。清风不去因栽竹,隙地无多也凿池。更喜良邻有嘉树,绿阴分得近南枝。

送勋道人之建安

下国兵方起,君家义独闻。若为轻世利,归去卧溪云。挂席冲岚翠,携筇破藓纹。离情似霜叶,江上正纷纷。

送许郎中歙州判官兼黟县

尝闻黟县似桃源,况是优游冠玭筵。遗爱非遥应卧理许尝宰泾县,祖风犹在好寻仙。许宣平,黟人,得道。朝衣旧识熏香史,禄米初营种秫田。大抵宦游须自适,莫辞离别二三年。

送彭秀才南游

问君孤棹去何之,玉笋春风楚水西。山上断云分翠霭,林间晴雪入澄溪。琴心酒趣神相会,道士仙童手共携。他日时清更随计,莫如刘阮洞中迷。

和明上人除夜见寄

酌酒围炉久,愁襟默自增。长年逢岁暮,多病见兵兴。夜色开庭燎,寒威入砚冰。汤师无别念,吟坐一灯凝。

正初和鄂州边郎中见寄

潦倒含香客,凄凉赋鵩人。未能全卷舌,终拟学垂纶。故友暌离久,音书问讯频。相思俱老大,又见一年新。

送刘司直出宰

之子有雄文,风标秀不群。低飞从墨绶,逸志在青云。柳色临流动,春光到县分。贤人多静理,未爽醉醺醺。

送从兄赴临川幕

梁王籍宠就东藩,还召邹枚坐兔园。今日好论天下事,昔年同受主人恩。石头城下春潮满,金杞亭边绿树繁。唯有音书慰离别,一杯相送别无言。《方舆胜览》:临川郡旧有金杞园,园中瀛洲亭,景物为一州冠。

送龚员外赴江州幕

烦君更上筑金台,世难民劳藉俊才。自有声名驰羽檄,不妨谈笑奉尊罍。元规楼迥清风满,匡俗山春画障开。莫忘故人离别恨,海潮回处寄书来。

送朱先辈尉庐陵

我重朱夫子,依然见古人。成名无愧色,得禄及慈亲。莫叹官资屈,宁论活计贫。平生心气在,终任静边尘。

送钟德林郎中学士赴东府诗 并序

　　德林始以才术优赡,入参近司。旋以地望清雅,宠登书殿。会东畿克复,上以君有遗爱于淮海之都,故辍侍从之班,摄尹正之任。吾一二亲友,共饯行舟。铉也不才,请以言赠。理大国若烹小鲜,言不可挠之也,况乱后乎? 德林当本仁守信,体宽务断。大兵之后,民各思义,听其自理,任其自营。为之上者,导其蒙,遏其淫而已。示之以聪明,则民益迷;拘之以禁令,则民重困。弃仁则吏暴,失信则众惑。急则民伤,不断

则民懈,慎此四者,何往而不臧! 噫嘻! 吾党皆忘形者也,平生以来,胥
会者几何! 思当鸡犬相闻,舟舆不接,开口而笑,携手而游,在吾辈勉之
而已。忘身徇国,急病让夷。德林此行,宜减离恋。盍各赋一物以为赠
乎! 九月十七日序。

得　酒

酌此杯中物,茱萸满把秋。今朝将送别,他日是忘忧。世乱方多
事,年加易得愁。政成频一醉,亦未减风流。

全唐诗卷七五五

徐　铉

送陈先生之洪井寄萧少卿

闻君仙袂指洪厓，我忆情人别路赊。知有欢娱游楚泽，更无书札到京华。云开驿阁连江静，春满西山倚汉斜。此处相逢应见问，为言搔首望龙沙。

送龚明府九江归宁

茂宰隳官去，扁舟著彩衣。溢城春酒熟，匡阜野花稀。解缆垂杨绿，开帆宿鹭飞。一朝吾道泰，还逐落潮归。

和江西萧少卿见寄二首

亡羊岐路愧司南，二纪穷通聚散三。老去何妨从笑傲，病来看欲懒朝参。离肠似线常忧断，世态如汤不可探。珍重加餐省思虑，时时斟酒压山岚。

身遥上国三千里，名在朝中二十春。金印不须辞入幕，麻衣曾此叹迷津。卷舒由我真齐物，忧喜忘心即养神。世路风波自翻覆，虚舟无计得沉沦。

送薛少卿赴青阳

我爱陶靖节,吏隐从弦歌。我爱费征君,高卧归九华。清风激颓
波,来者无以加。我志两不遂,漂沦浩无涯。数奇时且乱,此图今
愈赊。贤哉薛夫子,高举凌晨霞。安民即是道,投足皆为家。功名
与权位,悠悠何用夸。携朋出远郊,酌酒藉平沙。云收远天静,江
阔片帆斜。离怀与企羡,南望长咨嗟。

送高起居之泾县

右史罢朝归,之官句水湄。别我行千里,送君倾一卮。酒罢长叹
息,此叹君应悲。乱中吾道薄,卿族旧人稀。胡为佩铜墨,去此白
玉墀。吏事岂所堪,民病何可医。藏用清其心,此外慎勿为。县郭
有佳境,千峰溪水西。云树杳回合,岩峦互蔽亏。弹琴坐其中,世
事吾不知。时时寄书札,以慰长相思。

宿茅山寄舍弟

茅许禀灵气,一家同上宾。仙山空有庙,举世更无人。独往诚违
俗,浮名亦累真。当年各自勉,云洞镇长春。

晚憩白鹤庙寄句容张少府

日入林初静,山空暑更寒。泉鸣细岩窦,鹤唳眇云端。拂榻安棋
局,焚香戴道冠。望君殊不见,终夕凭栏干。

题紫阳观

南朝名士富仙才,追步东卿遂不回。丹井自深桐暗老,祠宫长在鹤
频来。岩边桂树攀仍倚,洞口桃花落复开。惆怅霓裳太平事,一函

真迹锁昭台。

赠奚道士 含象

先生曾有洞天期,犹傍天坛摘紫芝。处世自能心混沌,全真谁见德支离。玉霄尘闭人长在,全鼎功成俗未知。他日飙轮谒茅许,愿同鸡犬去相随。

题碧岩亭赠孙尊师

绝境何人识,高亭万象含。凭轩临树杪,送目极天南。积霭生泉洞,归云锁石龛。丹霞披翠巘,白鸟带晴岚。仙去留虚室,龙归涨碧潭。幽岩君独爱,玄味我曾耽。世上愁何限,人间事久谙。终须脱羁靮,来此会空谈。

题 白 鹤 庙

平生心事向玄关,一入仙乡似旧山。白鹤唳空晴眇眇,丹沙流涧暮潺潺。尝嗟多病嫌中药,拟问真经乞小还。满洞烟霞互陵乱,何峰台榭是萧闲。

步虚词五首

气为还元正,心由抱一灵。凝神归罔象,飞步入青冥。整服乘三素,旋纲蹋九星。琼章开后学,稽首奉真经。

天帝黄金阙,真人紫锦书。霓裳纷蔽景,羽服迥凌虚。白鹤能为使,班麟解驾车。灵符终愿借,转共世情疏。

圣主过幽谷,虚皇在蕊宫。五千宗物母,七字秘神童。世上金壶远,人间玉龠空。唯馀养身法,修此与天通。

何处求玄解,人间有洞天。勤行皆是道,谪下尚为仙。蔽景乘朱凤,排虚驾紫烟。不嫌园吏傲,愿在玉宸前。

三素霏霏远,盟威凛凛寒。火铃空灭没,星斗晓阑干。佩响流虚
殿,炉烟在醮坛。萧寥不可极,骖驾上云端。

留 题 仙 观

瑶坛醮罢晚云开,羽客分飞俗士回。为报移文不须勒,未曾游处待
重来。

和陈洗马山庄新泉

已开山馆待抽簪,更要岩泉欲洗心。常被松声迷细韵,忽流花片落
高岑。便疏浅濑穿莎径,始有清光映竹林。何日煎茶酉香酒,沙边
同听暝猿吟。

奉和七夕应令

今宵星汉共晶光,应笑罗敷嫁侍郎。斗柄易倾离恨促,河流不尽后
期长。静闻天籁疑鸣佩,醉折荷花想艳妆。谁见宣猷堂上宴,一篇
清韵振金铛。

又 和 八 日

微云疏雨淡新秋,晓梦依稀十二楼。故作别离应有以,拟延更漏共
无由。那教人世长多恨,未必天仙不解愁。博望苑中残酒醒,香风
佳气独迟留。

和印先辈及第后献座主朱舍人郊居之作

成名郊外掩柴扉,树影蝉声共息机。积雨暗封青藓径,好风轻透白
练所於切衣。嘉鱼始赋人争诵,荆玉频收国自肥。独坐公厅正烦

暑, 喜吟新咏见玄微。印以《南有嘉鱼》赋及第。

和致仕张尚书新创道院

梓泽成新致, 金丹有旧情。挂冠朝睡足, 隐几暮江清。药圃分轻绿, 松窗起细声。养高宁厌病, 默坐对诸生。尚书时有瘤疾。

和尉迟赞善秋暮僻居

登高节物最堪怜, 小岭疏林对槛前。轻吹断时云缥缈, 夕阳明处水澄鲜。江城秋早催寒事, 望苑朝稀足晏眠。庭有菊花尊有酒, 若方陶令愧前贤。

和陈赞善致仕还京口

海门山下一渔舟, 中有高人未白头。已驾安车归故里, 尚通围籍在龙楼。泉声漱玉窗前落, 江色和烟槛外流。今日君臣厚终始, 不须辛苦画双牛。

京使回自临川得从兄书寄诗依韵和

珍重还京使, 殷勤话故人。别离长挂梦, 宠禄不关身。趣向今成道, 声华旧绝尘。莫嗟客鬓老, 诗句逐时新。

陪郑王相公赋筵前垂冰应教依韵

窗外虚明雪乍晴, 檐前垂霤尽成冰。长廊瓦叠行行密, 晚院风高寸寸增。玉指乍拈簪尚愧, 金阶时坠磬难胜。晨餐堪醒曹参酒, 自恨空肠病不能。

送礼部潘尚书致仕还建安

名遂功成累复轻，鲈鱼因起旧乡情。履声初下金华省，帆影看离石
首城。化剑津头寻故老，同亭会上问仙卿。冥鸿高举真难事，相送
何须泪满缨。幔亭亦号同亭。

和尉迟赞善病中见寄

仙郎移病暑天过，却似冥鸿避尉罗。昼梦乍惊风动竹，夜吟时觉露
沾莎。情亲稍喜贫居近，性懒犹嫌上直多。望苑恩深期勿药，青云
岐路未蹉跎。

池州陈使君见示游齐山诗因寄

往岁曾游弄水亭，齐峰浓翠暮轩横。哀猿出槛心虽喜，伤鸟闻弦势
易惊。病后簪缨殊寡兴，老来泉石倍关情。今朝池口风波静，遥贺
山前有颂声。

再领制诰和王明府见贺

蹇步还依列宿边，拱辰重认旧云天。自嗟多难飘零困，不似当年胆
气全。鸡树晚花疏向日，龙池轻浪细含烟。从来不解为身计，一叶
悠悠任大川。

送高舍人使岭南

西掖官曹近，南溟道路遥。使星将渡汉，仙棹乍乘潮。柳映一作映
灵和折，梅依大庾飘。江帆风浙浙，山馆雨萧萧。陆贾真迂阔，终
童久寂寥。送君何限意，把酒一长谣。

和王明府见寄

时情世难消吾道,薄宦流年危此身。莫叹京华同寂寞,曾经兵革共漂沦。对山开户唯求静,贳酒留宾不道贫。善政空多尚淹屈,不知谁是解忧民。

和方泰州见寄

逐客凄凄重入京,旧愁新恨两难胜。云收楚塞千山雪,风结秦淮一尺冰。置醴筵空情岂尽,投湘文就思如凝。更残月落知孤坐,遥望船窗一点星。

文献太子挽歌词五首

国有承桃重,人知秉哲尊。清风来望苑,遗烈在东藩。此日升缑岭,何因到寝门。天高不可问,烟霭共昏昏。

夏启吾君子,周储上帝宾。音容一飘忽,功业自纷纶。露泣承华月,风惊丽正尘。空馀商岭客,行泪一作哭下宜春。

出处成交让,经纶有大功。泪碑瓜步北,棠树蒜山东。百揆方时叙,重离遂不融。故臣偏感咽,曾是叹三穷。

甲观光阴促,园陵天地长。箫笳咽无韵,宾御哭相将。盛烈传彝鼎,遗文被乐章。君臣知己分,零泪乱无行。

彩仗清晨出,非同齿胄时。愁烟锁平甸,朔吹绕寒枝。楚客来何补,缑山去莫追。回瞻飞盖处,掩袂不胜悲。

送王员外宰德安

家世朱门贵,官资粉署优。今为百里长,应好五峰游。柳影连彭泽,湖光接庾楼。承明须再入,官满莫淹留。

以端溪砚酬张员外水精珠兼和来篇

请以端溪润，酬君水玉明。方圆虽异器，功用信俱呈。自得山川秀，能分日月精。巾箱各珍重，所贵在交情。

奉使九华山中途遇青阳薛郎中

故人相别动相思，此地相逢岂素期。九子峰前闲未得，五溪桥上坐多时。甘泉从幸余知忝，宣室征还子未迟。且饮一杯消别恨，野花风起渐离披。

奉命南使经彭泽 值王明府不在，留此。

远使程途未一分，离心常要醉醺醺。那堪彭泽门前立，黄菊萧疏不见君。

南都遇前嘉鱼刘令言游闽岭作此与之

我持使节经韶石，君作闲游过武夷。两地山光成独赏，隔年乡思暗相知。洪崖坛上长岑寂，孺子亭前自别离。珍重分岐一杯酒，强加餐饭数吟诗。

阁皂山

殿影高低云掩映，松阴缭绕步徘徊。从今莫厌簪裾累，不是乘轺不得来。

玉笥山留题

仙乡会应远，王事知何极。征传莫辞劳，玉峰聊一息。形骸已销散，心想都凝寂。真气自清虚，非关好松石。九仙皆积学，洞壑多遗迹。游子归去来,胡为但征役。

庐陵别朱观先辈

桂籍知名有几人,翻飞相续上青云。解怜才子宁唯我,远作卑官尚
见君。岭外独持严助节,宫中谁荐长卿文。新诗试为重高咏,朝汉
台前不可闻。

文彧少卿文山郎中交好深至二纪
已馀睽别数年二子长逝奉使岭表
途次南康吊孙氏之孤于其家睹文
彧手书于僧室慷慨悲叹留题此诗

孙家虚座吊诸孤,张叟僧房见手书。二纪欢游今若此,满衣零泪欲
何如。腰间金印从如斗,镜里霜华已满梳。珍重远公应笑我,尘心
唯此未能除。

朱处士相与有山水之愿
见送至南康作此以别之

怜君送我至南康,更忆梅花庾岭芳。多少仙山共游在,愿君百岁尚
康强。

清明日清远峡作

岭外春过半,途中火又新。殷勤清远峡,留恋北归人。

回至南康题紫极宫里道士房

王事信靡盬,饮冰安足辞。胡为拥征传,乃至天南陲。天南非我

乡，留滞忽逾时。还经羽人家，豁若云雾披。何以宽吾怀，老庄有微词。达士无不可，至人岂偏为。客愁勿复道，为君吟此诗。

和歙州陈使君见寄

新安风景好，时令肃辕门。身贵心弥下，功多口不言。韬钤家法在，儒雅素风存。簪履陪游盛，乡闾俗化敦。临窗山色秀，绕郭水声喧。织络文章丽，矜严道义尊。楼台秋月静，京庾晚云屯。晓吹传衙鼓，晴阳展信幡。一篇贻友好，千里倍心论。未见归骖动，空能役梦魂。

和贾员外戬见赠玉蕊花栽

琼瑶一簇带花来，便剧苍苔手自栽。喜见唐昌旧颜色，为君判病酌金罍。

光穆皇后挽歌三首

仙驭期难改，坤仪道自光。閟宫新表德，沙麓旧膺祥。素帟尧门掩，凝笳毕陌长。东风惨陵树，无复见亲桑。

永乐留虚位，长陵启夕扉。返虞严吉仗，复土掩空衣。功业投三母，光灵极四妃。唯应彤史在，不与露花晞。

隐隐闾门路，烟云晓更愁。空瞻金辂出，非是濯龙游。德感人伦正，风行内职修。还随偶物化，同此思轩丘。

严相公宅牡丹

但是豪家重牡丹，争如丞相阁前看。凤楼日暖开偏早，鸡树阴浓谢更难。数朵已应迷国艳，一枝何幸上尘冠。不知更许凭栏否，烂熳春光未肯残。

侍宴赋得归雁

夜静群动息,翩翩一雁归。清音天际远,寒影月中微。何处云同宿,长空雪共飞。阳和常借便,免与素心违。

又赋早春书事

苑里芳华早,皇家胜事多。弓声达春气,弈思养天和。暖酒红炉火,浮舟绿水波。雪晴农事起,击壤听赓歌。

依韵和令公大王蔷薇诗

绿树成阴后,群芳稍歇时。谁将新濯锦,挂向最长枝。卷箔香先入,凭栏影任移。赏频嫌酒渴,吟苦怕霜髭。架迥笼云幄,庭虚展绣帷。有情紫舞袖,无力冒游丝。嫩蕊莺偷采,柔条柳伴垂。苟池波自照,梁苑客尝窥。玉李寻皆谢,金桃亦暗衰。花中应独贵,庭下故开迟。委艳妆苔砌,分华借槿篱。低昂匀灼烁,浓淡叠参差。幸植王宫里,仍逢宰府知。芳心向谁许,醉态不能支。芍药天教避,玫瑰众共嗤。光明烘昼景,润腻裛轻羃。丽似期神女,珍如重卫姬。君王偏属咏,七子尽搜奇。

和门下殷侍郎新茶二十韵

暖吹入春园,新芽竞粲然。才教鹰觜拆,未放雪花妍。荷杖青林下,携筐旭景前。采茶须在日未出前。孕灵资雨露,钟秀自山川。碾后香弥远,烹来色更鲜。名随土地贵,味逐水泉迁。力藉流黄暖,形模紫笋圆。茶之美者有圆卷紫笋。正当钻柳火,遥想涌金泉。阳羡茶山有金涉泉,修贡时出。任道时新物,须依古法煎。轻瓯浮绿乳,孤灶散馀烟。甘荠非予匹,宫槐让我先。槐芽亦可为茶。竹孤空冉冉,荷弱谩田田。解渴消残酒,清神感夜眠。十浆何足馈,百榼尽堪捐。采撷唯忧晚,营求不计钱。任公因焙显,陆氏有经传。爱甚真成癖,尝多合得仙。亭台虚静处,风月艳阳天。自可临泉石,何妨杂管弦。东山似蒙顶,愿得从诸贤。

春雪应制

繁阴连曙景,瑞雪洒芳辰。势密犹疑腊,风和始觉春。萦林开玉蕊,飘座裛香尘。欲识宸心悦,云谣慰兆人。

进雪诗

欲使新正识有年,故飘轻絮伴春还。近看琼树笼银阙,远想瑶池带玉关。润逐犁力该切耢铺绿野,暖随杯酒上朱颜。朝来花萼楼中宴,数曲赓歌雅颂间。

自题山亭三首

簪组非无累,园林未是归。世喧长不到,何必故山薇。
小舫行乘月,高斋卧看山。退公聊自足,争敢望长闲。
趺石仍临水,披襟复挂冠。机心忘未得,棋局与鱼竿。

和陈表用员外求酒

暑天频雨亦频晴,帘外闲云重复轻。珍重一壶酬绝唱,向风遥想醉吟声。

奉和右省仆射西亭高卧作

院静苍苔积,庭幽怪石欹。蝉声当槛急,虹影向檐垂。昼漏犹怜永,丛兰未觉衰。疏篁巢翡翠,折苇覆鸬鹚。对酒襟怀旷,围棋旨

趣迟。景皆随所尚,物各遂其宜。道与时相会,才非世所羁。赋诗
贻座客,秋事尔何悲。

忆新淦觞池寄孟宾于员外

往年淦水驻行轩,引得清流似月圆。自有黝光还碧甃,不劳人力递
金船。润滋苔藓欺茵席,声入杉松当管弦。珍重诗人频管领,莫教
尘土咽潺潺。

右省仆射后湖亭闲宴
铉以宿直先归赋诗留献

湖上一阳生,虚亭启高宴。枫林烟际出,白鸟波心见。主人忘贵
达,座客容疵贱。独惭残照催,归宿明光殿。

全唐诗卷七五六

徐　铉

送孟宾于员外还新淦

暂来城阙不从容,却佩银鱼隐玉峰。双涧水边歃醉石,九仙台下听风松。题诗翠壁称逋客,采药春畦狎老农。野鹤乘轩云出岫,不知何日再相逢。

孟君别后相续寄书作此酬之

多病怯烦暑,短才忧近职。跂足北窗风,遥怀浩无极。故人易成别,诗句空相忆。尺素寄天涯,淦江秋水色。

纳后夕侍宴

天上轩星正,云间湛露垂。礼容过渭水,宴喜胜瑶池。彩雾笼花烛,升龙肃羽仪。君臣欢乐日,文物盛明时。帘卷银河转,香凝玉漏迟。华封倾祝意,觞酒与声诗。

又 三 绝

时平物茂岁功成,重翟排云到玉京。四海未知春色至,今宵先入九重城。

银烛金炉禁漏移,月轮初照万年枝。造舟已似文王事,卜世应同八百期。

汉主承乾帝道光,天家花烛宴昭阳。六衣盛礼如金屋,彩笔分题似柏梁。

北苑侍宴杂咏诗

竹

劲节生宫苑,虚心奉豫游。自然名价重,不羡渭川侯。

松

细韵风中远,寒青雪后浓。繁阴堪避雨,效用待东封。

水

碧草垂低岸,东风起细波。横汾从游宴,何谢到天河。

风

昨朝才解冻,今日又开花。帝力无人识,谁知玩物华。

菊

细丽披金彩,氛氲散远馨。泛杯频奉赐,缘解制颓龄。

柳枝词十首 座中应制

金马辞臣赋小诗,梨园弟子唱新词。君恩还似东风意,先入灵和蜀柳枝。

百草千花共待春,绿杨颜色最惊人。天边雨露年年在,上苑芳华岁岁新。

长爱龙池二月时,粼粼金线弄春姿。假饶叶落枝空后,更有梨园笛里吹。

绿水成文柳带摇,东风初到不鸣条。龙舟欲过偏留恋,万缕轻丝拂御桥。

百尺长条婉一作宛曲尘,诗题不尽画难真。凭君折向人间种,还似君恩处处春。

风暖云开晚照明,翠条深映凤凰城。人间欲识灵和态,听取新词玉管声。

醉折垂杨唱柳枝,金城三月走金羁。年年为爱新条好,不觉苍华也似丝。

新春花柳竞芳姿,偏爱垂杨拂地枝。天子遍教词客赋,宫中要唱洞箫词。

凝碧池头蘸翠涟,凤凰楼畔簇晴烟。新词欲咏知难咏,说与双成入管弦。

侍从甘泉与未央,移舟偏要近垂杨。樱桃未绽梅花老,折得柔条百尺长。

奉和宫傅相公怀旧见寄四十韵

谢傅功成德望全,鸾台初下正萧然。抟风乍息三千里,感旧重怀四十年。西掖新官同贾马,南朝兴运似开天。文辞职业分工拙,流辈班资让后先。每愧陋容劳刻画,长惭顽石费雕镌。晨趋纶掖吟春永,夕会精庐待月圆。立马有时同草诏,联镳几处共成篇。闲歌柳叶翻新曲,醉咏桃花促绮筵。少壮况逢时世好,经过宁虑岁华迁。云龙得路须腾跃,社栎非材合弃捐。再谒湘江犹是幸,两还宣室竟何缘。已知瑕玷劳磨莹,又得官司重接连。听漏分宵趋建礼,从游同召赴甘泉。云开闾阖分台殿,风过华林度管弦。行止不离宫仗影,衣裾尝惹御炉烟。师资稷契论中礼,依止山公典小铨。多谢天波垂赤管,敢教晨景过华砖。翾飞附骥方经远,巨楫垂风遂济川。玉烛调时钧轴正,台阶平处德星悬。岩廊礼绝威容肃,布素情深友好偏。长拟营巢安大厦，忽惊操钺领中权。吴门日丽龙衔节，京口沙晴鹢画船。盖代名高方赫赫，恋恩心切更乾乾。袁安辞气忠仍恳，吴汉精诚直且专。却许丘明师纪传，更容疏广奉周旋。朱门自得施行马，厚禄何妨食万钱。密疏尚应劳献替，清谈唯见论空玄。东山妓乐供闲步，北牖风凉足晏眠。玄武湖边林隐见，五城桥下棹洄沿。曾移苑树开红药，新凿家池种白莲。不遣前驺妨野逸，别寻逋客互招延。棋枰寂静陈虚阁，诗笔沉吟劈彩笺。往事偶来春梦里，闲愁因动落花前。青云旧侣嗟谁在，白首亲情倍见怜。尽日凝思殊怅望，一章追叙信精研。韶颜莫与年争竞，世虑须凭道节宣。幸喜书生为将相，定由阴德致神仙。羊公剩有登临兴，尚子都无嫁娶牵。退象天山镇浮竞，起为霖雨润原田。从容自保君臣契，何必扁舟始是贤。

右省仆射相公垂览和诗复贻长句辄次来韵

西院春归道思深，披衣闲听暝猿吟。铺陈政事留黄阁，偃息神机在素琴。玉柄暂时疏末座，瑶华频复惠清音。开晴便作东山约，共赏烟霞放旷心。

九日落星山登高

秋暮天高稻穟成，落星山上会诸宾。黄花泛酒依流俗，白发满头思古人。岩影晚看云出岫，湖光遥见客垂纶。风烟不改年长度，终待林泉老此身。

十日和张少监

重阳高会古平台，吟遍秋光始下来。黄菊后期香未减，新诗捧得眼还开。每因佳节知身老，却忆前欢似梦回。且喜清时屡行乐，是非名利尽悠哉。

御筵送邓王

禁里秋一作花光似水清，林烟池影共离情。暂移黄阁只三载，却望紫垣都数程。满座清风天子送，随车甘雨郡人迎。绮霞阁上诗题在，从此还应有颂声。

和张少监晚菊

忆共庭兰倚砌栽，柔条轻吹独依隈。自知佳节终堪赏，为惜流光未忍开。采撷也须盈掌握，馨香还解满尊罍。今朝旬假犹无事，更好登临泛一杯。

送冯侍郎

闻君竹马戏毗陵，谁道观风自六卿。今日声明光旧物，共看旌旆拥书生。斩蛟桥下谿烟碧，射虎亭边草路清。应念筵中倍离恨，老来偏重十年兄。

又绝句寄题毗陵驿

曾持使节驻毗陵，长与州人有旧情。为向驿桥风月道，舍人髭鬓白千茎。

陈侍郎宅观花烛

今夜银河万里秋，人言织女嫁牵牛。佩声寥亮和金奏，烛影荧煌映玉钩。座客亦从天子赐，更筹须为主人留。世间盛事君知否，朝下鸾台夕凤楼。

送萧尚书致仕归庐陵

江海分飞二十春，重论前事不堪闻。主忧臣辱谁非我，曲突徙薪唯有君。金紫满身皆外物，雪霜垂领便离群。鹤归华表望不尽，玉笥山头多白云。

赋得秋江晚照

落日照平流，晴空万里秋。轻明动枫叶，点的乱沙鸥。罾网鱼梁静，笭箵稻穗收。不教行乐倦，冉冉下城楼。

奉和子龙大监与舍弟赠答之什

石渠东观两优贤，明主知臣岂偶然。鸳鹭分行皆接武，金兰同好共忘年。怀恩未遂林泉约，窃位空惭组绶悬。多少深情知不尽，好音相慰强成篇。

史馆庭梅见其毫末历载三十今已半枯尝僚诸公唯相公与铉在耳睹物兴感率成短篇谨书献上伏惟垂览

东观婆娑树，曾怜甲坼时。繁英共攀折，芳岁几推移。往事皆陈迹，清香亦暗衰。相看宜自喜，双鬓合垂丝。

太傅相公深感庭梅再成绝唱曲垂借示倍认知怜谨用旧韵攀和

禁省繁华地，含芳自一时。雪英开复落，红药植还移。谓尝为翰林，又为史馆。静想分今昔，频吟叹盛衰。多情共如此，争免鬓成丝。

太傅相公以庭梅二篇许舍弟同赋再迁藻思曲有虚称谨依韵奉和庶申感谢

旧眷终无替,流光自足悲。攀条感花萼,和曲许埙篪。前会成春梦,何人更己知。缘情聊借喻,争敢道言诗。

和钟大监泛舟同游见示

潮沟横趣北山阿,一月三游未是多。老去交亲难暂舍,闲中滋味更无过。溪桥树映行人渡,村径风飘牧竖歌。孤棹乱流偏有兴,满川晴日弄微波。

又和游光睦院

寺门山水际,清浅照孱颜。客棹晚维岸,僧房犹掩关。日华穿竹静,云影过阶闲。箕踞一长啸,忘怀物我间。

和张少监舟中望蒋山

谿路向还背,前山高复重。纷披红叶树,间断白云峰。尽日慵移棹,何年醉倚松。自知闲未得,不敢笑周颙。

茱　萸　诗

一本作奉御札赋茱萸诗。御札云:新酒初熟,偶与郑王诸公开尝于清宴堂庑之间。既览秋物,复瞩霜笺,因赋茱萸一题,以遣此时之兴。卿鸿才敏思,不可独醒。宜应急征,同赋前旨。铉因进诗云。

万物庆西成,茱萸独擅名。芳排红结小,香透夹衣轻。宿露沾犹重,朝阳照更明。长和菊花酒,高宴奉西清。

奉和御制茱萸

台畔西风御果新,芳香精彩丽萧辰。柔条细叶妆治好,紫蒂红芳点
缀匀。几朵得陪天上宴,千株长作洞中春。今朝圣藻偏流咏,黄菊
无由更敢邻。

蒙恩赐酒旨令醉进诗以谢

明光殿里夜迢迢,多病逢秋自寂寥。臣以病戒酒多时。蜡炬乍传丹凤
诏,御题初认白云谣。今宵幸识衢尊味,明日知停入阁朝。为感君
恩判一醉,不烦辛苦解金貂。

秋日泛舟赋蘋花

素艳拥行舟,清香覆碧流。远烟分的的,轻浪泛悠悠。雨歇平湖
满,风凉运淒秋。今朝流咏处,即是白蘋洲。

题梁王旧园

梁王旧馆枕潮沟,共引垂藤系小舟。树倚荒台风淅淅,草埋欹石雨
修修。门前不见邹枚醉,池上时闻雁鹜愁。节士逢秋多感激,不须
频向此中游。

奉酬度支陈员外

古来贤达士,驰骛唯群书。非礼誓弗习,违道无与居。儒家若迂
阔,遂将世情疏。吾友嗣世德,古风蔼有馀。幸遇汉文皇,握兰佩
金鱼。俯视长沙赋,凄凄将焉如。

明道人归西林求题院额作此送之

昔从岐阳狩,簪缨满翠微。十年劳我梦,今日送师归。曳尾龟应乐,乘轩鹤谩肥。含情题小篆,将去挂岩扉。

送宣州丘判官

宪署游从阻,平台道路赊。喜君驰后乘,于此会仙槎。缓酌迟飞盖,微吟望绮霞。相迎在春渚,暂别莫咨嗟。

北使还襄邑道中作 九月三十日

九月三十日,独行梁宋道。河流激似飞,林叶翻如扫。程遥苦昼短,野迥知寒早。还家亦不闲,要且还家了。

禁 中 新 月

今夕拜新月,沈沈禁署中。玉绳疏间彩,金掌静无风。节换知身老,时平见岁功。吟看北墀暝,兰烬坠微红。

观吉王从谦花烛

王门嘉礼万人观,况是新承置醴欢。花烛喧阗丞相府,星辰摇动远游冠。歌声暂阕闻宫漏,云影初开见露盘。帝里佳期频赋颂,长留故事在金銮。

棋赌赋诗输刘起居 奂

刻烛知无取,争先素未精。本图忘物我,何必计输赢。赌墅终规利,焚囊亦近名。不如相视笑,高咏两三声。

春尽日游后湖赠刘起居 刘时方烧药

今朝湖上送春归,万顷澄波照白髭。笑折残花劝君酒,金丹成熟是
何时。

送察院李侍御使庐陵因寄孟员外

绣衣乘驿急如星,山水何妨寄野情。肯向九仙台下歇,闲听孟叟醉
吟声。

后湖访古各赋一题得西邸

南朝藩阃地,八友旧招寻。事往山光在,春晴草色深。曲池鱼自
乐,丛桂鸟频吟。今日中兴运,犹怀翰墨林。

送德迈道人之豫章

禅灵桥畔落残花,桥上离情对日斜。顾我乘轩惭组绶,羡师飞锡指
烟霞。楼中西岭真君宅,门外南州处士家。莫道空谈便无事,碧云
诗思更无涯。

送陈秘监归泉州

风满潮沟木叶飞,水边行客驻骖𬴂。三朝恩泽冯唐老,万里乡关贺
监归。世路穷通前事远,半生谈笑此心违。离歌不识高堂庆,特地
令人泪满衣。

又听霓裳羽衣曲送陈君

清商一曲远人行,桃叶津头月正明。此是开元太平曲,莫教偏作别
离声。

又题白鹭洲江鸥送陈君

白鹭洲边江路斜,轻鸥接翼满平沙。吾徒来送远行客,停舟为尔长
叹息。酒旗渔艇两无猜,月影芦花镇相得。离筵一曲怨复清,满座
销魂鸟不惊。人生不及水禽乐,安用虚名上麟阁。同心携手今如
此,金鼎丹砂何寂寞。天涯后会眇难期,从此又应添白髭。愿君不
忘分飞处,长保翩翩洁白姿。

哭刑部侍郎乔公诗 并序

公临终数日,舍弟往候之。怡然言曰:"吾往矣,君兄弟可各为一诗
哭我。"翼日,复告门生曰:"吾已得徐君兄弟许我诗,馀无事矣。"其忘怀
死生也如此。呜呼! 絮酒之礼,已隔平生。挂剑之信,永界穿壤。故以
二章为志(锴诗一章见本集),闷于九原。其诗云:

举世重文雅,夫君更质真。曾嗟混鸡鹤,终日异淄磷。词赋离骚
客,封章谏净臣。襟怀道家侣,标格古时人。逸老诚云福,遗形未
免贫。求文空得草,埋玉遂为尘。静想忘年契,冥思接武晨。连宵
洽杯酒,分日掌丝纶。蠹简书陈事,遗孤托世亲。前贤同此叹,非
我独沾巾。

全唐诗卷七五七

徐　锴

> 徐锴,字楚金,广陵人,铉之弟。南唐时为屯田郎中、知制诰、集贤殿学士。集十五卷,今存诗五首。

送程德琳郎中学士 得远山

瓜步妖氛灭,昆冈草树青。终朝空望极,今日送君行。报政秋云静,微吟晓月生。楼中长可见,特用灭离情。

太傅相公以东观庭梅西垣旧植昔陪盛赏今独家兄唱和之徕俾令攀和辄依本韵伏愧斐然

静对含章树,汉有含章檐下树。闲思共有时。香随荀令在,根异武昌移。物性虽摇落,人心岂变衰。唱酬胜笛曲,来往韵朱〔丝〕(弦)。

太傅相公与家兄梅花酬唱许缀末篇再赐新诗俯光拙句谨奉清韵用感钧私伏惟采览

重叹梅花落,非关塞笛悲。论文叨接荜,末曲愧吹篪。毛诗云:仲氏吹篪。枝逐清风动,香因白雪知。陶钧敷左悌,更赋邵公诗。

同家兄哭乔侍郎

诸公长者郑当时,事事无心性坦夷。但是登临皆有作,未尝相见不伸眉。生前适意无过酒,身后遗言只要诗。三日笑谈成理命,一篇投吊尚应知。

秋　词

井梧纷堕砌,寒雁远横空。雨久〔莓〕(梅)苔紫,霜浓薛荔红。

包　颖

包颖,南唐时人。诗一首。

和徐鼎臣见寄

平生中表最情亲,浮世那堪聚散频。谢朓却吟归省阁,刘桢犹自卧漳滨。旧游半似前生事,要路多逢后进人。且喜新吟报强健,明年相望杏园春。

钟　谟

钟谟,字仲益。其先会稽人,徙闽之崇安,已而侨居金陵。李璟时为翰林学士,进礼部侍郎,判尚书省。诗三首。

贻耀州将

翩翩归尽塞垣鸿,隐隐惊开蛰户虫。渭北离愁春色里,江南家事战

尘中。还同逐客纫兰佩,谁听缧囚奏土风。多谢贤侯振吾道,免令
搔首泣途穷。

献 周 世 宗

三年耀武群雄服,一日回銮万国春。南北通欢永无事,谢恩归去老
陪臣。

代京妓越宾答徐铉

一幅轻绡寄海滨,越姑长感昔时恩。欲知别后情多少,点点凭君看
泪痕。

查文徽

　　查文徽,字光慎,歙州休宁人。李璟时,元宗以取闽功,拜
抚州观察使、建州留后。诗一首。

寄麻姑仙坛道士

别后相思鹤信稀,郡楼南望远峰迷。人归仙洞云连地,花落春林水
满溪。白发只应悲镜镊,丹砂犹待寄刀圭。方平车驾今何在,常苦
尘中日易西。

马　彧 一作郁

　　马彧,少负文艺。李匡威领镇卢龙,署幕职。匡威灭,复
事刘仁恭。诗一首。

赠韩定辞

燧林芳草绵绵思，尽日相携陟丽谯。别后巉岩山上望，羡君时复见王乔。

韩定辞

　　韩定辞，深州人。为镇州观察判官、检校尚书祠部郎中，兼侍御史。诗一首。

答马彧

崇霞台上神仙客，学辨痴龙艺最多。盛德好将银管述，丽词堪与雪儿歌。

何昌龄

　　何昌龄，南唐时庐陵宰。诗一首。

题杨克俭池馆

经旬因雨不重来，门有蛛丝径有苔。再向白莲亭上望，不知花木为谁开。

李羽

　　李羽，庐州人。登南唐进士第。诗一首。

献江淮郡守卢公

塞诏东来淝水滨,时情惟望秉陶钧。将军一阵为功业,忍见沙场百战人。

梁　藻

梁藻,字仲华,长汀人,南唐总殿前步军晖之子。性乐萧散,应袭父任,不就。《处士集》若干卷,今存诗一首。

南　山　池

翡翠戏翻荷叶雨,鹭鸶飞破竹林烟。时沽村酒临轩酌,拟摘新茶靠石煎。

陈　沆

陈沆,南唐时庐阜处士。诗一首。

嘲庐山道士

《南唐近事》云:庐山九天使者庙有一道士,体貌魁伟,饮啖酒肉,晚节服饵丹砂,躁于冲举。有鹤因风所飘,憩于庙庭,道士惊喜,谓当赴升腾之召,令山童控而乘之。羽仪清弱,不胜其载。毛伤骨折而毙。翌日,驯养者知,诉于公府,沆以诗嘲之。

啖肉先生欲上升,黄云踏破紫云崩。龙腰鹤背无多力,传与麻姑借大鹏。

句

罢却儿女戏，放他花木生。 _{寒食}

扫地云黏帚，耕山鸟怕牛。 _{闲居}

点入旱云千国仰，力浮尘世一毫轻。 _{题水}

李　询

李询，南唐时人。诗一首。

赠织锦人

札札机声晓复晡，眼穿力尽竟何如。美人一曲成千赐，心里犹嫌花样疏。

韩　垂

韩垂，南唐时人。诗一首。

题金山

灵山一峰秀，岌然殊众山。盘根大江底，插影浮云间。雷霆常间作，风雨时往还。象外悬清影，千载长跻攀。

朱　存

朱存，金陵人。诗一首。

后　湖

雷轰叠鼓火翻旗,三异翩翩试水师。惊起黑龙眠不得,狂风猛雨不多时。

陈　彦

陈彦,司门郎中。诗一首。

和徐舍人九月十一日见寄

衡门寂寂逢迎少,不见仙郎向五旬。莫问龙山前日事,菊花开却为闲人。

许　坚

许坚,有异术,尝往来庐阜茅山间。李璟时,以异人召,不至,后不知所终。诗五首。

登　游　齐　山

星使南驰入楚重,此山偏得驻行踪。落花满地月华冷,寂寞旧山三四峰。

游溧阳下山寺 一作灵泉精舍限韵

地枕吴溪与越峰,前朝恩锡灵泉额。竹林晴见一作层建雁塔高,石室曾一作幽栖几禅伯。荒碑字一作芜没秋一作苍苔深,古池香泛荷花白。客有经年说别林,落日啼猿情脉脉。

题 幽 栖 观

仙翁上升去,丹井寄晴壑。山色接天台,湖光照寥廓。玉洞绝无人,老桧犹栖鹤。我欲掣青蛇,他时冲碧落。

上舍人徐铉

几宵烟月锁楼台,欲寄侯门荐下才。满面尘埃人不识,谩随流水出山来。

题 茅 山 观

常恨清风千载郁,洞天令得恣游遨。松楸古色玉坛静,鸾鹤不来青汉高。茅氏井寒丹已化,玄宗碑断梦仍劳。分明有个长生路,休向红尘叹二毛。

王感化

　　王感化,建州人,后入金陵教坊。少聪敏,未尝执卷,而多识。善为词,滑稽无穷。元宗嗣位,宴乐击鞠不辍,尝乘醉命感化奏水调词,感化唯歌“南朝天子爱风流”一句。如是者数四,元宗悟,覆杯叹曰:“使孙陈二主得此一句,不当有衔璧之辱也。”由是有宠。诗二首。

建州节帅更代筵上献诗

旌旗赴天台,溪山晓色开。万家悲更喜,迎佛送如来。

奉元宗命咏苑中白野鹊

碧岩深洞恣游遨，天与芦花作羽毛。要识此来栖宿处，上林琼树一枝高。

句

草中误认将军虎，山上曾为道士羊。《题怪石》八句，皆用故事，今但存其一联。

李家明

> 李家明，庐州西昌人。元宗时，为乐部头，谈谐敏给，善为讽辞。诗四首。

元宗钓鱼无获进诗

玉甃垂钩兴正浓，碧池春暖水溶溶。凡鳞不敢吞香饵，知是君王合钓龙。

咏 卧 牛

> 元宗游后苑，登台，见牛晚卧美荫。家明曰："臣不学，敢上绝句。"辅相皆惭。

曾遭甯戚鞭敲角，又被田单火燎身。闲向斜阳嚼枯草，近来问喘为无人。

题纸鸢止宋齐丘哭子

> 烈祖受杨氏禅，迁让皇于海陵。元宗继统，用齐丘之谋，无少长杀

之。齐丘无子,晚得一子,随卒,恸不止。家明曰:"惟臣能止之。"乃为诗书纸鸢上,乘风吹之,度至齐丘家,遂绝其缕。齐丘见之惭感,乃止。一作布衣李匡尧作。

安排唐祚革强吴,尽是先生作计谟。一个孩儿拚不得,让皇百口合何如。　一作化家为国实良图,总是先生画计谟。今日丧雏犹自哭,让皇宫眷合何如?

咏 皖 公 山

龙舟轻飏锦帆风,正值宸游望远空。回首皖公山色翠,影斜不到寿杯中。

汤　悦

　　汤悦,陈州西华人。本姓殷,文圭之子。仕南唐,官学士,历枢密使、右仆射。元宗时,淮上用兵,书檄教诰皆出其手。诗五首。

奉和圣制送邓王牧宣城

千里陵阳同〔陕〕(峡)服,凿门胙土寄亲贤。曙烟已别黄金殿,晚照重登白玉筵。江上浮光宜雨后,郡中远岫列窗前。天心待报期年政,留与工师播管弦。

早春寄华下同志

正是花时节,思君寝复兴。市沽终不醉,春梦亦无凭。岳面悬清雨,河心走浊冰。东门一条路,离恨正相仍。

鼎臣学士侍郎以东馆庭梅昔翰苑
之毫末今复半枯向时同僚零落都尽
素髪垂领兹唯二人感旧伤怀发于吟
咏惠然好我不能无言辄次来韵攀和

忆见萌芽日，还怜合抱时。旧欢如梦想，物态暗还移。素艳今无几，朱颜亦自衰。树将人共老，何暇更悲丝。

再次前韵代梅答

托植经多稔，顷筐向盛时。枝条虽已故，情分不曾移。莫向阶前老，还同镜里衰。更应怜堕叶，残吹挂虫丝。

鼎臣学士侍郎楚金舍人学士
以再伤庭梅诗同垂宠和清绝
感叹情致俱深因成四十字陈谢

人物同迁谢，重成念旧悲。连华得琼玖，合奏发埙篪。馀柿虽无取，残芳尚获知。问君何所似，珍重杜〔秋〕(杕)诗。

萧　彧

萧彧，字文彧。官少卿。诗二首。

送钟员外 赋月

丽汉金波满，当筵玉斝倾。因思频聚散，几复换亏盈。光彻离襟冷,声符别管清。那堪还目此,两地倚楼情。

送德林郎中学士赴东府 得菊

离情折杨柳,此别异春哉。含露东篱艳,泛香南浦杯。惜持行次赠,留插醉中回。暮齿如能制,玉山甘判颓。

孙 岘

孙岘,字文山,南康人。官郎中。诗一首。

送钟员外 赋竹

万物中萧洒,修篁独逸群。贞姿曾冒雪,高节欲凌云。细韵风初发,浓烟日正曛。因题偏惜别,不可暂无君。

谢仲宣

谢仲宣,尝为齐王景达宫寮。诗一首。

送钟员外 赋松

送人多折柳,唯我独吟松。若保岁寒在,何妨霜雪重。森梢逢静境,廓落见孤峰。还似君高节,亭亭鲜继踪。

钟 蒨

钟蒨,字德林。东都尹、勤政殿学士,国亡死节。诗一首。

别诸同志 得新鸿

随阳来万里,点点度遥空。影落长江水,声悲半夜风。残秋辞绝
漠,无定似惊蓬。我有离群恨,飘飘类此鸿。

乔　舜

　　乔舜,字亚元,高邮人。初为秘书省正字,保大中,历中书
舍人,终刑部侍郎。诗一首。

送德林郎中学士赴东府 得江

掺袂向江头,朝宗势未休。何人乘桂楫,之子过扬州。飒飒翘沙
雁,漂漂逐浪鸥。欲知离别恨,半是泪和流。

王　沂

　　王沂,南唐时人。诗一首。

送钟员外 赋风

静追蘋末兴,况复值萧条。猛势资新雁,寒声伴暮潮。过山云散
乱,经树叶飘飖。今日烟江上,征帆望望遥。

陈元裕

　　陈元裕,南唐时人。诗一首。

送德林郎中学士赴东府 得水

上善湛然秋,恩波洽帝猷。谩言生险浪,岂爽见安流。泛去星槎远,澄来月练浮。滔滔对离酌,入洛称仙舟。

全唐诗卷七五八

孟 贯

孟贯,字一之,建安人。初客江南,后仕周。诗一卷。

宿 山 寺

溪山尽日行,方听远钟声。入院逢僧定,登楼见月生。露垂群木润,泉落一岩清。此景关吾事,通宵寐不成。

赠栖隐洞谭先生

先生双鬓华,深谷卧云霞。不伐有巢树,多移无主花。石泉春酿酒,松火夜煎茶。因问山中事,如君有几家。

归 雁

春至衡阳雁,思归塞路长。汀洲齐奋翼,霄汉共成行。雪尽翻风暖,寒收度月凉。直应到秋日,依旧返潇湘。

春 江 送 人

春江多去情,相去枕长汀。数雁别溢浦,片帆离洞庭。雨馀沙草绿,云散岸峰青。谁共观明月,渔歌夜好听。

过 秦 岭

古今传此岭,高下势峥嵘。安得青山路,化为平地行。苍苔留虎迹,碧树障溪声。欲过一回首,踟蹰无限情。

送吴梦阊归闽

瓯闽在天末,此去整行衣。久客逢春尽,思家冒暑归。海云添晚景,山瘴灭一作减晴晖。相忆吟偏苦,不堪书信稀。

山 中 夏 日

深山宜避暑,门户映岚光。夏木荫溪路,昼云埋石床。心源澄道静,衣葛蘸泉凉。算得红尘里,谁知此兴长。

宿故人江居

渡口树冥冥,南山渐隐青。渔舟归旧浦,鸥鸟宿前汀。静榻悬灯坐,闲门对浪扃。相思频到此,几番醉还醒。

寄 伍 乔

蹉跎春又晚,天末信来迟。长忆分携日,正当摇落时。独游饶旅恨,多事失归期。君看前溪树,山禽巢几枝。

山中访人不遇

负琴兼杖藜,特地过岩西。已见竹轩闭,又闻山鸟啼。长松寒倚谷,细草暗连溪。久立无人事,烟霞归路迷。

赠 隐 者

世路争名利,深山独结茅。安情自得所,非道岂相交。百尺松当户,千年鹤在巢。知君于此景,未欲等闲抛。

寄 暹 上 人

闻罢城中讲,来安顶上禅。夜灯明石室,清磬出岩泉。欲访惭多事,相思恨隔年。终期息尘虑,接话虎溪边。

江 边 闲 步

闲来南渡口,迤逦看江枫。一路波涛畔,数家芦苇中。远汀排晚树,深浦漾寒鸿。吟罢慵回首,此情谁与同。

过王—作林逸人园林

谷口何时住,烟霞一径深。水声离远洞,山色出疏林。雪彩从沾鬓,年光不计心。自言人少到,犹喜我来寻。

寄 李 处 士

僧话磻溪叟,平生重赤松。夜堂悲蟋蟀,秋水老芙蓉。吟坐倦垂钓,闲行多倚筇。闻名来已久,未得一相逢。

夏日寄史处士

掩关苔满地,终日坐腾腾。暑气冷衣葛,暮云催烛灯。寂寥知得趣,疏懒似无能。还忆旧游否,何年别杜陵。

夏日登瀑顶寺因寄诸知己

曾于尘里望，此景在烟霄。岩静水声近，山深暑气遥。杖藜青石路，煮茗白云樵。寄语为郎者，谁能访寂寥。

怀 果 上 人

拥锡南游去，名香几处焚。别来无远信，多恐在深云。好月曾同步，幽香省共闻。相思不相见，林下叶纷纷。

寄故园兄弟

久与乡关阻，风尘损旧衣。水思和月泛，山忆共僧归。林想添邻舍，溪应改钓矶。弟兄无苦事，不用别庭闱。

早 秋 吟 眺

新秋初一作新雨后，独立对遥山。去鸟望中没，好云吟里还。长年惭道薄，明代取身闲。从有西征思，园林懒闭关。

送江为归岭南

旧山临海色，归路到天涯。此别各多事，重逢是几时。江行晴望远，岭宿夜吟迟。珍重南方客，清风失所思。

山中答友人

偶爱春山住，因循值暑时。风尘非所愿，泉石本相宜。坐久松阴转，吟徐蝉韵移。自惭疏野甚，多失故人期。

山斋早秋雨中

深居少往还,卷箔早秋间。雨洒吟蝉树,云藏啸狖山。炎蒸如便
退,衣葛亦堪闲。静坐得无事,酒卮聊畅颜。

送人游南越

孑然南越去,替尔畏前程。见说路岐嵡,不通车马行。瘴烟迷海
色,岭树带猿声。独向山家宿,多应乡思生。

酬东溪史处士

咫尺东溪路,年来偶访迟。泉声迷夜雨,花片落空枝。石径逢僧
出,山床见鹤移。贫斋有琴酒,曾许月圆期。

秋江送客

秋风楚江上,送子话游遨。远水宿何处,孤舟春夜涛。浦云沉雁
影,山月照猿嗥。莫为饥寒苦,便成名利劳。

寄山中高逸人

烟霞多放旷,吟啸是寻常。猿共摘山果,僧邻住石房。蹑云双屐
冷,采药一—作满身香。我忆相逢夜,松潭月色凉。

怀　友　人

浮世况多事,飘流每叹君。路岐何处去,消息几时闻。吟里落秋
叶,望中生暮云。孤怀谁慰我,夕鸟自成群。

送人归别业

别业五湖上，春残去路赊。还寻旧山水，重到故人家。门径掩芳草，园林落异花。君知钓矶在，犹喜有生涯。

冬日登江楼

高楼临古岸，野步一作老晚来登。江水因寒落，山云为雪凝。远村虽入望，危槛不堪凭。亲老未归去，乡愁徒自兴。

寄 张 山 人

草堂南涧边，有客啸云烟。扫叶林风后，拾薪山雨前。野桥通竹径，流水入芝田。琴月相亲夜，更深恋不眠。

全唐诗卷七五九

成彦雄

成彦雄,字文干。南唐进士。《梅岭集》五卷,今编诗一
卷。

杜 鹃 花

杜鹃花与鸟,怨艳两何赊。疑是口中血,滴成枝上花。一声寒食
夜,数朵野僧家。谢豹出不出,日迟迟又斜。

江 上 枫

江枫自蓊郁,不竞松筠力。一叶落渔家,残阳带秋色。

夜 夜 曲

自从君去夜,锦幌孤兰麝。欹枕对银缸,秦筝绿窗下。

村 行

暧暧村烟暮,牧童出深坞。骑牛不顾人,吹笛寻山去。

煎 茶

岳寺春深睡起时,虎跑泉畔思迟迟。蜀茶倩个云僧碾,自拾枯松三

四枝。

松

大夫名价古今闻,盘屈孤贞更出群。将谓岭头闲得了,夕阳犹挂数枝云。

新 燕

才离海—作江岛宿江滨,应梦笙歌作近邻。减省雕梁并头语,画堂中有未归人。

会 友 不 至

王孙还是负佳期,玉马追游日渐西。独上郊原人不见,鹧鸪飞过落花溪。

惜 花

忘餐为恋满枝红,锦障频移护晚风。客散酒醒归未得,栏边独立月明中。

中 秋 月

王母妆成镜未收,倚栏人在水精楼。笙歌莫占清光尽,留与溪翁一钓舟。

暮春日宴溪亭

寒食寻芳游不足,溪亭还醉绿杨烟。谁家花落临流树,数片残红到槛前。

晓

列宿回元朝北极,爽神晞露滴楼台。佳人卷箔临阶砌,笑指庭花昨夜开。

夕

台榭沈沈禁漏初,麝烟红蜡透虾须。雕笼鹦鹉将栖宿,不许鸦鬟转辘轳。

露

银河昨夜降醍醐,洒遍坤维万象苏。疑是鲛人曾泣处,满池荷叶捧真珠。

游紫阳宫

古殿烟霞簇画屏,直疑踪迹到蓬瀛。碧桃满地眠花鹿,深院松窗捣药声。

除夜

铜龙看却送春来,莫惜颠狂酒百杯。吟鬓就中专拟白,那堪更被二更催。

元日

戴星先捧祝尧觞,镜里堪惊两鬓霜。好是灯前偷失笑,屠苏应不得先尝。

寒 夜 吟

洞房脉脉寒宵永,烛影香消金凤冷。猧儿睡魇唤不醒,满窗扑落银蟾影。

柳枝辞九首

轻笼小径近谁家,玉马追风翠影斜。爱把长条恼公子,惹他头上海棠花。

鹅黄剪出小花钿,缀上芳枝色转鲜。饮散无人收拾得,月明阶下伴秋千。

东君爱惜与先春,草泽无人处也新。委嘱露华并细雨,莫教迟日惹风尘。

句践初迎西子年,琉璃为帚扫溪烟。至今不改当时色,留与王孙系酒船。

绿杨移傍小亭栽,便拥秾烟拨不开。谁把金刀为删掠,放教明月入窗来。

远接关河高接云,雨馀洗出半天津。牡丹不用相轻薄,自有清阴覆得人。

掩映莺花媚有馀,风流才调比应无。朝朝奉御临池上,不羡青松拜大夫。

王孙宴罢曲江池,折取春光伴醉归。怪得美人争斗乞,要他秾翠染罗衣。

残照林梢袅数枝,能招醉客上金堤。马娇如练缨如火,瑟瑟阴中步步嘶。

句

莎草放茵深护砌, 海榴喷火巧横墙。

纹鳞引子跳银海, 紫燕呼雏语画梁。　见《吟窗杂录》

全唐诗卷七六〇

周庠

周庠,唐龙州司仓。后事王建,累官御史中丞、中书侍郎同平章事。王衍嗣位,进司徒。诗一首。

寄禅月大师

昨日尘游到几家,就中偏省近宣麻。水田铺座时移画,金地谭空说尽沙。傍竹欲添犀浦石,栽松更碾味江茶。有时捻得休公卷,倚柱闲吟见落霞。

张格

张格,字义师,河间人。仕蜀,为翰林学士,拜中书侍郎同平章事,累加右仆射、太傅。诗一首。

寄禅月大师

龙华咫尺断来音,日夕空驰咏德心。禅月字清师号别,寿春诗古帝恩深。画成罗汉惊三界,书似张颠直万金。莫倚名高忘故旧,晓晴闲步一相寻。

王　锴

　　王锴,字鳢祥。仕蜀,为翰林学士,迁御史中丞,历中书侍郎同平章事。诗一首。

赠禅月大师

长爱吾师性自然,天心白月水中莲。神通力遍恒沙外,诗句名高八米前。寻访不闻朝振锡,修行唯说夜安禅。太平时节俱无事,莫惜时来话草玄。

牛希济

　　牛希济,陇西人。仕蜀,为起居郎,累官翰林学士、御史中丞。后入唐,为雍州节度副使。诗一首。

奉诏赋蜀主降唐

满城文武欲朝天,不觉邻师犯塞烟。唐主再悬新日月,蜀王难保旧山川。非干将相扶持拙,自是君臣数尽年。古往今来亦如此,几曾欢笑几潸然。

冯　涓

　　冯涓,字信之,东阳人,或曰信都人。举进士,登大中四年宏词科,为京兆府参军,寻隐商山。昭宗起为祠部郎中,擢眉州刺史。田陈拒命，不令之任，涓于成都墨池灌园自给。王建据蜀，以为翰林学士，终御史大夫。集十三卷，今存诗二首。

蜀驮引

昂藏大步蚕丛国，曲颈微伸高九尺。卓女窥窗莫我知，严仙据案何曾识。

自古皆传蜀道难，尔何能过拔蛇山。忽惊登得鸡翁碛，又恐碍著鹿头关。

句

不随俗物皆成土，只待良时却补天。　题支机石 见《纪事》

釜鱼化作池中物，木履浮为天际船。　苦雨

李浩弼

李浩弼，蜀翰林学士。诗一首。

从幸秦川赋鸷兽诗

岩下年年自寝讹，生灵餐尽意如何。爪牙众后民随减，溪壑深来骨已多。天子纪纲犹被弄，客人穷独固难过。长途莫怪无人迹，尽被山王棱杀他。

杨玢

杨玢，字靖夫，虞卿之曾孙也。蜀王建时，累官礼部尚书。

衍嗣位,谪荣经尉。乾德中,复为太常少卿。后归唐,授工部
尚书。诗三首。

批子弟理旧居状

《谈苑》云:玢自蜀归唐,长安旧居多为邻里侵占。子弟欲诣府诉其
事,以状白玢,玢批纸尾云云,子弟不复敢言。

四邻侵我我从伊,毕竟须思未有时。试上含元殿基望,秋风秋草正
离离。

登慈恩寺塔

紫云楼下曲江平,鸦噪残阳麦陇青。莫上慈恩最高处,不堪看又不
堪听。

遣 歌 妓

垂老无端用意乖,谁知道侣厌清斋。如今又采蘼芜去,辜负张君绣
靸鞋。

韩　昭

韩昭,字德华,长安人。为蜀后主王衍狎客,累官礼部尚
书、文思殿大学士。唐兵入蜀,王宗弼杀之。诗二首。

和 题 剑 门

闭关防老寇,孰敢振威棱。险固疑天设,山河自古凭。三川奚所
赖,双剑最堪矜。鸟道微通处,烟霞锁百层。

从幸秦川过白卫献诗

吾王巡狩为安边,此去秦亭尚数千。夜照路岐山店火,晓通消息戍
瓶烟。为云巫峡虽神女,跨凤秦楼是谪仙。八骏似龙人似虎,何愁
飞过大漫天。

杨鼎夫

　　杨鼎夫,成都人。举进士,为蜀安思谦幕吏,判榷盐院事。
诗一首。

记皂江堕水事

　　鼎夫游青城山,过皂江,至中流,遇暴风,船抵巨石,覆洪涛间。同
济尽没,独鼎夫似有物扶助达岸。有老人以杖接引,鼎夫未及致谢,旋
失所之,因作诗以记。
青城山峭皂江寒,欲度当时作等闲。棹逆狂风趋近岸,舟逢怪石碎
前湾。手携弱杖仓皇处,命出洪涛顷刻间。今日深恩无以报,令人
羞记雀衔环。

蒋贻恭

　　蒋贻恭,江淮人。唐末入蜀,孟氏时官大井县令。诗二
首。

题张道隐太山祠画龙

世人空解竞丹青,惟子通玄得墨灵。应有鬼神看下笔,岂无风雨助

成形。威疑喷浪归沧海,势欲拏云上杳冥。静闭绿堂深夜后,晓来帘幕似闻腥。

咏　蚕

辛勤得茧不盈筐,灯下缲丝恨更长。著处不知来处苦,但贪衣上绣鸳鸯。

李　珣

　　李珣,字德润,梓州人。有《琼瑶集》。今存诗三首。

渔父歌三首

水接衡门十里馀,信船归去卧看书。轻爵禄,慕玄虚,莫道渔人只为鱼。

避世垂纶不记年,官高争得似君闲。倾白酒,对青山,笑指柴门待月还。

棹警鸥飞水溅袍,影侵潭面柳垂绦。终日醉,绝尘劳,曾见钱塘八月涛。

顾　敻

　　顾敻,蜀王建时,给事内庭,擢茂州刺史。后复事孟知祥,官至太尉。诗一首。

感秃鹙潜吟

昔日曾看瑞应图,万般祥瑞不如无。摩诃池上分明见,仔细看来是那鹕。

张令问

张令问,唐兴人。隐居不仕,号天国山人。诗一首。

与 杜 光 庭

试问朝中为宰相,何如林下作神仙。一壶美酒一炉药,饱听松风白
昼眠。

全唐诗卷七六一

徐光溥 一作浦

　　徐光溥,蜀人。事孟知祥,为观察判官。知祥称尊号,进翰林学士。后主昶时,拜中书侍郎同平章事。诗二首。

题黄居寀秋山图 第十七句缺一字

天与黄筌艺奇绝,笔精回感重瞳悦。运思潜通造化工,挥毫定得神仙诀。秋来奉诏写秋山,写在轻绡数幅间。高低向背无遗势,重峦叠嶂何孱颜。目想心存妙尤极,研巧核能状不得。珍禽异兽皆自驯,奇花怪木非因植。崎岖石磴绝游踪,薄雾冥冥藏半峰。娑萝掩映迷仙洞,薜荔累垂缴古松。月槛参桥□,僧老坐撑筇。屈原江上婵娟竹,陶潜篱下芳菲菊。良宵只恐鹧鸪啼,晴波但见鸳鸯浴。暮烟幂幂锁村坞,一叶扁舟横野渡。飒飒白蘋欲起风,黯黯红蕉犹带雨。曲沼芙蓉香馥郁,长汀芦荻花蒙蕤。雁过孤峰帖远青,鹿傍小溪饮残绿。秋山秀兮秋江静,江光山色相辉映。雪进飞泉溅钓矶,云分落叶拥樵径。张璪松石徒称奇,边鸾花鸟何足窥。白旻鹰遑凌风势,薛稷鹤夸警露姿。方原画山空巉岩,峭壁枯槎人见嫌。孙位画水多汹涌,惊湍怒涛人见恐。若教对此定妍媸,必定伏膺怀愧悚。再三展向冕旒侧。便是移山回涧力。大李小李灭声华,献之恺之无颜色。仿佛垂纶渭水滨,吾皇睹之思良臣。依稀荷锸傅岩野,吾皇睹之求贤者。从兹仄展复悬旌,宵衣旰食安天下。才当老人星应候,愿与南山俱献寿。微臣稽首贡长歌,丹青景化同天和。

同刘侍郎咏笋

迸出班犀数十株,更添幽景向蓬壶。出来似有凌云势,用作丹梯得也无。

欧阳炯 一作迥

> 欧阳炯,益州华阳人。少事王衍,为中书舍人。孟昶时,拜翰林学士,历门下侍郎、平章事。后从昶归宋。诗六首。

贯休应梦罗汉画歌 一作禅月大师歌

西岳高僧名贯休,孤情峭拔凌清秋。天教水墨画罗汉,魁岸古容生笔头。时捎大绢泥高壁,闭目焚香坐禅室。忽然梦里见真仪,脱下一作去裂袈点神笔。高握一作抬节腕当空掷,窣窣毫端任狂逸。逡巡便是两三躯,不似画工虚费日。怪石安拂嵌复枯,真僧列坐连跏〔趺〕(跌)。形如瘦鹤精神健,顶似伏犀头骨粗。倚松根,傍岩缝,曲录腰身长欲动。看经弟子拟闻声,瞌睡山童疑有梦。不知夏腊几多年,一手搘颐偏袒肩。口开或若共人语,身定复疑初坐禅。案前卧象低垂鼻,崖畔戏猿斜展臂。芭蕉花里刷轻红,苔藓文中晕深翠。硬筇杖,矮松床,雪色眉毛一寸长。绳开梵夹两三片,线补衲衣千万行。林间乱叶纷纷堕,一印残香断烟火。皮穿木屐不曾拖,笋织蒲团镇长坐。休公休公逸艺无人加一作偕,声誉喧喧遍海涯。五七字句一千首,大小篆书三十家。唐朝历历多名士,萧子云兼吴道子。若将书画比休公,只恐当时浪生死。休公休公始自江南来入秦,于今到蜀无交亲。诗名画手皆奇绝,觑你凡人争是人一作事事精。瓦棺寺里维摩诘,舍卫城中辟支佛。若将此画比量看,总在人间为第一。

题景焕画应天寺壁天王歌

锦城东北黄金地,故迹何人兴此寺。白眉长老重名公,曾识会稽山处士。寺门左壁图天王,威仪部从来何方。鬼神怪异满壁走,当檐飒飒生秋光。我闻天王分理四天下,水晶宫殿琉璃瓦。彩仗时驱狒狖装,金鞭频策骐骥马。毗沙大像何光辉,手擎巨塔凌云飞。地神对出宝瓶子,天女倒披金缕衣。唐朝说著名公画,周昉毫端善图写。张僧繇是有神人,吴道子称无敌者。奇哉妙手传孙公,能如此地留神踪。斜窥小鬼怒双目,直倚越狼高半胸。宝冠动总生威容,趋跄左右来倾恭。臂横鹰爪尖纤利,腰缠虎皮斑剥红。飘飘但恐入云中,步骤还疑归海东。蟒蛇拖得浑身堕,精魅搦来双眼空。当时此艺实难有,镇在宝坊称不朽。东边画了空西边,留与后人教敌手。后人见者皆心惊,尽为名公不敢争。谁知未满三十载,或有异人来间生。匡山处士名称朴,头骨高奇连五岳。曾持象简累为官,又有蛇珠常在握。昔年长老遇奇踪,今日门师识景公。兴来便请泥高壁,乱抢笔头如疾风。逶巡队仗何颠逸,散漫奇形皆涌出。交加器械满虚空,两面或然如斗敌。圣王怒色览东西,剑刃一挥皆整齐。腕头狮子咬金甲,脚底夜叉击络鞮。马头壮健多筋节,乌觜弯环如屈铁。遍身蛇虺乱纵横,绕领髑髅干子裂。眉粗眼竖发如锥,怪异令人不可知。科头巨卒欲生鬼,半面女郎安小儿。况闻此寺初兴置,地脉沈沈当正气。如何请得二山人,下笔咸成千古事。君不见明皇天宝年,画龙致雨非偶然。包含万象藏心里,变现百般生眼前。后来画品列名贤,唯此二人堪比肩。人间是物皆求得,此样欲于何处传。尝忧壁底生云雾,揭起寺门天上去。

渔父歌二首

摆脱尘机上钓船,免教荣辱有流年。无系绊,没愁煎,须信船中有散仙。

风浩寒溪照胆明,小君山上玉蟾生。荷露坠,翠烟轻,拨刺游鱼几处一作个惊。

大游仙诗 一作欧阳炳

赤城霞起武陵春,桐柏先生解守真。白石桥高曾纵步,朱阳馆静每存神。囊中隐诀多仙术,肘后方书济俗人。自领蓬莱都水监,只忧沧海变成尘。

杨 柳 枝

软碧摇烟似送人,映花时把翠蛾矉。青青自是风流主,慢飐金丝待洛神。

句

古人重到今人爱,万局都无一局同。　赋棋　见《韵语阳秋》

刘义度

　　刘义度,后蜀工部侍郎。诗一首。

感 怀 诗

昨日方鬒髫,如今满颔髯。紫阁无心恋,青山有意潜。

刘羲叟

刘羲叟,后蜀翰林学士。诗一首

同徐学士咏笋

徐徐出土非人种,枝叶难投日月壶。为是因缘生此地,从他长养譬如无。

詹敦仁

詹敦仁,字君泽,固始人。初隐仙游,后为清溪令。诗六首。

复留侯从效问南汉刘岩改名龚字音义

伏羲初画卦,苍氏乃制字。点画有偏旁,阴阳贵协比。古者不嫌名,周公始称讳。始讳犹未酷,后习转多忌。或援他代易,或变文回避。滥觞久滋蔓,伤心日益炽。孙休命子名,吴国尊王意。罩晿霶羿僻,諲晶竂癸异。梁复踵已非,时亦迹旧事。融杰自其一,蜀闽是其二。鄙哉化嵒名,陋矣𪊽鼊义。大唐有天下,武后拥神器。私制迄无取,古音实相类。垂盫囝囨星,盧悪厓両峉。坣団及塑盫,作史难详备。唐祚值倾危,刘龚怀僭伪。吁嗟毒蛟辈,睥睨飞龙位。龚岩虽同音,形体殊乖致。废学愧未弘,来问辱不弃。奇字难雄博,摛文伏韩智。因诵鄙所闻,敢布诸下吏。

柳堤诗 并序 序内缺一字

夫柳之性,断根插地,遂有生意。越一二年,而笼晴蔽阴矣。予不知天地生物之心,且得以为负末息耕之便焉。况是木删之则枝叶倍长,剪之则芽蘖滋多,又得以供火爨之用焉。时方春也,绿染方匀,柔丝袅风。搅诗肠之百结,宜吾一咏而一觞也。春云暮矣,雪絮飞球,悠扬远近。叹人生之聚散,宜闲居而自适也。于是秉末就耕,书横牛角,锄且带经。或偃息乎繁阴之下,开卷自得,悠然而乐。虽盛夏溽暑,白扇可置,风□是快。则是柳之繁茂,不谓无庇物之效也。俄而凉飙飒至,一叶惊秋,露滴疏枝,月筛淡影。放出千岩霁色,静笼数顷黄云。觉岁月以惊心,叹年华之暗度。雨雪飘飘,未春而絮,青山改色,觉老其容。既当收敛暇馀,乃且呼童削其繁冗,伐其朽蠹。夫插柳之效,予既两资其利,泚笔缀字,以示后人。使知予插柳之意,不为徒耳,仍记之以诗曰:

种稻三十顷,种柳百馀〔株〕(林)。稻可供饦粥,柳可爨庖厨。息末柳阴下,读书稻田隅。以乐尧舜道,同是耕莘夫。

劝王氏入贡宠予以官作辞命篇

争霸图王事总非,中原失统可伤悲。往来宾主如邮传,胜负干戈似局棋。周粟纵荣宁忍食,葛庐频顾谩劳思。江山有待早归去,好向鹯林择一枝。

余迁泉山城留侯招游郡圃作此

当年巧匠制茅亭,台馆翚飞匝郡城。万灶貔貅戈甲散,千家罗绮管弦鸣。柳腰舞罢香风度,花脸妆匀酒晕生。试问亭前花与柳,几番衰谢几番荣。

留侯受南唐节度使知
郡事辟予为属以诗谢之

晋江江畔趁春风,耕破云山几万重。两足一犁无外事,使君何啻五
侯封。

遣子访刘乙

扫石耕山旧子真,布衣草履自随身。石崖壁立题诗处,知是当年凤
阁人。

詹 琲

> 詹琲,敦仁子,劝陈洪进纳土,归隐凤山。诗三首。

永嘉乱衣冠南渡流落南泉作忆昔吟

忆昔永嘉际,中原板荡年。衣冠坠涂炭,舆辂染腥膻。国势多危
厄,宗人苦播迁。南来频洒泪,渴骥每思泉。

癸卯闽乱从弟监察御史敬凝迎仕别作

一别几经春,栖迟晋水滨。鹡鸰长在念,鸿雁忽来宾。五斗嫌腰
折,朋山刺眼新。善辞如复我,四海五湖身。

追和秦隐君辞荐之韵
上陈侯乞归凤山 第八句缺一字

谁言悦口是甘肥,独酌鹅儿啄翠微。蝇利薄于青纸扇,羊裘暖甚紫
罗衣。心随倦鸟甘栖宿,目送征鸿远奋飞。击壤太平朝野客,凤山

深处□生辉。

幸夤逊

　　幸夤逊，夔州云安监人(一云成都人)。仕后蜀，为翰林学士、工部侍郎。随昶入宋。诗一首。

云

因登巨石知来处,勃勃元生绿藓痕。静即等闲藏草木,动时顷刻遍乾坤。横天未必朋元恶,捧日还曾瑞至尊。不独朝朝在巫峡,楚王何事谩劳魂。

句

苦教作镇居中国,争得泥金在泰山。　岷山　见《吟窗集录》

才闻暖律先偷眼,既待和风始展眉。　柳

蒙君知重惠琼实,薄起金刀钉玉深。

嚼处春冰敲齿冷,咽时雪液沃心寒。　梨　以上见《事文类聚》

深妆玉瓦平无垅,乱拂芦花细有声。　雪

日回禽影穿疏木,风递猿声入小楼。

丁元和

　　丁元和,后蜀时人。诗一首。

诗

九重天子人中贵,五等诸侯阃外尊。争似布衣云水客,不将名字挂乾坤。

张　立 一作玄

　　张立,新津人。李昊尝荐之孟昶,不赴,自号皂江渔翁。
诗二首。

咏蜀都城上芙蓉花

四十里城花发时,锦囊高下照坤维。虽妆蜀国三秋色,难入豳风七
月诗。

又　咏

去年今日到城都,城上芙蓉锦绣舒。今日重来旧游处,此花憔悴不
如初。

句

朝廷不用忧巴蜀,称霸何曾是蜀人。 初唐明宗徙蜀豪杰入洛赋

全唐诗卷七六二

刘昭禹

刘昭禹,字休明,桂阳人(一云婺州人)。在湖南,累为县令,后署天策府学士,终岩州刺史。集一卷,今存诗九首。

括苍一作玉几山

尽日行方半,诸山直下看。白云随步起,危径极天盘。瀑顶桥形小,溪边店影寒。往来空太息,玄鬓改非难。

忆 天 台 山

常记游灵境,道人情不低。岩房容偃息,天路许相携。霞散曙峰外,虹生凉瀑西。何当尘役了,重去听猿啼。

冬日暮国清寺留题

天台山下寺,冬暮景如屏。树密风长在,年深像有灵。高钟疑到月,远烧欲连星。因共真僧话,心中万虑宁。

灵 溪 观

鳌海西边地,宵吟景象宽。云开孤月上,瀑喷一山寒。人异发常绿,草灵秋不干。无由此栖息,魂梦在长安。

怀华山隐者

先生入太华,杳杳绝良音。秋梦有时见,孤云无处寻。神清峰顶立,衣冷瀑边吟。应笑干名者,六街尘土深。

赠惠律大师

秋是忆山日,禅窗露洒馀。几悬华顶梦,应寄沃洲书。风月资吟笔,杉篁笼静居。满城谁不重,见著紫衣初。

经费冠卿旧隐

节高终不起,死恋九华山。圣主情何切,孤云性本闲。名传中国外,坟在乱松间。依约曾栖处,斜阳鸟自还。

闻 蝉

一雨一番晴,山林冷落青。莫侵残日噪,正在异乡听。孤馆宿漳浦,扁舟离洞庭。年年当此际,那免鬓凋零。

送休公归衡

草履初登南岳船,铜瓶犹贮北山泉。衡阳旧寺春归晚,门锁寒潭几树蝉。

句

句向夜深得,心从天外归。 见《纪事》

危楼聊侧耳,高柳又鸣蝉。 秋日登楼 见《吟窗杂录》

薜色围波井,花阴上竹楼。 以下见《海录碎事》

对面雷瞋树,当街雨趁人。 《夏雨》

春光怀玉阙, 万里起初程。　送人

江上呼风去, 天边挂席飞。　送人舟行

漆灯寻黑洞, 之字上危峰。　送人游九疑

李宏皋

　　李宏皋, 善夷之子。仕湖南为天策学士, 官至刑部侍郎。集二卷, 今存诗二首。

铜 柱 辞

招灵铸柱垂英烈, 手执干戈征百越。诞今铸柱庇黔黎, 指画风雷开五溪。五溪之险不足恃, 我旅争登若平地。五溪之众不足平, 我师轻蹑如春冰。溪人畏威思纳质, 弃污归明求立誓。誓山川兮告鬼神, 保子孙兮千万春。

题 桃 源

山翠参差水渺茫, 秦人昔在楚封疆。当时避世乾坤窄, 此地安家日月长。草色几经坛杏老。岩花犹带涧一作露桃香。他年倘遂平生志, 来著霞衣侍玉皇。

何仲举

　　何仲举, 营道人。后唐天成中登进士第, 仕楚, 署天策府学士, 全、衡二州刺史。诗一首。

李皋试诗

仲举年十三,家贫,输县税不及限。李皋为令,荷项系之狱。或有言其能诗,皋试之,立成,释而延礼焉。于是遂锐意就学。

似玉来投狱,抛家去就枷。可怜两片木,夹却一枝花。

句

碧云章句才离手,紫府神仙尽点头。　献秦王

树迎高鸟归深野,云傍斜阳过远山。　秋日晚望　以上见《五代史补》

徐仲雅 一作东野

徐仲雅,其先秦中人,徙居长沙。事马氏,为观察判官、天册府学士。所业百馀卷行世,今存诗六首。

耕一作农夫谣

张绪逞风流,王衍事轻薄。出门逢耕夫,颜色必不乐。肥肤如玉洁,力拗丝不折。半日无耕夫,此辈总饿杀。

赠齐己

我唐有僧号齐己,未出家时宰相器。爱见梦中逢五丁,毁形自学无生理。骨瘦神清风一襟,松老霜天鹤病深。一言悟得生死海,芙蓉吐出琉璃心。闷见有唐风雅缺,敲破冰天飞白雪。清塞清江却有灵,遗魂泣对荒郊月。格何古,天工未生谁知主。混沌凿开鸡子黄,散作纯风如胆苦。意何新,织女星机挑白云。真宰夜来调暖律,声声吹出嫩青春。调何雅,涧底孤松秋雨洒。嫦娥月里学步

虚,桂风吹落玉山下。语何奇,血溅乾坤龙战时。祖龙跨海日方出,一鞭风雨万山飞。己公己公道如此,浩浩寰中如独自。一簞松风冷如冰,长伴巢由伸脚睡。

赠江处士

门在松阴里,山僧几度过。药灵丸不大,棋妙子无多。薄雾笼寒径,残风恋绿萝。金乌兼玉兔,年几一作纪奈公何。

东华观偃松

半已化为石,有灵通碧湘。生逢尧雨露,老直汉风霜。月滴蟾心水,龙遗脑骨香。始于毫末后,曾见几兴亡。

咏棕树

叶似新蒲绿,身如乱锦缠。任君千度剥,意气自冲天。

宫 词

内人晓起怯春寒,轻揭珠帘看牡丹。一把柳丝收不得,和风搭在玉栏杆。

句

屋面尽生人耳朵,篱头多是老翁须。 闲居

平分造化双苞去,拆破春风两面开。 合欢牡丹

云路半开千里月,洞门斜掩一天春。 马希范夜宴迎四仪夫人

凿开青帝春风国,移下姮娥夜月楼。 马殷明月圃 《野客丛谈》

珠玑影冷偏粘草,兰麝香浓却损花。 春园宴

山色晓堆罗黛雨,草梢春戛麝香风。

衰兰寂寞含愁绿,小杏妖娆弄色红。

旁搜水脉湘心满,遍揭泉根梵底通。

水□滴残青□瘦,石脂倾尽白云空缺二字。深浦送回芳草日,急滩
牵断绿杨风。

藕梢逆入银塘里,蘋迹潜来玉井中。

败菊篱疏临野渡,落梅村冷隔江枫。

剪开净涧分苗稼,划破涟漪下钓筒。 以上见《湘湖故事》

伍　彬

　　伍彬,邵阳人。初仕楚,后入宋。诗一首。

分　水　岭

前贤功及物,禹后杳难俦。不改古今色,平分南北流。寒冲山影
岸,清绕荻花洲。尽是朝宗去,潺潺早晚休。

句

稚子出看莎径没,渔翁来报竹桥流。 夏日喜雨
踪迹未辞鸳鹭客,梦魂先到鹧鸪村。 辞解牧

杨徽之

　　杨徽之,楚马殷时人。诗一首。

留宿廖融山斋

清和春尚在,欢醉日何长。谷鸟随柯转,庭花夺酒香。初晴岩翠

滴,向晚树阴凉。别有堪吟处,相留宿草堂。

句

新霜染枫叶,皎月借芦花。 秋日

废宅寒塘水,荒坟宿草烟。 哭江为 见《纪事》

王 元

王元,字文元,桂林人。隐居不仕。诗五首。

登 祝 融 峰

草叠到孤顶,身齐高鸟翔。势疑撞翼轸,翠欲滴潇湘。云湿幽崖滑,风梳古木香。晴空聊纵目,杳杳极穷荒。

怀 翁 宏

独夜思君切,无人知此情。沧州归未得,华发别来生。孤馆木初落,高空月正明。远书多隔岁,独念没前程。

听 琴

拂尘开素匣,有客独伤时。古调俗不乐,正声君自知。寒泉出涧涩,老桧倚风悲。纵有来听者,谁堪继子期。

哭 李 韶

韶也命何奇,生前与世违。贫栖古梵刹,终著旧麻衣。雅句僧抄遍,孤坟客吊稀。故园今孰在,应见梦中归。

题邓真人遗址

三千功满仙升去,留得山前旧隐基。但见白云长掩映,不知浮世几
兴衰。松稍风触霓旌动,棕叶霜沾鹤翅垂。近代无人寻异事,野泉
喷月泻秋池。

句

伴行惟瘦鹤,寻步入深云。　赠廖融　见《纪事》

廖　融

　　廖融,字元素。隐居衡山。诗七首。

谢翁宏以诗百篇见示

高奇一百篇,造化见工全。积思游沧海,冥搜入洞天。神珠迷罔
象,端玉匪雕镌。休叹不得力,离骚千古传。

赠天台逸人

移桧托禅子,携家上赤城。拂琴天籁寂,欹枕海涛生。云白寒峰
晚,鸟歌春谷晴。又闻求桂楫,载月十洲行。

古　桧

何人见植初,老树梵王居。山鬼暗栖托,樵夫难破除。声高秋汉
迥,影倒月潭虚。尽日无僧倚,清风长有馀。

题伍彬屋壁

圆塘绿水平,鱼跃紫莼生。要路贫无力,深村老退耕。犊随原草远,蛙傍堑篱鸣。拨棹茶川去,初逢谷雨晴。

梦仙谣

琪木扶疏系辟邪,麻姑夜宴紫皇家。银河旌节摇波影,珠阁笙箫吸月华。翠凤引游三岛路,赤龙齐驾五云车。星稀犹倚虹桥立,拟就张骞搭汉槎。

退宫妓

神仙风格本难俦,曾从前皇翠辇游。红踯躅繁金殿暖,碧芙蓉笑水宫秋。宝筝钿剥阴尘覆,锦帐香消画烛幽。一旦色衰归故里,月明犹梦按梁州。

句

圭灶先知晓,盆池别见天,

古寺寻僧饭,寒岩衣鹿裘。

云穿捣药屋,雪压钓鱼舟。

王正己

王正己,楚逸人。与任鹄、凌蟾、廖融、王元友善。诗一首。

赠 廖 融

病起正当秋阁迥,酒醒迎对夜涛寒。炉中药熟分僧饭,枕上琴闲借客弹。

句

洗盂秋涧日华动,捣药夜坐秋气深。　赠隐者　见《纪事》

翁　宏

翁宏,字大举,桂州人。诗三首。

送廖融处士南游

病卧瘴云间,莓苔渍竹关。孤吟牛渚月,老忆洞庭山。壮志潜消尽,淳风竟未还。今朝忽相遇,执手一开颜。

春　残

又是春残也,如何出翠帏。落花人独立,微雨燕双飞。寓目魂将断,经年梦亦非。那堪向愁夕,萧飒暮蝉辉。

秋　残

又是秋残也,无聊意若何。客程江外远,归思夜深多。岘首飞黄叶,湘湄走白波。仍闻汉都护,今岁合休戈。

句

万木横秋里,孤舟半夜猿。　送人

漏光残井甃，缺影背山椒。　咏晓月

风回山火断，潮落岸冰高。　湘江吟

张　观

　　张观，楚马殷时人。诗一首。

过衡山赠廖处士

未向漆园为傲吏，定应明代作征君。传家奕世无金玉，乐道经年有典坟。带雨小舟横别涧，隔花幽犬吠深云。到头终为苍生起，休恋耕烟楚水濆。

孙光宪

　　孙光宪，字孟文，陵州人。为荆南高从诲书记，历检校秘书，兼御史大夫。有集五十馀卷，今存诗八首。

竹枝词二首

门前春水白蘋花，岸上无人小艇斜。商女经过江欲暮，散抛残食饲神鸦。

乱绳千结绊人深，越罗万丈表长寻。杨柳在身垂意绪，藕花落尽见莲心。

杨柳枝词四首

闾一作闽门风暖落花干，飞遍江城雪不寒。独有晚来临水驿，闲人多凭赤栏干。

有池有榭即濛濛,浸润翻成长养功。恰似有人长点检,著行排立向春风。

根柢虽然傍浊河,无妨终日近笙歌。氄氄金带谁堪比,还共黄莺不较多。

万株枯槁怨亡隋,似吊吴台各自垂。好是淮阴明月里,酒楼横笛不胜吹。

采　莲

菡萏香连十顷陂,小姑贪戏采莲迟。晚来弄水船头湿,更脱红裙裹鸭儿。

八　拍　蛮

孔雀尾拖金线长,怕人飞起入丁香。越女沙头争拾翠,相呼归去背斜阳。

句

晓厨烹淡菜,春杼种橦花。　和南越诗

刘　章

刘章,字克明,江左人。事湖南马氏。诗一首。

咏　蒲　鞋

吴江浪浸白蒲春,越女初挑一样新。才自绣窗离玉指,便随罗袜上香尘。石榴裙下从容久,玳瑁筵前整顿频。今日高楼鸳瓦上,不知抛掷是何人。

路洵美

路洵美,永州祁阳人,唐相岩之孙。避地湘潭,事马氏,署连州从事。诗一首。

夜　坐

帘卷竹轩清,四邻无语声。漏从吟里转,月自坐来明。草木露华湿,衣裳寒气生。难逢知鉴者,空悦此时情。

梁　震

梁震,邛州依政人。登进士第。梁开平初,归蜀,道过江陵,高季兴留之,与司空薰、王保义同为宾客。震独不受辟署,自号荆台隐士。集一卷,今存诗一首。

荆 台 道 院

桑田一变赋归来,爵禄焉能浼我哉。黄犊依然花竹外,清风万古凛荆台。

全唐诗卷七六三

杨夔

杨夔，唐末为田頵客。集五卷，今存诗十二首。

宁州道中

城枕萧关路，胡兵日夕临。唯凭一炬火，以慰万人心。春老雪犹重，沙寒草不深。如何驱匹马，向此独闲吟。

寻九华王山人

下马扣荆扉，相寻春半时。扪萝盘磴险，叠石渡溪危。松夹莓苔径，花藏薜荔篱。卧云情自逸，名姓厌人知。

金陵逢张乔

殊乡会面时，辛苦两情知。有志年空过，无媒命共奇。吟馀春漏急，语旧酒巡迟。天爵如堪倚，休惊鬓上丝。

送邹尊师归洞庭

众岛在波心，曾居一作为旧隐林。近闻飞檄急，转忆卧云深。卖药唯供酒，归舟只载琴。遥知明月夜，坐石自开襟。

送日东僧游天台

一瓶离日外,行指赤城中。去自重云下,来从积水东。攀萝跻石径,挂锡憩松风。回首鸡林道,唯应梦想通。

题甘露寺

高殿拂云霓,登临想虎溪。风匀帆影众,烟乱鸟行迷。北倚波涛阔,南窥井邑低。满城尘漠漠,隔岸草萋萋。虚阁延秋磬,澄江响暮鼙。客心还惜去,新月挂楼西。

送张相公出征

得意在当年,登坛秉国权。汉推周勃重,晋让赵宣贤。儒德尼丘降,兵钤太白传。援毫飞凤藻,发匣吼龙泉。历火金难耗,零霜桂益坚。从来称玉洁,此更让朱妍。鸳鹭臻门下,貔貅拥帐前。去知清朔漠,行不费陶甄。献画符中旨,推诚契上玄。愿将班固笔,书颂勒燕然。

题郑山人郊居

谷口今逢避世才,入门潇洒绝尘埃。渔舟下钓乘风去,药酝留宾待月开。数片石从青嶂得,一条泉自白云来。竹轩相对无言语,尽日_{一作肆目}南山不欲回。

题宣州延庆寺益公院 咸通中入讲,极承恩泽。

嘿坐能除万种情,腊高兼有赐衣荣。讲经旧说倾朝听,登殿曾闻降辇迎。幽径北连千嶂碧,虚窗东望一川平。长年门外无尘客,时见元戎驻旆旌。

寄当阳袁皓明府

高人为县在南京,竹绕琴堂水绕城。地古既资携酒兴,务闲偏长看山情。松轩待月僧同坐,药圃寻花鹤伴行。百里甚堪留惠爱,莫教空说鲁恭名。

送杜郎中入茶山修贡

一道澄澜彻底清,仙郎轻棹出重城。采蘋虚得当时称,述职那同此日荣。剑戟步经一作摇高障黑,绮罗光动百花明。谢公携妓东山去,何似乘春奉诏行。

送　郑　谷

春江潋潋清且急,春雨濛濛密复疏。一曲狂歌两行泪,送君兼寄故乡书。

杜建徽

杜建徽,字延光,新登人。随钱镠征伐,累立战功,官至丞相、中书令,封郧国公。诗一首。

自　叙

建徽累征伐,皆单衣入阵,敌无不披靡。年老尚能骑射,尝从击球于广场,兴酣,有宿中箭镞自臂中飞出,人皆壮之。为诗自叙。

中剑斫耳缺,被箭射胛过。为将须有胆,有胆即无贾。

沈韬文

沈韬文,湖州人。事钱镠为元帅府典谒,累官左卫上将军,改湖州刺史。诗一首。

游西湖 首句缺

□□□□□□□,菰米蘋花似故乡。不是不归归未得,好风明月一思量。

王继勋

王继勋,审知诸孙。连重遇之乱,泉州军将留从效拥立为刺史,后执送南唐。诗一首。

赠和龙妙空禅师

白崮山南灵庆院,茅一作卯斋道者雪峰禅。只栖云树两三亩,不下烟萝四五年。猿鸟认声呼唤易,龙神降伏住持坚。谁知今日秋江畔,独步医王阐法筵。

刘 乙

刘乙,字子真,泉州人。仕闽为凤阁舍人,弃官隐安溪凤髻山。集一卷,今存诗一首。

题 建 造 寺

曾看画图劳健羡,如今亲见画犹粗。减除天半石初泐,欠却几株松未枯。题像阁人渔浦叟,集生台鸟谢城乌。我来一听支公论,自是吾身幻得吾。

句

扫石云随帚,耕山鸟傍人。《闽志》

夏　鸿

　　夏鸿,闽王氏客也。诗一首。

和赠和龙妙空禅师

翰林遗迹镜潭前,孤峭高僧此处禅。出为信门兴化日,坐当吾国太平年。身同莹澈尼珠净,语并锋铓慧剑坚。道果已圆名已遂,即看千匝绕香筵。

刘山甫

　　刘山甫,彭城人。为王审知判官。诗一首。

题青草湖神祠 并序

　　山甫父官岭外,侍从北归,泊青草湖。见天王祠,庙宇倾颓,香火不续,题诗云云。是夜梦为天王所责云:“我南岳神,主张此地,何为见侮?”俄而惊觉,风浪暴起,殆欲沉溺。遽起令撤诗板,然后方定。

坏墙风雨几经春,草色盈庭一座尘。自是神明无感应,盛衰何得却由人。

张　昭

　　张昭,南汉时人。诗一首。

汉宗庙乐舞辞

高庙明灵再启图,金根玉辂幸神都。巢阿丹凤衔书命,入昴飞星献宝符。正抚薰弦娱赤子,忽登仙驾泣苍梧。荐樱鹤馆箾箫咽,酌鬯金楹剑珮趋。星俎云罍兼鲁礼,朱干象箭杂巴渝。氤氲龙麝交青琐,仿佛锡銮下蕊珠。荐豆奉觞亲玉几,配天合祖耀璿枢。受釐饮酒皇欢洽,仰俟馀灵泰九区。

颜仁郁

　　颜仁郁,字文杰,泉州人。仕王审知为归德场长。诗二首。

农　家

夜半呼儿趁晓耕,羸牛无力渐艰行。时人不识农家苦,将谓田中谷自生。

山　居

柏树松阴覆竹斋,罢烧药灶纵高怀。世间应少山间景,云绕青松水绕阶。

王延彬

　　王延彬,闽王审知弟审邽之子,官节度使。时中原人士杨承休、郑璘、韩偓、归传懿、杨赞图、郑戬等皆避乱入闽,依审邽,审邽振赋以财,遣延彬作招贤馆礼焉。诗二首。

春 日 寓 感

两衙前后讼堂清,软锦披袍拥鼻行。雨后绿苔侵履迹,春深红杏锁_{一作启莺声}。因携久酝松醪酒,自煮新抽竹_{一作绿笋}羹。也解为诗也为政,侬家何似谢宣城。

哭 徐 夤

延寿溪头叹逝波,古今人事半销磨。昔除正字今何在,所谓人生能几何。_{延寿溪,夤所居也。}

全唐诗卷七六四

谭用之

谭用之,字藏用,五代末人。善为诗,而官不达。诗一卷。

塞 上

秋风汉北雁飞天,单骑那堪绕贺兰。碛暗更无岩树影,地平时有野烧瘢。貂披寒色和衣冷,剑佩胡霜隔匣寒。早晚横戈似飞尉,拥旄深入异田单。

钵略城边日欲西,游人却忆旧山归。牛羊集水烟黏步,雕鹗盘空雪满围。猎骑静逢边气薄,戍楼寒对暮烟微。横行总是男儿事,早晚重来似汉飞。

赠索处士

不将桂子种诸天,长得寻君水石边。玄豹夜寒和雾隐,骊龙春暖抱珠眠。山中宰相陶弘景,洞里真人葛稚川。一度相思一惆怅,水寒烟澹落花前。

别雒下一二知己

金鼎光辉照雪袍,雒阳春梦忆波涛。尘埃满眼人情异,风雨前程马足劳。接塞峨眉通蜀险,过山仙掌倚秦高。别来无限幽求子,应笑区区味六韬。

约张处士游梁

莫学区区老一经,夷门关吏旧书生。晋朝灭后无中散,韩国亡来绝
上卿。龙变洞中千谷冷,剑横天外八风清。好携长策干时去,免逐
渔樵度太平。

送友人归青社

雕鹗途程在碧天,彩衣东去复何言。二千宾客旧知己,十二山河新
故园。吟看桂生溪月上,醉听鲲化海涛翻。好期圣代重相见,莫学
袁生老竹轩。

送丁道士归南中

孤云无定鹤辞巢,自负焦桐不说劳。服药几年期碧落,验符何处咒
丹毫。子陵山晓红云密一作落,青草湖平雪浪高。从此人稀见踪
迹,还应选地种仙桃。

月夜怀寄友人

剑气徒劳望斗牛,故人别后阻仙舟。残春谩道深倾酒,好月那堪独
上楼。何处是非随马足,由来得丧白人头。清风未许重携手,几度
高吟寄水流。

闲居寄陈山人

闲居何处得闲名,坐掩衡茅损性灵。破梦晓钟闻竹寺,沁心秋雨浸
莎庭。瓮边难负千杯一作钟绿,海上终眠万仞青。珍重先生全太
古,应看名利似浮〔萍〕(云)。

忆 南 中

碧江头与白云门,别后秋霜点鬓根。长记学禅青石寺,最思共醉落
花村。林间竹有湘妃泪,窗外禽多杜宇魂。未棹扁舟重回首,采薇
收橘不堪论。

寄 友 人

病多慵引架书看,官职无才思一作兴已阑。穴凤瑞时来却易,人龙
别后见何难。琴樽风月闲生计,金玉松筠旧岁寒。早晚烟村碧江
畔,挂罾重对蓼花滩。

别江上一二友生

国风千载务重华,须逐浮云背若耶。无地可归堪种玉,有天教上且
乘槎。白纶巾卸苏门月,红锦衣裁御苑花。他日成都却回首,东山
看取谢鲲家。

寄岐山林逢吉明府

岐山高与陇山连,制锦无私服晏眠。鹦鹉语中分百里,凤凰声里过
三年。秦无旧俗云烟媚,周有遗风父老贤。莫役生灵种杨柳,一枝
枝折灞桥边。

感怀呈所知

十年流落赋归鸿,谁傍昏衢驾烛龙。竹屋乱烟思梓泽,酒家疏雨梦
临邛。千年别恨调琴懒,一片年光览镜慵。早晚休歌白石烂,放教
归去卧群峰。

江 上 闻 笛

谁为梅花怨未平，一声高唤百龙惊。风当闾阖庭初静，月在姑苏秋
正明。曲尽绿杨涵野渡，管吹青玉动江城。临流不欲殷勤听，芳草
王孙旧有情。

寄 孟 进 士

依旧池边草色芳，故人何处忆山阳。书回科斗江帆暮，曲罢骊虞海
树苍。吟望晓烟思桂渚，醉依残月梦余杭。别来南国知谁在，空对
襜褕一断肠。

寄 阎 记 室

织锦歌成下翠微，岂劳西去问搘机。未开水府珠先见，不掘丰城
剑自辉。鳌逐玉蟾攀桂上，马随青帝踏花归。相逢半是云霄客，应
笑歌牛一布衣。

幽居寄李秘书

几年帝里阻烟波，敢向明时叩角歌。看尽好花春卧稳，醉残红日夜
吟多。印开夕照垂杨柳，画破寒潭老芰荷。昨夜前溪有龙斗，石桥
风雨少人过。

贻钓鱼李处士

罢吟鹦鹉草芊芊，又泛鸳鸯水上天。一棹冷涵杨柳雨，片帆香挂芰
荷烟。绿摇江滟萍离岸，红点云疏橘满川。何处邀将归画府，数茎
红蓼一渔船。

河桥楼赋得群公夜宴

芙蓉帘幕扇秋红，蛮府新郎夜宴同。满座马融吹笛月，一楼张翰过江风。杯黏紫酒金螺重，谈转 珊珊玉麈空。深荷良宵慰憔悴，德星池馆在江东。

寄左先辈

狂歌白鹿上青天，何似兰塘钓紫烟。万卷祖龙坑外物，一泓孙楚耳中泉。翩翩蛮檝薰晴浦，毂辘鱼车响夜船。学取青莲李居士，一生杯酒在神仙。

贻费道人

谁如南浦傲烟霞，白葛衣轻称帽纱。碧玉蜉蝣迎客酒，黄金毂辘钓鱼车。吟歌云鸟归樵谷，卧爱神仙入画家。他日凤书何处觅，武陵烟树半桃花。

寄许下前管记王侍御

昔年南去得娱宾，顿逊杯前共好春。蚁泛羽觞蛮酒腻，凤衔瑶句蜀笺新。花怜游骑红随辔，草恋征车碧绕轮。别后青青郑南陌，不知风月属何人。

秋日圃田送人随计

仆射陂前是传邮，去程雕鹗弄高秋。吟抛芍药裁诗圃，醉下茱萸饮酒楼。向日迥飞驹皎皎，临风谁和鹿呦呦。明年二月仙山下，莫遣桃花逐水流。

途次宿友人别墅

千里崤函一梦劳,岂知云馆共萧骚。半帘绿透偎寒竹,一榻红侵坠晚桃。蛮酒客稀知味长,蜀琴风定觉弦高。感君岩下闲招隐,细缕金盘鲙错刀。

春日期巢湖旧事

暖掠红香燕燕飞,五云仙珮晓相携。花开鹦鹉韦郎曲,竹亚虬龙白帝溪。富贵万场归紫酒,是非千载逐芳泥。不知多少开元事,露泣春丛向日低。

再游韦曲山寺

鹊岩烟断玉巢敧,鼍画春塘太白低。马踏翠开垂柳寺,人耕红破落花蹊。千年胜概咸原上,几代荒凉绣岭西。碧吐红芳旧行处,岂堪回首草萋萋。

寄徐拾遗

长竿一系白龙吟,谁和骓虞发素琴。野客碧云魂易断,故人芳草梦难一作同寻。天从补后星辰稳,海自潮来岛屿深。好向明庭拾遗事,莫教玄豹老泉林。

秋宿湘江遇雨

江上阴云锁梦魂,江边深夜舞刘琨。秋风万里芙蓉国,暮雨千家薜荔村。乡思不堪悲橘柚,旅游谁肯重王孙。渔人相见不相问,长笛一声归岛门。

贻南康陈处士陶

白玉堆边蒋径横，空涵二十四滩声。老无征战轩辕国，贫有茅茨帝舜城。丹凤昼飞群木冷，一龙秋卧九江清。时人莫笑非经济，还待中原致太平。

渭城春晚

秦树朦胧春色微，香风烟暖树依依。边城夜静月初上，芳草路长人未归。折柳且堪吟晚槛，弄花何处醉残晖。钓乡千里断消息，满目碧云空自飞。

山中春晚寄贾员外

不随黄鹤起烟波，应笑无成返薜萝。看尽好花春卧稳，醉残红日夜吟多。高添雅兴松千尺，暗养清音竹数科。珍重仙曹旧知己，往来星骑一相过。

贻净－作安居寺新及第

秋池云下白莲香，池上吟仙寄竹房。闲颂国风文字古，静消心火梦魂凉。三春蓬岛花无限，八月银河路更长。此境空门不曾有，从头好语与医王。

江边秋夕

千钟紫酒荐－作煮菖蒲，松岛兰舟漱潋居。曲内橘香江客笛，字中岚气岳僧书。吟期汗漫驱金虎，坐约丹青跨玉鱼。七色花虬一声鹤，几时乘兴上清虚。

送僧中孚南归

琵琶峡口月溪边,玉乳头佗忆旧川。一锡冷涵兰径路,片帆香挂橘
洲烟。苔封石锦栖霞室,水迸衣珠喷玉蝉。莫道翩翩去如梦,本来
吟鸟在林泉。

江馆秋夕

耿耿银河雁半横,梦欹金碧辘轳轻。满窗谢练江风白,一枕齐纨海
月明。杨柳败梢飞叶响,芰荷香柄折秋鸣。谁人更唱阳关曲,牢落
烟霞梦不成。

秋夜同友人话旧

露下银河雁度频,囊中垆火几时真。数茎白发生浮世,一盏寒灯共
故人。云外算凉吟峤月,岛边花暖钓江春。何当归去重携手,依旧
红霞作近邻。

古　剑

铸时天匠待英豪,紫焰寒星匣倍牢。三尺何年拂尘土,四溟今日绝
波涛。雄应垓下收蛇阵,滞想溪头伴豹韬。惜是真龙懒抛掷,夜来
冲斗气何高。

寄王侍御

鸟尽弓藏良可哀,谁知归钓子陵台。炼多不信黄金耗,吟苦须惊白
发催。喘月吴牛知夜至,嘶风胡马识秋来。燕歌别后休惆怅,黍已
成畦菊已开。

别何处士陵俊老

三皇上人春梦醒,东侯老大麒麟生。洞连龙穴全山冷,窗透鳌波尽室清。计拙耻居岩麓老,气狂惭与斗牛平。谁人为向青编上,直傍巢由写一名。

句

流水物情谙世态,落花春梦厌尘劳。赠僧

织槛锦纹苔乍结,堕书花印菊初残。宿西溪隐士

光阴老去无成事,富贵不来争奈何。途中

眠云无限好知己,应笑不归花满樽。入关　以上并《吟窗杂录》

全唐诗卷七六五

王 周

　　王周,登进士第。曾官巴蜀。诗一卷。(胡震亨云:唐、宋《艺文志》并无其人,惟《文献通考》载入唐人集目中。今考《峡船诗序》引陆鲁望《茶具》诗,其人盖在鲁望之后。而诗题纪年有戊寅、己卯两岁,近则梁之〔贞〕(祯)明,远则宋之太平兴国也。自注地名,又有汉阳军、兴国军,为宋郡号,殆五代人而入宋者。)

泊姑熟口

杳杳金陵路,难禁欲断魂。雨晴山有态,风晚水无痕。远色千樯岸,愁声一笛村。如何遣怀抱,诗毕自开尊。

湖口县

柴桑分邑载图经,屈曲山光展画一作翠屏。最是芦洲东北望,人家残照隔烟汀。

岳州众湖阻风二首

众湖湖口系兰船,睡起中餐又却眠。风伯如何解回怒,数宵樯倚碧芦烟。

偶系扁舟枕绿莎,旋移深处避惊波。晓来闲共渔人话,此去巴陵路几多。

问　春

游丝垂幄雨依依,枝上红香片片飞。把酒问春因底意,为谁来后为谁归。

春　答

花枝千万趁春开,三月珊珊即自回。剩向东园种桃李,明年依旧为君来。

西塞山二首

　　今谓之道士矶,即兴国军大冶县所隶也。

西塞名山立翠屏,浓岚横入半江青。千寻铁锁无由问,石壁空存道者形。

匹妇顽然莫问因,匹夫何去望千春。翻思岵屺传诗什,举世曾无化石人。

使　风

风起即千里,风回翻问津。沉思宦游者,何啻使风人。

石　首　山

　　荆江东南流,至此山即西北流,下川峡。泽之大首有此,因而为名也。

首出崔嵬占上游,迥存浓翠向荆州。空闻别有回山力,却见长江曲尺流。

金口步 在江北汉阳军,下必铁也。

两山斗咽喉,群石矗牙齿。行客无限愁,横吞一江水。

采桑女二首

渡水采桑归,蚕老催上机。扎扎得盈尺,轻素何人衣。

采桑知蚕饥,投梭惜夜迟。谁夸罗绮丛,新画学月眉。

渡　溪

渡溪溪水急,水溅罗衣湿。日暮犹未归,盈盈水边立。

落　叶

素律铄欲脆,青女妒复稀。月冷天风吹,叶叶干红飞。

宿疏陂驿

秋染棠梨叶半红,荆州东望草平空。谁知孤宦天涯意,微雨萧萧古驿中。

再经秭归二首

总角曾随上峡船,寻思如梦可凄然。夜来孤馆重来宿,枕底滩声似旧年。

秭归城邑昔曾过,旧识无人奈老何。独有凄清难改处,月明闻唱竹枝歌。

霞

拂拂生残晖,层层如裂绯。天风剪成片,疑作仙人衣。

巫山公署壁有无名氏戏书二韵 施州路一百八盘

南陵直上路盘盘，平地凌云势万端。堪笑巴民不厌足，更嫌山少画山看。

道　院

白日人稀到，帘垂道院深。雨苔生古壁，雪雀聚寒林。忘虑凭三乐，消闲信五禽。谁知是官府，烟缕满炉沉。

会唫岑山人 戊寅仲冬六日

渝州江上忽相逢，说隐西山最上峰。略坐移时又分别，片云孤鹤一枝筇。

巴　江

巴江江水色，一带浓蓝碧。仙女瑟瑟衣，风梭晚来织。

小园桃李始花偶以成咏

桃李栽成艳一作置格新，数枝留得小园春。半红半白无风雨，随分夭容解笑人。

公　居

公居门馆静，旅寄万州城。山共秋烟紫，霜并夜月清。无愁干酒律，有句入诗评。何必须林下，方驰吏隐名。

富池口

扁舟闲引望，望极更盘桓。山密碍江曲，雨多饶地寒。短莎烟苒苒,惊浪雪漫漫。难写愁何限,乡关在一端。

夔 州 病 中

隐几经旬疾未痊,孤灯孤驿若为眠。郡楼昨夜西风急,一一更筹到
枕前。

题 厅 壁

永日无他念,孤清吏隐心。竹声并雪碎,溪色共烟深。数息闲凭
几,缘情默寄琴。谁知同寂寞,相与结知音。

过武宁县 九月十九日

行过武宁县,初晴物景和。岸回惊水急,山浅见天多。细草浓蓝
泼,轻烟匹练拖。晚来何处宿,一笛起渔歌。

路次覆盆驿

曾上青泥蜀道难,架空成路入云寒。如何却向巴东去,三十六盘天
外盘。

藕池阻风寄同行抚牧裴驾

船樯相望荆江中,岸芦汀树烟濛濛。路间堤缺水如箭,未知何日生
南风。

无 题 二 首

冰雪肌肤力不胜,落花飞絮绕风亭。不知何事秋千下,蹙破愁眉两
点青。
梨花如雪已相迷,更被惊乌半夜啼。帘卷玉楼人寂寂,一钩新月未

沉西。

泊 巴 东

偶泊巴东古县前,宦情乡思两绵绵。不堪蜡炬烧残泪,雨打船窗半
夜天。

道中未开木杏花

粉英香萼一般般,无限行人立马看。村女浴蚕桑柘绿,枉将颜色忍
春寒。

西 山 晚 景

公局长清淡,池亭晚景中。蔗竿闲倚碧,莲朵静淹红。半引弯弯
月,微生飔飔风。无思复无虑,此味几人同。

自 和

一片残阳景,朦胧淡月中。兰芽纤嫩紫,梨颊抹生红。琴阮资清
格,冠簪养素风。烟霄半知足一作已,吏隐少相同。

齿 落 词

己卯至庚辰,仲夏晦之暮。吾齿右排上,一齿脱而去。呼吸缺吾
防,咀嚼欠吾助。年龠惜不返,日驭走为蠹。唇亡得无寒,舌在从
何诉。辅车宜长依,发肤可增惧。不须考前古,聊且为近喻。有如
云中雨,雨散绝回顾。有如枝上叶,叶脱难再附。白发非独愁,红
颜岂私驻。何必郁九回,何必牵百虑。开尊复开怀,引笔作长句。

淘　金　碛

画船晚过淘金碛,不见黄金惟见石。犹恐黄金价未高,见得锱铢几多力。

施南路偶书

俗谓太市岭,即音之讹,近时岁再去秭归寄家处。

大石岭头梅欲发,南陵陂上雪初飞。苦无酒解愁成阵,又附兰桡向秭归。

大石岭驿梅花 己卯十一月十三日

仙中姑射接瑶姬,成阵清香拥路岐。半出驿墙谁画得,雪英相倚两三枝。

赠　怘　师

水中有片月,照耀婵娟姿。庭前有孤柏,竦秀岁寒期。坚然物莫迁,寂焉心为师。声发响必答,形存影即随。雪花安结子,雪叶宁附枝。兰死不改香,井寒岂生澌。晨炉烟袅袅,病发霜丝丝。丈室冰凛冽,一衲云离披。顾此名利场,得不惭冠绥一作绶。

游　仙　都　观

冷杉枯柏路盘空,毛发生寒略略风。两汉真仙在何处,巡香行绕蕊珠宫。

志峡船具诗 并序

峡山之船,与下之船,大抵观浮叶而为之,其状一也。执而为用者,或状殊而用一，或状同而名异，皆有谓也。下之船有樯、有五两、有帆、所以使风也。尾有柁，傍有棚。上者以其山曲水急，下有石，皆不可用也。状直如橹，前后各一者，谓之梢。船之斜正欹侧，为船之司命者。梢类柁，其状殊，而船之便于事者，悉不如梢，作梢诗。橹、桨、桡、棹、拔，使其进而无退，利涉川泽，为船之陈力者。橹，几桨类，其状同而异名也。在船有力，悉不如橹，作橹诗。峡水湍峻，激石忽发者谓之溃，沱㳽而漩者谓之脑。岸石壁立，溃之忽作，篙力难制，以其木之坚韧竿直。戴其首以竹纳护之者，谓之戚。竹为絟而句其戚者，谓之纳。为船之良辅者，戚与篙，状殊而用一也。在船独出，悉不如戚，作戚诗。崖石如齿，非麻臬纠绳之为前牵。取竹之箸者，破而用臬为韧以续之，以备其牵者，谓之百丈。系其船首者谓之阳纽，牵之者击鼓以号令之。人声滩乱，无以相接，所以节动止进退，牵之防碍者谓之下纬。济其不通，为船之先进者，臬与竹，状殊而用一也。在船先容，悉不如百丈，作百丈诗。噫！古人观物，因事为志者甚多也。予祗命宪局，沿溯巴峡，抵瞿塘，耳目熟于长年三老辈矣。船具之于船有力者，作诗以称之，庶几鲁望《茶经》者也。俾系其末。诗云：

梢

制之居首尾，俾之辨斜正。首动尾聿随，斜取正为定。有如提吏笔，有如执时柄。有如秉师律，有如宣命令。守彼方与直，得其刚且劲。既能济险难—作艰，何畏涉辽夐。招招俾作主，泛泛实司命。风乌愧斟酌，画鹢空辉映。古人存丰规，猗欤聊引证。

橹

用之大曰橹，冠乎小者楫。通津既能济，巨浸即横涉。身之使者颏，虎之挈者爪。鱼之拨者鬐，弩之进者笑。此实为相须，相须航一叶。

戚

箭飞峡中水，锯立峡中石。峡与水为隘，水与石相击。溃为生险

艰,声发甚霹雳。三老航一叶,百丈空千尺。苍黄徒尔为,倏忽何
可测。篙之小难制,戕之独有力。猗嗟戕之为,彬彬坚且直。有
如用武人,森森蝟戈戟。有如敢言士,落落吐胸臆。拯危居坦夷,
济险免兢惕。志彼哲匠心,俾其来一作求者识。

百　丈

少尝侍先君,馀闲诵白氏。始得入峡诗,深味作诗旨。云有万仞
山,云有千丈水。自念坎壈时,尤多兢慎理。山束峡如口,水漱石
如齿。孤舟行其中,薄冰犹坦履。屡颜屹焉立,汹涌勃然起。百丈
为前牵,万险即平砥。破之以篾笞,续之以麻枲。砺之坚以节,引
之直如矢。杼轴连半空,长短随两涘。铁锁枉驰名,锦缆谩称美。
长绳岂能系,朽索何足拟。苟非绠之为,胡可力行此。

早 春 西 园

引步携筇竹,西园小径通。雪欹梅蒂绿,春入杏梢红。静意崖穿
溜,孤愁笛破空。如何将此景,收拾向图中。

金盘草诗 生宁江巫山南陵林木中

今春从南陵,得草名金盘。金盘有仁性,生在林一端。根节岁一
节,其根一年生一节,人采而服,可解毒也。食之甘而酸。风俗竞采掇,俾人
防急难。巴中蛇虺毒,解之如走丸。巨叶展六出,软干分长竿。摇
摇绿玉活,袅袅香荷寒。世云暑酷月,郁有神物看。夏中采之,则必有
巨蛇冲足,人即难采。天之产于此,意欲生民安。今之为政者,何不反
此观。知彼苛且猛,慎勿虐而残。一物苟失所,万金惟可叹。莫并
蒿与莱,岂羡芝及兰。勤渠护根本,栽植当庭栏。寄言好生者,休
说神仙丹。

和程刑部三首

公 会 亭

公事公言地，标名姓必臧。江山如得助，谈笑若为妨。均赋乡原肃，详刑郡邑康。官箴居座右，夙夜算难忘。

碧 鲜 亭

飐飐笼清籁，萧萧锁翠阴。向高思尽节，从直美虚心。迥砌滋苍藓，幽窗伴素琴。公馀时引步，一径静中深。

清 涟 阁

照影翻窗绮，层纹滉额波。丝青迷岸柳，茸绿蘸汀莎。片雪一作云翘饥一作野鹭，孤香卷嫩荷。凭栏堪入画，时听竹枝歌。

自　喻

予念天之生，生本空疏器。五岁禀慈训，愤悱读书志。七岁辨声律，勤苦会诗赋。九岁执公卷，偶傥干名意。乞荐乡老书，幸会春官试。折桂愧巍峨，依莲何气味。性拙绝佞，才短无馀地。前年会知己，荐章实非据。宁见民说平，空荷君恩寄。瞿唐抵巴渝，往来名揽辔。孤舟一水中，艰险实可畏。群操百丈牵，临难无苟避。溃向江底发，水在石中沸。槌鼓称打宽，系纼呼下纬。善恶胡可分，死生何足讳。骑衡与垂堂，非不知前喻。临渊与履冰，非不知深虑。我今縻搢绅，善地谁人致。城狐与社鼠，巧佞谁从庇。奴颜与婢膝，丑直谁从媚。妻儿复限越，容颜几憔悴。致身霄汉人，吃嚱尽贤智。

巫 山 庙

庙前溪水流潺潺，庙中修竹声珊珊。襄王一梦杳难问，晚晴天气归云闲。

下瞿塘寄时同年

春寒天气下瞿塘,大壤溪前柳线长。须信孤云似孤宦,莫将乡思附归艒。

和杜运使巴峡地暖节物
与中土异黯然有感诗三首

随柳参差破绿芽,此中依约欲飞花。春光是处伤离思,何况归期未有涯。

始看菊蕊开篱下,又见梅花寄岭头。揽辔巴西官局冷,几凭春酒沃乡愁。

花品姚黄冠洛阳,巴中春早羡孤芳。不知别有栽培力,流咏新诗与激昂。

施南太守以猿儿为寄
作诗答之 得之黔中,生即头白。

虞人初获酉江西,长臂难将意马齐。今日未啼头已白,不堪深入白云啼。

巫　庙

巴水走若箭,峡山开如屏。汹涌匹练白,嶕峣浓蓝青。崖空蓄云雨,滩恶惊雷霆。神仙宅幽邃,庙貌横杳冥。隐约可一梦,缥缈徯千龄。名利有所役,舟楫无暂停。悉窣垂〔胏〕(肵)黾,祠祷希安宁。鸦鸦尔何物,飞飞来庙庭。纷纷飏寥泬,远近随虚舲。铁石砺觜爪,金碧辉光翎。翔集托阴险,鹆啄贪膻腥。日既恃威福,岁久为

精灵。依草与附木,诬诡殊不经。城狐与社鼠,琐细何足听。况乎
人假人,心阔吞沧溟。

全唐诗卷七六六

刘　兼

刘兼,长安人。官荣州刺史。诗一卷。(胡震亨云:云间朱氏得宋刻《唐百家诗》,兼集中有《长春节》诗,为宋太祖诞节,其人盖五代人而入宋者。)

贵　游

绣衣公子宴池塘,淑景融融万卉芳。珠翠照天春未老,管弦临水日初长。风飘柳线金成穗,雨洗梨花玉有香。醉后不能离绮席,拟凭青帝系斜阳。

梦归故园

桐叶飞霜落井栏,菱花藏雪助衰颜。夜窗飒飒摇寒竹,秋枕迢迢梦故山。临水钓舟横荻一作苇岸,隔溪禅侣启柴关。觉来依旧三更月,离绪乡心起万端。

旧馆秋寒夜梦长,水帘疏影入回塘。宦情率尔拖鱼一作渔艇,客恨依然在燕梁。白鹭独飘山面雪,红蕖全谢镜心香。起来不语无人会,醉倚东轩半夕阳。

蜀都春晚感怀

蜀都春色渐离披，梦断云空事莫追。宫阙一城荒作草，王孙犹自醉
如泥。谁家玉笛吹残照，柳市金丝拂旧堤。可惜锦江无锦濯，海棠
花下杜鹃啼。

对　雨

幽庭凝碧亦涟漪，檐雷声繁聒梦归。半岫金乌才委照，一川石燕又
交飞。濯枝霡霂榴花吐，吹渚飘飗暑气微。因忆故园闲钓处，苍苔
斑驳满渔矶。

春　霁

春霁江山似画图，醉垂鞭袂出康衢。猖狂乱打貔貅鼓，懒慢迟—作
稽懒慵修鸳鹭书。老色渐来欺鬓发，闲情将欲傲簪裾。苔钱遍地知
多少，买得花枝不落无。

秋夕书怀

荒僻淹留岁已深，解龟无计恨难任。守方半会蛮夷语，贺厦全忘燕
雀心。夜静倚楼悲月笛，秋寒欹枕泣霜砧。宦情总逐愁肠断，一箸
鲈鱼直万金。

直气从来不入时，掩关慵更钓磻溪。斯文未丧宣尼叹，吾道将穷阮
籍悲。轻粉覆霜凝夜砌，乱金铺菊织秋篱。南阳卧久无人问，薄命
非才有可疑。

春　宵

春云春日共朦胧，满院梨花半夜风。宿酒未醒珠箔卷，艳歌初阕玉

楼空。五湖范蠡才堪重,六印苏秦道不同。再取素琴聊假寐,南柯
灵梦莫相通。

秋夕书怀呈戎州郎中

素律初回枕簟凉,松风飘泊入华堂。谭鸡寂默纱窗静,梦蝶萧条玉
漏长。归去水云多阻隔,别来情绪足悲伤。霜砧月笛休相引,只有
离襟泪两行。

风送秋荷满鼻香,竹声敲玉近虚廊。梦回故国情方黯,月过疏帘夜
正凉。菱镜也知移艳态,锦书其奈隔年光。鸾胶处处难寻觅,断尽
相思寸寸肠。

晚楼寓怀

薄暮疏林宿鸟还,倚楼垂袂复凭栏。月沈江底珠轮净,云锁峰头玉
叶寒。刘毅暂贫虽壮志,冯唐将老自低颜。无言独对秋风立,拟把
朝簪换钓竿。

征妇怨

金闺寂寞罢妆台,玉箸阑干界粉腮。花落掩关春欲暮,月圆欹枕梦
初回。鸾胶岂续愁肠断,龙剑难挥别绪开。曾寄锦书无限意,塞鸿
何事不归来。

对镜

青镜重磨照白须,白须撚闲意何如。故园迢递千山外,荒郡淹留四
载馀。风送竹声侵枕簟,月移花影过庭除。秋霜满领难消释,莫读
离骚失意书。

春　燕

多时窗外语呢喃,只要佳人卷绣帘。大厦已成须庆贺,高门频入莫
憎嫌。花间舞蝶和香趁,江畔春泥带雨衔。栖息数年情已厚,营巢
争肯傍他檐。

春 晚 寓 怀

一承兑泽莅方州,八度春光照郡楼。好景几将官吏醉,名山时领管
弦游。空花任尔频侵眼,老雪从他渐满头。归去杜陵池阁在,只能
欢笑不能愁。

中 春 宴 游

二月风光似洞天,红英翠蓴簇芳筵。楚王云雨迷巫峡,江令文章媚
蜀笺。歌黛入鬟春袖—作岫敛,舞衣新绣晓霞鲜。酒阑香袂初分
散,笑指渔翁钓暮烟。

春 晚 闲 望

东风满地是梨花,只把琴心殢酒家。立处晚楼横短笛,望中春草接
平沙。雁行断续晴天远,燕翼参差翠幕斜。归计未成头欲白,钓舟
烟浪思无涯。

秋 夕 书 事

摇落江天万木空,雁行斜戛塞垣风。征帏捣月离愁远,旧馆眠云旅
梦通。郢客岂能陪下里,皋禽争肯恋樊笼。此心旷荡谁相会,尽在
南华十卷中。

莲塘霁望

新秋菡萏发红英，向晚风飘满郡馨。万叠水纹罗乍展，一双鸂鶒绣
初成。采莲女散吴歌阕，拾翠人归楚雨晴。远岸牧童吹短笛，蓼花
深处信牛行。

送从弟舍人入蜀

嘉陵江畔饯行车，离袂难分十里馀。慷慨莫夸心似铁，留连不觉泪
成珠。风光川谷梅将发，音信云天雁未疏。立马举鞭无限意，会稀
别远拟何如。

新回车院筵上作

回车院子未回车，三载疲民咏袴襦。借寇已承英主诏，乞骸须上老
臣书。黄金蜀柳笼朱户，碧玉湘筠映绮疏。因问满筵诗酒客，锦江
何处有鲈鱼。

寄长安郑员外

屈指良交十四人，隙驹风烛渐为尘。当初花下三秦客，只有天涯二
老身。乘醉几同游北内，寻芳多共谒东邻。此时阻隔关山远，月满
江楼泪满巾。

咸阳怀古

高秋咸镐起霜风，秦汉荒陵树叶红。七国斗鸡方贾勇，中原逐鹿更
争雄。南山漠漠云常在，渭水悠悠事旋空。立马举鞭遥望处，阿房
遗址夕阳东。

春　怨

绣林红岸落花钿,故去新来感自然。绝塞杪春悲汉月,长林深夜泣
缃弦。锦书雁断应难寄,菱镜鸾孤貌可怜。独倚画屏人不会,梦魂
才别戍楼边。

登楼寓望

凭高多是偶汍澜,红叶何堪照病颜。万叠云山共远恨,一轩风物送
秋寒。背琴鹤客归松径,横笛牛童卧蓼滩。独倚郡楼无限意,夕阳
西去一作迈水东还。

江岸独步

醉卓寒筇傍水行,渔翁不会独吟情。龟能顾印谁相重,鹤偶乘轩自
可轻。簪组百年终长物,文章千古亦虚名。是非得丧皆闲事,休向
南柯与梦争。

江楼望乡寄内

独上江楼望故乡,泪襟霜笛共凄凉。云生陇首秋虽早,月在天心夜
已长。魂梦只能随蛺蝶,烟波无计学鸳鸯。蜀笺都有三千幅,总写
离情寄孟光。

命妓不至

琴中难挑孰怜才,独对良宵酒数杯。苏子黑貂将已尽一作敝,宋弘
青鸟又空回。月穿净牖霜成隙,风卷残花锦作堆。欹枕梦魂何处
去,醉和春色入天台。

宣赐锦袍设上赠诸郡客

十月芙蓉花满枝,天庭驿骑赐寒衣。将同玉蝶侵肌冷,也遣金鹏遍体飞。夜卧始知多忝窃,昼行方觉转光辉。深冬若得朝丹阙,太华峰前衣锦归。

晨　鸡

朱冠金距彩毛身,昧爽高声已报晨。作瑞莫惭先贡楚,擅场须信独推秦。淮南也伴升仙犬,函谷曾容借晓人。此日卑栖随饮啄,宰君驱我亦相驯。

芳　春

微雨微风隔画帘,金炉檀炷冷慵添。桃花满地春牢落,柳絮成堆雪弃嫌。宝瑟不能邀卓氏,彩毫何必梦江淹。宦情归兴休相挠,隼旆渔舟总未厌。

春　游

柳成金穗草如茵,载酒寻花共赏春。先入醉乡君莫问,十年风景在三秦。
摇摇离绪不能持,满郡花开酒熟时。羞听黄莺求善友,强随绿柳展愁眉。隔云故国山千叠,傍水芳林锦万枝。圣主未容归北阙,且将勤俭抚南夷。

重阳感怀

重阳不忍上高楼,寒菊年年照暮秋。万叠故山云总隔,两行乡泪血和流。黄茅莽莽连边郡,红叶纷纷落钓舟。归计未成年渐老,茱萸羞戴雪霜头。

载花乘酒上高山,四望秋空八极宽。蜀国江山存不得,刘家豚犬取何难。张仪旧壁苍苔厚,葛亮荒祠古木寒。独对斜阳更惆怅,锦江东注似波澜。

宴 游 池 馆

绮筵金碧照芳菲,酒满瑶卮水满池。去岁南岐离郡日,今春东蜀看花时。俭莲发脸当筹著,绪柳生腰按柘枝。座客半酣言笑狎,孔融怀抱正怡怡。

寄 高 书 记

齐朝庆裔祖敖曹,麟角无双凤九毛。声价五侯争辟命,文章一代振风骚。醉琴自寄陶家意,梦枕谁听益郡刀。补衮应星曾奏举,北山南海孰为高。

再 见 从 弟 舍 人

屈指依稀十五年,鸾台秘阁位相悬。分飞淮甸雁行断,重见江楼蟾影圆,滞迹未偕朝北阙,高才方命入西川。愿君通理须还早,拜庆慈亲几杖前。

春 昼 醉 眠

朱栏芳草绿纤纤,欹枕高堂卷画帘。处处落花春寂寂,时时中酒病恹恹。塞鸿信断虽堪讶,梁燕词多且莫嫌。自有卷书销永日,霜华未用鬓边添。

中 夏 昼 卧

寂寂无聊九夏中,傍檐依壁待清风。壮图奇策无人问,不及南阳一卧龙。

春 夕 寓 兴

忘忧何必在庭萱,是事悠悠竟可宽。酒病未能辞锦里,春狂又拟入桃源。风吹杨柳丝千缕,月照梨花雪万团。闲泥金徽度芳夕,幽泉石上自潺湲。

春 夜

薄薄春云笼皓月,杏花满地堆香雪。醉垂罗袂倚朱栏,小数玉仙歌未阕。

访饮妓不遇招酒徒不至

小桥流水接平沙,何处行云不在家。毕卓未来轻竹叶,刘晨重到瓣桃花。琴樽冷落春将尽,帏幌萧条日又斜。回首却寻芳草路,金鞍拂柳思无涯。

春 宴 河 亭

柳摆轻丝拂嫩黄,槛前流水满池塘。一筵金翠临芳岸,四面烟花出粉墙。舞袖逐风翻绣浪,歌尘随燕下雕梁。蛮笺象管休凝思,且放春心入醉乡。

蜀 都 道 中

剑关云栈乱峥嵘,得丧何由险与平。千载龟城终失守,一堆鬼录漫留名。季年必不延昏主,薄赏那堪激懦兵。李特后来多二世,纳降归拟尽公卿。

万葛树 第六句缺一字

叶如羽盖岂堪论,百步清阴锁绿云。善政已闻思召伯,英风偏称号将军。静铺讲席麟经润,高拂□枝兔影分。更有岁寒霜雪操,莫将樗栎拟相群。

春夕遣怀

穷通分定莫凄凉,且放欢情入醉乡。范蠡扁舟终去相,冯唐半世只为郎。风飘玉笛梅初落,酒泛金樽月未央。休把虚名挠怀抱,九原丘陇尽侯王。

西斋

西斋新竹两三茎,也有风敲碎玉声。莫恨移来栏槛远,譬如元本此间生。

新蝉

齐女屏帏失旧容,侍中冠冕有芳踪。翅翻晚鬓寻香露,声引秋丝逐远风。旅馆听时髭欲白,戍楼闻处叶多红。只知送恨添愁事,谁见凌霄羽蜕功。

寄滑州文秀大师

分飞屈指十三年,菡萏峰前别社莲。薄宦偶然来左蜀,孤云何事在南燕。一封瑶简音初达,两处金沙色共圆。珍重汤休惠佳句,郡斋吟久不成眠。

中 春 登 楼

金杯不以涤愁肠，江郡芳时忆故乡。两岸烟花春富贵，一楼风月夜凄凉。王章莫耻牛衣泪，潘岳休惊鹤鬓霜。归去莲花归未得，白云深处有茅堂。

古今通塞莫咨嗟，漫把霜髯敌岁华。失手已惭蛇有足，用心休为鼠无牙。九天云净方怜月，一夜风高便厌花。独倚郡楼人不会，钓舟春浪接平沙。

自 遣

未上亨衢独醉吟，赋成无处博黄金。家人莫问张仪舌，国士须知豫让心。照乘始堪沽善价，阳春争忍混凡音。鹍鹏鳞翼途程在，九万风云海浪深。

偶有下殇因而自遣

彭寿殇龄共两空，幻泡缘影梦魂中。缺圆宿会长如月，飘忽浮生疾似风。修短百年先后定，贤愚千古是非同。南柯太守知人意，休问陶陶塞上翁。

倦 学 此首用韵错讹

乐广亡来冰镜稀，宓妃嫫母混妍媸。且于雾里藏玄豹，休向窗中问碧鸡。百氏典坟空自苦，一堆萤雪竟谁知。门前春色芳如画，好掩书斋任所之。

去 年 今 日

去年今日到荣州，五骑红尘入郡楼。貔虎只知迎太守，蛮夷不信是儒流。奸豪已息时将泰，疲瘵全苏岁又周。圣主若容辞重禄，便归烟水狎群鸥。

昼　寝

花落青苔锦数重，书淫不觉避春慵。〔恣〕(恐)情枕上飞庄蝶，任尔云间骋陆龙。玉液未能消气魄，牙签方可涤昏蒙。起来已被诗魔引，窗外寒敲翠竹风。

郡斋寓兴

依约樊川似旭川，郡斋风物尽萧然。秋庭碧藓铺云锦，晚阁红蕖簇水仙。醉笔语狂挥粉壁，歌梁尘乱拂花钿。情怀放荡无羁束，地角天涯亦信缘。

郡楼闲望书怀

郡城楼阁绕江滨，风物清秋入望频。铜鼓祭龙云塞庙，芦花飘市雪黏人。莲披净沼群香散，鹭点寒烟玉片新。归去杜陵池馆在，且将朝服拂埃尘。

玉烛花

袅袅香英三四枝，亭亭红艳照阶墀。正当晚槛初开处，却似春闱就试时。少女不吹方熠爚，东君偏惜未离披。夜深斜倚朱栏外，拟把邻光借与谁。

从弟舍人惠茶

曾求芳茗贡芜词，果沐颁沾味甚奇。龟背起纹轻炙处，云头翻液乍烹时。老丞倦闷偏宜矣，旧客过从别有之。珍重宗亲相寄惠，水亭山阁自携持。

再看光福寺牡丹

去年曾看牡丹花,蛱蝶迎人傍彩霞。今日再游光福寺,春风吹我入
仙家。当筵芬馥歌唇动,倚槛娇羞醉眼斜。来岁未朝金阙去,依前
和露载归衙。

海　棠　花

淡淡微红色不深,依依偏得似春心。烟轻虢国颦歌黛,露重长门敛
泪衿。低傍绣帘人易折,密藏香蕊蝶难寻。良宵更有多情处,月下
芬芳伴醉吟。

新　竹

近窗卧砌两三丛,佐静添幽别有功。影镂碎金初透月,声敲寒玉乍
摇风。无凭费叟烟波碧,莫信湘妃泪点红。自是子猷偏爱尔,虚心
高节雪霜中。

木　芙　蓉

素灵失律诈风流,强把芳菲半载偷。是叶葳蕤霜照夜,此花烂熳火
烧秋。谢莲色淡争堪种,陶菊香秾亦合羞。谁道金风能肃物,因何
厚薄不相侔。

送二郎君归长安

我儿辞去泪双流,蜀郡秦川两处愁。红叶满山归故国,黄茅遍地住
他州。荷衣晓挂惭官吏,菱镜秋窥讶鬓髹。好向云泉营旧隐,莫教
庄叟畏牺牛。

送文英大师

屈指平阳别社莲，蟾光一百度曾圆。孤云自在知何处，薄宦参差亦信缘。山郡披风方穆若，花时分袂更凄然。摇鞭相送嘉陵岸，回首群峰隔翠烟。

酬勾评事

闲庭欹枕正悲秋，忽觉新编浣远愁。才薄只愁安雁户，夷人内有雁户，盖徙移不定之故也。年高空忆复渔舟。鹭翘皓雪临汀岸，莲袅红香匝郡楼。对景却惭无藻思，南金荆玉卒难酬。

初至郡界

嘉陵江畔接荣川，两畔旌旗下濑船。郡印已分炎瘴地，朝衣犹惹御炉烟。莲塘小饮香随艇，月榭高吟水压天。锦字莫嫌归路远，华夷一统太平年。

到郡后有寄

一作到郡后寄西川从弟舍人、右司阎郎中、齐殿院。

蜀路新修尽坦平，交亲深幸再逢迎。正当返袂思乡国，却似归家见弟兄。沾泽只惭尧绋重，溯流还喜范舟轻。欲将感恋裁书旨，多少鱼笺写得成。

长春节

圣朝佳节遇长春，跪捧金炉祝又焚。宝藏发来天地秀，兵戈销后帝皇尊。太平基址千年永，混一车书万古存。更有馨香满芳槛，和风迟日在兰荪。

登郡楼书事

偶奉纶书莅旭川，郡楼嘉致尽依然。松攲鸟道云藏寺，月满渔舟水
浸天。望帝古祠花簇簇，锦城归路草芊芊。有时倚槛垂双袂，故国
风光似眼前。

旭川祁宰思家而卒因述意呈秦川知己

岁稔民康绝讼论，政成公暇自由身。朝看五马闲如社，夜拥双姬暖
似春。家计不忧凭冢子，官资无愧是朝臣。岂同龌龊祁员外，至死
悲凉一妇人。

登郡楼书怀

烟雨楼台渐晦冥，锦江澄碧浪花平。卞和未雪荆山耻，庄舄空伤越
国情。天际寂寥无雁下，云端依约有僧行。登高欲继离骚咏，魂断
愁深写不成。

边郡荒凉悲且歌，故园迢递隔烟波。琴声背俗终如是，剑气冲星又
若何。朝客渐通书信少，钓舟频引梦魂多。北山更有移文者，白首
无尘归去么。

莫嗔阮氏哭途穷，万代深沉恨亦同。瑞玉岂知将抵鹊，铅刀何事却
屠龙。九夷欲适嗟吾道，五柳终归效古风。独倚郡楼无限意，满江
烟雨正冥濛。

偶闻官吏举请辄有一篇寄从弟舍人

官吏潜陈借寇词，宦情乡梦两相违。青城锦水无心住，紫阁莲峰有
意归。张翰鲈鱼因醉忆，孟光书信近春稀。黄茅瘴色看看起，贪者
犹疑别是机。

诚 是 非

巧舌如簧总莫听,是非多自爱憎生。三人告母虽投〔杼〕(杵),百犬
闻风只吠声。辨玉且宽和氏罪,诬金须认不疑情。因思畴昔游谈
者,六国交驰亦受烹。

简 竖 儒

蹄涔岂信有沧浪,萤火何堪并太阳。渊奥未曾探禹穴,矜夸便拟越
丘墙。小巫神气终须怯,下里音声必不长。近日冰壶多晦昧,虎皮
羊质也观光。

贻 诸 学 童

横经叉手步还趋,积善方知庆有馀。五个小雏离学院,一行新雁入
贫居。攘羊告罪言何直,舐犊牵情理岂虚。劝汝立身须苦志,月中
丹桂自扶疏。

全唐诗卷七六七

孙元晏

孙元晏,不知何许人。曾著咏史诗七十五首,今编为一卷。

吴

黄 金 车

分擘山河即渐开,许昌基业已倾颓。黄金车与斑斓耳,早个须知入谶来。

赤 壁

会猎书来举国惊,只应周鲁不教迎。曹公一战奔波后,赤壁功传万古名。

鲁 肃 指 囷

破产移家事亦难,佐吴从此霸江山。争教不立功勋得,指出千囷如等闲。

甘 宁 斫 营

夜深偷入魏军营,满寨惊忙火似星。百口宝刀千匹绢,也应消得与甘宁。

徐 盛

欲把江山鼎足分,邢真衔册到江南。当时将相谁堪重,徐盛将军最不甘。

鲁　肃

斫案兴言断众疑,鼎分从此定雄雌。若无子敬心相似,争得乌林破
魏师。

武　昌

西塞山高截九垓,谶谣终日自相催。武昌鱼美应难恋,历数须归建
业来。

顾　雍

赞国经纶更有谁,蔡公相叹亦相师。贵为丞相封侯了,归后家人总
不知。

吕　蒙

幼小家贫实可哀,愿征行去志难回。不探虎穴求身达,争得人间富
贵来。

介　象

好道君王遇亦难,变通灵异几多般。介先生有神仙术,钓得鲈鱼在
玉盘。

濡　须　坞

风揭洪涛响若雷,枕波为垒险相隈。莫言有个濡须坞,几度曹公失
志回。

周　泰

名与诸公又不同,金疮痕在满身中。不将御盖宣恩泽,谁信将军别
有功。

张　纮

东部张公与众殊,共施经略赞全吴。陈琳漫自称雄伯,神气应须怯
大巫。

太 史 慈

圣德招贤远近知, 曹公心计却成欺。陈韩昔日尝投楚, 岂是当归召得伊。

孙 坚 后

委存张公翊圣材, 几将贤德赞文台。争教不霸江山得, 日月征曾入梦来。

陆 统

将军身殁有儿孤, 虎子为名教读书。更向宫中教骑马, 感君恩重合何如。

青 盖

历数将终势已摧, 不修君德更堪哀。被他青盖言相误, 元是须教入晋来。

晋

七 宝 鞭

天命须知岂偶然, 乱臣徒欲用兵权。圣谟庙略还应别, 浑不消他七宝鞭。

庾 悦 鹅 炙

春暖江南景气新, 子鹅炙美就中珍。庾家厨盛刘公困, 浑弗相贻也恼人。

谢 玄

百万兵来逼合肥, 谢玄为将统雄师。旌旗首尾千馀里, 浑不消他一局棋。

谢 混

尚主当初偶未成, 此时谁合更关情。可怜谢混风华在, 千古翻传禁裔名。

陆 玩

陆公高论亦由衷，谦让还惭未有功。天下忠良人欲尽，始应交我作三公。

王 坦 之

晋祚安危只此行，坦之何必苦忧惊。谢公合定寰区在，争遣当时事得成。

蒲 葵 扇

抛舍东山岁月遥，几施经略挫雄豪。若非名德喧寰宇，争得蒲葵价数高。

王 郎

太尉门庭亦甚高，王郎名重礼相饶。自家妻父犹如此，谁更逢君得折腰。

刘 毅

绕床堪壮喝卢声，似铁容仪众尽惊。二十七人同举义，几人全得旧功名。

王 恭

春风濯濯柳容仪，鹤氅神情举世推。可惜教君仗旄钺，枉将心地托牢之。

谢 公 赌 墅

发遣将军欲去时，略无情挠只贪棋。自从乞与羊昙后，赌墅功成更有谁。

苻 坚 投 箠

投箠填江语未终，谢安乘此立殊功。三台星烂乾坤在，且与张华死不同。

卫　玠

叔宝羊车海内稀,山家女婿好风姿。江东士女无端甚,看杀玉人浑
不知。

郭　璞　脱　襦

吟坐因思郭景纯,每言穷达似通神。到头分命难移改,解脱青襦与
别人。

庾　楼

江州楼上月明中,从事同登眺远空。玉树忽薶千载后,有谁重此继
清风。

新　亭

容易乘虚逼帝畿,满江艨艟与旌旗。卢循若解新亭上,胜负还应未
可知。

宋

大　岘

大岘才过喜可知,指空言已副心期。公孙计策嗟无用,天与南朝作
霸基。

放　宫　人

纳谏廷臣免犯颜,自然恩可霸江山。姚兴侍女方承宠,放出宫闱若
等闲。

借　南　苑

人主词应不偶然,几人曾说笑掀天。不知南苑今何在,借与张公三
百年。

谢　澹　云　霞　友

仗气凌人岂可亲,只将范泰是知闻。缘何唤作云霞友,却恐云霞未

似君。

乌 衣 巷

古迹荒基好叹嗟，满川吟景只烟霞。乌衣巷在何人住，回首令人忆
谢家。

袁 粲

负才尚气满朝知，高卧闲吟见客稀。独步何人识袁尹，白杨郊外醉
方归。

刘 伯 龙

位重何如不厌贫，伯龙孤子只修身。固知生计还须有，穷鬼临时也
笑人。

王 方 平

拂衣耕钓已多时，江上山前乐可知。著却貂裘将采药，任他人唤作
渔师。

黄 罗 襦

戚属群臣尽见猜，预忧身后又堪哀。到头委付何曾是，虚把罗襦与
彦回。

谢 朏

谢家诸子尽兰香，各震芳名满帝乡。惟有千金更堪重，只将高卧向
齐王。

羊 玄 保

运命将来各有期，好官才阙即思之。就中堪爱羊玄保，偏受君王分
外知。

齐

谢 朏

解玺传呼诏侍中，却来高卧岂疏慵。此时忠节还希有，堪羡君王特

地容。

小儿执烛

谢公情量已难量,忠宋心诚岂暂忘。执烛小儿浑放去,略无言语与君王。

王 僧 祐

肯与公卿作等伦,澹然名德只推君。任他车骑来相访,箫鼓盈庭似不闻。

王 僧 虔

位高名重不堪疑,恳让仪同帝亦知。不学常流争进取,却忧门有二台司。

明 帝 裹 蒸

至尊尊贵异人间,御膳天厨岂等闲。惜得裹蒸无用处,不如安霸取江山。

郁 林 王

强哀强惨亦从伊,归到私庭喜可知。喜字漫书三十六,到头能得几多时。

何 氏 小 山

显达何曾肯系心,筑居郊外好园林。赚他谢朏出山去,赢得高名直至今。

王 伦 之

豫章太守重词林,图画陈蕃与华歆。更奠子将并孺子,为君千载作知音。

潘 妃

曾步金莲宠绝伦,岂甘今日委埃尘。玉儿还有怀恩处,不肯将身嫁小臣。

王　亮

后见梁王未免哀,奈何无计拯倾颓。若教彼相颠扶得,争遣明公到此来。

梁

分　宫　女

涤荡齐宫法令新,分张宫女二千人。可怜无限如花貌,重见世间桃李春。

马　仙　埤

齐朝太守不甘降,忠节当时动四方。义士要教天下见,且留君住待袁昂。

勍　敌

传闻天子重儒才,特为皇华绮宴开。今日方惊遇勍敌,此人元自北朝来。

蔡　撙

紫茄白苋以为珍,守任清真转更贫。不饮吴兴郡中水,古今能有几多人。

楚　祠

曾与萧侯醉玉杯,此时神影尽倾颓。莫云千古无灵圣,也向西川助敌来。

谢　朏　小　舆

小舆升殿掌钧台,不免无憀却忆回。应恨被他何胤误,悔先容易出山来。

八　关　斋

依凭金地甚虔诚,忍溺空王为圣明。内殿设斋申祷祝,岂无功德及台城。

庾 信

苦心词赋向谁谈，沦落周朝志岂甘。可惜多才庾开府，一生惆怅忆
江南。

陈

王 僧 辨

彼此英雄各有名，石头高卧拟争衡。当时堪笑王僧辨，待欲将心托
圣明。

武 帝 蚌 盘

金翠丝黄略不舒，蚌盘清宴意何如。岂知三阁繁华日，解为君王妙
破除。

虞 居 士

苦谏将军总不知，几随烟焰作尘飞。东山居士何人识，惟有君王却
许归。

姚 察

曾佐徐陵向北游，剖陈疑事动名流。却归掌选清何甚，一匹花练不
肯收。

宣帝伤将卒

前后兵师战胜回，百馀城垒尽归来。当时将卒应知感，况得君王为
举哀。

临 春 阁

临春高阁上侵云，风起香飘数里闻。自是君王正沉醉，岂知消息报
隋军。

〔结〕绮阁

结绮高宜眺海涯，上凌丹汉拂云霞。一千朱翠同居此，争奈恩多属

丽华。

望 仙 阁

多少沉檀结筑成，望仙为号倚青冥。不知孔氏何形状，醉得君王不解醒。

三　阁

三阁相通绮宴开，数千朱翠绕周回。只知断送君王醉，不道韩擒已到来。

狎　客

八宫妃尽赋篇章，风揭歌声锦绣香。选得十人为狎客，有谁能解谏君王。

淮　水

文物衣冠尽入秦，六朝繁盛忽埃尘。自从淮水干枯后，不见王家更有人。

江 令 宅

不向南朝立谏名，旧居基在事分明。令人惆怅江中令，只作篇章过一生。

后 庭 舞

嫣婉回风态若飞，丽华翘袖玉为姿。后庭一曲从教舞，舞破江山君未知。

全唐诗卷七六八

严识玄 以下有爵里，无世次。

> 严识玄，魏州刺史，后为兵部郎中。诗一首。

班婕妤 一作严武诗

贱妾如桃李，君王若岁时。秋风一已劲，摇落不胜悲。寂寂苍苔满，沈沈绿草滋。繁华非此日，指辇竟何辞。

何　象

> 何象，遂宁令。诗一首。

赋得御制句朔野阵云飞

塞日穿痕断，边鸿背影飞。缥缈浮黄屋，阴沉护御衣。 御制诗有"銮舆临紫塞，朔野阵云飞"之句。象进《銮舆临紫塞》赋、《朔野阵云飞》诗，召对嘉赏，授赞善大夫。

张　震

> 张震，河间人。江西采访使。诗一首。

宿金河戍

朝发铁麟驿，夕宿金河戍。奔波急王程，一日千里路。但见容鬓改，不知岁华暮。悠悠沙漠行，王事弥多故。

丘光庭

丘光庭，吴兴人。国子博士。集三卷，今存诗七首。

补新宫 并序 解

新宫，成室也。宫室毕，乃祭而落之。又与群臣宾客燕饮，谓之成也。昭二十五年《左传》：叔孙昭子聘于宋，公享之。赋新宫，又燕礼，升歌《鹿鸣》，下管《新宫》。今《诗序》无此篇，盖孔子返鲁之后，其诗散逸，采之不得故也。三百之篇，孔子既已删定，子夏从而序之。其序不冠诸篇，别为编简，纵其辞寻逸，则厥义犹存。若《南陔》、《白华》之类，故束晳得以补之。惟此《新宫》，则辞义俱失。苟非精考，难究根源。按新者，有旧之辞也。新作南门，新作延厩是也。宫者，居处燕游宗庙之总称也。士芎城绛以深其宫、梁伯沟其公宫，居处之宫也。楚之章华、晋之虒祁，燕游之宫也。成三年新宫灾，祢庙之宫也。然则正言新宫，居处之宫也。盖文王作丰之时，新建宫室。宫室初成而祭之，因之以燕宾客，谓之为考。考，成也。若宣王斯干考成室之类是也。亦谓之落。落者，以酒浇落之也。若楚子成章华之台，愿与诸侯落之类是也。因此之时，时人歌咏其美，以成篇章，故周公采之为燕享歌焉。必知此新宫为文王诗者，以燕礼云。下管《新宫》，下管者，堂下以笙奏诗也。乡饮酒《礼》云：工升而歌《鹿鸣》、《四牡》、《皇皇者华》。歌讫笙入，立于堂下，奏《南陔》、《白华》、《华黍》。笙之所奏，例皆小雅，皆是文王之诗。新宫既为下管所奏，正与《南陔》事同，故知为文王诗也。知非天子诗者，以天子之诗,非宋公所赋、下管所奏故也。知非诸侯诗者,以诸侯之诗,不得入雅,当在国风故也。知非祢庙诗者,以祢庙之诗,不可享宾故也。知非燕游之宫诗者,以燕游之宫,多不如礼,其诗必当规刺。规刺之作,是为变雅,享宾不用变雅故也。由此而论,则《新宫》为文王之诗,亦已明矣。或问曰:"文王既非天子,又非诸侯,为何事也?"答曰:"周室本为诸侯,文王身有圣德,当殷纣之代,三分天下之众,二分归周,而文王犹服事纣。武王克殷之后,谥之曰文,追尊为王。其诗有风焉,周、召南是也。有小雅焉,《鹿鸣》、《南陔》之类是也。有大雅焉,《大明》、《棫朴》之类是也。有颂焉,《清庙》、《我将》之类是也。四始之中,皆有诗者,以其国为诸侯,身行王道,薨后追尊故也。新宫既为小雅,今依其体,以补之云尔。

奂奂新宫,礼乐其融。尔德惟贤,尔□维忠。为忠以公,斯筵是同。人之醉我,与我延宾。第四句缺一字。

奂奂新宫,既奂而轮。其固如山,其俨如云。其寝斯安,□□□分。我既考落,以燕群臣。第六句缺三字。

奂奂新宫,既祭既延。我□□镛,于以醉贤。有礼无愆,我有斯宫。斯宫以安,康后万年。第三句缺二字。

补茅鸱 并序　解

茅鸱,刺食禄而无礼也。在位之人,有重禄而无礼度。君子以为茅鸱之不若,作诗以刺之。　襄二十八年《左传》:齐庆封奔鲁,叔孙穆子食庆封。庆封氾祭,穆子不说,使工为之讽《茅鸱》。杜元凯曰:"《茅鸱》,逸诗,刺不敬也。"凡诗,先儒所不见者,皆谓之逸,不分其旧亡与删去也。臣以《茅鸱》非旧亡,盖孔子删去耳。何以明之?按襄二十八年,孔子时年八岁。《记》曰:"男子十年,出就外傅,学书记。十有三年,学乐习诗舞。"《论语》曰:"吾十有五,而志于学。"则庆封奔鲁之日,与孔子就学之年,其间相去不远,其诗未至流散。况周礼尽在鲁国,孔子贤于叔孙,岂叔孙尚得见之,而孔子反不得见也? 由此而论,《茅鸱》之作不合礼,又为依孔子删去,亦已明矣。或曰:"安知《新宫》不为删去耶?"答曰:"《新宫》为周公所收,燕礼所用,不与《茅鸱》同也。"曰:"《茅鸱》为风乎,为雅乎?"非雅也,风也。何以言之? 以叔孙大夫所赋,多是国风故也。今之所补,亦体风焉。

茅鸱茅鸱,无集我冈。汝食汝饱,莫我为祥。愿弹去汝,来彼凤凰。来彼凤凰,其仪有章。

茅鸱茅鸱,无啄我雀。汝食汝饱,莫我肯略。愿弹去汝,来彼瑞鹊。来彼瑞鹊,其音可乐。

茅鸱茅鸱,无搏鹨鹏。汝食汝饱,莫我为休。愿弹去汝,来彼鸤鸠。来彼鸤鸠,食子其周。

茅鸱茅鸱,无啊我陵。汝食汝饱,莫我好声。愿弹去汝,来彼苍鹰。来彼苍鹰,祭鸟是微。

武翊黄

武翊黄,府选为解头,及第为状头,宏词为敕头,时号武氏三头。诗一首。

瑕瑜不相掩

抱璞应难辨,妍媸每自融。贞姿偏特达,微玷遇磨砻。泾渭流终异,瑕瑜自不同。半曾光透石,未掩气如虹。缜密诚为智,包藏岂谓忠。停看分美恶,今得值良工。

李 祜

李祜,江南录事参军,纂之子。诗一首。

袁江口怀王司勋王吏部

京华不啻三千里,客泪如今一万双。若个最为相忆处,青枫黄竹入袁江。

韩　屿

韩屿,祠部郎中。诗一首。

赠进士李守微

一定童颜老岁华,贫寒游历贵人家。炼成正气功应大,养得元神道不差。舄曳鹤毛干氄毳,杖携筇节瘦槎牙。如何蓬阆不归去,落尽蟠桃几度花。

李茂复

李茂复,泗州刺史。诗二首。

马上有见

行尽疏林见小桥,绿杨深处有红蕉。无端眼界无分别,安置心头不肯销。

自　叹

落日西山近一竿,世间恩爱极难拚。近来不作颠狂事,免被冤家恶眼看。

李 曜

李曜,官尚书,尝为歙州刺史。诗一首。

赠 吴 圆

抒情诗。曜罢歙州,与吴圆交代。有酒录事名媚川,明慧,曜颇留
意,托圆令存恤。有诗云:

经年理郡少欢娱,为习干戈间饮徒。今日临行尽交割,分明收取媚
川珠。

吴 圆

吴圆,歙州刺史。诗一首。

答 李 曜

曳履优容日日欢,须言达德倍汍澜。韶光今已输先手,领得蟆珠掌
上看。韶光,营籍妓名。

陆弘休

陆弘休,桂府从事。诗一首。

和訾家洲宴游

新春蕊绽訾家洲,信是南方最胜游。酒满百分殊不怕,人添一岁更

堪愁。莺声暗逐歌声艳,花态还随舞态羞。莫惜今朝同酪酊,任他龟鹤与蜉蝣。

安一作郑锜

安锜,普州从事。诗一首。

题 贾 岛 墓

倚恃才难继,昂藏貌不恭。骑驴冲大尹,夺卷忤宣宗。驰誉超先辈,居官下我侬。司仓旧曹署,一见一心忡。

油 蔚

油蔚,淮南幕职,奉使塞北。诗一首。

赠别营妓卿卿

怜君无那是多情,枕上相看直到明。日照绿窗人去住,鸦啼红粉泪纵横。愁肠只向金闺断,白发应从玉塞生。为报花时少惆怅,此生终不负卿卿。

胡 玢 一作汾

胡玢,隐庐山,苦心五言。李腾廉问江西,弓旌不至,人惜之。诗三首。

巢　燕

燕来巢我檐，我屋非高大。所贵儿童善，保尔无殃祸。莫巢孀妇
家，孀妇怨孤坐。妒尔长双飞，打尔危巢破。

庐山桑落洲

莫问桑田事，但看桑落洲。数家新住处，昔日大江流。古岸崩欲
尽，平沙长未休。想应百年后，人世更悠悠。

石　楠　树

本自清江石上生，移栽此处一作地称闲情。青云士尽识珍木，白屋
人多唤俗名。重布绿阴滋藓色，深藏好鸟引雏声。余今一日千回
看，每度看来眼益明。

句

轮中别有物，光外更无空。　咏月

卢　注

　　卢注，家荆南。举进士，二十上不第。诗二首。

酒　胡　子

同心相遇思同欢，擎出酒胡当玉盘。盘中黾脆不自定，四座清宾注
意看。可亦不在心，否亦不在面，徇客随时自圆转。酒胡五藏属他
人，十分亦是无情劝。尔不耕，亦不饥。尔不蚕，亦有衣。有眼不
能分黼黻，有口不能明是非。鼻何尖，眼何碧，仪形本非天地力。

雕镌匠意苦多端，翠帽朱衫巧妆饰。长安斗酒十千酤，刘伶平生为
酒徒。刘伶虚向酒中死，不得酒池中拍浮。酒胡一滴不入眼，空令
酒胡名酒胡。

西　施

惆怅兴亡系绮罗，世人犹自选青娥。越王解破夫差国，一个西施已
是多。

胡幽贞

胡幽贞，四明人，自号无生居士。诗二首。

题西施浣纱石

一朝入紫宫，万古遗芳尘。至今溪边花，不敢娇青春。

归　四　明

海色连四明，仙舟去容易。天籁岂辄问，不是卑朝士。

狄　焕

狄焕，字子炎，梁公仁杰之后，隐于南岳。诗三首。

送人游邵州

春江正渺渺，送别两依依。烟里棹将远，渡头人未归。渔家侵叠
浪，岛树挂残晖。况入湖湘路，那堪花乱飞。

题 柳

天南与天北,此处影婆娑。翠色折不尽,离情生更多。雨馀笼灞
岸,烟暝夹隋河。自有佳名在,秦松继得么。

咏南岳径松

一阵雨声归岳峤,两条寒色下潇湘。客吟晚景停孤棹,僧踏清阴彻
上方。

句

数点当秋霁,不知何处峰。 石楼晓望

更无声接续,空有影相随。 孤雁 见《诗话拾遗》

韩 溉

韩溉,江南人。诗一卷,今存七首。

浔阳观水 一作韩喜诗

朝宗汉水接阳台,唅呀填坑吼作雷。莫见九江平稳去,还从三峡崄
巇来。南经梦泽宽浮日,西出岷山劣泛杯。直至沧溟涵贮尽,沈深
不动浸昭回。

水 一作韩喜诗

方圆不定性空求 一作柔,东注沧溟早晚休。高截碧塘长耿耿,远飞
青嶂更悠悠。潇湘月浸千年色,梦泽烟含万古愁。别有岭头鸣咽
处,为君分作断肠流。

松

倚空高槛冷无尘,往事闲微梦欲分。翠色本宜霜后见,寒声偏向月
中闻。啼猿想带苍山雨,归鹤应和紫府云。莫向东园竞桃李,春光
还是不容君。

柳

雪尽青门弄影微,暖风迟日早莺归。如凭细叶留春色,须把长条系
落晖。彭泽有情还郁郁,隋堤无主自依依。世间惹恨偏饶此,可是
行人折赠稀。

竹

树色连云万叶开,王孙一作家不厌满庭栽。凌霜尽节无人见,终日
虚心待凤来。谁许风流添兴咏,自怜潇洒出尘埃。朱门处处多闲
地,正好移阴覆一作结翠苔。

鹊

才见离巢羽翼开,尽能轻飐出尘埃。人间树好纷纷占,天上桥成草
草回。几度送风临玉户,一时传喜到妆台。若教颜色如霜雪,应与
清平作瑞来。

灯 一作韩喜诗

分影由来恨不同,绿窗孤馆两何穷。荧煌短焰长疑暗,零落残花旋
委空。几处隔帘愁夜雨,谁家当户怯秋风。莫言明灭无多重,曾比
人生一世中。

句

门掩落花人别后,窗含残月酒醒时。　愁诗　见《吟窗杂录》

金昌绪

金昌绪,馀杭人。诗一首。

春　怨 —作伊州歌

打—作却起黄莺儿,莫教枝上啼。啼时—作几回惊妾梦,不得到辽西。

曾麻几

曾麻几,吉州人。诗一首。

放　猿

孤猿锁槛岁年深,放出城南百丈林。绿水任从联臂饮,青山不用断肠吟。

全唐诗卷七六九

郑　轨 诗一首，以下无世次、爵里可考。

观兄弟同夜成婚

棠棣开双萼，夭桃照两花。分庭含佩响，隔扇偶妆华。迎风俱似雪，映绮共如霞。今宵二神女，并在一仙家。

刘　戳 诗一首

夏弹琴 一作刘希戳诗，又作刘希夷诗。

碧山本岑寂，素琴何清幽。弹为风入松，崖谷飒已秋。庭鹤舞白雪，泉鱼跃洪流。予欲娱世人，明月难暗投。感叹未终曲，泪下不可收。呜呼钟子期，零落归荒丘。死而若有知，魂兮从我游。

杨齐哲 诗一首

过函谷关

地险崤函北，途经分陕东。逶迤众山尽，荒凉古塞空。河光流晓日,树影散朝风。圣德今无外,何处是关中。

刘夷道 诗一首

伤 死 奴

丹籍生涯浅,黄泉归路深。不及江陵树,千秋长作林。

杨希道 诗五首

侍宴赋得起坐弹鸣
琴二首 此下俱互见杨师道集

北林鹊夜飞,南轩月初进。调弦发清徵,荡心祛褊吝。变作离鸿
声,还入思归引。长叹未终极,秋风飘素鬓。

丝传园客意,曲奏楚妃情。罕有知音者,空劳流水声。

咏 琴

久擅龙门质,孤竦峄阳名。齐〔娥〕(蛾)初发弄,赵女正调声。嘉客
勿遽反,繁弦曲未成。

咏 笙

短长插凤翼,洪细摹鸾音。能令楚妃叹,复使荆王吟。切切孤竹
管,来应云和琴。

咏 舞

二八如同雪,三春类早花。分行向烛转,一种逐风斜。

王 勣 诗三首

咏 妓 此下诗俱互见王绩集

妖姬饰靓妆,窈窕出兰房。日照当轩影,风吹满路香。早时歌扇薄,今日舞衫长。不应令曲误,持此试周郎。

益州城西张超亭观妓

落日明歌席,行云逐舞人。江前飞暮雨,梁上下轻尘。冶服看疑画,妆台望似春。高车勿遽返,长袖欲相亲。

辛司法宅观妓

南国佳人至,北堂罗荐开。长裙随凤管,促柱送鸾杯。云光身后落,雪态掌中回。到愁金谷晚,不怪玉山颓。

郭 恭 诗一首

秋池一枝莲

秋至皆零落,凌波独吐红。托根方得所,未肯即随风。

张　烜 诗一首

婕　妤　怨

贱妾裁纨扇,初摇明月姿。君王看舞席,坐起秋风时。玉树清御路,金陈翳垂丝。昭阳无分理,愁寂任前期。

张修之 诗一首

长门怨 一作张循之诗

长门落景尽,洞房秋月明。玉阶草露积,金屋网尘生。姜妒今应改,君恩昔未平。寄语临邛客,何时作赋成。

梁　献 诗一首

王　昭　君

图画失天真,容华坐误人。君恩不可再,妾命在和亲。泪点关山月,衣销边塞尘。一闻阳鸟至,思绝汉宫春。

符子珪 诗一首

芳　树

芳树宜三月,曈曈艳绮年。香交珠箔气,阴占绿庭烟。小叶风吹长,繁花露濯鲜。遂令秾李儿,折取簪花钿。

李　何 诗一首

观　妓

向晚小乘游,朝来新上头。从来许长袖,未有客难留。

郑　钅失 诗四首

邯郸侠少年

夜渡浊河津,衣中剑满身。兵符劫晋鄙,匕首刺秦人。执事非无胆,高堂念有亲。昨缘秦苦赵,来往大梁频。

玉　阶　怨

昔日同飞燕,今朝似伯劳。情深争掷果,宠罢怨残桃。别殿春心断,长门夜树高。虽能不自悔,谁见旧衣襃。

婕　妤　怨

南国承欢日,东方候晓时。那能妒褒姒,只爱笑唐儿。宝叶随云髻,珠丝锻履綦。不知飞燕意,何事苦相疑。

入 塞 曲

留滞边庭久,归思岁月赊。黄云同入塞,白首独还家。宛马随秦草,胡人问汉花。还伤李都尉,独自没黄沙。

纥干著 诗四首

赏 残 花

零落多依草,芳香散著人。低檐一枝在,犹占满堂春。

古 仙 词

珠幡绛节晓霞中,汉武清斋待少翁。不向人间恋春色,桃花自满紫阳宫。

感 春 词

未得鸣珂谒汉宫,江头寂寞向春风。悲歌一曲心应醉,万叶千花泪眼中。

灞 上

鸣鞭晚日禁城东,渭水晴烟灞岸风。都傍柳阴回首望,春天楼阁五云中。

李 习 诗一首

凌云寺

古寺临江间碧波，石梯深入白云窠。僧禅寂寂无人迹，满地落花春又过。

颜　舒 诗一首

凤栖一作楼怨

佳人名莫愁，珠箔上花钩。清镜鸳鸯匣，新妆翡翠楼。捣衣明月夜，吹管白云秋。惟恨金吾子，年年向陇头。

朱　绛 诗一首

春女怨

独坐纱窗刺绣迟，紫荆花下啭黄鹂。欲知无限伤春意，尽在停针不语时。

徐　璧 诗一首

失　题

双燕今朝至，何时发海滨。窥檐向人语，一作窥人向檐语。如道故乡春。

徐安期 诗一首

催 妆

传闻烛—作灯下调红粉,明镜台前别作春。不须面上—作满面浑妆却,留著双眉待画人。

裴 延 诗二首

隔壁闻奏伎 —作陈萧琳诗

徒闻管弦切,不见舞腰回。赖有歌梁合,尘飞一半来。

咏 剪 花

花寒未聚蝶,色艳已惊人。悬知陌上柳,应妒手中春。

陈 述 诗一首

叹美人照镜

插花枝共动,含笑靥俱生。衫分两处色—作彩,钏响一边声。就中还妒影,恐夺可怜名。

朱 琳 诗一首

开缄怨

夫婿边庭久,幽闺恨几重。玉琴知别日,金镜识愁容。懒寄云中服,慵开海上封。年年得衣惯,且试莫裁缝。

谢 陶 诗一首

杂 言

天不与人言,祸福能自至。水火虽活人,暂不得即死。蹈之焚斯须,凭之溺容易。水火与祸福,岂有先言耳。

何 赞 诗一首

书 事

果决生涯向路中,西投知己话从容。云遮剑阁三千里,水隔瞿塘十二峰。阔步文翁坊里月,闲寻杜老宅边松。到头须卜林泉隐,自愧无能继卧龙。

解彦融 诗一首

雁 塔 开元八年,清河傅岩题此诗于雁塔。

峥嵘彻倒景,刻峭俯无地。勇进攀有缘,即崄恐迷坠。窅然丧五蕴,蠢尔怀万类。实际罔他寻,波罗必可致。南山缭上苑,祇树连岩翠。北斗临帝城，扶宫切太清。餐和裨日用，味道懿天明。绿野冷风浃，紫微佳气晶。驯禽演法要，忍草藉经行。本愿从兹适，方知物世轻。

全唐诗卷七七〇

董　初 诗一首

昭　君　怨 一作董思恭诗

新年犹尚小,那堪远聘秦。裾衫沾马汗,眉黛染胡尘。举眼无相识,路逢皆异人。唯有梅将李,犹带故乡春。

贺朝清 诗二首

南　山 一作贺朝诗

湖北雨初晴,湖南山尽见。岩岩石帆影,如得海风便。仙穴茅山峰,彩云时一见。邀君共探此,异箓残几卷。

赋得游人久不归 一作刘孝孙诗,又作贺朝诗。

乡关眇天末,引领怅怀归。羁旅久淹滞,物色屡芳菲。稍觉私意尽,行看鬓鬟稀。如何千里外,伫立沾裳衣。

杨　衡 诗二首

白纻辞

此二首又见贞元进士杨衡集中。诗纪、诗所俱编入初唐。

玉缨翠珮杂轻罗,香汗微渍朱颜酡。为君起唱白纻歌,清声袅云思繁多,凝笳哀琴时相和。金壶半倾芳夜促,梁尘霏霏暗红烛。令君安坐听终曲,坠叶飘花难再复。

蹑珠履,步琼筵,轻身起舞红烛前。芳姿艳态妖且妍,回眸转袖暗催弦。凉风萧萧漏一作流水急,月华泛溢红莲湿,牵裙揽带翻成泣。

唐 暄 诗三首

还渭南感旧二首

寝室悲长簟,妆楼泣镜台。独悲桃李节,不共一时一作夜泉开。魂兮若有感,仿佛梦中来。

常时华室静,笑语度更筹。恍惚人事改,冥漠委荒丘。阳原叹薤露,阴壑悼藏舟。清夜妆台月,空想画眉愁。

赠亡妻张氏

峄阳桐半死,延津剑一沈。如何宿昔内,空负百年心。

李 韶 诗一首

题司空山观

梁代真人上紫微,水盘山脚五云飞。松杉老尽无消息,犹得千年一度归。

韦鹏翼 诗一首

戏题盱眙壁

岂肯闲寻竹径行,却嫌丝管好蛙声。自从煮鹤烧琴后,背却青山卧月明。

安鸿渐 诗一首

题杨少卿书后

端溪石砚宣城管,王屋松烟紫兔毫。更得孤卿老书札,人间无此五般高。

李延陵 诗一首

自紫阳观至华阳洞宿侯尊师草堂简同游

石林媚烟景,句曲盘江甸。南向佳气浓,峰峰遥隐见。渐临华阳口,微路入葱蒨。七曜悬洞宫,五云抱山殿。银函意谁发,金液徒堪荐。千载桃花春一作空桃花,秦人深不见。东溪喜相遇,贞白如会面。青鸟来去闲,红霞朝夕变。一从化真骨,万里乘飞电。萝月延步虚,松花醉闲宴。幽人即长往,茂宰应交战。明发归琴堂,知君懒为县。

秦尚运 诗一首

题钟雅青纱枕

阴香装艳入青纱,还与歆眠好事家。梦里却成山色雨,沈山不敢斗青华。

张仲谋 诗一首

题　搔　口

尝闻烧尾便拏空,只过天门更一重。大禹未生门未凿,可能天下总无龙。

冯少吉 诗一首

山寺见杨少卿书壁因题其尾

少卿真迹满僧居,只恐钟王也不如。为报远公须爱惜,此书书后更无书。

殷　陶 诗一首

经杜甫旧宅

浣花溪里花多处,为忆先生在蜀时。万古只应留旧宅,千金无复换新诗。沙棚水槛鸥飞尽,树压村桥马过时。山月不知人事变,夜来江上与谁期。

罗　炯 诗一首

行县至浮查寺 一作罗晌诗

二十年前此布衣,鹿鸣西上虎符归。行时宾从光前事,到处松杉长旧围。野老竞遮官道拜,沙鸥遥避隼旟飞。春风一宿琉璃地,自有泉声惬素机。

韩　雄 诗一首

敕和元相公家园即事寄王相公

共列中台贵,能齐物外心。回车青阁晚,解带碧芳深。夜水随畦入,晴花度竹寻。题诗更相应,一字重千金。

苗仲方 诗一首

仲秋太常寺观公辂车拜陵

南宫初开律,金风已戒凉。拜陵将展敬,车辂俨成行。士庶观祠礼, 公卿习旧章。郊原佳气引, 园寝瑞烟长。卤簿辞丹阙, 威仪列太常。圣心何所寄, 惟德在无忘。

陈 嶰 诗一首

寻易尊师不遇

烂熳红霞光照衣, 苔封白石路微微。华阳洞里何人在, 落尽松花不见归。

张 起 诗二首

早过梨岭喜雪书情呈崔判官

度岭逢朝雪, 行看马迹深。轻标南国瑞, 寒慰北人心。皎洁停丹嶂, 飘飖映绿林。共君歌乐土, 无作白头吟。

春 情

画阁馀寒在, 新年旧燕归。梅花犹带雪, 未得试春衣。

陈 政 诗一首

赠窦蔡二记室入蜀

昆山积良宝, 大厦构众材。马卿委官去, 邹子背淮来。风流信多美, 朝夕豫平台。逸翮独不群, 清才复逶上。六辅昔推名, 二江今振响。英华虽外发,磨琢终内朗。四海奋羽仪,清风久播驰。沈郁林难厕,青山翻易阻。回首望烟霞,谁知慕俦侣。飘然不系舟,为情自可求。若奉西园夜,浩想北园愁。无因逐萍藻,从尔泛清流。

李建业　诗一首

采　菊

簇簇竟相鲜,一枝开几番。味甘资麴蘖,香好胜兰荪。古道风摇远,荒篱露压繁。盈筐时采得,服饵近知门。

罗　维　诗一首

水　精　环

王室符长庆,环中得水精。任圆循不极,见素质仍贞。信是天然瑞,非因朴斫成。无瑕胜玉美,至洁过冰清。未肯齐珉价,宁同杂佩声。能衔任黄雀,亦欲应时明。

殷　益　诗一首

看　牡　丹

拥毳对芳丛,由来趣不同。发从今日白,花是去年红。艳色随朝露,馨香逐晚风。何须待零落,然后始知空。

李 得 诗一首

赋 得 垣 衣

漠漠复霏霏,为君垣上衣。昭阳辇下草,应笑此生非。掩蔼青春去,苍茫白露稀。犹胜萍逐水,流浪不相依。

王 邵 诗一首

冬晚对雪忆胡处士

寒更传唱晚,清镜览衰颜。隔牖风惊竹,开帘雪满山。洒空深巷静,积素广庭闲。借问袁安舍,倏然尚闭关。

曹修古 诗一首

池 上

荷叶罩芙蓉,圆青映嫩红。佳人南陌上,翠盖立春风。

朱子真 诗一首

对 赵 颖 歌

人间几日变桑田,谁识神仙洞里天。短促虽知有殊异,且须欢醉一作笑在生前。

严　郭 诗一首

赋 百 舌 鸟

此禽轻巧少同伦,我听长疑舌满身。星未没河先报晓,柳犹粘雪便迎春。频嫌海燕巢难定,却讶林莺语不真。莫倚清风更多事,玉楼还有晏眠人。

张子明 诗一首

孤　雁

只影翩翩下碧湘,傍池鸳鹭宿银塘。虽逢夜雨迷深浦,终向晴天著旧行。忆伴几回思片月,蜕翎多为系繁霜。江南塞北俱关念,两地飞归是故乡。

李谨言 诗二首

水殿抛球曲二首

侍宴黄昏晓未休,玉阶夜色月如流。朝来自觉承恩最,笑倩傍人认绣球。

堪恨隋家几帝王,舞裀揉尽绣鸳鸯。如今重到抛球处,不是金炉旧日香。

吴 烛 诗一首

铜 雀 妓

秋色西陵满绿芜,繁弦急管强欢娱。长舒罗袖不成舞,却向风前承泪珠。

张保嗣 诗一首

戏 示 诸 妓

绿罗裙上标三棒,红粉腮边泪两行。抄手向前咨大使,这回不敢恼儿郎。

潘 图 诗一首

末 秋 到 家

归来无所利,骨肉亦不喜。黄犬却有情,当门卧摇尾。

潘 佐 诗一首

送人往宣城

江畔送行人,千山生暮氛。谢安团扇上,为画敬亭云。

李　逸 诗一首

洛阳河亭奉酬留守郡公追送 一作李益诗

离亭饯落晖,腊酒减征衣。岁晚烟霞重,川寒云树微。戎装千里至,旧路十年归。还似汀洲雁,相逢又背飞。

沈　麟 诗一首

送道士曾昭莹

南北东西事,人间会也无。昔曾栖玉笥,今也返玄都。雪片随天阔,泉声落石孤。丹霄人有约,去采石菖蒲。

安　凤 诗一首

赠 别 徐 侃

一自离乡国,十年在咸秦。泣尽卞和血,不逢一故人。今日旧友别,羞此漂泊身。离情吟诗处,麻衣掩泪频。泪别各分袂,且及来年春。

李　伦 诗一首

顾 城

世久荒墟在,白云几代耕。市廛新草绿,里社故烟轻。不谨罹天
讨,来苏岂忿兵。谁云殷鉴远,今古在人程。

卢子发 诗一首

金 钱 花

轮廓休夸四字书,红窠写出对庭除。时时买得佳人笑,本色金钱却
不如。

王梦周 诗一首

故白岩禅师院

能师还世名还在,空闭禅堂满院苔。花树不随人寂寞,数株犹自出
墙来。

孙 咸 诗一首

题九天使者庙 又见谶记卷

独入玄宫礼至真,焚香不为贱贫身。秦淮两岸沙埋骨,溢浦千家血
染尘。庐皁烟霞谁是主,虎溪风月属何人。九江太守勤王事,好放
天兵渡要津。

李　澣 诗一首

房公旧竹亭闻琴

石室寒飙警,孙枝雅器裁。坐来山水操,弦断吊尘埃。

钱　戣 诗一首

清 溪 馆 作

指途清溪里,左右唯深林。云蔽望乡处,雨愁为客心。遇人多物役,听鸟时幽音。何必沧浪水,庶兹浣尘襟。

韦道逊 诗一首

晚 春 宴

日斜宾馆晚,春轻麦候初。檐暄巢幕燕,池跃戏莲鱼。石声随流响,桐影傍岩疏。谁能千里外,独寄八行书。

王　揆 诗一首

长沙六快诗

湖外风物奇,长沙信难续。衡峰排古青,湘水湛寒绿。舟楫通大江,车轮会平陆。昔贤官是邦,仁泽流丰沃。今贤官是邦,刳啖人脂肉。怀昔甘棠花,伤今猛虎毒。然此一郡内,所乐人才六。漕与二宪僚,守连两通属。高堂日暮会,深夜继以烛。帏幕皆绮纨,器皿尽金玉。歌喉若珠累,舞腰如素束。千态与万状,六人欢不足。因成快活诗,荐之尧舜目。

王言史 诗一首

广州王园寺伏日即事寄北中亲友

南越逢初伏,东林度一朝。曲池煎畏景,高阁绝微飙。竹簟移先洒,蒲葵破复摇。地偏毛瘴近,山毒火威饶。裛汗绤如濯,亲床枕并烧。堕枝伤翠羽,菱叶惜红蕉。且困流金炽,难成独酌谣。望霖窥润础,思吹候纤条。旅恨生乌浒,乡心系浴桥。谁怜在炎客,一夕壮容销。

全唐诗卷七七一

宋　雍　一作邕,诗二首。以下爵里、世次俱无考。

春　日

轻花细叶满林端,昨夜春风晓色寒。黄鸟不堪愁里听,绿杨宜向雨中看。

失　题

斜雨飞丝织晚风,疏帘半卷野亭空。荷花开尽秋光晚,零落残红绿沼中。

戴休珽　诗一首

古　意

穷秋朔风起,沧海愁阴涨。虏骑掠河南,汉兵屯灞上。羽书惊沙漠,刁斗喧亭障。关塞何苍茫,遥烽递相望。弱龄负奇节,侠客多招访。投笔弃缥一作书生,提戈逐飞将。拔剑照霜白,怒发冲冠壮。会立万里功,视君封侯相。

卢　钲 诗一首

勗　曹　生

桑扈交飞百舌忙,祖亭闻乐倍思乡。尊前有恨惭卑宦,席上无憀爱艳妆。莫为狂花迷眼界,须求真理定心王。游蜂采掇何时已,只恐多言议短长。

赵　抟 诗二首

琴　歌

绿琴制自桐孙枝,十年窗下无人知。清声不与众乐杂,所以屈受尘埃欺。七弦脆断虫丝朽,辨别不曾逢好手。琴声若似琵琶声,卖与时人应已久。玉徽冷落无光彩,堪恨钟期不相待。凤嘲吟幽鹤舞时,撚弄铮拟声亦在。向曾守贫贫不彻,贱价与人人不别。前回忍泪却收来,泣向秋风两条血。乃知凡俗难可名,轻者却重重者轻。真龙不圣土龙圣,凤凰哑舌鸱枭鸣。何殊此琴哀怨苦,寂寞沉埋在幽户。万重山水不肯听,俗耳乐闻人打鼓。知君立身待分义,驱喝风雷在平地。一生从事不因人,健步窣云皆自致。不辞重拂弦上尘,市廛不买多谇人。莫辞憔悴与买取,为君一曲号青春。

废长行 辨其惑于无益之戏而不务恤民也

紫牙镂合方如斗,二十四星衔月口。贵人迷此华筵中,运木手交如阵斗。不算劳神运枯木,且废为官恤惸独。门前有吏吓孤穷,欲诉门深抱冤哭。耳厌人催坐衙早,才闻此戏身先到。理人似爱长行心,天下安平多草草。何当化局为明镜,挂在高堂辨邪正。何当化子作笔锋,常在手中行法令。莫令终日迷如此,不治生民负天子。

张安石　有《涪江集》一卷,今存诗二首。

玉 女 词

绮荐银屏空积尘,柳眉桃脸暗销春。不须更学阳台女,为雨为云趁恼人。

苦　别

向前不信别离苦,而今自到别离处。两行粉泪红阑干,一朵芙蕖带残露。

蒋　吉　诗十五首

石　城

系缆石城下,恣吟怀暂开。江人桡艇子,将谓莫愁来。

汉 东 道 中

九十九冈遥,天寒雪未消。羸童牵瘦马,不敢过危桥。

高 溪 有 怀

驻马高溪侧,旅人千里情。雁山山下水,还作此泉声。

寄进士贾希

恨苦泪不落,耿然东北心。空囊与瘦马,羁绁意应深。

出　塞

瘦马羸童行背秦,暮鸦撩乱入残云。北风吹起寒营角,直至榆关人尽闻。

旅　泊

霜月正高鹦鹉洲,美人清唱发红楼。乡心暗逐秋江水,直到吴山脚下流。

次青云驿

马转栎林山鸟飞,商溪流水背残晖。行人几在青云路,底事风尘犹满衣。

大庾驿有怀

一囊书重百馀斤,邮吏宁知去计贫。莫讶偏吟望乡句,明朝便见岭南人。

题商山修路僧院

此地修行山几枯,草堂生计只瓶盂。支郎既解除艰险,试看人心平得无。

题长安僧院

出门争走九衢尘,总是浮生不了身。惟有水田衣下客,大家忙处作闲人。

次商於感旧寄卢中丞

昔年簪组隘丘门,今日旌幢一院存。何事商於泪如雨,小儒偏受陆家恩。

樵　翁

独入深山信脚行,惯当貙虎不曾惊。路傍花发无心看,惟见枯枝刮眼明。

四　老　庙

无端舍钓学干名,不得溪山养性情。自省此身非达者,今朝羞拜四先生。

昭　君　冢

曾为汉帝眼中人,今作狂胡陌上尘。身死不知多少载,冢花犹带洛阳春。

闻　歌　竹　枝

巡堤听唱竹枝词,正是月高风静时。独向东南人不会,弟兄俱在楚江湄。

周　濆 诗四首

重 门 曲

憔悴容华怯对春，寂寥宫殿锁闲门。此身却羡宫中树，不失芳时雨露恩。

山 下 水

背云冲石出深山，浅碧泠泠一带寒。不独有声流出此，会归沧海助波澜。

逢 邻 女

日高邻女笑相逢，慢束罗裙半露胸。莫向秋池照绿水，参差羞杀白芙蓉。

废 宅

牢落画堂空锁尘，荒凉庭树暗消春。豪家莫笑此中事，曾见此中人笑人。

全唐诗卷七七二

赵　起 诗一首。以下无世次、爵里可考。

奉和登会昌山应制 一作钱起诗

睿想入希夷，真游到具茨。玉鸾登嶂远，云辂出花迟。泉壑凝神处，阳和布泽时。六龙多顺动，四海正雍熙。

王　瓒 诗二首

冬日与群公泛舟焦山

江外水一作水初不冻，今年寒复迟。众芳且未歇，近腊仍夹衣。载酒适我情，兴来趣渐微。方舟大川上，环酌对落晖。两片青石棱，波际无因依。三山安可到，欲到风引归。沧溟壮观多，心目豁暂时。况得穷日夕，乘槎何所之。

纵步不知远，夕阳犹未回。好花随处发，流水趁人来。

慕容韦 诗一首

度揭鸿岭 漳州

闽越曾为塞,将军旧置营。我歌空感慨,西北望神京。

黄　文 诗一首

湘　江

潇湘江头三月春,柳条弄日摇黄金。鹧鸪一声在何许,黄陵庙前烟
霭深。丹青欲画无好手,稳提玉勒沉吟久。马蹄不为行客留,心挂
长林屡回首。

唐温如 诗一首

题龙阳县青草湖

西风吹老洞庭波,一夜湘君白发多。醉后不知天在水,满船清梦压
星河。

欧阳宾 一作膑,诗一首。

訾　家　洲

旧业分明桂水头,人归业尽水东流。春风日暮江头立,不及渔人有
钓舟。

何　敬 诗一首

题吉州龙溪

龙溪之山秀而岿,龙溪之水清无底。狂风激烈翻春涛,薄雾冥濛溢清沏。奔流百折银河通,落花滚滚浮霞红。四时佳境不可穷,仿佛直与桃源通。

杨　彝 诗一首

过睦州青溪渡

天阔衔江雨,冥冥上客衣。潭清鱼可数,沙晚雁争飞。川谷留云气,鸬鹚傍钓矶。飘零江海客,欹侧一帆归。

裴　瑶 诗一首

阖间城怀古

五湖春水接遥天,国破君亡不记年。惟有妖娥曾舞处,古台寂寞起愁烟。

郑　玉 诗一首

苇　谷

水会三川漾碧波,雕阴人唱采花歌。旧时白翟今荒壤,苇谷凄凄风
雨多。

麻温其 诗一首

登 岳 阳 楼

湖边景物属秋天,楼上风光似去年。仙侣缑生留福地,湘娥帝子寄
哀弦。云门自统轩台外,木叶偏飞楚客前。极目江山何处是,一帆
万里信归船。

韦　镒 诗一首

经 望 湖 驿

大漠无屯云,孤峰出乱柳。前驱白登道,顾失飞狐口。遥忆代王
城,俯临恒山后。累累多古墓,寂寞为墟久。岂不固金汤,终闻击
铜斗。交欢初仗信,接宴翻贻咎。埋宝贼夫人,磨笄伤彼妇。功成
行且薄,义立名不朽。莫慎纤微端,其何社稷守。身殁国遂亡,此
立人君丑。

谢太虚 诗一首

杪秋洞庭怀王道士

漂泊日复日,洞庭今更秋。青桃亦何意,此夜催人愁。惆怅客中月,裴回江上楼。心知楚天远,目送沧波流。谢客久已灭,微言无处求。空馀白云在,客兴随孤舟。千里杳难尽,一身常独游。故园复何许,江汉徒迟留。

周岳秀 诗一首

君 山 祠

万顷湖波浸碧天,旌封香火几千年。风涛澎湃鱼龙舞,栋宇峥嵘燕雀迁。远岫光中浓淡树,斜阳影里往来船。江河愿借吹嘘便,应有神功在目前。

马 逢 诗五首

新 乐 府

温谷春生至,宸游近甸荣。云随天上转,风入御筵轻。翠盖浮佳气,朱楼依太清。朝臣冠剑退,宫女管弦迎。

部 落 曲

蕃军傍塞游,代马喷风秋。老将垂金甲,阏支著锦裘。雕戈蒙豹尾,红旆插狼头。日暮天山下,鸣笳汉使愁。

从 军

汉马干蹄合一群,单于鼓角隔山闻。沙堆风起红楼下,飞上胡天作阵云。

宫词二首 一作顾况诗

金吾持戟护轩檐,天乐传教万姓瞻。楼上美人相倚看,红妆透出水晶帘。

玉楼天半起笙歌,风送宫人笑语和。月影殿开闻晓漏,水晶帘卷近秋河。

全唐诗卷七七三

萧　意 诗一首,以下见《玉台后集》。

长门失宠

自从别銮殿,长门几度春。不知金屋里,更贮若为人。

徐之才 诗一首

下山逢故夫

踟蹰下山妇,共申别离久。为问织缣人,何必长相守。

张　陵 诗一首

虏　患

今日汉家探使回,蚁叠胡兵来未歇。春风渭水不敢流,总作六军心上血。

蔡　瓈 诗一首

夏 日 闺 怨

桃径李蹊绝芳园,炎氛炽日满愁轩。枝上鸟惊朱槿落,池中鱼戏绿
蘋翻。君恋京师久留滞,妾怨高楼积年岁。非关曾入楚王宫,直为
相思腰转细。卧簟乘闲乍逐凉,熏炉畏热懒焚香。雨沾柳叶如啼
眼,露滴莲花似汗妆。全由独自羞看影,艳是孤眠疑夜永。无情拂
镜不成妆,有时却扇还风静。近日书来道欲归,鸳鸯文锦字息机。
但恐愁容不相识,为教恒著别时衣。

唐　怡 诗二首

咏 破 扇

轮如明月尽,罗似薄云穿。无由重掩笑,分在秋风前。

述　怀

万事皆零落,平生不可思。惟馀酒中趣,不减少年时。

潘求仁 诗一首

咏 烛 寄 人

烛与人相似,通宵遽白煎。不应须下泪,只是为人然。

阎德隐 诗二首

薛王花烛行 第三句缺六字

王子仙车下凤台,紫缨金勒驭龙媒。□□□□□□出,环佩锵锵天上来。鸡鹊楼前云半卷,鸳鸯殿上月裴回。玉盘错落银灯照,珠帐玲珑宝扇开。盈盈二八谁家子,红粉新妆胜桃李。从来六行比齐姜,自许千门奉楚王。楚王宫里能服饰,顾盼倾城复倾国。合欢锦带蒲萄花,连理香裙石榴色。金炉半夜起氛氲,翡翠被重苏合熏。不学曹王遇神女,莫言罗敷邀使君。同心婉娈若琴瑟,更笑天河有灵匹。一朝福履盛王门,百代光辉增帝室。富贵荣华实可怜,路傍观者谓神仙。只应早得淮南术,会见双飞入紫烟。

三　月　歌

洛阳城路九春衢,洛阳城外柳千株。能得来时作眼觅,天津桥侧锦屠苏。

刘元叔 一作淑,诗一首。

妾　薄　命

自从离别守空闺,遥闻征战赴-作起云梯。夜夜思君辽海北,年年弃-作抛妾渭桥西。阳春白日照空暖,紫燕衔-作红花向庭满。彩鸾琴里怨声多,飞鹊镜前妆梳-作颜色断。谁家夫婿不从征,应是渔阳别有情。莫道红颜燕地少,家家还似洛阳城。且-作且逐新人殊未归,还令秋至夜霜飞。北斗星前横旅一作度雁,南楼月下捣寒衣。夜一作更深闻雁肠欲绝,独坐缝衣灯又灭。一作独处挑灯灯复灭。暗啼罗帐空自怜,梦度阳关向谁说。每怜容貌宛如神,如何薄命不如人。待君朝夕燕山至,好作明年杨柳春。

常　理 诗二首

古　别　离

君御狐白裘,妾居缃绮帱。粟钿金夹膝,花错玉搔头。离别生庭草,征衣断戍楼。蟏蛸网清曙,菡萏落红秋。小胆空房怯,长眉满镜愁。为传儿女意,不用远封侯。

妾　薄　命

十五玉童色,双蛾青弯弯。鸟衔樱桃花,此时刺绣闲。娇小恣所爱,误人金指环。艳花句引落,灭烛屏风关。妾怕愁中画,君偷薄里还。初谓来心平若案,谁知别意险如山。乍啼罗袖娇遮面,不忍看君莫惜颜。

冯待徵 诗一首

虞姬怨第二十句缺三字

妾本江南采莲女,君是江东学剑人。逢君游侠英雄日,值妾年华桃李春。年华灼灼艳桃李,结发簪花配君子。行逢楚汉正相持,辞家上马从君起。岁岁年年事征战,侍君帷幕损红颜。不惜罗衣沾马汗,不辞红粉著刀环。相期相许定关中,鸣銮鸣佩入秦宫。谁误四面楚歌起,果知五星汉道雄。天时人事有兴灭,智穷计屈心摧折。泽中马力先战疲,帐下蛾眉□□□。君王是日无神彩,贱妾此时容貌改。拔山意气都已无,渡江面目今何在。终天隔地与君辞,恨似流波无息时。使妾本来不相识,岂见中途怀苦悲。

冷朝光 诗一首

越 溪 怨

越王宫里如花人,越水溪头采白蘋。白蘋未尽人先尽,谁见江南春复春。

卫 万 诗一首

吴 宫 怨

君不见吴王宫阁临江起,不见珠帘见江水。晓气晴来双阙间,潮声夜落千门里。句践城中非旧春,姑苏台下一作上起黄尘。只今唯有西江月,曾照吴王宫里人。

李 章 诗一首

春 游 吟

初春遍芳甸,十里蔼盈瞩。美人摘新英,步步玩春绿。所思杳何处,宛在吴江曲。可怜不得共芳菲,日暮归来泪满衣。

王 沈 诗一首

婕 妤 怨

长信梨花暗欲栖,应门上钥草萋萋。春风吹花乱扑户-作石,〔班〕(斑)绝车声不至啼。

王 偃 诗二首

夜 夜 曲

北斗星移银汉低,班姬愁思凤城西。青槐陌上行人绝,明月楼前乌夜啼。

明 君 词

北望单于日半斜,明君马上泣胡沙。一双泪滴黄河水,应得东流入汉家。

李 暇 诗五首

拟古东飞伯劳歌

秦王龙剑燕后琴,珊瑚宝匣镂双心。谁家女儿抱香枕,开衾灭烛愿侍寝。琼窗半上金镂帱,轻罗掩-作隐面不遮-作障羞。青绮帱-作

帐中坐相忆,红鸾镜里见愁色。檐花照月莺对栖,空将可怜暗中
啼。

怨 诗 三 首

罗敷初总髻,蕙芳正娇小。月落始归船,春眠恒著晓。
何处期郎游,小苑花台间。相忆不可见,且复乘月还。
别前花照路,别后露垂叶。歌舞须及时,如何坐悲妾。

碧 玉 歌

碧玉上官妓,出入千花林。珠被玳瑁床,感郎情意深。

李　播 诗一首

见美人闻琴不听

洛浦风流雪,阳台朝暮云。闻琴不肯听,似妒卓文君。

辛弘智 诗三首

赋　诗

《谈宾录》云:弘智在国子监,赋此诗,同房常定宗改始字为转字,争
之为己作。同下牒见博士罗道琮。判云:昔五字定表,以理切称奇。今
一言竞诗,取词多为主。诗归弘智,转还定宗,以状牒知,任为公验。
君为河边草,逢春心剩生。妾如台上镜,得照始分明。

自君之出矣

《乐府诗集》作李康成诗。按康成撰《玉台后集》，以此首为弘智作，
康成别有一作。

自君之出矣，梁尘静不飞。思君如满月，夜夜减容辉。

又　见《吟窗杂录》

自君之出矣，宝镜为谁明。思君如陇水，常闻呜咽声。

全唐诗卷七七四

吉师老 诗四首。以下世次、爵里俱无考。

题春梦秋归故里 一本无秋归故里四字

故国归路赊,春晚在天涯。明月夜来梦,碧山秋到家。开窗闻落叶,远墅见晴鸦。惊起晓庭际,莺啼桃杏花。

看蜀女转昭君变

妖姬未著石榴裙,自道家连锦水濆。檀口解知千载事,清词堪叹九秋文。翠眉颦处楚边月,画卷开时塞外云。说尽绮罗当日恨,昭君传意向文君。

放 猿

放尔千山万水一作里身,野泉晴树好为邻。啼时莫近一作向潇湘岸,明月孤舟有旅人。

鸳 鸯

江岛濛濛烟霭微,绿芜深处刷毛衣。渡头惊起一双去,飞上文君旧锦机。

吴商浩 诗九首

巫 峡 听 猿

巴江猿啸苦,响入客舟中。孤枕破残梦,三声随晓风。连云波澹澹,和雾雨濛濛。巫峡去家远,不堪魂断空。

长 安 春 赠 友 人

繁华堪泣帝城春,粉堞青楼势碍云。花对玉钩帘外发,歌飘尘土路边闻。几多远客魂空断,何处王孙酒自醺。各有归程千万里,东风时节恨离群。

塞 上 即 事

身似星流迹似蓬,玉关孤望杳溟濛。寒沙万里平铺月,晓角一声高卷-作绕风。战士殁边魂尚哭,单于猎处火-作烧犹红。分明更想残宵梦,故国依然在-作到甬东。

宿 山 驿

文战何堪功未图,又驱羸马指天衢。露华凝夜渚莲尽,月彩满轮山驿孤。岐路辛勤终日有,乡关音信隔年无。好同-作乘范蠡扁舟兴,高挂一帆归五湖。

北 邙 山

北邙山草又青青,今日销魂事可明。绿酒醉来春未歇,白杨风起柳初晴。冈原旋葬松新长,年代无人阙半平。堪取金炉九还药,不能随梦向浮生。

秋 塘 晓 望

钟尽疏桐散曙鸦，故山烟树隔天涯。西风一夜秋塘晓，零落几多红藕花。

水 楼 感 事

高柳蝉啼雨后秋，年光空感泪如流。满湖菱荇东归晚，闲倚南轩尽日愁。

泊 舟

身逐烟波魂自惊，木兰舟上一帆轻。云中有寺在何处，山底宿时闻磬声。

湘 云 首句缺一字

□满湘江云莹空，纷纷长对水溶溶。日西遥望自归处，尽挂九疑千万峰。

沈祖仙 一作山，诗一首。

秋 闺

白马三军客，青娥十载思。玉庭霜落夜，罗幌月明时。炉冷蜘蛛喜，灯高一作寒熠耀期。愁多不可曙，流涕坐空帏。

邵士彦 诗一首

秋 闺

斜日空庭暮,幽闺积恨盈。细风吹帐冷,微月度窗明。怨坐啼相续,愁眠梦不成。调琴欲有弄,畏作断肠声。

吴大江 诗一首

捣 衣

沙塞秋应晚,金闺恨已空。那堪裂纨素,时许出房栊。杵影弄寒月,砧声调夜风。裁缝双泪尽,万里寄云中。

荆 叔 诗一首

题 慈 恩 塔

汉国山河在,秦陵草树深。暮云千里色,无处不伤心。

萧 静 诗一首

三 湘 有 怀

柳絮飞来别洛阳,梅花落后到三湘。世情已逐浮云散,离恨空随江水长。

元　凛 诗二首

九 日 对 酒

嘉辰复遇登高台,良朋笑语倾金罍。烟摊秋色正堪玩,风惹菊香无
限来。未保乱离今日后,且谋欢洽玉山颓。谁知靖节当时事,空学
狂歌倒载回。

中秋夜不见月

蟾轮何事色全微,赚得佳人出绣帏。四野雾凝空寂寞,九霄云锁绝
光辉。吟诗得句翻停笔,玩处临尊却掩扉。公子倚栏犹怅望,懒将
红烛草堂归。

徐　振 诗二首

雷　塘

九重城阙悲凉尽,一聚园林怨恨长。花忆所为犹自笑,草知无道更
应荒。诗名占得风流在,酒兴催教运祚亡。若问皇天惆怅事,只应
斜日照雷塘。

古　意

扰扰都城晓又昏,六街车马五侯门。箕山渭水空明月,可是巢由绝
子孙。

张 侹 诗一首

寄 人

酷怜风月为多情,还到春时别恨生。倚柱寻思倍惆怅,一场春梦不分明。

方 泽 诗一首

武 昌 阻 风

江上春风留客舟,无穷归思满东流。与君尽日闲临水,贪看飞花忘却愁。

景 池 诗一首

秋 夜 宿 淮 口

露白草犹青,淮舟倚岸停。风帆几处客,天地两河星。树静禽眠草,沙寒鹿过汀。明朝谁结伴,直去泛沧溟。

张 鸿 诗一首

赠乔尊师

长忌时人识,有家云涧深。性惟耽嗜酒,贫不破除琴。静鼓三通齿,频汤一味参。知师最知我,相引坐柽阴。

姚　揆 诗二首

村　行

天淡雨初晴,游人恨不胜。乱山啼蜀魄,孤棹宿巴陵。影暗村桥柳,光寒水寺灯。罢吟思故国,窗外有渔罾。

颍川客舍

素琴孤剑尚闲游,谁共芳尊话唱酬。乡梦有时生枕上,客情终日在眉头。云拖雨脚连天去,树夹河声绕郡流。回首帝京归未得,不堪吟倚夕阳楼。

王　训 诗一首

独不见

日晚宜春暮,风软上林朝。对酒近初节,开楼荡夜谣。石桥通小涧,竹路上青霄。持底谁见许,长愁成细腰。

张　炽 诗一首

归去来引

归去来，归期不可违。相见旋明月，浮云共我归。

虞羽客 诗一首

结客少年场行

幽并侠少年，金络控连钱。窃符方救赵，击筑正怀燕。轻生辞凤
阙，挥袂上祁连。陆离横宝剑，出没骛征旜。蒙轮恒顾敌，超乘忽
一作总争先。摧枯逾百战，拓地远三千。骨都魂已散，楼兰首复传。
龙城含宿雾，瀚海接一作隔遥天。歌吹金微返，振旅玉门旋。烽火
今已息，非复照甘泉。

郑　渥 诗二首

塞　上

出门何处问西东，指画翻为语论同。到此客头潜觉白，未秋山叶已
飘红。帐前影落传书雁，日下声交失马翁。早晚回鞭复南去，大衣
高盖汉乡风。

洛　阳　道

客亭门外路东西，多少喧腾事不齐。杨柳惹鞭公子醉，苎麻掩泪鲁
人迷。通宵尘土飞山月，是处经营夹御堤。顷刻知音几存殁，半回
依约认轮蹄。

全唐诗卷七七五

崔　江 诗一首。以下世次、爵里俱无考

宜春郡城闻猿

怨抱霜枝向月啼,数声清绕郡城低。那堪日夜有云雨,便似巫山与建溪。

李　伉 诗一首

谪宜阳到荆渚

汉江江水水连天,被谪宜阳路几千。为问—作恨野人山鸟语,问予归棹是何年。

刘　望 诗一首

九嶷山 山在萍乡,上有九嶷仙观。

鼎湖冠剑有遗踪,晋汉真人羽化同。九转药成丹灶冷,五车云去玉堂空。仙家日月蓬壶里,尘世烟花梦寐中。徒有旧山流水畔,老松

枝叶苦吟风。

易 思 一作偲,诗四首。

郡城放猿献卫使君

千岩万壑与云连,放出雕笼任自然。叶洒惊风啼暮雨,月凝残雪饮流泉。临岐莫似三声日,避射须依绕树年。应解感恩寻太守,攀萝时复到楼前。

题袁州龙兴寺

百尺古松松下寺,宝幡朱盖画珊珊。闲庭甘露几回落,青石绿苔犹未干。

山中送弟方质

山中殷勤弟别兄,兄还送弟下山行。芦花飞处秋风起,日暮不堪闻雁声。

寻易尊师不遇

烂熳红霞光照衣,苔封白石路微微。华阳洞里人何在,落尽松花不见归。

赵 防 诗一首

秋 日 寄 弟

凉风飒庭户,渐疑华发侵。已经杨柳谢,犹听蟋蟀吟。雨助滩声出,云连野色深。鹡鸰今在远,年酒共谁斟。

刘　廓 诗一首

杨　岐　山

千峰围古寺,深处敞楼台。景异寻常处,人须特达来。松杉寒更茂,岚霭昼还开。欲续丰碑语,含毫恨不才。

姚　偓 诗一首

南　源　山

修径投幽隐,轻裘怯暮寒。闲僧能解榻,倦客得休鞍。白雨鸣山麓,青灯语夜阑。明朝梯石路,更仗笋舆安。

戴　衢 诗一首

下 第 夜 吟

扰扰东西南北情,何人于此悟浮生。还缘无月春风夜,暂得独闻流水声。

句

坐落千门日,吟残午夜灯。

李建枢 诗一首

咏　月

昨夜圆非今夜圆,却疑圆处减婵娟。一年十二度圆缺,能得几多时
少年。

谢　邈 诗二首

谢人惠琴材

风撼桐丝带月明,羽人乘醉截秋声。七弦妙制饶仙品,三尺良材称
道情。池小未开春浪泛,岳低犹欠暮云生。何因乞与元中术,临化
无妨膝上横。

谢僧寄拄杖

峭壁猿啼采处深,一枝奇异出孤岑。感师千里寄来意,发我片云归
去心。窗外冷敲檐冻折,溪边闲点戏鱼沈。他年必藉相携力,蹇步
犹能返故林。

唐　备 诗三首

失 题 二 首

天若无雪霜,青松不如草。地若无山川,何人重平道。
一日天无风,四溟波尽息。人心风不吹,波浪高百尺。

道 傍 木

狂风拔倒树,树倒根已露。上有数枝藤,青青犹未悟。

方　械 诗一首

失　题 一作陈叔宝诗

午醉醒来晚,无人梦自惊。夕阳如有意,长傍小窗明。

范　夜 诗一首

失　题

举意三江竭,兴心四海枯。南游李邕死,北望宋珪殂。

卢群玉 诗二首

失　题

酒泻银瓶倒底清,夜深丝竹凤凰鸣。红妆醉起一花落,更引春风无
限情。

投卢尚书

无力不任为走役,有文安敢滞清平。从来若把耕桑定,免恃雕虫误此生。

杨行敏 诗二首

失 题 二 首

驽骀嘶叫知无定,骐骥低垂自有心。山上高松溪畔竹,清风才动是知音。

杜鹃花里杜鹃啼,浅紫深红更傍溪。迟日霁光搜客思,晓来山路恨如迷。

张　怀 诗一首

吴江别王长史

多年襆被玉山岑,鬓雪欺人忽满簪。驽马虽然贪短豆,野麋终是忆长林。鲈鱼未得乘归兴,鸥鸟惟应信此心。见说新桥好风景,会须乘月濯烦襟。

赵　湘 诗一首

题天台石桥

白石峰犹在,横桥一径微。多年无客过,落日有云归。水净苔生
发,山寒树著衣。如何方广寺,千古去人稀。

杨　持 诗一首

寄朗陵兄

刺举官犹屈,风谣政已成。行看换龟组,奏最谒承明。

李　聪 诗一首

咏潦溪在历阳西一里 第二句缺一字

泠泠一带清溪水,远派□通历阳市。涓涓出自碧湖中,流入楚江烟
雾里。

徐　介 诗一首

耒阳杜工部祠堂

手接汨罗水,天心知所存。固教工部死,来伴大夫魂。流落同千
古,风骚共一源。消凝伤往事,斜日隐颓垣。

李士元 或云:尝为僧,返初。诗二首

登 单 于 台

悔上层楼望,翻成极目愁。路沿葱岭去,河背玉关流。马散眠沙碛,兵闲倚戍楼。残阳三会角,吹白旅人头。

登 阁

乱后独来登大阁,凭阑举目尽伤心。长堤过雨人行少,废苑经秋草自深。破落侯家通永巷,萧条宫树接疏林。总输释氏青莲馆,依旧重重布地金。

全唐诗卷七七六

冯道之 一作用之，诗一首。以下无世次、爵里可考。

山 中 作

草堂在岩下，卜居聊自适。桂气满阶庭，松阴生枕席。远瞻惟鸟度，旁信无人迹。霭霭云生峰，潺潺水流石。颇寻黄卷理，庶就丹砂益。此即契吾生，何为苦尘役。

徐　谦 诗二首

短 歌 二 首

穷通皆是运，荣辱岂关身。不愿—作顾门前客，看时逢故人。
意气青云里，爽朗烟霞外。不羡一囊钱，唯重心襟会。

杨　达 诗二首

塞 下 曲

秋日并州路，黄榆落故关。孤城吹角罢，数骑射雕还。帐幕遥临水,牛羊自下山。行人正垂泪,烽火起云间。

明 妃 怨

汉国明妃去不还,马驼弦管向阴山。匣中纵有菱花镜,羞对单于照旧颜。

杨 达 诗一首

送邹尊师归洞庭 一作杨达诗

众岛在波心,曾居一作为旧隐林。近闻飞檄急,转忆卧云深。卖药唯供酒,归舟只载琴。遥知明月夜,坐石自开襟。

魏兼恕 诗一首

送张兵曹赴营田

河曲今无战,王师每务农。选才当重委,足食乃深功。草色孤城外,云阴绝漠一作汉中。萧关休叹别,归望在乘骢。

贾彦璋 诗四首

晚霁登汝南大云阁

禅宫新歇雨,香阁晚登临。邑树晴光起,川苗佳气深。水包城下岸,云细郢中岑。自叹牵卑日,聊开望远心。

宿香山阁

暝望香山阁,梯云宿半空。轩窗闭潮海,枕席拂烟虹。朱网防栖鸽,纱灯护夕虫。一闻鸡唱晓,已见日曈曈。

苏著作山池

水树子云家,峰瀛宛不赊。芥浮舟是叶,莲发岫为花。酌蚁开春瓮,观鱼凭海查。游苏多石友,题赠满瑶华。

王龙骧墓

昔擅登坛宠,爰光典午朝。刀悬临益梦,龙启渡江谣。茂绩当年举,英魂此地销。唯馀孤垅上,日夕起松飙。

欧阳瑾 诗一首

折杨柳

垂柳拂妆台,葳蕤叶半开。年华枝上见,边思曲中来。嫩色宜新雨,轻花伴落梅。朝朝倦攀折,征戍几时回。

李叔卿 诗二首

江南曲

湖上女,江南花,无双越女春浣纱。风似箭,月如弦,少年吴儿晓进船。郗家子弟谢家郎,乌巾白袷紫香囊。菱歌思欲绝,楚舞断人肠。歌舞未终涕双陨,旧宫坡陁才一作绝嶙隐。西山暮雨过江来,北渚春云沿海尽。渡口水流缓,妾归宵剩迟。含情为君再理曲,月华照出澄江时。

芳　树

春看玫瑰树,西邻即宋家。门深重暗叶,墙近度飞花。影拂桃阴浅,香传李径斜。靓妆愁日暮,流涕向窗纱。

熊　曜 诗一首

送杨谏议赴河西节度判官兼呈韩王二侍御

贤哉征西将,幕府多俊人。筹议秉刀尺,话言在经纶。先鞭羡之子,走马辞咸秦。庭论许名实,数公当即真。行行弄文翰,婉婉光使臣。今者所从谁,不闻歌苦辛。黄云萧关道,白日惊沙尘。虏寇有时猎,汉兵行一作仍复一作夜巡。王师已无战,传檄奉良臣。

李　宾 诗二首

登巴陵开元寺西阁赠衡岳僧方外

衡岳有开士,五峰秀贞骨。见君万里心,海水照秋月。大臣南溟去,问道皆请谒。洒以一作明非甘露言,清凉润肌发。湖海落天镜,香阁凌银阙。登眺餐惠风,心花期启发。

登瓦官寺阁

晨登瓦官阁,极眺金陵城。钟山对北户,淮水入南荣。漫漫雨花落,嘈嘈天乐鸣。两廊振法鼓,四角吹风筝。杳无_{一作出}霄汉上,仰攀日月行。山空霸气灭,地古寒阴生。寥廓云海晚,苍茫宫观平。门馀阊阖字,楼识凤凰名。雷作百川_{一作山}动,神扶万栱倾。灵光一向贵,长此镇吴京。

唐尧臣 诗一首

金 陵 怀 古

晋末英雄起,神器沦荒服。胡月蚀中原,白日升旸谷。金陵实形胜,关山固重复。巨壑隍北堮,长江堑西隩。凿山拟嵩华,穿地象伊毂。草昧席罗图,荜路戴黄屋。一时因地险,五世享天禄。礼乐何煌煌,文章纷郁郁。多士春林秀,作颂清风穆。出入三百年,朝事几翻覆。攙抢如云勃,鲸鲵旋自曝。倦闻金鼎移,骤睹灵龟卜。吁嗟王气尽,坐悲天运倏。天道何茫茫,善淫乃相复。行路偏衣半,遂亡大梁族。日隐汀洲上,登舻舳川陆。月回吴山树,风闻楚江鹄。因依兰蕙丛,采撷不盈掬。

郑　缙 诗二首

咏浮沤为辛明府作

行潦散轻沤,清规吐_{一作晚}未收。雨来波际合,风起浪中浮。晶晃明苔砌,参差绕芥舟。影疑星泛晓,光似露涵——作含秋。皎皎珠同净,漂漂梗共流。洁容无变染,圆知有谦柔。欲作微涓效,先从淡水游。

莺 一作孙处玄诗

欲啭声犹涩,将飞羽未调。高风不借便,何处得迁乔。

吴英秀 诗一首

鹦 鹉

莫把金笼闭鹦鹉,个个聪明解人语。忽然更向君前言,三十六宫愁几许。

陈 凝 诗一首

马

未明龙骨骏,幸得到神州。自有千金价,宁忘伯乐酬。虽知殊款段,莫敢比骅骝。若遇追风便,当轩一举头。

伊梦昌 诗一首

凤

好是山家凤,歌成非楚鸡。毫光洒风雨,纹彩动云霓。竹实不得饱,桐孙何足栖。岐阳今好去,律吕正凄凄。

郑　严 诗一首

送韦员外赴朔方

白露边秋早,皇华戎事催。已推仙省妙,更是幕中才。出饯倾朝列,深功仁帝台。坐闻长策利,终见勒铭回。

柳　曾 诗一首

险 竿 行

山险惊摧辀,水险能覆舟。奈何平地不肯立,走上百尺高竿头。我不知尔是人耶复猱耶,使我为尔长叹嗟。我闻孝子不许国,忠臣不爱家。尔今轻命重黄金,忠孝两亏徒尔夸。始以险技悦君目,终以贪心媚君禄。百尺高竿百度缘,一足参差一家哭。险竿儿,听我语,更有险徒险于汝。重于权者失君恩,落向天涯海边去。险竿儿,尔须知,险途欲往尔可思。上得不下下不得,我谓此辈险于险竿儿。

牛　殳 诗二首

琵 琶 行

何人劚得一片木,三尺春冰五音足。一弹决破真珠囊,迸落金盘声断续。飘飘飖飖寒丁丁,虫豸出蛰神鬼惊。秋鸿叫侣代云黑,猩猩夜啼蛮月明。滴滴汩汩声不定,胡雏学汉语未正。若似长安月蚀时,满城敲鼓声嶙嶙。青山飞起不压物,野水流来欲湿人。伤心忆得陈后主,春殿半酣细腰舞。黄莺百舌正相呼,玉树后庭花带雨。二妃哭处山重重,二妃没后云溶溶。夜深霜露锁空庙,零落一丛斑竹风。金谷园中草初绿,石崇一弄思归曲。当时二十四友人,手把金杯听不足。又似贾客蜀道间,千铎万磬鸣空山。未若此调呦呦兮喁喁,嘈嘈兮啾啾。引之于山,兽不能走。吹之于水,鱼不能游。方知此艺不可有,人间万事凭双手。若何为我再三弹,送却花前一尊酒。

方 响 歌

乐中何乐偏堪赏,无过夜深听方响。缓击急击曲未终,暴雨飘飘生坐上。铿铿铛铛寒重重,盘涡蹙派鸣蛟龙。高楼漏滴金壶水,碎电打著山寺钟。又似公卿入朝去,环珮鸣玉长街路。忽然碎打入破声,石崇推倒珊瑚树。长短参差十六片,敲击宫商无不遍。此乐不教外人闻,寻常只向堂前宴。

卫光一 诗一首

经 太 华

太华五千寻,重岩合一作才沓起。势飞白云外,影倒黄河里。上有千莲叶,服之久不死。山高采难得,叹息徒仰止。

林　璠 诗一首

季夏入北山

整驾俟明发,逶迤历险途。天形逼峰尽,地势入溪无。树绕圆潭
密,云横叠障孤。谁怜后时者,六月未南图。

颜　胄 诗一首

适　思

芳岁不我与,飒然凉风生。繁华扫地歇,蟋蟀充堂鸣。感物增忧
思,奋衣出游行。行值古墓林,白骨下纵横。田竖鞭髑髅,村童扫
一作摇精灵。精灵无奈何,像设安所荣一作营。石人徒瞑目,表柱烧
无声。试读碑上文,乃是昔时英。位极君诏葬,勋高盈忠贞。宠终
禁樵采,立嗣修坟茔。运否前政缺,群盗多蚊虻。即此丘垅坏,铁
心为沾缨。当其崇树日,岂意侵夺并。冥漠生变故,凄凉结幽明。
悲端岂自我,外物纷相萦。所适非所见,前登江上城。倚楼临绿一
作浸水,一望解伤情。

全唐诗卷七七七

邢象玉 诗一首

古　意

家中酒新熟,园里叶初荣。伫杯欲取醉,悒然思友生。忽闻有奇客,何姓复何名。嗜酒陶彭泽,能琴阮步兵。何须问寒暑,径共坐山亭。举袂祛啼鸟,扬巾扫落英。心神无俗累,歌咏有新声。新声是何曲,沧浪之水清。

张敬徽 诗一首

采　莲　曲

游女泛江晴,莲红水复清。竞多愁日暮,争疾畏船倾。波动疑钗落,风生觉袖轻。相看未尽意,归浦棹歌声。

徐玄之 诗一首

采　莲

越艳荆姝惯采莲,兰桡画楫满长川。秋来江上澄如练,映水红妆如
可见。此时莲浦珠翠光,此日荷风罗绮香。纤手周游不暂息,红英
烂熳殊未极。夕鸟栖林人欲稀,长歌哀怨采莲归。

郭　汭 诗一首

同崔员外温泉宫即事

辇辂移双阙,宸游整六师。天回紫微座,日转羽林旗。雷气寒戈
戟,军容壮武貔。弓鸣射雁处,泉暖跃龙时。惠化成观俗,讴谣入
赋诗。同欢王道盛,相与咏雍熙。

权　彻 诗一首

题 沈 黎 城

苏子卧北海,马翁渡南洲。迹恨事乃立,功达名遂休。夜闻羽书
至,召募此边州。铁骑耀楚甲,玉匣横吴钩。雪厚群山冻,蓬飞荒
塞秋。久戍曷辞苦,数战期封侯。不学竖儒辈,谈经空白头。

豆卢回 一作田,诗一首。

登乐游原怀古

缅惟汉宣帝，初谓皇曾孙。虽在襁褓中，亦遭巫蛊冤。至哉丙廷尉，感激义弥敦。驰逐莲勺道，出入诸陵门。一朝风云会，竟登天位尊。握符升宝历，负扆御华轩。赫奕文物备，葳蕤休瑞繁。卒为中兴主，垂名于后昆。雄图奄已谢，馀址空复存。昔为乐游苑，今为狐兔园。朝见牧竖集，夕闻栖鸟喧。萧条灞亭岸，寂寞杜陵原。幂历野烟起，苍茫岚气昏。二曜屡回薄，四时更凉温。天道尚如此，人理安可论。

张南容 诗一首

静 女 歌

静女乐于静，动合古人则。妙年工诗书，弱岁勤组织。端居愁若痴，谁复理容色。十五坐幽闺，四邻不相识。夭夭邻家子，百花装首饰。日月淇上游，笑人不逾阈。河水自浊济自清，仙台蛾眉秦镜明。为照齐王门下丑，何如汉帝掌中轻。

沈 徽 诗一首

古 兴 二 首

蔓草自细微，女萝始夭夭。夤缘至百尺，荣耀非一朝。敷色高碧岭，流芳薄丹霄。如何摧秀木，正为馀波漂。茎叶落岩迹，英蕤从风飘。洪柯不足恃，况乃托陵苕。

长安富豪右,信是天下枢。戚里笙歌发,禁门冠盖趋。攀云无丑
士,唾地尽成珠。日晏下双阙,烟花乱九衢。恩荣在片言,零落亦
须臾。何意还自及,曲池今已芜。

林　琨 诗一首

晚　望 一作夕次华阴北亭

清晨孤亭里,极目对前岑。远与天水合,长霞生夕林。苍然平楚
意,杳霭半秋阴。落日川上尽,关城云外深。方予事岩壑,及此欲
抽簪。诗一作待就蓬山道,还兹契宿心。

吴象之 诗二首

阳　春　歌

帘低晓露湿,帘卷莺声急。欲起把一作抱箜篌,如凝彩一作管弦涩。
孤眠愁不转,点泪声相及。净扫阶上花,风来更吹入。

少　年　行

承恩借猎小平津,使气常游中贵人。一掷千金浑是胆,家无四壁不
知贫。

郑德玄 诗一首

晚 至 乡 亭

长亭日已暮,驻马暂盘桓。山川杳不极,徒侣默相看。云夕荆台暗,风秋郢路寒。客心一如此,谁复采芳兰。

张 轸 诗一首

舟 行 旦 发

夜帆时未发,同侣暗相催。山晓月初下,江鸣潮欲来。稍分扬子岸,不辨越王台。自客水乡里,舟行知几回。

蔡文恭 诗一首

奉和夏日游山应制

首夏林壑清,薄暮烟霞上。连岩耸百仞,绝壑临千丈。照灼晚花鲜,潺湲夕流响。悠然动睿思,息驾寻真赏。掞彼涡川作,怀兹洛滨想。窃吹等齐竽,何用承恩奖。

贾 宗 一作琮,诗一首。

旅泊江津言怀

征途几迢递,客子倦西东。乘流如泛梗,逐吹似惊蓬。飘飖万里外,辛苦百年中。异县心期阻,他乡风月同。云归全岭暗,日落半江红。自然堪进泪,非是泣途穷。

唐尧客 诗一首

大 梁 行

客有成都来,为我弹鸣琴。前弹别鹤操,后奏大梁吟。大梁伤客
情,荒台对古城。版筑有陈迹,歌吹无遗声。雄哉魏公子,畴日好
罗英。秀士三千人,煌煌列众一作象星。金槌夺晋鄙,白刃刎侯嬴。
邯郸救赵北,函谷走秦兵。君子荣且昧,忠信莫之明。间谍忽来
及,雄图靡克成。千龄万化尽,但见汴水清。旧国多孤垒,夷门荆
棘生。苍梧彩云没,湘浦绿池平。闻有东山去,萧萧班马鸣。河洲
搴宿莽,日夕泪沾缨。因之唁公子,慷慨此歌行。

朱 晦 诗一首

秋 日 送 别

荒郊古陌时时断,野水浮云处处秋。唯有河边衰柳树,蝉声相送到
扬州。

石 召 诗二首

送 人 归 山

相逢唯道在,谁不共知贫。归路分残雨,停舟别故人。霜明松岭

晓,花暗竹房春。亦有栖闲意,何年可寄身。

早 行 遇 雪

荒郊昨夜雪,羸马又须行。四顾无人迹,鸡鸣第一声。

林 珝 诗一首

送安养阁主簿还竹寺

分手怨河梁,南征历汉阳。江山追宋玉,云雨梦襄王。醉里宜城近,歌中郢路长。更寻栖枳处,犹是念仇香。

卫 叶 诗一首

晚 投 南 村

客行逢日暮,原野散秋晖。南陌人初断,西林鸟尽归。暗蓬沙上转,寒叶月中飞。村落无多在,声声近捣衣。

全唐诗卷七七八

李季华 诗一首。以下无世次、爵里可考。

题季子庙

季子让社稷,又能听国风。宁知千载后,蘋藻冷祠宫。

王　玄 诗一首

听　琴

拂尘开按匣,何事独颦眉。古调俗不乐,正声君自知。

李归唐 诗一首

失鹭鹚

惜养来来岁月深,笼开不见意沉吟。也知只在秋江上,明月芦花何处寻。

朱光弼 诗二首

铜 雀 妓

魏王铜雀妓,日暮管弦清。一见西陵树,心悲舞不成。

宫 词

梦里君王近,宫中河汉高。秋风能再热,团扇不辞劳。

顾甄远 诗九首

惆怅诗九首

魂黯黯兮情脉脉,帘风清兮窗月白。梦惊枕上炉烬销,不见蕊珠宫里客。

禁漏声稀蟾魄冷,纱厨筼簟波光净。独坐愁吟暗断魂,满窗风动芭蕉影。

别恨离肠空恻恻,风动虚轩池水白。莫言灵圃步难寻,有心终效偷桃客。

愁遇人间好风景,焦桐韵满华堂静。鉴鸾钗燕恨何穷,忍向银床空抱影。

绿槐影里傍青楼,陌上行人空举头。烟水露花无处问,摇鞭凝睇不胜愁。

役尽心神销尽骨,恩情未断忽分离。平生此恨无言处,只有衣襟泪得知。

浓醪艳唱愁难破,骨瘦魂消病已成。若为多罗年少死,始甘人道有风情。

泪满罗衣酒满卮,一声歌断怨伤离。如今两地心中事,直是瞿昙也不知。

横泥杯觞醉复醒,愁牵时有小诗成。早知惹得千般恨,悔不天生解薄情。

魏　峦 诗一首

登 清 居 台

迤逦清居台,连延白云外。侧聆天上语,下视飞鸟背。

柳明献 诗一首

游昌化精舍

宝台侵汉远,金地接霞高。何必游天外,忻此契卢敖。

蔡　昆 诗一首

善卷先生坛

几到坛边登阁望,因思遗迹咏今朝。当时为有重华出,不是先生傲帝尧。

句

飘飘随暮雨,飒飒落秋山。　落叶　王正字《诗格》

令狐挺 诗一首

题鄜州相思铺 一作令狐楚诗

谁把相思号此河,塞垣车马往来多。只应自古征人泪,洒向空川作逝波。

滕　潜 诗二首

凤归云二首

金井栏边见羽仪,梧桐枝上宿寒枝。五陵公子怜文彩,画与佳人刺绣衣。

饮啄蓬山最上头,和烟飞下禁城秋。曾将弄玉归云去,金翅斜开十二楼。

夏侯子云 诗一首

药　圃

绿叶红英遍,仙经自讨论。偶移岩畔菊,锄断白云根。

方　愚 诗一首

读 孝 经

星彩满天朝北极,源流是处赴东溟。为臣为子不忠孝,辜负宣尼一卷经。

潘　雍 诗一首

赠葛氏小娘子

曾闻仙子住天台,欲结灵姻愧短才。若许随君洞中住,不同刘阮却归来。

梁　陟 诗一首

送孙舍人归湘州

盛才倾世重,清论满朝归。作隼他年计—作系,为鸳此日飞。比肩移—作趋日近,抗首出郊畿。为报清漳水,分明照锦衣。

朱　延 诗一首

再登河阳城怀古

客游倦旅思,憩驾陟崇墉。元凯标奇迹,安仁擅美踪。远近一作远
远浊河流一作溜,出没一作浸青山峰。伫想空不极,怀古怅无从。

寇　埴 诗一首

题莹上人院

舍筏求香偈,因泉演妙音。是明捐俗网,何独一作必在山林。缭绕
藤轩密,逶迤竹径深。为传同学志,兹宇可清心。

冯　渚 诗一首

燕衔泥 一作冯著诗

双燕碌碌飞入屋,屋中老人喜燕归,裴回绕我床头飞。去年为尔逐
黄雀,雨多屋漏泥土落。尔莫厌老翁茅屋低,梁头作窠梁下栖。尔
不见东家黄鷇鸣啧啧,蛇盘瓦沟鼠穿壁。豪家大屋尔莫居,骄儿少
妇采尔雏。井旁写水泥自足,衔泥上屋随尔欲。

全唐诗卷七七九

王　约 诗一首。以下并省试诗,爵里、世次俱无考。

日暖万年枝

霭霭彤庭里,沈沈玉砌陲。初升九华日,潜暖万年枝。煦妪光偏好,青葱色转宜。每因韶景丽,长沐惠风吹。隐映当龙阙,氛氲隔凤池。朝阳光照处,唯有近臣知。

郭　求 诗一首

日暖万年枝

旭日升溟海,芳枝散曙烟。温仁临树久,煦妪在条偏。阳德符君惠,嘉名表圣年。若承恩渥厚,常属栋梁贤。生植虽依地,光华只信天。不才堪厌陋,徒望向荣先。

郑师贞 诗一首

日暖万年枝

禁树敷荣早,偏将丽日宜。光摇连北阙,影泛满南枝。得地方知照,逢时异赫曦。叶和盈数积,根是永年移。宵露犹残润,薰风更共吹。馀晖诚可托,况近凤凰池。

石殷士 诗二首

日华川上动

曙霞攒旭日,浮景弄晴川。晃曜层潭上,悠扬极浦前。岸高时拥媚,波远渐澄鲜。萍实空随浪,珠胎不照渊。早暄依曲渚,微动触一作澄轻涟。欶假咸池望,幽情得古篇。

闻 击 壤

尧年听野老,击壤复何云。自谓欢由己,宁知德在君。气平闲易畅,声贺作难分。耕凿方随日,恩威比望云。赟栌均下调,和木等南薰。无落于吾事,谁将帝力闻。

柴 宿 诗二首

初日照华清宫

灵山初一作煦照泽一作日,远近见离宫。影动参差里,光分缥缈中。鲜飙收晚翠,佳气满晴空。林润温泉入,楼深复道通。璇题生炯晃,珠缀引朦胧。凤辇何时幸,朝朝此望同。

瑜 不 掩 瑕

朗玉微瑕在,分明异璞瑜。坚贞宁可杂,美恶自能殊。待价知弥久,称忠定不诬。光辉今见黜,毫发外呈符。岂假良一作相工指,堪一作甘为达士模。他山傥磨琢,慕爱是洪炉。

陶 拱 一作洪,诗一首。

秋日悬清光

秋至云容敛,天中日景清。悬空寒色净,委照曙光盈。泫泫看弥上,辉辉望最明。烟霞轮乍透,葵藿影初生。鉴下应无极,升高自有程。何当回盛彩,一为表精诚。

刘 瑰 诗一首

三让月成魄 不得泛说乡饮之事

为礼依天象,周旋逐月成。教人三让美,为客一宵生。初进轮犹暗,终辞影渐明。幸陪宾主一作客位,取舍任亏盈。

朱 华 诗一首

海上生明月

皎皎秋中月,团圆一作团海上生。影开金镜满,轮抱玉壶清。渐出三山岊,将凌一汉横。素娥尝药去,乌鹊绕枝惊。照水光偏白,浮云色最明。此时尧砌下,蓂荚自将荣。

戴 察 诗一首

月夜梧桐叶上见寒露

萧疏桐叶上,月白露初团。滴沥清光满,荧煌素彩寒。风摇愁玉坠,枝动惜珠干。气冷疑秋晚,声微觉夜阑。凝空流欲遍,润物净宜看。莫厌窥临倦,将晞聚更难。

孙 顾 诗一首

清露被皋兰

九皋兰叶茂,八月露华清。稍与秋阴合,还将晓色并。向空罗细影,临水泫微明。的皪添幽兴,芊绵动远情。夕芳人未采,初降鹤先惊。为感生成惠,心同葵藿倾。

孙 颓 诗二首

宿烟含白露

枿枿有新意,微微曙色幽。露含疏月净,光与晓烟浮。迥野遥凝素,空林望已秋。著霜寒未结,凝叶滴还流。比玉偏清洁,如珠讵可收。裴回阡陌上,瞻想但淹留。

送薛大夫和蕃

亚相独推贤,乘轺向远边。一心倾汉日,万里望胡天。忠信皇恩重,要荒圣德传。戎人方屈膝,塞月复婵娟。别思流莺晚,归朝候雁先。当书外垣传,回奏赤墀前。

陈　璀 诗一首

风光草际浮

春风泛摇草,旭日遍神州。已向花间积,还来叶上浮。晓光缘圃丽,芳气满街流。澹荡依朱萼,飘飖带玉沟。向空看转媚,临水见弥幽。况被崇兰色,王孙正可游。

裴　杞 诗一首

风光草际浮

澹荡和风至,芊绵碧草长。徐吹遥一作摇扑翠,半偃乍浮光。叶似翻宵露,丛疑扇夕阳。逶迤明曲渚,照耀满回塘。白芷生还暮,崇兰泛更香。谁知揽结处,含思向馀芳。

陈　祜 诗一首

风光草际浮

香发王孙草,春生君子风。光摇低偃处,影散艳阳中。稍稍移蘋末,微微转蕙丛。浮烟倾绿野,远色澹晴空。泛彩池塘媚,含芳景气融。清晖谁不挹,几许赏心同。

吴　秘 诗一首

风光草际浮

草色春沙里,风光晓正幽。轻明摇不散,郁昱丽仍浮。吹缓苗难转,晖闲叶本柔。碧凝烟彩入,红是日华流。耐可披襟对,谁应满掬收。恭闻掇芳客,为此尚淹留。

张复元 诗一首

风光草际浮

纤纤春草长,迟日度风光。霡靡含新彩,霏微笼远芳。殊姿媚原野,佳色满池塘。最好垂清露,偏宜带艳阳。浅深浮嫩绿,轻丽拂馀香。好助莺迁势,乘时冀便翔。

穆　寂 诗二首

冬至日祥风应候

节逢清景至,占气二仪中。独喜登台日,先知应候风。呈祥光舜化,表庆感尧聪。既一作况与乘时叶,还将入律同。微微万井遍,习习九门通。更绕炉烟起,殷勤报岁功。

清 风 戒 寒

风清物候残,萧洒报将寒。扫得天衢静,吹来眼界宽。条鸣方有异,虫思乱无端。就树收鲜腻,冲池起涩澜。过山岚可掬,度月色宜看。华实从兹始,何嗟岁序殚。

王景中 诗一首

风草不留霜

繁霜当永夜,寒草正惊风。飘素衰蘋末,流光晚蕙丛。悠扬方泛影,皎洁却飞空。不定离披际,难凝蘙荟中。低昂闲散质,肃杀想成功。独感玄晖咏,依依此夕同。

邓 倚 诗一首

春 云

摇曳自西东,依林又逐风。势移青道里,影泛绿波中。夕霁方明日,朝阳复蔽空。度关随去马,出塞引归鸿。色任寒暄变,光将远近同。为霖如见用,还得助成功。

汤　洙 诗一首

登 云 梯

谢客常游处,层峦枕碧溪。经过殊俗境,登陟象云梯。步步劳山屐,行行蹑涧霓。迥临天路广,俯眺夕阳低。赏咏情弥惬,风尘事已睽。前修如可慕,投足固思齐。

殷　琮 诗一首

登 云 梯

碧落远澄澄,青山路可升。身轻疑易蹋,步独觉难凭。逦迤排将近,回翔势渐登。上宁愁屈曲,高更喜超腾。江树遥分蔼,山岚宛若凝。赤城容许到,敢惮百千层。

朱延龄 诗一首

秋山极天净

雨洗高秋净,天临大野闲。葱茏清万象,缭绕出层山。日落千峰上,云销万壑间。绿萝霜后翠,红叶雨来殷。散彩辉吴甸,分形压楚关。欲寻霄汉路,延首愿登攀。

全唐诗卷七八〇

郑　贲　诗二首

春 台 晴 望

追赏层台迥,登临四望频。熙熙山雨霁,处处柳条新。草长秦城
夕,花明汉苑春。晴林翻去<small>一作度</small>鸟,紫陌阅行人。旅客风尘厌,山
家梦寐亲。迁莺思出谷,鸑鷟待芳辰。

天 骥 呈 材

毛骨合天经,拳奇步骤轻。曾邀于圊驾,新出贰师营。喷勒金铃
响,追风汗血生。酒亭留去迹,吴坂认嘶声。力可通衢试,材堪圣
代呈。王良如顾昐,垂耳欲长鸣。

裴　元　诗一首,一作裴次元诗。

律 中 应 钟

律穷方数寸,室暗在三重。伶管灰先动,秦正节已逢。商声辞玉
笛,羽调入金钟。密叶翻霜彩,轻冰敛水容。望鸿南去绝,迎气北
来浓。愿托无凋性,寒林自比松。

杜周士 诗一首

闰月定四时

得闰因贞岁,吾君敬授时。体元承夏道,推历法尧咨。直取归馀
改,非如再失欺。葭灰初变律,斗柄正当离。寒暑功前定,春秋气
可推。更怜幽谷羽,鸣跃尚须期。

乐　伸 诗一首

闰月定四时

圣代承尧历,恒将闰正时。六旬馀可借,四序应如期。分至宁愆
素,盈虚信不欺。斗杓重指甲,灰琯再推离。羲氏兼和氏,行之又
则之。愿言符大化,永永作元龟。

徐　至 诗一首

闰月定四时

积数归成闰,羲和职旧司。分铢标斗建,盈缩正人时。节候潜相
应,星辰自合期。寸阴宁越度,长历信无欺。定向铜壶辨,还从玉
律推。高明终不谬,委鉴本无私。

纥干讽 诗一首

新阳改故阴

律管才推候,寒郊忽变阴。微和方应节,积惨已辞林。暗觉馀凘断,潜惊丽景侵。禁城佳气换,北陆翠烟深。有截知遍布,无私荷照临。韶光如可及,莺谷免幽沈。

朱 休 诗一首

春 水 绿 波

芳时淑气和,春水澹烟波。混漾滋兰杜,沦涟长芰荷。晚光扶翠激,潭影写青莎。归雁追飞尽,纤鳞游泳多。朝宗终到海,润下每盈科。愿假中流便,从兹发棹歌。

李 沛 诗二首

海水不扬波

明朝崇大道,寰海免波扬。既合千年圣,能安百谷王。天心随泽广,水德共灵长。不挠鱼弥乐,无澜苇可航。化流沾率土,恩浸及殊方。岂只朝宗国,惟闻有越裳。

四 水 合 流

禹凿山川地,因通四水流。萦回过凤阙,会合出皇州。天影长波里,寒声古度头。入河无昼夜,归海有谦柔。顺物宜投石,逢时可载舟。羡鱼犹未已,临水欲垂钩。

成　崿　诗一首

登圣善寺阁望龙门

高阁聊登望,遥分禹凿门。刹连多宝塔,树满给孤园。香境超三界,清流振陆浑。报慈弘孝理,行道得真源。空净祥烟霁,时光受日温。愿从初地起,长奉下生尊。

夏侯楚　诗一首

秋霁望庐山瀑布

常思瀑布幽,晴眺喜逢秋。一带连青嶂,千寻倒碧流。湿云应误鹤,翻浪定惊鸥。星浦虹初下,炉峰烟未收。岩高时袅袅,天净起悠悠。倘见朝宗日,还须济巨舟。

一作越

胡　权　诗一首

济川用舟楫

渺渺水连天,归程想几千。孤舟辞曲岸,轻楫济长川。迥指波涛雪,回瞻岛屿烟。心迷沧海上,目断白云边。泛滥虽无定,维持且自专。还如圣明代,理国用英贤。

郭　邕 诗一首

洛 出 书

德合天贶呈,龙飞圣人作。光宅被寰区,图书荐河洛。象登四气顺,文辟九畴错。氤氲瑞彩浮,左右灵仪廓。微造功不宰,神行利攸博。一见皇家庆,方知禹功薄。

张钦敬 诗一首

洛 出 书

浮空九洛水,瑞圣千年质。奇象八卦分,图书九畴出。含微卜筮远,抱数阴阳密。中得天地心,傍探鬼神吉。昔闻夏禹代,今献唐尧日。谬此叙彝伦,寰宇贺清谧。

叔孙玄观 诗一首

洛 出 书

清洛含温溜,玄龟荐宝书。波开绿字出,瑞应紫宸居。物著群灵
首,文成列卦初。美珍翔阁凤,庆迈跃舟鱼。俾姒惟何远,休皇复
在诸。东都主人意,歌颂望乘舆。

王季友 诗一首。与开、宝间王季友同名,另一人也。

玉 壶 冰

玉壶知素结,止水复中澄。坚白能虚受,清寒得自凝。分形同晓
镜,照物掩宵灯。璧映圆光入—作出,人惊爽气凌。金罍何足贵,瑶
席几回升。正值求珪瓒,提携共饮冰。

南巨川 诗一首

美 玉

抱玉将何适,良工正在斯。有瑕宁自掩,匪石幸君知。雕琢嗟成
器,缁磷志不移。饰樽光宴赏,入珮奉威仪。象德曾留记—作誉,如
虹窈可奇。终希逢善价,还得桂林枝。

丁居晦 诗一首

琢玉

卞玉何时献，初疑尚在荆。琢来闻制器，价衔胜连城。虹气冲天白，云浮入信贞。珮为廉节德，杯作侈奢名。露璞方期辨，雕文幸既成。他山岂无石，宁及此时呈。

辛　宏 诗一首

白珪无玷

片玉表坚贞，逢时宝自呈。色鲜同雪白，光润夺冰清。皎皎无瑕玷，锵锵有珮声。昆山标重价，垂棘振香名。抱璞心常苦，全真道未行。琢磨忻大匠，还冀动连城。

康翊仁 诗一首

鲛人潜织

珠馆冯夷室，灵鲛信所潜。幽闲云碧牖，滉漾水精帘。机动龙梭跃，丝萦藕淬添。七襄牛女恨，三日大人嫌。古乐府《焦仲卿妻诗》：三日断五匹，大人故嫌迟。透手击吴练，凝冰笑越缣。无因听札札，空想濯纤纤。

陈中师 诗一首

瑕瑜不相掩

出石温然玉,瑕瑜素在中。妍媸因异彩,音韵一作响信殊风。让美心方并,求疵意本同。光华开缜密,清润仰磨砻。秀质非攘善,贞姿肯废忠。今来倘成器,分别在良工。

管雄甫 诗一首

戛玉有馀声

戛玉音难尽,凝人思转清。依稀流户牖,仿佛在檐楹。更逐松风起,还将涧水并。乐中和旧曲,天际转馀声。漂一作飘渺浮烟远,温柔入耳轻。想如君子佩,时得上堂鸣。

邓 陟 诗一首

珠 还 合 浦

至宝含冲粹,清虚映浦湾。素辉明荡漾,圆彩色玢瑜。昔逐诸侯去,今随太守还。影摇波里月,光动水中山。鱼目徒相比,骊龙乍可攀。愿将车饰用,长得耀君颜。

吕 价 诗一首

浊 水 求 珠

至宝诚难得,潜光在浊流。深沉当处晦,皎洁庶来求。缀履将还用,褰裳必更收。蚌胎应自别,鱼目岂能侔。日彩逢高鉴,星光讵暗投。不因今日取,泥滓出无由。

苑　诇 诗一首,一作范诇。

暗 投 明 珠

至宝欣怀日,良兹岂可侔。神光非易鉴,夜色信难投。错落珍寰宇,圆明隔浅流。精灵辞合浦,素彩耀神州。抱影希人识,承时望帝求。谁言按剑者,猜忌却生雠。

罗　泰 诗一首

暗 投 明 珠

媚川时未识,在掌共传名。报德能欺暗,投人自欲明。月临幽室朗,星没晓河倾。的皪骊龙颔,荧煌彩凤呈。守恩辞合浦,擅美掩连城。鱼目应难近,谁知按剑情。

崔　藩 诗一首

暗 投 明 珠

至宝看怀袖，明珠出后收。向人光不定，离掌势难留。皎澈虚临夜，孤圆冷莹秋。乍来惊月落，疾转怕星流。有泪甘瑕弃，无媒自暗投。今朝感恩处，将欲报隋侯。

李　勋 诗一首

泗滨得石磬

浮磬潜清深，依依呈碧浔。出水见贞质，在悬含玉音。对此喜还叹，几秋还到今。器古契良觌，韵和谐宿心。何为值明鉴，适得离幽沈。自兹入清庙，无复泥沙侵。

全唐诗卷七八一

赵 铎 一作驿，诗一首。

玄元皇帝应见贺圣祚无疆

圣主今司契，神功格上玄。岂唯求〔傅〕(传)野，更有叶钧天。审梦西一作南山下，焚香北阙前。道光尊圣日，福应集灵年。咫尺真容近，巍峨大象悬。觞从百寮献，形为万方传。声教唯皇矣，英威固邈然。惭无美周颂，徒上祝尧篇。

徐元鼎 诗一首

太常寺观舞圣寿乐

舞字传新庆，人文迈旧章。冲融和气洽，悠远圣功长。盛德流无外，明时乐未央。日华增顾眄，风物助低昂。矞凤方齐首，高鸿忽断行。云门与兹曲，同是奉陶唐。

严巨川 诗二首

太清宫闻滴漏

玉漏移中禁,齐车入太清。渐知催辨色,复听续馀声。乍逐微风转,时因杂珮轻。青楼人罢梦,紫陌骑将行。残魄栖初尽,馀寒滴更生。惭非朝谒客,空有振衣情。

仲秋太常寺观公卿辂车拜陵

南吕初开律,金风已戒凉。拜陵将展敬,车辂俨成行。士庶观祠礼,公卿习旧章。郊原佳气引,园寝瑞烟长。卤簿辞丹阙,威仪列太常。圣心何所寄,惟德在无忘。

吕 炅 诗一首

贡举人谒先师闻雅乐

礼圣来群彦,观光在此时。闻歌音乍远,合乐和还迟。调朗能谐竹,声微又契丝。轻泠流簨虡,缭绕动缦缨。九变将随节,三终必尽仪。国风由是正,王化自雍熙。

刘公兴 诗一首

望 凌 烟 阁

画阁凌虚构,遥瞻在九天。丹楹崇壮丽,素壁绘勋贤。霭霭浮元气,亭亭出瑞烟。近看分百辟,远揖误群仙。图列青云外,仪刑紫禁前。望中空霁景,骧首几留连。

王　卓 诗一首

观北番谒庙

肃肃层城里,巍巍祖庙清。圣恩覃布濩,异域献精诚。冠盖分行
列,戎夷变姓名。礼终齐百拜,心洁尽忠贞。瑞气千重色,箫韶九
奏声。仗移迎日转,旆动逐风轻。休运威仪盛,丰年俎豆盈。不堪
惭颂德,空此望簪缨。

石　倚 诗一首

舞干羽两阶

干羽能柔远,前阶舞正陈。欲称文德盛,先表乐声新。肃肃行初
列,森森气益振。动容和律吕,变曲静风尘。化美超千古,恩波及
七旬。已知天下服,不独有苗人。

叶元良 一作亮,诗一首。

御制段太尉碑

多难全高节,时清轸圣君。园茔标石篆,雨露降天文。义激忠贞
没,词伤兰蕙焚。国人皆堕泪,王府已铭勋。揭出临新陌,长留对
古坟。睿情幽感处,应使九泉闻。

裴大章 诗一首

恩赐魏文贞公诸孙旧第以导直臣

邢茅虽旧锡,邸第是初荣。迹往伤遗事,恩深感直声。云孙方庆袭,池馆忽春生。古甃开泉井,新禽绕画楹。自然垂带砺,况复激忠贞。必使千年后,长书竹帛名。

崔 宗 诗一首

恩赐耆老布帛 一作李绛诗

涣汗中天发,殊私海外存。衰颜逢圣代,华发受皇恩。烛物明尧日,垂衣辟禹门。惜时悲落景,赐帛慰馀魂。厚泽沾祥咏,微生保子孙。盛明今尚齿,欢洽九衢樽。

郑 馥 诗一首

东都父老望幸

鸾舆秦地久,羽卫洛阳空。彼土虽凭固,兹川乃得中。龙颜觐白日,鹤发仰清风。望幸诚逾邈,怀来意不穷。昔因封泰岳,今伫蹑维嵩。天地心无异,神祇理亦同。翠华翔渭北,玉检候关东。众愿其难阻,明君早勒功。

吴叔达 诗一首

言 行 相 顾

圣人垂政教,万古请常传。立志言为本,修身行乃先。相须宁得
阙,相顾在无偏。荣辱当于己,忠贞必动天。大名如副宝一作实,至
道亦通玄。千里犹能应,何云迩者焉。

孟　翱 诗一首

言 行 相 顾

将使言堪复,常闻行欲先。比珪斯不玷,修己直如弦。跬步非全
进,吹嘘禀自然。当令夫子察,无宿仲由贤。正遇兴邦际,因怀入
署年。坐知清监下,相顾有人焉。

郑　昉 诗一首

人 不 易 知

如面诚非一,深心岂易知。入秦书十上,投楚岁三移。和玉翻为
泣,齐竽或滥吹。周行虽有寘,殷鉴在前规。寅亮推多士,清通固
赏奇。病诸方号哲,敢相反成疵。冬日承馀爱,霜云喜暂披。无令
见瞻后,回照复云疲。

袁求贤 诗一首

早春送郎官出宰

仙郎今出宰,圣主下忧民。紫陌轩车送,丹墀雨露新。趋程犹犯雪,行县正逢春。粉署时回首,铜章已在身。鸣琴化欲展,起草恋空频。今日都门外,悠悠别汉臣。

孟匡明 诗一首

饯王将军赴云中

一师凭庙略,分阃佐元戎。势亚彤弓宠,时推金印雄。关山横代北,旌节壮河东。日转前茅影,春生细柳风。饮冰君一作传命速,挥涕饯一作别筵空。伫听阴山静,谁争万里功。

李子昂 诗一首

西 戎 即 叙

悬首藁街中,天兵破犬戎。营收低陇月,旗偃度湟风。肃杀三边劲,萧条万里空。元戎咸服罪,馀孽尽输忠。圣理符轩化,仁恩契禹功。降逾洞庭险,枭拟郅支穷。已散军容捷,还资庙算通。今朝观即叙,非与献葵同。

全唐诗卷七八二

员南溟 诗二首

禁中春松

郁郁贞松树,阴阴在紫宸。葱茏偏近日,青翠更宜春。雅韵风来起,轻烟霁后新。叶深栖语鹤,枝亚拂朝臣。全节长依地,凌云欲致身。山苗荫不得,生植荷陶钧。

玉 烛 一作闰月

历象璿玑正,休徵玉烛明。四时佳气满,五纬太阶平。律吕风光至,烟云瑞色呈。年和知岁稔,道泰喜秋成。寰海皇恩被,乾坤至化清。自怜同野老,帝力讵能名。

李 胄 诗一首

文宣王庙古松

列植成均里,分行古庙前。阴森非一日,苍翠自何年。寒影烟霜暗,晨光枝叶妍。近檐阴更静,临砌色相鲜。每愧闻钟磬,多惭接豆笾。更宜教胄子,于此学贞坚。

郑述诚 诗一首

华林园早梅

晓日东楼路,林端见早梅。独凌寒气发,不逐众花开。素彩风前艳,韶光雪后催。蕊香沾—作繁香紫陌,枝亚拂青苔。止渴曾为用,和羹旧有才。含情欲攀折,瞻望几裴回。

宋　迪 诗一首

龙 池 春 草

凤阙韶光遍,龙池草色匀。烟波全让绿,堤柳不争新。翻叶迎红日,飘香借白蘋。幽姿偏占暮,芳意欲留春。已胜生金埒,长思藉玉轮。翠华如见幸,正好及兹辰。

万俟造 诗一首

龙 池 春 草

暖积龙池绿,晴连御苑春。迎风茎未偃,裛露色犹新。茸茸分阶砌,离离杂荇蘋。细丛依远渚,疏影落轻沦。迟引紫花蝶,偏宜拾翠人。那怜献赋者,惆怅惜兹辰。

钱众仲 诗二首

贡院楼北新栽小松

爱此凌霜操,移来独占春。贞心初得地,劲节始依人。笼月烟犹薄,当轩色转新。枝低无宿羽,叶静不留尘。每与芝兰近,常惭雨露均。幸因逢顾盼,生植及兹辰。

玉　壶　冰

冬律初阴结,寒冰贮玉壶。霜姿虽异禀,虹气亦相符。对月光宜并,临池影不孤。贞坚方共济,同处岂殊途。色莹一作润连城璧,形分照乘珠。提携今在此,抱素节宁渝。

吕　敞 诗二首

潘安仁戴星看河阳花发

行春潘令至,勤恤戴星光。为政宵忘寝,临人俗冀康。晓花迎径发,新蕊满城香。秀色沾轻露,鲜辉丽早阳。津桥见来往,空雾拂衣裳。桃李今无数,从兹愿比方。

龟　兹　闻　莺

边树正参差,新莺复陆离。娇非胡俗变,啼是汉音移。绣羽花间覆,繁声风外吹。人言曾不辨,鸟语却相知。出谷情何寄,迁乔义取斯。今朝乡陌伴,几处坐高枝。

郑　袤 诗一首

好鸟鸣高枝

养翮非无待，迁乔信自卑。影高迟日度，声远好风随。云拂千寻直，花催百啭奇。惊人时向晚，求友听应知。委质经三岁，先鸣在一枝。上林如可托，弱羽愿差池。

张公义 诗一首

金谷园花发怀古

今日春风至，花开石氏园。未全红艳折，半与素光翻。点缀疏林遍，微明古径繁。窥临莺欲语，寂寞李无言。谷变迷铺锦，台馀认树萱。川流人事共，千载竟谁论。

张　何 诗一首

织　鸟

季春三月里，戴胜下桑来。映日华冠动，迎风绣羽开。候惊蚕事晚，织向女工裁。旅宿依花定，轻飞绕树回。欲过高阁柳，更拂小庭梅。所寄一枝在，宁忧弋者猜。

濮阳瓘 诗一首

出 笼 鹘

玉镞分花袖,金铃出彩笼。摇心长捧日,逸翰镇生风。一点青霄里,千声碧落中。星眸随狡兔,霜爪落飞鸿。每念提携力,常怀搏击功。以君能惠好,不敢没遥空。

王若岩 诗一首

试越裳贡白雉

素翟宛昭彰,遥遥自越裳。冰晴朝映日,玉羽夜含霜。岁月三年远,山川九泽长。来从碧海路,入见白云乡。作瑞兴周后,登歌美汉皇。朝天资孝理,惠化且无疆。

张　随 诗二首

敕赐三相马

上苑骅骝出,中宫诏命传。九天班锡礼,三相代劳年。顾主声犹发,追风力正全。鸣珂龙阙下,喷玉凤池前。四足疑云灭,双瞳比镜悬。为因能致远,今日表求贤。

河 中 献 捷

叛将忘恩久,王师不战通。凯歌千里内,喜气二仪中。寇尽条山下,兵回汉苑东。将军初执讯,明主欲论功。落日烟尘静,寒郊壁垒空。苍生幸无事,自此乐尧风。

徐仁嗣 诗一首

天 骥 呈 材

至德符天道,龙媒应圣明。追风奇质异,喷玉彩毛轻。蹙踏形难状,连拳势乍呈。效材矜逸态,绝影表殊名。岐路宁辞远,关山岂惮行。盐车虽不驾,今日亦长鸣。

卢 征 诗一首

天 骥 呈 材

异产应尧年,龙媒顺制牵。权奇初得地,蹙踏欲行天。讵假调金埒,宁须动玉鞭。嘶风深有恋,逐日定无前。周满夸常驭,燕昭恨不传。应知流赭汗,来自海西偏。

顾 伟 诗一首

雪夜听猿吟

寒岩飞暮雪,绝壁夜猿吟。历历和群雁,寥寥思客心。绕枝犹避箭,过岭却投林。风冷声偏苦,山寒响更深。听时无有定,静里固难寻。一宿扶桑月,聊看怀好音。

沈　鹏 诗一首

寒 蝉 树

一叶初飞日,寒蝉益易惊。入林惭织细,依树愧身轻。大干时容息,乔枝或借鸣。心由饮露静,响为逐风清。忝有翩翾分一作翼,应怜嘈喽声。不知微薄影,早晚挂绫缨。

薛少殷 诗一首

临 川 羡 鱼

曾是归家客,今年且未旋。游鳞方有待,织网岂能捐。向水烟波夕,吟风岁月迁。莓苔生古岸,葭菼变清川。不逐沧波叟,还宗内外篇。良辰难自掷,此日愿忘筌。

张元正 诗一首

临川羡鱼

有客百愁侵,求鱼正在今。广川何渺漫,高岸几登临。风水宁相阻,烟霞岂惮深。不应同逐鹿,讵肯比从禽。结网非无力,忘筌自有心。永存芳饵在,伫立思沉沉。

全唐诗卷七八三

辛学士 诗一首

答王无功入长安咏秋蓬见示

托根虽异所，飘叶早相依。因风若有便，更共入云飞。

卢尚书 诗一首

哭 李 远

昨日舟还浙水湄，今朝丹旐欲何为。才收北浦一竿钓，未了西斋半局棋。洛下已传平子赋，临川争写谢公诗。不堪旧里经行处，风木萧萧邻笛悲。

郑仆射 诗一首

湘 中 怨 讽

青鹡苦幽独，隔江相对稀。夜寒芦叶雨，空作一声归。

郑中丞 诗一首

登 汾 上 阁

汾桂秋水阔,宛似到阊门。惆怅江湖思,惟将南客论。

韩常侍 诗三首

为御史衔命出关谳狱道中看华山有诗

野麋蒙象暂如犀,心不惊鸥角骇鸡。一路好山无伴看,断肠烟景寄猿啼。御史出使,不得与人同行,故云无伴。

寄织锦篇与薛郎中 时为补阙,谢病归山。

锦字龙梭织锦篇,凤凰文采间非烟。并他时世新花样,虚费工夫不直钱。

和 人 忆 鹤

拂拂云衣冠紫烟,已为丁令一千年。留君且伴居山客,幸有松梢明月天。

句

情多不似家山水,夜夜声声旁枕流　忆山泉　《诗话总龟》

梁补阙 诗一首

赠 米 都 知

供奉三朝四十年,圣时流落发衰残。贪将乐府歌明代,不把清吟换好官。

卢尚书 诗一首

题 安 国 观

东都政平坊安国观,玉真公主所建,女冠多上阳退宫嫔御。

夕照纱窗起暗尘,青松绕殿不知春。君看白首诵经者,半是宫中歌舞人。

苏广文 诗三首

自商山宿隐居　　一作灵一诗

闻道桃源堪避秦,寻幽数日不逢人。烟霞洞里无鸡犬,风雨林中有鬼神。黄公石上一作庭下三芝秀,陶令门前五柳春。醉卧白云闲入梦,不知何物是吾身。

夜归华川因寄幕府

山村寥落野人稀,竹里衡门掩翠微。溪路夜随明月入,亭皋春伴白云归。嵇康懒慢仍耽酒,范蠡逋逃又拂衣。汀畔数鸥闲不起,只应知我已忘机。

春日过田明府遇焦山人

陶公归隐白云溪,买得春泉溉药畦。夜静林间风虎啸,月明竹上露禽栖。陈仓邑吏惊烽火,太白山人诇鼓鼙。相见只言秦汉事,武陵溪里草萋萋。

任 生 诗二首

题 升 山

城外升山寺,城中望宛然。及登无半日,欲到已经年。

投曹文姬诗 文姬,长安中娼女,工翰墨,时号书仙。

玉皇前殿掌书仙,一染尘心下九天。莫怪浓香薰骨腻,云衣曾惹御炉烟。

吴 公 诗一首

绝 句

吴塘山田园幽旷,林木苍翠。唐末有吴公者,弃官隐此。石上刻有诗,后书乾宁三年秋。

去国投兹土,编茅隐旧踪。年年秋水上,独对数株松。

曹　生 诗一首

献 卢 常 侍

《云溪友议》记卢常侍钲牧庐江日,相座荐生来署郡职。生悦营妓
名丹霞者,卢牧沮而不许。会饯朝客于短亭,生献诗云：

拜玉亭前闲送客,此时孤恨感离乡。寻思往岁绝缨事,肯向朱门泣
夜长。

缪氏子 诗一首

赋 新 月

开元时,缪氏有子七岁,聪慧能文。以神童召试,赋新月诗,称旨。

初月如弓未上弦,分明挂在碧霄边。时人莫道蛾眉小,三五团圆照
满天。

京兆韦氏子 诗一首

悼 妓 诗

《唐阙史》:韦尝纳一妓于洛,颜色明秀,尤善音律。工书,尝令写杜
工部诗,有讹辄能改正,韦甚溺之。年二十一卒,韦情痛。有嵩山任处
士得返魂术,用一经身金缕裙导其魂,招之,果映帏而出。幽芳怨态,若
不自胜。与之言,颔首而已。逾刻灭,生长恸赋诗。

惆怅金泥簇蝶裙,春来犹见伴行云。不教布施刚留得,浑似初逢李少君。

全唐诗卷七八四

景龙文馆学士 诗一首

长宁公主宅流杯

凭高瞰迴足怡心,〔菌〕(菌)阁桃源不暇寻。馀雪依林成玉树,残霙点岫即瑶岑。

神龙从臣 诗一首

侍宴桃花园咏桃花应制

《纪事》:张仁亶自朔方入朝,中宗迎宴于桃花园,命从臣咏桃花。时李峤、赵彦昭等各有赋,此诗失姓名。

源水丛花无数开,丹趺红萼间青梅。从今结子三千岁,预喜仙游复摘来。

天宝时人 诗一首

玉 龙 子 诗

《太平广记》云:玉龙子,本太宗晋阳宫物,文德皇后尝赐大帝。广不数寸,而温润精巧,非人间所有。后则天以赐玄宗,开元中三辅旱,祈祷无应,乃密投于南山龙池,风雨随作。及上皇幸西蜀,回次渭水,左右临流濯弄,沙中得之。人有诗曰:

圣运潜符瑞玉龙,自兴云雨更无踪。不如渭水沙中得,争保銮舆复九重。

僖宗朝北省官 诗一首

寄　兄

江邻几《杂志》云:僖宗幸蜀,有北省官避地江左,而元昆扈跸在蜀,因寄诗。

涉江今日恨偏多,援笔长吁欲奈何。倘使泪流西去得,便应添作锦江波。

洪州将军 诗一首

题　屈　原　祠

《青琐集》:屈子沉沙之处,在岳州境内汨罗江。上有祠,以渔父配享。唐末,有洪州衙前军将,忘其姓名,题一绝,自后能诗者不能措手。

苍藤古木几经春,旧祀祠堂小水滨。行客谩陈三酹酒,大夫元是独醒人。

贞元文士 诗一首

题 端 正 树

《酉阳杂俎》云:长安西端正树,去马嵬一舍之程,乃德宗皇帝幸奉

天,睹其蔽芾,锡以美名。有文士经过,题诗逆旅,不显姓名。

昔日偏沾雨露荣,德皇西幸赐嘉名。马嵬此去无多地,合向杨妃冢

上生。

河北士人 诗二首

寄 内 诗

《本事诗》:河北朱滔括兵,不择士族,悉令赴军。自阅于球场,有士

子容止可观,进趋淹雅。滔召问曰:“所业者何?”曰:“学为诗。”问有妻

否,曰:“有。”即令作寄内诗及代妻答诗,援笔立成。滔怜之,遗束帛遣

归。

握笔题诗易,荷戈征戍难。惯从鸳被暖,怯向雁门寒。瘦尽宽衣

带,啼多渍枕檀。试留青黛著,回日画眉看。

代 妻 答 诗

蓬鬓荆钗世所稀,布裙犹是嫁时衣。胡麻好种无人种,合是归时底

不归。此诗一作女郎葛鸦儿作。

元和举子 诗一首

丙 申 岁 诗

《摭言》曰:元和十一年丙申,中书舍人李逢吉下放高澥等三十三

人,多取寒素,时有诗。

元和天子丙申年,三十三人同得仙。袍似烂银文似锦,相将白日上青天。

懿宗朝举子 诗一首

刺安南事诗

《北梦琐言》云:懿宗朝,安南失于抚柔,劳动兵役。有举子闻许卒二千没于蛮乡,有诗以刺,吟之,知失于授任,为国家生事尔。

南荒不择吏,致我交趾覆。联绵三四年,致我交趾辱。懦者斗则退,武者兵益黩。军容满天下,战将多金玉。刮得齐民疮,分为猛士禄。雄雄许昌师,忠武冠其族。去为万骑风,住为一川肉。时有残卒回,千门万户哭。哀声动间里,怨气成山谷。谁能听鼓声,不忍看金镞。念此堪泪流,悠悠颍川绿。

白衫举子 诗一首

歌 《侯鲭录》:敬翔当权时,有一举子白衫,作舞歌,唱云:

执板狂歌乞个钱,尘中流浪且随缘。直饶到老常如此,犹胜危时弄化权。

唐末朝士 诗一首

睹野花思京师旧游

曾过街西看牡丹,牡丹才谢便心阑。如今变作村园眼,鼓子花开也喜欢。

西鄙人 诗一首

哥 舒 歌

　　天宝中,哥舒翰为安西节度使,控地数千里,甚著威令,故西鄙人歌此。

北斗七星高,哥舒夜带刀。至今窥牧马,不敢过临洮。

太上隐者 诗一首

答 人

　　《古今诗话》云:太上隐者,人莫知其本末。好事者从问其姓名,不答,留诗一绝云:

偶来松树下,高枕石头眠。山中无历日,寒尽不知年。

黄山隐 诗一首

向 竹 吟

　　《云溪友议》云:皇甫大夫素好道术,在夏口时,有一人著道士服,策

杖蹑履,直入戟门。公遽起迎之,道士则傲然不窥,向竹而吟云云,自谓
我是七贤中一贤也。问姓名,云黄山隐。公未能明其真伪,留于宫观,
曰:"斯人若是至道,名利俱捐。"试令军将持书送绢百匹,钱一百千文。
山隐启缄忻喜,立修回报。遂乃脱其道服,饰以青衿,引见谢陈,礼度甚
恭,殊异初来傲睨之态。皇甫公判书之末,乃至尽刑。山隐拟为妖惑,
敢蔑公侯,死无于吉。致孙策镜里之妖,来非许迈。起刘恢舟中之顾,
足见凡愚。自贻伊祸。云是王相公事。

积尘为太山,掬水成东海。富贵有时乖,希夷无日改。绛节出嵝
峒,霓衣发光彩。古者有七贤,六个今何在。

婺州山中人 诗一首

歌

《葆光录》:婺州有僧入山,见一人古貌,巾褐,骑牛,手执鞭,光铄日
色,扣角而歌云云。僧揖之,不应,驰去。

静居青嶂里,高啸紫烟中。尘世连仙界,琼田前路通。

同谷子 诗五首

五 子 之 歌

《纪事》云:昭宗播岐,何后用事。有同谷子者,咏《五子之歌》。何
后潜令秦王诛之,事未行而奔去。

邦惟固本自安宁,临下常须驭朽惊。何事十旬游不返,祸胎从此召
殷兵。

酒色声禽号四荒,那堪峻宇又雕墙。静思今古为君者,未或因兹不

灭亡。

唯彼陶唐有冀方，少年都不解思量。如今算得当时事，首为盘游乱
纪纲。

明明我祖万邦君，典则贻将示子孙。惆怅太康荒坠后，覆宗绝祀灭
其门。

仇雠万姓遂无依，颜厚何曾解忸怩。五子既歌邦已失，一场前事悔
难追。

崔公佐客 诗一首

献 公 佐 诗

《郡阁雅谈》云：公佐牧郡，日宴宾僚。有一客巾屦不完，衣破肘见，
突筵而入。崔喜其来，令下牙筹，引满数觥，神色自若。饮妓骇其蓝缕，
因大噱，客献诗云云。崔令掩口，无哈贤士。

破额幞头衫也穿，使君犹许对华筵。今朝幸倚文章守，遮莫青蛾笑
揭天。

洛中举子 诗二首

赠 妓 茂 英

《太平广记》：茂英年小时，举子与相识。后到江外，偶于饮席遇之，
因赠。

忆昔当初过柳楼，茂英年小尚娇羞。隔窗未省闻高语，对镜曾窥学
上头。一别中原俱老大，再来南国见风流。弹弦酌酒话前事，零落

碧云生暮愁。

又　赠

举子时谒节帅,留连数月。宴饮既频,茂英为酒纠,谐戏颇洽。一日告辞,帅开筵送别,因暗留绝句与之。帅取览,知其情,即令人送付举子。

少插花枝少下筹,须防女伴妒风流。坐中若打占相令,除却尚书莫点头。

江陵士子 诗一首

寄 故 姬

《卢氏杂记》曰:江陵寓居士子,忘其姓名。有美姬,甚贫。去游交广间,戒其姬曰:"我若五年不归,任尔改适。"去后五年未归,姬遂为前刺史所纳,在高丽坡底。及明年归,已失姬所在。寻访知处,遂为诗寄之。刺史见诗,给一百千及资装,遣还士子。

阴云幂幂下阳台,惹著襄王更不回。五度看花空有泪,一心如结不曾开。纤萝自合依芳树,覆水宁思返旧杯。惆怅高丽坡底宅,春光无复下山来。

织锦人 诗一首

吟

《卢氏杂说》云:卢氏子失第,徒步出都城,逆旅寒甚。有一人续至,附火吟云云。卢愕然,以为白乐天诗。问姓名,曰姓李,世织绫锦,前属东都官锦坊,近以薄伎投本行。皆云:以今花样,与前不同,不谓伎俩。
见以文彩求售者,不重于世如此。且东归去。

学织缭绫功未多,乱拈机杼错抛梭。莫教官锦行家见,把此文章笑
杀他。

句

如今不重文章士,莫把文章夸向人。

吏部选人 诗一首

送 南 中 尉

羡君初拜职,嗟我独无名。且是正员尉,全胜兼试卿。

建业卜者 诗一首

题 紫 微 观

昨日朝天过紫微,醮坛风冷杏花稀。碧桃泥我传消息,何事人间更
不归。

天峤游人 诗一首

题邓仙客墓

邓仙客,晋延康代为国师,锡紫服,葬麻姑山。

鹤老芝田鸡在笼,上清那与俗尘同。既言白日升仙去,何事人间有殡宫。

骊山游人 诗一首

题故翠微宫

《谈苑》云:翠微寺在骊山绝顶,旧骊宫也。唐太宗避暑于此,后寺
亦废,有游人题云:

翠微寺本翠微宫,楼阁亭台几十重。天子不来僧又去,樵夫时倒一
株松。

衡州舟子 诗一首

吟

《语林》云:衡州人多文词,至于樵夫往往能言诗。尝有人赴广州幕
府,夜闻舟中吟,问之,乃其所作也。

野鹊滩西一棹孤,月光遥接洞庭湖。堪嗟回雁峰前过,望断家山一
字无。

华山老人 诗一首

月 夜

涧水泠泠声不绝,溪流茫茫野花发。自去自来人不知,归时常对空

山月。

终南山翁 诗一首

终　南 一作陈季卿诗

霜鹤鸣时夕风急,乱鸦又向寒林集。此君辍棹悲且吟,独对莲花一峰立。

吴越失姓名人 诗五首

大庆堂赐宴元玙有诗呈吴越王

非为亲贤展绮筵,恒常宁敢恣游盘。绿搓杨柳绵初软,红晕樱桃粉未干。谷鸟乍啼声似涩,甘霖方霁景犹寒。笙歌风紧人酣醉,却绕珍丛烂熳看。

又　和

樱桃花下会亲贤,风远铜壶转露盘。蝶下粉墙梅乍折,蚁浮金罍酒难干。云和缓奏泉声咽,珠箔低垂水影寒。狂简斐然吟咏足,却邀群彦重吟看。

再　和

我有嘉宾宴乍欢,画帘纹细凤双盘。影笼沼沚修篁密,声透笙歌羯鼓干。散后便依书箧寐,渴来潜想玉壶寒。樱桃零落红桃媚,更俟旬馀共醉看。

重　和

冷宴殷勤展小园,舞鞇柔软彩虬盘。簪花尽日疑头重,病酒经宵觉口干。嘉树倚楼青琐暗,晚云藏雨碧山寒。文章天子文章别,八采卢郎未可看。

御制春游长句

天意分明道已光,春游嘉景胜仙乡。玉炉烟直风初静,银汉云销日正长。柳带似眉全展绿,杏苞似脸半开香。黄莺历历啼红树,紫燕关关语画梁。低槛晚晴笼翡翠,小池波暖浴鸳鸯。马嘶广陌贪新草,人醉花堤怕夕阳。比屋管弦呈妙曲,连营罗绮斗时妆。全吴霸越千年后,独此升平显万方。

全唐诗卷七八五

无名氏

明月湖醉后蔷薇花歌

万朵当轩红灼灼,晚阴照水尘不著。西施醉后情不禁,侍儿扶下蕊珠阁。柔条嫩蕊一作叶轻鲭鳃,一低一昂合又开。深红浅绿状不得,日斜池畔香风来。红能柔,绿能软,浓淡参差相宛转。舞蝶双双谁唤来,轻绡片片何人剪。白发使君思帝乡,驱妻领女游花傍。持杯忆著曲江事,千花万叶垂宫墙。复有同心初上第,日暮华筵移水际。笙歌日日微教坊,倾国名倡尽佳丽。我曾此处同诸生,飞盂落盏纷纵横。将欲得到上天路,刚向直道中行去。一朝失势当如此,万事如灰壮心死。谁知奏御数万言,翻割龟符四千里。丈夫达则贤,穷则愚。胡为紫,胡为朱?莫思身外穷通事,且醉花前一百壶。

春 二 首

裊裊东风吹水国,金鸦影暖南山北。蒲抽小剑割湘波,柳拂长眉舞春色。白铜堤下烟苍苍,林端细蕊参差香。绿桑枝下见桃叶,回看青云空断肠。

乌足迟迟日宫里,天门击鼓龙蛇起。风师剪翠换枯条,青帝授蓝染江水。蜂蝶缤纷抱香蕊，锦鳞跳掷红云尾。绣衣白马不归来，双成倚槛春心醉。

夏

赤帝旗迎火云起，南山石裂吴牛死。绣楹夜夜箔虾须，象榻重重簟湘水。彤彤日脚烧冰井，古陌尘飞野烟静。汉帝高堂汗若珠，班姬明月无停影。

秋

月色驱秋下穹昊，梁间燕语辞巢早。古苔凝紫贴瑶阶，露槿啼红堕江草。越客羁魂挂长道，西风欲揭南山倒。粉娥恨骨不胜衣，映门楚碧蝉声老。

冬

苍茫枯碛阴云满，古木号空昼光短。云拥三峰岳色低，冰坚九曲河声断。浩汗霜风刮天地，温泉火井无生意。泽国龙蛇冻不伸，南山瘦柏销残翠。

鸡　头

湖浪参差叠寒玉，水仙晓展钵盘绿。淡黄根老栗皱圆，染青刺短金罂熟。紫罗小囊光紧蹙，一掬真珠藏猬腹。丛丛引觜傍莲洲，满川恐作天鸡哭。

红蔷薇 一作庄南杰诗

九天碎霞明泽国，造化工夫潜剪刻。浅碧眉长约细枝，深红刺短钩春色。晴日当楼晓香歇，锦带盘空欲成结。谢豹声催麦陇秋，春风吹落猩猩血。

斑 竹 簟

龙鳞满床波浪湿,血光点点湘娥泣。一片晴霞冻不飞,深沉尽讶蛟
人立。百朵排花蜀缬明,珊瑚枕滑葛衣轻。闲窗独卧晓不起,冷浸
羁魂锦江里。

听 琴

六律铿锵间宫徵,伶伦写入梧桐尾。七条瘦玉叩一作印寒星,万派
流泉哭纤指。空山雨脚随云起,古木灯青啸山鬼。田文堕泪曲未
终,子规啼血哀猿死。

石 榴

蝉啸秋云槐叶齐,石榴香老庭枝低。流霞色染紫罂粟,黄蜡纸苞红
瓠犀。玉刻冰壶〔含〕(舍)露湿,编斑似带湘娥泣。萧娘初嫁嗜甘
酸,嚼破水精千万粒。

秦 家 行

彗孛飞光照天地,九天瓦裂屯冤气。鬼哭声声怨赵高,宫花滴尽扶
苏泪。祸起萧墙不知戢,羽书催筑长城急。剑上忠臣血未干,沛公
已向函关入。

小 苏 家

双月讴诞辗秋碧,细风斜掩神仙宅。麦门冬长马鬣青,茱萸蕊绽
蝇头赤。流苏斗帐悬高壁,彩凤盘龙缴香额。堂内月娥横剪波,倚
门肠断虾须隔。

斑　竹

浓绿疏茎绕湘水,春风抽出蛟龙尾。色抱霜花粉黛光,枝撑蜀锦红
霞起。交戛敲欹无俗声,满林风曳刀枪横。殷痕苦雨洗不落,犹带
湘娥泪血腥。袅娜梢头扫秋月,影穿林下疑残雪。我今惭愧子猷
心,解爱此君名不灭。

天竺国胡僧水晶念珠

天竺胡僧踏云立,红精素贯鲛人泣。细影疑随焰一作烂火销,圆光
恐滴袈裟湿。夜梵西天千佛声,指轮次第驱寒星。若非叶下滴秋
露,则是井底圆春冰。凄清妙丽应难并,眼界真如意珠静。碧莲花
下独提携,坚洁何如幻泡影。

白　雪　歌

皇穹何处飞琼屑,散下人间作春雪。五花马踏白云衢,七香车碾瑶
墀月。苏岩乳洞拥山家,涧藤古栗盘银蛇。寒郊复叠铺柳絮,古碛
烂熳吹芦花。流泉不下孤汀咽,断臂老猿声欲绝。鸟啄冰潭玉镜
开,风敲檐溜水晶折。拂户初疑粉蝶飞,看山又讶白鸥归。孙康冻
死读书闱,火井不暖温泉微。

琵　琶

粉胸绣臆谁家女,香拨星星共春语。七盘岭上走鸾铃,十二峰头弄
云雨。千悲万恨四五弦,弦中甲马声骈阗。山僧扑破琉璃钵,壮士
击折珊瑚鞭。珊瑚鞭折声交戛,玉盘倾泻真珠滑。海神驱趁夜涛
回,江娥蹙踏春冰裂。满坐红妆尽泪垂,望乡之客不胜悲。曲终调
绝忽飞去,洞庭月落孤云归。

伤　哉　行

兔走乌飞不相见，人事依稀速如电。王母夭桃一度开，玉楼红粉千回变。车驰马走咸阳道，石家旧宅空荒草。秋雨无情不惜花，芙蓉一一惊颠倒。劝君莫谩栽荆棘，秦皇虚费驱山力。英风一去更无言，白骨沉埋暮山碧。

留赠偃师主人

孤城漏未残，徒侣拂征鞍。洛北去愁远，淮南归梦阑。晓灯回壁暗，晴雪卷帘寒。更尽主人酒，出门行路难。

长　门

怅望黄金屋，恩衰似越逃。花生针眼刺，月送剪肠刀。地近欢娱远，天低雨露高。时看回辇处，泪脸湿夭桃。

宴李家宅

画屏深掩瑞云光，罗绮花飞白玉堂。银榼酒倾鱼尾倒，金炉灰满鸭心香。轻摇绿水青蛾敛，乱触红丝皓腕狂。今日恩荣许同听，不辞沉醉一千觞。

长　信　宫

细草侵阶乱碧鲜，宫门深锁绿杨天。珠帘欲卷抬秋水，罗幌微开动冷烟。风引漏声过枕上，月移花影到窗前。独挑残烛魂堪断，却恨青蛾误少年。

骊 山 感 怀

武帝寻仙驾海游,禁门高闭水空流。深宫带日年年色,翠柏凝烟夜
夜愁。鸾凤影沉归万古,歌钟声断梦千秋。晚来惆怅无人会,云雨
能飞傍玉楼。

绝 句

石沉辽海阔,剑别楚山长。会合知无日,离心满夕阳。

听 唱 鹧 鸪

金谷歌传第一流,鹧鸪清怨碧云愁。夜来省得曾闻处,万里月明湘
水流。

杂 诗

劝君莫惜金缕衣,劝君须惜少年时。有花堪折直须折,莫待无花空
折枝。

青天无云月如烛,露泣梨花白如玉。子规一夜啼到明,美人独在空
房宿。

空赐罗衣不赐恩,一薰香后一销魂。虽然舞袖何曾一作时舞,常对
春风裛泪痕。

不洗残妆凭绣床,也同女伴一作却嫌鹦鹉绣鸳鸯。回针刺到双飞处,
忆著征夫泪数行。

眼想心思梦里惊,无人知我此时情。不如池上鸳鸯鸟,双宿双飞过
一生。

一去辽阳系梦魂,忽传征骑到中门。纱窗不肯施红粉,徒遣萧郎问
泪痕。

莺啼露冷酒初醒，罨画楼西晓角鸣。翠羽帐中人梦觉，宝钗斜坠枕函声。

行人南北分征路，流水东西接御沟。终日坡前怨离别，谩名长乐是长愁。一作白居易诗。

偏倚绣床愁不起，双垂玉箸翠鬟低。卷帘相待无消息，夜合花前一作开日又西。

悔将泪眼向东开，特地愁从望里来。三十六峰犹不见，况伊如燕这身材。

满目笙歌一段空，万般离恨总随风。多情为谢残阳意，与展晴霞片片红。

两心不语暗知情，灯下裁缝月下行。行到阶前知未睡，夜深闻放剪刀声。

近寒食雨草萋萋，著麦苗风柳映堤。早是有家归未得，杜鹃休向耳边啼。

水纹珍簟思悠悠，千里佳期一夕休。从此无心爱良夜，任他明月下西楼。

数日相随两不忘，郎心如妾妾如郎。出门便是东西路，把取红笺各断肠。

无定河边暮角声，赫连台畔旅人情。函关归路千馀里，一夕秋风白发生。

花落长川草色青，暮山重叠两冥冥。逢春便觉飘蓬苦，今日分飞一涕零。

洛阳才子邻箫恨，湘水佳人锦瑟愁。今昔两成惆怅事，临邛春尽暮江流。

浙江轻浪去悠悠，望海楼吹望海愁。莫怪乡心随魄断，十年为客在他州。

初 过 汉 江

襄阳好向岘亭看,人物萧条值岁阑。为报习家多置酒,夜来风雪过江寒。

读 庾 信 集

四朝十帝尽风流,建业长安两醉游。惟有一篇杨柳曲,江南江北为君愁。

全唐诗卷七八六

无名氏

题长乐驿壁

《摭言》云：大中十年，郑颢典文，放榜后，谒假觐省于洛。生徒饯长乐
驿，俄有纪于屋壁云：

三十骅骝一烘尘，来时不锁杏园春。杨花满地如飞雪，应有偷游曲
水人。

绝 句

传闻天子访沉沦，万里怀书西入秦。早知不用无媒客，恨别江南杨
柳春。

题取经诗 载《翻译名义集》，云唐义净三藏作。

晋宋齐梁唐代间，高僧求法离长安。去人成百归无十，后者安知前
者难。路远碧天唯冷结，沙河遮日力疲殚。后贤如未谙斯旨，往往
将经容易看。

题水心寺水轩

有人以诗谒岭南李国老，大加称赏。赍数百缣，于金陵酒楼数日而

尽。醉中挂帆数百里,至落星湾半醒,烟雨中登水心寺,题诗于水轩。

分飞南渡春风晚,却返家林事业空。无限离情似杨柳,万条垂向楚江东。

王昭君

猗兰恩宠歇,昭阳幸御稀。朝辞汉阙去,夕见胡尘飞。寄信秦楼下,因书秋雁归。

又　一作崔国辅诗

一回望月一回悲,望月月移人不移。何时得见汉朝使,为妾传书斩画师。

粉笺题诗

三月江南花满枝,风轻帘幕燕争飞。游人休惜夜秉烛,杨柳阴浓春欲归。

咏美人骑马

骏马娇仍稳,春风灞岸晴。促来金镫短,扶上玉人轻。帽束云鬟乱,鞭笼翠袖明。不知从此去,何处更倾城。

六言诗

把酒留君听琴,那堪岁暮离心。霜叶无风自落,秋天不雨多阴。人愁荒村路远,马怯寒溪水深。望尽青山犹在,不知何处相寻。

胡笳曲

月明星稀霜满野,毡车夜宿阴山下。汉家自失李将军,单于公然一作日暮来牧马。

桃源行送友人

武陵川径入幽遐,中有鸡犬秦人家,家傍流水多桃花。桃花两边种来久,流水一道何时有。垂条落蕊暗春风,夹岸芳菲至山口。岁岁年年能寂寥,林下青苔日为厚。时有仙鸟来衔花,曾无世人此携手。可怜不知若为名,君往一作任从之多所更。古驿荒桥平路尽,崩湍怪石小溪行。相见维舟登览处,红堤绿岸宛然成。多君此去从仙隐,令人晚节悔营营。

唐衢墓 一作贾岛诗

京洛先生三尺坟,阴风惨惨土和云。从来有感君皆哭,今日无君谁哭君。

宫 词

花萼楼前春正浓,濛濛柳絮舞晴空。金钱掷罢娇无力,笑倚栏干屈曲中。

抛球诗 一作李谨言诗

侍宴黄昏未肯休,玉阶夜色月如流。朝来自诧承恩最,笑倩傍人认绣球。

艳 歌

月里嫦娥不画眉,只将云雾作罗衣。不知梦逐青鸾去,犹把花枝盖面归。

杨 柳 枝

万里长江一带开,岸边杨柳几千栽。锦帆未落西风起,惆怅龙舟去不回。

河中石刻

许彦周云:嘉祐中,河滨渔网得一小石,刻有此,不知唐时何人作。

雨滴空阶晓,无心换夕香。井梧花落尽,一半在银床。

古 砚

癖性爱古物,终岁求不得。昨朝得古砚,兰河滩之侧。波涛所击触,背面生隙隙。质状朴且丑,令人作不得。

绝 句

钓罢孤舟系苇梢,酒开新瓮鲊开包。自从江浙为渔父,二十馀年手不扠。

题 童 氏 画

《宣和画谱》:童氏者,五代时江南人。画学王齐,工道释人物。有文士题其画云:

林下材华虽可尚,笔端人物更清妍。如何不出深闺里,能以丹青写外边。

失 题 第五句缺一字

春朝散微雨,庭树开芸绿。上有怀春鸟,间关断复续。谓言□野中,定是珠城曲。我自牵时幸,以惭羁旅束。尔不鸣幽林,来此将何欲。

姜宣弹小胡筘引歌

《蜀中方物记》:桂府王推官,出蜀匠雷氏金徽琴,请姜宣弹小胡筘
引,时有为作歌者云:

雷氏金徽琴,王君宝重轻千金。三峡流中将得来,明窗拂席幽匣
开。朱弦宛转盘凤足,骤击数声风雨回。哀筘慢指董家本,姜宣得
之妙思忖。泛徽胡雁咽萧萧,绕指辘轳圆衮衮。吞恨含情乍轻激,
故国关山心历历。潺湲疑是舞鹧鹕,骞骇如闻发鸣镝。流宫变徵
渐幽咽,别鹤欲飞猿欲绝。秋霜满树叶辞风,寒雏坠地乌啼血。哀
弦已罢春恨长,恨长何如怀我乡。我乡安在长城窟,闻君肤奏心飘
忽。何时窄袖短貂裘,胭脂山下弯明月。

罗　浮　山

《太平广记》云:此山本只名罗山,忽海上有山浮来相合,是谓罗浮
山。有十五岭、二十一峰、九百八十瀑泉洞穴,他山无出其右也。旧有
诗曰:

四百馀峰海上排,根连蓬岛荫天台。百灵若为移中土,蒿华都为一
小堆。

汤周山　山在今万载县,相传晋汤周二仙人修道之所,故名。

汤周二大仙,庐此得升天。风俗因兴庙,春秋不记年。锦云张紫
盖,琴溜泻鸣泉。丹灶犹存鼎,仙花发故园。

永州舜庙诗

《舆地碑目》云:虞帝庙在州学西,唐元结作《舜庙状》及《舜祠表》,

俱江华令瞿令问篆刻石上。　按志旧载谓汉载侯熊渠作,不知何谓,诗乃唐人作也。

游湘有馀怨,岂是圣人心。行路猿啼古,祠宫梦草深。素风传旧俗,异迹闭荒林。巡狩去不返,烟云愁至今。九嶷天一半,山尽海沉沉。

绝　句

绿杨阴转画桥斜,舟有笙歌岸有花。尽日会稽山色里,蓬莱清浅水仙家。

三学山盘陀石上刻诗

拔地山峦秀,排空殿阁斜。云供数州雨,树献九天花。夜月摩峰顶,秋钟彻海涯。长松拂星汉,一一是仙槎。

合水县玉泉石崖刻

山脉逗飞泉,泓澄傍岩石。乱垂寒玉筋,碎洒珍珠滴。澄波涵万象,明镜泻天色。有时乘月来,赏咏还自适。

纪游东观山 山在桂林府城外三里

瑰奇恣搜讨,贝阙青瑶房。才隘疑永巷,俄敞如华堂。玉梁窈浮溪,琼户正当窗。仙佛肖仿佛,钟鼓镗击撞。赑屃左顾龟,猖狂欲吠〔龙〕(庞)。丹灶俨亡恙,芝田霭生香。搏噬千怪聚,绚烂五色光。更无一尘涴,但觉六月凉。玲珑穿屡折,诘曲通三湘。神鬼若剜刻,乾坤真混茫。入如深夜暗,出喜皦日光。隔世惊瞬息,异境难揣量。

题 焚 经 台

　　《译经图纪》云：汉明帝世，佛法初入中国，于永平十四年正月十五日，大集白马寺南门。会道士，赍灵宝诸经，与佛经像舍利，置两坛，举火焚烧。佛舍利放光，道经独毁烬无存。后人因其处称焚经台也。此诗载《翻译名义集》，云唐太宗作，其声调不类，要是后人妄托。

门径萧萧长绿苔，一回登此一徘徊。青牛谩说函关去，白马亲从印土来。确实是非凭烈焰，要分真伪筑高台。春风也解嫌狼藉，吹尽当年道教灰。

全唐诗卷七八七

无名氏

日暮山河清

天高爽气晶,驰景忽西倾。山列千重静,河流一带明。想同金镜澈,宁让玉壶清。纤翳无由出,浮埃不复生。荣纡分汉苑,表里见秦城。逸兴终难系,抽毫仰此情。

秋日悬清光

寥廓凉天静,晶明白日秋。圆光含万象,碎影入闲流。迥与青冥合,遥同江甸浮。昼阴殊众木,斜影下危楼。宋玉登高怨,张衡望远愁。馀辉如可托,云路岂悠悠。

落日山照曜

裴回空山下,晼晚残阳落。圆影过峰峦,半规入林薄。馀光澈群岫,乱彩分重壑。石镜共澄明,岩光同照灼。栖禽去杳杳,夕烟生漠漠。此境一作景谁复知,独怀谢康乐。

月映清淮流

淮月秋偏静,含虚夜转明。桂花窥镜发,蟾影映波生。澹滟轮初

上,裴回魄正盈。遥塘分草树,近浦写山城。桐柏流光逐,蟆珠濯
景清。孤舟方利涉,更喜照前程。

寿　星　见

玄象今何应,时和政亦平。祥为一人寿,色映九霄明。皎洁垂银
汉,光芒近斗城。合规同月满,表瑞得天清。甘露盈条降,祥烟向
日生。无如此嘉祉,率土荷秋成。

华山庆云见

圣主祠名岳,高风发庆云。金柯初缭绕,玉叶渐氛氲。气色含珠
日,光明吐翠雾。依稀来鹤态,仿佛列仙群。万树流光影,千潭写
锦文。苍生忻有望,祥瑞在吾君。

清　风　戒　寒

萧飒清风至,悠然发思端。入林翻别叶,绕树败红兰。晓拂轻霜
度,宵分远籁攒。稍依帘隙静,遍觉座隅寒。乍逐惊蓬振,偏催急
漏残。遥知洞庭水,此夕起波澜。

空水共澄鲜

悠然四望通,渺渺水无穷。海鹤飞天际,烟林出镜中。云消澄遍
碧,霞起澹微红。落日浮光满,遥山翠色同。樵声喧竹屿,棹唱入
莲丛。远客舟中兴,烦襟暂一空。

寒流聚细文

晓野方闲眺,横溪赏乱流。寒文趋浦急,圆折逐烟浮。不谓飘疏
雨,非关浴远鸥。观鱼鳞共细,间石影疑稠。猎猎风泠夕,潺潺濑

响秋。仙槎如共泛,天汉适淹留。

长安早春

杳霭三春色,先从帝里芳。折杨犹恨短,测景已忻长。莺和红楼乐,花连紫禁香。跃鱼惊太液,佳气接温汤。风送飞珂响,尘蒙翠辇光。熙熙晴煦远,徒欲奉尧觞。

嘉禾合颖

天祚皇王德,神呈瑞谷嘉。感时苗特一作自秀,证道叶方华。气转腾佳色,云披映早霞。薰风浮合颖,湛露净祥花。六穗垂兼倒,孤茎袅复斜。影同唐叔献,称庆比周家。

膏泽多丰年

帝德方多泽,莓莓井径同。八方甘雨布,四远报年丰。廩庆千厢在,山流万壑通。候时勤稼穑,击壤乐农功。畎亩人无惰,田庐岁不空。何须忧伏腊,千载贺尧风。

玉壶冰

玄律阴风劲,坚冰在玉壶。暗中花更出,晓后色全无。涵沍谁能伴,凄清讵可渝。任圆空似璧,照物不成珠。素质情方契,孤明道岂殊。幽人若相比,还得咏生刍。

望禁苑祥光

佳气生天苑,葱茏几效祥。树遥一作摇三殿际,日映九城傍。山雾宁同色,卿云未可彰。眺汾疑鼎气,临渭想荣光。当并春陵发,应开圣历长。微臣时一望,短羽欲飞翔。

晨光动翠华

早朝开紫殿,佳气逐清晨。北阙华旌在,东方曙景新。影连香雾合,光媚庆云频。鸟羽飘初定,龙文照转真。直疑冠佩入,长爱冕旒亲。摇动祥云里,朝朝映侍臣。

观南郊回仗

传警千门寂,南效彩仗回。但惊龙再见,谁识日双开。德泽施云雨,恩光变烬灰。阅兵貔武振,听乐凤凰来。候刻移宸辇,尊时集观台。多惭远臣贱,不得礼容陪。

谒见日将至双阙

晓色临双阙,微臣礼位陪。远惊龙凤睹,谁识冕旒开。蔼蔼千年盛,颙颙万国来。天文标日月,时令布云雷。迥出黄金殿,全分白玉台。雕虫意一作竟何取,瞻恋不知回。

尚书郎上直闻春漏

地即尚书省,人惟鸳鹭行。审时传玉漏,直夜递星郎。历历闻仙署,泠泠出建章。自空来断续,随月散凄锵。物静知声远一作近,寒轻觉夜长。听馀残月落,曙色满东方。

华清宫望幸

骊岫接新丰,岧峣驾碧空。凿山开秘殿,隐雾蔽仙宫。绛阙犹栖凤,雕梁尚带虹。温泉曾浴日,华馆旧迎风。肃穆瞻云辇,深沉闭绮栊。东郊望幸处,瑞气霭濛濛。

御题国子监

宸翰符玄造，荣题国子门。笔锋回日月，字势动乾坤。檐下云光绕，梁间鹊影翻。张英圣莫拟，索靖妙难言。为著盘龙迹，能彰舞凤蹲。更随垂露像，常以沐皇恩。

郊坛听雅乐

泰坛恭祀事，彩仗下寒垌。展礼陈嘉乐，斋心动众灵。韵长飘更远，曲度静宜听。泛响何清越，随风散杳冥。彻悬和气聚，旋退晓山青。本自钧天降，还疑列洞庭。

册上公太常奏雅乐

司乐陈金石，逶迤引上公。奏音人语绝，清韵佩声通。应律烟云改，来仪鸟兽同。得贤因举颂，修礼便观风。圣寿三称内，天欢九奏中。寂寥高曲尽，犹自满宸聪。

听霜钟

渺渺飞霜夜，寥寥远岫钟。出云疑断续，入户乍舂容。度枕频惊梦，随风几韵松。悠扬来不已，杳霭去何从。仿佛烟岚隔，依俙岩峤重。此时聊一听，馀响绕千峰。

听霜钟

寥亮来丰岭，分明辨古钟。应霜如自击，中节每相从。静听非闲扣，潜应蕴圣踪。风间时断续，云外更舂容。虚警和清籁，雄鸣隔乱峰。因之论知己，感激更难逢。

笙磬同音

笙磬闻何处，凄锵宛在东。激扬音自彻，高下曲宜同。历历俱盈耳，泠泠递散空。兽因繁奏舞，人感至和通。讵间洪纤韵，能齐搏拊功。四悬今尽美，一听辨移风。

玉卮无当

共惜连城宝，翻为无当卮。讵惭君子贵，深讶拙工窥。泛蚁功全少，如虹色不移。可怜珍砾石，何计辨糟醨。江海诚难满，盘筵莫妄施。纵乖斟酌意，犹得奉光仪。

府试古镜

旧是秦时镜，今来古匣中。龙盘初挂月，凤舞欲生风。石黛曾留殿，朱光适在宫。应祥知道泰，监物觉神通。肝胆诚难隐，妍媸信易穷。幸居君子室，长愿免尘蒙。

焚裘

今主临前殿，惩奢爇异裘。忽看阳焰发，如睹吉光流。丽彩辞宸扆，馀香在御楼。火随馀烬灭，气逐远烟浮。素朴回风变，雕华逐志休。永垂恭俭德，千古揖皇猷。

送薛大夫和蕃

戎王归汉命，魏绛谕皇恩。旌旆辞双阙，风沙上五原。往途遵塞道，出祖耀都门。策令天文盛，宣威使者尊。澄波看四海，入贡伫诸蕃。秋杪迎回骑，无劳枉梦魂。

观剑南献捷

遐圻新破虏,名将旧登坛。戎馘西南至,毡裘长幼观。边疆氛已息,矛戟血犹残。紫陌欢声动,丹墀喜气盘。唐虞方德易,卫霍比功难。共睹俘囚入,赓歌万国安。

云母屏风隔坐

彩障成云母,丹墀隔上公。才彰二纪盛,荣播一朝同。近玉初齐白,临花乍散红。凝姿分缥缈,转佩辨玲珑。意惬恩偏厚,名新宠更崇。谁知历千古,犹自仰清风。

白 受 采

晶晶金方色,迁移妙不穷。轻衣尘迹化,净壁一作笔缋文通。沙变蓝溪渍,冰渝墨沼空。似甘言受和,由礼学资忠。皎洁形无定,玄黄用莫同。素心如可教,愿染古人风。

人 不 易 知

权衡谅匪易,愚智信难移。九德皆殊进,三端岂易施。同称昆岫宝,共握桂林枝。郑鼠今奚别,齐竽或滥吹。瑶台有光一作空鉴,屡照不应疲。片善当无掩,先鸣贵在斯。龙门峻且极,骥足庶来驰。太息李元礼,期君幸一知。

晦日同志昆明池泛舟

灵沼疑河汉,萧条见斗牛。烟生知岸近,水净觉天秋。落月低前树,清辉满去舟。兴因孤屿起,心为白蘋留。晓吹兼渔笛,闲云伴客愁。龙津如可上,长啸且乘流。

礼闱阶前春草生

河畔虽同色,南宫淑景先。微开曳履处,常对讲经前。得地风尘隔,依林雨露偏。已逢霜候改,初寄日华妍。影与丛兰杂,荣将众卉连。哲人如不薙,生意在芳年。

秋风生桂枝

寒桂秋风动,萧萧自一枝。方将击林变,不假舞松移。散翠幽花落,摇青密叶离。哀猿惊助褭,花露滴争垂。遗韵连波聚,流音万木随。常闻小山里,逋客最先知。

幽人折芳桂

厚地生芳桂,遥林耸干长。叶开风里色,花吐月中光。曙鸟啼馀翠,幽人爱早芳。动时垂露滴,攀处拂衣香。古调声犹苦,孤高力自强。一枝终是折,荣耀在东堂。

霜　菊

秋尽北风去,律移寒气肃。淅沥降繁霜,离披委残菊。华滋尚照灼,幽气含纷郁。的的冒空园,萋萋被幽谷。骚人有遗咏,陶令曾盈掬。傥使怀袖中,犹堪袭馀馥。

金谷园花发怀古

春风生梓泽,迟景映花林。欲问当时事,因伤此日心。繁华人已殁,桃李意何深。涧咽歌声在,云归盖影沉。地形同万古,笑价失千金。遗迹应无限,芳菲不可寻。

骊　龙

有美为鳞族,潜蟠得所从。标奇初韫宝,表智即称龙。大壑长千里,深泉固九重。奋鬐云乍起,矫首浪还冲。荀氏传高誉,庄生冀绝踪。仍知流泪在,何幸此相逢。

鹤鸣九皋

胎化呈仙质,长鸣在九皋。排空散清唳,映日委霜毛。万里思寥廓,千山望郁陶。香凝光不见,风积韵弥高。凤侣攀何及,鸡群思忽劳。升天如有应,飞舞出蓬蒿。

霜隼下晴皋

九皋霜气劲,翔隼下初晴。风动闲云卷,星驰白草平。棱棱方厉疾,肃肃自纵横。掠地秋毫迴,投身逸翮轻。高墉全失影,逐雀作_{一作乍}飞声。薄暮寒郊外,悠悠万里情。

河鲤登龙门

年久还求变,今来有所从。得名当是鲤,无点可成龙。备历艰难遍,因期造化容。泥沙宁不阻,钓饵莫相逢。击_{一作激}浪因成势,纤鳞莫继踪。若令摇尾去,雨露此时浓。

全唐诗卷七八八

联　句

李　白

改九子山为九华山联句 并序

青阳县南有九子山，山高数十丈，上有九峰如莲花。按图征名，无所依据。太史公南游，略而不书。事绝古老之口，复阙名贤之纪。虽灵仙往复，而赋咏罕闻。予乃削其旧号，加以九华之目。时访道江汉，憩於夏侯迴之堂，开檐岸帻，坐眺松雪，因与二三子联句，传之将来。

　　　白　高霁　韦权舆

妙有分二气，灵山开九华白。层标遏迟日，半壁明朝霞霁。积雪曜阴壑，飞流喷阳崖权舆。青莹玉树色，缥缈羽人家白。

杜　甫

夏夜李尚书筵送宇文石首赴县联句

　　　甫　李之芳　崔彧全节人，官太子少詹事

爱客尚书贵，之官宅相贤甫。酒香倾坐侧，帆影驻江边之芳。翟表郎官瑞，凫看令宰仙或。雨稀云叶断，夜久烛花偏甫。数语欹纱帽，高文掷彩笺之芳。兴饶行处乐，离惜醉中眠或。单父长多暇，河阳实少年甫。客居逢自出，为别几凄然之芳。

颜真卿

登岘山观李左相石尊联句

真卿　刘全白评事，后为膳部员外郎，守池州。　斐循长城县尉　张荐　吴筠　强蒙处士，善医。　范缙　王纯　魏理评事　王修甫　颜岘真卿兄子　左辅元抚州人　刘茂魏县尉　颜浑真卿族弟。官太子通事舍人。　杨德元　韦介　皎然名昼　崔弘　史仲宣　陆羽　权器校书郎　陆士修嘉兴县尉　裴幼清　柳淡　释尘外自号北山子　颜颙以下三人并真卿族侄　颜须　颜顼　李崿字伯高，赵人。擢制科，历官庐州刺史。

李公登饮处，因石为注尊真卿。人事岁年改，岘山今古存全白。榛芜掩前迹，苔藓馀旧痕循。叔子尚遗德，山公此回轩荐。维舟陪高兴，感昔情弥敦筠。蔼蔼贤哲事，依依离别言蒙。岖嵚横道周，迢递连山根缙。馀烈暖林野，众芳揖兰荪纯。德晖映岩足，胜赏延高原理。远水明匹练，因晴见吴门修甫。陪游追盛美，揆德欣讨论岘。器有成形用，功资造化元辅元。流霞方泔淡，别鹤遽翩翻茂。旧规倾逸赏，新兴丽初暾浑。醉后接䍦倒，归时驺骑喧德元。迟回向遗迹，离别益伤魂介。览事古兴属，送人归思繁皎然。怀贤久徂谢，赠远空攀援弘。八座钦懿躅，高名播乾坤仲宣。松深引闲步，葛弱供险扪羽。花气酒中馥，云华衣上屯器。森沈列湖树，牢落望效园士修。白日半岩岫，清风满丘樊幼清。旌麾间翠幄，箫鼓来朱辖淡。

闲路蹑云影,清心澄水源_{尘外}。萍连浦中屿,竹绕山下村_颙。景落
全溪暗,烟凝半岭昏_须。去日往如复,换年凉代温_顼。登临继风骚,
义激旧府恩_峄。

水堂送诸文士戏赠潘丞联句

真卿 潘述 陆羽 权器 皎然 李峄

居人未可散,上客须留著。莫唱阿鹠回,应云夜半乐_{真卿奉潘丞}。诗
教刻烛赋,酒任连盘酌。从他白眼看,终恋青山郭_{述奉陆三}。林栖
非姓许,寺住那名约。会异永和年,才同建安作_{羽呈权十四}。何烦问
更漏,但遣催弦索。共说长句能,皆言早归恶_{器呈然公}。那知殊出
处,还得同笑谑。雅韵虽暂欢,禅心肯抛却_{皎然上侍御}。一宿同高
会,几人归下若。帘开北陆风,烛焯南枝鹊_{峄奉潘十五}。文场苦叨
窃,钓渚甘漂泊。弱质幸见容,菲才诚重诺_述。

与耿沣水亭咏风联句

真卿 裴幼清 杨凭 杨凝 左辅元 陆士修 权器
陆羽 皎然 耿沣 乔_{失姓} 陆涓_{吴人,阳翟令。}

清风何处起,拂槛复萦洲_{幼清}。回入飘华幕,轻来叠晚流_凭。桃竹
今已展,羽翣且从收_凝。经竹吹弥切,过松韵更幽_{辅元}。直散青蘋
末,偏随白浪头_{士修}。山山催雨过,浦浦发行舟_器。动树蝉争噪,开
帘客罢愁_羽。度弦方解愠,临水已迎秋_{真卿}。凉为开襟至,清因作
颂留_{皎然}。周回随远梦,骚屑满离忧_沣。岂独销繁暑,偏能入迥楼
_乔。王风今若此,谁不荷明休_涓。

又溪馆听蝉联句

真卿 杨凭 杨凝 权器 陆羽 耿沣 乔_{失姓} 裴幼

清　伯成_{失姓}　皎然

高树多凉吹，疏蝉足断声_凭。已催居客感，更使别人惊_疑。晚夏犹知急，新秋别有情_器。危湍和不似，细管学难成_羽。当斅附金重，无贪曜火明_{真卿}。青松四面落，白发一重生_沣。向夕音弥厉，迎风翼更轻_乔。单嘶出迥树，馀响思空城_{幼清}。嘒唳松间坐，萧寥竹里行_{伯成}。如何长饮露，高洁未能名_{皎然}。

送耿沣拾遗联句

真卿　耿沣

尧舜逢明主，严徐得侍臣。分行接三事，高兴柏梁新_{真卿}。楚国千山道，秦城万里人。镜中看齿发，河上有烟尘_沣。望阙飞青翰，朝天忆紫宸。喜来欢宴洽，愁去咏歌频_{真卿}。顾盼情非一，睽携处亦频。吴兴贤太守，临水最殷勤_沣。

五言月夜啜茶联句 _{以下七首又见《皎然集》}

真卿　陆士修　张荐　李萼　崔万　昼

泛花邀坐客，代饮引情言_{士修}。醒酒宜华席，留僧想独园_荐。不须攀月桂，何假树庭萱_萼。御史秋风劲，尚书北斗尊_万。流华净肌骨，疏瀹涤心原_{真卿}。不似春醪醉，何辞绿菽繁_昼。素瓷传静夜，芳气清闲轩_{士修}。

五言夜宴咏灯联句

真卿　陆士修　张荐　昼　袁高

桂酒牵诗兴，兰钉照客情_{士修}。讵惭珠乘朗，不让月轮明_荐。破暗光初白，浮云色转清_{真卿}。带花疑在树，比燎欲分庭_昼。顾已惭微照，开帘识近汀_高。

三言喜皇甫曾侍御见过南楼玩月

真卿　陆羽　皇甫曾　李萼　昼　陆士修

喜嘉客,辟前轩。天月净,水云昏真卿。雁声苦,蟾影寒。闻裛浥,
滴檀栾羽。欢宴处,江湖间曾。卷翠幕,吟嘉句。恨清光,留不住
萼。高驾动,清角催。惜归去,重裴回昼。露欲晞,客将醉。犹宛
转,照深意士修。

七言重联句

真卿　皇甫曾　李萼　陆羽　昼

顷持宪简推高步,独占诗流横素波。不是中情深惠好,谁能千里远
经过真卿。诗书宛似陪康乐,少长还同宴永和。夜酌此时看碾玉,
晨趋几日重鸣珂皇甫曾。万井更深空寂寞,千方雾起隐嵯峨。荧荧
远火分渔浦,历历寒枝露鸟窠萼。汉朝旧学君公隐,鲁国今从弟子
科。只自倾心惭煦濡,何曾将口恨蹉跎羽。独赏谢吟山照耀,共知
殷叹树婆娑。华毂苦嫌云路隔,衲衣长向雪峰何昼。

五言送李侍御联句

真卿　昼　张荐　李萼

吾友驻行轮,迟迟惜上春真卿。东西出饯路,惆怅独归人昼。欢会
期他日。驱驰恨此身荐。须知贡公望,从此愿相因萼。

五言玩初月重游联句

真卿　张荐　李萼　昼

春溪与岸平,初月出谿明荐上十二老丈。璧彩寒仍洁,金波夜转清萼。
孤光远近满,练色往来轻真卿。望望随兰棹,依依出柳城昼。

五言重送横飞联句

真卿　李崿　昼

春田草未齐，春水满长溪崿上十二兄。出饯风初暖，攀光日渐西真卿。
归期江上远，别思月中迷昼。

五言夜集联句

真卿　昼

寒花护月色，坠叶占风音昼。兹夕无尘虑，高云共片心真卿。

三言拟五杂组联句 以下八首又见《皎然集》

真卿　李崿　殷佐明正字　袁高　陆士修　蒋志秘书郎

五杂组，盘上菹。往复还，头懒梳。不得已，罾里鱼崿。五杂组，郊
外芜。往复还，枥上驹。不得已，谷中愚佐明。五杂组，绣与锦。往
复还，兴又寝。不得已，病伏枕真卿。五杂组，酒与肉。往复还，东
篱菊。不得已，醉便宿高。五杂组，阛阓间。往复还，门上关。不
得已，鬓毛斑士修。五杂组，绣纹线。往复还，春来燕。不得已，入
征战志。

三言重拟五杂组联句

真卿　张荐　李崿　昼

五杂组，四豪客。往复还，阡与陌。不得已，长沙谪荐。五杂组，五
辛盘。往复还，马上鞍。不得已，左降官崿。五杂组，甘咸醋。往
复还，乌与兔。不得已，韶光度真卿。五杂组，五色丝。往复还，回
文诗。不得已，失喜期昼。

七言大言联句

真卿　昼　李崿　张荐

高歌阆风步瀛州_昼，燀鹏燩鲲餐未休_{真卿}。四方上下无外头_崿，一啜顿涸沧溟流_荐。

七言小言联句

真卿　昼

长路迢遥吞吐丝_{真卿}。蟭螟蚊睫察难知_昼。

七言乐语联句

真卿　李崿　昼　张荐

苦河既济真僧喜_崿，新知满座笑相视_{真卿}。戍客归来见妻子_昼，学生放假偷向市_荐。

七言㰤语联句

真卿　李崿　昼　张荐

拈馗舐指不知休_崿，欲炙侍立涎交流_{真卿}。过屠大嚼肯知羞_昼，食店门外强淹留_荐。

七言滑语联句

真卿　昼　刘全白　李崿　李益

雨里下山蹋榆皮_{真卿}，莓苔石桥步难移_昼。芜荑酱醋吃煮葵_{全白}，缝靴蜡线油涂锥_崿。急逢龙背须且骑_益。

七言醉语联句

真卿　刘全白　昼　陆羽

逢糟遇曲便酕酊_{全白}，覆车坠马皆不醒_{真卿}。倒著接䍦发垂领_昼，狂心乱语无人并_羽。

全唐诗卷七八九

联　句

皇甫曾

建元寺昼公与崔秀才见过联句
与郑奉礼说同作 以下二首又见《皎然集》

曾　昼　郑说太堂寺奉礼郎　崔子向

人闲宜岁晚，道者访幽期。独与寒山别，行当暮雪时曾。柏台辞汉主，竹寺寄潜师。荷策知君待，开门笑我迟昼。暮阶县雨足，寒吹绕松枝。理辩尘心妄，经分梵字疑说。久承黄纸诏，曾赋碧云诗。然诺惊相许，风流话所思子向。筌忘心已默，磬发夜何其。愿结求羊侣，名山从所之曾。

建元寺西院寄李员外纵联句

曾　崔子向　郑说　昼

寄隐霜台客，相思粉署人子向奉上侍御。诚知阡陌近，无奈别离频曾奉奉礼。夜色迷双树，钟声警四邻说奉崔秀才。散才徒仰鲍，归梦远知秦台上。雨带清筇发，花惊夕漏春昼。招摇随步锡，仿佛听行轮子向奉侍御。要路推高足，空林寄一身曾奉奉礼。盛名知独擅，良会忆相亲说奉崔十一。稍涤心中垢，都遗陌上尘子向奉。今宵此堂集，何事少遗民昼。

严　维

中元日鲍端公宅遇吴天师联句 此首又见崔元翰集

维　鲍防　谢良辅　杜弈　李清　刘蕃　谢良弼　郑概
陈元初　樊珣　丘丹　吕渭　范淹　吴筹

道流为柱史，教戒下真仙维。共契中元会，初修内景篇防。游方依地僻，卜室喜墙连良辅。宝笥开金箓，华池漱玉泉弈。怪龙随羽翼，青节降云烟清。昔去遗丹灶，今来变海田蕃。养形奔二景，炼骨度千年良弼。骑竹投陂里，携壶挂牖边概。洞中尝入静，河上旧谈玄元初。伊洛笙歌远，蓬壶日月偏珣。青骡蓟训引，白犬伯阳牵丹。法受相君后，心存象帝先渭。道成能缩地，功满欲升天淹。何意迷孤性，含情恋数贤筹。

酒语联句各分一字

维　刘蕃　鲍防　谢良辅　沈仲昌　丘丹　吕渭　郑概
陈元初　迴失姓

山简酣歌倒接䍦蕃，看朱成碧无所知防。耳鸣目眩驷马驰良辅，口称童羖腹鸥夷维。兀然落帽灌酒卮仲昌，太常吏部相对时维。藉糟枕麴浮酒池丹，瓮间篱下卧不移渭。叫呼不应无事悲概，千日一醒知是谁元初。左倾右倒人避之迴。

一字至九字诗联句

　　　　维　鲍防　郑概　成用　陈元初　张叔政　贾弇　周颂

东, 西防, 步月, 寻溪维。鸟已宿, 猿又啼概。狂流碍石, 进笋穿溪
用。望望人烟远, 行行萝径迷。探题只应尽墨, 持赠更欲封泥元初。
松下流时何岁月, 云中幽处屡攀跻叔政。乘兴不知山路远近, 缘情
莫问日过高低弇。静听林下潺潺足湍濑, 厌问城中喧喧多鼓鼙颂。

李　益

宣上人病中相寻联句

　　益　广宣

策杖迎诗客, 归房理病身。闲收无效药, 遍寄有情人广宣。草木分
千品, 方书问六陈。还知一室内, 我尔即天亲益。

八月十五夜宣上人独游安国寺山庭院步人迟明将至因话昨宵乘兴联句以下三首又见广宣集

　　益　广宣

九重城接天花界, 三五秋生一夜风。行听漏声云散后, 遥闻天语月
明中广宣。含凉阁迥通仙掖, 承露盘高出上宫。谁问独愁门外客,
清谈不与此宵同益。

重阳夜集兰陵居与宣上人联句

益　广宣

蟋蟀催寒服，茱萸滴露房。酒巡明刻烛，篱菊暗寻芳益。新月和秋露，繁星混夜霜。登高今夕事，九九是天长广宣。

与宣供奉携瘿尊归杏溪园联句

益　广宣

千畦抱瓮园，一酌瘿尊酒。唯有沃洲僧，时过杏溪叟益。追欢君适性，独饮我空口。儒释事虽殊，文章意多偶广宣。

兰陵僻居联句

益　广宣　杜羔

潘岳闲居赋，陶潜独酌谣。二贤成往事，三径是今朝广宣。生幸逢唐运，昌时奉帝尧。进思谐启沃，退混即渔樵益。蠹简封延阁，雕阑闷上霄。相从清旷地，秋露挹兰苕羔。

天津桥南山中各题一句

益　韦执中　诸葛觉　贾岛

野坐分苔席益，山行绕菊丛执中。云衣惹不破觉，秋色望来空岛。

红楼下联句

益　广宣　杜羔

佛刹接重城，红楼切太清。紫云连照耀，丹槛郁峥嵘广宣。榱栋烟虹入，轩窗日月平。参差五陵晚，分背八川明益。松韵风初过，莲陂浪欲倾。敬瞻疑涌见，围绕学无生羔。

赋应门照绿苔

益　法振

宫阙何年月,应门何岁苔。清光一以照,白露共裴回益。珠履久行绝,玉房重未开。妾心正如此,昭阳歌吹来法振。

耿　沣

寄司空曙李端联句

沣　王早　辛晃

长安一分首,万里隔烟波早。海上青山暮,天涯白发多沣。寻僧因看竹,访道或求鹅晃。云树无猿鸟,阴崖足薜萝沣。醉中留越客,兴里眄庭柯晃。黄叶身仍逐,丹霄背未摩沣。别愁连旦暮,归梦绕关河晃。高柳寒蝉对,空阶夜雨和沣。年华空荏苒,名宦转蹉跎晃。南陌东城路,春来几度过沣。

连句多暇赠陆三山人

沣　陆羽

一生为墨客,几世作茶仙沣。喜是攀阑者,惭非负鼎贤羽。禁门闻曙漏,顾渚入晨烟沣。拜井孤城里,携笼万壑前羽。闲喧悲异趣,语默取同年沣。历落惊相偶,衰羸猥见怜羽。诗书闻讲诵,文雅接兰荃沣。未敢重芳席,焉能弄彩笺羽。黑池流研水,径石涩苔钱沣。何事亲香案,无端狎钓船羽。野中求逸礼,江上访遗编沣。莫发搜歌意,予心或不然羽。

李景俭

字宽中,贞元中,登进士第,官终少府少监。

道州春日感兴

景俭 吕温 吕恭字恭叔,温之弟。官殿中侍御史。

始见花满枝,又看花满地景俭。且持增气酒,莫滴伤心泪温。深诚长郁结,芳晨自妍媚恭。啸歌聊永日,谁知此时意景俭。

武元衡

中秋夜听歌联句

元衡 崔备 裴度 柳公绰 卢放 卢士玫

此夕来奔月,何时去上天备。云鬟方自照,玉腕更呈鲜度。燕婉人间意,飘飖物外缘公绰上相公。诗裁明月扇,歌索想夫怜元衡奉卢侍御。暗染荀香久,长随楚梦偏放。会当来彩凤,仿佛逐神仙士玫。

全唐诗卷七九〇

联　句

裴　度

春池泛舟联句 此首又见刘禹锡、张籍集。

度　刘禹锡　崔群字敦诗，清河人。元和中户部侍郎同平章事。
贾𫗧河南人。太和中中书侍郎同平章事。　　张籍

凤池新雨后，池上好风光禹锡上相公。取酒愁春尽，留宾喜日长度送
户部。柳丝迎画舸，水镜写雕梁群送贾院长，潭洞迷仙府，烟霞认醉乡
𫗧送张司业。莺声随笑语，竹色入壶觞籍送主客。晚景含澄澈，时芳得
艳阳禹锡。飞凫拂轻浪，绿柳暗回塘度。逸韵追安石，高居胜辟强
群。杯停新令举，诗动彩笺忙𫗧。顾谓同来客，欢游不可忘籍。

西池落泉联句 以下三首又见刘禹锡、白居易、张籍集。

度　行式失姓　张籍　白居易　刘禹锡

东阁听泉落，能令野兴多行式。散时犹带沫，淙处即跳波度。偏洗
磷磷石，还惊泛泛鹅籍。色清尘不染，光白月相和居易。喷雪萦松
竹，攒珠溅芰荷禹锡。对吟时合响，触树更摇柯籍。照圃红分药，侵
阶绿浸莎居易。日斜车马散，馀韵逐鸣珂禹锡。

首夏犹清和联句

度　白居易　刘禹锡　行式　张籍

记得谢家诗,清和即此时居易。馀花数种在,密叶几重垂度。芳谢人人惜,阴成处处宜禹锡。水萍争点缀,梁燕共追随行式。乱蝶怜疏蕊,残莺恋好枝籍。草香殊未歇,云势渐多奇居易。单服初宁体,新篁已出篱度。与春为别近,觉日转行迟禹锡。绕树风光少,侵阶苔藓滋行式。惟思奉欢乐,长得在西池籍。

蔷薇花联句

度　刘禹锡　行式　白居易　张籍

似锦如霞色,连春接夏开禹锡。波红分影入,风好带香来度。得地依东阁,当阶奉上台行式。浅深皆有态,次第暗相催禹锡。满地愁英落,缘堤惜棹回度。芳浓濡雨露,明丽隔尘埃行式。似著胭脂染,如经巧妇裁居易。奈花无别计,只有酒残杯籍。

喜遇刘二十八偶书两韵
联句　以下四首又见刘禹锡、白居易集。

度　刘禹锡　白居易　李绅

病来佳兴少,老去旧游稀。笑语纵横作,杯觞络绎飞度。清谈如水玉,逸韵贯珠玑。高位当金铉,虚怀似布衣禹锡。已容狂取乐,仍任醉忘机。舍眷将何适,留欢便是归居易。风仪常欲附,蚊力自知微。愿假尊罍末,膺门自此依绅。

刘二十八自汝赴左冯涂经洛中相见联句

度　白居易　李绅　刘禹锡

不归丹掖去,铜竹漫云云。唯喜因过我,须知未贺君度。诗闻安石咏,香见令公熏。欲首函关路,来披缑岭云居易。貂蝉公独步,鸳鹭我同群。插羽先飞酒,交锋便战文绅。镇嵩知表德,定鼎为铭勋。顾鄙容商洛,微欢候汝坟禹锡。频年多谪浪,此夕任喧纷。故态犹应在,行期未要闻度。游藩荣已久,捧袂惜将分。讵厌杯行疾,唯愁日向曛居易。穷阴初莽苍,离思渐氤氲。残雪午桥岸,斜阳伊水濆绅。上谟尊右掖,全略静东军。万顷徒称量,沧溟讵有垠禹锡。

度自到洛中与乐天为文酒之会时时构咏乐不可支则慨然共忆梦得而梦得亦分司至止欢惬可知因为联句

度　白居易　刘禹锡

成周文酒会,吾友胜邹枚。唯忆刘夫子,而今又到来度。欲迎先倒屣,亦坐便倾杯。饮许伯伦右,诗推公干才并以本事。居易。久曾聆郢唱,重喜上燕台。昼话墙阴转,宵欢斗柄回禹锡。新声还共听,故态复相咍。遇物皆先赏,从花半未开度。起时乌帽侧,散处玉山颓。墨客喧东阁,文星犯上台居易。咏吟君称首,疏放我为魁。忆戴何劳访,时梦得分司而来。留髡不用猜宴席上,老夫暂起,乐天密坐不动足。度。奉觞承麹糵,落笔捧琼瑰。醉弁无妨侧,词锋不可摧此两韵,美令公也。居易。水轩看翡翠,石径践莓苔。童子能骑竹,佳人解咏梅陪游南宅之境。禹锡。洛中三可矣,邺下七悠哉。自向风光急,不须弦管催度。乐观鱼踊跃,闲爱鹤裴回。烟柳青凝黛,波萍绿拨醅居易。春榆初改火,律管又飞灰。红药多迟发,碧松宜乱栽禹锡。马嘶驼陌上,鹞泛凤城隈。色色时堪惜,些些病莫推度。洄流寻轧轧,馀刃转恢恢。从此知心伏,无因敢自媒禹锡。室随亲客入,席许旧寮陪。逸兴嵇将阮，交情陈与雷此二句，属梦得也。居易。洪炉思哲匠，大厦要群材。他日登龙路，应知免曝鳃禹锡。

宴兴化池亭送白二十二东归联句 此首又见张籍集

度 刘禹锡 白居易 张籍

东洛言归去，西园告别来。白头青眼客，池上手中杯度。离瑟殷勤奏，仙舟委曲回。征轮今欲动，宾阁为谁开禹锡。坐弄琉璃水，行登绿缛堆。花低妆照影，萍散酒吹醅居易。岸荫新抽竹，亭香欲变梅。随游多笑傲，遇胜且裴回籍。澄澈连天境，潺湲出地雷。林塘难共赏，鞍马莫相催度。信及鱼还乐，机忘鸟不猜。晚晴槐起露，新雨石添苔禹锡。拟作云泥别，尤思顷刻陪。歌停珠贯断，饮罢玉峰颓居易。虽有逍遥志，其如磊落才。会当重入用，此去肯悠哉籍。

西池送白二十二东归兼
寄令狐相公联句 此首又见刘禹锡集

度 刘禹锡 张籍 行式

促坐宴回塘，送君归洛阳。彼都留上宰，为我说中肠度。威凤池边别，冥鸿天际翔。披云见居守，望日拜封章禹锡。春尽年华少，舟通景气长。送行欢共惜，寄远意难忘籍。东道瞻轩盖，西园醉羽觞。谢公深眷昉，商皓信辉光行式。旧德推三友，新篇代八行。 以下缺

李 绛

杏园联句 以下二首又见刘禹锡、白居易集。

绛 崔群 白居易 刘禹锡

杏园千树欲随风,一醉同人此暂同_{群上司空}。老态忽忘丝管里,衰颜宜解酒杯中_{绛上白二十二}。曲江日暮残红在,翰苑年深旧事空_{居易上主客}。二十四年流落者,故人相引到花丛_{禹锡}。

花下醉中联句

绛　刘禹锡　白居易　庾承宣　杨嗣复

共醉风光地,花飞落酒杯_{绛送刘二十八}。残春犹可赏,晚景莫相催_{禹锡送白侍郎}。酒幸年年有,花应岁岁开_{居易送兵部相公}。且当金韵掷,莫遣玉山颓_{绛送庾阁长}。高会弥堪惜,良时不易陪_{承宣送主客}。谁能拉花住,争换得春回_{禹锡送吏部}。我辈寻常有,佳人早晚来_{嗣复送白侍郎}。寄言三相府,欲散且裴回_{居易,时户部相公同会}。

刘禹锡

乐天是月长斋鄙夫此时愁卧

里闾非远云雾难披因以寄怀

遂为联句所期解闷焉敢惊禅

禹锡　白居易

五月长斋月,文心苦行心。兰葱不入户,蒼卜自成林_{禹锡}。护戒先辞酒,嫌喧亦彻琴。尘埃宾位静,香火道场深_{居易}。我静驯狂象,餐馀施众禽。定知于佛侫,岂复向书淫_{禹锡}。阑药凋红艳,庭槐换绿阴。风光徒满目,云雾未披襟_{居易}。树为清凉倚,池因盥漱临。蘋芳遭燕拂,莲坼待蜂寻_{禹锡}。舍下环流水,窗中列远岑。苔斑钱剥落,石怪玉欹岑_{居易}。鹊顶迎秋秃,莺喉入夏瘖。绿杨垂嫩色,绛棘露长针禹锡。散秩身犹幸，趋朝力不任。官将方共拙，年与病交侵居易。徇乐非时选，忘机似陆沉。鉴容称四皓，扪腹有三壬禹锡。携手惭连璧，同心许断金。紫芝虽继唱前后各在宾客，白雪少知音居易。忆罢吴门守，相逢楚水浔。舟中频曲晏，夜后各加斟禹锡。浊酒销残漏，弦声间远砧。酡颜舞长袖，密坐接华簪居易。持论峰峦峻，战文矛戟森。笑言诚莫逆，造次必相箴禹锡。往事应如昨，馀欢迄至今。迎君常倒屣，访我辄携衾居易。阴魄初离毕时有雨候，阳光正在参五月元节。待公休一食，纵饮共狂吟禹锡。

白居易

秋霖即事联句三十韵 以下三首又见刘禹锡、王起集。

居易　王起　刘禹锡

萧索穷秋月，苍茫苦雨天。泄云生栋上，行潦入庭前居易送上仆射。苔色侵三径，波声想五弦。井蛙争入户，辙鲋乱归泉起送上中丞大监。高霤愁晨坐，空阶惊夜眠。鹤鸣犹未已，蚁穴亦频迁禹锡送上少傅侍郎。散漫疏还密，空濛断复连。竹沾青玉润，荷滴白珠圆居易。地湿灰蛾灭，池添水马怜。有苗沾霡霂，无月弄潺湲起。篱菊潜开秀，园蔬已罢鲜。断行随雁翅，孤啸耸鸢肩禹锡。桥柱黏黄菌，墙衣点绿钱。草荒行药路，沙泛钓鱼船居易。长者车犹阻，高人榻且悬此思刘白之来也。金乌何日见，玉爵几时传起。近井桐先落，当檐石欲穿。趋风诚有恋，披雾邈无缘禹锡，以答悬榻之召。廪米陈生醭，庖薪湿起烟。鸣鸡潜报晓，急景暗凋年居易。盖洒高松上，丝繁细柳边。拂丛时起蝶，堕叶乍惊蝉起。巾角皆争垫，裙裾别似湔。人多

蒙翠被，马尽著连乾禹锡。好客无来者，贫家但悄然。湿泥印鹤迹，
漏壁络蜗涎居易。蚊聚雷侵室，鸥翻浪满川。上楼愁幂幂，绕舍厌
溅溅起。律候今秋矣，欢娱久旷焉。但令高兴在，晴后奉周旋禹锡。

喜晴联句

居易　王起　刘禹锡

苦雨晴何喜，喜于未雨时。气收云物变，声乐鸟乌知居易送上仆射。
蕙泛光风圃，兰开皎月池。千峰分远近，九陌好追随起送上尚书。白
日开天路，玄阴卷地维。馀清在林薄，新照入涟漪禹锡。碧树凉先
落，青芜湿更滋。晒毛经浴鹤，曳尾出泥龟居易。舞去商羊速，飞来
野马迟。柱边无润础，台上有游丝起。桥净行尘息，堤长禁柳垂。
宫城开睥睨，观阙丽罘罳禹锡。洛水澄清镇，嵩烟展翠帷。梁成虹
乍见，市散蜃初移居易。藉草风犹暖，攀条露已晞。屋穿添碧瓦，墙
缺召金锤起。迥彻来双目，昏烦去四支。霞文晚焕烂，星影夕参差
禹锡。爽助门庭肃，寒摧草木衰。黄干向阳菊，红洗得霜梨居易。
假盖闲谁惜，弹弦燥更悲。散蹄良马稳，炙背野人宜起。洞户晨晖
入，空庭宿雾披。推林出书目，倾箑上衣椸禹锡。道路行非阻，轩
车望可期。无辞访圭窦，且愿见琼枝居易。山阁蓬莱客古以秘书喻蓬
莱，储宫羽翼师此言少傅。每优陪丽句，何暇觊英姿起，以酬圭窦之言。
玩景方搔首，怀人尚敛眉。因吟仲文什，高兴尽于斯禹锡。

会昌春连宴即事

居易　刘禹锡　王起

元年寒食日，上巳暮春天。鸡黍三家会，莺花二节连居易。光风初
澹荡，美景渐暄妍。篲组兰亭上，车舆曲水边禹锡。松声添奏乐，草
色助铺筵。雀舫宜闲泛，螺杯任漫传起。园蔬香带露，厨柳暗藏

烟。丽句轻珠玉,清谈胜管弦_{居易}。陌喧金距斗,树动彩绳悬。姹
女妆梳艳,游童衣服鲜_{禹锡}。圃香知种蕙,池暖忆开莲。怪石云疑
触,夭桃火欲然_起。正欢唯恐散,虽醉未思眠。啸傲人间世,追随
地上仙_{居易}。燕来双涎涎,雁去累翩翩。行乐真吾事,寻芳独我先
_{禹锡}。滞周惭太史_{太史公留滞周南,今荣忝,惭古人矣},入洛继先贤<sub>此言刘白
声价与二陆争长矣</sub>。昔恨多分手,今欢谬比肩_起。病犹陪宴饮,老更奉
周旋。望重青云客,情深白首年_{居易}。遍尝珍馔后,许入画堂前。
舞袖翻红炬,歌鬟插宝蝉_{禹锡}。断金多感激,倚玉贵迁延。说史吞
颜注,论诗笑郑笺_起。松筠寒不变,胶漆冷弥坚。兴伴王寻戴<sub>谓随
仆射过尚书也</sub>,荣同隗在燕_{居易,自谓}。掷卢夸使气,刻烛斗成篇。实艺
皆三捷,虚名愧六联_{禹锡}。兴阑犹举白,话静每思玄。更说归时好,
亭亭月正圆_起。

仆射来示有三春向晚四者难并之 说诚哉是言辄引起题重为联句疲 兵再战勍敌难降下笔之时辄然自 哂走呈仆射兼简尚书_{此首又见刘禹锡集}

居易　王起　刘禹锡

三春今向晚,四者昔难并。借问低眉坐,何如携手行_{居易}。旧游多
过隙,新宴且寻盟。鹦鹉林须乐,麒麟阁未成_起。分阴当爱惜,迟
景好逢迎。林野熏风起,楼台谷雨晴_{禹锡}。墙低山半出,池广水初
平。桥转长虹曲,舟回小鹢轻_{居易}。残花犹布绣,密竹自闻笙。欲
过芳菲节,难忘宴慰情_起。月轮行似箭,时物始如倾。见雁随兄
去,听莺求友声_{禹锡}。蕙长书带展,菰嫩剪刀生。坐密衣裳暖,堂虚
丝管清_{居易}。峰峦侵碧落,草木近朱明。与点非沂水,陪膺是洛城

白为山川，故云。起。拨醅争绿醑，卧酪待朱樱。几处能留客，何人唤解酲禹锡。旧仪尊右揆，新命宠春卿。有喜鹊频语，无机鸥不惊居易。青林思小隐，白雪仰芳名。访旧殊千里，登高赖九城起。酂侯司管钥，疏傅傲簪缨。纶绋曾同掌，烟霄即上征禹锡。册庭尝接武，书殿忝连衡。兰室春弥馥，松心晚更贞居易。琴招翠羽下，钩掣紫鳞呈，只愿回乌景。谁能避兕觥起。方知醉兀兀，应是走营营。凤阁鸾台路，从他年少争居易更呈二公。

全唐诗卷七九一

联　句

韩　愈

城南联句 此首又见张籍集

愈　孟郊

竹影金琐碎郊，泉音玉淙琤。琉璃剪木叶愈，翡翠开园英。流滑随
仄步郊，搜寻得深行。遥岑出寸碧愈，远目增双明。乾穟纷挂地郊，
化虫枯挶茎。木腐或垂耳愈，草珠竞骈睛。浮虚有新劚郊，摧扤饶
孤撑。囚飞黏网动愈，盗啅接弹惊。脱实自开坼郊，牵柔谁绕萦。
礼鼠拱而立愈，骇一作骇牛躅且鸣。蔬甲喜临社郊，田毛乐宽征。露
萤不自暖愈，冻蝶尚思轻。宿羽有先晓郊，食鳞时半横。菱翻紫角
利愈，荷折碧圆倾。楚腻鳣鲔乱郊，獠羞嬴蟹并。桑蠖见虚指愈，穴
狸闻斗狞。逗翳翅相筑郊，摆幽尾交搒。蔓涎角出缩愈，树啄头敲
铿。修箭袅金饵郊，群鲜沸池羹。岸壳坼玄兆愈，野蕨渐丰萌。窑
烟幂疏岛郊，沙篆印回平。瘁肌遭眊刺愈，揪耳闻鸡生。奇虑恣回
转郊，遐睎纵逢迎。颠林葼远睫愈，缥气夷空情。归迹归不得郊，舍
心舍还争。灵麻撮狗虱愈，村稚啼禽狌。红皱晒檐瓦郊，黄团系门
衡。得隽蝇虎健愈，相残雀豹趟。束枯樵指秃郊，刈熟担肩赪。涩

旋皮卷脔愈，苦开腹彭亨。机春潺湲力郊，吹簸飘飖精。赛馔木盘簌愈，鞁妖藤索绷。荒学五六卷郊，古藏四三茔。里儒拳足拜愈，土怪闪眸侦。蹄道补复破郊，丝窠扫还成。暮堂蝙蝠沸愈，破灶伊威盈。追此讯前主郊，答云皆冢卿。败壁剥寒月愈，折篁啸遗笙。桂熏霏霏在郊，綦迹微微呈。剑石犹竦槛愈，兽材尚拏楹。宝唾拾未尽郊，玉啼堕犹枪。窗绡疑闷艳愈，妆烛已销檠。绿发抽珉甃郊，青肤耸瑶桢。白蛾飞舞地愈，幽蠹落书棚。惟昔集嘉咏郊，吐芳类鸣嘤。窥奇摘海异愈，恣韵激天鲸。肠胃绕万象郊，精神驱五兵。蜀雄李杜拔愈，岳力雷车轰。大句斡玄造郊，高言轧霄峥。芒端转寒燠愈，神助溢杯觥。巨细各乘运愈，湍涧亦腾声。凌花咀粉蕊郊，削缕穿珠樱。绮语洗晴雪愈，娇辞哢雏莺。酣欢杂弁珥郊，繁价流金琼。菡萏写江调郊，萎蕤缀蓝瑛。庖霜脍玄鲫愈，淅玉炊香粳。朝馔已百态郊，春醪又千名。哀匏蹙驶景愈，冽唱凝馀晶。解魄不自主郊，痹肌坐空瞠。扳援贱蹊绝愈，炫曜仙选更。丛巧竞采笑郊，骈鲜互探撄。桑变忽芜蔓愈，樟裁浪登丁。霞斗讵能极郊，风期谁复赓。皋区扶帝壤愈，瑰蕴郁天京。祥色被文彦郊，良才插杉柽。隐伏饶气象愈，兴潜示堆坑。擘华露神物郊，拥终储地祯。讦谟壮缔始愈，辅弼登阶清。岌秀恣填塞郊，呀灵潴淳澄。益大联汉魏愈，肇初迈周嬴。积照涵德镜郊，传经俪金籝。食家行鼎鼐愈，宠族饫弓旌。奕制尽从赐郊，殊私得逾程。飞桥上架汉愈，缭岸俯规瀛。潇碧远输委郊，湖嵌费携擎。菑菑从大漠愈，枫楮至南荆。嘉植鲜危朽郊，膏理易滋荣。悬长巧纽翠愈，象曲善攒玎。鱼口星浮没郊，马毛锦斑骍。五方乱风土愈，百种分钮耕。苊藁相妒出郊，菲茸共舒晴。类招臻倜诡愈，翼萃伏衿缨。危望跨飞动郊，冥升蹑登闳。春游轹霹靡愈，彩伴飒娑娱。遗灿飘的皪郊，淑颜洞精诚。娇应如在寤愈，颓意若含酲。鸲鹆翔衣带郊，鹅肪截佩璜。文升相照灼愈，武胜屠橇枪。割锦不酬价郊，构云有高营。通波切鳞介愈，疏畹富萧薌。买养驯孔翠郊，远苞树蕉栟。鸿头排刺茨愈，鹄鹬攒瑰橙。弩广杂良牧郊，蒙休赖先盟。罢旄奉环卫愈，守封践忠贞。战服脱明介郊，朝冠飘彩纮。爵勋逮僮隶愈，簪笏自怀绷。乳下秀嶷嶷郊，椒蕃泣喤喤。貌鉴清溢匜愈，眸光寒发硎。馆儒养经史郊，缀戚觞孙甥。考钟馈殽核愈，戛鼓侑牢牲。飞膳自北下郊，函珍极东烹。如瓜煮大卵愈，比线茹芳菁。海岳错口腹郊，赵燕锡媌妌。一笑释仇恨愈，百金交弟兄。货至貊戎市郊，呼传鹦鹆令。顺居无鬼瞰愈，抑横免官评。杀候肆凌覒郊，笼原匝置纮。羽空颠雉鷃愈，血路迸狐麖。折足去踤踳郊，蹙謷怒骈罋。跃犬疾毚鸟愈，呀鹰甚饥虻。算蹏记功赏郊，裂脑擒搃抌。猛毙牛马乐愈，妖残枭鸧悙。窟穷尚嗔视郊，箭出方惊抨。连箱载已实愈，碍辙弃仍赢，喘觑锋刃点郊，困冲株柿盲。扫净豁旷旷愈，骋遥略苹苹。馋扠饱活胬愈，恶嚼噽腥鲭。岁律及郊至愈，古音命韶韺。旗斾流日月郊，帐庐扶栋甍。磊落奠鸿璧愈，参差席香薧。玄祗祉兆姓郊，黑租馈丰盛。庆流蠲痷疠愈，威畅捐辖辌。灵燔望高同郊，龙驾闻敲赪。是惟礼之盛愈，永用表其宏。德孕厚生植郊，恩熙完刖黥。宅土尽华族愈，连田间强甿。荫庚森岭桧郊，啄场翙祥鹏。畦肥薣韭韰愈，陶固收盆罂。利养积馀健郊，孝思事严祊。掘云破岵嵮愈，采月漉坳泓。寺砌上明镜郊，僧盂敲晓钲。泥象对骋怪愈，铁钟孤春锽。瘿颈闹鸠鸽郊，蜿垣乱蜄蜍。甚黑老蚕蠋愈，麦黄韵鹂鹒。韶曙迟胜赏郊，贤明戒先庚。驰门填偪仄愈，竞墅辗砯砰。碎缬红满杏郊，稠凝碧浮泠。蹙绳觏娥婺愈，斗草撷玑珵。粉汗泽广额郊，金星堕连璎。鼻偷困淑郁愈，眼剽强盯瞠。是节饱颜色郊，兹疆称都城。书饶馨鱼蠹愈，纪盛播琴筝。奚必事远觌郊，无端逐羁伧。将身亲魍魅愈，浮迹侣鸥鹒。腥味空莫屈郊，天年徒羡彭。惊魂见蛇蚓愈，触嗅值虾蛏。幸得履中气_郊，忝从拂天枨。归私暂休暇_愈，驱明出庠黉。鲜意辣轻畅_郊，连辉照琼莹。陶暄逐风乙_愈，跃视舞晴蜻。足胜自多诣_郊，心贪敌无勍。始知乐名教_愈，何用苦拘仵。毕景任诗趣_郊，焉能守硁硁_愈。

会合联句

　　　　愈　张籍　孟郊　张彻

离别言无期，会合意弥重_籍。病添儿女恋，老丧丈夫勇_愈。剑心知未死，诗思犹孤耸_郊。愁去剧箭飞，欢来若泉涌_彻。析言多新贯，摅抱无昔壅_籍。念难须勤迺，悔易勿轻踵_愈。吟巴山荦嶨_{音学}，说楚波堆垄_郊。马辞虎豹怒，舟出蛟鼍恐_彻。狂鲸时孤轩，幽狖杂百种_愈。瘴衣常腥腻，蛮器多疏冗_籍。剥苔吊斑林，角饭饵沈冢_愈。忽尔衔远命，归欤舞新宠_彻。鬼窟脱幽妖，天居觌清珙_愈。京游步方振，谪梦意犹恟_籍。诗书夸旧知，酒食接新奉_愈。嘉言写清越，愈病失胧肿_郊。夏阴偶高庇，宵魄接虚拥_愈。雪弦寂寂听，茗碗纤纤捧_郊。驰辉烛浮萤，幽响泄潜蛩_愈。诗老独何心，江疾有馀尰_郊。我家本瀍縠，有地介皋巩。休迹忆沉冥，峨冠惭阘茸_愈。升朝高辔逸，振物群听悚。徒言濯幽泌，谁与薙荒茸_籍。朝绅郁青绿，马饰曜珪珙。国雠未销铄，我志荡邛陇_郊。君才诚倜傥，时论方汹溶_{音勇}。格言多彪蔚，悬解无梏拲。张生得渊源，寒色拔山冢。坚如撞群金，眇若抽独蛹_愈。伊余何所拟，跛鳖讵能踊。块然堕岳石，飘尔胃巢氄_郊。龙斾垂天卫，云韶凝禁甬。君胡眠安然，朝鼓声汹汹_愈。

斗鸡联句

　　　　愈　孟郊

大鸡昂然来，小鸡竦而待愈。峥嵘颠盛气，洗刷凝鲜彩郊。高行若
矜豪，侧睨如伺殆愈。精光目相射，剑戟心独在郊。既取冠为胄，复
以距为镞。天时得清寒，地利挟爽垲愈。磔毛各噤瘁，怒癭争碨
磊。俄膺忽尔低，植立瞥而改郊。腷膊战声喧，缤翻落羽皠。中休
事未决，小挫势益倍愈。妒肠务生敌，贼性专相醢。裂血失鸣声，
啄殷甚饥馁郊。对起何急惊，随旋诚七巧绐。毒手饱李阳，神槌因
朱亥愈。恻心我以仁，碎首尔何罪。独胜事有然，旁惊汗流浼郊。
知雄欣动颜，怯负愁看贿。争观云填道，助叫波翻海愈。事爪深难
解，嗔睛时未怠。一喷一醒然，再接再砺乃郊。头垂碎丹砂，翼拓
拖锦彩。连轩尚贾馀，清厉比归凯愈。选俊感收毛，受恩惭始隗。
英心甘斗死，义肉耻庖宰。君看斗鸡篇，短韵有可采郊。

纳凉联句

　　愈　孟郊

递啸取遥风，微微近秋朔郊。金柔气尚低，火老候愈浊愈。熙熙炎
光流，竦竦高云擢愈。闪红惊蚴虬，凝赤耸山岳。目林恐焚烧，耳
井忆瀺灂。仰惧失交泰，非时结冰雹。化邓渴且多，奔河诚已惫。
喝道者谁子，叩商者何乐。洗矣得滂沱，感然鸣鸑鷟。嘉愿苟未
从，前心空缅邈。清砌千回坐，冷环再三握。烦怀却星星，高意还
卓卓郊。龙沈剧煮鳞，牛喘甚焚角。蝉烦鸣转喝，乌噪饥不啄。昼
蝇食案繁，宵蚋肌血渥。单绤厌已褫，长箑倦还捉。幸兹得佳朋，
于此荫华楠。青荧文簟施，淡澉甘瓜濯。大壁旷凝净，古画奇驳
荦。凄如狃寒门，皓若攒玉璞。扫宽延鲜飙，汲冷渍香穤。筐实
摘林珍，盘殽馈禽觳。空堂喜淹留，贫馔羞龌龊愈。殷勤相劝勉，
左右加砻斫。贾勇发霜硎，争前曜冰鄂。微然草根响，先被诗情
觉。感衰悲旧改，工昇逞新貌。谁言摈朋老，犹自将心学。危檐不

敢凭，朽机惧倾扑。青云路难近，黄鹤足仍锃。未能饮渊泉，立滞
叫芳药_郊。与子昔睽离，嗟余苦屯剥。直道败邪径，拙谋伤巧诼。
炎湖度氛氲，热石行荦硞。痟肌夏尤甚，疟渴秋更数。君颜不可
觌，君手无由搦。今来沐新恩，庶见返鸿朴。儒庠恣游息，圣籍饱
商榷。危行无低徊，正言免呷喔。车马获同驱，酒醪欣共歠。惟忧
弃菅蒯，敢望侍帷幄。此志且何如，希君为追琢_愈。

秋 雨 联 句

愈　孟郊

万木声号呼，百川气交会_郊。庭翻树离合，牖变景明蔼_愈。潦泻殊
未终，飞浮亦云泰_郊。牵怀到空山，属听迩惊濑。檐垂白练直，渠
涨清湘大_郊。甘津泽祥禾，伏润肥荒艾_愈。主人吟有欢，客子歌无
奈_郊。侵阳日沉玄，剥节风搜兑_愈。块圠游峡喧，飔飀卧江汰_郊。
微飘来枕前，高洒自天外_愈。蛰穴何迫迮，蝉枝扫鸣哕。榬菊茂
新芳，径兰销晚馤_愈。地镜时昏晓，池星竞漂沛_郊。欢呶寻一声，
灌注咽群籁_愈。儒宫烟火湿，市舍煎熬忲_郊。卧冷空避门，衣寒屡
循带_愈。水怒已倒流，阴繁恐凝害_郊。忧鱼思舟楫，感禹勤畎浍_愈。
怀襄信可畏，疏决须有赖_郊。筮命或冯著，卜晴将问蔡_愈。庭商忽
惊舞，埔篸亦亲酹_郊。氛醃稍疏映，雾乱还拥荟。阴旟时摎流，帝
鼓镇訇磕。枣圃落青玑，瓜畦烂文贝。贫薪不烛灶，富粟空填浍
_愈。秦俗动言利，鲁儒欲何句？深路倒羸骖，弱途拥行轪。毛羽皆
遭冻，离褷不能翙。翻浪洗虚空，倾涛败藏盖_郊。吾人犹在陈，僮
仆诚自邰。因思征蜀士，未免湿戎旆。安得发商飙，廓然吹宿霭。
白日悬大野，幽泥化轻壒。战场暂一干，贼肉行可脍_愈。搜心思有
效，抽策期称最。岂惟虑收获，亦以求颠沛_郊。禽情初啸俦，础色
微收霈。庶几谐我愿，遂止无已太_愈。

征 蜀 联 句

　　愈　孟郊

日王忿违傲，有命事诛拔。蜀险豁关防，秦师纵横猲_愈。风旗匝地扬，雷鼓轰天杀。竹兵彼皴脆，铁刃我枪𬇙_郊。刑神咤牦旄，阴焰颰犀札。翻霓纷偃蹇，塞野颎块圠_愈。生狞竞掣跌，痴突争填轧。渴斗信眵呹，唉奸何噢咻_郊。更呼相簸荡，交斫双缺𪓊。火发激铓腥，血漂腾足滑_愈。飞猱无整阵，翩鹘有邪戛。江倒沸鲸鲲，山摇溃貔獭_郊。中离分二三，外变迷七八。逆颈尽徽索，仇头恣髡髽。怒须犹犇挐，断臂仍瓤胍_愈。石潜设奇伏，穴觑骋精察。中矢类妖狻，跳锋状惊豽_郊。蹋翻聚林岭，斗起成埃圿。旆亡多空杠，轴折鲜联辖。剟肤浃疮痍，败面碎黥剒。浑奔肆狂勃，捷窜脱赿黠。岩钩踔狙猿，水漉杂鳣蝐。投奇闹碻磝，填隍俭偆伶_愈。强睛死不闭，犷眼困逾眇。蓺堞熇歊熹，抉门呀拗阔。天刀封未坼，酋胆慑前揠。跧梁排郁缩，闿窦揆窔窡。迫协闻杂驱，咿呦叫冤𧿄_郊。穷区指清夷，凶部坐雕镂。邛文裁斐亹，巴艳收婠姗。椎肥牛呼牟，载实驼鸣圂。圣灵闵顽嚚，煮养均草蒌。下书遏雄虓，解罪吊拳瞎_愈。战血时销洗，剑霜夜清刮。汉栈罢牂牁，獠江息澎汃。戍寒绝朝乘，刁暗歇宵嶱。始去杏飞蜂，及归柳嘶蚻。庙献繁馘级，乐声洞控楬_郊。台图焕丹玄，郊告俨匏秸。念齿慰徽繠，视伤悼瘢疿。休输任訑寝，报力厚麸秙。公欢钟晨撞，室宴丝晓扴。杯盂酬酒醪，箱篚馈巾帓。小臣昧戎经，维用赞勋劼_愈。

同 宿 联 句

　　愈　孟郊

自从别君来，远出遭巧谮_愈。斑斑落春泪，浩浩浮秋浸_郊。毛奇睹象犀,羽怪见鹏鸠愈。朝行多危栈,夜卧饶惊枕郊。生荣今分逾,死弃昔情任愈。鹓行参绮陌,鸡唱闻清禁郊。山晴指高标,槐密骛长荫愈。直辞一以荐,巧舌千皆矜郊。匡鼎惟说诗,桓谭不读谶愈。逸韵何嘈嗷,高名俟沾赁郊。纷葩欢屡填,旷朗忧早渗愈。为君开酒肠,颠倒舞相饮郊。曦光霁曙物,景曜铄宵祲愈。儒门虽大启,奸首不敢闯。义泉虽至近,盗索不敢沁。清琴试一挥,白鹤叫相喑。欲知心同乐,双茧抽作纴郊。

莎栅联句

　　　愈　孟郊

冰溪时咽绝,风栎方轩举愈。此处不断肠,定知无断处郊。

雨中寄孟刑部几道联句

　　　愈　孟郊

秋潦淹辙迹,高居限参拜愈。耿耿蓄良思,遥遥仰嘉话郊。一晨长隔岁,百步远殊界愈。商听饶清耸,闷怀空抑噎郊。美君知道腴,逸步谢天械愈。吟馨铄纷杂,抱照莹疑怪郊。撞宏声不掉,输邀澜逾杀愈。檐泻碎江喧,街流浅溪迈郊。念初相遭逢,幸免因媒介。祛烦类决痈,惬兴剧爬疥。研文较幽玄,呼博骋雄快。今君轺方驰,伊我羽已铩。温存感深惠,琢切奉明诫愈。迨兹更凝情,暂阻若婴瘵。欲知相从尽,灵珀拾纤芥。欲知相益多,神药销宿愆。德符仙山岸,永立难欹坏。气涵秋天河,有朗无惊湃郊。祥凤遗嵩鹦,云韶掩夷靺。争名求鹄徒,腾口甚蝉喝。未来声已赫,始鼓敌前败。斗场再鸣先,退路一飞届。东野继奇踊,修纶悬众犗。穿空细丘垤,照日陋营蒯愈。小生何足道,积慎如触蛮。惵惵抱所诺,翼翼自申戒。圣书空勘读,盗食敢求嘬。惟当骑款段,岂望窥珪玠。弱操愧筠杉，微芳比萧䔾。何以验高明，柔中有刚夬郊。

远游联句

愈　孟郊　李翱

别肠车轮转，一日一万周郊。离思春冰泮，烂漫不可收愈。驰光忽以迫，飞辔谁能留郊。取之讵灼灼，此去信悠悠翱。楚客宿江上，夜魂栖浪头。晓日生远岸，水芳缀孤舟。村饮泊好木，野蔬拾新柔。独含凄凄别，中结郁郁愁。人忆旧行乐，鸟吟新得俦郊。灵瑟时窅窅，霒猿夜啾啾。愤涛气尚盛，恨竹泪空幽。长怀绝无已，多感良自尤。即路涉献岁，归期眇凉秋。两欢日牢落，孤悲坐绸缪愈。观怪忽荡漾，叩奇独冥搜。海鲸吞明月，浪岛没大沤。我有一寸钩，欲钓千丈流。良知忽然远，壮志郁无抽郊。魍魅暂出没，蛟螭互蟠蟉。昌言拜舜禹，举飒凌斗牛。怀糈馈贤屈，乘桴追圣丘。飘然天外步，岂肯区中囚愈。楚些待谁吊，贾辞缄恨投。翳明弗可晓，秘魂安所求。气毒放逐域，蓼杂芳菲畴。当春忽凄凉，不枯亦飕飗。貉谣众猥款，巴语相咿嗄。默誓去外俗，嘉愿还中州。江生行既乐，躬辇自相戮。饮醇趣明代，味腥谢荒陬郊。驰深鼓利楫，趋险惊蜚辀。系石沈靳尚，开弓射鸼吺。路暗执屏翳，波惊戮阳侯。广泛信缥缈，高行恣浮游。外患萧萧去，中悒稍稍瘳。振衣造云阙，跪坐陈清猷。德风变谗巧，仁气销戈矛。名声照西海，淑问无时休。归哉孟夫子，归去无夷犹愈。

晚秋郾城夜会联句

愈　李正封

从军古云乐，谈笑青油幕。灯明夜观棋，月暗秋城柝正封上中丞。羁客方寂历，惊乌时落泊。语阑壮气衰，酒醒寒砧作愈奉院长。遇主

贵陈力,夷凶匪兼弱。百牢犒舆师,千户购首恶正封。平生耻论兵,
末暮不轻诺。徒然感恩义,谁复论勋爵愈。多士被沾污,小夷施毒
蠚。何当铸剑戟。相与归台阁正封。室妇叹鸣鹳,家人祝喜鹊。终
朝考蓍龟,何日亲烝 袥愈。间使断津梁,潜军索林薄。红尘羽书
靖,大水沙囊涸正封。铭山子所工,插羽余何怍。未足烦刀俎,只应
输管钥愈。雨矢逐天狼,电矛驱海若。灵诛固无纵,力战谁敢却正
封。峨峨云梯翔,赫赫火箭著。连空隳雉堞,照夜焚城郭。军门
宣一令,庙算建三略。雷鼓揭千枪,浮桥交万筰正封。蹂野马云腾,
映原旗火铄。疲氓坠将拯,残虏狂可缚愈。摧锋若貙兕,超乘如猱
玃。逢掖服翻惭,缦胡缨可愕正封。星陨闻锥雉,师兴随唳鹤。虎
豹贪犬羊,鹰鹯憎鸟雀愈。烧陂除积聚,灌垒失依托。凭轼谕昏
迷,执殳征暴虐正封。仓空战卒饥,月黑探兵错。凶徒更蹈藉,逆族
相啖嚼愈。轴轳亘淮泗,旆旌连夏鄂。大野纵氏羌,长河浴骝骆正
封。东西竞角逐,远近施罾缴。人怨童聚谣,天殃鬼行疟愈。汉刑
支郡黜,周制闲田削。侯社退无功,鬼薪惩不恪正封。余虽司斧锧,
情本尚丘壑。且待献俘囚,终当返耕获愈。藁街陈铁钺,桃塞兴钱
镈。地理画封疆,天文扫寥廓正封。天子悯疮痍,将军禁卤掠。策
勋封龙颔,归兽获麟脚愈。诘诛敬王怒,给复哀人瘼。泽发解兜
鍪,酺颜倾凿落。安存惟恐晚,洗雪不论昨。暮鸟已安巢,春蚕
看满箔愈。声明动朝阙,光宠耀京洛。旁午降丝纶,中坚拥鼓铎正
封。密坐列珠翠,高门涂粉膞。跋朝贺书飞,塞路归鞍跃愈。魏阙
横云汉,秦关束岩崿。拜迎罗橐鞬,问遗结囊橐正封。江淮永清晏,
宇宙重开拓。是日号升平,此年名作噩愈。洪赦方下究,武飙亦旁
魄。南据定蛮陬,北摅空朔漠正封。儒生惬教化,武士猛刺斫。吾
相两优游,他人双落莫愈。印从负鼎佩,门为登坛凿。再入更显
严,九迁弥謇谔正封。宾筵尽狐赵,导骑多卫霍。国史擅芬芳,宫娃

分绰约愈。丹掖列鹓鹭，洪炉衣狐貉。摛文挥月毫，讲剑淬霜锷正封。命衣备藻火，赐乐兼拊搏。两厢铺氍毹，五鼎调勺药愈。带垂苍玉佩，辔辔黄金络。诱接喻登龙，趋驰状倾霍正封。青娥翳长袖，红颊吹鸣籥。傥不忍辛勤，何由恣欢谑愈。惟当早富贵，岂得暂寂寞。但掷雇笑金，仍祈却老药正封。祋庙配尊晕，生堂合弊镈。安行庇松篁，高卧枕莞蒻愈。洗沐恣兰芷，割烹厌脘臄。喜颜非忸怩，达志无陨获正封。诙谐酒席展，慷慨戎装著。斩马祭旄纛，炰羔礼芒屝愈。山多离隐豹，野有求伸蠖。推选阅群材，荐延搜一锷正封。左右供谄誉，亲交献谀噱。名声载揄扬，权势实熏灼愈。道旧生感激，当歌发酬酢。群孙轻绮纨，下客丰醴酪正封。穷天贡琛异，匝海赐醻醵。作乐鼓还椎，从禽弓始彉愈。取欢移日饮，求胜通宵博。五白气争呼，六奇心运度正封。恩泽诚布濩，嚚顽已箫勺。告成上云亭，考古垂矩矱愈。前堂清夜吹，东第良晨酌。池莲拆秋房，院竹翻夏箨正封。五狩朝恒岱，三畋宿杨柞。农书乍讨论，马法长悬格愈。雪下收新息，阳生过京索。尔牛时寝讹，我仆或歌咢正封。帝载弥天地，臣辞劣萤爝。为诗安能详，庶用存糟粕愈。

石鼎联句 有序

　　元和七年十二月四日，衡山道士轩辕弥明自衡下来，旧与刘师服进士衡湘中相识，将过太白。知师服在京，夜抵其居宿。有校书郎侯喜新有能诗声，夜与刘说诗。弥明在其侧，貌极丑，白须黑面，长颈而高结，喉中又作楚语。喜视之，若无人。弥明忽轩衣张眉，指炉中石鼎谓喜曰："子云能诗，能与我赋此乎？"刘往见衡湘间人说云，年九十馀矣，解捕逐鬼物，拘囚蝻蛟虎豹，不知其实能否也。见其老，颇貌敬之，不知其有文也。闻此说，大喜，即援笔题其首两句，次传于喜，喜踊跃即缀其下云云。道士哑然笑曰："子诗如是而已乎？"即袖手耸肩，倚北墙坐，谓刘曰："吾不解世俗书，子为我书。"因高吟曰："龙头缩菌蠢，豕腹涨彭亨。"

初不似经意,诗旨有似讥喜。二子相顾惭骇,欲以多穷之。即又为,传之喜,喜思益苦,务欲压道士。每营度欲出口吻,声鸣益悲。操笔欲书,将下复止。竟亦不能奇也。毕即传道士,道士高踞大唱曰:"刘把笔,吾诗云云。"其不用意而功益奇不可附说,语皆侵刘、侯。喜益忌之,刘与侯皆已赋十馀韵,弥明应之如响,皆脱颖含讥讽。夜尽三更,二子思竭不能续,因起谢曰:"尊师非世人也,某伏矣。愿为弟子,不敢更论诗。"道士奋曰:"不然,章不可不成也。"又谓刘曰:"把笔来,吾与汝就之。"即又唱出四十字为八句。书讫使读,读毕,谓二子曰:"章不已就乎?"二子齐应曰:"就矣。"道士曰:"此皆不足与语。此宁为文邪?吾就子所能而作耳,非吾之所学于师而能者也。吾所能者,子皆不足以闻也,独文乎哉!吾语亦不当闻也,吾闭口矣。"二子大惧,皆起立床下拜曰:"不敢他有问也,愿闻一言而已。先生称吾不解人间书。敢问解何书?请闻此而已。"道士寂然,若无闻也,累问不应。二子不自得,即退就座。道士倚墙睡,鼻息如雷鸣。二子怛然失色,不敢喘。斯须,曙鼓冬冬。二子亦困,遂坐睡。及觉,日已上,惊顾,觅道士不见。即问童奴,奴曰:"天且明,道士起出门,若将便。"旋然,奴怪久不返,即出到门,觅无有也。二子惊惋自责,若有失者。间遂诣余言。余不能识其何道士也。尝闻有隐君子,弥明岂其人邪?韩愈序。

　　刘师服_{进士}　侯喜_{字叔退,登贞元进士第,官终国子主簿。}　　轩辕
　弥明

巧匠斫山骨,刳中事煎烹_{师服}。直柄未当权,塞口且吞声_喜。龙头缩菌蠢,豕腹涨彭亨_{弥明}。外苞乾藓文,中有暗浪惊_{师服}。在冷足自安,遭焚意弥贞_喜。谬当鼎鼐间,妄使水火争_{弥明}。大似烈士胆,圆如战马缨_{师服}。上比香炉尖,下与镜面平_喜。秋瓜未落蒂,冻芋强抽萌_{弥明}。一块元气闭,细泉幽窦倾_{师服}。不值输写处,焉知怀抱清_喜。方当洪炉然,益见小器盈_{弥明}。皖皖无刃迹,团团类天成_{师服}。遥疑龟负图,出曝晓正晴_喜。旁有双耳穿,上有孤髻撑。

或讶短尾铫,又似无足铛师服。可惜寒食球,掷此傍路坑喜。何当出灰地,无计离瓶罂弥明。陋质荷斟酌,狭中愧提擎师服。岂能煮仙药,但未污羊羹喜。形模妇女笑,度量儿童轻弥明。徒示坚重性,不过升合盛师服。傍似废轂仰,侧见折轴横喜。时于蚯蚓窍,微作苍蝇鸣弥明。以兹翻溢愆,实负任使诚师服。常居顾盼地,敢有漏泄情喜。宁依暖燠弊,不与寒凉并弥明。区区徒自效,琐琐不足呈喜。回旋但兀兀,开阖惟〔铿铿〕(铿铿)师服。全胜瑚琏贵,空有口传名。岂比俎豆古,不为手所撜。磨砻去圭角,浸润著光精。愿君莫嘲诮,此物方施行弥明。

孟　郊

有所思联句

　　　郊　韩愈

相思绕我心,日夕千万重。年光坐婉娩,春泪销颜容郊。台镜晦旧晖,庭草滋深茸。望夫山上石,别剑水中龙愈。

遣兴联句

　　　郊　韩愈

我心随月光,写君庭中央郊。月光有时晦,我心安所忘愈。常恐金石契,断为相思肠郊。平生无百岁,岐路有四方愈。四方各异俗,适异非所将郊。驽蹄顾挫秣,逸翮遗稻粱愈。时危抱独沈,道泰怀同翔郊。独居久寂默,相顾聊慨慷愈。慨慷丈夫志,可以曜锋铓郊。蓬宁知卷舒,孔颜识行藏愈。殷鉴谅不远,佩兰永芬芳郊。苟无夫子听,谁使知音扬愈。

赠剑客李园联句

郊　韩愈

天地有灵术,得之者惟君_郊。筑炉地区外,积火烧氛氲_愈。照海铄幽怪,满空歊异氛_郊。山磨电奕奕,水淬龙蝹蝹_愈。太一装以宝,列仙篆其文_郊。可用慑百神,岂惟壮三军_愈。有时幽匣吟,忽似深潭闻_郊。风胡久已死,此剑将谁分_愈。行当献天子,然后致殊勋_郊。岂如丰城下,空有斗间云_愈。

贾　岛

过 海 联 句

岛　高丽使

沙鸟浮还没,山云断复连_{高丽使}。棹穿波底月,船压水中天_岛。

全唐诗卷七九二

联　句

张　祜

妓席与杜牧之同咏

祜　杜牧

骰子逡巡裹手拈，无因得见玉纤纤牧。但知报道金钗落，仿佛还应露指尖祜。

杜　牧

同赵二十二访张明府郊居联句

牧　赵嘏

陶潜官罢酒瓶空，门掩杨花一夜风牧。古调诗吟山色里，无弦琴在月明中嘏。远檐高树宜幽鸟，出岫孤云逐晚虹牧。别后东篱数枝菊，不知闲醉与谁同嘏。

段成式

游长安诸寺联句 并序

武宗癸亥三年夏,予与张君希复善继同官秘书,郑君符梦复连职仙局。会假日,游大兴善寺。因问《两京〔新〕(杂)记》及《游目记》,多所遗略。乃约一旬寻两街寺,以街东兴善为首。二记所不具,则别录之。游及慈恩,初知官将并寺,僧众草草。乃泛问一二上人及记塔下画迹,游于此遂绝。后三年,予职于京洛,乃刺安成,至大中七年归京,在外六甲子。所留书籍,揃坏居半。于故简中睹与二亡友游寺,沥血泪交。当时造适乐事,邈不可追。复方刊整,才足续穿蠹,然十亡五六矣。

靖恭坊大兴善寺

寺取大兴两字坊名,一字为名。《新记》云:优填像,总章初为火所烧。据梁时西域优填在荆州,言隋自台城移来此寺,非也。今又有栴檀像,开目,其工颇拙,尤差谬矣。　不空三藏塔前多老松,岁旱则官伐其枝为龙骨以祈雨。盖三藏役龙,意其木必有灵也。　东廊之南素和尚院庭,有青桐四株,素之手植。元和中,卿相〔多〕游此院。桐至夏有汗,污人衣如轹脂,不可浣。昭国东门郑相尝与丞郎数人避暑,恶其汗,谓素曰:"弟子为和尚伐此木,各植一松也。"及幕,素戏祝木曰:"我值汝二十余年,汝以汗为人所恶。来岁若复有汗,我必薪汝。"自是无汗。宝历末,予见说已十五年无汗矣。素公不出院,转《法华经》三万七千部,夜常有貉子听经,斋时鸟鹊就掌取食。长庆初,庭前牡丹一朵合欢,有僧玄幽题此院诗。警句云:三万莲经三十春,半生不蹋院门尘。　左顾蛤像,旧传云:隋帝嗜蛤,所食必兼蛤味,数逾千万矣。忽有一蛤,椎击如旧。帝异之,寘诸几上,一夜有光。及明,肉自脱,中有一佛二菩萨像。帝悲悔,誓不食蛤。非陈宣帝。

老松青桐联二十字绝句

　　　成式　张希复　郑符字梦复,官校书郎

有松堪系马,遇钵更投针。记得汤师句,高禅助朗吟成式。乘晴入精舍,语默想东林。尽是忘机侣,谁惊息影禽希复。一雨微尘尽,支郎许数过。方同嗅薝卜,不用算多罗符。

蛤像联二十字绝句

　　　成式　张希复

相好全如梵,端倪只为隋。宁同蚌顽恶,但与鹬相持成式。虽因雀变化,不逐月亏盈。纵有天中匠,神工讵可成希复。

圣柱联句 上有铁索迹

　　　成式　张希复

天心惟助善,圣迹此开阳成式。载恐雷轮重,缄疑电索长希复。上冲挟蝃蝀,不动束银铛成式。饥鸟未曾啄,乖龙宁敢藏希复。

长乐坊安国寺

　　　红楼,睿宗在藩时舞榭。东禅院亦曰木塔院,院门西北廊五壁,吴道子弟子释思道画释梵八部,不施彩色,尚有典刑。　禅师法空影堂,世号吉州空者。久养一骡,将终,鸣走而死。有弟子允蒿患风,常于空室埋一柱锁之,僧难辄愈。　佛殿,开元初明皇拆寝室施之。当阳弥勒〔像〕,法空自光明寺移来。建都时,此像在村兰若中,往往放光,因号光明寺。寺在怀远坊,后为延火所烧,唯像独存。法空初移像时,索大如虎口。数十牛曳之,索断不动。法空执炉,依法作礼九拜,泣涕发誓。像身忽㸑㸑作声,身进分为数十段,不终日移至寺焉。　利涉塑堂,元和中取其处〔为〕圣容院,迁像庑下。上忽梦一僧,形容奇伟。诉曰:“暴露数日,岂圣君意耶?”及明,驾幸,验问如梦。即令移就堂中,侧施帷帐。　光明寺中鬼子母及文惠太子塑像,举止态度如生。工名李岫。
　　　山庭院,古木崇阜,幽若山谷。当时辇土营之。　上座璘公院,有穗柏一株，衢柯〔偃〕覆，下坐十馀人。

红楼联句 隐侯体

成式　张希复

重叠碎晴空，馀霞更照红。蝉踪近鸡鹊，鸟道接相风希复。苔静金轮路，云轻白日宫。元和中，帝幸此宫。壁诗传谢客，词人陈至题此院诗云：藻井尚寒龙迹在，红楼初起日光通。门榜占休公。广宣上人住此院，有诗名，时号《红楼集》。成式。

穗柏联句

成式　张希复

一院暑难侵，莓苔共影深。标枝争息鸟，馀吹正开襟成式。宿雨香添色，残阳石在阴。乘闲动诗意，助静入禅心希复。

题璘公院 一言至七言，每人占两题。

成式　郑符

静，虚。热际，安居符。宠灯敛，印香除。东林宾客，西涧图书。檐外垂青豆，经中发白蕖。纵辩宗因衮衮，忘言理事如如成式竟。泉台定将入流否，邻笛足疑清梵馀成式新度。

常乐坊赵景公寺

隋开皇三年置，本曰弘善寺，十八年改焉。南中三门里东壁上，吴道玄白画地狱变，笔力劲怒，变状阴怪，睹之不觉毛戴。吴画中得意处，三阶院西廊下范长寿画西方变及十六对观宝池，尤妙绝。谛视之，觉水入浮壁。院门上白画树石，颇似阎立德。余携立〔德行〕天祠粉本验之，无异。之西中三门里门南，吴生画龙及刷天王须，笔迹如铁，有执炉天女，窈眸欲语。

吴画联句

成式　张希复　郑符　昇上人

惨澹十堵内，吴生纵狂迹。风云将逼人，神鬼如脱壁成式。其中龙最怪,张甲方汗栗。黑云夜窭窭,焉知不霹雳_{希复}。此际忽仙子,猎猎衣鸟奕。妙瞬乍疑生,参差夺人魄_符。往往乘猛虎,冲梁耸奇石。苍峭束高泉,角膝惊欹侧_{成式}。冥狱不可视,毛戴腋流液。苟能水成河,刹那沈火宅_{昇上人}。

题 约 公 院

成式　张希复　郑符　昇上人

印火荧荧,灯续焰青_{希复}。七俱胝咒,四阿含经_{成式}。各录佳语,聊事素屏_符。丈室安居,延宾不扃_{昇上人}。

大同坊云华寺

大历初,僧俨讲经,天雨花,至地只尺而灭。夜有光烛室,敕改为云华。俨即康藏之师也。康本住恭靖里毡曲,忽睹光如轮,众人皆见,遂寻光至俨讲经所灭。佛殿西廊立高僧一十六身,天宝初自南内移来,画迹拙俗。观音堂在寺西北隅,建中末,百姓屈严患疮且死,梦一菩萨摩其疮曰:"我住云华寺。"严惊觉,汗流数日而愈。因诣寺寻检,至圣画堂,见菩萨一如其睹。倾城百姓瞻礼,严遂立社,建堂移之。

偶 联 句

成式　郑符　张希复　昇上人

共入夕阳寺,因窥甘露门_{昇上人}。清香惹苔藓,忍草杂兰荪_符。捷偈飞钳答,新诗倚仗论_{成式}。坏幡标古刹,圣画焕崇垣_{希复}。岂慕穿笼鸟,难防在牖猿_{成式}。一音唯一性,三语更三幡_{希复}。

道政坊宝应寺

韩干,蓝田人。少时常为酒家送酒,王右丞兄弟未遇,每贳酒漫游。干常征偾于王家,乃戏画地为人马。右丞精思丹青,奇其意趣,乃岁与钱二万,令学画十馀年。今寺中释梵天女,悉齐公妓小小等写真也。寺有韩干画下生弥勒,衣紫袈裟。右边仰面菩萨及二师子,尤入神。又有〔王家〕旧铁石及齐公〔所〕丧一岁子,漆之如罗睺罗,每盆供日出之。寺中弥勒殿，齐公寝堂也。东廊北面杨岫之画鬼神，齐公嫌其笔迹不工，故止一睹。

僧房联句

成式　张希复

古画思匡岭，上方疑傅岩。蝶闲移忍草，蝉晓揭高杉成式。香字消芝印，金经发莔函。井通松底脉，书圻洞中缄希复。

小小写真联句

成式　郑符　张希复

如生小小真，犹自未栖尘符。褕袂将离座，斜柯欲近人〔成式〕。昔时知出众，情宠占横陈希复。不遣游张巷，岂教窥宋邻符。庾楼吹笛裂，弘阁赏歌新〔成式〕。蝉怯纤腰步，蛾惊半额㗲希复。图形谁有术，买笑讵辞贫成式。复陇迷村径，重泉隔汉津符。同心知作羽，比目定为鳞希复。残月巫山夕，馀霞洛浦晨成式。

平康坊菩萨寺

佛殿东西障日，及诸柱上图画，是东廊迹，旧郑法士画。开元中，因屋坏移入大佛殿内北壁食堂前。东壁上吴道玄画智度论，色偈、变偈，是吴自题，笔迹遒劲，如磔鬼神毛发。次堵画礼骨仙人，天衣飞扬，满壁风动。佛殿内后壁，吴道子画消灾经事，树石古崄。元和中，上欲令移之，虑其摧坏，乃下诏择画手写进。佛殿内槽〔东〕壁维摩变，舍利弗角膝而转。元和末，俗讲僧文淑装之，笔迹尽矣。故兴元郑公尚书题此壁僧院诗曰："但虑彩色污，无虞臂胛肥。"置寺碑阴，雕饰奇巧，相传郑法士所起样也。初，会觉上人以利施起宅十馀亩，工毕，酿酒百石，列瓶瓮于两廊下，引吴道玄观之。因谓曰："檀越为我画，以是赏之。"吴生嗜酒，且利赏，欣然而许。予以纵迹似不及景公寺画中三门内东门神，善继云：是吴生弟子王耐儿之手也。

书事联句

成式　郑符　张希复　昇上人

悉为无事者,任被俗流憎符。客异干时客,僧非出院僧成式。远闻
疏牖磬,晓辨密龛灯希复。步触珠幡响,吟窥钵水澄符。句饶方外
趣,游惬社中朋成式。静里已驯鸽,斋中亦好鹰希复。金涂笔是褧,
彩溜纸非缯昇上人。锡杖已克锻,田衣从怀膡成式。占床暂一胁,卷
箔赖长肱希复。佛日初开照,魔天破几层成式。咒中陈秘计,论处
正先登希复。勇带绽针石,危防丘井藤昇上人。

光宅坊光宅寺

　　本官蒲萄园中禅师影堂,师号惠中。肃宗上元二年征至京师,初居
此寺。诏云:"杖锡而来,京师非远。斋心已久,副朕虚怀。"

中禅师影堂联句

成式　张希复　郑符　昇上人

名下固无虚,敖曹貌严毅。洞达见空王,圆融入佛地希复。一言当
要害,忽忽醒诸醉。不动须弥山,多方辩无匮符。坦率对万乘,偈
答无所避。尔如毗沙门,外形如脱履成式。但以理为量,不语怪力
事。木石摧贡高,慈悲引贪恚昇上人。当时乏支许,何人契深致。
随宜诅说三,直下开不二成式。

翊善坊保寿寺

　　本高力士宅,天宝九载,舍为寺。初铸钟成,力士设斋庆之,举朝毕
至,一击百千。有规其意,连击二十杵。经藏阁规创危巧,二塔火珠,受
十馀斛。河阳从事李涿性好奇古,与僧智增善,尝俱此寺。观库中旧
物,忽于破瓮中得物如被,幅裂污坌,触而尘起。涿徐视之,乃画也。因
以州县图三及缣三十获之。令家人装治之,大十馀幅。访于常侍柳公
权,方知张萱所画《石桥图》也。玄宗赐高力士,因留寺中。后为鬻画人
宗牧言于左军,寻有小使领军卒数十人至宅,宣敕取之,即日进入。先
帝好古,见之大悦,命张于卢韶院。寺见有先天菩萨帧,本起成都妙积
寺。开元初,有尼魏八师者,常念大悲咒。双流县民刘乙名意儿,年十

一,自欲事魏尼,遣之不去。常于奥室立禅,白魏云:"先天菩萨见身此地。"筛灰于庭,一夕有巨迹数尺,轮理成就。因谒画工,随意设色,悉不如意。有僧杨法成,自言能画,意儿常合掌瞻仰,然后指授之。以近十稔,工方就。后塑先天菩萨,凡二百四十二首。首如塔势,分臂如意,蔓其榜子,有一百四十日鸟树、一凤四翅、水肚树。所题深怪,不可详悉。画样凡十五卷。柳七师者,崔宁之甥。分三卷,往上都流行。时魏奉古为长史,进之。后因四月八日赐高力士。今成都者,是其次本。

光天帧赞联句

成式　张希复　郑符

观音化身,厥形孔怪。脁脑淫厉,众魔膜拜希复。指梦鸿纷,榜列区界。其事明张,何不可解成式。阎阿德川,大士先天。众象参罗,福源田田符。百亿花发,百千灯然。胶如〔络绎〕(终泽),浩汗连绵希复。焰摩界戚,洛迦苦霁。正念皈依,众青如彗成式。戾宰可汰,痴膜可蜕。稽首如空,睟容若睇希复。阐提墨师,睹而面之。寸念不生,未遇乎而成式。

宣阳坊静域寺

本太穆皇后宅。〔寺僧〕(僧寺)云:"三阶院门外是神尧皇帝射孔雀处。"禅门内外,《游目记》云王昭隐画。门西里面,和修吉龙王有灵。门外之西,大目药叉及北方天王甚奇猛。门东里面,贤门也野叉部落。鬼首上蟠蛇,汗烟可惧。东廊树石嶮怪,高僧亦怪。西廊万菩萨堂门里南壁,皇甫轸画鬼神及雕,形势若脱。轸与吴道玄同时,吴以其艺逼己,募人杀之。万菩萨堂内有宝塔,以小金铜塔数百饰之。大历中,将作刘监有子,合手出胎,七步念《法华经》。及卒,焚之,得舍利数十粒,分藏于金铜塔中。善继云:"合是刘铦。"佛殿东廊有古佛堂,其地本雍村。堂中像设,悉是石作。相传云隋恭帝终此堂。

三阶院联句

成式　张希复　郑符

密密助堂堂,隋人歌柴桑。双弧摧孔雀,一矢陨贪狼成式。百步望云立,九规看月张。获蛟徒破浪,中乙漫如墙希复。还似贯金鼓,更疑穿石梁。因添挽河力,为灭射天狂成式。绝艺却南牧,英声来鬼方。丽龟何足敌,殪豕未为长符。龙臂胜猿臂,星芒超箭芒。虚夸绝高鸟,垂拱议明堂成式。

崇义坊招福院

本曰正觉,国初毁。以其地立第赐诸王,睿宗在藩居之。乾封二年,移长宁公主佛堂于此,重建此寺。

赠诸上人联句

成式　张希复

翻了西天偈,烧馀梵宇香。捻眉愁俗客,支颊背残阳成式。洲号惟思沃,山名只记匡。辨中摧世智,定里破魔强希复。许睿禅心彻,汤休诗思长。朗吟疏磬断,久语贯珠妨成式。乘兴书芭叶,闲来入豆房。漫题存古壁,怪画匝长廊希复。

招国坊崇济寺

寺内有天后织成蛟龙披袄子及绣衣六事。东廊从南第二院,有宣律师制袈裟堂。曼殊堂有松数株,甚奇。

奇松联二十字绝句

成式　张希复　郑符　昇上人

杉松何相疏,榆柳方迥屑。无人擅谈柄,一枝不敢折成式。中庭苔藓深,吹馀鸣佛禽。至于摧折枝,凡草犹避阴希复。僻径根从露,闲房枝任侵。一株风正好,来助碧云吟符。时时扫窗声,重露滴寒砌。风飔一枝遒,闲窥别生势昇上人。偃盖入楼妨,盘根侵井窄。高僧独惆怅,为与澄岚隔成式。

永安坊永寿寺

三门东吴道子画,似不得意。佛殿名会仙,本是内中梳洗殿。贞元中,有证智禅师,往往灵验。或时在张楱兰〔若中〕(中若)治田。及夜归寺,若在金山界。相去七百里。

闲 中 好

成式　郑符　张希复

闲中好,尽日松为侣。此趣人不知,轻风度僧语_符。闲中好,尘务不萦心。坐对当窗木,看移三面阴_{成式}。闲中好,幽磬度声迟。卷上论题肇,画中僧姓支_{希复}。

崇仁坊资圣寺

净土院门外,相传吴生一夕秉烛醉画。就中载手,视之恶骇。院门里,卢棱伽常学吴势,吴亦授以手诀,乃画总持三门寺。方半,吴大赏之。谓人曰:“棱伽不得心诀,用思太苦,其能久乎?”画毕而卒。中门窗间,吴画高僧,韦述赞,李严书。中三门外两面上层,不知何人画,人物颇类阎令。寺西廊北隅,杨坦画近塔天女,明睇将瞬。团塔院北堂,有铁观音,高三丈馀。观音院两廊四十二贤圣,韩干画,元中书赞。东廊北头散马,不意见者,如将嘶蹀。圣僧中龙树、商那和修绝妙。团塔上菩萨,李真画,四面花鸟,边鸾画。药师菩萨顶上栽葵尤佳。塔中藏千部《妙法莲华经》。

诸画联句_{柏梁体}

成式　张希复　郑符

吴生画勇矛戟攒_{成式},出变奇势千万端_{希复}。苍苍鬼怪层壁宽_符,睹之忽忽毛发寒_{成式}。棱伽之力所疲殚_{成式},李真周昉优劣难_符。活禽生卉推边鸾_{成式},花房嫩彩犹未干_{希复}。韩干变态如激湍_符,惜哉壁画世未殚_{成式}。后人新画何汗漫_{希复}。

全唐诗卷七九三

联　句

皮日休

北禅院避暑联句 院昔为戴颙宅,后司勋陆郎中居之。

日休　陆龟蒙

歊蒸何处避,来入戴颙宅。逍遥脱单绞,放旷抛轻策。爬搔林下风,偃仰涧中石日休。残蝉烟外响,野鹤沙中迹。到此失烦襟,萧然揖禅伯。藤悬叠霜蜕,桂倚支云锡龟蒙。清阴竖毛发,爽气舒筋脉。逐幽随竹书,选胜铺苬席。鱼跳上紫茨,蝶化缘青壁日休。心是玉莲徒,耳为金磬敌。吾宗昔高尚,志在羲皇易。岂独断韦编,几将元铁擿龟蒙。天书既屡降,野抱难自适。一入承明庐,盱衡论今昔。流光不容寸,斯道甘枉尺日休。既起谢儒玄,亦翻商羽翼。封章帷幄遍,梦寐江湖白。摆落函谷尘,高欹华阳帻龟蒙。诏去云无信,归来鹤相识。半病夺牛公,全慵捕鱼客。少微光一点,落此芒磔索日休。释子问池塘,门人废幽赜。堪悲东序宝,忽变西方籍。不见步兵诗,空怀康乐屐龟蒙。高名不可效,胜境徒堪惜。墨沼转疏芜,玄斋逾阒寂。迟迟不可去,凉飔满杉柏日休。日下洲岛清,烟生葒苪碧。俱怀出尘想,共有吟诗癖。终与净名游,还来雪山觅龟蒙。

寂上人院联句

日休　陆龟蒙

瘿床空默坐,清景不知斜。暗数菩提子,闲看薜荔花日休。有情惟墨客,无语是禅家。背日聊依桂,尝泉欲试茶龟蒙。石形蹲玉虎,池影闪金蛇。经笥安岩匠,瓶囊挂树桠日休。书传沧海外,龛寄白云涯。竹色寒凌箔,灯光静隔纱龟蒙。趁幽翻小品,逐胜讲南华。莎彩融黄露,莲衣染素霞日休。水堪伤聚沫,风合落天葩。若许传心印,何辞古堞赊龟蒙。

独在开元寺避暑颇怀鲁望因飞笔联句

日休　陆龟蒙

烦暑虽难避,僧家自有期。泉甘于马乳,苔滑似龙漦日休。任诞襟全散,临幽榻旋移。松行将雅拜,篁阵欲交麾龟蒙。望塔青骹识,登楼白鸽知。石经森欲动,珠像俨将怡。笻簜临杉穗,纱巾透雨丝。静谭蝉噪少,凉步鹤随迟日休。烟重回蕉扇,轻风拂桂帷。对碑吴地说,开卷梵天词。积水鱼梁坏,残花病枕攲。怀君潇洒处,孤梦绕罘罳龟蒙。

寒夜文宴联句

日休　张贲　陆龟蒙

文星今夜聚,应在斗牛间日休。载石人方至,乘槎客未还贲。送筋繁露曲,征句白云颜龟蒙。节奏惟听竹,从容只话山日休。理穷倾秘藏,论猛折玄关贲。醞酒分中绿,巴笺擘处殷龟蒙。清言闻后醒,强韵压来艰日休。犀柄当风捉,琼枝向月攀贲。松吟方嗍嗍,泉梦忆潺潺龟蒙。一会文章草,昭明不可删日休。

药 名 联 句

日休 张贲 陆龟蒙

为待防风饼,须添薏苡杯贲。香然柏子后,尊泛菊花来日休。石耳泉能洗,垣衣雨为裁龟蒙。从容犀局静,断续玉琴哀贲。白芷寒犹采,青箱醉尚开日休。马衔衰草卧,乌啄蛊根回龟蒙。雨过兰芳好,霜多桂末摧贲。朱儿应作粉,云母讵成灰日休。艺可屠龙胆,家曾近燕胎龟蒙。墙高牵薜荔,障软撼玫瑰贲。鼯鼠啼书户,蜗牛上研台日休。谁能将藁本,封与玉泉才龟蒙。

陆龟蒙

寒 夜 联 句

龟蒙 皮日休

静境揖神凝,寒华射林缺龟蒙。清知思绪断,爽觉心源彻日休。高唱戛金奏,朗咏铿玉节龟蒙。我思方沈寥,君词复凄切日休。况闻风篁上,摆落残冻雪龟蒙。寂尔万籁清,皎然诸霭灭日休。西窗客无梦,南浦波应结龟蒙。河光正如剑,月魄方似玦日休。短烬不禁挑,冷毫看欲折龟蒙。何夕重相期,浊醪还为设日休。

开元寺楼看雨联句

龟蒙 皮日休

海上风雨来,掀轰杂飞电。登楼一凭槛,满眼蛟龙战龟蒙。须臾造化惨,倏忽堪舆变。万户响戈铤,千家披组练日休。群飞抛轮石,杂下攻城箭。点急似摧胸，行斜如中面_{龟蒙}。细洒魂空冷，横飘目能眩。垂檐珂珮喧，撩瓦珠玑溅_{日休}。无言九陔远，瞬息驰应遍。密处正垂缍，微时又悬线_{龟蒙}。写作玉界破，吹为羽林旋。翻伤列缺劳，却怕丰隆倦_{日休}。遥瞻山露色，渐觉云成片。远树欲鸣蝉，深檐尚藏燕_{龟蒙}。残雷隐辚尽，反照依微见。天光洁似磨，湖彩熟于练_{日休}。疏帆逗前渚，晚磬分凉殿。接思强挥毫，窥词几焚研_{龟蒙}。佶栗乌皮几，轻明白羽扇。毕景好疏吟，馀凉可清宴_{日休}。君携下高磴，僧引还深院。驳藓净铺筵，低松湿垂髯_{龟蒙}。斋明乍虚豁，林霁逾葱蒨。早晚重登临，欲去多离恋_{日休}。

报恩寺南池联句 <small>第四句缺一字，第八句缺三字。</small>

龟蒙　嵩起<small>失姓</small>　皮日休

古岸涵碧落_{龟蒙}，虚轩明素波。坐来鱼阵变_{日休}，吟久菊□多。秋草分杉露_{嵩起}，危桥下竹坡。远峰青髻并_{龟蒙}，□□□髯和。赵论寒仍讲_{日休}，支硎僻亦过。斋心曾养鹤_{嵩起}，挥翰好邀鹅_{南峰院即故相国裴公书额}。倚石收奇药_{龟蒙}，临溪藉浅莎。桂花晴似拭_{日休}，荷镜晓如磨。翠出牛头耸_{嵩起}，苔深马迹跛_{石上有支公马迹}。伞欹从野醉_{龟蒙}，巾侧任田歌。耙耞松形矮_{日休}，般跚桧樾矬。香飞僧印火_{嵩起}，泉急使镰珂。菱钿真堪帖_{龟蒙}，莼丝亦好拖。几时无一事_{日休}，相伴著烟萝_{嵩起}。

安守范 <small>蜀彭州刺史安思谦之子</small>

天台禅院联句

守范　杨鼎夫<small>定远推官</small>　周述<small>怀远军巡官</small>　李仁肇<small>眉州判官</small>

偶到天台院，因逢物外僧守范。忘机同一祖，出语离三乘鼎夫。树老中庭寂，窗虚外境澄述。片时松影下，联续百千灯仁肇。

全唐诗卷七九四

联 句

清 昼

讲德联句

清昼 潘述 汤衡官评事

先王设位,以正邦国。建立大官,封植有德述。二南敷化,四岳述职。其言不朽,其仪不忒衡。暨于嬴刘,乃创程式。罢侯置守,剖竹分域昼。赫矣皇唐,康哉立极。精选藩翰,庸资正直述。爰命我公,东土作则。克己恭俭,疲人休息衡。济济闻闻,油油黍稷。既富既教,足兵足食昼。恤其凋瘵,剪其荆棘。威怀逋叛,扑灭蝥贼述。疾恶如雠,闻善不惑。哀矜鳏寡,旌礼儒墨衡。乃修堤防,乃浚沟洫。以利通商,以溉嘉谷昼。征赋以节,计功以时。人胥怀惠,吏不能欺述。我政载孚,我邦载绥。猛兽不暴,嘉鱼维滋衡。肃恭明神,齐沐不亏。岁或骄阳,雨无愆期昼。帝嘉有庸,宠命来斯。紫绂载绥,金章陆离述。资忠履孝,阅礼敦诗。明德惟馨,自天祐之衡。

讲古文联句

清昼 潘述 裴济字方舟,曾为从事。 汤衡

帝出于震,文明始敷述。山岳降气,龟龙负图济。爰有书契,乃立典
谟昼。先知孔圣,飞步天衢衡。汉承秦弊,尊儒尚学述。百氏六经,
九流七略济。屈宋接武,班马继作昼。或颂燕然,或赞麟阁衡。降
及三祖,始变二雅述。仲宣闲和,公干萧洒昼。士衡安仁,不史不野
昼。左张精奥,嵇阮高寡衡。暨于江表,其文郁兴衡。绮丽争发,繁
芜则惩述。词晔春华,思清冬冰述。景纯跌宕,游仙独步衡。青云
其情,白璧其句衡。灵运山水,实多奇趣述。远派孤峰,龙腾凤翥
述。陶令田园,匠意真直昼。春柳寒松,不凋不饰昼。江淹杂体,方
见才力衡。拟之信工,似而不逼衡。鲍昭从军,主意危苦述。气胜
其词,雅愧于古述。隐侯似病,创制规矩昼。时见琳琅,惜哉榛楛
昼。谢朓秀发,词理翩翩衡。孤标爽迈,深造精研衡。惠休翰林,别
白离坚述。有会必惬,无惭曩贤述。吴均颇劲,失于典裁昼。竟乏
波澜,徒工边塞昼。彼柳吴兴,高视时辈衡。汀洲一篇,风流寡对
衡。何逊清切,所得必新述。缘情既密,象物又真述。江总征正,未
越常伦昼。时合风兴,或无淄磷昼。二杜繁俗,三刘琐碎衡。陈徐
之流,阴张之辈衡。伊数公者,阃域之外述。吁此以还,有固斯邺
述。

项王古祠联句

清昼 潘述 汤衡

遗庙风尘积,荒途岁月侵述。英灵今寂寞,容卫尚森沈昼。霸楚志
何在,平秦功亦深衡。诸侯归复背,青史古将今述。星聚分已定,天
亡力岂任昼。采蘩如可荐,举酒沥空林衡。

还丹可成诗联句

清昼　潘述　汤衡

羽化自仙骨,延年资养生_昼。金经启灵秘,玉液流至精_述。八石思共炼,九丹知可成_衡。吾心苟无妄,神理期合并_昼。封灶用六一,置门考休京_述。浮光含日彩,圆质焕云英_衡。持此保寿命,服之颐性情_昼。跂予望仙侣,高咏升天行_述。鹤驾方可致,霓裳定将迎_衡。不因五色药,安著七真名_昼。挥妙在微密,全功知感诚_述。与君弃城市,携手游蓬瀛_衡。

建安寺西院喜王郎中遘恩
命初至联句 时郎中正入西方道场

清昼　王遘_{祠部郎中}　齐翔_{前吏部郎中,兼括州刺史。}　李纵_驾
_{部员外}　崔子向_{官御史}

迹就空门退,官从画省迁。住持良有愿,朝谒穴无缘_遘。身净金绳内,心驰玉宸前_昼。荣添一两日,恩降九霄年_翔。慕法能轻冕,追非欲佩弦_纵。栖闲那可久,鸳鹭待行联_{子向}。

建安寺夜会对雨怀皇甫侍御曾联句

清昼　李纵　郑说　王遘　崔子向　〔齐翔〕

相思非是远,风雨遣情多_昼。愿欲披云见,难堪候晓过_纵。夜长同岁月,地近极山河_说。戒相初传授,文章旧切磋_遘。时称洛下咏,人许郢中歌_{子向}。惆怅徒延首,其如一水何_翔。

泛长城东溪暝宿崇
光寺寄处士陆羽联句

清昼　崔子向

箬水青似箬，玉山碧于玉子向。逼霄杳万状，截地分千曲昼。萍解深可窥，林豁遥在瞩子向。已高物外赏，稍涤区中欲昼。野鹤翔又飞，世人羁且跼子向。沈吟迹所误，放浪心自足昼。缅怀虚舟客，愿寄生刍束子向。说诗整颓波，立义激浮俗昼。荆吴备登历，风土随编录子向。恨与清景别，拟教长路促昼。溪鸟语鹍喽，寺花翻踯躅子向。印围水坛净，香护莲衣触昼。捧经启纱灯，收衽礼金粟子向。安得扣关子，玄言对吾属昼。

与崔子向泛舟自招橘经箬里
宿天居寺忆李侍御崿渚山春
游后期不及联一十六韵以寄之

清昼　崔子向

晴日春态深，寄游恣所适昼。宁妨花木乱，转学心耳寂子向。取性怜鹤高，谋闲任山僻昼。倚舷息空曲，舍履行浅碛子向。渚箬入里逢，野梅到村摘昼。碑残飞雉岭，井翳潜龙宅即陈帝宅。子向。坏寺邻寿陵，古坛留劫石昼。穿阶笋节露，拂瓦松梢碧子向。天界细云还，墙阴杂英积昼。悬灯寄前焰，遥月升圆魄子向。何意清夜期，坐为高峰隔昼。茗园可交袂，藤涧好停锡子向。微雨听湿巾，进流从点席昼。戏猿隔枝透，惊鹿逢人踯子向。睹物赏已奇，感时思弥极昼。芳菲如驰箭，望望共君惜子向。

渚山春暮会顾丞茗舍联句效小庾体

清昼　陆士修　崔子向

谁是惜暮人，相携送春日。因君过茗舍，留客开兰室士修。湿苔滑
行屦，柔草低藉瑟。鹊喜语成双，花狂落非一子向。烟浓山焙动，泉
破水春疾。莫拗挂瓢枝，会移阅书帙昼。颇容樵与隐，岂闻禅兼
律。栏竹不求疏，网藤从更密士修。池添逸少墨，园杂庄生漆。景
晏枕犹欹，酒醒头懒梳子向。云教淡机虑，地可遗名实。应待御筵
青，幽期踏芳出昼。

与李司直令从荻塘联句

清昼　李令从司直

画舸悠悠荻塘路，真僧与我相随去。寒花似菊不知名，霜叶如枫是
何树令从。倦客经秋夜共归，情多语尽明相顾。遥城候骑来仍少，
傍岭哀猿发无数昼。心闲清净得禅寂，兴逸纵横问章句。虫声切
切草间悲，萤影纷纷月前度令从。撩乱云峰好赋诗，婵娟水月堪为
喻。与君出处本不同，从此还依旧山住昼。

远意联句

清昼　疾失姓　澄失姓　严伯均　巨川失姓

家在炎州往朔方疾，岂知于阗望潇湘澄。曾经陇底复辽阳巨川，更
忆东去采扶桑昼。楂客三千路未央均，烛龙之地日无光疾。将游莽
苍穷大荒昼，车辙马足逐周王均。

暗思联句

清昼　疾　巨川　严伯均　从心失姓

斜风飘雨三十夜_疾，邻女馀光不相借_{巨川}。迹灭尘生古人画_昼，洞房重扉无隙鐇_均，烛灭更深月西谢_{从心}。

乐意联句一首

清昼　均　疾　澄　巨川

良朋益友自远来_均，万里乡书对酒开_昼。子孙蔓衍负奇才_疾，承颜弄鸟咏南陔_澄，鼓腹击壤歌康哉_{巨川}。

恨意联句

清昼　疾　均　澄　从心　杭_{失姓}

同心同县不相见_疾，独采蘼芜咏团扇_均。莫听东邻捣霜练_昼，远忆征人泪如霰_澄。长信空阶荒草遍_{从心}，明妃初别昭阳殿_杭。

秋日卢郎中使君幼平泛舟联句一首

清昼　卢藻　卢幼平_{郎中，吴兴守。}　陆羽　潘述　李恂
郑述诚

共载清秋客船，同瞻皂盖朝天_藻。悔使比来相得，如今欲别潸然_{幼平}。渐惊徒驭分散，愁望云山接连_昼。魏阙驰心日日，吴城挥手年年_羽。送远已伤飞雁，裁诗更切嘶蝉_述。空怀鄠杜心醉，永望门栏胆捐_恂。别思无穷无限，还如秋水秋烟_{述诚}。

重联句一首

清昼　卢幼平　陆羽　潘述　卢藻　悍_{失姓}

相将惜别且迟迟，未到新丰欲醉时_{幼平}。去郡独携程氏酒，入朝可忘习家池_羽。仍怜故吏依依恋，自有清光处处随_述。晚景南徐何处宿，秋风北固不堪辞_昼。吴中诗酒饶佳兴，秦地关山引梦思_藻。对

酒已伤嘶马去,衔恩只待扫门期憚。

与潘述集汤衡宅怀李司直纵联句

　　清昼　汤衡　潘述

幽独何以慰,友人顾茅茨衡。已忘岁月念,载说清闲时述。旭日舒
朱槿,柔风引绿蕤昼。迢迢青溪路,耿耿芳树枝衡。执袪空踯躅,来
城自逶迤述。相思寄采掇,景晏独驱驰昼。

安吉崔明甫山院联句一首

　　清昼　崔逵安吉令

人不扰,政已和。世虑寡,山情多昼。禅客至,墨卿过。兴既洽,情
如何逵。

重联句一首

　　清昼　崔逵

肃肃清院,脩脩碧鲜。已见心远,何关地偏昼。自公退食,升堂草
玄。纷纷已隔,云心澹然逵。

重联句一首

瀑溜闻窗外,晴风逼座间〔昼〕。挂冠徒有意,芳桂杳难攀逵。

重联句一首

　　清昼　崔逵

清高素非宦侣,疏散从来道流。今日还轻墨绶,知君意在沧洲昼。
浮云任从飘荡,寄隐也信沈浮。不似漳南地僻,道安为我淹留逵。

重联句一首

　　　　清昼　崔逵

刘令兴多常步履,柴桑事少但援琴。闲招法侣从山寺,每掇幽芳傍
竹林昼。卷帘只爱荆峰色,入座偏宜郢客吟。谁许近来轻印绶,因
君昨日悟禅心逵。

道观中和潘丞观青溪图联句

　　　　清昼　崔万　潘述

画得青溪样,宜于紫府观昼。日明烟霭薄,风落水容宽万。画野高
低接,商工井邑攒述。疏川因稼穑,出使问艰难昼。

春日对雨联句一首

　　　　清昼　韩章武康令

春烟带微雨,漠漠连城邑。桐叶生微阴,桃花更宜湿章。萧条暗杨
柳,散漫下原隰。归路不我从,遥心空伫立昼。林低山影近,岸转
水流急。芳草自堪游,白云如可揖章。寻山禅客意,苦雨陶公什。
游衍情未终,归飞暮相及昼。峰高日色转,潭净天光入。却欲学神
仙,空思谢朋执章。为道贵逍遥,趋时多苦集。琼英若可餐,青紫
徒劳拾昼。

春日会韩武康章后亭联句

　　　　清昼　韩章　杨秦卿　仲文失姓

后园堪寄赏,日日对春风。客位繁阴下,公墙细柳中昼。坐看青嶂
远,心与白云同章。林暗花烟入,池深远水通秦卿。井桃新长蕊,栏
药未成丛仲文。松竹宜禅客,山泉入谢公昼。砌香翻芍药,檐静倚

梧桐章。外虑宜帘卷，忘情与道空秦卿。楚僧招惠远，蜀客挹扬雄仲文。便寄柴桑隐，何劳访剡东昼。

康录事宅送僧联句

清昼 崔子向

莲衣宜著雨，竹锡好随云昼。见鹤还应养，逢鸥自作群子向。

与邢端公李台题庭石联句

共题诗句遍，争坐薛文稀昼。馀缺。

冬日建安寺西院喜昼公自吴兴至联句一首 以下四首附见清昼集

王邁 李纵 郑说 崔子向 齐翔

宗系传康乐，精修学远公邁。相寻当暮岁，行李犯寒风纵。累积浮生里，机惭半偈中说。传家知业坠，继祖忝声同昼。云与轻帆至，山将本寺空子向。向来忘起灭，留我宿花宫翔。

秋日潘述自长城至雪上与昼公汤评事游集累日时司直李公瑕往苏州有阻良会因与二公联句以寄之 第十句缺一字

潘述 清昼 汤衡

离念非前期，秋风忽已至述。芸黄众芳晚，摇荡居人思昼。白霜凄以积，高梧飒而坠衡。悠然越山川，复此恨离异述。时景易迁谢，欢□难兼遂昼。惜分缓回舟，怀遥企归驷衡。休浣情自高，来思日云未述。

喜昼公寻山回相遇联句一首

潘述　清昼

几年无此会,今日喜相从_述。后夏仍多病,前书达几封_昼。水华迎暮雨,松吹引疏钟_昼。出谷随初月,寻僧说五峰_述。

送昼公联句

韩章　清昼　顾况

相逢情不厌,惜别意难为_章。吾道应无住,前期未可知_昼。轻霜凋古木,寒水缩荒陂_章。宾雁依沙屿,浮云惨路岐_昼。林疏看野迥,岸转觉山移_章。寄赏惊摇落,归心叹别离_昼。草堂思偃蹇,麈尾去相随_况。勿谓光阴远,禅房会一窥。

郑　遨

与罗隐之联句

遨　罗隐之

一壶天上有名物,两个世间无事人_遨。醉却隐之云叟外,不知何处是天真_{隐之}。

全唐诗卷七九五

句

李日知

> 荥阳人,历相中宗、睿宗。

所愿暂知居者乐,无使时称主者劳。 中宗幸安乐公主第,从官赋诗,日知卒章,独存规诫,识者多之。

赵仁奖

> 河南人,景龙中为御史。睿宗朝,左授上蔡丞。

令乘骢马去,丞脱绣衣来。 赠上蔡令潘好礼拜御史 见《朝野金载》

郭廷谓

魂逐东流水,坟依独坐山。 哭陈子昂

韦 青

> 官将军。

三代掌纶诰,一身能唱歌。 见《乐府杂录》

尉迟匡

幽并人,开元进士。

明月飞出海,黄河流上天。 暮行潼关 芙蓉初出水,桃李忽无言。
观内人楼上踏歌 夜夜月为青冢镜,年年雪作黑山花。 塞上曲

何 涓

雁影数行秋半逢,渔歌一声夜深发。

杜 伟

忽睹邢武辞,泠其金石备。 《宣城总集》云:唐开元甲子,武平一同河间邢巨同
游泾川琴溪,题绝句,古刻尚存。后一纪,杜伟自柱史谪掾宣城,陪连帅班景倩来观,题
句云云。馀逸。

申堂构

丹徒人,尝为武进尉。

霜添柏树冷,气拂桂林寒。

周 愿

竟陵刺史。

八十年前棠树阴,竟陵太守公先人。　愿与竟陵陆羽尝佐岭南连帅李复幕府。后愿刺竟陵,则复已捐馆,而羽亦前谢。复父斋物先亦为竟陵守,愿因为七言诗陈事。见《方舆胜览》

第五琦

字禹珪,长安人。肃宗朝为盐铁铸钱使,拜相。坐事长流,终太子宾客。

阴天闻断雁,夜浦送归人。　送丘郎中

颜允南

历官司封郎中、国子司业。

谁言百人会,兄弟也沾陪。侍宴　见《颜真卿集》

季广琛

瓜州刺史,历肃、代朝,终散骑常侍。

刻舟寻已化,弹铗未酬恩。　河西骑将宋青春有剑,是青龙精。刃所及,若叩铜铁。青春死,为广琛所得。或风雨后迸光出室,环烛方丈。哥舒翰求易以他宝,广琛不与,因赠诗。见《酉阳杂俎》

陈　蜕

肃、代间人。

梦里换春秋。　咏华清宫

卫　准

准，一作单。大历五年进士。

莫言闲话是闲话，往往事从闲话来。　　何必剃头为弟子，无家便是
出家人。　并见张为《主客图》

杜鸿渐

字之巽，濮阳人。累官朔方官支副使。以迎立肃宗，封卫
国公。代宗朝拜相。

常愿追禅理，安能挹化源。　鸿渐酷好浮屠道，晚年乐退静，常悠然赋句，朝士
多属和之。　见本传

李　挚

贞元十二年宏词科登第。

因缘三纪异，契分四般同。　挚与李行敏同姓，同甲子、同年登第，俱二十五岁，
又同门，故云　见《纪事》

韦　绶

德宗朝翰林学士。

在室愧屋漏。　绶子温疾革，诵绶此句曰："今不负斯诫矣。"见《唐书》

冯　戬

东川人。

桃花浪里成龙去,竹叶山头退鹢飞。　赠柳棠及第　见《纪事》

韩　泰

字安平,昌黎人。户部郎中。以附王叔文,贬虔州司马,后终郴州刺史。

庾岭东边更隐州,溪山竹树亦清幽。　见《方舆胜览》

卢　并

文宗朝资州守。

地灵无俗草,岩静有仙禽。　等慈寺北岩　见《方舆胜览》

缪岛云

岛云少从浮图,武宗朝准敕反初服。

白鸟远行树,玉虹孤饮潭。　庐山瀑布　四五片霞生绝壁,两三行雁过疏松。　以上见《纪事》　抛芥子降颠狒狒,折杨枝洒醉猩猩。　见《摭言》

刘敬之

> 云安人。

山近衡阳虽少雁，水连巴蜀岂无鱼。　敬之甥雍陶，蜀川上第后，薄于亲友，不寄书。敬之让焉，陶得诗愧报。

李　涛

> 长沙人。温飞卿任太学博士，主秋试，涛与卫丹、张郃等诗赋，皆榜于都〔堂〕。

水声长在耳，山色不离门。　扫地树留影，拂床琴有声。　落日长安道，秋槐满地花。　以上并见《纪事》

高元裕

> 字景圭，渤海人。开成中翰林学士，终吏部尚书。

中丞为国拔贤才，寒俊欣逢藻鉴开。　赠知贡举陈商　见《池阳志》

韦　澳

> 字子斐。大中初，以考功郎、知制诰，充翰林学士承旨，终户部侍郎。

莫将韦监同殷监，错认容身是保身。　懿宗朝，澳为吏部侍郎，不受请托，为执政所恶，出为邠宁节度。时宰复发其事，罢镇，以秘书监分司东都。尝戏吟此句，

京师权幸闻而尤怒之。　见《唐书》

王　龟

字大年。官会稽太守。

珠箔卷繁星,金樽泻月明。

李　郁

泉州人。

身死为修刘蕡表,名高因让陆洿书。　吊欧阳秬　秬,詹从子,开成中擢第。司勋郎中陆洿弃官隐吴中,后赴召复出,秬移书让之,因不出。秬名益闻,竟赴泽潞刘蕡幕辟。蕡表指斥时政,朝廷疑秬所草,流崖州,赐死。

詹　雄

字伯镇,福州人,不第终。

尘飞遗恨尽,花落古宫平。　洛阳古城　红粉笙歌人代远,月明陵树水东流。　铜雀台

任　涛

豫章筠州人,咸通中十哲之一也。不第终。

露团沙鹤起,人卧钓船流。　见《摭言》

剧　燕

蒲坂人,为诗雅正,亦十哲之一也。后客王重荣,被杀。

只向国门安四海,不离乡井拜三公。　赠王重荣　《纪事》:重荣镇河中,燕投此诗,甚加礼敬。竟以凌轹诸从事,受正平之祸。

王　璠

璠词学富赡,崔詹事廉问表荐于朝。先试之使廨,璠请十书吏,皆给笔札,璠口授,十吏笔不停缀,日未亭午,已七千馀言。时路岩方当钧轴,遣一介召之。璠曰:"请俟见帝"。岩大怒,亟命奏废万言科,璠杖策而归。

芍药花开菩萨面,棕榈叶散野人头。　璠与李群玉相遇岳麓寺,群玉待之甚浅。曰:"请与公联句。"破题而授之,璠略不仁思,继之云云。群玉遂屈。　见《纪事》

李　蔚

咸通中宰相,后出为节镇。

虚心纤质雁衔馀,凤吹龙吟定不如。　薛阳陶善吹芦管。蔚镇淮海,阳陶为浙右小校,监押度支。运米至,蔚召,令出芦管,于赏心亭奏之。蔚大嘉赏,赠诗此其终篇也。

王　枳

常州刺史。

今朝拜贡盈襟泪,不进新芽是进心。　常州旧贡阳羡茶。僖宗幸蜀,枳间关
驰贡,故有此句。　见《常州志》

郑　赏

　　字贡华,乾符进士。

万蕴千牌次碧牙,缥笺金字间明霞。　赏善楷书。〔天〕(大)复中,挈家自华
至陈,未尝废词翰。其题经藏有此句。　见《宣和书谱》

张　莹

　　速江人。大顺初登第,官至礼部尚书。

一箭不中鹄,五湖归钓鱼。　见《地志》

吴　霭

　　字廷俊,连州人。光化三年进士,为朱忠幕僚。

烟随红焰断,化作白云飞。　七岁时咏野烧,识者知其为青云器。

陈　咏

　　眉州青神人。善奕棋,昭宗时登第。

隔岸水牛浮鼻渡,傍溪沙鸟点头行。　见《纪事》

蒋　密

零陵儒士。

绮罗因片叶,桃李谩同时。　咏桑　见《诗注总话》

符　蒙

字适之,后唐同光三年进士,官侍郎。

都缘心似水,故以钵为舟。　题壁画杯渡道人

李景遂

字退身,元宗母弟。初封燕王,改封晋王。

路指丹阳分虎节,心存双阙恋龙颜。　赴润州镇赐饯　见《江表志》

李弘茂

字子松,元宗第二子。早卒,追赠庆王。

甜于泉水茶须信,狂似杨花蝶未知。　咏雪　半窗月在犹煎药,几夜灯闲不照书。　病中　并见《江表志》

李　平

关右人,本姓名曰杨讷。归南唐,官尚书郎、卫尉卿。

至人无梦梦不到，天道恶盈盈有馀。　闲书　龙髯已断嫔嫱老，豹尾
不来岐路长。　读武帝内传

胡元龟

庐陵人，官临川令。

翻身腾白浪，探爪擢明珠。　永新令请题屏画戏珠龙。令好受馈遗，元龟写意
讥之。令悟，追捕，遂亡入金陵。

蒋　钧

字不器，营道人。

因借梦书过竹寺，学耕秋粟绕茆原。　寄柳宣　芭蕉叶上无愁雨，自
是多情听断肠。　戎昱诗有"一夜不眠孤客耳，主人门外有芭蕉。"代为之答。

史虚白

字畏名，山东人。与韩熙载同投南唐，署郡从事，不受，隐
庐山。

风雨揭却屋，全家醉不知。　咏渔父　见《江南野录》

夏宝松

庐陵人。

孤猿叫落中岩月，野客吟残半夜灯。　雁飞南浦砧初断一作钟初动，

月满西楼酒半醒。　晓来赢驷依前去,目断遥山数点清。　宿江城

并见《锦绣万花谷》

赵　庆

水曹郎。

迈古文章金鸑鷟,出群行止玉麒麟。　赠邵拙　见《马令书》

潘天锡

南唐时为省郎。

风便磬声远,日斜楼影长。　游古观　见《郡阁雅谈》

朱　飐

南唐时尝为县令。

好是晚来香雨里,担篦亲送绮罗人。　见《诗史》

齐一作唐镐

莲中花更好,云里月常新。　南唐宫嫔窅娘善舞,后主作金莲,令窅娘缠足作新
月状,舞莲中。镐诗因窅娘作也　见《道山清话》

黄　可

字不可,南唐时人。

天下传将舞马赋,门前迎得跨驴宾。　献高侍郎

高元矩

宣城人。

砚贮寒泉碧,庭堆败叶红。　赠宣城宰　燕掠琴弦穿静院,吏收诗草
下闲庭。　赠徐学士　见《雅言系述》

陈　贶

南唐处士。

年年闻尔者,未有不伤情。　蝉　出得风尘者,合知歧路人。　拂
榻灯未来,开门月先入。　忽生云是匣,高以月为台。　入夜虽无
伤物意,向明还有动人心。　画虎　并见《吟窗杂录》

赵　休

幸黄逊同时人。

金茎来白露,玉宇起清风。　侍宴　见《吟窗杂录》

庸仁杰

泉州人。初为僧,陈德诚劝之反初服,官终汾阳令。

红旆渡江霞蘸水,青蛇出匣雪侵衣。　赠池阳守陈德诚　云散便凝千
里望,日斜长占半城阴。　升元阁　只住此山宁有意,向来求佛本

无心。 赠嘉禾峰僧

邵 拙

字拙之,宣城人。

万国不得雨,孤云犹在山。 见《江南野录》

毛 炳

南唐时丰城人。

先生不在此,千载只空山。 题斋壁 见《江南野录》

陈德诚

建州人,百胜军节度使。

建水旧传刘夜坐,螺川新有夏江城。 刘洞有《夜坐》诗,夏宝松有《宿江城》诗,皆见称一时,号刘夜坐、夏江城云。

陈 甫

字惟岳,吉州人。

一雨洗残暑,万家生早凉。 漳江感怀 暮鸟归巢急,寒牛下陇迟。 村居 算吟千百首,方得两三联。 清时不作登龙客,绿鬓闲梳傍草堂。 赠黄岩 并《雅言系述》

徐　融

南唐人。

淮船分蚁队,江市聚蝇声。　夜宿金山　见《古今诗话》

高若拙

荆南高从诲幕客。

人间不见月,天外自分明。　中秋不见月　见《大定录》

皮光业

字文通,日休之子。吴越署为推官,后拜相。

烧平樵路出,潮落海山高。　见《葆光录》　行人折柳〔和轻〕(轻和)絮,
飞燕衔泥带落花。　见《西清诗话》

屠瓌智

海盐人。越州指挥,赠节使、上柱国。

轻身都是义,殉主始为忠。　咏志

元德昭

字名远,杭州人,吴越相。

满堂罗绮兼朱紫,四代儿孙奉老翁。　德昭理家以孝爱闻,每时序置酒,环列几席者凡四从,故其诗云。　见《备史》

林无隐

闽人,寓明州。吴越相鼎,即其子也。

雪浦二月江湖阔,花发千山道路香。　见《备史》

杨义方

眉山人,王建时举进士。

海边红日半离水,天外暖风轻到花。　春日　雨声鞭自禁门出,一簇人从天上来。　赠王枢密处回　见《异闻录》

王廷珪

孟蜀兵部尚书。

十字水中分岛屿,数重花外见楼台。　浣花溪江皆创亭榭,孟昶游之,曰:"曲江金殿锁千门,未及此。"廷珪赋句,昶称善。　见《蜀梼杌》

欧阳彬

字齐美,衡山人。孟昶时为嘉州刺史,后至夔州节度。

无钱将乞樊知客,名纸生毛不为通。　彬初投谒马殷,知客樊姓者索贿不得,不与通。后为《九州歌》干之,又不问,因入蜀。　见《南部新书》

桑柘残阳里,儿孙落叶中。　<small>彬有子稚齿,作《田父诗》云云。廖凝见之,知其不寿,寻果卒。　见《郡阁雅谈》</small>

李尧夫

　　<small>蜀梓潼山人。</small>

向外疑无地,其中别有天。　<small>大内盆池</small>　方外共推为道友,关中独自占诗家。　<small>赠滕郎中</small>　炎暑郁蒸无处避,凉风消息几时来。　<small>见《古今诗话》</small>

石文德

　　<small>连州人。仕长沙,历水部员外郎、融州刺史。</small>

月沈湘浦冷,花谢汉宫秋。　<small>挽马希范夫人　见《五代史补》</small>

戴偃

　　<small>金陵人,避地湘中。值希范大兴土木,自称玄黄子,献《渔父》诗百篇以讽。希范怒,迁之湖上。</small>

须把咽喉吞世界,盖因奢侈致危亡。　若须抛却便抛却,莫待风高更亦深。　<small>并渔父篇　见《五代史补》</small>

张迥

　　<small>湖南诗人。</small>

夜长灯影灭,天绕鹤声孤。　见《吟窗杂录》

钟元章

南汉员外郎。

金筈离弦三尺电,星髇破的一声雷。　射　《吟窗杂录》

杨岛

字鸟之,闽人。

背日流泉生冻早,逆风归鸟入巢迟。　山中即事　见《雅言系述》

王俊

考功郎中。

胜日登楼望,山川一半春。　桂林逍遥楼

薛沆

庐州刺史。

也知别有风光主,花蕾枝枝似去年。　题藏舟浦花　见《南部新书》

张颋

官左司郎中。

金殿圣人看纵笔,玉堂词客尽裁诗。　赠晊光

张　林

　　擢进士第,官至御史。

菱叶乍翻人采后,芰荷初没舸行时。　见《纪事》

卢　休

春寒酒力迟,冉冉生微红。　寒月　自然草木性,谁祝元化功。　溢浦风生破胆愁。　血染剑花明帐幕,三千车马出渔阳。　入门堪笑复堪怜,三径苔荒一钓船。　并见张为《主客图》

陈　峤

　　字景山,闽人。暮年登第,还乡不仕。

小桥风月年年事,争奈潘郎去□何。　见《南部新书》

李　范

　　关中人。

清猿啼远木,白鸟下前滩。　秋日江干远望　鹤归秋汉远,人去草堂空。　经王山人旧居　虽当南北路,不碍往来人。　道傍树　钓叟无机沙鸟睡,禅师入定白牛闲。　江寺闲书　天涯故友无来信,窗外拒霜空落花。　暮秋怀故人　并见《雅言杂载》

卞 震

蜀人。

雨壁长秋菌,风枝落病蝉。 即事 老筇支瘦影,寒木凭吟身。 诗债到春无处避,离愁因醉暂时无。 春日偶题 茶香解睡磨铛煮,山色牵怀著屐登。 即事

林楚才

贺州富川人。

身闲不恨辞官早,诗好常甘得句迟。 赠致仕黄损 见《雅言系述》

孟不疑

有诗名,溺于游览,不复应举。

白日故乡远,青山佳句中。 见《酉阳杂俎》

庞季子

冥云生易满,秋草长难高。

郭 思

落星一石几千年,门外何人扣汉川。 白石镇古城

卢　载

五千里地望皆见,七十二峰中最高。　<small>祝融峰</small>

郑　翱

花烧落第眼,雨破到家程。　<small>下第东归</small>　<small>见《海录碎事》</small>

郑　说

架上紫衣闲不著,案头金字坐长看。　<small>赠温州大云寺僧鸿楚</small>　<small>见《高僧传》</small>

史　瑜

溪从沮水流蟠冢,岭接青泥入剑天。　<small>青泥山</small>

贺　公

<small>石晋兵部。</small>

但存方寸地,留与子孙耕。

米都知

<small>伶人也,善骚雅,梁补阙尝赠以诗。</small>

小旗村店酒,微雨野塘花。　见《南部新书》

陈秀才

地偏云自去,日暮山更深。

崔李二生

恰似传花人饮散,空抛床下最繁枝 崔。

艳魄香魂如有在,还应羞见堕楼人。　李。　二生并与武楼游,步非烟死,同赋其事。

范氏子

　　《纪事》云:吴人撝子,七岁能诗。方干见其《赠隐者》句曰:“此子他日必成名。”又吟《夏日》句,干云“必不享寿”,果十岁卒。撝即撰《云溪友议》者。

扫叶随风便,浇花趁日阴。　赠隐者　闲云生不雨,病叶落非秋。夏日

临川小吏

　　李建勋镇临川,赏牡丹。有小吏捧砚,举止有士人风。公曰:“学诗乎?”对曰:“粗亲笔砚。”因令口占一篇,公奇之,勉令就学,因成诗名。

三月能辞千日醉,一生能得几回看。　见《诗话总龟》

韩熙载客

最是五更留不住,向人枕畔著衣裳。　熙载婢妾甚多,不为防闲,往往私出侍客,客赋诗云云。　见《南唐近事》

段义宗

外夷

悬心秋夜月,万里照乡关。　思乡　玉排复道珊瑚殿,金错危桐翡翠楼。　题三学院经楼　此花不与众花同,为感高僧护法功　大慈寺芍药并《吟窗杂录》